Alastair Fowler

# Kinds of Literature:
## An Introduction to the Theory of Genres and Modes

当代学术棱镜译丛·当代文学理论系列
丛书主编 张一兵　副主编 周宪 周晓虹

# 文学的类别:
## 文类和模态理论导论

［英］阿拉斯泰尔·福勒 著　杨建国 译

南京大学出版社

# 《当代学术棱镜译丛》总序

自晚清曾文正创制造局,开译介西学著作风气以来,西学翻译蔚为大观。百多年前,梁启超奋力呼吁:"国家欲自强,以多译西书为本;学子欲自立,以多读西书为功。"时至今日,此种激进吁求已不再迫切,但他所言西学著述"今之所译,直九牛之一毛耳",却仍是事实。世纪之交,面对现代化的宏业,有选择地译介国外学术著作,更是学界和出版界不可推诿的任务。基于这一认识,我们隆重推出《当代学术棱镜译丛》,在林林总总的国外学术书中遴选有价值篇什翻译出版。

王国维直言:"中西二学,盛则俱盛,衰则俱衰,风气既开,互相推助。"所言极是!今日之中国已迥异于一个世纪以前,文化间交往日趋频繁,"风气既开"无须赘言,中外学术"互相推助"更是不争的事实。当今世界,知识更新愈加迅猛,文化交往愈加深广。全球化和本土化两极互动,构成了这个时代的文化动脉。一方面,经济的全球化加速了文化上的交往互动;另一方面,文化的民族自觉日益高涨。于是,学术的本土化迫在眉睫。虽说"学问之事,本无中西"(王国维语),但"我们"与"他者"的身份及其知识政治却不容回避。但学术的本土化绝非闭关自守,不但知己,亦要知彼。这套丛书的立意正在这里。

"棱镜"本是物理学上的术语,意指复合光透过"棱镜"便分解成光谱。丛书所以取名《当代学术棱镜译丛》,意在透过所选篇什,折射出国外知识界的历史面貌和当代进展,并反映出选编者的理解和匠心,进而实现"他山之石,可以攻玉"的目标。

本丛书所选书目大抵有两个中心:其一,选目集中在国外学术界新近的发展,尽力揭橥域外学术20世纪90年代以来的最新趋向和热点问题;其二,不忘拾遗补阙,将一些重要的尚未译成中文的国外学术著述囊括其内。

众人拾柴火焰高。译介学术是一项崇高而又艰苦的事业,我们真诚地希望更多有识之士参与这项事业,使之为中国的现代化和学术本土化做出贡献。

丛书编委会
2000年秋于南京大学

# 前　言

相当长一段时间以来,人们早已认定,由历史类别构成的旧文学秩序一去不复返了。就算文类确实存在,发现文类也应当另辟蹊径,而非因循守旧。总体而言,当今的批评家喜欢用宽泛而非历史的方法讨论文类,或者说"模态"。然而这种方法很少会提高人们对文学的解读,而且这种方法只涉及文学模态库中的一小部分,大大缩小了文学正典的范围。

本书坚信,是时候扩充批评工具库了,要重建文学形式的多样性意识。传统意义上的文类在当今文学中能否占有一席之地?文类如何才能发挥出其功能?文类如何形成?"固定文类"同模态的关系如何?本书的目标并非建立一套文类体系(已经有太多了),而是从文类的角度审视文学中的群组划分,对其中出现的议题和难点加以探讨。本书视文类为变化中的家族群体,而非固定不变的门类,并深入挖掘由此引发的各种观点和推论。本书也时刻将文学的历史发展铭记于心,虽然有时文学可以超越历史,但要超越历史,首先要接受历史。

在某些人眼中,本书或许过于大胆;在另一些人眼中,本书又流于平庸。例如,除去少数的例外,本书中的讨论仅限于英国文学。比较文学学者反对在国别文学的基础上展开文类研究,此类观点本人并非不清楚,也很赞同,然而不同国家文学的文类秩序有着很大的区别,不得不做出权衡,有所取舍。有些文类确实为一国所特有,别国找不到类似的例子,然而也有大量文类跨越国境,全神贯注于一国文学主要是尺度的选择。本书集中写了英国文学以及就此形成的意见和观点，必要时也会对其他国家的文学做一些简要介绍。要探讨文类的起源、模式、类比、形式传统，以及理论影响，不可避免会涉及比较。虽然有外国文学的种种纠缠，以英国文学为主要样本还是可以做到充分和足够，当然前提是知道该如何采集、使用样本。若一国文学有不够的广度和深度，可为文学整体之例证，此为文类本性之使然。如果上述观点有讹误，读者不妨自己把本书的书名改为《英国文学的类别》。不管怎么说，本书并非批评史，否则就要为欧陆文学理论家（为布朗奈蒂埃尔和卢卡契，为俄国形式主义者，为汉斯·罗伯特·耀斯，或许还有结构主义者）留下更多的空间了。

许多人已经注意到，讨论文类很容易变为怪说奇谈，部分原因是缺少长度合适的例子。本书尽可能多列举实例，可也只能限于较短的例子，希望本书中的例子能起到典型的作用。许多例子来自文艺复兴和18世纪英国文学，读者应该可以理解，这两个时期在英国文学史中特别活跃，也特别能说明问题。

在这样一部篇幅并不算大的著作中放入这么多历史时期，不可避免要在版式书写上做出一些调整，原作中的书写形式已统一为现代英语，但标点不做改动，如果古旧书写法有深刻含义也不做改动，整段引用采取相同的处理方式。

本书5、6两章的初稿曾用作讲稿，尤其是布里斯托尔大学的丘吉尔讲座，以及堪培拉人文研究中心的戴维·尼科尔史密斯研讨会，两次机会均令我受益匪浅。第12章曾发表于《新文学史》1979年第11期（与本书略有不同），在此感谢《新文学史》及其编辑允许我在本书中使用部分文稿。此外还要感谢耶鲁大学出版社的马丁·布莱恩和欧科菲、尤多拉·钱皮恩、全国英语教师协会，以及杰拉德·达科沃思允许本书引用数首铭文诗。

本书构思和写作过程中，许多人给了我无私的帮助，实在难以一一道谢。我在牛津和爱丁堡的同事和学生均对本书的最后成形有所帮助,我要特别感谢赫施、拉尔夫·科恩,以及已作古的华莱士·罗伯逊,感谢他们的无私和耐心,帮助我理清思路,筛除错漏。在许多具体问题上,保罗·巴洛斯基、伊安·唐纳森、萨姆·歌德伯格、约翰·哈代、杰克·莱文森、阿拉斯泰尔·米妮思、詹姆斯·特纳都曾慷慨相助。

从实际的角度来讲,没有普林斯顿大学高级研究院和澳大利亚国立大学人文研究中心提供的学术交流机会,本书也不可能完成。在上述两地,还有爱丁堡,书稿录入者有贝蒂·霍顿、桑迪·拉佛蒂、朱莉·巴顿、希拉·斯特拉斯迪、吉尔·斯特洛布里奇,向他们的技巧和用心一并表示感谢。彼得·麦克因泰尔为本书制作了索引,向他致以特别谢意。最后还有我夫人,不仅帮我校对文稿,更忍受了我的写作所带来的诸多烦恼。

爱丁堡大学

阿拉斯泰尔·福勒

# 目　录

1 / 1. 作为文类的文学
24 / 2. 古老的误会
43 / 3. 文类概念种种
61 / 4. 历史类别和文类特征库
83 / 5. 文类中的人名
98 / 6. 文类中的信号
118 / 7. 模态和亚类
145 / 8. 文类标签
165 / 9. 文类的形成
187 / 10. 文类的变形
210 / 11. 文类模态化
235 / 12. 文类等级和文学正典
260 / 13. 文类系统
283 / 14. 阐释中的文类
306 / 结　语
308 / 常见期刊名缩略语英汉对照表
309 / 注　释
388 / 参考文献
403 / 索　引

# 1. 作为文类的文学

> 外行人头晕目眩,只能说:
> "若日记果真如你所说,
> 　就必定是文学;若不是文学,
> 　必定不是如你所说。"
>
> 休·麦克迪米德

文学理论究竟是关于什么的理论？对于这个问题,实在难以给出一个简洁明了的答案。实际上,这个问题根本就不可能有永久的答案,就算是仅限于一时一地的回答,也很难令所有人满意。有人会说,文学理论的对象是文学批评;也有人会说,文学理论直接与文学打交道。文学是批判学问的材料,恰如机械是机械工程学的材料,又如布丁是家政学一个分支的材料。然而,文学与批判学问的关系又截然不同于后两者,因为文学材料中存在着精神。据说,正是由于精神的存在,文学方可化蛹为蝶,于人所不觉中实现自身的增值与繁衍。也就是说,批判所面对的是一类颇为特殊的可验证证据,即阅读的结果。批评材料绝非客观存在之物的集合,而是主观中邂逅的文学。与文学的邂逅总是富于个人色彩,一定程度上说,无论是文学的建构、阐释,还是价值评判,皆因人而异。这一切建构、阐释和价值评判皆离不开特定的社会体制,而社会体制本身亦处于变动之中。当然,这并非说关于文学不可能得出任何具有客观性的结论,然而要得出客观结论,最行之有效的做法是容纳文学的多样性与变异性。

虽有上述种种限制,当代文学理论家还是幸福的,手中掌握着一大把批评工具,足以应付种类繁多的文学。有没有可能就文学形成一种最基础的理论？我们认为,理论若要具有解释力,必须就数个具体问题做出解答,[1] 文学理论所必须解答的基本问题并非只有一个,[2] 当代文学理论已成功确立了数个基本问题。这些问题有旧亦有新,包括：阐释的有效性、文学的价值、文学类别的区分、创作意图的溯源、作者的责任,以及异质世界中的现实感。所有这些问题,当然还有其他许多问题,都值得我们关注。本书涉及其中一个具体问题：文类在文学中所起到的作用。

## 文学的边界

文学无定界,这种说法总会令有些人感到迷惑不解。其实,这并非故作惊人之语,要知道,文学产生于不同的社会中,不同时代关于文学的观念、对于文学的评价都不尽相同,再加上真正了解文学的从来只有一小部分人,故而文学必然会引发种种相去甚远的观念。对于某位只读现代小说,认为历史就是事实(或者是鬼话)的读者来说,他的文学观自然迥异于吉朋的文学观,或维纳佛的文学观。为了应对这种不确定,一种做法是把文学界定为作品的门类,也就是说,以当今或历史上广泛接受的作品来界定文学,由此形成了阳春白雪式的高雅文学观,视文学为一系列作品形成的正典。偶尔,也会有新成员加入正典之中。

正典文学观的魅力在于简洁明了,然而究竟谁方堪称正典？这个问题引发了方方面面的分歧。此外,这种文学观在理论建构方面鲜有建树。不仅如此,正典文学观旨在树立起一座座文学的丰碑,却不免令人联想到墓地,有可能加剧对文学概念本身的敌对情绪。里维埃的文学感受力颇为敏锐,当达达主义者和超现实主义者向文学高举起屠刀时,他居然实实在在感到了快感(尽管里维埃本人是文学的捍卫者)。[3]至于结构主义者雅克·埃尔曼(Jacques Ehrmann)更是为"文学之死"手舞足蹈,乐不可支,他写道:"所谓文学者,并非把他者统统排除在外,而是多种文本的杂糅,反正读者说谁是文学,谁就是文学……特定'文学观'把贵族头衔赐予某些类型的符号……今时今日,这样一种'文学观'已失去其有效性和存在基础,理应褫夺其曾经拥有的种种特权。可以说,文学作为高雅情感的仓库和优美文字的展厅的日子已经走到头了。"[4]"贵族话语"这个词表达出一种普遍存在的看法,文学概念本身不可避免地也会沾上一丝精英主义色彩,这种色彩绝不会为文学增色,只会令文学蒙羞。如果文学这种社会机制确实一成不变,上述看法可以说良有以也。如果文学博物馆只知道扩充自己的藏品,迟早会招来批评者的关注,像恐怖分子那样把文学博物馆夷为平地,就像下面这首诗所写的:

> 文学
> 人类理智的大便
> 粗粗长长
> 层层堆积,永不停止
> 恰如秘鲁海岸的鸟粪[5]

罗伯特·布里奇里(Robert Bridges)曾表示,文学或许时不时需要一两个像埃尔曼和波尔热这样的"搅屎棍"。实际上,无论是文学传统或是文学变革都异常复杂,绝非渐进式文学观可以囊括。今时今日,如果再有谁去挑动克利俄(艺术神之一)的肝火,说什么文学是单一的作品门类,未免就不智了。或许,祭献给文学的神牛身上刚刚烙下印记,阿波罗就改变了心意,想要别的什么做自己的牺牲,说不准是山羊。

声称文学是一个门类在逻辑上也会遇到困难,这个问题留待后面的章节详述。比尔兹莱(Bearsley)曾说过,"糟糕文学"这种说法令人感到不舒服,文学似乎多少带上了点儿敬语的色彩。不过,比尔兹莱接着又说道,文学与文类概念有关,但凡属于某个文类的作品多多少少也属于文学。问题这就来了,如果我们可以说某首诗写得很"糟",又如果可以说"任何诗歌都是文学作品,那么'文学作品'这个称号就很难再包含敬语色彩了。"[6]虽然比尔兹莱的推理有失于缜密,但他对文学典范论(持此种观点的有科林·利阿等)的批驳毫无疑问是恰当的。由文学典范论比尔兹莱有个有趣的发现:"可以得出另一种结论,若文学真的具有典范性,那它就根本不是由一系列作品构成的门类,因为门类不具有典范性。"这里显然存在着逻辑上的冲突,比尔兹莱不假思索地就把这个冲突排除了。其实,这也不失为一条途径,值得做一番深入探索。"文学"一词可以联想起种种含义,例如"优美的作品","具有教化作用的作品","值得记住的作品","伟大作品",或者"任何写在纸上的东西"。与之同时,"文学"一词又隐约包含着一系列语义,例如"不包括亚文学","不包括未能达到伟大的作品",等等,不一而足。很难想象文学这个词指单一的门类。

文学根本就不应视为一个门类,而是一个集合。文学作为构成文化的对象之一,并非是所有作品的共核,相反,作品是构成文学的成分,亦绝非仅有的成分。不能把作品想象成一块块砖瓦,垒出文学殿堂的华屋。某些文学对象有着异常严谨的结构,却也表现出很大的流动性。有时由《愚人志》这一部作品开始膨胀,成为古典影响或史诗传统;有时又急剧收缩,把支吾搪塞、回避责任视为真理的别名。此时到彼时,此地到彼地,此人到彼人,文学变化万千,不免有些令人无所适从。对于不同的国家和个人,文学固然有着不同的意义,就算是对于同一社会中的不同群体和不同教育阶层,文学的含义也不尽一致。

文学的范围不可谓不广博,要再加上口头文学,简直就浩如烟海了。许多人尝试从不同的角度对文学加以分类,其中有些部分常常重叠,包括:

(1) 当今视为文学的作品

(2) 曾列入正典的作品

(3) 文学正典的变迁

(4) 文学技巧

(5) 文类、亚类,以及类似的群组

(6) 流传于人类记忆的作品

(7) 文学规约、手法、动机,等等

(8) 伟大经典

(9) 文学传统

(10) 文学辞令

(11) 文学中出现过的用语

这其中某些项目可视为门类,可绝非所有项目皆尽如此,有些项目相互重叠,也有的项目包含于其他项目之中。仅凭直觉也可以看到,根本不可能找出一个项目去囊括所有其他项目。很大程度上,各个项目独立存在,彼此之间并无隶属关系。非文学词汇,例如苯丙氨酸,又如猪圈,偶尔也会出现于文学作品之中,却并不会取消上述项目一和项目十。相反,技术手册中很少有词汇能列入项目十,也很难列入项目一,实际上很难列入文学集合中的任何一项。任何一个门类都有着自己的有效范围,也有着自身的应用适切性,从价值评判的角度来看,文学集合主要包括作品(项目一、二)和技巧(项目四)。讨论不长的片段时,也可以指其他门类,例如项目三、七、九,或项目十。读者或许会觉得蒙田所写的散文同那种结构严谨、讲究对称的散文体没什么直接联系;一组伊丽莎白时期的十四行诗既可以视为一部抒情诗集,也可以视为一首用十四行诗体所写的长诗,还可以视为彼得拉克体情诗的具体应用。

并不是说文学的各种分组具有同等解释力,也不是说无论选择哪一种分组都无所谓。如果习惯于从文学辞令(项目十)的角度去看待文学集合,就可能选择所谓"文学语言观"。[7] 于是厘定文学边界的任务就变成区分文学话语和非文学话语。另一方面,如果主要从作品的角度去看待文学组合,大都会形成更为宽泛的文学观,把语言之外的一切因素纳入考虑范围之内。此外,关于文学的观念还可以建立在其他一些概念之上,例如虚构,又例如一些价值评判概念。文学的价值取向也主要体现在作品之中,而非文学语言之中。

诺斯罗普·弗莱(Northrop Frye)有个著名的论断:"文学绝非一堆作品的集合,而是语言所形成的秩序。"[8]本书无意推翻弗莱的论断,可弗莱的这句话并不理想。阅读文学时读到的是作品,有时是一组作品,有时是作品的一部分,很少单纯是语言。批评家的解读能力确实超出普通读者,可即便是批评家依旧要阅读作品,唯此之后研究对象才会在眼前呈现。当然,大部分作品包含着修辞性秩序,也就是弗莱所说的语言所形成的秩序,有些作品凭借语音在词汇层之下形成某种秩序(音律及其他),也有些作品凭借字母拼写体现出某种秩序,例如伊安·汉密尔顿·芬利的具体诗,又例如恩斯特·文森特·莱特刻意在小说中避开字母"e"。还有一些作品,尤其是纪实小说,所使用的语言无关紧要,缺乏文学意义上的组织性,即便大量替换,也不会造成混乱或改变原作的意思。至于《无声表演》则完全没有用到语言,可要是文学观为了追求简约把贝克特都排除在外,未免就存在重大缺陷了(即便引入所谓副文本概念,也不可能把贝克特作品中缺失的话语补全)。[9]如果步结构主义者的后尘,在文学和话语之间画上等号,还会遇到许许多多类似的难题。或许最好还是承认,文学秩序并不主要存在于语言之中,话语秩序形成于语言,文学秩序则形成于作品。

认为文学纯粹是语言或话语,会陷入两难的境地:要么把小说从文学中驱逐出去以维护文学的话语特征,要么从根本上否认文学是具有自身特征的实体。有些现实主义小说家并不很在意,甚至根本不在意如何调遣辞令以形成具有个性特色的语言,而是把重点置于如何模仿人生之上,形成小说中的世界。某些纪实性文类中,很难看出所使用的语言具有作者的个人印记,如果仅仅视文学为话语而不参照完整的作品,有时真很难把握文学同其他文字产品的区别。现代小说的忠实信徒常常大胆"刺杀"文学以解决上述困境,倒也不难理解。近年来,文学批评一方面越来越关注散文体小说，另一方面越来越拒绝文学概念自身，二者之间还是有着一定联系的，只不过这种联系并非简单直接，而是曲折隐蔽。

　　类似的难题亦出现于具体文类之中。如何界定特定文类的边界同样困难重重，文类存在本身是历史发展的结果，其中包含着许多复杂因素。当代批评界也表现出类似的冲动，想从根本上否定文类概念的有效性，这一切绝非巧合。所谓核心文学概念实际上是把文学集合等同于，也可以说是混淆于由某些文类所形成的封闭门类。[10]

　　根据核心文学概念，文学是由一定文类（genre）*构成的特定群组，各文类都包含着一些典范，可对文学加以界定，至少希望如此吧。核心文类包括各种诗歌、戏剧，也包括某些散文。历代以来，文学正典经历了巨大的变化，可也有一些项目在正典上始终占据着一席之地，例如讽刺诗（文），又例如虚构性叙事。由文学核心延伸出一些松散的近邻，包括散文、传记、对话、历史，等等。可以说文学的近邻是潜在的文学，判定文学的标准不断变动，随之某些历史著作和哲学著作会脱颖而出，加入到文学的行列之中。当然，即便某部历史著作能加入到文学的行列，也并不能说该著作就比其他未能加入文学行列的历史著作高出一筹，在历史学自身领域中，剩下的历史著作同样可以享有高度的声誉。离文学核心更远的是一些技术性专业文类，很难想象其中会诞生出文学作品。近年来有句话很是时髦，说要"肢解文本"，可这并不能掩盖一个事实：未经肢解的下水道修理手册、电话指南，或者布尔代数论

---

　　\* genre 一词可译为"体裁""文体"等。本书中 genre 不仅指诗歌、小说、戏剧这样的基础艺术再现模式，更多指基础艺术再现模式的细分，例如诗歌中的十四行诗、智语诗、挽歌、颂歌等，小说中的道德小说、家庭小说、哥特小说、末日小说等等，故而"体裁"一词显得过于宽泛。刘勰《文心雕龙》中有"文体论"，"文体"和本书所说的 genre 最为接近，可"文体"一词早已被语言学"征用"，有着通行的特定语义，指语言中所体现出的富于作者个人风格特色的个人话语，因而笔者也只有忍痛割爱。最后将 genre 译为"文类"，既取"类别"之意，也取"类同"之意，盖指文学作品因类同而汇聚成类，也符合作者所言有多少文学作品就可以区分出多少文类的本意。中译者注。

文从来不会被视为文学。当然，总有一些伟大的作品，一方面谁也不能否认其是文学的一部分，另一方面它又因远离文学核心，构成反常孤例。可不管怎么说，核心文学概念还是与人们的直觉并行不悖，故而也颇具影响力。

## 作为虚构的文学

发展文学概念的常用方法之一是首先预设有数种历史类别处于文学核心，然后再追问这些类别有什么共同点。采用这种方法，可能得到的答案之一是虚构。千万别以为这是个简单的答案，根据亚里士多德的理论，虚构是文学的特征，可在之后的许多世纪中文学落入语法学家的手中，亚里士多德的理论几乎湮灭。经过艰难思索和激烈论争，虚构概念方能一方面同虚假区分开，另一方面又同虚构背后的真理区分开，其过程可谓漫长而艰辛。直到锡德尼爵士诗歌所蕴含的理想真理才得到全面辩护，可即便如此，当时的理想真理表达于深奥难解的语言之中，故而"文学家口中从来没有谎言，反正什么也不确定"。[11]近代以来，虚构常常被视为文学的本质特征，本尼森·格雷（Bennison Gray）认为，虚构是文学的唯一基础；茨维坦·托多罗夫（Tzvetan Todorov）认为，虚构是文学的特征之一，但其本身尚不足以界定文学。[12]在托多罗夫手中，虚构概念被打造得精彩无比，甚至可以延伸到非虚构作品之上，这样一来一个真实发生的故事也可以视为"同文学一样"。说一千，道一万，虚构概念本身还不够清晰，同文学的关系也远非那么密切，远未达到可以牢固确定文学边界的境地。

不少人尝试运用奥斯汀（J. L. Austin）的言语行为论，以准确区分虚构和非虚构。言语行为论区分出几类不同的行为：言内行为，即话语；命题行为，包括指称和谓述；言外行为，指与命题相关的声言、承诺等行为；言后行为，强调言语行为的接受者。持言语行为论的研究者并不在言内行为层次区分虚构和非虚构（凭借语法规则），而是在命题层次，以及更高的几个层次加以区分。虚构和非虚构的区分理应体现于：

1）非虚构中包含着命题行为，要遵守一系列言外行为规则；虚构中，命题行为以及相应的言外行为规则都悬置了起来。例如，虚构中现实参照物的使用很有限。

2）虚构有必要假装执行一个真实命题行为或言外行为，或者声称由其他人完成。[13]根据这种理论，文学话语仅仅具有模仿的力量。

上述论述从分类的角度看来不无吸引力，似乎首次成功区分出核心文学和拓展文学。对于拓展文学而言，必须有一定的命题；而对于核心文学而言，仅仅是模仿有一定的命题。论说文同样可以成就伟大的文学，任何对文学有所了解的读者都不会否认罗斯金的《威尼斯的石头》具有很高的文学价值，可与之同时，读者也不大会质疑罗斯金的这部著作作为艺术史的实用价值。同样，读者也不大会质疑佩特的文章作为艺术批评的价值。再多说几句，假如某篇散文处于虚构和非虚构的交界地带，已经不仅仅是可以模仿他人做雄浑之辩，而是货真价实提出论点，努力说服读者接受，文章由此获得了真实命题价值，声言性言外价值，以及言后行为价值，可也要为此付出代价。代价就是——失去了核心文学的地位。

然而言语行为论并不能带我们走出多远，部分原因在于该理论体系本身，其所提出的言语模式仍显得相当简单粗糙（不同的言语行为并非彼此间毫无关联的独立行为）。还有部分原因在于，各种虚构性文类抵触界定，值得我们关注的也正是这部分原因。前面提到了虚构和非虚构的两条区分标准，第一条比较牢固，但也并非不能容忍例外的出现。特洛普的小说《老街》发生于虚构的巴塞特郡，可《雾都孤儿》的故事发生于真实的伦敦。至于第二条完全不能适用于所有情况，文学的核心文类中许多作品都包含着真心实意的命题，只要翻翻惠特曼的诗作，就能找到足够的例证。即便在诗歌中，借诗人之口行教化之实，这种作用不可小视。以往年代中，教化实际上是文学的核心功能之一，当时文学集群中相当大一部分皆属于此类,可到了后世在比尔兹莱口中成了"难下定论"。无论是《农夫皮尔斯》、乔叟的《牧师故事》,还是《童话女王》都包含着大段大段的说教。[14]后来人们开始区分文学写作和实用写作(比如说,作者意图和读者摄入,文学创作和实际应用),可即便如此,依旧无法否定某些文学表达具有言外之力,无论是爱情诗还是公共诗都不乏这方面的例证。如果把所有具有一定实用色彩的作品统统下放到拓展文学之列,那核心文学几乎也剩不下什么了,剩下的只能是一些既无严肃立意亦无明确担当的轻浮之作。又比如说,婚宴喜歌和铭文诗具有特定的社会功能,前者出现于特定的场合,后者则用于传颂功绩,二者或构成仪式的一部分,或与石碑融为一体,故而也分享到了来自仪式或石碑的现实功用。伊丽莎白时代的婚礼要是缺了婚宴喜歌,其作为社会性事件的完整性就要大打折扣。反过来说,模仿也绝非核心文学的专利,许多话都包含着虚构成分。托多罗夫举的例子包括神话、个人历史(比如说病人的回忆),此外还可以加上祈祷文。祈祷文中包含着大段的押韵诗歌,然而就其大部分而言祈祷文毫无疑问注重言后之果,甚至可视为施为句(至少婚礼祈祷文如此)。由此看来,所谓核心文学和非核心文学的分界并非那样清晰。

或许为了回应上述种种难题,有些理论家提出干脆取消文类这一概念,代之以另一个松散的概念——文学话语。托多罗夫就否认文学这一概念有任何结构基础,以至于提出"任何可成为文学的话语都有几位非文学的表亲,与其他类型的文学话语相比,文学话语或许与非文学表亲更相似一些。"[15]托多罗夫的话并非全无道理,可追溯到俄国形式主义者蒂尼亚诺夫和什克洛夫斯基,这两人在后面的章节中将详细讨论。举例而言,不可否认某些抒情诗和祈祷文有着亲缘关系,某些散文叙事可追溯到历史和传记,讽刺散文的某些亚类可追溯到真实生活中的恶作剧。[16]然而,这些非文学表亲虽然在话语层面表现出与文学的亲缘性,却很少能在文学组织层面把这种亲缘关系维持下去。从文类角度分析,两种文学类型,无论是相邻相近或是相反相对,它们之间的关系远近于它们同非文学表亲的关系，即便从非文学表亲那儿直接汲取形式材料。无论如何，托多罗夫谈论文学类型说到底还是承认了文学确有其结构基础，不管这种基础与传统所说的文学基础有着多么大的区别。不少理论建立于诸如"文本""话语"之类的术语之上，可所提出的种种方案至多也就是文字游戏，任何文本都可视为文学话语，但绝非任何文本都可视为文学作品。

## 变化中的派代亚*

关于文学的核心文类观，另一种挑战来自文学正典的教育功能所引起的争论，这方面赫施（E. D. Hirsch）的观点最为激烈。赫施提出，现代文学观是个历史并不怎么悠久的怪胎，最早出现于维多利亚时期。之前文学并没有统一的称谓，也反映出文学概念本身缺乏一贯始终的力量。现代文学观的基础是审美标准的先行，这不单是个历史现象，更带有地方色彩。显然，赫施既不会像法国人那样为混乱失序而欢呼雀跃，更无扼杀文学的念头，他想做的是劝说人们放弃19世纪（同时也是新批评式）的文学观，不要过度关注文学的审美侧面，而要认识到非内在而存在于作品之外的价值基础。实践中这意味着再度重视文学的道德价值和工具价值，为此要拆解文学的核心文类，迎来"具有教育意义的文学扩张"。[17]毋庸置疑，赫施提出的问题很严肃，需要在更广阔的视野中加以考察，对于赫施的直接目的人们或许会有英雄所见略同之感。可如果把追溯历史的眼光放得更长远些，会发现文学的发展轨迹并非如赫施所想象。

首先，文学概念的历史虽然短暂，[18]但并不意味着早先各种核心文

---

\* 派代亚（Paideia）一词源于古希腊，意为教育，既包括教育体制，也包括通过教育习得的知识体系。中译者注。

类就没有统一的称谓。文艺复兴时期,这个称谓是"诗艺",诗艺这个称谓同现代意义上的诗歌概念(与散文相对而论)完全不同,"决定诗艺的并非押韵与否,诗艺作者完全可以成为不押韵的诗人。"锡德尼常常提到散文作家(柏拉图、色诺芬、赫利奥多拉斯、桑纳亚罗、莫尔),称他们为诗艺作家。同样,锡德尼也常常提到各种以虚构和想象为特征的散文作品,《赛罗派迪亚》"绝对是一部英雄史诗",而《高卢的阿玛迪斯》则"于诗艺上未至于尽善尽美"。[19]在这一问题上锡德尼的观点与明图尔诺不谋而合,[20]实际上数位文艺复兴时期的系统文学理论家,例如斯卡利热尔,都曾在"诗艺"这一标题之下讨论虚构散文作品。赫施所提到的称谓变化并不意味着之前没有统一的文学概念,或许正是由于奥古斯都时期文学概念过度膨胀,过度强调文学的教化作用,才导致文学概念在19世纪的变革。

即便在文艺复兴时代,关于文学,也就是诗艺的范围,也有着种种不同意见。有人认为文学应当涵盖全部派代亚,或者说全部学问门类,持这种泛文学观的人有帕特里奇和斯卡利热尔(后者在这个问题上有所保留),明图尔诺认为,像恩培多克勒和卢克莱修这样的哲学家的作品也可称为诗。另一方面,严谨的亚里士多德—贺拉斯派理论家对于文学类别严加甄别,把它们同拓展文学区分开。[21]那个时代的争论与当前的争论颇多相似之处,区别则在于文艺复兴时期散文与韵文的关系不同于当下,对文学的教化作用有着不同的看法,价值观也不同。所有这些不同都意味着文艺复兴时期的文学与当下文学有着不同的界定。

近代以来,文学所引发的争论明显带有意识形态色彩,美国学界对于这一问题的认识不足,往往认为文学的扩张是"自然而然的"现象,认为文学一词不过是回归了"更为古老,也更值得尊敬的中性用法,即以文学指一切值得以文字形式保留下来的东西,无论其有无艺术价值。"[22]实际上经过扩界的文学也远非包括一切值得以文字形式保留下来的东西,否则的话,出生证明岂非也应当列入文学之行列?另一方面,文学扩界后所增加的作品从总体上看值得保存的时间并不会太长。

例如，能进入大学女性文学课程的"最精粹文学和思想"的大早在扩界之前就已经在文学中有了自己的一席之地。按主题确定课程的目的并不是扩大文学范围，而是重新组织文学从而挑战旧观念，这样做自有其道理。19世纪的内在批评忽视了种种伦理问题，而我们这个时代应当加以纠偏。因此建立新派代亚的部分理由是纠正昔日形式主义的错失，另一部分理由是安抚愤怒的少数族裔群体。本书的目标既非呼吁目标调整，亦非批判"阿诺德式文化观"（认为文化超越政治，可以为所有人所获取）是"维护美国阶级结构的工具"。[23] 不过还是应当注意，文学的边界随着文化环境的变动而变动。

举例而言，英国的文学边界就没有经历美国那样的扩展，可另一方面英国的派代亚一向都包括伦理道德和其他非文学作品，而在这个世纪的早几十年中这些作品在美国大学的英语系中少有人问津。数个欧洲国家中文学与政治相关联的要求实际上导致了文学边界的收缩而非扩展，这些国家中文学远非"一切值得保存的东西"，而仅仅限于20世纪以来的作品，以至于引起一些欧洲批评家的不满，批评文学背离历史。[24] 批评家们还注意到审美标准在持续降低，虽然如今大力提倡写作的其他价值，可这也不能作为审美标准总是降低的理由。我们这个时代似乎对于种种鲜有研究价值的文字产品有着旺盛的胃口，研究起来乐此不疲。[25] 无论是恐怖小说、侦探小说、科幻小说，还是广告语、打油诗、色情作品，以及其他形形色色的庸俗文学都详加研究剖析，却一概回避价值问题。实际上，部分批评家公开表示自己更感兴趣的是典型而非价值。当然，并非要否认低俗文化在社会政治研究中的地位，可不加区别地把这一切一概称为文学批评，恐怕也会危及文学批评原本应当为之奋斗的目标。难道仅仅出于反精英主义的名义，就要剥夺人们理应继承的文化遗产吗？文学无须是精华？即便以"文字"这个称谓取代文学，似乎依旧需要引入旧观念，以区分一切文字和"高雅文字"。

## 文学概念的多变性

派代亚的变化掩盖了文学概念中一个更大的困难，即文学的结构不稳定性。一个时代中某些文类被纳入核心文学中，可换一个时代则未必如此。这一现象对统一文学观提出了更加深刻的挑战，即便我们对当代文学的疆界颇为确定，可也要承认，仅仅一个世纪之前人们对于文学有着颇为不同的看法，如果往前再推一个世纪则又有所不同。虽然曾有不同的名称，文学王国的存在有着悠久的历史，可王国的疆界变化了许多，似乎只有两种选择：其一，接受并不那么完善的共同高雅标准，即接受由所谓"伟大传统"构成，适用于所有时代的文学正典，不过能进入此正典者实在有限。艾略特甚至说，在他看来古往今来只有一位文学家堪称正典，就是维吉尔。其二，根本拒绝文学这个概念，因为这个概念缺乏稳定不变的内容。

关于正典问题本书第12章将详细讨论，现在需要做的是区分文类变化的两种类型。类型一：某种文类的普及度处于持续变化之中，造成文类自身特征的持续改变。自从布莱克默尔的《亚瑟王子》问世以后，史诗同以往已有所不同，等到《失乐园》问世时已全然不同。然而，类型二的变化意义更为深远，不时打乱数个文类间的相互关系。例如小品文在19世纪被视为核心文类，同样视为核心文类的还有同小品文关系密切的随笔，可现如今比尔兹莱却说以《三重甲》为代表的整个文类"根本不是文学作品"[26]（比尔兹莱的论断虽有些武断，但还是能了解他想要表达的意思）。布道文、科学论文、历史（只举几个明显的例子）不仅自身特征参数发生了变化，就连与邻近文类的关系也发生了变化。文类具有双重结构不稳定性。

然而，文学地位的不稳定性仅限于部分文类，主要包括信函、游记、非技术性散文、历史、人物传记、哲学和科学论文。格雷厄姆·霍夫(Graham Hough)对上述争议地带做了一番深入勘察,他注意到有两条途径可以允许非虚构作品"参与到文学性质中来"。其一,作品的语言组织可以超越使用目的的要求,带来独立的满足感。以佩特、罗斯金、吉朋为例,虽然人们也时常阅读他们的著作以获得专业知识,可阅读本身就带有多种意图,更可以从一开始就带着审美愉悦。其二,作品的原始目的已废弃,从实用或科学的角度来看,布朗尼的植物学著作和伯顿的医学著作几乎不再有什么价值,于是可以重新加以分类,单纯去欣赏作品所体现出的智力水准,诗人般的目光,也或许仅仅是喜欢它们所带来的新奇感。这样一来文学的边界仿佛为一种负熵所改变,只要作品依旧具有实用价值就不是文学,一旦作品失去了专业论文的功用就有机会被默许为文学。

多种因素影响到边缘文类的轮廓,这方面阅读(无论是真实阅读还是想象中阅读)起到了决定性作用。通常只有选择取舍较强的传记和非技术性文章才有可能引发不确定性,很少会有人把事实研究型传记视为文学,也很少会有人否认,以普通读者为目标的文章加入到文学行列的机会更大些。历史的情况也差不多,高度专业化的著作,例如研究地方政府行政史的著作,很少有机会给分类者制造麻烦。然而,塞姆的《罗马革命》已经向文学提出了申请,可以确定我们的后人一定会批准这一申请,不过古代历史学家屡屡提到这部著作,令其作为历史著作的实用价值历久弥新。无论作为历史著作还是作为文学作品,塞姆的《罗马革命》都颇有价值,然而就是否能引起一般读者的兴趣而言,二者有着很大的区别。阅读深刻影响着文学言外行为的范围,就核心文类作品而言,其想象读者群可以超越任何可直接辨别的社会群体,故而此类作品几乎不大可能带来任何直接的言后之果。

重新分类几乎不可避免地会涉及不同文类之间的相互关系,文类间相互关系的改变通常会造成某一文类在文学和非文学之间波动,有时颇令人感到迷惑。如今专业论文划入非文学之列,然而曾几何时至少韵文体专业论文同文学核心文类有着十分密切的联系,同韵文一样在文学中位置显著。本尼森·格雷(Bennison Gray)认为押韵仅仅是帮助记忆的手段,本身无关文学的界定,可在研究理论的人看来,既然押韵过去有关于文学的界定,在将来也依旧如此。更何况押韵绝非仅仅是外部因素,可以随意丢到一边,而是渗透到文学作品的肌质之中的组织结构,在作品的各个层面上都得到体现。以霍伊斯的《悠游度日》为例,这部作品一方面对语法做了一番明晰解说,颇具知识性,另一方面又以恢宏的笔触把时间一笔勾销,那么这部作品曾经是纯粹文学吗?这个问题恐怕永远没有答案,可由这个例子至少可以看出,一部作品由文学锚地可以漂移出多远。也有些时候漂移的方向正好相反,一些说明文和叙事散文可能会变得更具文学性,例如布朗尼的《瓮葬》。以往类别的重新划分常常解释为思想的轮替(至少是决定思想体系的轮替),如今看来,可能文类自身发展的因素要更多一些。布朗尼的论文如今已更多视为散文,更注重作品所体现出的个性连贯和讲述风格,从而纳入文学的边界之中。今天如果把佩皮的《日记》和鲍斯威尔的《伦敦记事》列入文学,许多人大概不会有异议,可这些作品在创作之初非但与文学无缘,只怕成为文学的潜能都很少,可随着时光的流逝,人们对此类原始信息的兴趣与日俱增,或许这是部分原因。除此之外还有另一重原因:以往公众对自传体作品评价不高,其与文学核心文类的关系不同于当下。

问题随之而来:重新分类究竟有多大自由?就边缘作品而言,作品的内在美学品质对于分类究竟能起到多大的作用?格里奥格·卢卡奇(Georg Lukacs)认为,像《论物自性》《神曲》这样的作品受惠于额外的编码系统,始终能传达出某种"寓存于诗歌形式中的概念正义",传达出某种真理,即便其内容早已证实与科学相悖。或许确实如此吧,可要做到有效分类必须扎根于可明白解释的客观特征,布朗尼的文学成就并非凭空杜撰,无论人们对他的文学地位有多大的争议,《瓮葬》始终屹立不倒。人们通常会引入"风格"这个概念,由此去寻找所需要的内在品质,可本尼森·格雷认为所谓"风格"就是个筐,什么都能往里面装。对于格雷的观点倒也不必太过认真,可也能看得出,要找出所谓内在品质即便召唤出"风格"这个概念也无济于事。文学作品并不是用特殊语言写就的,设若果真如此,实在难以想象核心文类之外文学还能有什么立足之地。也许有的文学作品确实使用了一些特殊语言,可其目的绝非仅仅是美化文字这么简单,某些边缘文学作品中一样可以辨别出文学性,但这种文学性也绝非仅仅是作品修辞特征的产物。如果依旧认为一些古老的非虚构作品全凭"风格"之功劳而遗存至今,这种看法未免颇不合适,而最优秀的文体学家所一再强调的也与这种观点南辕北辙。例如,在《语言学和文学史》这篇文章中,里奥·斯皮策(Leo Spitzer)明确强调"所谓'内在形式'的外在结晶有多种表现,语言仅仅是其中之一"。假如说"外在形式"确实有价值,其"内在形式"也必有可取之处。人们在今天仍在读拉雷的《历史》,仍在读邓恩的布道文,并非仅仅因为"风格"之故。至于《圣经》钦定版至今依然流行,就更是如此了。

实际上再分类错误的风险始终存在,如果某位解读者对《圣经》的精神挑战视而不见,将其同其他"可当作文学来读"的优雅散文归为一类,无疑大大扭曲了《圣经》的本来面貌。随着实用价值的耗损,作品愈来愈滑向确定的边缘,可这并不等于说作品一定要借助风格的力量来激发读者的想象,从而跻身文学之列,也并非一定要等到实用性的言外之力耗损殆尽才能跻身文学之列。《圣经》的权威同以往相比或许已经下降了许多,可优秀读者依旧可以感受到文字背后的召唤,依旧可以感受到上帝对于自己的子民所做出的承诺。当然可以选择对此无动于衷,即便退回到1611年,也并非每个读者都会对《圣经》感动落泪。人类思想的变化无论有多么深远,非虚构作品还是不能变身为虚构作品,以拉雷的《历史》为例,即便证实书中每一条信息都与史实相悖,可该书整体上依旧固执坚持着非模仿性。

重拼诗(found poetry)是个特殊类别,似乎可以随心所欲重新分类,可细细想来依旧算不上例外。或许此类作品确实改变了原作者的言外之力,可这种改变并非完全来自功能的改变,实际上重拼诗既相似于非文学语言,又属于文学材料,属于一种极简艺术,与杜尚送到博物馆的那些展品有异曲同工之妙,其效力依旧源自模仿,不过是经过掩饰的模仿。

## 语言概念

　　如果采取考虑更周密的形式方法,前文中提到的种种困难有些倒也可以解决。最早的文学语言观,也就是视文学为优美文字的语言观提出,存在着特殊的文学性方言,既包括诗歌中使用的特殊词汇,也包括散文中出现的优美风格(至少是具有强烈个性特征的风格)。这并非空洞的概念,适用于大部分文学,尤其适用于诗歌,但并不局限于诗歌。史文朋和早期叶芝,再到道蒂,甚至在康拉德的某些作品中,这样一种文学观都是适用的。可如今许多不适用于这种文学观的作家一样受到读者的喜爱,这其中包括一些早期作家,然而更多的是晚近出现的作家。前面已经说过,即便面对纪实小说这样的核心文类,上述语言观也无用武之地。由于存在着这个缺陷,再加上现代读者不大喜欢诗歌辞令和过于优美的散文,理论研究者们要么彻底抛弃上述语言观,要么用全新的方式对其加以重新表述。[27]比尔兹莱提出"本质隐含意义",以之为文学性的前提条件,然而利阿指出,非文学性语言行为也可以带有极为浓厚的隐含意义,而文学语言有时反而仅限于字面含义(比如说,《切维·切斯》《拉塞勒斯》这样的作品的大部分意义都仅限于字面含义)。或许比尔兹莱想在语法结构、局部修辞结构之外再引入一种更为宏观的结构,也许他所说的是作品激发起读者想象的能力,无论比尔兹莱想说的是哪一种都有所补益。人们需要这样一种概念以超越种种粗制滥造的语言观,其中一例就是萨特就两种语言所做的对比:一种是实用性散文语言,仅仅使用词汇,另一种是诗歌语言,其对于词汇的使用具有不透明性,词汇成为有着自身质量的物质,而非象征的符号。[28]

唯有将所谓"隐含意义"的范围大大扩展方能应对纪实小说这种文类，以及其他诸多对风格问题高歌阔步弃之不顾的文类。许多现代小说中语言本身并不突出，近乎"透明"，通篇读下来很少能发现什么"前推"成分，大部分篇幅中文字仅仅是通向叙事的桥梁，叙事本身构成了此类作品的基本组织架构。[29] 如同韦勒克和沃伦所指出："小说家可以把文字当成符号来使用。"有些文体分析应用于简·奥斯汀和亨利·詹姆斯此类作家的作品时硕果累累，可一旦用于海明威和德莱赛的作品时就举步维艰，至于之后的一些作家更是根本无风格可言，分析难度之大就不用多说了。此类作品中语言并非隐含意义的载体，对之也相应须调整文学艺术观，否则就要与这一类艺术组织相对松散的作品失之交臂了。对于劳伦斯之类的作家而言，散文的艺术性寓存于想象的布局中，无论作者所使用的语言多么浪漫，或多么笨拙，只要能展现出一幅令人信服，或许还带着那么点儿神秘的画面，就是好语言。可以说语言艺术是一种修辞艺术（创新和布局），不过这里所使用的并非"修辞"一词当下流行的含义。非虚构作品一样可以传达文学经验，至少可以传达类文学经验，只要能描绘出具有想象结构的画面。尽管如此，如果仅仅着手于文学艺术性，由这一角度去论证人们钟爱的许多作品确实属于文学之范畴，依旧难以令所有人信服。

## 示范性概念

为了改善文学艺术观，柯林·利阿（Colin Lyas）提出了一系列美学品质（例如简洁、深远，等等），只要此类品质达到一定程度，作品就可以跻身于文学之列。[30] 还可以增添更多的品质，例如各组成部分之间的和谐就可以入选。坦率地说，所有此类品质都具有示范性，可要适当扩展文学的疆界，示范性概念确实必不可少。

或许有些作品只要能给某些受过良好教育的一般读者带来审美愉

悦就足够了,此类作品显然不属于"与科学写作恰好相反,以带来愉悦,而非传播真理为直接追求目标的那一类作品"。[31] 上述作品属于更为广阔的一个类别,虽然也能带来阅读愉悦,却并非以此为直接追求目标。这里要就所谓"审美愉悦"说上两句。克里斯托弗·巴特勒(Christopher Butler)早已注意到,作为一个术语,"审美愉悦"存在着弊病,如果指语言游戏则范围过广,如果指特定作品所带来的特定愉悦感,范围又过于狭窄。对这种愉悦加以界定倒也不失为一件趣事,只不过注定徒劳无功。现在必须把这种愉悦感扩展到更为广泛的领域中,既包括道德良知的觉醒,也包括人类求知欲迅速满足后油然而生的崇高愉悦感。一部伟大的科学作品同样可以令非专业读者为之怦然心动,那种感觉同初识一首伟大诗歌时的想象力飞跃难分彼此。另一方面,过去十年中的文学理论已经抛弃了对读者特定文学反应的兴趣,如今机遇已经出现,可以去探索多种不同类型的愉悦(或许同文类相对应)。汉斯·罗伯特·耀斯(Hans Robert Jauss)已经发表了数篇重要文章,论述不同文类阅读所带来的独特感受,引起了广泛关注。[32] 耀斯的方法与我不谋而合,其成果值得期待。借用耀斯的话说,关于文学愉悦还是有希望达成某种一致的。

　　每个人都有自己的标准,带有主观性,可个人主观性绝不会损害到文学作为社会性对象的独立存在。否认文学是个有效的审美范畴,这种做法丝毫无益于解决实用和娱乐之间的关系平衡。另一方面,也不能放弃价值判断以拯救理论的"科学性"。价值判断本就是文学体验的一个组成部分,理应得到文学的解释。毋庸讳言,价值判断必须先行于理论描述,这确实有些尴尬,作品首先要经过分析,要经得起文学标准的分析,换言之就是要经过筛选,但筛选的同时描述也必不可少。长远来看,经历数代沉淀,人们对文学的价值判断表现出惊人的一致。与此同时,必须认识到没有哪个时代的示范性标准可以描绘出文学的全貌,文学并非散发着"永恒光辉"的有限几部巨著,"帕纳塞斯山上不仅长着芬芳扑鼻、转瞬即逝的奇花异草,也长着参天的橡树,用橡树枝叶编织的桂冠青翠欲滴,永不褪色。"[33]

理解正确的话,示范性概念意味着人们心目中的文学随着价值观的变化而变化,最终随着世界观的不同而各不相同。[34] 其实这也没什么,只不过说出了静观文学数代变化的结果。要是您热衷于历百代而不变的不朽文学观,对不起,这种文学观从一开始就被拒之门外。但不朽文学观总有人热衷,并以憾人的力量加以推动。试图摆脱习俗批判的理论家们或者把文学概念搞得过于宽泛(例如结构主义者),或者把文学窄化为核心文类的一些小篇幅作品(例如新批评)。如果批评要对社会需求提出挑战,至少也要有所回应,习俗性标准必不可少。[35] 所谓社会责任未必就是直接体现,或者可以粗略理解为一代人的需要,即便如此,文学中的观点依旧有着种种局限,需要不时做出调整和补偿。

以上所述尤其适用于拓展文学,毫无疑问,拓展性"伟大文学"的价值正在于其对于人类的历史价值,这样的历史地位来之不易,绝非随便重新分一下类就能得到的。这样的历史地位被赋予千差万别的不同作品,实际上意味着所谓的拓展文学就是千差万别。同核心文类相比,拓展文学更难看出连续性和关联性。

## 分类难题

分类难题似乎不可逾越,令作品跻身文学之列的标准显然并非只有一种。"有些作品称为文学仅仅因为虚构……还有一些作品,非虚构作品,只有特别优秀方能称为文学。"[36] 如果某部作品没能加入"虚构话语"行列,还有一个机会,就是成为"优秀思想或语言"。除了虚构和优秀出色之外,还能想到第三条标准,其基础是本真性,或曰伟大性,这条标准使得某些批评家把文学艺术的概念拓展到极度宽泛的地步。不仅如此,更令人懊恼的是还能想到第四条标准,而这条标准就脱胎于文学的核心文类自身,尽管所谓核心文类自身也处于历史变化之中。最后,还始终存在着作品再分类的可能。虚构作品,具有审美价值的非虚构作品,人类文献,还有种种刻意捉弄文类的作品,究竟哪种界定方能容下这一切?我敢说,根本没有。有人觉得"文本性"可成为涵盖一切的界定性特征,其实也不行,只要想想口传文学,还有种种由创造性表演所传播的文学,"文本性"概念的不足就不言而喻了。[37]

所有严肃的界定尝试都只接纳一种标准(通常是虚构性,或艺术性),结果许多传统上一向认为是文学的作品被拒之门外,甚至连核心文类也是如此。托多罗夫矢口否认文学是个有效的结构概念,显然也意识到了相同的问题。托多罗夫反思道[根据分组方法的不同文学被赋予两种不同的界定,其一基于虚构(亚里士多德的界定),其二基于语言艺术性],"任何一种界定都可以解释许多通常冠之以文学之名的作品,却无论如何无法解释全部……应当承认,两种界定之间有着某些亲缘关系,但绝不意味着二者相互包含。"[38]托多罗夫考虑更多的是核心文类与非文学作品的结构亲缘性,以至于否定文学概念的完整性。其实托多罗夫的反思还是很有意思的,完全可以走向更具有建设性的方向。托多罗夫认为,如果有人尝试界定文学文类自身,在每一个拐弯处都会遇到与他类似的难题。

每一文类均有多种特征,却未必为所有成员所共有。如果文学是一种文类,对文学加以界定这种想法就从根本上想歪了。[39]文类的特性就是变化,关于这一点,后面将具体论证。只有传统的调整以及变异才具有文学意义。这倒不是说文学就无从辨别了,在这一方面要尽力避免失败论和历史相对论。实际上,一个社会选择为某些作品冠之以文学之名,同时也是做出了评判。但理论必须将历史变异考虑在内。类似的考虑使某些人把文学的存在方式比作一种体制。"文学作品概念的存在取决于各种人类体制的存在(批评家自身也是体制的一部分),体制决定文学的生产,确保其关系符合人类的目的。只有当所有体制特征都有效运行起来之时,我们才会见到一部文学作品的诞生。"[40]视文学为文类与视文学为体制有许多相似之处,然而文类和体制毕竟不同,从文类角度做出的解释或许更偏于内向。对比不同的宗教体验时,人们从祈祷传统以及教条信仰着手,而不是仅仅把它们视为一种体制所衍生出的枝干。体制论可以激发出文学的社会责任感,这方面颇有功用,但也应当注意体制并非文学价值之源。

　　文学究竟是不是文类?如此一般性的问题自然会引出一系列其他问题,既涉及各个具体文类的性质和范围,也涉及各文类间的相互关系。具体文类也并非就有着确定的边界,不过至少尚可以辨别。从规模上来说,具体文类要容易处理得多,允许人们就它们的存在方式把某些话说明白。什么话呢?也就是把文学视为文类加以讨论时,究竟有什么意义,或应当有什么意义。

## 2. 古老的误会

每一部文学作品均属于至少一个文类。确实,文学作品中包含重要的文类因素本属当然。人们通常认为,文类不过是加在自发流畅的表达之上的一道枷锁,别无其他。可实际上,文类与创造之间的关系远非如此,正确理解中,文类远非加在表达之上的枷锁,正因为有文类的存在,文学表达才成为可能。作品与所属文类之间的关系并非被动从属,而是主动调节,调节就意味着交际互动。或许,文类所具有的交际价值远高于人们能直接意识到的。

### 文类和交际

要理解上述观点,不妨想一想文学作品的存在方式。文学是一类特殊类型的言语行为的记录,也就是说,作者像一般话语者一样使用共有语言系统表达自己,系统包含了各种语法规则,但多多少少尚未被使用者主动意识到,亦未经过形式提炼。这些语法规则近似于索绪尔所说的语言系统,却也并非完全一致。从一个角度来看,文学交际具有偶发性和独特性,取决于先前业已存在的共有系统。与之同时,文学交际对共有系统加以调整,开辟出新的道路,最终为系统所接纳成为传统的一部分,为更新的文学语言表达提供材料。然而,日常语言交际和文学交际存在着一个明显的区别,该区别十分重大,也令语言学理论类比于文学理论的有效性大打折扣。区别根源于一个事实:文学的形式库存远比日常话语丰富得多。文学的形式库存不仅包括语法形式,更包括几乎一切特征,只要能够以任何一种方式服务于文学(或反文学)传统,就其潜能而言,囊括了整个形式世界。放眼世界,任何一种形式,但凡可以辨别,但凡可以由语言加以描摹状写,其概念均可成为传统的一部分,为文学表达做出贡献。

为何文学一定要深植于传统的土壤之中?对此尚无令人满意的解答,无论是视文学为某种假设性直白表达的藻饰和偏离,或是视文学为习俗的惯性,或是视文学为玄妙的精英主义。把上述种种"原因"一一筛除,文学依旧要求使用高度复杂精妙的符码,只要文学依旧存在。或许,从交际理论引入一些观点,对回答这个问题有所帮助。可以这样认为,文学家使用一种单向交往链接形式,就好像拿着大喇叭喊话。众所周知,单向链接无法接受提问,也无法做出修正,要求讯息有额外的冗余度。冗余度这个名称可能会引起误解,实际上它是交际系统的内在品质,"所谓冗余度源于规则的超量,在各种不确定因素的影响下可以协助交际。"[1]个别冗余现象,例如电话交谈、流行诗歌、口头文学中的重复,属于局部性超量,从长远看来这些冗余并非毫无价值,在噪音干扰、注意力下降,以及其他干扰下可以确保讯息整体依旧可以为听众接受。如果对冗余情况做定量分析就会发现,其丰裕度随着话语环境的不同而大不相同,尤其当语境信息为交际各方共享时,区别更加显著。有时语境自身就包括足够的交际力,基本语法规则都可以弃之不顾,丝毫不会影响话语的理解,例如"这笔贷款明天到期"。[2]环境语境如此重要,文学的特点又是缺乏环境语境,文学岂不是吃了大亏,处于极为不利的境地?

不可否认,书面语可引入一些额外规则,可部分弥补上述不足。对于非文学交际而言,通常这就够了,然而非文学交际所发生的话语环境虽然也缺乏直接人际联系,但依旧是真实的,有时甚至是可预测的。举例而言,科学性文章的读者通常对科学拥有一定层次的专业训练和知识背景,此类读者希望从文章中得到的信息通常有着严密的界定,范围不难预料。然而文学作品通常连这种已经弱化的间接语境都不具备,随着时间的积累,原来灿烂夺目的表达会逐渐失去光彩,渐渐黯淡,甚至完全无法为后人所理解。此时,文学作品会完全失去交际价值。

什么使得文学可以克服上述不利因素,留存下来呢?正是其特殊的冗余。冗余使文学的语言系统大大拓展,从两个方面对缺乏话语情境这个缺陷做出弥补。首先,提供了由文学话语所构成的情境;其次,使用额外的编码原则,令符号系统得到加强。文学中额外的编码原则有时可以取代日常语言中的编码原则,卡明斯的诗歌就是明显的例证。卡明斯的诗歌中,读者会发现许多与语法规则格格不入的句子,例如"the of an it ignoblest he"[3]。更多时候额外编码对日常语法规则起到补充和加强的作用,实际上无论在语法层面,还是在较低的修辞层面,文学性交际未必需要任何新规约(至于诗歌辞令,或许可以将其比作一种技术行话,然而诗歌辞令又不具备技术行话那样狭窄确定的语义范围。话说回来,诗歌辞令始终希冀成为语言中最精华的部分)。文学性编码的作用是确保作品,以及语言讯息自身,极力放大的是作品自身的完整性,以及交际过程中所产生的愉悦感,至于交际行为的效果则并非首要目标。借助于传统可以大大降低读者的精神投入,具体手段既可以是引入业已为读者所熟悉的特征(例如,口头文学中的格式化表达,扁平化人物),也可以是重复(例如修辞性重复,复句,主题类同)。或者作者也可以在作品中就道德或其他什么做一些正面安排,辅之以语音和格律等方面的感官手段,同一特征可以同时拥有多种传统功能,而作者所使用的每一项传统最终都将体现于作品的意义之上(这里说的意义是作品的意义整体,而非仅指语义学意义)。认为像"格律"这样的形式安排与作品的意义无关,这实在是对文学交际的一大误会。[4]应当说作者实现自己意图的道路虽然不止一条,文学性冗余却绝非可有可无。

文学性语言系统包含着多种符码,可以不假思索地说,文类是其中最重要的一种,原因之一是文类可以吸收其他符码,令其整齐有序。时至今日依旧无法确定究竟有多少种符码产生于文类,或许远比人们意识到的更多。不管怎么说,有一点可以确定,文类主要关系到交际。作为工具,文类的出现既非为了分类之便,更非为了循规蹈矩,而是为了生产意义。

然而,语言和交际系统可与文学做类比处毕竟有限,更何况有限的类比很容易被过度使用。扬·奇纳德洛夫斯基(Jan Trzynadlowski)曾尝试完全以信息论来解释文类,只要看看他的论述,就能看到类比如何被过度使用。奇纳德洛夫斯基提出,作品中与文类相关的各种特征不仅自身是信息,更"指导着"其他编码信息的阐释。这样一来,作品中的文类成分就不仅仅是形式成分,更成为指向一定目标的阐释"方案",无论对作品的局部特征还是对作品的整体阐释都起到塑造作用。这一假说确实很有魅力(简短介绍很难说清楚),可也暴露出以交际系统类比文学的极限,交际理论模式很少顾及文学的形式价值,文学性冗余,或者说文学的内在连贯性应视为既是目的,能带来愉悦,又是手段,而不仅仅是命题"信息"。这一方面交际理论模式很少顾及。另一方面,文学处于不断的历史变化之中,交际理论模式对变化却避而不谈,这是一个严重缺陷。[5]任何一部文学作品要取得艺术地位,或者至少能以文学的方式说出属于自己的东西,必须做到调整、改变,以至于背离自己的文类传统,最终为后世开创出新的传统(蒂博戴曾说:"按照文类创作就是文类的拓展",蒂博戴的话完全正确,在这个问题上克罗齐全然错了)。[6]关于这种独特创新,交际理论哑口无言。

每部文学作品都改变着与之相关的文类,并非仅有极端创新和天才之作才会带来改变,哪怕是最循规蹈矩的作品,看上去对文类传统亦步亦趋,可依旧会对文类传统产生影响,尽管这种影响可能极其微弱而间接。某种传统会显得熟悉而确定,另一种传统则显得令人生厌,最终所有传统都处于连绵不绝的变化之中,实际上这就是文学改变自身的主要形式。后面的章节会再讨论文类变化的几种特殊形式,现在只要注意到,文学意义必然会调整、偏离文类符码,最终改变文类符码。一部作品与现存文类的联系有多种形式,或遵从,或变异,或创新,或彻底背道而驰,可无论关系如何,作品都会给文类带来新的状态。艾略特曾说:"一部新艺术品出现时会发生什么?它会把某种东西一瞬间带给之前业已存在的所有艺术品。"[7]或许艾略特的部分意思就是新作品对文类所造成的改变。

就其自身而言,文学意义对文类典型的依赖早已为人们所熟知,赫施的《阐释的有效性》早已就这一问题做了权威叙述。出于意义的特性,唯有确定的典型方能得到表达,"语言意义必定是典型,否则根本就不可能存在共有基础,超出一定的界限意义就找不出什么确定的东西可以共有;阐释者必须将某个特定例证当作意义的例证,或接受,或拒绝……否则无法确定界限。"赫施的理论获得广泛赞同,让人们见识到所谓"内在文类"。赫施指出,观念是一座高高耸立的拱桥,一端联系着确切意义自身,另一端联系着"模糊不清,具有阐释性的文类观念,它本身是一切阐释的起始"。[8]然而仅仅见识还不能令人们完全满足,内在的阐释性文类理应得到更全面的解释,一个好的切入点或许就是从更传统的角度去考察其与文类的关系。也就是说,去考察历史上存在过的各种类别和模式,毕竟这方面已经有太多的著述,到目前为止有些东西业已为人们所掌握。这些类别和模式存在于所有的文学时期,尽管在不同的时期具体方式各不相同,某些时期作家和读者或许会忽视文类,可无论忽视与否,他们都有意无意地卷入到文类的交换之中。实际上,忽视文类常常意味着消极接受来自风俗和潮流的规约,中世纪读者对寓言故事习以为常,当代读者则不假思索地把富于自然主义色彩的假设和标准看成小说这一文类的不二之选。

## 文类的有用性

有人认为文类没有用,因为它不能解释具体作品,这种观念源于对文类的一个误解,认为文类恒久不变,一旦建立起来就永远如此,再也没有变化,既适用于过去的文学,也适用于当下,更适用于未来。故而所有文类理论有着同样的价值,且都不高。然而前面已经论证,文类处于连绵不绝的变化之中,正是因为文类有调整和变化,具体作品才能传达出文学性意义。倘若令形式中介于变动不定的历史和艺术正典之间,就需要时时对文类理论做出调整,如果认为形式可以固定不变,免受变化的侵扰,又能始终与文学相结合,就把文类理论彻底理解错了。人们会发现,真实的文类处于变化之中,陈旧叙述正与新兴的文学实践渐行渐远。

与之同时,文类批评无用的指责也并非空穴来风,许多文类批评确实没有什么用处,起到了很坏的作用,其原因不仅是因为文类批评的描述未能跟得上文学实践(这实在是任何一种批评都无法避免的缺憾),更是因为有些文类批评即便针对个别作品也拿不出像样的描述。格雷厄姆·霍夫认为"18世纪中叶,随着文学新形式,尤其是散文体虚构故事的崛起,文类法则面对文学实践时已明显显得软弱无力。"[9]他的观点完全正确,不过若是因此就认为文类已失去了健全的理论基础未免有些以偏概全。若是像斯塔特海姆那样,因为描述文类的努力徒劳无功,就干脆彻底否认文类的存在,这不单是傲慢,更是怯懦的表现,[10]亦毫无公正可言。不同时代对文类的描述可谓有着天壤之别,克罗齐之后的那个时代,文类批评空洞无力,故而韦勒克对文类批评的怀疑情有可原。可我们这个时代情况早已不是如此,我们这个时代众多最优秀的批评都涉及文类,当然文类描述与文学实践之间的差距依旧巨大。文类理论之所以引人入胜,就因为其能够对变化多端的文学形式做出描述和评价,[11]可当代文类批评在描述一小部分文学类别时依旧有着种种局限,实在应当引为憾事。然而决不能因为某些文类批评不能令人满意就断言文类概念本身已不再有任何作用。

将文类概念与文类批评混淆是一个巨大的错误,即便是最优秀的描述也不能等同于概念本身。其一,部分文类作用不为人所觉察,试问哪位读者会时刻把自己对"史诗"的理解摆在心头?至于史诗中更具体的形式,读者更多依赖直觉,鲜有有意识的把握。其二,文类变动不定又相互渗透,根本难以做出明确界定。[12]本·琼生自己是新古典主义者,可在《悲伤的牧羊人》的序言中,他依旧清晰表达出文类界定之难,为幽默诗和田园诗的混合做了一番辩护。琼生辩解道,不应从田园诗的固定看法出发来下判断,"仿佛诗歌只有一个品格,没有人写过就必定是谬误"。[13]文类观念必须与文学中的实际运作相适应,随之而变化,也必须记住,很少有人尝试对个别文类做出全面完整的描述。文类批评在某些时代几乎是一片空白,例如中世纪就是个显著的例子,至于奥古斯都王朝的文学理论与文学实践差距之大着实令人汗颜,这也是尽人皆知的事实。[14]

当代之前的整个现代时期,唯有在文艺复兴时期才能看到文类理论在持续不间断发展,许多至今依旧为人们所讨论的观念均来自文艺复兴时期的意大利批评家,他们的成就即便今天看来依旧杰出,不过毕竟在深度和广度上都有所不足。文艺复兴时期的意大利批评家主要关注悲剧、喜剧、田园诗、传奇史诗等有限的几种文类,而对除此之外的广大文学形式视而不见。其中也有一个例外,斯卡利热尔是他那一时代最具影响的文类批评家,描述了超过100种文类,还不包括由它们所衍生出的亚类,可这100多种文类中真正详细描述的也就几种,至于众多的俗文学斯卡利热尔更是只字不提。[15]例如,斯卡利热尔不提十四行诗,因为这种形式并非流传自古典。其他意大利批评家紧跟在亚里士多德身后亦步亦趋,至于像明图尔诺这样距今更近一些的意大利批评家虽然对新近出现的文学形式有所警醒,可在论述的深度和广度上无法同斯卡利热尔相提并论。不管怎么说，文艺复兴时期关于文类的洞见今天看来依旧犀利，很多可能对日后辉煌的文类革新产生了深远的影响，由此影响到文学分期的大格局。[16]可以肯定的是，在悲剧和田园诗这两种文类中可以见到理论和实践的密切合作。

## 规定和禁忌

继文艺复兴之后，下一批文类理论出现在新古典主义时期。无论在法国还是在英国，新古典主义批评孜孜不倦地对文学做出种种严格规定，给人一种错觉，仿佛那一时期的文类也必然是规定性的。这种错觉可谓根深蒂固，时至今日一提到文类"规则"，人们更多想到种种主观武断的禁忌，而非交际符码。我们也知道，当今任何规定性批评实际上已经被抛弃。

不可否认新古典主义时期的许多批评确实包含了不少粗糙规定，认为"莎士比亚时代最大的错误就是悲喜剧"者在新古典主义时期大有人在。[17]尽管约翰·邓尼斯（John Dennis）对他同时代文学的评论不乏真切的见解，可更多时候表现出令人齿冷的平静和冷漠："考利先生在自己的《大卫记》的注释中说，写到上帝时不可用简朴之语，说得十分正确。"[18]德莱顿和琼生生活的时代分别早于和迟于新古典主义文学规定的最高峰期，两人也曾捍卫文学，反抗条框，可两人也只能委婉曲折地表达，不能明言。琼生关于作品和谐之论早已名满天下，可他也不得不说"为自己的莽撞而吃惊"[19]，同时请求自己同时代的读者"宽容莎士比亚的某些鄙陋"。其实这样说有什么必要，又是否恰当呢？

人们尚未真正清楚意识到奥古斯都时代的批评家们在错误的道路上究竟走得有多远，纪廉（Claudio Guillen）认为新古典主义诗学之所以同现实那样脱节，要归咎于当时盛行的文类观，即"文类有如外界事物，有着明确的分界"。[20]可实际上，新古典主义者关于文类的另两种错误观念要比上述文类观的破坏力更强。其一,新古典主义者认为文类亘古不变,几乎所有的新古典主义者都有着文类永恒的幻觉。其实,早在文艺复兴时期的古今之争中,崇古派已持有此种看法,把文学类别看成"理想形式,永不改变,无论时代如何,读者如何,都不会做出哪怕最小的让步,要求诗人严守不可更易的金科玉律。"[21]而文艺复兴时期的厚今派认为文学类别并非一成不变,艺术的一般规律更多体现于宽松的原则之中,而非具体文类形式。这一方面德莱顿可谓属于厚今派,有时相当直率地为文类的变动做辩护,他说:"仅仅知道亚里士多德说了什么还不够,亚里士多德的悲剧典型出自索福克里斯和欧里庇底斯,他老人家若是见过我们这个时代的悲剧或许也会改变主意。"[22]对于古典的小小冒犯或许并不会引起激烈反抗,规则也可以做出修订,但总体而言奥古斯都时代批评界的一致看法显然是僵硬的:文类规则早有定论,新作品必须遵守旧规则,否则就要证明自身体现了某种有价值的新文学类别,唯有如此方能摆脱旧规则的约束。

其二,新古典主义文类理论还犯了一项大错,其理论归纳的基础仅限于少数正典,过于狭窄,缺乏代表性,尤其是取自古典文类的规则被用于当代世俗作品之上。或许这样做对于再度复兴的古典形式正合适,可批评一旦触及中世纪文类及其在现代的发展形式,结果就是灾难了,直到今日我们依旧没有完全从灾难中走出来。古典史诗要求行动的统一,一旦这种要求加诸中世纪传奇,或传奇史诗,就很难在批评中恰如其分地区别对待了。对于中世纪传奇而言,更重要的是体现出复杂多样的行动之间的相互关联。这项错误一样可以追溯到文艺复兴,以明图尔诺为例,尽管他鉴赏之胸怀不可谓不宽广,可依旧认为中世纪传奇断断续续的行动是"一宗罪"[23]。到了新古典主义时代,这种原本就不合适的规定迅速发展起来,更变本加厉,批评家不仅对中世纪文学嗤之以鼻,更完全看不到中世纪文学其实蕴藏着他们自己时代的文类规则和诗学原理。对于这种根本用错了的文类规则,人们感到武断压抑也就再自然不过了。

然而如果自问,文类规定自身是否必定招致反对,或许要做出肯定回答并不容易。德莱顿的例子已表明批评家个人的尺度比时代同行的标准更可靠些,出类拔萃的批评家如亚里士多德、斯卡利热尔,或琼生,必定会细心观察,合理评判,无论当时的规则如何。至于弱一些的批评家,规定性规则时时提醒他们评价的义务,当然要用适当的标准。不管怎么说,即便在今天能彻底扫除规定吗? 在这个问题上现代文学理论和实践可谓有着天壤之别,官方理论中规定性文类规则早已寿终正寝,可实践中依旧强劲有力,其严格不减当年。以小说为例,如果小说情节在可能性上存在缺陷,通常就要挨批了,这种批评当然会让人联想到文类规定。某些类型的小说必须维持自然主义对可能性的定义,这就是文类定下的规则。[24]正因为有此类规则,批评家们才会对哈代小说中过多的巧合说三道四,彼得·康拉德(Peter Conrad)便评论《兰特霍普》"更像一本散文集,有道德剖析,有文学评论,有绘画分析,只不过用荒诞不经的情节串接起来罢了。"[25]毫无疑问康拉德所引用的小说规则把独幕剧式的情节排除在外,更不允许在小说中掺入道德散文。类似的话利维斯夫人(Q. D. Leavis)也说过:"作为小说家,狄更斯的魅力与日俱增,可每当读到狄更斯小说中独幕剧式,甚至是舞台剧式的场景时,魅力不禁离他而去……这部小说(《荒凉山庄》)之惊奇之处全然不出自小说的特色,而是出自心理描写和真正的人文关怀,与舞台布景或其他什么策略没有一丁点儿关系。"谈论到《我们共同的朋友》中揭秘一幕,利维斯夫人重拾起前人的观点,指责这一幕是"无聊的舞台表演"。[26]此类评价依赖于规定性文类原则,在理论上是否欠妥? 不能这样认为,此类评论实际上构成了批评的主体。实际上,要想为《我们共同的朋友》做一番辩护,所用到的文类规则同样具有规定性,且丝毫不下于利维斯夫人所用到的规则,只不过辩护所用到的规则属于小说的另一个亚类,与《大卫·科波菲尔》之类的小说迥异其趣。总体而言,规定性规则必不可少,离开此类规则任何具有示范作用的批评都难以想象。诺斯罗普·弗莱看清楚这一点,于是想推出一种批评,不仅摆脱一切规定,连评价也统统抛弃。这样做倒是内在连贯了,可连贯则连贯矣,却也远离了现实。文学的方方面面,更不要说文类本身,从来都浸渍于价值之中,像弗莱那样的理论又有什么用武之地?纵然有用武之地,又有谁想用到它?

一提到文类规定,不免又唤起创造受抑制这个阴魂不散的话题,其实大家的警觉被夸大了。即便在新古典主义巅峰期,文学也并未萎缩,文学大家从文类规则中看到挑战,创造力有所不及者则从规则中寻得支撑,犹如为自己套上铠甲。至于文类规定是否对创造力有所抑制,确实无法完全否定,可想想斯威夫特的产出,还有理查逊、华兹华斯,恐怕证明的责任要落在对手肩上了。

即便是最严格的文类规定其实也不会造成伤害,何以会如此?有这几个原因:其一,作者总是可以转向某种尚未被正典完全承认的亚类,此类亚类的数量众多,一般体量居中的理论都对它们所述甚简,有的甚至只字不提。文艺复兴时期,此类亚类包括对话、历史、论说、戏仿讽刺[27];到了17、18世纪,又加上描写文和英国田园诗。其次,作家可以自己开创文类,自立规矩,对文类有所了解的批评家们向来欢迎此种创举。德纳姆、汤姆逊、科林斯、克拉贝,此四家都开创出新颖的"新类别",一样可以为新古典主义批评家所接受。约翰逊博士写道:"每位新降的天才都会带来某种创新,创新一旦完成并被接受,就会推翻前人所奉行的规则。"[28]然而约翰逊博士并未摒弃文类规定,如果新创文类涉足前人较少耕耘的领域,情况更是如此。因此,文类规定实际上激励作家们开辟疆土,作家有选择的权利,要么冲出现有文类的范围,要么庇身于现有文类之内,只做一些微小改动。如果选择后者,作家就必须面对越来越细致、越来越严格的文类规则。

不应认为只有在文类规则尚未流传之时这些规定才会避免造成伤害,即便在条律森严的文类中,优秀批评家在运用规则时依旧会留有余地,营造出某种深邃的平衡感。实际上,优秀批评家们给予了作家们能够期待的所有自由:

"有些美丽并非规则可以描述,既要谨慎小心,同时也要追求愉悦。"(《论批评》141-142)接下来,蒲柏指出,若有深刻目的,为求意义的通达,不妨牺牲形式的准确性,"看似谬误者,实际常委制胜策略。"(1.179)在蒲柏看来,文类规则几乎已故步自封,每当有人打破一条旧文类规则,就会形成新规则:

> 若有捷径可循,诗之灵感不也可以离开众人行走的大道吗?有大才智者有时虽然离经叛道,却依旧光芒四射,貌似谬误,可真正的批评家谁又敢增减一词,修改一句?有大才智者把凡俗的限制抛在身后,从艺术之外的荒野中采撷到一朵天然精致的小花。(《论批评》146-157)*

蒲柏的《论批评》带有奥古斯都时期优秀批评的普遍特点,尤其在涉及高下之分、众寡之别时更是如此。不妨对比一下邓尼斯的论述:"无论崇古派或是厚今派都有责任突破细枝末节的规则,细枝不除,主干难保,一切规则背后的最终目的也会为人所忽略。"[29]邓尼斯认为悲剧中的时空同一律即属于此类细枝末节,而他心目中的主干原则包括适切性、可能性,以及所谓不同文类的精神性格(这种说法未免流于模糊,或许可称为各种文类的存在方式)。邓尼斯对艾迪森大加挞伐,指责艾迪森在《卡托》中打破规则,可邓尼斯也说:"尽管艾迪森的书满纸荒唐言,可也要指出,某些荒唐言也遵守了某些规则,遵守得实在太好了,只不过全然不加以区分和分析。"[30]即便在新古典主义严格的文类规定之下,规则也并非不可破,当然不可大破。随着解放神话的兴起,有些人为彻底扫除规则而欢呼雀跃,可从历史的角度看来,从来就没有过什么解放。怎么可能有什么解放?若真有其事,文学传统和交际就会中断了。

文类绝非作者创作的障碍,反而是有力支撑。有人说过,文类为作

---

\* 蒲柏原文为韵体亚历山大对句,此处将其转译为汉语散文,实为不得已之憾事。中译者注。

者提供了写作的空间,那是一片有着明确界定的可栖居之地,一块比例和谐的思想领域,更是一个由文学作品所构成的矩阵,借此可以在创作过程中把经验梳理成序。[31] 纪廉也有类似的看法,指出文类起到模型的作用,帮助解决问题,作者面对的不是令人生畏的虚空,而是一片边界明确的地域,听到一声声诱人的呼唤,于是作者把自身经验比照于这片大地上的经纬,形成自己的形式,既有定例可循,又无定规可言。接受邀请本身并不能解决表达问题,"形式决不能'接手'……任何一部作品中,形式必然经历辛苦磨炼,最后方能现身。"[32] 可文类至少为作者指明了一条道路,形成关于形式的某些观念,知道一系列不同成分应当如何组合起来。文类也提出挑战,激发自由的精神去超越前人止步之处。众多例证表明,文类可以直接支持新颖的探索,与作者更亲密合作。文艺复兴时期关于传奇史诗的争论已经铺好了道路,静候《堂吉诃德》和《童话女王》这样的巨著出现。[33] 同样,早在莎士比亚登上文学舞台之前,理论家已经把悲剧和喜剧的情节或拆分,或融合,讨论悲剧和喜剧融合的可能。莎士比亚的《冬天的故事》不可谓不新颖,可也正是在这部剧中,莎士比亚把注意转向"瓜里尼的《忠实的牧羊人》在意大利批评界所引起的争论,以及由此所引出的文类和结构问题"。[34] 当代的例证更是一目了然,无论是实验小说、法国新小说,或是荒诞派戏剧,都是具有文类性质的作品群,备受批评界的青睐。文类对作家的创新起到了支持的作用,而非阻碍。

　　作家自己,至少是思想更为深刻的作家都承认文类的优点,其中有些(例如华兹华斯)还就文类做研究,为文类写赞美诗。即便既不做研究,也不出声赞美,只要作家们还在尊奉模仿的技艺,还在把自己的新颖作品建立于文类中前人成就的创造性阐释之上,他们就已经证明了文类的优越之处。古典之风首度吹拂英国文坛,模仿的规矩还相当繁复时,从莎士比亚和琼生的一些最优秀作品中已经可以看到,两位作家都假设读者对于模仿的技艺已经有所了解。两位最具独创性的作家居然对文类有着最为浓厚的兴趣,自相矛盾吗?其实矛盾仅仅在于表面,归根结底,若非早已熟识脚下的道路,又怎么敢去另辟蹊径?正如艾略特所言:"真正的新颖仅仅是旧事物的发展。"[35]艾略特的话不仅仅是一种修辞,在文类领域中所谓革命,或彻底的断裂不可想象。一部反小说的出现似乎照亮了一片全新的领域,可这部小说想要为读者所读懂,终究要以小说(以及其他几种文类)的存在为前提。当然这并不等于说作家必然清晰意识到文类的作用,不过实践中作家一刻也离不开相关的文类模型,以之为自己指明前进的方向,[36]至少作家们也要知道哪些规则值得突破。

## 陈旧性

有人说,我们这个时代文学变化之剧已令文类一词失去意义。在文学的历史上,文类第一次不再起作用。理论家或许会同意,文类在昔日还是有些作用的,可时至今日已不再有用了,开口闭口都是当代文学与以往一切文学的断裂。举个例子,在伊哈卜·哈桑(Ihab Hassan)看来,形式在后现代文学中飞速繁殖,"再去写什么艺术类别和形式的历史已毫无意义"。韦勒克的观点没那么极端,却也不无相似之处:文类研究已经式微,因为"几乎所有当代作家的创作实践中,文类区别已经微不足道;边界不断遭到入侵,各种文类组合或融合,旧文类或见弃或变形,新文类不断涌现,局面之激烈甚至连文类概念本身也陷入怀疑之中。"[37]要是谁认为文类变形是现代特有现象那就大错特错了,其实现代主义还只是个新生儿,文学史在其辩证发展过程中曾多次感受到突破已有文类限制的冲动。[38]一定程度上可以说,这种冲动从未消退,边界入侵本就是常态,各种文类时而组合或融合,时而遭到抛弃,这种状况伏尔泰和凯姆斯勋爵早就看在眼里了。

再者,如果历史已无关紧要,形式又究竟为何物呢?到头来形式终究要体现为"固定的历史类别"。如果仅仅顾及形式本身必然在充分性上大打折扣,有的批评家坚持要超越历史类别的极限,去发现传统,这种做法无论可列出多少种理由,实质上都是往文类的旧瓶中灌入新酒,或许有那么一阵子会搅起兴趣的泡沫,可最终会打破人们对瓶子本身的信心。像燕卜逊(William Empson)的《田园诗的诸版本》那样把一种类别摊得过开,最终会导致稀薄以至于空洞。对于当代文学应当做的是探索新组合,可新组合依旧是从昔日旧组合中变化而来的。若是放弃了文类研究,恐怕不大可能去发现新组合,更不要说理解了。

连续与断裂之争历来在散文体虚构故事中最为频繁,而这部分文学当今已经支配了整个批评界。小说形式如此新颖奇特,花样迭出,传统文类理论如何方能同它们打上交道呢?要回答这个问题,不妨把目光投向身后,回顾一下历史上文类如何发挥作用。要辨别新近涌现出的形式并不简单,想想看讽史诗体吧,如今它已成为一种独特的文类,可人们距这种形式创新时勃发的创造力也已有了数步之遥。最早用讽史诗体创作的诗人们,以及那一时代的批评家们肯定感到甚是棘手,如何把讽史诗和一般的讽刺模仿区分开恐怕并非易事。往事如此,当今的小说又有什么不同呢?有人说小说这一文类迥异于其他所有文类,这种说法的可信度实在不高,原则上说,任何一种形式一旦创设出来就可以辨别,同样关于形式的任何界定都难以逃脱为后世推翻的命运。毫无疑问,许多虚构文类尚有待辨别,可如果因此就放弃整个文类研究,理由未免牵强。

辨别当代小说的类型应当是另一部专著的任务,本书只能涉及一些基本原则,至少可以对小说类型的辨别有所帮助。虚构作品有数种分类方式,可以参照模式,也可以参照其他几种轴线,最显而易见的方法就是凭主题,例如所谓的拉萨莱因型(陀思妥耶夫斯基的《死屋日记》、索尔仁尼琴的《癌症楼》、菲格斯的《日子》、班奈克的《牢房》)。其实这种分类方法自有其用处,至于究竟哪种方法更基础,毫无疑问这个问题尚无定论。可这又算什么新问题呢?即便是小说花样迭出、层出不穷的新形式也算不上新鲜,小说岁数不"小"了,早已发展出多种多样的形式:流浪体、传奇体、史诗体、幽默体、书信体、报道体,不一而足,任何一体都可以同"某事"结合起来。有些小说的类型很难把握,例如纳什的《不幸的旅人》确定其类别之难较之大多数现代小说有过之而无不及。可以这么说,纳什的这部小说的"开放性"大大超过有志于改编成电影的惊悚小说,各种类型的科幻小说(无论是哥特型、乌托邦型、末日灾难型,或是时间型、空间型、超感知型)。

小说与旧日形式混合时,批评家在一定程度上早就以文类审之了。有人说伯吉斯的《颤动的意图》是失败之作,在真正的惊悚小说和戏仿之间游移不定;梅勒的《芭芭拉海岸》根本没法读,小说把政治论文、讽刺和惊悚故事拙劣地掺和到一起。此类评论实在没有什么帮助,出于同样道理也可以批评威灵汉姆的《永恒的火》模仿南方哥特小说却缺乏稳定的模式;也可以批评托马斯·曼在《浮士德博士》中把教育小说和思想小说混为一体,却比例失调;也可以批评海斯密斯的《他们走开》偏离犯罪小说,走向心理小说;也可以批评约翰·巴思在《羊孩贾尔斯》中只用到一点科幻,大部分更像瓦罗式讽刺。所有此类批评流于表面,不过是贴着已知文类标签的胡乱猜测罢了。文类批评不仅限于辨别,通过分类批评家辨别出类似的形式,对作品的独特内涵加以阐释,把优秀、一般和低劣区分开,加以适当评价。只有类似的作品方可进行对比,因此把《法国中尉的女人》同萨特的哲学做对比是行不通的,小说中的存在主义思想并非置于政治背景之中,而是嫁接到历史小说之上。不借助于文类,适当的批评几乎可以说难以想象,只不过当今文学界中尚有太多的新形式连名字都没有,文类的作用就更微弱了。

新文类难以描述,这本就再自然不过,要假以时日才能发展出一套批评语言加以探索。或许大家一致认为一种新的小说类别,例如说末日灾难小说已悄然问世,代表作是品钦的《拍卖第 49 号》《万有引力之虹》,以及冯纳古特的《挑绷戏》。此类小说有着科幻小说的熟悉面孔,却有着新的目的,即借助讽刺或陌生化的方式,以简练的手笔展现社会构造。可真要分析起这种"马赛克小说",描述其形态特征,就会发现可用的概念少之又少。除非批评界对此类小说已做了相当彻底的讨论，否则谁也不敢断言此类小说究竟属于《美丽新世界》或梅尼普讽刺，或是多斯·帕索斯的集体现实主义，或是其他某种尚不广为人知的作品群。不过，探索当代文类的机遇很多，当代众多优秀批评实际上已涉足这一领域，只不过没有为自己贴上文类批评的标签。

## 等级和保守

关于文类的另一种误解是：文类会引发等级之分，助长落后的社会哲学。以往的文类理论中这种观点不无基础，倒也勉强说得过去。昔日文类中确有许多排名，或许史诗和悲剧是争夺桂冠的候选人，喜剧和讽刺的地位要低一些，田园诗则列入下里巴人之列。"笔中既已凝聚起悲剧和喜剧的精神，又怎能自降身份去写取悦于人的田园诗？"[39] 可理论家们若认为文类的等级永远不变就大错特错了，文类家族表现出很强的社会流动性，相关内容将在第 11 章中介绍。之所以有流动性，是因为很少有人能为所有文类排定座次，帕特里奇倒是雄心万丈，试图为大多数文类排座次，可算是一个罕见的例子。[40] 更典型的做法是选定少数文类以为范例，例如"维吉尔轮"就只包含三种模式：英雄体、农事诗体、牧歌体，各种风格被赋予相应高度，与封建社会的结构划分对应得丝丝入扣。[41] 此类中世纪图示留下了大量空白，自然也很难有压迫性可言。

然而，文类等级认同而非挑战已有秩序，且相当顽固。明图尔诺满心焦虑地试图把不同级别的舞台角色区分开，根据情节的"高低"赋予角色不同的地位，这里依旧可以感受到文类等级观的影响。即便在不远的过去，文类同社会体面之间的联系依旧根深蒂固。当年阿诺德以文类为支撑提出"试金石"论，可弗莱从中嗅出了政治歧视的气息，"他之所以把乔叟和彭斯列入二类，或许因为他受到一种情绪的影响，觉得喜剧和讽刺就应该安分守己,同样应该安分守己的是这两种文学形式所体现出的道德标准,以及持这种道德标准的社会阶层。"[42] 类似的体面观不也操纵着今天的电视节目吗？有些电视节目要安排在黄金收视时间,其他节目则从来享受不到这一殊荣。

尽管如此,并没有道理认为文类理论必然包含着固定不变的等级观,且无论何种类型。更可能的情况是,现代理论家希望重新评价许多传统级别次序。其实,级别次序可以帮助人们更清晰地把握那些虽然没有正式得到承认,却早已暗含其中的价值观,又何必避之如虎？不管怎样,要小心,不要过于热心于摧毁传统等级系统,它们并非传言中那样反动。以往时代中,绝大多数伟大作家都把主要精力投入"崇高"类别中,文类的高下之别至少是一个实际存在的事实,若要完全消除这种差别实在是个危险之举。

更进一步说,文类的保守影响也有有利的一面,可以部分抵御时代吸纳的作用。有些文类代表的价值观有着悠久的历史,最终可以抵消特定社会的偏见和压迫,无须全盘接受布罗代尔的长时段论[43],可对于那种轻易把文类同社会环境直接对应起来的论调,不妨留一个心眼。文类与社会环境之间的关系异常复杂,绝非单凭"上层建筑"的简单模式就可以解释清楚。不过至少有一点可以肯定,文类的影响绝非自动趋于退步。罗莎莉·考利(Rosalie Colie)下了很大功夫证明,文艺复兴时期的文类研究对于文类转移和新发明的传播起到了积极作用。[44] 相反的例子发生在20世纪初,由于忽视文类,现代主义文学晦涩难明,大大减少了读者,其实本可以不必如此。许多人认为确定的传统文类必然包含着落后退步的意识形态,这种偏见误导了许多作家去使用地下形式或实验形式,结果失去社会影响力,最终难以逃脱为既定文学等级所吸纳的命运。[45]

要一再指出,文类是文学中普遍存在的现象,是形成文学传统的基础,惟因其存在文学交际方才成为可能。原则上说文类涉及一切文学,不过某些时期的文类批评会为本已过时无用的形式输氧续命,还立下种种并不恰当的规定。具体而言,当代文学中实在看不出任何痕迹可以让人以为文类已经江河日下。当然,永远存在着修订文类群组的需要。由上一代到下一代,文类时时在变,却又始终不难辨别,它究竟为何物?是时候认真思考一下人们称之为"文类"的作品群的性质了。

## 3. 文类概念种种

人们通常说，文类是分类的手段，实在是谬误。这一误解可追溯到古代的语法学家，批评家中优秀如格雷厄姆·霍夫者也曾写道："抽象来说，关于文类的理论其实就是一个分类体系，只要每个空位都得到适当的理论描述，文类就有了确定的内容和积极价值。"[1] 与这种观点相伴而生的是迷惑不解，每当某部作品放到哪儿都不合适，迷惑不解就油然而生。有时明明腾出了空位，可一扭头发现空位不见了，不免沮丧失望。所幸 18 世纪以来，其他一些关于文类的观点逐渐形成，18 世纪中叶起，一些重实证和探索的批评家，如布莱尔和凯姆斯已看到，文类并没有确定的边界，属于一个文类并不意味着绝对不能属于另一个文类。于是凯姆斯对定义中的裂缝嘲讽道："文学创作原来也可以相互融合，就像颜料一样；色调强烈时，辨别起来倒也不难，但终究变化太多，形式太杂，谁也说不清一个类别止于何处，下一个类别又始于何处。"[2] 有人据此得出结论，文类理论既然无助于分类也就一无是处。其实，与其把文类看成一个个鸽子笼，倒不如将其看成一只只格子，文类理论的作用自然也与分类大不相同，所关注的是交际和阐释。理解到这一点，文类总是变来变去的怪脾气就不那么让人烦心了。当然，也不必把分类的想法全然抛却，如果文学确实是由文类所组织，那么文类在分类方面自然也会有所作用，只不过这种作用远比大多数人期待的要有限得多。

文类的主要价值绝不在于分类。

## 门类？类型？家族？

最好不要把文类看成门类，而是看成类型。赫施早已指出门类和典型之间的区别："典型完全可以由个别例证所代表，而通常认为门类是个例的不规则排列。"³ 更进一步说，文类是一种特殊类型，某部作品归入某一文类，并不意味着这部作品的全部特征为这一类型的所有成员所共有，尤其是新作品加入文类会带来新特征。这样一来，文类就随着时间而变化，无法像门类那样凭借一套固定特征去界定边界。关于变化问题后面详述，这里引入类型的观念就是要强调，文类更多涉及辨别和交际，而非界定和分类。之所以要辨别文类，就是要对其中范例做出阐释。

文学交际中，文类是功能性的，主动形成每部作品所带来的体验。以《马耳他的犹太人》为例，视其为闹剧或视其为悲剧，在观众中所造成的反应截然不同。当人们尝试确定一部作品属于哪个文类时，实际目的是发现作品的意义。文类陈述具有工具批判性，恰如马里奥·福比尼（Mario Fubini）所说，文类使个别效果得以显现，如同纺织中把经线穿过纬线。检视文类以往的状态就是澄清意义的出发点，作品由此开始遨游。不言而喻，恰当的文类理论也应立足于阐释，涉及重构和阐释的原则，以及意义的评价。至于分类，倒不必成为主要任务。

很长一段时间以来，文学界的主流观点均视文类为门类，直到最近还常常理所当然地认为文类有着确定无误、相互排斥的边界，例外少之又少，或许亚里士多德可算上一个。⁴ 或许，理论家们缺乏术语和逻辑来维持其他观点，文艺复兴时期最精湛的意大利理论家帕特里奇称文类为"种"，有时候又用到"部分"这个术语，其确切内涵难明，或许指作品和所属类别之间的另一种关系。现代文学理论中，通常的看法依旧是：

既然文类真实存在,就必然有着确定的边界。科瑞恩、奥尔松、萨克斯三人显得有些另类,满腔热情地探索可以相互包容的文类范畴,不过他们的另类也仅限于此。[5]本尼森向文学描述的逻辑难题公然宣战,一次又一次向着明晰的定义突击,试图"以种属关系对称为文学的现象加以分类"。有些批评家虽然没有明确强调文类固定不变,却也往往落入相近的思维中。以纪廉为例,原本他的思想与固定文类观背道而驰,可偏偏又做了一个致命的妥协,他写道:"让我们承认克罗齐的观点吧,从审美的角度来看,文类确实是一个外在的门类"。[6]弗兰西斯·凯恩斯(Francis Cairns)研究古代文学的修辞性文类时自始至终使用"内容门类"这一术语,将其同"形式角度的文学分类,例如……史诗、抒情诗、挽歌体、书信体"区分开。凯恩斯所说的"内容性"文类有点儿近似于现代所说的亚类,同门类的近似性相当有限。应当注意凯恩斯的一般结论:"可以认为,每种文类都拥有一系列最基本的,或者说逻辑必然的成分,这些成分相互组合,将某一文类同其他文类区分开。"[7]那一时代的批评家们但凡提到文类,几乎无一例外地假设文类中必有"必然不可或缺的成分",必然有一系列特征可以对其做出界定。

这种假设并没有足够的基础,真正必然不可或缺的成分少之又少(例如所有的离别诗都包含离家出走,所有的喜剧都必须有人物),完全不足以支撑起文类理论。绝没有哪种形式性文类可如此区分,即便是悲剧和喜剧也办不到。古代的修辞性文类更引出难以解决的界定难题,若是有更多的古代作品流传下来,更将显示出这个难题有多么不可逾越。至于现代作品,边界更是模糊不清,流动不定,交叠重合,带来种种复杂微妙的混合形式,所谓必然不可或缺的成分实在是凤毛麟角。

以悲剧为例,悲剧无疑是个有着鲜明特点的文类,若要找出界定这一文类的基本特征,或许可以由对比《俄狄浦斯在科罗诺斯》和《哈姆雷特》入手,可这种对比几乎刚刚开始就触礁了,两部作品的共同特征实在太少,也实在太模糊,反倒是两部作品的区别更显眼,包括行动的时长、角色和场景的数量、激烈行动的数量和迫切性,以及发现和突转在剧中出现的频率。不妨先把这些区别放在一边,也暂且不去考虑亚里士多德对悲剧的描述是否适用于莎士比亚,只是去考虑两部作品中哪些共同成分堪称悲剧必然不可或缺的成分,结果会是什么呢？这种成分并非伟大人物的陨落,俄狄浦斯在科罗诺斯早已陨落,现代悲剧中的主人公也无须伟大；亦非不幸的结局,《俄狄浦斯在科罗诺斯》的结局谈不上美满,却也谈不上不幸,古希腊悲剧中不乏以幸福和和解结局的例子。[8]里奇蒙·拉蒂莫尔(Richmond Lattimore)认为仪式庆典是雅典悲剧"最基本,必然不可或缺的特征"之一,这当然难以成为所有悲剧的共同特征。内容的严肃性？或许吧,可想想喜剧和讽刺剧在英国发展出的变体,这点也要打些折扣。德莱顿就认为"能带来感动的不仅只是怜悯和恐惧"。[9]

德莱顿与韵文派的争论起先似乎带来一线希望,似乎可以对悲剧做时间划分,从而解决这个难题。另一种方法是把悲剧细分为多个亚类,或许所谓悲剧并非一个统一的类别,而是多个类别的组合。若果真如此,悲剧的定义自然有多个：雅典悲剧、中世纪德卡西巴悲剧、家庭悲剧、复仇悲剧、现代悲剧,能列出的名目还有许多。[10]古希腊悲剧表演时有歌舞相伴,整体而言它的许多特征已不见于后世的悲剧中。文艺复兴时期的英国悲剧近于把人物暴毙当成界定悲剧的特征之一。总体而言,把不同类别累加起来的用处并不大,相同的逻辑难题会在另一个层次上卷土重来,每个亚类依旧包含太多变化,难以把握,许多特征相互重叠,明确的边界依旧难以确定。或许可以抽取一些频繁出现的特征,视之为基本特征,可又有哪条特征敢说自己从不缺席呢？大多数阿提卡悲剧回避暴力行为的视觉再现,可索福克里斯笔下的阿贾克斯在舞台上自尽。众多评论家重视悲剧中的道德选择,可也有些悲剧的情节主要围绕发现、复仇和逃亡展开,例如《俄狄浦斯王》,索福克里斯的《伊莱特拉》和《伊菲吉妮亚在陶里斯》。诸多例外的存在最终迫使拉蒂莫尔不再把阿提卡悲剧视为一个完整的类别,而是由多个亚类构成,可即便到了亚类的亚类,依旧有些作品与定义相冲突,依旧有例外和重叠,依旧变化多端,花样百出。

悲剧的其他亚类,以及一切文类,情况莫不如此,从来找不到所谓所有成员共有的必然不可或缺的成分。有时根本不存在什么界定性特征,也有时所谓界定性特征的区分作用实在有限,仅能把文类分成亚类就再难前进了。简而言之,文类在各个层次上都抵抗着界定,最终界定很难遵循逻辑性。就形式而言,文类同有形物质的类别有着很大区别,或许同有形人物的类型的相似度更高一些。文类群组实在是难以把握,也难怪有些批评家批评文类概念漏洞百出,欧文·艾伦普雷斯(Irvin Ehrenpreis)就认为所谓文类不过是"某些作品之间的某些相似"罢了。[11]

也有人尝试用家族相似理论形成较为宽松的文类概念,以避免文类分崩离析的厄运。家族相似理论最早由杜格拉德·斯图亚特(Duglad Stewart)提出,不过令其发扬光大的是维特根斯坦。维特根斯坦曾做过一个著名的类比,把语言游戏和一般游戏做一番比较,[12]他写道:"从这些现象中找不出任何共同点可以承担起相同的称谓,然而它们又以许多不同的方式彼此关联。"关联绝非简单,"可以看到由相似性形成的复杂网络,种种相似性有的重叠覆盖,有的曲折交错……我只能称其为'家族相似',实在想不出更合适的表达方式了。种种相似同样也存在于家族不同成员之间,包括体形、面容、眼睛颜色、步伐、性情,不一而足,同样也重叠覆盖,曲折交错。因此我要说,游戏也形成一个家族。"数位艺术理论大师和文学理论大师尝试把维特根斯坦的家族相似论应用于文类研究之中,例如罗伯特·艾利奥特(1962)、莫里斯·曼德尔鲍姆(1965),以及格雷厄姆·霍夫(1966)。[13]文学文类概念的边界模糊不清,似乎正适合于这种方法,可以把某一文类中的代表性成员视为一个家族,各个成员间以多种方式相互关联,却不必有某种为全体成员共有的必然不可或缺的特征。这一类比意义极为丰富,不仅适用于亚类内部的紧密联系(例如雅各宾复仇悲剧),也适用于距离遥远的作品间松散的联系(例如名誉所带来的自豪感,作品包括《俄狄浦斯王》和

《推销员之死》等；又例如一个人所遭受的羞辱，作品包括《俄狄浦斯王》和《李尔王》等。看来，文类更像是个家族，而非类别。

本尼森·格雷(Bennison Gray)认为，家族相似方法仅仅是界定的准备步骤，这一观点应当引起关注。[14]格雷确信文类界定中所出现的问题最终都可以解决，只要选中恰当的类别，或者研究足够严谨，以确定"能够起到界定作用的一种或多种特征究竟存在与否"。然而要就某种界定特征取得共识，其可行性并不比事先做出某种界定更高，格雷的方法最终只能形成某种规范性界定，因为从一开始他就决定虚构是文学的界定特征，是文学意义之所在。

不管怎么说，都不应认为家族相似论劣于类别论，仅仅是不得已的替代品。诚然，界定的冲动几乎无法抵御，无论是谁，只要遇到一组作品，就会觉得"必须对这一文类做出某种形式界定"。[15]相比之下家族相似论所使用的语言没那么严密，会用到"经常""有时""典型"之类的词汇，展示力也没那么强。可既然用到了此类词汇，就别再指望能形成类别型界定，而要把文类视为另一种群组，无法解释为某种类别。除此之外，约翰逊博士早已认识到：

> 批评中界定的难度与不确定性丝毫不亚于法律。想象的机能枝蔓横生，漂游无定所，既不知何为界限，亦不耐于诸多阻遏，从来都以戏弄逻辑学家为乐事，在区分的边界上顽皮淘气，更把种种常规冲得七零八落。因此几乎没有哪类文章可以说得出精髓为何，构成又为何；每个天才都会带来创新，创新一旦出现，得到首肯，就会颠覆前辈作家们业已定下的规矩。[16]

其实，只要想到文学创新的丰富性，类型的不可界定性恰恰蕴含着巨大的力量。文学界定一旦说出了口，就迟早要被歪曲。

对于文类批评家而言，家族相似论似乎是最大的希望，但维特根斯坦的理论也不能生搬硬套，要做出一番调整。原始的家族相似论不单清除了传统文类理论,更抛弃了文学和美学的一切总结。曼德尔鲍姆指出了家族相似论的这一危险,同时还指出,维特根斯坦本人过于注重可直接展示出来的相似(可以把此类相似同功能做一番对比)。如何区分单人纸牌游戏和算命?又如何区分虚构和撒谎?如果要把文类类比于家族相似,或许应当更关注这样一个问题:如此之多的家族相似究竟是如何形成的?换言之,家族各成员之间有着怎样的生物性关联?[17]

就文学而言,相似性的基础来自文学传统,稍加思索就能想到,文类相似性正是产生于传统,一系列影响和模仿,以及传承下来的符码将文类中的作品联系起来。亲属关系形成家族,此类的文学关系形成文类。新诗部分来自于旧诗,每首诗都是早先文类中代表作的"孩子"(借用济慈的比喻),同时又将成为未来文类代表作的母亲。文类的构成自然随着时间缓慢变化,可以看到文类在不同历史阶段的状态各不相同。无论是历史地看,还是在某个历史时期之内,家族群组可以有很大的类型变化。修订后的家族相似论也指出,应当注意发掘文类特征之间那些没有直接表现、不那么明显、比较隐蔽的关联。和遗传一样,文类传统很大程度上是无意识过程,虽然也有部分读者可以意识到,可更多过程依旧通过无意识发挥作用。其实,语言和文学中的其他符码系统也都是如此。

一项警告:文类相似中直接的传承脉络并不突出,不可以把文类理论和来源批评混淆起来,要为多点起源[阿隆索(Damaso Alonso)特别提到这种现象]和遥远影响留下空间。文类相似性究竟是直接遗传还是隔代遗传,很难说清。斯宾塞的《牧童日历》的《三月》一章中,威利帮汤姆林看羊,汤姆林则讲起了自己与爱神丘比特相遇的故事(II,37-42)。编辑们将此同忒俄克里托斯的《田园诗集》中的情节(I,14)做对比,觉得维吉尔笔下的麦纳尔克拉斯似乎已是类似的角色。于是乎,类似动机被认为具有文类联系,是田园牧歌的可选特征之一。但并不能因此就说斯宾塞在模仿前辈,或许斯宾塞独立设计了情节的细节,来源是生活(在那一时代,想到照料牲口再自然不过了)。也或许斯宾塞和维吉尔都继承了忒俄克里托斯诗中的动机，但又各自对这一动机加以改造，相比之下斯宾塞诗中的描写更有趣，也更富于戏剧性。又或许，到了斯宾塞的时代，帮忙照料牲口这一主题有点儿过时了，需要更新。要判断出某个特征究竟在何种意义上具有文类性质，这并不容易，可有时出于某些目的，又必须做出判断。不过，评论后来者对于文类做出的贡献，未必需要追溯文类相关特征的源头出处，真正重要的是符码规则，以及其在当代的应用，而非符码如何为人所认识。因此戈登·布莱登 (Gordon Braden) 说，马洛的《海洛和利安德》中可以看到反奥林匹亚神话剧的影子，可这并不意味着马洛是诺罗斯学派的模仿者。[18] 他们可能独立形成自己的特色，也可能对文类的隐含意义做出共同的回应。无论如何，对于后代作家而言这些问题已无关紧要，或许穆塞欧斯、马洛，以及其他剧作家都用到了后代才出现的群组符码。由符码到作家的路径通常曲折、间接、遥远、偶然，远非简单的时序继承，可也正因为存在着重返昔日典范的可能，文学文类比其他家族相似表现出更强的连贯性。

　　作家获取代码的途径往往曲折迂回，其中富于各种机遇和变数，很少有那种简单直接的传承。后来的文学文类完全可以回到早先的某种形式，可也正因为这种"近祖"可能的存在，文学文类较之于其他的家族相似有着更高的内在连贯性。

## 能力的习得

　　一旦介绍完文学联系源自传统这一观点，就可以接触个人如何通过文类获取能力这个问题。人们学会辨识至少几种当代文类，或者虽然不属于当代，却依旧可以引起当代兴趣的文类，这一过程中究竟运用到哪些手段，在阅读生涯中又会经历哪些阶段？这一问题并不经常提起，似乎文类能力的习得毫无令人迷惑不解之处，大可以把文类能力当成当然之物。有人认为辨别和生产文类的能力始于不自觉之间,福斯特(E. M. Foster)说:"据我所知,唐纳德·温德汉姆从来没有学过文学,他只会制造文学。"这种看法方便是方便,却与实际经验相抵触。实际生活中,人们要经历一定的学习过程方能熟悉文学类型,即便是叙事这样的基础文类也不例外。大多数人同意故事是文学的基本要素,考利写道:"还记得刚开始阅读时颇有兴致,常常想躺在妈妈的客厅里……读斯宾塞的作品。凑巧碰上了斯宾塞,觉得他的故事趣味无穷……渐渐对音韵节律也有了一点点感觉。"[19]考利的这番话似乎在说,他在阅读能力还不尽完善,还不能欣赏音韵节律时,就能欣赏叙事了。可即便是叙事也需要后天学习,考利似乎忘了也曾有一段时间他对故事了无兴趣,那段时间还不短。每个父母都知道,孩子对故事可能听都不想听,除非以游戏的形式把故事呈现出来。相当长一段时间里,故事就是坐着不动的游戏,儿歌的情况也一样。等孩子大一点儿,有了记忆之后,有时会对谜语感到迷惑不解,或者说,被模仿搞糊涂了。之所以会这样,不仅是因为对原作了解不够,更是因为这一过程本身就令人迷惑不解。这一现象或许可以揭示出形成文类能力的某些真相,告诉人们能力的习得来自于行动。

有种观点认为宽泛而简单的文类观习得起来要快一些:先有游戏的观念,再有语言游戏的观念;先知道何谓故事,再知道何谓恐怖故事。这种观点似乎有道理,可实际上真实情况恰恰相反,只要想一想儿童游戏的仪式性特征,就不难理解了。只有先熟悉一系列十分具体、已深入了解的故事,才能形成故事的一般观念。不过,两种解释都会遇到一些麻烦,文类能力的习得过程漫长而复杂,和语言习得一样,从来不会完满。一位成熟且有足够能力的文学读者无论在意识之上与之下的层面都会发现,依旧有许多作品的文类难以辨别,有时纵然可以辨别出作品所属的文类,却依旧无法对这一文类做出反应。也不能认为习得过程会稳步推进,有些文类取决于其他文类知识。初读华莱士·斯蒂文斯(Wallace Stevens)作品的年轻人无论才智多么出众,也要先吸收相当一部分形式知识,然后才能从斯蒂文斯的诗中读出些名堂。可也有些时候有些读者可以仅凭几条很不充分的样本,就出奇快捷地掌握某个文类,仿佛仅凭几条零散的线索就可以形成一幅全息图。何以习得过程可以如此简单?这依旧是个未解之谜,可能的解释是文学类别的部分知识可由间接渠道加以掌握,例如,凭借对话、亚文学、广告、电影,以及其他彼此关联的形式。[20] 也可能存在着某些文类系统,借助于文类关系中的隐含和限制,在无意识中彰显自身(参见本书第13章)。这一问题目前尚没有答案,在未来是一个可以结出硕果的研究领域。

## 不稳定性

历史发展过程中,文类始终在变化,结果钟情于界定的理论家们不得不把自己的界定搞得越来越抽象,最后远离文学实践。只要把描述搞得足够模糊,就可以达到目的,这样一来文类无论在哪个时代都可以保持统一和稳定,可以准确预测,却无所作为,就像惰性气体。不过,可用于界定的特征并不多且难以捉摸,一旦在文类的描述中加入充分细节,就会与许多局部性、短期性群组相冲突。无论在哪儿,这些群组时而变化,时而组合,形成似乎是全新的组合,令钟情于构建系统者深深感到不安。可一旦理解了文类的交际功能,还能指望文类有何种活动?除此之外还能别的吗?如果说文类形式之别正是文学意义之始,那么在漫长的传承沿袭过程中,意义也必然有所改变。赫利孔山上的美酒都是独一无二的。

文类可变这个事实不可再忽视了。1588年吉尤森·登奥瑞斯上课可以颇为严肃地讨论"最完美的悲剧如何构成",今天不可能再有类似的想法了。如今,优秀的评论绝不会就"完美"品头论足,永恒的文类如果真存在,也只能存在于天国,存在于理想世界中。文学的历史进程中不再高耸着帕拉塞斯山,更不存在供奉着永恒形式的神庙,对此如今几乎没有人会提出反对意见,然而其更深刻的含义在文类理论中尚未得到探索。众多文类理论家有时似乎合起伙来忽视文类的历史变化,直到1978年利维(A. W. Lewi)还写道:"文学再现的形式,即文类,很大程度上就像柏拉图所说的理式一样,不受时间和变化的侵扰,构成文学可能的永恒原型。"迈克尔·里法泰尔(Michael Riffaterre)并不忽视文体变化,却也一样回避变化问题,设想"符码变化多数情况下属于语义性质"。[21] 这一设想实在是问题重重,托多罗夫倒是看到了简单共时性的谬误,可又分出"理论"文类和"历史"文类,把文学实际和文类纯思辨截然分开。[22] 如今是时候让文类理论自身承认历史变动了,处理各种时间性概念时理应赋予文类理论更大的自由。

纪廉让人们看到了这种具有"根本历史性"的观点,[23] 不时提醒人们文类可变,几乎凭其一己之力扩大了人们对于一种特定文类,即流浪体小说的理解。纪廉的做法是一个阶段接一个阶段追溯这种文类的发展,然而纪廉在理论陈述中依旧视文类固定不变,只有一个状态,"某种文类,例如文类 $Z$ 的描述不可能面面俱到,否则在描述具体作品的过程中就不能说这部作品属于文类 $Z$,且只属于文类 $Z$ 了。"也就是说,描述应仅限于起到界定作用的特征。当前的困难在于,纪廉所说的文类仅有一个形式,故而 $Z$ 是系列中所有成员的总称。如果 $W$ 是其中一部作品,可以表达为 $Z=\{W\}$。考虑到历史变化,表达式就要更为复杂,例如:

$$Z_n + W_{n+1} \rightarrow Z_{n+1}$$

也就是说,在特定阶段 $n$,文类代表着所属作品的类型;新作品 $W_{n+1}$ 使用文类的符码规则,会给文类的形式带来调整。即便如此,依旧有过于简单之嫌,因为使用了线性序列,而实际的文类传统要复杂得多,不过至少也可以让人们看清楚,任何关于文类的叙述都是特定历史阶段的叙述,也就是说是 $Z_n$,而非 $Z$。如果去除了文类的具体历史时期,或者把历史时期拉得很长,能说的也就所剩无几了。关于阿提卡悲剧、伊丽莎白悲剧,甚至现代悲剧,可说的很多;可关于所有悲剧,就少得可怜了。如果没有具体历史定位,关于文类的讨论只能滑入虚空。

如何才能走出这种困境?最大的希望在于数位批评家暗示出的文类观中,尤其是罗莎莉·考利的文类观。根据考利的文类观,应当接受历史变化,也无须把不同的历史阶段紧密排列起来。例如,中世纪传奇和维多利亚时期传奇不必列入同一文类,中世纪书信和维多利亚时期书信体散文也不必列入同一文类。另一方面,不必为明显的断裂所吓倒,以至于放弃传统。考利写道:"确实存在着文类传统……但处于亚稳定状态,和所处的系统环境一样,随着时间而改变。写作之时,作者的文类概念从一个方面说具有历史性,要不断参考模型以决定哪些模型值得模仿,哪些模型需要摒弃。作者所写的也可能改变文类……甚至变得难以辨别。"[24] 如果我们真正严肃思考过这段话,就会发现其中包含着深远的含义。

文类变化绝不仅限于这一或那一特征的调整,随着时间变化,一整套原本可以辨别的特征都会改变。不仅如此,文学诸基本要素,甚至文学本身的模式都难逃变化,于是整个文类的组织经纬都卷入历史巨变中。亚里士多德谈到文学文类的"构成要素的数量和性质",可能只是表达了他个人的观点,可若有其他古代理论家列出文学什么成分,以之为范畴之名或描述之纲,在现代批评家看来同样显得陌生,或价值不同。帕特里齐早已看到这一点,他也写到了文学的部分,但与亚里士多德的安排不同。亚里士多德的理论小心翼翼地把量变型成分和质变型成分区分开,帕特里齐则把二者混合到一起。在其他一些问题上,帕特里齐也觉得古人的分析难以令人满意,不仅否认情节是文学连贯性的基础,甚至质疑情节是否是文学的必要成分。[25] 在我们这个时代,人们早已对此类观点习以为常,可文艺复兴时期的文学模式早已过时。帕特里齐觉得情节之于文学早已失去了古代的权威,同样,对于我们而言,音律之于诗歌早已不再必须,虽然音律过去曾是诗歌必然不可或缺的成分。[26] 自由体、跳韵体、音节体、散文诗,怎么能对它们视而不见?我们远不会把音律当作文类的区分标志。当代读者读到英雄体六行诗会有什么反应？还有斯宾塞诗节？当代读者从亨利·莫尔、申斯通、汤姆森、比蒂、华兹华斯、拜伦、济慈、罗伯特·巴格一路读下来，难道不会发觉其文类联系在持续消退吗？现如今，大多数诗节的形式可以自由替换，不大会影响到诗歌在文类中的地位，诗歌模式已经发生了变化，对于当代读者而言，引起关注的是诗节的使用，至于是哪一类型的诗节并不重要，而传统上总是把一定类型的诗节同特定的音律安排联系在一起。同样，传统中的风格高低系统，以及与之息息相关的修辞系统如今已经很大程度上分崩离析，最崇高的主题也可以用最平实的风格来写，丝毫不会给人以唯实之感。其他成分皆是如此，亚里士多德以为当然的各种基础成分，例如诗歌是有序的线性排列，几乎都已经有所调整，或彻底改变。

文学成分的改变对于文类和文类群组产生了广泛的冲击，不仅体现于基础形式的直接变化中，更会引发一系列更为彻底的改变。例如，印刷系统取代手写传统，记忆也逐渐麻木，文类的整个肌理都会感到诗歌和散文的不同张力。早先的传统中隐含着口口相传的文学模式，一整套口传文学文类系统均取决于此。[27]一旦口口相传的模式被取代，随之变化的是与之相关的所有文类。后世的某些变化范围更广，程度更烈。乔治·华生（George Watson）说："有人钟情于恢复古典文学类别理论，以及传统上与此种理论结伴而行的分析形式……可无论如何也继承不到完整无缺、处于工作状态的批评系统。"[28]华生所言非虚。

## 共时描述和历时描述

文类批评往往会分裂为两类相互独立、几乎没有关联的活动，其一是关于永恒文类的抽象思辨，文艺复兴及其后的一个世纪中，此类活动引起许多人的兴趣，不过时至今日已被视为不切实际，除非同结构主义扯上瓜葛；另一类活动是深挖个别文类的历史，观察这些文类如何不断变化,不必久久等待以形成普遍结论。第一类活动注重不变(必要的话,生编硬造也在所不惜),第二类活动注重变化(哪怕变化中难以出现任何具有普遍性的观点)。抽象地说,二者的对立就是共时性和历时性不可调和的对立。[29]优秀的批评家要么避开这一对立,要么把对立双方融合起来。何处应当采用历时方法?何时又应当把文类的主干视为不变?其实,这仅仅是策略问题。

至少自浪漫主义运动以来,批评在原则上固守中间立场,所关注的是作品历史作用的发掘,或者作品意义的阐释,其背后所隐含的文类观悄然把历时方法和共时方法混合到一起。从这一角度看来,新批评和结构主义应视为另类,或者是新的背离。不过,文学与语言之间的类比不也支持更偏向共时性的立场吗?毕竟,前面把文类比作索绪尔所说的"语言系统"中的附加符码。语言当然可以从共时角度加以研究,可同样也需要从历时角度加以研究,语言同样也处于连续变动之中,不会永远相同。现代语言学的发展采纳了一系列共时观点,每一种都局限于虚构的当下,文类批评会走语言学的老路吗?

我们又一次撞上语言类比的极限,文类传统和语言规则根本不同。首先,一部文学作品可以用多种多样的方式偏离传统规则,日常语言则不会背离自然语言的语法体系。只有高度的文学创造性才会在背离中消耗和挑战传统,日常语言中,如此大规模的语法革新断然不会成功(除非在一些特殊领域中,例如技术新词汇)。其次,作者可以自由回到早先的传统之中,日常语言没有这种自由。至少在一定程度上,所有文学都可以为文类创造提供材料,即便是遥远古旧的用法有时也能引起回应,因为文学重温旧日体验的能力超强。自然语言与此不同,要是有谁在现代诗中加入吉尔伽美什史诗传统,说不定能获得成功,可要是谁在日常生活中说古代的盎格鲁·诺曼语,未免就有些不识时务了。

索绪尔有个著名的比喻,把语言比作对弈,当然也可以用这个比喻来论证文类研究的共时方法。对弈中,棋子位置不停变换,无须提及之前的变动也可以把每步棋所形成的局面明白描述出来。有人据此力争,认为语言和文学的情况与之类似,其状态可以一步步单独描述出来。这确实是个很有启发性的比喻,却也有一个严重缺陷,对弈中,想要充分描述出每步棋所形成的局面,必须说清楚谁在走这步棋,这就引入了历时因素。要弄清楚谁在走棋,不免要追溯之前的各步棋,如果说仅从共时的角度去看,对弈的局面依旧存在不明朗的地方,文类更是如此,其以往状态始终活跃,纯共时方法根本难以想象,必须知道游戏的许多步骤,任何一步都可能是对遥远过去的回应。之所以要反对线性文学观(像俄国形式主义者那样,认为文学是一系列前进过程),上述考虑也是原因之一。

尚不仅如此,文类的确定具有"后发性"。通常,"在历史和批评实践的发展过程中,人们发现,某些可辨别的批评与某部作品的配合程度明显超过其他不兼容的批评类型",此时才会确定文类,"于是我们说该作品是某个类别的代表,该类别由批评加以确认,最终建立起自身的存在。"[30] 按照斯巴绍特的这番话,文类未免止于"后知后觉"了。在我看来,文类持续作用于作品的一生中,尽管其作用可能游移不定,也可能若隐若现。经过明确确认的文类(这里文类一词应当用复数形式)本身已包含了一时一地的特殊因素,日后也处于不断的修正中。阐释可以把文类特征"读回"到作品之中,也"读回"到之前的阐释之中,反过来文类也扎根于后来的批评之中。文类概念的连续状态形成一系列图示,每幅图都包含着前一张图。再次强调,变化并非仅限于批评修正的增加,而是广泛涉及数种文类间的大规模重组。可以想想夏普兰和穆塞欧斯以及克劳蒂安的一些诗作的关系,看似毫不相干,可深究下去联系相当惊人;也可以想想马洛的《希洛和利安德》,这部作品过去常常遭到误解,戈登·布莱登最近把这部作品同欧陆作家模仿穆塞欧斯而写的一组作品联系起来。[31] 此类文类阐释部分是重构,在文学地图上标出一片处女地,也可以为日后的制图者所吸纳,以显示出文艺复兴作家缔造非荷马式史诗的雄心。非荷马式史诗中,对行动的叙述为多种多样的诗歌漫谈所取代,这种史诗吸收了小型叙事诗的特点,尽管人们常常把这一类型追溯到奥维德,但其实奥维德未必就是灵感之源。

这一切并不意味着应当由文类分析转向来源批评,或许其可能的意义是:对于许多目的而言,最切合实际的做法是视文类为一连串观念状态,可以从共时角度加以分析。例如,研究"1600 部英国悲剧"。这种做法吸收了俄国形式主义者的重要贡献,尤其是尤里·蒂尼亚诺夫的贡献。在俄国形式主义者眼中,所谓文学就是一系列结构,可通过任意一部分加以审视。可以把文类比作一系列筛子,这一比喻虽然有不足,可至少好过完全无视文类的运动。如果把文类比作一系列筛子,必须清楚意识到,这一比喻或许会掩盖文类运动的一些非常规方式。

文类时间侵蚀问题的这两个方面激起批评界的浓厚兴趣:其一,特定作品创作时,其初始文类状态如何;其二,批评家本人所属时代的文类状态如何。意图论者或许会尝试重构方面一,可任何一位批评家,无论属于哪个流派,都要同方面二取得联系。可以假设,由于根深蒂固的我向性,人们总是把自己所属时代的文类当成普遍标准,于是一篇短诗被标成抒情诗,一部传奇被贴上小说之名。方面一和方面二的混淆把许多批评搞糊涂了,要避免这种混淆,或许可以注明观察的直径,明确指出观察对象是初始文类,或其当下状态(例如,16 世纪讽刺诗,或 19 世纪传奇)。一旦做好了历时调整,共时描述便不会受到影响。

有时文类的其他状态也会引起兴趣,包括出版时的状态(有些作品的出版期远迟于创作期),作者声誉上升时的状态,以及作品阐释发生重大变化时的状态。研究斯宾塞的批评家需要对新古典主义时期托马斯·沃顿(Thomas Warton)的文类观有所了解,对于沃顿而言,大中套小的传奇算不上什么体面的文类。沃顿觉得《童话女王》中的多声部叙事"把读者搞得晕头转向",如果斯宾塞师法塔索,而不是阿里奥斯托,效果会好得多。[32] 从理论上说,每位批评家的贡献都会给文类带来新状态,可如果在自己的系统中加入这么多细微变化,实际上等于葬送了批判话语。一方面,我们应获取文类信息,另一方面又要避免使用此类信息。"中世纪喜剧""伊丽莎白时期喜剧""复辟时期喜剧"之类术语尽管不那么严谨，其实也足够了。而当下某些术语在时期上缺乏限定，很难有什么价值。我们需要比"小说"更精细的表达方式，虽然这样常常会令人感到不舒服，感到自己被挤到了知识的极限边缘。

## 文类的证据

发掘文类的以往状态不能依靠回溯以往的批评，以往的批评同样要回溯到更以往的批评，且充满混乱不清之处。实践中凭借以往批评"界定"过去文类的方法依旧使用广泛，幸运的是也有一些其他方法可以引领我们一睹昔日的文类观念。实际上，以往文类状态的证据远比我们想象的更丰富，来自多个源头，有些源头尚未得到深入探索。其一，作者自述，在涉及有意识的文类时作者自述尤其有价值；其二，当代实践，这种证据不大好把握，二流作品往往流于定式，而真正伟大的作品会超越局部形式；其三，早期读者的评论，或许可以反映出如今早已废弃的分组，例如蒲柏把戴夫南特同邓恩放在一起，显得颇不寻常；[33] 其四，间接建构性推测。文类过程大部分发生于无意识中，故而最后一种源头可提供的信息往往最为丰富。

以上最后一点要展开讲一讲。建构性推测可能来自文学和批评，也可能来自其他证据，其环节可能异常曲折。例如，结论可能来自就其他并不直接相关的文类所做的陈述，也可能由对立观点中推导出某些东西。在《蒲柏传》中，约翰逊博士写道："墓志铭并没有特殊品格，既可以用韵文写，也可以用散文写。墓志铭通常以颂扬为己务，石头无法令人扬名，令其不群者惟友人而已。无须自制，亦无须谦逊，只需记住，不要过于冗长，令普通观者失去驻足凝视的闲暇，或耐心。"[34] 可约翰逊博士又几乎立刻收回了这种自由，实际上墓志铭应包含逝者的姓名，却不必明言他已不在人世；不要混用拉丁语和英语；不要引入神话；赞美之词不应是"任何明理良善之人都具备的普通品质"。[35] 无须翻阅《论墓志铭》这篇文章,读者也能从约翰逊博士的文字中发现自相矛盾之处。是约翰逊博士自己搞糊涂了吗?还是博士初涉这一领域?都不大可能。这种矛盾的存在让我们推测出,约翰逊博士在自己博学多闻的文章中所提到的种种规定仅仅是隐含性的,尚未为人们清楚意识到,即便博学如约翰逊博士者也不例外。只有当处理个别案例时,或者对所涉及的规则做系统学术研究时,这些规则才浮出意识的表面。华兹华斯有过类似的思考,曾就个别处境说过类似的话:"读者据说对某个人产生了兴趣,此时他应当知道那人是谁,又是怎样一个人。"[36]对华兹华斯而言,墓志铭的"法则"应解释为"一个写作类别",可对约翰逊博士而言由个别产生出的法则尚未成形,即便成形也很快为人们所遗忘。

同样,爱德华·托马斯(Edward Thomas)就《二月午后》所说的话也可以推测出一些话外之音。托马斯说:"我怀疑,你根本就没有意识到那是一首十四行诗。"[37]我们不仅可以推测出,那首诗应当当作十四行诗来读,也可以推测出,托马斯认为十四行诗的有些规则并非必须,至少有变动的余地。有一类十四行诗具有这些特征,故而依列娜·法吉恩(Eleanor Farjeon)可以轻松辨别;也有一类十四行诗缺乏19世纪末十四行诗的特征,至于这类十四行诗的真实面目,目前尚不清楚。

## 4. 历史类别和文类特征库

　　许多人试图理清文学文类,可由于把所有文类类型都归入同一范畴之中,造成混乱,最终失败。如果文类类型只有一个系列,把作品分配到文类之中将是个不可能完成的任务。不过批评家很清楚,大多数作品同时混合了多种文类类型。与文类变化相比,这属于另一个问题,不过两个问题并非没有关联,后面的章节中将详细阐述。首先,让我们分清不同的文类类型。

### 范　　畴

　　文学作品可以以多种方式分组,例如汤姆·斯托帕德的《君臣人子一命呜呼》就同时代表着多种文类,和《等待戈多》一样可视为现代伦理剧,可与此同时又与吉尔伯特和苏利文合作的《罗森克兰茨和吉尔登斯特恩》一样,可视为炒冷饭式的作品,拓展了《哈姆雷特》的虚构世界。《君臣人子一命呜呼》是一部严肃喜剧,可也有人称其为荒诞派戏剧。同样,莎士比亚的《冬天的故事》也被贴上喜剧、悲喜剧、近悲剧、传奇剧的标签,该剧部分可算是田园剧,可剧中奥特利库斯这个人物体现出迥异于田园牧歌的价值观,有人称其为"赫希奥德风格",也有人称其为

"喧闹田园剧"。[1]在这部剧中可辨别出一种结构类型,类似的行动相互映照,在剪羊毛那场戏中,也可以说《冬天的故事》包含了化妆剧的成分。

确实,能辨别出哪些文类本就随着辨别者的目的和所掌握的知识而不同,手忙脚乱的售票员可能觉得说句"喜剧"就足够了,批评家则会耗上更多时间,为更细微的区分而殚思极虑。再进一步说,对文类类型的界定有粗细之分,若缺乏足够信息也不可能区分出多少东西。有些类型或许生来就模糊不清,倾向于重叠交错,然而不同文类之所以会重叠交错,最普通却又最不为人所理解的原因就是,它们属于不同的范畴。道德剧与荒诞剧显然不属于同一文类系列,至少也要区分出部分不同的范畴,否则文类研究将难以为继。本书尝试做以下区分:类别或历史类别、亚类、模态,以及构造类型。以《冬天的故事》为例,该剧类别属于悲喜剧,剧中部分在模态上属于田园剧或传奇剧,不过该剧在类别上并不属于传奇剧。若不对此类文类范畴做出区分,批评不可避免会陷入混乱的泥沼之中。为了分析的便利,可以从文类特征库出发,对范畴加以区分。只有类别和亚类才会用到一整个系列的特征。

## 文类特征库

所谓文类特征库是某个文类所展示出的全部相似可能。确立文类的过程曲折隐蔽,然而回溯性分析总能总结出许多特征。每一文类都有着自己独有的特征库,文类的代表由此选择自身特征。应当注意,可起到区分作用的特征既可能是形式方面的,也可能是材质方面的,如同奥斯汀·沃伦(Austin Warren)所说,文类分组的基础"既可以建立在外在形式之上(特定的音律和结构)……也可以建立在内在形式之上(态度、语气、目的,更粗略地说,也包括主题和受众)。"[2]纪廉警告,无论是过度关注作品的外部特征,或是作品的内部特征,例如悲剧的"精髓",或俄国小说的"观念",都可能走向空洞无物。[3]过去最优秀的理论家在讨论历史类别时总是兼顾外在形式和内在形式,例如亚里士多德描述的悲剧由数个要素构成:故事、人物、对话、人物思想、现场伴唱,以及抒情成分。[4]现代批评家中出类拔萃者与亚氏不谋而合,我们依旧认为阿提卡悲剧的特征包括材质和形式两方面,这一文类不仅应当有场景和伴唱,使用特定的音律安排和某些手段(例如轮流对白),还应当在情节中体现出发现和逆转,要有高贵的主角,强烈的情感,引发价值冲突。之后的悲剧,以及其他历史类别无不如此,都有着鲜明的内在形式。若有人想为文类辩护,却说文类对作品内容加以限制,就大错特错了,实际上那种思维反而会助长视文类为形式累赘的看法。

然而,并非所有范畴都同时融合了内外两种特点。本书中的"文类"是个宽泛术语,不仅包括历史类别,多少也包含一些其他结构性较弱的模式,以及纯形式构造类型,不过只要引入文类特征库这一概念,就可以把这些不同的范畴一一区分开。亚类的外部特征与文类相同,不过在内容上要多一些限制,亚类增加了一些材质方面的规定,对于主类而言这些规定并非必须。与亚类不同,模态是类别的选择或抽象,几乎没有外部规定,但借助于内部特征库中的样本,可以将其与历史类别联系到一起。例如《爱情小唱集》第64首就模态而言是爱情诗,就类别而言是伊丽莎白时期十四行诗,就亚类而言属于夸耀型十四行诗。至于所谓"构造类型"是纯形式性,同一种类型可以出现在许多不同的类别中,例如上面提到的十四行诗使用了所谓"目录"类型,而这种类型的适用范围极其广阔。至于一整组十四行诗,则使用了另一种构造类型,即所谓"合集"型。

## 类 别

本书中"类别"就相当于"历史文类",或另一个不那么确切的术语——"固定文类",这种用法与近年来批评界的惯常用法部分相符。[5]然而沿用当下的惯用术语并不意味着全盘接受其语义,更不意味着接受个别类别的神话。某些惯用术语,例如"牧歌",根本属于完全不同的范畴,可不管怎么说,就许多历史类别而言,还是有着坚实的基础可以达成共识,直至最近历史类别所受到的关注远超过其他文类范畴。米南德和其他古代修辞学家对许多历史类别做了细致入微的描述,[6]古希腊的描述大部分为拉丁作家和批评家所接受,不过拉丁作家和批评家也发展出自己特定的习俗,尽管这些习俗并不那么稳定。贺拉斯写道,自己的讽刺诗打破了极限,或许他指的并不是文类,[7]可至少他也意识到自卢基里乌斯以来讽刺诗已形成一个类别。文艺复兴时期批评家也常常追溯类别的历史源头,无论这种源头由单个权威所代表(亚里士多德),或是由具有示范性的作家所代表(贺拉斯、彼得拉克)。借助于历史源头,文艺复兴时期批评家表达出自己的传统意识。从中世纪某个时期开始,类别的命名渐渐形成传统,所使用的标签与古代批评几乎完全不同,自16世纪起这种做法就已经很普遍了。值得注意的一点是,类别的名称(大多数其他文类术语始于此)无一例外是名词,如果有人提出"某部作品属于Z",通常就是在确定历史类别。

　　类别给人一种印象,仿佛固定不变,边界明确,扎根于历史之中,其描述不过是信手拈来。我们将会看到,这种确定性观念背后隐藏了某种东西。可即便是描述尽人皆知的类别也并非易事,或许人们认为自己早已经知道十四行诗为何物,可一旦接触到伊丽莎白十四行诗,就会遇到不规则十四行诗、十四行智语诗、十六行诗,以及十四行组诗,还有的十四行诗中混入怨刺诗和阿那克里翁颂。除了个别历史类别的变化之外,还要考虑到整个文学模式的变化,这种变化必然会给文类特征的意义,甚至归类带来冲击。严格地说,探讨文类特征库实际上已预先接受了前人就类别的构成特征,以及特征库之间的联系所做的探索。针对所研究的时期,应就所有可能的构成成分形成理论,然而形式的变化既剧烈且迅速,故而要形成理论绝非易事。罗曼・茵伽登(Roman

Ingarden)的理论视野不可谓不广阔,可即便是他的《文学艺术作品》这部理论巨著也未能涵盖广播剧,而正是这一类别对副文本理论的发展产生了深远影响。

更进一步说,要纵览文类特征库,就要涵盖尽可能多的文学构成成分,茵伽登在著作中所涉及的文学层次是所有话语的共性,从文学的角度来看,还算不上广泛全面。更充分的做法是把历史变化纳入考虑之中,不单要涵盖一般人能想得到的种种语言特征(再现模式、修辞、词汇等),还要涵盖仅限于文学话语的种种超级结构特征(闭合性、音律形式、押韵词、主题等)。一旦功能发生变化,所有特征都会随之变化。在蒲柏和乔叟的不同文学世界中,押韵有着不同的内涵,考察讽刺诗中押韵的文类功能时必须将此考虑在内。许多卡罗琳式墓志铭采用十二行的形式,这种形式或许有着某种文类效力,而不仅仅是伊丽莎白时期之前的人们所喜欢的数字象征。几乎任何一个特征都可以同文类相关联,或多或少属于类别的常规特征库,这不仅适用于形式,同样也适用于所谓"内容",再现对象各层次的意象、动机、主题都形成特征库的一部分。反言之,作品的文类归属也会影响到其构成成分的分层,具体诗和挽歌中形式所承担的功能截然不同,而农事诗、俳句和浪漫颂中四季的形象显然处于不同的层次。正是由于有许多可能的存在,把文学类别简化为宽泛的"话语类型"实在是错误之举。

纪廉为流浪体小说所制的特征表堪称文类特征库的典型,纪廉细化出八种特征:流浪汉,特征鲜明的人物类型,早先界定更明确时,通常应当无父无母;伪自传体形式,隐含着具有讽刺色彩的双重视角;叙事者观点偏颇;叙事者喜欢由个别经历下总结,故而形式在意识形态上具有封闭性;强调生活艰难,挣钱不容易;对许多不同社会群体的观察;流浪汉"空间上做水平运动,社会地位上做垂直运动";章节结构松散,使用重复的动机,循环往复式布局,渐进式过程,以及嵌入式叙事。当然,纪廉的论述极其丰富,上述大胆的总结难以呈现其全貌,可不管怎么样可以帮助我们看出纪廉方法的局限。若采用共时性方法就必须忽略早期流浪体小说如《小癞子》和现代象征意味浓厚的流浪体小说如《弗里克斯·克鲁尔》之间的区别。[8]我们可以再次发现,如果某条特征的分布缺乏普遍性,分析就会戛然而止,流浪汉"并非总是多主之仆",而"讽刺的作用在流浪体小说中也并非牢固"。此时或许有人会感到,若采用家族相似论探索或许可以更加深入。例如,许多早期流浪体小说中,主角几乎都是仆人,常常会以利他精神把自己的命运同主人联系到一起,这不是个极其重要的特征吗?纪廉的方法也没有提到流浪体小说中细致的背景描写,所有任务都显得拙重,以及流浪汉自己的身份很不稳定。一味追求特征的普遍性,最终会导致特征库大大缩水。最后,纪廉的方法把类别和模态混为一谈,意味着把流浪体小说视为小说的一个亚类,可实际上流浪体小说开始时是个独立的类别,有着特有的外部结构。尽管有上述种种缺陷,纪廉就流浪体小说的特征库所做的研究依旧价值不可估量,其项目选择恰当,同时涵盖了材质性成分和形式性成分。

一系列问题自然随之产生:文类特征库中所列出的是否是"场域标记",或者说是与文类相关的特殊特征(故而其特色远比数量庞大的"一般"特征鲜明得多)?整个类别具有组织性吗?所有构成成分都按照文类排序吗?许多文学特征(例如主题用典、双关、半韵)都可以出现于多种类别中,不过通常数量不会太多,也不会毫无规律可循。少数特征出现于所有文学作品中,例如结构,不过多数特征的展现还是离不开文类,即便在最宽泛意义上要做到恰如其分,特征的存在离不开文类。还有一些特征与文类关系紧密(例如牧童对话诗中的问答,又如婚宴喜歌中的闹床歌)。请看下面几句斯宾塞的诗:

> 婚姻之神已醒来,
> 早已准备好揭去面纱
> 手中举着松枝火把
> 飞起点点星火。

(《喜歌》25-27)

这几句诗用到了头韵法，伊丽莎白时期某些诗歌类别常常用到这种音韵手段，也用到了转位法，令辅音的文体地位大大提升。诗中"fede"（松枝火把）一词令人联想到婚宴喜歌，不过诗中这个词的用法颇为特别，要读懂这几句诗，就必须把火把这个形象同婚宴喜歌中常用的"tapers"（喜烛）一词联系起来。这种表达传统实在优美，暗示无数精神品质如同无数烛光，又仿佛夜空中的点点繁星，可要是仅仅把这句诗理解为"数千根熊熊燃烧的火炬把天空照得雪亮"，原诗中优美而丰富的蕴含就荡然无存。这仅仅是一则简短的例子，可由此不难看出，如果错失了文类的标志性特征，对整个类别的理解就不可能步入正途。

标志性特征构成家族特征的核心，这里还可以进一步区分出局部特征，例如闭合类型，以及更为离散的一些特征，例如情感特质或级别。后一类特征或许捉摸不定，但对其他构成成分有着广泛的影响。最捉摸不定的是所谓"缺席特征"，也就是说通常排除于类别之外的一些特征，例如新古典主义史诗和维多利亚时期颂很少用到双关。很可能大部分时候文类特征作用于下意识，直至某条规则被粗暴侵犯，于是引起关注。要理解类别，就必须把大范围的特征纳入思考之中。

或许，总览一系列按文类加以组织的特征会有所帮助，这里只提几个最常见、为批评界所熟知的特征，其他就不一一详述了。叙述也没有正式的次序，因为尚无人能够说出在文类特征的认知过程中会形成什么样的结构性次序或系统。（如果有的话。）[9]

（1）大多数类别在再现方面都特色鲜明，例如叙事、戏剧、漫谈。一部作品可以有不止一个再现特征，例如英国文艺复兴悲剧主要是戏剧，可同时也有一些附加成分，例如抒情和叙事（如歌谣，人物对话）。英国悲剧中，抒情通常要有动因，至少不能和行动相冲突，古代悲剧则与之不同。古代悲剧中，抒情由独立的合唱团承担，在剧中占据固定的形式位置。同样，18世纪英国农事诗混合了描写、说教、抒情多个方面。一部伊丽莎白时期十四行诗组诗，例如《爱星者与星星》，主要是抒情，其次是叙事和戏剧。文艺复兴批评家或许因为牧童对话诗有着对话的形式就认为其是戏剧,"其他戏剧性诗歌出现许久之后,诗人才创立了牧童对话诗这种形式。"[10]可实际上,同古代牧童对话诗相比,文艺复兴牧童对话诗使用抒情和叙事时更加自由灵活,有着较大的不同。

(2)类别的特点是有着外部结构,特征越是鲜明,这一特点就越是明显。结构一词常用来指模糊不清的内部格局,不过此处结构一词的含义并非如此。此处结构一词仅指显而易见的东西,也就是由各部分形成的线性序列。此种序列结构通常可以展示,很少有人有事实性不同意见,大家可以就意义争论,但就事实性次序的争论并不多(诸如诗歌引入、化妆剧、反化妆剧、牧童对话诗都属于此类结构)。故而与模态相比,类别更具体一些,因为模态没有外部结构。

外部结构这一观念包含一些技术上的复杂性。例如,结构的"外在性"可表现于多个方面,是指物理上的作品划分,例如篇章、诗节,还是指内容的传统组织方式?其次,如今看来"外在"结构可能一度有着交际或"内在"价值,例如诗歌的音律安排,不过当前尚无须深入探究这些问题。实践中,结构标准并非总是难以应用,阿提卡悲剧展示出某些结构,包括序—合唱—情节—合唱……尾声,而新古典主义悲剧总是包含着五幕结构。亚里士多德曾说:"悲剧的组成部分可以做量的划分",[11]或许他指的就是结构的直观展示性。亚里士多德的这段话对帕特里齐,以及其他文艺复兴时期理论家的影响深刻,如果每一类别都有着自己特有的结构,仅此就足以区分了。例如文艺复兴化妆剧的结构很独特,辨别起来也就很容易。

可真正为某一类别独有的外部结构少之又少(许多类别都可以按章节加以划分),此时就要从更加细微的细节中寻找特色鲜明的结构,或者把搜寻的目光投向作品分层中其他层次。这种结构或许存在于诗节的形式中(例如传奇所使用的六行诗节,古希腊歌谣体诗节),或许存在于修辞性区分中(例如史诗的祈灵部分和主体部分),也或许存在于叙事部分中(例如史诗中的章节叙事,中世纪传奇中的嵌入叙事)。如果形式短小,其外部结构或许存在于词汇区分中,或语法结构中,例如文艺复兴时期的箴言诗,或座右铭通常要包含一个单独的词,威廉·德拉蒙的《箴言简论》甚至说,优秀的箴言应当只有两个词,若只有一个词更佳,用词越多,效果越差。涂鸦诗有着复杂的语音结构。至于篇幅更大的类别,一般可以划分出外部部分序列,这也是一个有文类区分作用的特征。文艺复兴时期的简史诗和圣徒史诗一般分为四部、六部,或七部,而古典史诗则一般有十二部或二十四部,或许是追随古人先例,或许是追求数字象征。更早的文学中,音律结构也是常常用到的文类区分:凯旋诗通常音律结构对称,重心在中间;婚宴喜歌通常符合时间性或婚礼性节奏。[12]

(3) 古代批评中,音律结构和文类有着特别联系,实际上音律与特定类别紧密相关,可以成为分类的基础。昆提利安以及其他一些批评家可能把农事诗视为"英雄体",因为农事诗也使用六音步诗行。之后的深刻历史变化中,音律与类别之间原本紧密的联系逐渐松动。其实批评家早就感受到了这种趋势,亚里士多德写道,五音步的正式用途是痛斥,可后来拓展到了喜剧之上。[13]有人提出,形式会"迅速中性化,放弃最初标示文类的功能。"[14]这样说未免夸张了点儿,不过经过漫长的历史时期,音律结构原本所隐含的文类功能已丧失殆尽,这倒是事实,部分原因是表达的调整,也有部分原因是某些形式在某一时期占据了支配性地位(例如奥古斯都时期的对句,又如浪漫主义时期和维多利亚时期的无韵体)。昔日某些仅用于少数类别的音律结构今日可用于许多类别,即便不是每一种类别都适用。不过三拍韵的用途依旧狭窄,而多拍韵仅用于讽刺诗和一些轻松韵文。[15]至今还有许多传统同特定类别的诗节形式或音律形式相关联,其中一些至今尚不为人所理解。几乎人人都熟悉民谣和童谣的韵律,即便经过了德拉·马雷和考斯利等人的改造,也依旧如此。俳句、五行打油诗,还有克莱里休四行打油诗,以及其他许多短小的诗歌形式都有着独特的音律结构,不多的例外情况中,音律与文类的联系甚至超过以往。例如现在普通韵主要用于圣诞颂歌,相比之下古代的颂歌缺乏固定的音律形式。[16]

(4)每一种类别都有形式结构,同样每一种类别都有一定"尺寸",这绝非无足轻重。从文类的角度来看,尺寸算得上是个关键要素,在这个问题上文学组织和语言组织分道扬镳。语言对于话语的长短并没有硬性规定,而文类则常常对作品长度做出精确区分(例如十四行诗,计算诗),总是在这方面施加限制。自卡利马科斯以降,作家们敏锐意识到这个问题,华兹华斯两度发声,表达出他对十四行诗长度限制的感受,认为十四行诗既富于变化,又暗含慰藉,毫不吝啬地赠之以各种表示可能的意象(例如隐士的陋室、钥匙)。[17]然而大多数批评家对"尺寸"问题视若无睹,只有保罗·祖索尔是一个例外,说了不少有见地的话。亚里士多德仅仅提到悲剧的行动要"有一定的体积",其长度取决于情节冲突的极限,以及观众把握悲剧整体的限度。文艺复兴时期,亚里士多德的释义者们更深入地发掘这个问题,实际上文艺复兴时期多数关于类别的讨论都涉及"尺寸"问题。稍后一些,夏普兰依旧提到《阿多尼》的"尺寸"问题,视其为类别的一个重要方面。不过现代理论家一提到小说、中篇小说、短篇小说的篇幅限制,大都显得颇为不屑。[18]其实"尺寸"绝非无聊,对于阅读经验的许多方面都有冲击。

类别可分长、中、短,阅读习惯并不需要做更精细的划分,不过在一些特定场合下,分细些也有些用处。普特纳姆区分智语诗和挽歌,其依据就是长度。许多短幅类别的形式在诗节上有所界定,例如斯特拉姆博塔\*、六节诗,这些类别包括大多数歌谣(牧歌、蓝调)、颂、挽歌,众多"界定模糊"的抒情诗(自白诗、意象诗),种种格言警句(警句、座右铭),各种语录(谚语、格言、现代隽语),文学性谜语(离合诗、字谜诗,简·奥斯汀笔下的爱玛就说过:"通常而言,这类东西再短也不为过"),一些段落的散文形式(散文诗),短叙事(寓言故事,微小说)。一个情境中可阅读或表演多个短幅作品,故而有可能与系列中其他成员形成对比变化。

中幅作品也可以一次读完,但一次至多读两三篇,不可能更多。中

---

\* 一种近似于十四行诗的短诗,最早出现于意大利。中译者注。

幅作品的存在更独立,内容更加全面均衡。文艺复兴之后,戏剧和一些口头类别作品(布道文、宣言书)大多为中幅作品,而短篇小说、童话、简史诗、散文、论文也大都篇幅居中。中幅诗歌包括牧歌、景物诗、韵体讽刺文。爱伦·坡把能否一次读完视为中幅作品的入门条件,或许过了点儿,但我们也同意若拉长阅读经验,大大超出其极限,必然会带来形式上的新特征。

长幅作品通常分多次读完,常规做法是把整部作品分为许多部分,每部分的长度相当于中幅作品,各部分间的断续对作品的整体印象有着深刻影响。史诗、传奇、小说、传记、游记,总之各种长幅叙事中,时间流逝感至关重要,要让读者感到自己不仅是作品世界的过客,更是身居其中的主人。无论是否属于叙事,所有长幅作品都有一些共同特征,其中转换特别值得注意。借助于闭合、引入、悬念、情节交错,以及其他各种叙事手段和说明手段,作品的外部和内部分节的意义被充分表达出来。

所谓特定体量也是每一类别的必要条件,任何一种类别都逃不出上文中提到的幅度范围,反常的例子反而可以证明规则的作用。例如,极度冗长的《三座庄邑之讽》与中世纪道德观紧密相关,只在特殊场合才会拿出来表演。文艺复兴时期,批评家对于观众的精力颇有研究,据他们的估计,观众的精神可维持三个小时的旺盛。数种类别处于短幅和中幅之间,例如信札、民谣、故事诗、童话,同一类别也可以有短、中、长之分,更不用说混合性类别了。例如史诗就分为简史诗和古典史诗,前者属于中幅,后者属于长幅。讽刺诗也是一样,其变化多端的篇幅常令文类理论家头痛不已。吉尔伯特·海伊特(Gilbert Highet)认为,这意味着讽刺诗的形式极为自由,可任意变动。海伊特的观点看似合理,可实际上讽刺诗根本就不是一个独立的类别,而是由多个类别混合而成的群组,海伊特本人对此有很好的描述,区分出独白式讽刺、拟仿式讽刺、叙事式讽刺。拟仿式讽刺可模仿任何文学(或非文学),从颂到辞典到学术论文,例如比尔斯的《魔鬼辞典》、蒲柏的《愚人志》。不过,拟仿式讽刺显然属于混合文类(后面将详细讨论),非混合型讽刺类别的篇幅伸缩性绝没有那么强。至于梅尼普型讽刺,或者说叙事型讽刺,其长度限制颇为严格,大约相当于《格列佛游记》的长度,若是再长似乎与讽刺精神就有些抵触了。这方面,一个辉煌的成功范例可以开辟出一个新类别,实际上类似于《神猿》和《羊孩贾尔斯》这样的作品从文类角度来看并不适合,实在是太长了。可以说,若是没有一定的篇幅限制,类别难以成其为类别,至少当前依旧如此。

(5) 与作品幅度紧密相关的是标度,与其他特征混合一起时,标度可成为相当敏感的文类指示。例如,初读《克兰福德纪事》,一读到布朗船长颇为突兀的命运转折,读者对作品的类别就多少有了些感知。一位原本前程似锦的人物如此迅速地陨落,读者觉得这部作品更像是随笔杂烩,而非理查逊式小说。流浪体小说中场景的频繁变换也确定了一定的标度,足以把其他几种叙事类别的特征拒之门外。

(6) 话题是否有来自文类的限制?对于这个问题,自古已有深深的怀疑。话题并无诗意有无之分,这种看法已成为教条,可假如我们对话题的了解更加深入,就会发现有些话题确实是无论如何也入不了诗的。

古代文学和新古典主义文学中,文学得体观把话题和文类紧紧绑在一起,随之一起确定的还有外在形式。贺拉斯和其他批评家一次又一次或明或暗地指出:"荷马早已教会我们应当用何种手段去表现君王大将的成就,以及战争的悲哀(即六音步诗行)。"(《诗艺》,73-74) "喜剧主题拒绝悲剧诗句,故而提厄斯忒斯的盛宴鄙视日常腔调,不过日常腔调用在喜剧舞台上倒是颇为适宜。"(同上,89-91)中世纪仅有的一点儿世俗文类理论对话题的重视超过形式,例如"维吉尔轮"。文艺复兴时期的批评家恢复了古代的看法,龙萨如此说道:"和歌谣相比,真正的诗有议有论。"[19]对锡得尼爵士而言,英雄体和牧歌体的主题判然有别,以至于可以有意识地混合。[20]不过罗莎莉·考利时常叫人们注意伟大的斯卡利热尔时常提起的一句话"话题为类别之界定"。[21]斯卡利热尔的研究全面而自信,把一系列话题分配给各种类别,确实让人吃惊,以至于罗森梅耶对斯卡利热尔的"分类热情"微微一笑,说斯卡利热尔"开心地拼凑出形式和材质标准"。不过在那个时代,大多数批评家并不反对原则的拼凑,只不过他们学识没那么广博深湛,不可能像斯卡利热尔那样进行强有力的拼凑。

近年来话题的得体性已为类别的多变性所掩盖,怀疑者会说:"显而易见,从没有过这样的分界线,或许根本就画不出来。"[22]乔治·华生指出,古人认为唯有伟人才能展现出悲剧性命运,实在是大错特错,易卜生已教导我们悲剧绝非仅为君王而写。不过,不应因为悲剧话题的变动就下结论说悲剧主题没有任何限制。悲剧绝非可用于任何话题的"处理手法",讨论话题问题时,人们时常以悲剧为例,可悲剧在这方面偏偏体现出特殊的困难。尽管如此,还是可以说,有些话题过于灰暗沉闷,无法为严肃悲剧所表现,至少在优秀文学中无法想象。

另一个原因导致话题得体性遭到误解,即话题本身的意义发生了变化。当然,许多行动既可以用于悲剧,也可以用于喜剧,只要"行动"一词语义足够模糊,或者有选择性地加以界定。不过日常经验中,主题、行动和话题还是有一定关联的,卧室闹剧这一情节本身十分宽泛,当然可以赋予其悲剧的肃穆,可这样一来主题就不同了。对于某些短幅类别而言,一般认为其主题固定不变,墓志铭通常追悼逝者的品格和生前事迹,要求哀悼者将逝者长记于心;葬礼挽歌一般表达哀悼者悲伤的心情;谚语通常是关于人们共有的经验。

如果说文学已经从话题得体性中解放了出来,这句话只说对了一半。无疑,对话题的某些限制已经明显放松了,然而旧的去了,新的又来了,只不过新来者尚未得到形式表达。反意图论者把主题和意图混为一谈,从而把这个问题掩盖了起来。瓦莱里或罗伯特·克里利可以拒绝为写作设定主题,那是不是意味着瓦莱里也怀疑有所谓"意图谬误"?或许,瓦莱里就是不想设定主题,仅此而已。不管怎么说,"无主题"写作本身就包含着文类选择。有一类过程诗,明着避开任何主题,可暗地里偏爱使用范围十分狭窄的一系列话题,主要是生活琐事,或人生中极为基础普遍的经验。一言以蔽之,有特色的主题就是未标出的形式,若是无材质与之相称,或材质过于单一,这本身也会成为一种特色。不必宣称每一类别都有其特定的主题系列,可至少这句话的反面并不错:任何类别都不能对主题无动于衷。

(7) 与主题紧密相关的是各种类别的内在价值观。数部优秀的研究著作以此为主题,例如罗森梅耶的《绿色阁楼》论述了某些牧歌类诗歌作品所内含的伊壁鸠鲁式价值观。类别的价值观很难简短说清楚,可它们的特色极其鲜明,起作用的方式各不相同。谚语传达出的是相对自发的智慧,史诗和传奇的价值观则形成确定的体系,可以想想《失乐园》中古典史诗美德和基督教史诗美德的排位对比,也可以想想中世纪传奇中的骑士精神准则,还可以想想北欧传奇中带有一定前基督教色彩的价值观。[23]这些类别中,大部分意义恰在于价值体系的调整。

对于钟情于科条陈述的理论家而言,文类价值或许捉摸不定,难以把握,可对于读者而言却似乎不难感受。用不了多久就能感受到北欧传奇中的道德世界,直觉可以送读者一程。不过类别的价值观并不完全等同于它所描绘的道德世界的价值观,1580年牧歌的世俗与朴素,奥古斯都书信体讽刺诗的随意亲和,20世纪70年代惊悚小说描写的专业与精准,所有这些往往都传递着某种价值观,尽管在作品所描绘的人生中此类价值观似乎无足轻重。文学类别的价值观往往埋藏得很深,讽刺作品看上去似乎混乱虚无,可实际上往往非常传统,即便说不上保守,其积极价值表达得很隐晦,常常隐身于出人意料之间和突然结局之后,要把这些价值传递出来,一定要避免陌生晦涩(后现代地下讽刺作品再次证实了这条原则,其目标读者早已和讽刺作家有着同样的看法)。讽刺作品的一项独特价值是堪称奇怪的直率,仿佛坚信赤裸裸的真理远优于梳妆打扮一番、更易于为世人接受的真理。

(8) 每一类别均有其情感色调,可称为情态,就如同弥尔顿所写的:"我听到的那支曲子情绪高昂。"哥特传奇中情态的作用特别重要,常常为人物、氛围,以及自然描写涂抹上确定无疑的色彩。可即便作家可以塑造某种情态,批评家依旧很难用语言加以表达。有些理论家由于使用"过于僵化"的语言(例如"悲剧精神""喜剧本质")而受到嘲笑,其实他们想说的可能是情态。无论如何,情态属于类别的特色,有时情态与文类的局部指示有关联,此点后面再说。

(9) 许多文类具有特色鲜明的场合,至少最初有,此类用于特定场合的类别与仪式和风俗的联系特别密切,斯卡利热尔就很喜欢展现这种联系。普特汉姆拒绝把一般晚宴上唱的诗歌称为婚宴喜歌,婚宴喜歌的第一部分应当提到"送入洞房",第二部分则应当出现新娘的"尖叫"。场合也可以成为其他类别的特征,阿提卡悲剧要求部分满足节日欢庆的要求,数部莎士比亚戏剧也有着不小的庆典成分。例如《第十二夜》中,大部分情节和人物都迎合了十二夜欢庆活动,观众一度对此一清二楚。[24]

有些类别严重依赖于初始场合,化妆剧中,场合和情景控制着大部分的动机、意象、观念,若是离开场合和情景,形式就成了没有实质的幽灵。针对这种形式可通过标注,或加小标题的方法提供信息。墓志铭刻在石头上说明了一切,可若是出现在印刷物中,最好还是加上例如"墓志铭:纪念威廉·特兰伯尔爵士"的字样。随着文学社会功能的变化,场合已不如以往那样重要,可并非完全没有作用。某些当代诗歌类别就是专用于朗诵会上朗读,或适应了回应他人之需。

(10) 弱化的想象性场合常常与另一个文体特征——态度融合,这是短幅诗歌类别的一大特征。[25]例如古代抒情诗的形式常常隐含真实的人际关系,后代类似类别中场合和态度依旧可能结为一体。同辈人间的赠别诗,诗中饱含感情,或许反映出修辞学校同学之间的关系,[26]邓恩的《离别:不准哭泣》就采取了这样一种亲密的态度,不过诗中多少也掺杂了些前辈对后辈居高临下的忠告。同样致敬诗也表达出一种特殊的关系,诗人既向自己的资助人表达敬意,又提出一些建议。当代告白诗也有着自身的特色态度,或许有人认为告白诗吐露诗人私密,其实不然,告白诗的私密性更多是刻意表演的结果,犹如一个人为自己营造的公众形象。告白诗会吐露一些无关痛痒的细节信息,这些信息若是放到叶芝式或艾略特式沉思独白诗中会显得格格不入。洛威尔会在诗中告诉读者自己居住的夏季乡村小屋的主人的名字是"巴拉德小姐和柯蒂斯太太",或者写道"我们的烹饪书的封面包裹得像惠特曼的《草叶集》一样,绿底金字。"告白诗的态度与书信体诗歌形成对比,书信体诗歌使用直接称谓,也显得很亲密,但信息量受到限制。

（11）有些叙事类别的环境描写非常有特色,传奇、科幻小说、哥特短篇小说,以及心理小说中,这都是高度发达的特征。然而,某些写实小说中环境描写无足轻重。[27]同样,1915—1918年间的"一战"诗中,环境描写极其细致,具有传统的现实主义特征,而古往今来的牧歌体诗歌除去极其有限的几个例子外,几乎都置于缺乏现实细节的乡村环境中。

（12）人物是现存许多文类理论的核心,通常会得到精细的道德分析,因为人物是价值观的代表。史诗中的人物经历了悠久的历史发展,自始至终其重大道德价值不变。斯宾塞把自己笔下的亚瑟同以往其他作品中的"优秀统治者,品格高尚的人"做了一番比较,包括荷马、维吉尔、阿里奥斯托、塔索,得出结论,亚瑟"分裂为两个人",[28]从而为自己的作品奠定下文类基础。斯宾塞在自己的作品中创造出多个角色,为史诗这一传统带来变化,也吸引读者去接受一系列具有英雄色彩的自豪(红十字骑士的精神自豪,身为贵族的盖恩对周围人的藐视)。弥尔顿也巧妙地引导读者,从他笔下的撒旦身上看到一位异教史诗中的大英雄,尽管《失乐园》本身绝不是一部异教史诗。其他类别中,人物长期以来同类别联系紧密,亚里士多德说悲剧主人公不应"过于高尚公正",其悲剧遭遇不应来自"邪恶和堕落",而是错误判断的结果(《诗学》,1453a)。亚里士多德要求,悲剧主人公应当家世显赫,这一点在文艺复兴时期发生了变化,重点由家世转移到主人公当下的地位上。从文艺复兴开始,人物的地位成为区分悲剧和喜剧的有效手段,这一传统在莎士比亚戏剧中再次打破。再后来,体现出个性的人物成为文类批评的主要焦点,帕特莫就曾完全由人物角度出发,讨论《佩皮塔·希门尼斯》是否是一部"宗教小说"。今天布罗代尔式人物分析不再受人青睐,可人们依旧会把一些类似的东西夹带到小说评论中,花上许多篇幅去讨论叙事者是否"可靠"(或者,在某些小说中,例如《好士兵》,叙事者微妙地处于可靠和不可靠之间)。不过人们已不再习惯性地把这种评论同历史类别联系在一起。

　　文学中人物的类型本就有限,批评更几乎只关心其中的一类,即主人公(英雄),自从这种人物类型走下坡路以来,关注的焦点又转移到反主人公(反英雄)上。[29]其他人物类型少有人问津,或许只有丑角多少是个例外。[30]这一现象或许掩盖了某些特定文类和特定人物类型之间的联系,或许此类人物对于文类精神的传递有着至关重要的作用。罗森梅耶早已指出,忒奥克里修斯式和维吉尔式牧歌的效果很大程度上来自牧童这个角色,古代牧童无一例外年轻、纯真,没有多少学识。伊丽莎白时期牧歌大抵如此(锡德尼、德莱顿、布朗尼),唯一区别在于,自彼得拉克以来,有些牧童少了几分纯真,多了些许世故。即便如此,牧歌人物身上看不到喜剧中酸腐学究的影子,甚至连农事诗中的人物类型也排除在外,因为农事诗中的人物乐于说教,拥有更多、更准确的知识。即便不做形式上的表述,人们也不大可能把上述几类人物混淆,即便一些复杂的混合形式中,牧歌式人物的轮廓依旧清晰,例如莎士比亚戏剧中的波利克塞尼斯和帕蒂塔。由类似的角度来看,斯宾塞的《牧童日历》中忠诚知识分子形象开创了文类混合的一个惊人例证,虽然之前欧陆文学中并没有先例。

　　人物除了类型之外,也有所谓典型,人物的标度或许与文类有关。流浪体小说中的主角总是"身材瘦削",写实小说中的主角通常比较"粗壮",即兴喜剧中的人物往往只有部分真实性,一半属于表演者的世界,另一半则属于虚构的世界。

　　(13)新古典主义理论家早已发现,特定类别的行动具有特定结构,例如传奇的典型结构是情节缠绕,这一方面与史诗形成鲜明对比。

夏普兰写道:"史诗要遵守各种一般规则,其中最重要的一条是行动的一致性,缺了这条,史诗就和传奇没有区别了。"[31]传奇难以达到完美,因为传奇"把一段又一段冒险堆砌到一起,其中有搏斗、爱情、灾难,以及其他五花八门的事儿。任何一个处理得好,都可以戴上桂冠;可放在一起,只能彼此毁灭。"夏普兰没有意识到,行动即使缺乏统一连续的时间效果,一样可以打动读者。[32]文艺复兴时期其他一些批评家对情节缠绕的评价不同,可谁也不会否认情节缠绕是传奇的典型特征。

数种现代小说类型也以非连续行动为特征,如马赛克小说(多斯·帕索斯的《曼哈顿中转站》、多克托罗的《拉格泰姆》),以及所谓的创作过程小说。后者的行动主要涉及一部著作的写作过程,常常是一部小说本身,也可以是对文学艺术具有象征意义的其他艺术性行动(斯特恩的《特里斯坦·项狄传》、莱辛的《金色笔记》、纳博科夫的《微暗的火》)。此类小说的非连续行动都有一个明显的外部特征,即可以轻易切割为较小部分。

行动也可以与道德格局相关,不过方式有所不同。根据弗莱的描述,伊丽莎白时期喜剧的典型布局是进入"绿色世界",做出反应,最后离开。除此之外,还有其他数种喜剧结构,例如幻想、幻灭、启明(《无事生非》《第十二夜》),不同的类别绝少只有一种确定的行动。

(14)每一类别都有与之相适应的风格范围,有些类别更主要由修辞性组织构成,修辞选择部分决定了类别主题。中世纪批评家把古代的三种风格高度同维吉尔的三部示范性作品联系在一起(见下表),由此决定其他作品的方方面面。

| 高 | 中 | 低 |
| --- | --- | --- |
| 史诗 | 农事诗 | 牧歌 |
| 悲剧 | 传奇喜剧 | 讽刺喜剧 |
| 颂 | 挽歌 | 韵体书信 |

某些理论家具体规定了类别同风格之间的关系,例如乔弗里·德

文索夫(Geoffrey de Vinsauf)列出十种高修辞格,[33]这套系统看上去相当僵硬,文艺复兴时期理论家对其做了一番改造,代之以较为柔韧灵活的文学得体观。[34]罗斯蒙德·图夫(Rosemond Tuve)和其他一些学者从主体限制出发,探讨了得体的标准,不过可将其视为文类自身组织的一部分。

风格如何同类别相匹配？或许可以区分出两种方式：其一，某些类别或类别群或许有着特定的选词范围,某个时期的文学辞令中具体类别往往有所偏好,既体现于积极选择,也体现于消极回避。对某些词汇的消极回避几乎是必然,考利曾斩钉截铁地说:"英雄口中绝不会冒出'婆娘'这个词。"[35]以利亚·芬东(Elijah Fenton)对"牛蹄子"(cow-heel)一词也有类似的看法,于是蒲柏在翻译荷马时要说:"那个多筋的部分……"。[36]为某一类别青睐的词汇同样可以十分具体,中世纪晚期的颂词中华丽辞藻司空见惯,都铎王朝的爱情挽歌喜用"烟雾"一词形容叹息。1595年前后的爱情小诗和十四行诗中,"甜蜜"一词有着特殊的文类力量。古典短诗警句倒是可以容纳所有风格和主题,并以此为荣,文学的发展也越来越倚重此类风格范围宽泛的类别。

风格与类别匹配的第二种方式更为精微,靠的是改变各种修辞格的比例。除了改变高、中、低三种风格高度的比例外,文艺复兴时期和新古典主义批评家还认识到其他一些更具体的方式。某些辞格(例如夸张)在称颂类作品中作用更突出,有些(例如首语复现)在牧歌类作品中更突出,还有一些(例如曲笔委婉)在奥古斯都农事诗和景物诗中更常见。不过从来没有谁能干净利落地建立起一个体系,把所有辞格分配给相应的类别,不留漏网之鱼。[37]一旦辞格偏好走得够远,传统和规约总是会允许无数特殊效应出现,有时与另一种类别所偏好的辞格混合,也有时完全失效。例如《爱星者和星星》虽然使用了神鬼并用的拟人法,可由于用词的缘故,依旧给人一种平易亲近的感觉。17世纪中期这种混合已相当普遍,19世纪亦是如此,这个问题第10章将详加叙述。

19世纪，风格大变革十分不幸又赶上修辞教育的衰退，文类规则压制自由创造这种想法逐渐扎下根来。与之同时，小说的崛起进一步模糊了风格同类别的联系，数种小说类别中词汇的形式价值相对较低。[38]可这并不意味着风格已经丧失了文类功能，想想看当代抗议诗中狂乱的意象和神经质般的首词浮现，告白式抒情诗中的连词省略和错格句，以及创作过程小说中的修辞性华彩，就可以理解这一点了。不过，人们对风格的文类功能的了解不如过去那么深了，如今有些评论文体的书籍想尽一切办法避开文类，对文类的误解由此可见一斑。此外还有许多虚假的文类辨别，例如有些评论者把约翰·福勒的《致数位牧师的信》视为轻松韵文，却没有看到原作运用了书信体讽刺诗的风格，以轻松的口吻讨论严肃的话题。

文类风格与作品实际风格的反差依旧可以生长出最为强烈的诗歌效果，举一个著名的例子，约翰·阿什伯利的《凸透镜中的自我肖像》取得了巨大的成就。开始时，该诗探讨绘画，采用了警句短诗的风格，带着鉴赏家的语气，悠闲轻松，其权威又不容置疑，仿佛什么都知道，没完没了（"瞧帕尔米贾尼诺给画的/右手比头还大。"）。诗中的描写唯恐不够细致入微。突然间，诗中插入人生"狗啃般的碎片"，探索起一片未经标示的未名之地，此时就需要使用更为深沉、可以说接近挽歌的风格。可一经转向艺术史问题，惺惺作态的鉴赏家风格再度出现，不知不觉间与探索人生的沉郁风格混合到一起，不由令读者产生幻觉，仿佛鉴赏家的权威可以延及长诗中所探讨的那些更为严肃重大的问题。

（15）除了上述传统成分与文类相关，近年来又区分出其他一些与文类相关的成分，例如读者的任务。弗兰克·科莫德（Frank Kermode）就侦探小说阅读过程中的阐释任务发展出一套思想。侦探小说通常一开始就设下一个谜题，要求把谜题解开，涉及"叙事与阐释过程的互动"。此种双重任务为侦探小说所特有，也令侦探小说不同于其他小说类别，"所有小说都包含着阐释性任务，可只有在侦探小说中这一内容得到凸显。"[39]其实科莫德的想法还可以更普遍化一些，许多类别(当然未必都是叙事性类别)都包含着自身特有的任务,实际上随着类别而变动的阐释活动不正是阅读乐趣的源泉之一吗?读一种类别,读者陷入道德分析的迷惘;读另一种类别,则要小心区分哪些事件在作者的虚构世界中"真实"发生过,哪些仅仅出自叙事者的臆想。通常读者被调动起来,去发掘神秘的结构布局,就算是弄清中世纪或文艺复兴时期诗歌的音律结构也绝非易事,而传奇那种相互缠绕、环环相扣的情节更要求读者把原本松散的章节凝聚成一个整体。总而言之,文学交际仰仗于任务的完成,儿童若是无法将谚语与自己的人生经历联系起来,自然也无法欣赏谚语中所包含的智慧。

上述仅仅是文类特征库中一些典型特征,要强调的是,任何一条特征,无论多么细微,也无论多么捉摸不定,都与文类有着联系。特定的开局、终局、插入(离题话,戏中戏)、对称,以及其他结构形式都可以成为特征。同样,种种不同的再现风格(自然主义、超现实主义),以及种种难以用来做文类划分的品质,例如史诗中百科全书般的综合,都可以成为特征。任何特征如果出现频率较低,或辨别度较高,在一定时期内都可以认为与文类相关。

或许,只在一定时期内,任何可辨别的特征都会随着作者及批评兴趣的改变而改变。随着文学新组成成分的形成,以及新的新旧区分方法的引入,文学形式终究要面临重新归类。此外,一些已废弃的文类规则会复活,又带来新的可能。由此看来,文学类别实在是数不胜数。不过文类特征库也并非可以无穷更新。作为交际手段,任何一种特征必须要能为读者所辨别,这就在一定时期内对选择的可能加以限制。所有辞格加起来也不超过一两百个,且其中有些已过于常规,以至于丧失了文类潜力。人们所面对的并非无限的特征,而是少数一些特别鲜明的特征,虽然数量不多却足以有效描摹出文类的面目。

有一种观点认为类别经历的变异和历史变化太多,已难以确定,即便类别依旧保持着某种连贯性,也难以把大多数有文学价值的作品囊括在内。这种观点大错特错。类别虽然捉摸不定,却客观存在,其边界或许已经模糊,但一直都在执行着防止入侵的功能。只需正视一个事实,那就是:特征往往因缺席而鲜明。文艺复兴时期牧歌通常排除情节和哲学内容,英国摄政时期的社会风俗小说排除政治和暴力行动,在辨别文类的过程中,至少可以确定某部作品不属于这个或那个类别。怀疑派的观点倒也反映出有必要对文类理论加以修正,以适应现代文学。其实,即便对于昔日文学,辨别文类一样会遇到不少难题,某部作品或许同已有的所有文类标签都不相符,也可能同时与好几个相符。后面结合术语定名和文类混合,将再次讨论这个问题。原则上说,一般情况下还是可以确定类别的,只不过确定好的类别并非一成不变,而是随着时间而变化,类别服从于变化,可其内在逻辑性并不会因变化而受损。其实,非独文类,哪一种制度不是如此?

　　文类究竟是特征的组织,还是作品的集合?回答这个问题之前,首先要搞清楚,文类如何辨别,又如何在系统中互动。目前只能说,文类是有着一定篇幅的文学作品的典型,带有一系列复杂多样的材质特征和形式特征,总是包括特色鲜明的外部结构。有些类别可以为任何有能力的读者所辨别,可辨别的手段依旧不明朗。

## 5. 文类中的人名

文类特征库中，单词或许是可用来研究的最简单特征，而所有单词中，我们仅仅选择人名单独讨论，因为人名不单具有强大的召唤力，在文学中地位特殊，更具有相当具体的文类功能。

### 富于特色的人名

许多类别或类别群使用富于特色的人名，可为有能力的读者所辨别（也有一些类别似乎完全不使用人名，例如1600年的挽歌）。早期关于文类的讨论已注意到这一点，例如加兰德的约翰在《诗艺》中注意到，"维吉尔轮"上赫克托和阿贾克斯代表英雄，或高格人名，特里普托勒摩斯和科尼利厄斯代表农事诗，或中格人名，提提鲁斯和马利波宜斯则代表牧歌，或低格人名。[1]

讽刺作品中人名的作用尤其突出，已受到相当关注。[2]海伊特研究了莫里哀、果戈理等人作品中的贬损性人名，甚至说："扭曲可笑的人名从来都是讽刺作品的可靠标志。"[3]应当看到这种说法稍显夸大，不过除了果戈理作品中的"臭虫"和"偷铺盖的"，要找出更多的例子也并非难事。例如约瑟夫·凯勒的讽刺小说《第22条军规》就有许多可笑的人名,有的甚至根本就算不上是人名,诸如马德、上上上上校、谢谢可夫、半燕麦酋长等。

讽刺有多种,讽刺性人名也有多种,复辟时期的讽刺喜剧中人名往往直截了当,传递出人名所有者的道德状况,例如"暴脾气"和"动不动就晕",使用此类人名为一时之风尚,不过此类人名同典型的喜剧人名并不容易区分,怪诞的人名特色更鲜明一些。海伊特找出许多具有日耳曼特色的人名变体,例如《无名人的信》有马莫特拉克特斯·邦恩特曼恩特勒斯、巴索洛莫欧斯·卡克卡克。除了海伊特的例子外,不禁想到复辟时期讽刺剧中的许多例子,例如克罗诺恩霍特恩索洛戈斯。狄更斯小说的讽刺片段中也能见到怪诞人名的影子,这也为海伊特所留意到,例如《我们共同的朋友》中有两个人出现在维李尔林家的宴会上,一个叫蒂平斯,一个叫朴兹奈;《远大前程》中也能找到潘波楚克和伍甫塞这样的名字。狄更斯喜欢把怪诞人名扩展到讽刺之外的语境中,甚至在深情喜剧中也使用了特莱得斯这个听起来多少有些怪诞的人名。另一类常出现在讽刺作品中的讽刺性人名源自古典,有时直接取自成为后世典范的贺拉斯或马夏尔的作品,也有时取自历史类比,例如斯波鲁斯(出自苏维托尼乌斯)和阿托撒。

讽刺性短诗中人名通常比较短小,琼生笔下有吉尔蒂、诗猿、见谁追谁、比斯特,亨里克笔下有卡夫、趾高气扬、一本正经、勒格、吉布斯、格里蒂。拉丁风格短诗中典型化人名的出现比例颇高,例如"Nokes went, he thought, to Style's wife to bed"[4] 此时讽刺性人名并不指个人。与讽刺性短诗形成鲜明对比,哀悼性短诗避免使用典型化人名,要么用真名,要么使用明显的谐音(借用罗伯特·路易丝·史蒂文森的说法)。于是会看到"约翰·某某与世长辞","约翰·诺特长眠于此"等字句。约翰·桑德的墓志铭在结尾处写道:"我曾是沙,如今归于尘土。"[5] 艾萨克·米克的墓志铭在结尾处写道:"我,继承了大地。"[6] 类似的例子数不胜数,基本可以形成这样一条规则:墓志铭中的人名或真实,或谐音,或合于音韵。例如:此地将长眠雅各·托德/现在仍任教职于诺德。[7]

　　多情女子的人名往往语音优美,含义严肃,文艺复兴文学中尤其如此。爱情短诗中的女子名往往循古例,取自古代诗歌,但不一定都出自神话。亨里克的作品中有茱莉亚、西尔维娅、佩特拉、萨福、伊莱克特拉、密耳拉、科利娜、俄诺涅,均出自奥维德、马夏尔,以及普鲁佩提乌斯的作品[8](正因为以拉丁女子名为模范,许多英语女子名以字母"a"结尾)。伊丽莎白时期十四行诗中的女子名(通常出现于组诗中)常常源于神话,例如潘多拉、迪丽雅、帕尔忒诺帕、狄安娜、辛西娅、克洛莉丝、奥罗娜;有时也以女子名指抽象事物,如天空、高尚的道德、美丽,用到的人名有爱迪珥、西莉亚、斯特拉、卡斯塔娜、费德萨,在苏格兰地区还使用贝丽莎这个名字。以往文学作品中出现过的人名明显受到青睐,于是巴恩菲尔德从普鲁佩提乌斯、拉雷,以及其他古代作家的作品中借来了辛西娅,巴恩斯从蓬塔诺的作品中借来帕尔忒诺帕,托夫特从彼得拉克的作品中借来劳拉,丹尼尔从维吉尔,以及其他古代作家的作品中借来迪丽雅。此种大环境下,斯宾塞在《爱情小唱集》中使用伊丽莎白这个当时普通的英国女子名,堪称对传统的一大突破。

　　大体上说,文艺复兴时期传奇中用的人名与爱情诗中用的人名差不多,不过更倾向于使用多音节长名,至于爱情诗与牧歌中人名的重叠本不出奇,爱情岂非原本就是牧歌的主要内容?

## 牧歌中的人名

　　或许在牧歌中人名所具有的文类功能可得到最充分的体现,牧歌式人名有足够的数量可供系统控制,令其作用充分显现。牧歌中时常使用的人名有100多个,而这与人们的直觉感受正相反(桑纳扎罗对牧歌人名的挖掘同维吉尔一样深,在这方面有许多资料可供借鉴)。不过有些牧歌人名,例如克罗米斯,已不再为人们所青睐。下表显示,牧歌人名结成了一张紧密的模仿之网,约莫有数十个人名频繁出现于许多诗人的作品中。

| | | | | | | | | |
|---|---|---|---|---|---|---|---|---|
| 伊格昂 | 忒 | 维 | 桑 | — | — | — | 弥 | 蒲 |
| 亚力克希斯 | — | 维 | 桑 | — | 斯 | — | — | 蒲 |
| 阿玛丽丽斯 | 忒 | 维 | 桑 | — | 斯 | — | 弥 | 蒲 |
| 阿闵塔斯 | 忒 | 维 | 桑 | — | 斯 | — | 弥 | — |
| 克罗米斯 | 忒 | 维 | 桑 | — | — | — | — | — |
| 科里登 | 忒 | 维 | 桑 | 锡 | 斯 | — | — | — |
| 达蒙 | — | 维 | 桑 | — | 斯 | 马 | 弥 | 蒲 |
| 戴莫塔斯 | 忒 | 维 | 桑 | 锡 | — | — | 弥 | — |
| 达芙尼斯 | 忒 | 维 | 桑 | — | 斯 | — | — | 蒲 |
| 多丽丝 | — | 维 | 桑 | — | 斯 | — | — | 蒲 |
| 伽拉忒亚 | 忒 | 维 | 桑 | — | 斯 | — | — | — |
| 利西达斯 | — | 维 | 桑 | — | — | — | 弥 | 蒲 |
| 马利波宜斯 | — | 维 | — | — | 斯 | — | — | — |
| 马那尔加斯 | 忒 | 维 | 桑 | 锡 | 斯 | 马 | 弥 | — |
| 塞斯提利斯 | 忒 | 维 | — | — | 斯 | 马 | 弥 | — |
| 赛西斯 | 忒 | 维 | 桑 | — | — | 马 | 弥 | 蒲 |
| 提提鲁斯 | 忒 | 维 | 桑 | — | 斯 | — | 弥 | — |

说明:忒=忒奥克里修斯;维=维吉尔;桑=桑纳扎罗;锡=锡德尼;斯=斯宾塞;马=马维尔;弥=弥尔顿;蒲=蒲柏。

如果认为不过是有些人名在牧歌中出现频率更高些,则完全没有意识到这一现象的重大意义。实际上,高频人名在个别作品中的出现有明显的规律可循,常以所谓"核心"牧歌人名确定文类的情态,有时甚至可以起到信号的作用,在另一种文类中暂时标示出牧歌这一文类。当牧歌以混合文类或嵌入文类的面目出现时,其中的人名几乎都属于核心圈,例如马维尔的《割草人达蒙》中的牧歌成分。任何一位牧歌作者都会使用到一些核心牧歌人名,这样做可以唤起一个牧歌世界,不仅为读者,也为作者自己,人名传达出确定无疑的牧歌风味。从忒奥克里修斯的《牧歌集》到诺埃尔·科沃德的《枯草热》都出现了科里登这个人名,除了牧歌外又能放入哪个文类呢?[9]

　　除了传统人名外,牧歌中也包含其他一些人名,或旨在制造特殊效果,或代表着独特的贡献,此类人名或许成为亚类的标志。忒奥克里修斯笔下的一个先例是波吕斐摩斯,《牧歌集》第6和第11首中出现的独眼巨人,说一些略显不得当的话,暗示出牧原之外的世界。[10]威廉·迪亚珀的《海仙女之歌》中所用的人名十分典型,通过这些人名可看出作者为海洋牧歌这个亚类挑选人名时的强烈得体观。普罗透斯(《海仙女之歌》第8首)曾出现于忒奥克里修斯《牧歌集》第8、第52首中,诗中说他曾牧养海豹,还有一位叫伽拉忒娅的海仙女也是出自同一源头(古代时牧歌尚未分出田园牧歌和海洋牧歌两个亚类)。迪亚珀遵循忒奥克里修斯和桑纳扎罗的传统,在自己的诗中使用一系列核心人名,例如莱孔和克罗米斯,此外还从古典神话中引入许多人名,各有得体之处(例如麦伦修斯出自《变形记》,原是伊特鲁尼亚的一名海盗,后来变成一条海豚)。不过迪亚珀的诗中最令人信服的人名出自他自己的创造,有些改自普通名词,如缪雷克斯原先指水母的一个种类;也有些改自历史或散文文学,例如希庇亚斯(马人)一词出自柏拉图,穆雷拉一词或许出自一个古罗马家族名,也可能指海鳝鱼。[11]要创造出这些人名不仅需要才智和策略,更要强烈感受到海洋世界和牧野世界的对应,唯有如此作者才能独力把海洋世界中的人名不断扩展下去。有一点值得注意,荷马作品中有四个现成的海仙女人名,[12]可迪亚珀只用了其中两个,其独立创造的决心可见一斑。其他一些牧歌诗人的创作方法与迪亚珀不无相似之处,都会"自由地"使用人名以传递出牧野的特质。

　　牧歌人名还有另一种用法,用键名*,即德语所谓"Schlusselnamen"。

---

＊ 编码术语,输入键名,即可得到其所代表的值。中译者注。

至少从维吉尔开始，牧歌就开始使用影射法，牧歌中的人名可以暗指现实中的真人，有时为了讽刺，有时为了挖掘这种非人称文类的潜能，以取得一种委婉朦胧的效果。这方面最著名的例子是提提鲁斯，维吉尔用这个人名暗指自己。师法维吉尔，其他一些诗人也在诗中加入自己的化名，例如马罗和斯宾塞诗中的科林、德雷顿诗中的罗兰。中世纪常用提提鲁斯这个人名指乡村牧师或主教，由此发展出影射讽刺的传统，例如彼得拉克诗中潘斐鲁斯（圣彼得）责难密喜俄（教宗克莱蒙特四世）[13]，薄伽丘的作品中有达佛涅斯和弗罗里达两个人名，分别指皇帝和佛洛伦萨城。伊丽莎白时期的牧歌发展出一种特殊的字谜游戏，以真实人名为基础，同时又保留了文类风味，或许还掺入些许额外的慧黠。例如菲利西德斯代表菲利普·锡德尼，同时又暗含"热爱上天者"之意；阿尔格林德代表格林代尔大主教；罗芬代表约翰·扬、罗切斯特主教。这一传统在斯宾塞堪称宏伟的双重牧歌作品《科林·克劳德返乡记》中达到巅峰，诗中数十个牧歌人名暗指现实中的真人，其中不少都是作家。[14]奥古斯都时期诗歌中，键名这一传统继续，蒲柏在诗中称自己阿历克谢，诗中亚力克西斯从科林·克劳德手中接过牧童长笛，暗示蒲柏自诩为斯宾塞的衣钵传人。

上面的陈述中我们视牧歌人名来自同一个传统，假如对比不同的牧歌系列，又会看到不同的图景：

**牧童对话诗中发言者人名一览表**

| | |
|---|---|
| 忒奥克里修斯 | 阿克罗泰姆、埃斯奇纳斯、阿米库斯、阿斯法里恩、巴吐斯、布卡乌斯、科玛塔斯、科里登、达芙尼斯、戈尔戈、莱肯、马那尔加斯、米伦、莫尔松、波利丢塞斯、普拉西诺亚、泰俄尼科斯、塞西斯 |
| 维吉尔 | 阿尔菲希波乌斯、科里登、戴莫塔斯、达蒙、利西达斯、马利波宜斯、马那尔加斯、摩立斯、穆卜修斯、帕勒蒙、塞西斯、提提鲁斯 |

(续表)

| | |
|---|---|
| 彼得拉克 | 阿米克拉斯、阿皮忒斯、达芙尼、埃比、费斯提努斯、法尔奇达、法斯卡、伽努斯、加里米德斯、爱德乌斯、马尔忒斯、米喜俄、莫里库斯、马尔提沃努斯、尼俄伯、潘菲努斯、菲勒吉乌斯、费提亚斯、苏格拉底、斯图皮乌斯、西诺亚努斯、希尔维乌斯、忒奥菲努斯、泰瑞希努斯、沃鲁瑟尔 |
| 桑纳扎罗 | 塞拉顿、克罗米斯、多利拉斯、爱奥拉斯、利西达斯、莱肯、穆卜修斯、玛肯、塞尔根 |
| 古奇 | 阿闵塔斯、科里登、科尼克斯、戴姆塔斯、达芙尼、埃戈昂、福斯塔斯、费力克斯、马那尔加斯、穆卜修斯、佩尔蒙、塞尔维吉亚、希尔维努斯 |
| 斯宾塞 | 科林·克劳特、卡蒂、狄根·戴维、霍比诺尔、莫瑞尔、帕里诺德、佩里高特、皮尔斯、塞诺特、汤姆林、魏利耶 |
| 德莱顿 | 拜特、波里尔、高尔波、莫托、佩尔金、罗兰、文肯 |
| 菲利普斯 | 阿尔比诺、昂格诺特、阿尔戈、科里奈特、卡蒂、吉伦、霍比诺尔、朗开特、罗宾、米科、帕林 |
| 盖伊 | 波奇别乌斯、邦姆奇奈特、克劳迪波尔、卡蒂、格拉比诺尔、霍布奈里亚、罗宾·克劳特、玛丽安、斯巴拉贝拉 |
| 蒲柏 | 伊格昂、亚力克西斯、达蒙、达芙尼、达芙尼斯、戴里亚、多丽丝、海勒斯、利西达斯、斯特莱芬、塞西斯 |

所谓维吉尔传统中(代表人物有彼得拉克、古奇、蒲柏),诗中发言者的名字部分出自"核心",部分系作者新创。[15]古奇《牧歌集》第7首沿袭了维吉尔和彼得拉克《牧歌集》第10首的传统,把牧歌人名推到边缘。古奇的诗中出现了塞尔维吉娅和塞尔维纳斯这样的人名(后一个出自维吉尔的《农事诗集》),引入富于女性色彩和反女性色彩两种讽刺,而某些诗句所表现出的世故已全然无牧歌的感觉。与之相比较,斯宾塞的《牧童日历》中虽然也出现了潘、提提鲁斯等人名,可诗中发言者的名字没有一个出自"核心",其对常规和古典格局的背离堪称惊人,也反映出斯宾塞作品的不同文类方向,它渐渐偏离彼得拉克等诗人创立的政治牧歌传统,更接近于民俗风格。由于《牧童日历》的巨大影响,这部作品本身也成为后人师法的典范,代表着部分体现现实的牧歌,不必

包含政治内容，也不必以讽刺为目的。此类"素朴"牧歌源于马罗和斯克尔顿，与忒奥克里修斯的某些作品有几分相似之处，故而也带上了古典权威，《牧羊人花环》即属于此类作品。德莱顿笔下的人名大都不是出自核心，一个例外是巴特（出自忒奥克里修斯笔下的巴特斯，也是一个恋人），或许还能算上戈尔波，因为这个人名可联想到戈尔戈，虽然显得有点儿遥远。德莱顿笔下每个人名都能看到科林·克劳特的影子，尽管德莱顿已特别留意不与斯宾塞作品中的人物重名。谢利和科顿就没有德莱顿的顾忌，安布罗斯·菲利普则像奴仆一样一步不离斯宾塞，他笔下的罗宾虽然不是出自《牧童日历》中咏唱者之名，却是斯宾塞为兰开斯特所起的牧歌别名。

《牧童一周》是盖伊对菲利普斯的本土牧歌的滑稽模仿，诗中盖伊紧紧盯住菲利普斯诗中的本土人名，不单复制种种斯宾塞式本土人名，更把这些人名扭曲变形，产生出种种令读者捧腹的可能。盖伊诗中写的是牧野战争中的一场小冲突，其具体内容我们无须关注，只要关注诗中人名的功效就可以了。提克尔曾在《卫报》上发表文章，公开称赞菲利普斯的本土牧歌，于是蒲柏故意假冒提克尔之名，也发表文章装模作样地写道：

> 蒲柏先生和维吉尔犯了同样的错误，他诗中小丑的言辞谈吐一点儿也看不出这个国家应有的朴素。蒲柏先生诗中的人名大都来自忒奥克里修斯和维吉尔，和诗中所描写的牧野很不相称。维吉尔曾把大把外国人名带到他家乡曼图亚的原野上，而蒲柏先生步维吉尔的后尘，也把大把外国人名带到不列颠平原上。菲利普斯严守适切原则，在自己的诗中使用这片大地特有的人名，他诗中的人名无论是霍比诺尔、罗宾、卡蒂，还是科林·克劳特，在这个国家情感细腻，品味高尚的读者看来，更是色香俱全，回味无穷。[16]

其实这场争论根本无关规则是否严谨，争论双方都偏爱循规蹈矩。实际上,无论是德莱顿、提克尔,或是蒲柏,都曾正式为牧歌定下规矩。蒲柏也并非全然站在崇古派的立场上去批驳厚今派,争论的真正焦点是两种牧歌理论间的分歧和对立。一方是以方塔内莱的理论为基石的"理性"牧歌论,另一方是以拉宾(当然也包括蒲柏和盖伊)为代表的新古典牧歌论。在新古典主义者看来,牧歌主要代表着理想中的现实,故而要追随维吉尔的传统;提克尔和菲利普斯在创造上更倾向于理性,或者说心理,认为牧歌应当追随忒奥克里修斯和斯宾塞的传统(矛盾的是既要追随忒奥克里修斯的传统,又要避免使用忒奥克里修斯诗中的人名)。[17]其实蒲柏也很欣赏斯宾塞的牧歌,蒲柏创作的牧歌中忒奥克里修斯风味也很浓,至少比菲利普斯浓。吸引蒲柏的似乎是黄金时代的牧歌观念,那是纯粹的诗,是牧歌中的牧歌。带着这样的目标,蒲柏在自己的牧歌中(蒲柏始终称自己的牧歌为"牧歌",从不使用另一个常见的名称"牧童对话诗",这本身就很能说明问题)主要使用核心人名,也就是那些在牧歌传统中显赫的人名。举例而言,锡德尼在《阿卡迪亚》中使用斯特拉芬这个人名,而忒奥克里修斯、维吉尔、斯宾塞、弥尔顿都使用另一个人名海勒斯(尽管这个人名并非牧歌专有)。核心人名令蒲柏笔下的牧野地方特色更少,情感上也更抽象。

  牧歌中人名有着严密的组织,就有可能以更加细致入微的方式去组织读者的期待视野。在《割草人达蒙》这首牧歌抒情诗中,割草人被赋予一个核心人名。诗中达蒙的世界被无情摧毁,因为"茱莉亚娜来了,她/割走了我的人,我的心,如同我割走野草。"茱莉亚娜这个名字或许令人想到茱莉亚,约翰内斯·塞科斯达斯和罗伯特·赫里克都曾在自己的爱情挽歌中把女主人公命名为茱莉亚。不过就《割草人达蒙》这首诗的主要效果而言,茱莉亚娜更像是一个没有牧野色彩的普通女性名字,代表着既平凡乏味又变幻莫测的世界。当然并不是说茱莉亚娜这个名字出现在诗中显得突兀不合适,而是说茱莉亚娜这类人名与达蒙这类人名在诗中显然不能互换位置,否则必然会令马维尔这首名作大为失色。

## 叙事中的人名

叙事类别中人名也具有文类功能,不过其关联系统极其复杂,短时间内很难说清楚,只能扫视一番其中最为宽泛的一两个方面。

故事即便以第三人称写成,其中也可能有些人物无名无姓,这与故事的内部视角相吻合。童话则可能使用一些颇为引人注目、怪里怪气、富于异域色彩,或暗含深意的人名(侏儒怪、长发公主、克伦哈普克、小傻瓜)。此类人名风味比较浓郁,但并不传递特定内涵。中世纪传奇中的人名更能唤起特殊的虚构世界,这里再次发现具有高度关联价值的"键名",弥尔顿就曾用过此类人名,以呈现中世纪的传奇世界("洛洛里斯、里昂尼斯、兰斯洛特、佩利亚斯、佩利诺耳,各地的骑士们")。传奇中的人名受到高度关注,批评家注意到此类人名的分布可能具有自身的特色,最典型的例子是真名押后的手法。圣杯故事中,克雷蒂安故意押后揭示帕西瓦尔的真名,从而大大提高了这个故事的分量。[18]斯宾塞也时常使用这一手法,例如他直到《童话女王》第二章才揭示出红十字骑士的真名。与传奇截然不同的是写实小说,此类小说中通常主人公刚刚登场便给出全名。[19]其他文类提供人名的方式也各有特色,例如牧歌通常一开篇就给出人名,不做任何介绍和铺垫,显得亲近。[20]

传奇中"奇幻高贵的人名"(借用一位中世纪批评家语)一直沿用到早期小说中,一定程度上,直到小说真正出现依旧可见此类人名的影子(帕米拉、特里斯特拉姆)。自德罗尼之后,小说家更喜欢使用"普通,更具现代气息的人名,虽然有时人名依旧对人物性格有一定影射作用。"[21]伊安·瓦特(Ian Watt)提出,自迪福以来完全取自现实的人名已成为小说的文类特征,至少是"形式现实主义"的一个特征。"早期小说……迈出偏离传统极为重要的一步,借助于人物的姓名提示读者,应把小说中人物当成同时代环境中的真实个体来看待。"[22]瓦特把这一现象与个体意识和身份的萌发,以及人物的具体化联系起来,专用人名不像普通名词,专指单个个体。以往的文学中,人名不指具有完整独立性的个体,古代文学和传奇文学喜用的人名更多让人联想到文学传统,而非日常人生。喜剧所使用的类型化人名也不指独立个体,此点亚里士多德早有论述。[23] 只是到小说出现后,虚构人物才完全个体化。

  瓦特的观点说服力很强,小说中的人物开始既有姓又有名,此中内涵深刻,是一次意义重大的变革。不过瓦特的观点尚须加以修订,先前一篇文章中瓦特自己已经做出了一些修订。[24] 其中一点,瓦特在《小说的崛起》中把变革说得迅速而界限分明,可实际上变革要缓慢得多,界限也远没那么分明。早期的散文体小说,甚至韵文体传奇有时也会使用普通人名,而非更具文类特色、更文学化的人名。如果托尔梅斯河边的小癞子还有些模棱两可,德罗尼的作品中许多人名明确无误来自现实,例如托马斯·科尔、威廉·萨默斯。林赛的传奇中,故事主角在某些场合叫威廉·梅尔德伦,"克莱彻和拜尼斯领主"。此类例子还有许多,一定意义上,即便瓦特的主要例证中也不乏其例,笛福表现出"对专用人名漠不关心"[25],他笔下的人物虽然"近于真实……却极少使用当时人们真实使用的永久性全名,教堂洗礼记录和法律文件都可以提供这方面的证据。""真实人名可代表个体稳定的社会地位。"[26] 笛福笔下的人物姓名虽不完整,却是17世纪小说的惯常做法,17世纪小说中下层人物很少有姓,这沿袭了流浪汉文学的传统,对人物的姓氏缄口不言在当时是完全合理的做法。除此以外,笛福笔下许多人名也可视为具有一定特色,例如莫尔就是罪犯常用的名字。[27] 尽管如此,许多人依旧坚信笛福创作的是真正的小说,一定意义上已开始实践形式现实主义。

  理查逊坚持在小说中使用全名,以他的小说为例说服力更强些。然而格兰迪森这个名字给人以"伟岸"之感,帕米拉这个名字与传奇有明显联系,克莱丽莎则是传奇中常用的女子名,原指"城镇仙女"。[28] 菲尔丁在作品中大量使用类型化人名,"明显不同于当时小说在此类问题上的惯常做法"。[29] 菲尔丁小说中人物的全名具有足够的现实色彩(菲尔丁有一本书,书末附了一张读者征订表,菲尔丁作品中不少人名可能就来自这张征订表),可又似乎最大限度地追求普遍。[30] 到创作《艾米丽娅》时,根据瓦特的说法,菲尔丁意识到了自己在专有人名使用上的不规范。《艾米丽娅》中,菲尔丁仅仅在一些次要人物身上保留了他对新古典主义类型化人名的偏好。斯莫涅特和斯特恩的作品偏得就更远了。之所以说这些并不是要否认普通日常人名"已成为形式传统的一部分",虽有詹姆斯批评特洛普使用奎瓦富这样过于特色化的人名在前,我们也不应忘记传统中的其他部分,例如狄更斯所精心培育的那部分。

无论如何,专用人名与类型化人名之分绝非判然不同,一劳永逸。许多人都犯了约翰·斯图亚特·米尔同样的错误,认为专用人名必然没有意义,故而可以轻易与"特色化"或有象征意义的人名区分清楚。[31] 可实际上虚构作品中使用过的类型化人名也时常出现在现实之中,例如英国的教区牧师常给自己取个表示仆人的类型化人名,在工作中代替自己的真名。卡姆登也记录了许多"有意义的"基督教人名,例如拉马迪恩(补救)、阿莫里斯(爱)、瑞佛梅生(改革)、厄尔斯(大地)、达斯特(尘土)、阿什(灰烬)、迪希普林(戒律)、桑克福(感恩)、普锐斯-高德(赞美上帝)等。[32] 虚构作品中人名的发展并非由普通名到专用名,而是普通名和专用名并存共进。

卡姆登很清楚,一部传奇或许会带来命名的时尚,于是传奇中使用的人名,以及其他文学化人名在日常生活中普遍起来(斯宾塞之子就名为塞万提斯)。此外也不能不考虑到巧合因素。无论原因为何,反正可以看到许多明显属于虚构作品的人名在现实中蔓延开来,甚至连《童话女王》也不例外,现实中斯丘达莫尔、埃米亚斯、阿米达斯这样的人名都很常见。斯宾塞笔下的人名集传统联想和类型化意义于一身,又不拒绝纳入日常生活的可能,这方面斯宾塞可谓才智过人,他笔下的世界既富于魔幻色彩,又从未远离人们的日常生活,笔下人物可谓既是绅士,又是骑士。这一方面,斯宾塞作品中的人名有很大的多义性,例如卡里派恩这个人名不仅发音上与卡里道儿形成对比,更指向其希腊源头,暗含"危险"之意,同时又是一个真实人名,故而与阿拉丁(源自阿尔杜斯·马努蒂乌斯)和其他人名一样,暗指著名的人文主义者。[33]

情况之复杂尚不止于此,还须考虑到伊丽莎白时期人们喜好对人名加以"解释",喜好由人名猜字谜,也喜好为传奇中的人物起绰号和隐称。到了17世纪,作家们喜好在人物对话和复杂情节中使用源自女性传奇的爱情人名,这在当时已成为婉转求爱的传统。瓦特注意到,小说中女主人公常常有此类名字,对此类人名赋予了高度价值,"此类人名往往滑过数个悦耳的音节,例如艾莉莎蒙达、克莱达米拉、德利达米瑞,其核心元音往往圆滑顺畅,令人脱口而出。"[34]出于此类以及其他类似的原因,早期小说中并不容易区分日常人名和文学人名。当然当时人们感到日常人名和文学人名还是有区别的,只不过对这种区别的感受在当时恐怕和当下有些不大一样。

理查逊笔下的帕米拉这个名字来自一部流行传奇中的女主人公,谁又知道这背后是否隐藏着精妙复杂的形式现实主义呢?[35]不管怎么说,帕米拉·安德鲁斯这个名字和克莱丽莎·哈洛一样,在浪漫的想象与现实环境之间产生张力。人们认为这种复杂性是小说人名的特征,尤其在理查逊发挥出小说的潜力之后。复杂影射始终存在,虽然即便早期读者也未必人人都会把克莱莉莎同《波尔多的于翁》或者《夜思》中遭诱骗的不幸女子联系到一起。不过《克莱莉莎》所属的文类又令读者心生疑虑,或许说到底克莱莉莎这个名字仅仅意味着浪漫、纯情和善良,并没有其他什么。写实小说中人名基本上没有特殊含义,与传奇正相反。写实小说中人名等待着被逐步展开的人物性格和人生经历填充,理查逊对小说的决定性贡献不在于复杂的联想,而在于自始至终维持着人名的具体性和偶然性,笔下的人名既饱含联想,又空洞无物。

无论如何必须修正一种观点,即小说只有核心人物的专有名方才重要。瓦特即认为如果核心人物使用源于当代生活的普通人名,次要人物即便使用类型化人名也无关痛痒,可实际情况未必如此。所有人物的人名都很重要,可标示出作品所属的文类。并不是说掺杂几个不是源于日常生活的人名就必然意味着形式现实主义的失败,一部小说中往往杂糅数种文类要素,小说主人公及其身边人物或许用虚构性人物传记的方式处理,并因此而获得姓名。至于情节副线,或附加性章节,则体现出喜剧、讽刺等其他类别,而类型化人名是这些类别的标志之一。

小说中常用人物姓名的首字母简称(例如《帕米拉》中的 B 先生、《克莱莉莎》中的 M 勋爵、《查尔斯·格兰迪森爵士》中的 L 勋爵),起先这种做法似乎是要均衡使用全名的规则。不过在英国这种做法可以追溯到更早一些的作品,例如加斯科因引发很大争议的《F. J. 大冒险》,其目的是指向可能填补空白的真实人名。有传统反对在出版物中透露士绅的真名实姓,瓦特认为笛福和理查逊在作品中使用人名首字母,以"营造出上流社会真实丑闻的氛围"。[36] 瓦特的观点是正确的,以后的年代中姓名和日期不全往往包含着丑闻的意味,也可能是叙事者本人卷入到所叙述的事件之中。[37] 即便是一贯使用全名的奥斯汀也偶尔会出于局部原因使用不完整人名,例如让人物故意把已经到嘴边的地名隐而不发,代之以"那个……民风尚武的郡",因为那里是丑闻不断的维克汉姆先生的家乡。再往后这种手法成为冒险故事的特色(例如《金银岛》的开篇就对具体日期语焉不详),也成为各式各样丑闻小说的特色。

卡夫卡为首字母简写的运用开拓出一片新疆域,他笔下的 K 一般认为就是他自己,这种做法亦吻合我们前面已经追溯的传统。然而卡夫卡最终成为新传统的典范,自卡夫卡以来文学界出现了一系列耀眼夺目的首字母,标示出小说的非常规性和实验性。不必把那些作品中无名无姓的主人公同作者本人挂上钩,然而就历史起源而言,这种人物显然与作者是同一个人。姓名首字母也常常表示渐渐结束,最终实现了意图,故而常常出现于创作过程小说中。品钦的《V》(1961)、伯吉斯的《G》(1972)、菲格斯的《B》(1972)、索莱斯的《H》(1973),[38] 还有加迪斯的《J. R.》,都是一些颇引人深思的临界作品。总体而言,以人名缩写为题未免不符合小说对拟真实性的要求,可上述小说中虚构感被破坏,叙事手法上甚至有温和的创新。标题中出现的字母也并非只是字母,可以指向真实生活中的绰号,或者指名(相对于姓而言,这种做法主要出现于美国),也可能是玩文字游戏,例如以 J. R. 指"小的、第二代的",至于姓甚名谁,读者一无所知。

  总体而言,瓦特关于虚构作品中人名的论述为文类描述奠定了稳固的基础。普通人名足以成为写实小说的特征(前提是我们知道哪些人名算得上普通)。不过,如果我们不仅考虑人名的自然主义趣味,更考虑到其指示模态变化的功能,对小说中人名的兴趣会更为浓厚些。以《汤姆·琼斯》为例,应当从斯崴科姆、斯奎尔、布里福尔这几个人名看出小说正在向讽刺过渡,不能仅仅把它们当成反常特例。

# 6. 文类中的信号

某些成分在传递文类信息方面具有特殊价值。几乎任何特征都可以进入文类特征库,成为库存的一部分,可其中有一些具有直接指示效果,尤其在读者接触作品的早期阶段,这些成分对于文类辨别有着特别的作用。本书讨论三种指示性成分:用典、标题、开篇话题。聚集于作品开篇之处的文类标示对于引导读者起到十分关键的作用,帮助读者尽快建立起适当的心理"格式",以解读作品中的文类代码。可以说这些成分是代码中的关键字,不过在实现自身目的的过程中这些成分常常作用于读者的无意识之上,至少可以说尽量不引起读者的注意。

## 文类中的用典

除去直截了当的标注,指示文类最直接的形式就是提及之前的作家,或本类别中的代表作。长一些的作品都会向外指向一定的作品群组,作品正是由此起步开始自己的历程。这种文类指认通常出现于解释性段落中,以所谓自谦语的变体形式出现,[1] 例如斯蒂芬·霍克斯恭谨地告诉亨利七世自己的《欢乐往昔》模仿了大师利德盖特的作品,这当然是作者的自谦之词,可同时也把读者的注意引向作品之外的源头,利德盖特的《人生旅途》和《玻璃庙宇》,也就指出自己的作品属于朝圣故事和爱情幻想这一类别。利德盖特也有所追随,他追随的是乔叟,称乔叟为"诗人的食粮",这个比喻出自其作品《围困底比斯》的《序言》。这篇《序言》中包含着有史以来最为复杂的文类用典,其繁复的框架具有典型的哥特藻饰特征,《序言》中利德盖特把自己的诗献给前往坎特伯雷朝圣路上说故事的人。乔叟本人的文类暗示不那么容易捉摸,却有着更强的传递力,《公爵夫人之书》中叙事者枕籍而眠,书中写的是奥维德笔下刻宇克斯和阿尔克俄涅的故事。睡梦中叙事者梦到一间房屋,四壁上画满玫瑰传奇中的一幕幕,置于整部作品的语境中。这则用典暗示读者接下来读到的是一部慰藉心灵的作品,更暗示读者唯有以慰藉为喻方能理解这部作品。[2] 头枕一部书入梦是爱情幻想作品的惯用手法,至少自乔叟以来已成为惯用手法。

后代一些更喜欢用典的作品中,古代典故的出现更为隐晦,却具有更高的组织性,可以为作品营造出适当的氛围,以确定作品的文类出发点。一部文类混合的巅峰之作,例如《失乐园》,其中可指示出文类的用典相当集中,大都聚集于序言部分。全诗开篇的"关于人类"立刻令人想到荷马和维吉尔,把《失乐园》与古典史诗联系了起来。可紧接着,随着"直到一个伟人/为我们赎罪"这两句的出现,与古典史诗的联系也发生了变化,诗中的双主角结构更令人想到塔索、斯宾塞和阿里奥斯托。接下来几句中典故频频指向《出埃及记》《申命记》,以及圣约翰福音书:

> 歌唱吧,天界的缪斯,你
> 也曾屹立于奥涅伯磐石之上,
> 也曾屹立于人迹罕至的顶峰,
> 也曾脚踏着西奈的大地
> 也曾传神于牧羊人,借他之口,
> 向着中选的子民,讲述
> 万物之始,天地脱胎于混沌,
> 讲述锡安的圣山,令你神采飞扬。

或者,讲述西诺阿的溪流
因上帝之令而奔流。
我向你呼喊,天界的缪斯,帮帮我
唱出这支壮志凌云的神曲!

(1.6—13)

上面这段诗句所营造出的文类语境更多体现于圣经史诗。事实上,"白鸽般静默地坐在无底深渊之畔"这句诗直接出自杜巴特的诗句。于是圣经中的崇山峻岭与"爱奥尼亚群山"相遇,弥尔顿写道:

这支壮志凌云的神曲
飘荡在爱奥尼亚群山之巅,
歌中所唱的一切,从未有人道出,
无论用散文,还是用韵体。

(1.13—16)

上面这几句诗属于史诗传统中的序言,可其中又能看到阿里奥斯托的影子。借助于这种方式弥尔顿为自己的史诗营造出丰富深刻的文类背景,当异教史诗嵌入《失乐园》时,有鉴赏力的读者便不会为异教史诗的表面价值所迷惑,产生误解。

　　散文体虚构作品也频繁用典,有时堪称精巧复杂。菲尔丁在这方面早已立下先例,他的小说序言简直就是一篇文类理论论文。再往后,小说的形式更为平易,也更易于辨别,典故的使用渐渐更为具体,常常指向可以改变小说基本类别的模态。例如奥斯汀的《诺桑觉寺》中常常出现哥特传奇的影子,例如《意大利人》《尤多尔佛》《修道士》[3],只不过这些哥特传奇都被奥斯汀巧妙地融入自己的故事中。《碧宅冤孽》并没有婉转曲折地指向哥特传奇(例如恶劣的天气,背景中的古堡),而是直接提到《尤多尔佛》。《简·爱》中的用典也相当直白,足以令人称奇,[4]或许这样做是因为《简·爱》结构复杂,其哥特氛围必须反映出女家庭教师的情感,可与之同时又要为作者提供一个出发点,让她去探索超自然经验这个主题。作品若是艰深,或有所创新,在文类上成分复杂,就必须借助于大量用典把文类环境固定好,乔伊斯和纳博科夫的书中典故如此之多,仅这一个方面就催生出不少研究专著。[5] 再举一个例子,约翰·勒卡雷的《光荣的男生》开创了一种新的间谍惊险小说,为此勒卡雷在自己的小说中频频提到康拉德和其他几位常写"东方小说"的作家[6],勒卡雷实际上是在说:"不知道该怎么读我这部小说?就把它当成那几位的小说来读吧!"

读者又怎么知道哪些典故具有文类指示功能?《诺桑觉寺》提到托马斯·莫斯神父和盖伊的《寓言集》,以及其他哥特传奇。"普通"典故可能只是指向类似作品,并无深意,那么如何才能把文类典故和普通典故区分开呢?在这个问题上不必纠缠于作者意图,许多文类典故都是无意中使用的,这一点绝无可疑。至于典故的功能,可以先看典故是否重复出现,或突然出现而显得十分醒目,然后再加以确定。例如德拉·马雷的故事《长鼻子》中有两处明显提到童话,"就像昔日故事中邪恶的教母一样",不过故事中是个历史人物,长着"童话中的长鼻子"。[7] 不过许多时候典故的使用模糊不清,故而也不能机械地使用这种方法去确定文类。霍桑把自己作品中的公鸡命名为高卢雄鸡,是不是暗示《修女的教士的故事》仅仅是动物童话?或者他是否把《七角尖阁房》同有关宿命的哲学童话联系在一起?小说中摄影师的一番话支持后一种解释。[8]

当代文学中文学用典趋于更为隐晦,罗伯特·奈伊笔下的福尔斯塔夫故意隐藏起自己的姓氏——约翰·薄伽丘,只是说自己曾"写下一首五十章的长诗,定名《爱之梦》",或许就是为了避免过于直白地指向《十日谈》。类似的情况也出现于《暗淡的火》中,书中的金波特笨嘴拙舌地背诵起豪斯曼的诗《什罗普郡的男孩》,实际上纳博科夫此处暗指豪斯曼为《马尼留文集》所做的序。同样,蒲柏也曾在《人论》中以一处类比掩盖《愚人志》中另一处类比,[9] 两处暗典都暗批学术体制下的书呆子。许许多多的例子中,尽管作品本身十分热衷于独立和创新(例如现代主义和先锋派作品),可人们还是会情不自禁地想到一些著名的哲学著作。[10]

某些时期先导性典故比较罕见,对文类背景的勾勒从作品本身移开发展成开场白,一个例子是盖伊的《牧童一周》正式开始前的《致尊敬的读者》。这种做法似乎更为明晰,不过仅仅代表特定时期内文学空间安排的风尚,并不能认为这种安排代表着文类意识达到了新的高度。

典故常常指出模态的暂时变化,可谓既经济又有效。从17世纪到19世纪,最为复杂的典故都指向古代作家,其中只有一个例外——弥尔顿。奥古斯都时期的农事诗喜仿,爱描摹,离开了维吉尔遥远的声音简直不可想象,唯有在维吉尔的和应之下方能感受到其风格变化和各部分间的连贯,文类效果有时颇为精妙,即便是詹姆斯·格兰杰的《砍甘蔗》这样的次要作品,其中风格的变化也甚为巧妙。《砍甘蔗》的第二部分大体上用英雄体,一开头就谈到如何应付调皮捣蛋的猴子,此时用上了客观冷静的史诗模态,模仿维吉尔,令主题得到提升。"狗儿忠诚可靠/长着敏锐聪慧的鼻子,紧跟着主人的脚步。"(2.50—51)这里弥尔顿式的"敏锐聪慧的鼻子"令猎犬的形象立刻显得高大起来,几乎带着一种讽英雄体的意味。下面一句"张大鼻孔,吸着混浊的空气/远远就嗅到了猎物的气息"明确指向弥尔顿笔下的死神,而弥尔顿本人的诗句也是以农事诗为基础。这句诗隐隐露出锋芒,猎犬真的会痛下杀手,通过引用英雄体史诗,格兰杰取得了风格上的巧妙平衡。同样,《埃涅阿斯纪》成为后世所有英雄体师法的典范,无论是正英雄体、混合英雄体,或是讽英雄体。至于讽刺,贺拉斯和尤维纳利斯造就了这一文类的原型。

如果说昔日文类紧跟古典文学寸步不离可能有些夸张,然而古典文学教育的衰退的确已经对许多文类造成深远影响。一方面,古代正典日渐远去;另一方面,又没有与古典相媲美的现代正典出现。结果文类用典越来越狭窄,越来越粗糙,对于理解早先文学所造成的影响虽然间接,却不可谓不深远。

## 题　名

　　题名历来在批评界极少受到关注,[11]考虑到其在现代文学中的作用十分重要,这种状况实在令人遗憾。韦恩·布思(Wayne Booth)曾说:"标题常常是读者唯一能够得到的直接评述。"导致这一现象的部分原因倒是不难理解,毕竟标题这种形式的历史相对比较短,中世纪通常的做法是用每部分开头几个词为标题。不管怎么说,作者确定标题的责任随着印刷术的普及而出现,之前定标题的是评论者、编辑,或抄写员。以"论"字开始的标题通常表示逻辑哲学论或论说文,从蒙田开始这种形式为散文所兼并。世俗文学界,这种类型的短标题出现于培根、菲尔瑟姆等人所写的多数非正式论文中,例如《论学习》《论革命》,因此论文标题的传统继承了该文类之前的先例。

　　任何一个历史时期内,标题传统都随着文类不同而有所不同,这一点在戏剧中表现得相当突出。莱文注意到,古典悲剧以及文艺复兴时期英国悲剧大都以主人公的人名为题,且常在人名后加上一个短语,例如《俄狄浦斯在科罗诺斯》《奥赛罗》。阿里斯托芬尼的喜剧通常以合唱团或一个集体命名,例如《阿查尼安》《骑士》,新喜剧则通常以人物类型来命名,例如《辉煌的迈尔斯》《愤怒的主妇》。喜剧常常倾向于普遍化,也可能以谚语、习语等普遍化语言为题,例如《众生之道》。[12]

　　早期的散文体虚构作品中,对真实的模拟压倒定标题的需要,虚构叙事呈现为回忆录或历史记录,[13]例如《汤姆·琼斯,一个孤儿的历史》。如今若是还有谁在标题中如此着力于真实性,可能更多会让读者联想到色情文学,例如《哈丽埃特·玛伍德的真情告白》。标题中使用个人姓名也可以产生类似的效果,不过程度上要缓和一些,叙事作品的标题中用人物全名依旧令人联想到人物传记或虚构性人物传记,也就是说,真实性小说。有一点必须注意,就虚构性叙事作品而言,男性主角要产生出真实感需用全名,至于女性主角,根据题名的传统,只需用上名就足够了,例如伊芙琳娜、爱玛、谢莉。[14]瓦特据此提出小说中的女主角结婚获得夫家姓氏之前,不被看作完整的社会存在。[15]也可以从形式上加以解释,小说形式可以吸收传奇的传统和规则而不是完全另起炉灶,在题名的使用上亦是如此。

小说是个大肚子怪兽,有时人们认为这只怪兽把传奇整个给吞了下去,至少就其外部形式而言是如此,可直到19世纪依旧可以从题名方式中看出小说和传奇的不同。除了一些明显的特例,写实小说喜欢在题名中使用人物的全名,例如《大卫·科波菲尔》,传奇小说则偏好在题名中加入地名,例如《呼啸山庄》。或许这同传奇中环境的特殊功能有关,霍桑笔下的七尖阁房屋就不仅是故事的发生地点。其他一些写实性不及小说的虚构作品,例如皮科克的作品,题名中也包含地名。一些明显的特例中应当注意《米德尔马奇》这部小说,小说的核心是一个社区,而非某个人物。亨利·詹姆斯常常尝试把传奇和小说的特点融合起来,自然他的作品中两类题名都有。真正的特例包括把题名放入大河传奇中,例如《巴切斯特·托尔斯》,以及一些零星的孤例,例如《曼斯菲尔德庄园》。《简·爱》兼具小说和传奇的特点,其小说成分令作者以人物全名为题。另一方面,不完整的人名更常见,可带有传奇或政治意味,或二者兼而有之,例如《康宁斯比》。

以"和"字连接两个抽象名词的题名通常用于道德分析小说,莱文指出,此类题名中"和"字的真实含义是"针对、反对"。此类题名表示主人公要经历两种抽象状态的煎熬,或许最终可以脱胎换骨,例如《理智与情感》《傲慢与偏见》《北方与南方》《战争与和平》。

现代散文体叙事作品中可以遇到形形色色的题名形式,时尚起到了很大的作用,例如20世纪初就一度流行在题名中用典,当时所有的小说类别都在题名中引经据典,大多来自莎士比亚、弥尔顿,或《圣经》,尤其是《圣经》中的《传道书》,例如《金碗》《太阳依旧升起》。[16]有时题名形式尚可指示出文类,可即便如此也显得十分隐晦,要么就带有反讽的意味,例如写实小说的题名开头往往避免使用介词,如果确实用到了(例如《西方目光下》),则往往可以传递出空间感,甚至给人以异域冒险的感觉。不过这方面最显著的还是游记的题名形式,游记的题名常常以"穿越"一词开始,后面接上广阔的自然地貌。斯蒂文·凯尔曼(Steven Kellman)注意到,思想小说的题名往往表面上看不出和小说有什么关联,或者根本就是个字谜。以数字结尾的虚构作品题名往往包含着更为具体的文类提示,往往表示富于讽刺意味的反乌托邦小说。《1984》《1985》《华氏 451》《第 5 号屠场》,此类小说中反乌托邦之义在未来等待,并大都会借用科幻小说的形式表达自身的主题。[17]也有几部作品的讽刺意味十分显著,例如《第 22 条军规》和《拍卖第 49 号》,不过把这两部小说划入上一类也不错。[18]这一传统有多重基础,奥维德的示范作用是其一,还有就是数字会给人一种非人化的感觉,再有数字令人联想到科学。此外,数字还暗示一切社会形态均不会永存。

长幅诗歌类别中,题名的形式,甚至各部分的小标题都主要由文类决定。莱文注意到史诗可因某个英雄而得名,例如《奥德赛》《埃涅阿斯纪》,要是诗中出现多个英雄"重点"就转向地点,例如《伊利亚特》《法尔萨利阿》《卢济塔尼亚》,后世也不乏这方面的例子,例如《解放的耶路撒冷》《失乐园》。重点转变的背后可以看出对能够纵贯全局的题名的需要,《阿尔戈船英雄纪》就是一则例子,这一传统属于古典史诗。中世纪传奇更倾向于多声部,题名中"和"一词使用频繁,例如《弗罗瑞斯和布劳恩谢夫勒》《伊文和加文》。此类题名也出现于文艺复兴时期爱情叙事诗中,例如《海洛和利安德》《恩底弥翁和菲比》。文艺复兴和巴洛克时期,"合格的"史诗题名要指示出英雄传奇或传奇史诗,不过《失乐园》令人想起悲剧的命名传统,或许诗中也暗含悲剧式转化。与之相反,爱情悲剧沿袭传奇的格式,在题名中用上"和"一词,例如《罗密欧与朱丽叶》《安东尼和美利达》。

许多题名以《伊利亚特》(也就是"特洛伊")为典范,在自己的尾部也加上"亚特"。开始时这通常指史诗,例如《卢济亚特》《法兰西亚特》

《科伦比亚特》《奥林匹亚特》,可这么好的机会后世的戏仿和讽史诗体作品怎么会放过?以蒲柏的《愚人志》为领头,聚集起一支庞大的队伍,包括丘吉尔的《罗西志》、怀特海德的《赛场志》、斯彭斯的《查理志》、堪布里奇的《小文人志》、斯玛特的《希利志》、切特顿的《领事志》,以及沃尔科特的《路易斯志》,更不用说罗伊·坎贝尔的《乔治志》。同样出于对荷马的模仿,穆赛欧斯笔下的英雄叫"赛斯提亚斯",出自"赛斯托斯"。切普曼笔下的《希洛和利安德》有一部分与马洛版不同,于是切普曼将自己的作品单独命名为"赛斯提亚兹"。[19] 文艺复兴时期作家喜爱拓宽原本有文类意义的用法,直至误用,于是"赛斯提亚兹"后来指任何长诗中的一部分,例如谢泼德的《年代六章》,德莱顿也做过同样的事儿,为他的一首颂的题名加上一个当时颇为流行的英雄体(或者说讽英雄体)词尾,于是便有了《斯科尔顿志》。

作品各部分的标题也可以起到提示文类的作用,且更为直接。文艺复兴时期,"部"一般用于史诗,"章"用于传奇或传奇史诗。斯宾塞在《童话女王》中两种标题都用到,也令读者对作品中的文类混合做好准备。其他一些表示部分的称谓具有更明显的文类提示作用,例如转折和反转只用于颂。不过部分的标题也可以巧妙地产生出平易近人之感,例如蒲柏的《人论》分为数封书信,而不是数"部",这样安排旨在暗示读者,这篇作品属于贺拉斯所说的"非正式杂文",[20] 从而预先把对系统理论的期待消弭于无形。其实蒲柏的作品同贺拉斯所说的杂文并不属于一个类别,蒲柏仅仅是借用书信这一称谓,以求实现书信体朴实无华的风格。

短诗的题名与印刷术同时出现,开始时所谓题名不过是编辑按语,或许就是为了避免印刷物中出现几行无头文字。这种题名要么摘用原诗中的字句,要么直接指出其所属类别。例如苏利的一首诗被拙劣地命名为《失恋者之怨》,加斯科因的一首诗命名为:

告别伤痛,作者饱受爱情之痛,遭到一位高贵女士无情抛弃,把爱人输给了一位才疏学浅,却精通玩乐的纨绔少年,于是决定放手,离别前向自己的爱人赠上最后的肺腑之言。

邓恩诗的题名颇具影响,有些诗出自邓恩之手,代表着另一种类型,短小精悍,信息丰富,专注于文类。例如《冠冕》一方面把读者的注意力引向意大利十四行诗的形式,另一方面又凸显出奉献的一种特殊方式。

有观点认为,雅各宾式题名传统(现代题名的源头)源于文艺复兴时期的徽章,徽章上的格言诗可以是几个词,也可以是一段话,对应着不同类型的短诗题名。更进一步,徽章各部分间关系隐晦,常常是个谜,题名、格言诗、图画,各自从不同的角度独立地解释着同一个思想。这种隐晦样式似乎经由乔治·赫伯特流传到后世文学中,此君首次在自己的作品中使用迷惑人的题名,他的题名可以指一个徽章式图案,例如《祭坛》《教堂地面》,两个图案源于教堂的一部分,也可以指《圣经》中一段文字,甚至可以偏离主题,产生更为复杂的解释,引出某个新方面,甚至是某个新形象。作为一种谋篇布局的手法,赫伯特的题名自然引起后世喜爱藻饰的诗人的兴趣,同时其题名的表现力也为后来现代主义题名形式开了先河。现代主义作品中题名传递出的意义颇为丰富,与作品主体融为一体,至少也为理解作品的意义提供了一条独立的路径,例如《地铁车站中》《她的纪念碑》《刻在那儿的形象》。单行诗和单字诗中,题名甚至可与正文颠倒位置,如汉米尔顿·芬利的诗《世界最古老风车的一支长臂》,这种意义隐晦、表现力强,或者说"必不可少的"题名也暗含着文类意义,此类题名原本主要用于智语诗和爱情挽歌,如今似乎依旧带着昔日文类的残余色彩。

纳尔逊·古德曼(Nelson Goodman)和约翰·霍兰德(John Hollander)不断提出,题名是作者创作意图的表达(从这个角度来看,题名大多是创作完成后再定,这倒是个重要现象)。无论定题,还是故意不定题,都是传统手法,也都有再现的功能。以所谓拾得诗为例,随意找出几个词,只要加上一个合适的题名就足以称得上是一首诗,至于是否有人感兴趣就另说了。再现功能也可以由外在结构完成,例如音律,只要看一看诗的版式安排就可以区分是一首有分量的颂或是一首平易的书信体诗。霍兰德认为音律处于稳定期,没必要再加上"品达式颂"或"十四行诗"这样的题名,这一看法至多只能令部分人信服,直白的文类标签各个时期都很常见,不过也应当承认"现代诗往往极短,且喜爱做文类上的创新,故而题名日显重要"。[21]霍兰德以怀特·莱特(White Knight)对华兹华斯的戏仿为例,区分出维多利亚时期四种短诗题名传统:主角,例如《捉水蛭的人》;主题,例如《革命和独立》;诗内引言(首行、复句行,或关键词);象征性暗示,即所谓"基础"题名,例如《哈多克的眼睛》。

为了赋予五花八门的题名法一定秩序,霍兰德提议使用以内涵信息为基础的分类法,序列的一端是"冗余式"题名,仅仅指出作品所属的类别,之后依次是完备场合陈述题名,例如《贺拉斯颂:克伦威尔从爱尔兰得胜归来》;伪装题名,例如《爱泼顿庄园》;沉思主题,解释性引用或典故,有时此类题名和诗歌主题一样艰深,例如《玛丽安娜在护河农庄》;最后是隐秘题名,此类题名以晦涩难明为本务,例如华莱士·斯蒂文斯的《尤加》和《与何塞·罗德里格斯-菲奥一席话》。[22]此外还可以加上一个类型 X,在题名中同时包含主题信息和文类信息,例如亨里克的《致茱莉亚》《致尊贵的族亲》,以及《理查德·斯通爵士》。可依旧有一些题名难以纳入此种分类法,因为其内涵信息变化很大。例如随着岁月流逝,原本提供主题信息的题名变得隐晦难明,再者说内涵信息的多少也只能是可能序列之一。霍兰德自己也承认题名也可以按照遵循传统程度的高低加以排列,所选用的序列必然要符合选择者的目的。对于许多目的而言,最好的安排依旧是按照文类划分。题名对于读者确定心理"定式"的作用绝非无足轻重,这种心理"定式"不仅体现于短诗的阅读中,更体现于一切文学作品的阅读中。题名的这种作用在拓展式题名,或分析式题名中体现得尤为突出。从 16 世纪晚期到 18 世纪,题名常常可以占上整整一页纸,起到现代出版物中出版者推介的作用,可包括描述、总结,或内容纲要。笛福的《杰克上校》的题名可说明这一问题:

一段真实的历史，一场不平凡的人生。此君名为雅克，人们通常称其为杰克，出生于善良人家，造化弄人，将其投入扒手门下，26岁满师成为真正的窃贼，后被拐骗到弗吉尼亚；弗吉尼亚归来娶了四任妻子，可五人皆以出卖色相为生；参战后表现英勇，荣获嘉奖，或中校军衔，领一团之兵卒；战事逆转，与骑士贵族一起远走他乡；此君如今生活于海外，希望有生之年可获将军之衔，为这段神奇人生画上句号。

此种题名的空间非常充裕，完全可以从容地指明所属文类，有些地方说得很直白，也有些地方正相反，有时关键词渐渐演化出半传统的力量，例如"著名的摩尔·弗兰德斯的坎坷遭遇……"，"罗珊娜，一个幸运女孩的人生遭遇……"。随着读者越来越老练成熟，分析式题名渐渐废弃不用，除非是为了营造喜剧气氛，不过此种题名中的一个成分，即副题持续使用了下来，且依旧能指示出文类。浪漫主义时期及维多利亚时期常用复杂的副题指明作品中不显著的文类成分，例如柯勒律治为一首诗定的副题是"刻意不像诗的诗"，克劳夫为自己的讽农事诗《茅屋》定的副题为"悠长假期中的田园牧歌"，后面还加上维吉尔《农事诗集》中的一段诗。

## 开篇格式和话题

　　读者接触到作品开篇之前，已经过题名的调节准备，于是开篇词句和话题就显得极其重要，可以更细致地培养起读者对文类的期待视野。

　　印刷术普及之前，作品通常都有一段开场白，起到题名再现的作用。开场白可以直截了当，也可以使用传统格式化字句，若是一首诗以"听啊……"开篇，就可能是圣诞颂或玛丽颂。可以发现许多此类程式化的开篇格式。

　　中世纪长幅作品通常结构复杂，自阿尔伯里克以来，修辞学家花了很大精力关注不同的叙事开篇方式,[23] 区分出"自然"顺序开篇的叙事和"人工"顺序开篇的叙事,后者放弃了事件发展的时间顺序。当时的修辞学家们更青睐于"人工"顺序,认为其高贵典雅,除非"自然"顺序本身已经很完美。修辞学家们也记录下许多产生人工顺序的方式,[24] 例如以谚语、总结、序言替代自然顺序,以点明主题,这些手法生命力很旺盛,一直流传了下来,时至今日依旧可见于许多道德分析小说,不过不再点明主题。例如"所有饶有家财的单身男人必定缺一位贤内助,此为举世公认之真理",又如"幸福的家庭全都相同,不幸的家庭各有不同。"[25]

中世纪修辞学家之所以耗费巨大精力去描述人工顺序,可以认为他们想要发展出一种缠绕叙事的诗学,由此产生出许多理论,例如以《献给赫伦尼》为范本,对"直接"式和"复杂"式开篇加以描述,其适用范围远远超出复调叙事,中世纪的修辞学家们似乎与再现问题的一个基础性难题展开搏斗。许多中世纪作品结构精巧,序言复杂而散漫,也给人相同的印象。由此所产生出的绝非仅仅是修辞学上的成果,实际上中世纪修辞学家的研究已直接挑战强大的再现问题。要知道,那个时代文类很大程度上还处于潜意识阶段,甚至没有区分历史和故事。[26]《献给赫伦尼》把复杂式开篇留给了"声名狼藉之事",而虚构在整个中世纪确实声名狼藉。序言挡在作品主题和读者之间,意在营造出特定文类的恰当氛围,尽管要完成这个任务并非易事,氛围的营造更讲究循序渐进。

文艺复兴时期对文类的描述证实了这种印象。明图尔诺明确表示,希望各种类别的作品都有一段前导以表明自己的身份。对史诗而言,主题定下高标,"维吉尔在自己的《序言》中将风格的高贵与尊严融为一体,与正诗相比毫不逊色。"明图尔诺也考察了其他几种例证,包括再序和中序,评论道:"如果序言就是诗人自己的开场白……实在应当当时就激发出读者的期待,抓住读者的心。"[27]《诗艺》中明图尔诺也历数其他类别传统在这方面的弊端,例如讽刺诗根本就没有开场白,由此引发的问题也特别有趣。"开篇突然,毫无准备,因为讽刺作家创作时胸中有一团怒火,一心嘲讽,自然要乘对手毫无防备之时打他个措手不及,狠狠咬上一口。"实际上讽刺的开篇源于艺术性追求,是讽刺风格的一部分,其特点是简洁、轻松、情绪明快,用通俗、接近生活的语言行批判之能事。[28]

这些并非仅为具有历史价值的枝节问题,后世持续使用类似的再现手法,可见其或许出于普遍需要。甚至成语中也加上了一些格式化先导语,例如"人们常说没骗就是没用心","有句老话说得好……";童话也大多有格式化开篇,例如"很久很久以前……","从前……"。不管怎么变化,总能一下子辨别出来。18世纪农事诗和深受农事诗影响的景物描写诗中,维吉尔式切入话题方式成为突出特征,其中一种变体提纲挈领地陈述出有用的主题:

> 认准方向,走过冬日的街道,
> 白天如何走便捷,夜晚如何走安全。
> 如何挤过熙熙攘攘的人群,小心谨慎,
> 何时叩关要门吏放行,何时又该放弃。
> 我歌唱…………
> 　　　　　　　　　[约翰·盖伊《琐事》(1716)1.1—5]
> 羊圈中的辛苦,织机上的操劳,
> 生意场上的算计,我为之歌唱。
> 　　　　　　　　　[约翰·戴尔《剪羊毛》(1757)1.1—2]

这种格式与史诗开头部分的话题切入方式颇为接近,由此引发农事诗与史诗的对比反差,并贯彻于全篇。《琐事》的讽英雄体色彩更浓一些,"我歌唱"这句出现的位置也更为滞后。通常农事诗在开篇部分都会提到,诗中的活动既丰富多彩,又结构松散,四处游荡。例如:

> 我的缪斯漫步走过开满鲜花的草地和山岗,
> 她的性情质朴纯真,心中装满乡村乐事。

> 同一条乡村道路上,不时走来,
> 
> 多情的曼图亚少年,还有你。
> 
> > [约翰·盖伊《乡村乐事》(1713)1.27—30]
> 
> 看啊!冬天来了,最终主宰着变化的一年,
> 
> 沉闷,阴郁,身后跟着长长的队伍,
> 
> 水气成云,云降为雨,这就是我的主题,
> 
> 令灵魂俯察思想之深沉,
> 
> 仰怀天国之高远。
> 
> > [詹姆斯·汤姆森《四季》(1735)1.1—2]

还有一些农事诗,例如《温莎森林》,会以更为婉转的方式表现出诗中的众多兴趣点和政治维度,例如:

> 你的森林,温莎!你恬静的绿地,
> 
> 不单属于君王,也是诗神频频光临之地。[29]

101　　精致而格式化的开头令诗人可以开篇即点明文类,既准确又简洁。各种诗歌的开篇传统中,墓志铭可算是最简洁的一种,最近出版的一本智语诗和墓志铭选集中,有 72 首墓志铭都是以"某人长眠于此"开头。[30] 自书墓志铭通常以"我将长眠于此"开头,对比反差不算明显,可除此之外任何细微的变化都足以引发文类调整。这种调整常见于讽刺式和幽默式墓志铭中,风格较为低调,很少用倒装句式。例如:

> 此处某人长眠不醒
> 
> 愿上帝原谅他
> 
> 也愿生者或上帝之怜悯
> 
> > (格里格森 530)

> 此处达丽雅长眠不醒,辛于四十八
> 
> 年轻时身陷风尘,淫荡贪婪
> 
> > (格里格森 294)

再举一例,阿布斯诺特为查特里思所写的墓志铭尖锐辛辣,开篇字句是"此处腐朽的是……"。哥德史密斯在《反唇相讥》中为尚未离世的朋友写了一系列墓志铭,堪称这一文类在英国的最高成就,这一系列墓志铭的开头都使用了上面介绍的讽刺格式:此处某人长眠不醒。例如"此处坎伯兰长眠不醒""此处希奇静卧不起"。其他一些例子中,偏离墓志铭的开篇格式或许表明,该诗是一首严肃的墓志铭智语诗,献给一位无名逝者,例如赫里克的《献给一位少女》就如此开头:"此处她长眠不醒"。或许这方面最杰出的成就是德拉·马雷为约翰·维京所写的墓志铭,诗中既没有讲明献给何人,也没有关于逝者的面部描写,于是产生出一种令人不安的陌生感。

> 陌生人,若你
>
> 曾叫约翰·维京
>
> 如今躺在水下
>
> 失了姓名
>
> 海水早已
>
> 侵蚀你的容颜
>
> 约翰·维京
>
> 是否你的真名
>
> 又有谁知
>
> 无论我叫什么
>
> 都要感谢吾主
>
> 六尺之躯,站在
>
> 英格兰的大地
>
> 而非躺在
>
> 六㖊深的海底

[《铃声叮当》(1924)21]

长篇作品中导入性话题可以包含更多意义,不过其形式可能早已为人们所熟知,丝毫不起眼,不会引起有意识的关注。举例而言,动物寓言开篇时都要把人身上的某种道德品质转移到动物身上。[31] 当然,传统的导入性话题可以披上新的伪装,以《满腹牢骚》为例,其导入部分其实就是古代的解释型序言,提供信息,暗示适当的批评态度,尽管在这个导入部分中作者大玩起现代风格,让演员们自己讨论这部戏,讨论为何没有序言。库尔提乌斯曾区分出数种导入性话题:"我带来过去从未有人说过的东西",献词和献祭,传播知识的责任,阻绝愚昧的责任。[32] 此外,还可以提及同类作品,或以隐喻手法指出作品的形式特征,例如诗人在象征着中世纪梦幻奇境的物品前沉入睡眠,[33] 这方面最典型的代表物是一本摊开的《童话女王》。《黑暗中心》的开头一段也以罗马时代的泰晤士河为类比,所有这一切都是为道德比喻做铺垫。

文艺理论家密切注意史诗性虚构作品中叙事主体之前的修辞性"部分",例如以序言点明行动的规模,后面还有祷告文、开场白,然后叙事才正式展开,这种高度传统化的导入可传递复杂多变的信息。再回到《失乐园》这个例子,可以看出弥尔顿一方面使用了传统史诗的开篇格式,另一方面又极具个人色彩。考利曾指出:"具有强烈文类功能的表达相互隐含……读到《失乐园》开篇那几句,就知道接下来必定是'我歌唱'。"换言之,"一位伟人"插入到史诗的传统开篇格式中,大大拓展了《失乐园》的范围,加深了其意蕴。"歌唱"一词在诗中首次出现即融入呼告之中,"歌唱吧,天界的缪斯",而这段呼号更令读者联想起著名的基督教祷告文。《失乐园》开篇这几句一方面抑制、贬低了异教史诗的主题,另一方面又是呈献给天父的献礼,从而为后面异教史诗的嵌入事先做好准备。要拉开与异教史诗的距离未必使用滑稽模仿的手法,不过就读者的判断力而言,《失乐园》所使用的手法确实是一个严峻的考验。

浪漫主义诗歌中古代传统似乎销声匿迹,其实古代传统从未消失,只不过更为隐蔽。华兹华斯的《序曲》原本就设想为一首伟大诗歌的前奏,《序曲》开篇部分即着笔墨于诗人的直观感受,显然抛弃了古代的文类规则:

> 哦,和煦的微风吹过绿色原野,
> 从天空,从云朵,带来赐福。
> 风吹拂着我的面颊,多少也意识到
> 带给我的欢欣。哦,欢迎你,
> 自然的信使!

这几句诗其实在《序曲》主体完成之前就已经写好了,可一旦融入《序曲》中,就发挥了呼告的作用。和西风之神一样,诗中的微风是神灵加速的气息。华兹华斯曾想修改《序曲》29—32行,可后来又把修改删除了。修改的诗句以"你这流动的精灵"开头,由此可以肯定华兹华斯心中所想的确实是传统史诗中的呼告。和弥尔顿一样,华兹华斯让精灵引导自己前进的方向,也就是引导诗歌灵感的流向。这是一个文类指示,预示读者,接下来的诗歌无论在幅度上还是在肃穆程度上都不下于史诗,尽管在模态上与史诗截然不同。如果说"哦,欢迎你,自然的信使"这句还能看出史诗中呼告的影子,开头那个"哦"则完全不是呼告,更像是抒情诗中的感叹。

英雄体小说几乎完全放弃了史诗式开场白传统,却也有着自己特有的开篇话题,其中最常见的是风景描写,且常加入政治寓意。这种类型的描写至少也要占一个段落,例如《先驱者》,有时甚至可以占据小说开头整整一章,例如《诺斯特洛穆》。借助这种手法,小说提供了广阔的背景,在此之前主要人物不会登场。如此一来小说以曲折委婉、富于小说特色的方式指明自身类别(这里的类别涉及国家、政治等范围),不是借助于文字直接表达,而是展现于虚构世界之中。

现代小说中指明文类的方式更为隐蔽,也更加融入故事之中。人们常以为小说不应以任何方式表明自身的类别,每部小说都是一个新的开端,自己为自己创造语境。可即便在与这种观点最为合拍的现代主义小说中,表象依然具有欺骗性。科莫德以《鼠疫》为例,小说的第一章相当概括地描写了一座普普通通的阿尔及利亚城市奥兰,科莫德将此比作"斯科特笔下悠闲的序曲"。[34] 之后故事才真正开始,"4 月 16 日早晨,伯纳德·里约尔医生刚刚踏出诊所大门,感到脚下有什么东西软乎乎的。"科莫德认为这样的开头同经典的小说开头,例如"侯爵 5 点出了门",没什么大的不同。当然加缪对小说导入性描写的应用颇为新颖,以其暗示鼠疫中的道德困境,其意义远远超出公共健康危机的范围。与此同时,这种手法也把小说确立为作品象征的载体。加缪巧妙地运用写实小说的各种文类传统,例如小说开篇处精确的时间纪年。不过作者暗示除了写实之外,小说还有其他的什么,于是精确之余又有所保留,作者写道:"这一系列反常事件发生于 19—年的奥兰。"

小说在开场白中常用的另一个话题是确定主人公的身份,这种做法似乎不大合乎情理,尤其在第一人称叙事中。总体而言,为人们所接受的传统(人们偏偏对这一传统不大留意)要求,一有机会就要给出主人公的全名。现代写实小说中主人公的全名往往出现于开篇第一句,例如"安妮·林登整个早晨驾车向北,向利奇菲尔德驶去。"保罗·斯科特的《滞留》开篇第一句就提到一个人物的全名,这个人物虽然已不在人世,却依旧在小说中占据中心位置。"上午,约 9:30,塔斯克·斯沫莱死于严重冠状动脉阻塞。"[35]

传统难以回避,即便一心以破坏稳定人格为己任的后现代作家也无法逃脱。约翰·巴思就没能逃脱传统,在《路的尽头》的开篇处,巴思写下一段颇值得记住的话,一开头就是"也可以说,我就是雅各·霍纳。"现实生活中,人们很少会在故事开头又要说出自己何许人也,又拐弯抹角,巴思的这句话不仅开始了一部文学作品,也开启了一种非现实第一人称叙事类别,梅尔维尔有几个短篇也可以列入此类。巴思有没有暗指梅尔维尔笔下那句谜一般的"叫我伊什梅尔"呢?或许有,也或许没有,可无论如何,巴思笔下的霍纳那种无以复加的静止与梅尔维尔笔下的巴特不无关联,而梅尔维尔的那个故事同样以真假参半的介绍开篇。[36] 巴思使用了梅尔维尔的载体,也就是写实小说的传统,当然也有他自身的特色。

许多小说被说成反传统,其实都有开场白以指明文类,只不过开场白常常有所伪装,或以颠覆的形式出现。另一方面,如果偏离小说传统过远,例如走向完全开放的形式,就可能出现新的类别。一心回避小说传统的后现代小说家们实际上在建立新的亚类,带来新的传统。例如有一种类型的后现代短篇小说刻意从非文学类别中引入形式,如果仅仅把非文学形式移到虚构场景中,或许会令人感到荒唐可笑,但非文学形式也可能由于"使用失误"而"误入"虚构之中。最常见的非文学形式是问卷调查,在唐纳德·巴塞尔姆的短篇小说《解释》中,问卷调查的出现就属于"误用"。[37] 之所以采用这种形式,在于其可以产生非连续感,巴塞尔姆本人说得很清楚:

问:问答形式让你烦了吗?

答:烦,可也能让我故意漏掉许多有价值的东西……[38]

巴塞尔姆在其他形式中也看到了类似的优点,例如游记(《巴拉圭》)、自动书写(《波恩·巴伯斯》),以及用加数字序号,但不连贯的句子写成的科学报告(《玻璃山》)。所有这些例子一开头就指明作品的非现实性和表面上的非逻辑性,或者像《巴拉圭》中,先来上一段逻辑严密的文字,以误导读者。《解释》的开篇第一句是:

问:你相信这部机器对改变政府有帮助吗?

巴塞尔姆的另一部作品《郭尔凯郭尔歧视施莱格尔》中,开篇第一句是回答,问题却从未出现。此类手法确立起一种"定式",或者说是处理之后编码作品的程序,对此类对话的解读当然不同于对真实问卷调查或访谈的误读。

实验写作无论看上去多么混乱不堪,绝非纯粹无秩序的拟像。文学秩序,无论何种,都要建立起框架结构,把作品同外部缺乏内在秩序的世界区分开。纵然作者旨在反秩序,作品依旧要体现出秩序,可以期待任何文学作品开篇之处都能见到指明文类的成分,只要作品有足够的长度,且有这方面的需要。

## 7. 模态和亚类

前面的章节提出文类特征库和文类指示的概念，使用这两个概念可以进一步区分出不同类别的文类。此前我们把类别、模态和亚类放在一起，统称为文类。由本章开始，将对它们分开处理。历史类别借助于文类特征库加以描写，批评界对此并不陌生，这方面的研究很多。我们已经看到，类别可借助文类特征库中的任何成分加以描述，其中某些特征几乎任何作品都要涉及，例如作品的尺寸和外部形式。相比之下，模态所涉及的文类观念较难把握，尚有待探索。模态与类别的关系尤其含混不清，或许因为模态是最常见的术语，许多人在使用中将其用法大大拓展。[1]

### 模　　态

术语本身可成为谈论的出发点。文类术语的不统一是出了名的，可至少在一个方面具有规律性：用于类别描述的种种术语总是以名词形式出现（例如警句、史诗），或许要与明显的外部特征保持一致；与之不同，用于模态描述的术语大都采用形容词形式。不过文类术语的形容词性用法稍稍有些复杂，看看下面三个术语：喜剧、喜剧式戏剧、喜剧式。喜剧式戏剧和喜剧几乎相同,而喜剧式可用于喜剧之外的类别,例如《爱玛》就称为"喜剧小说",意思是说《爱玛》在类别上属于小说,模态上属于喜剧式。同样菲尔丁希望读者把《汤姆·琼斯》当成喜剧史诗来读,并不是说这部作品是一部喜剧(实在没有什么戏剧特征),而是说作品在模态上属于喜剧式。显然模态术语的应用范围更广,开始似乎显得内涵有些空洞,可实际上只要牢牢记住这些模态术语在特征暗示上的限制,它们一样可以很精准。尤其要注意,模态术语从来不意味着一整套完整的外部形式,模态的特征库从来不完整,只是从对应类别的特征中选取一部分,而整体外部结构通常不见了。锡德尼称《阿卡迪亚》为牧歌式,并不涉及作品的外部形式。实际上,至今为止从未有过《阿卡迪亚》那样的牧歌。牧歌式作品可以是民谣、牧童对话诗、戏剧、挽歌,或者是赫利俄德式史诗。²《阿卡迪亚》中包含内嵌式牧童对话诗,模态上常常是牧歌式,犹如《皆大欢喜》中的内嵌民谣也大多属于牧歌式。模态术语也从不涉及尺寸,故而把塔索的十四行诗说成英雄式一点儿也不出奇。简而言之,模态术语和某个类别名称连用时指合成文类,而其总体形式依旧取决于类别。除了极其少数的旷世杰作,一部作品很少有空间可以容纳下两种不同的外部形式。

两个明显的例外是《失乐园》和《夺发记》,完全可以讨论两部作品的英雄式/史诗式形式。这里,形容词性的模态术语不是与外部形式相关联吗?这两个例子中,形容词性术语是名词性术语的转化,故而所指明的是类别而非模态。反过来说,牧歌式仅仅在语法意义上意味着牧歌类别的存在,从批评的角度来看,它是一种缩略语,代表着"牧歌式挽歌",或"牧歌式牧童对话诗",诸如此类。菲尼亚斯·弗莱彻尔的《掷骰子》在题名后加上副题——"一部皮斯卡托尔剧",也是简称,全称应为"一部皮斯卡托尔式政治戏剧"。非混合文类中,形容词性术语从来不与表明类别的名词性术语联用,要是有谁说"英雄式史诗"纯属多此一举。通常模态术语意味着某些不涉及结构的特征应用于另一个类别之上,令其发生一定变化。

模态拓展可以发生于作品局部,也可以发生于整部作品。就局部而言,模态可能不过是偷偷摸摸的混合,带有那么点儿文类色彩。尽管如此,这种混合已超出含混朦胧的"情态"。我们已经看到,模态借助于可辨别的信号可以表明自身,虽然有时这些信号经过压缩,丝毫不引人注目,常常不受到现代读者的主动关注。信号可谓五花八门:有特色的主题、某种格式、某种修辞品质,或比例。田园诗中的史诗式漫谈是典型的局部调整,此种文类混合有时极为巧妙,罗莎莉·考利对莎士比亚的解读能帮助我们看到这一点。调整也可以扩大至作品的大部分,以至全部,此时可以说作品是两个文类混合而成的整体,包含一个类别,一个模态。夏普兰很早就注意到这种可能,在1623年就指出《阿多内》虽然在外部结构上属于史诗,实际上代表了一个新文类。马里诺"会告诉你,他所献上的诗既不是英雄式、悲剧式,也不是喜剧式,唯一适合这首诗的术语是史诗。然而,诗中却混合了所有三种"。[3] 文类混合,无论是类别混合或是模态调整,都是下一章的话题,这里只想请读者们注意到,模态在结构上不具备独立性,若是把模态视为独立实体,可以独立存在,只会造成混乱。之所以出现那么多与之前的类别毫无关联的"新模态",原因就在于此。[4] 要建立此种假设很容易,也很有诱惑力,可到头来这些假设只能证明毫无用处,就如同过去曾出现的那些仅仅用于一个时代,缺乏历史深度的名称一样(例如抒情,又例如喜剧),抽象模糊,毫无内涵。

原则上说,任何类别都能拓展成模态,可实践中并非所有类别都有这种可能,短幅类别很少能产生出人们熟悉的模态,尽管有一些术语,例如"颂一般的",显示有着朝那一方向发展的运动,不过尚不完整。障碍之一是封闭的诗节形式很难吸纳,例如十四行诗的诗节形式。不过也有几种短幅类别产生出基础良好的模态,随之产生的形容词形式可用于风格描述之上,例如格言式、谚语式。大多数此类模态可视为局部吸纳,仅此而已,也有几种可在更广阔的范围内起组织作用,著名的例子有颂词式和挽歌式。[5] 智语短诗的模态宽广,运用于大量其他类别,这是 17 世纪文学的一个主要主题。书信体所带来的调整也是一个显著的例子,不单 17 世纪韵文使用书信体,甚至某些风格平易的颂体诗中也能见到其身影,类似亲密呼语、信函修辞等特征逐渐蔓延开,成为诗歌呼语的普遍特征。

至于长幅类别,大多都有相应的模态,例如史诗式(英雄式)、悲剧式、喜剧式、历史式、传奇式、传记式、流浪式。某些非文学类别,或者说已不再视为文学的类别,也可以产生出文学模态,例如景物地貌式、神话式、天启式。值得注意的是不少重要的文学类别,包括农事诗、散文、小说,都没有与之相应的模态。是不是从未有人尝试过把这些类别模态化?绝非如此。农事诗的模态拓展可见于牧童对话诗的赫西俄德式变形(例如斯宾塞和克莱尔的《牧童日历》),牧歌式戏剧(例如《皆大欢喜》),也可见于描绘自然景物的诗歌(例如汤姆森的《四季》)。散文化诗歌很常见,小说的模态化特征可见于勃朗宁的长诗《指环和书》中所收录的许多"不必要的"细节,这些细节在叙事诗中通常删除,在小说中倒是司空见惯。

实际上,并非所有模态都有名可循,有些模态甚至根本就没有得到辨别,然而其分布范围极其广泛。罗莎莉·考利请读者注意赫伯特和马维尔的诗中对徽章形式的模态拓展,考利提到:"就其独特性而言,徽章称得上是一种诗歌类别,这一类别常常与另一种更具开放性的诗歌类别,也就是痴情式抒情诗交相呼应,效果颇为令人叹服。"[6]考利所讨论的诗在外部形式上都不再保留任何徽章成分(图画、警句、解释),其徽章品质主要来自形象,来自一系列看似已过时的隐喻的使用:钟表、小瓶、双翼、乌龟,不一而足。不过徽章所带来的模态调整还不仅仅是形象问题,考利还提到直接性、精准性、神秘性,以及题名和诗歌谜一般的关系。除此之外还可以加上细致入微的描写,例如邓恩的《离别:不许悲伤》详细描写了罗盘的各个部分。徽章模态的特征库实际上颇为宽阔,我曾讨论过另一种出现于文艺复兴时期,常常为人们所忽视的诗歌形式——凯旋诗,这里可以给出更多的例证。有一种类别有着颇为悠久的历史,就是变形诗,可视为奥维德《变形记》的拓展。变形诗常常出现于伊丽莎白时期的短叙事诗中,在《童话女王》和《多福之国》中也有局部出现。济慈和雪莱常常用到这种形式,近年来的科幻小说也尝试运用这种形式,并拓展其范围,例如乌苏拉·奎勒因的《天国车床》。哥特传奇(例如《英国老男爵》)产生出的哥特模态,在哥特传奇淡出文坛后存续了下来,应用于形形色色的文学中,例如海洋冒险故事(《亚瑟·戈登·皮姆的故事》)、心理小说(《提特斯·格罗恩》)、犯罪小说(《埃德温·德鲁德》)、电影剧本,以及形形色色的科幻小说亚类(早在玛丽·雪莱的《弗兰根斯坦》中已经可以看到哥特模态对科幻小说的影响)。

　　某些模态,尤其是牧歌和讽刺,很难确定其究竟源于何种类别。仔细想一想,难以确定的主要原因是牧歌和讽刺这两种模态太过于成功,应用范围太广。牧歌模态同多种文学类别的外部形式有着联系,不过在古代,牧歌模态主要对应于牧野诗。维吉尔的《牧童对话诗集》属于牧歌模态,诗中所写的主要是牧童,而非渔夫或农夫。[7]牧歌始终是牧童对话诗的主要模态,虽然桑纳扎罗后来令政治牧童对话诗这种变体广为接受,可牧歌模态在牧童对话诗中的地位始终没有改变。文艺复兴时期瓜里尼说牧野剧始于牧童对话诗,后来才逐渐拓展,发展到当时的长度。[8]再后来,牧野剧进一步与其他戏剧类别组合,长度进一步拓展,所以考利才会把牧野剧形容为"混合戏剧类别"。[9]牧野挽歌确实是一种古老的文学形式,可即便可以证明它比田园诗更古老,也不会有损于我们当前的论点,因为组织起牧歌特征库的不是别的,正是忒奥克里修斯的《田园诗集》和维吉尔的《牧童对话诗集》这两部具有示范作用的作品。至少对后世作家而言情况就是如此。

　　讽刺历来令文学分类家最为头痛,从来没有人能确定与讽刺相对应的特定类别。很久以来,讽刺可以借用任何外部形式,中世纪以后就有了讽刺布道文,同样讽刺也可以模仿游记(《格列佛游记》)、史诗(《夺发记》)、日记(《大战日记》)、目录,甚至词典。[10]吉尔伯特·海伊特对讽刺做了一番深入剖析,通过海伊特的分析可以看到,讽刺虽然花样繁多,可并没有打破前面所说的模态与类别之间的关系,讽刺并不是例外。有人认为讽刺起源于古代即兴戏剧表演,无论这种观点能否站住脚,固定的讽刺形式确实在古代就已经存在。古代的讽刺包括程式化的正式讽刺(例如贺拉斯的作品),以及戏仿式讽刺(例如《蛙鼠大战》)。"讽刺"一词与古代萨提尔剧并没有什么关系(可惜文艺复兴理论家们并不了解这一点),而是来自烹饪,意为"混合"。讽刺的"固定"形式恰恰是多种多样的形式,这似乎有点儿自相矛盾。讽刺可以以其他类别为载体,可即便是戏仿式讽刺也依旧有着自身的模态特征库。只要把讽刺性戏仿和非讽刺性戏仿(伊丽莎白时期对流行民谣的"精神戏仿",纯形式戏仿,后现代主义者的解构,例如巴塞尔姆对巴尔扎克的戏仿)做一番比较,一切就一目了然,我们会看到讽刺不仅仅是戏仿。[11] 讽刺的模态特征库中最突出的特征或许是道德立场,除此之外还包括明褒暗贬、反唇相讥,讽刺作家常借此来掩饰极端的立场。讽刺常常略去开场白,把格式化的过渡部分压到最低。

  戏仿并非讽刺与其他类别混合的唯一方式,还可以有更多方式与其他类别组合,令原本已错综复杂的讽刺更加剪不断理还乱。约瑟夫·海勒的《第 22 条军规》既是讽刺又是小说,埃德温·摩根有些诗把讽刺和抒情杂糅到一起。蒲柏的《愚人志》是一部颇有意思的作品,整体而言这是一部讽史诗,带着强烈的讽刺性,可其中某些片段更接近于混合而非滑稽模仿。可以把蒲柏诗中某些部分理解为讽刺性史诗,也可以理解为英雄体讽刺诗,且第四部的结尾部分十分严肃,也十分有力,不过这部分就文类而言更接近于天启语言诗,而非英雄体讽刺诗。

  近年来,支配着文学理论的并非类别,而是模态,且数量十分有限。这些模态数量有限且为人们所熟悉,喜剧、悲剧、传奇,等等,被视为严格的共时存在。现如今人们不再试图去界定想象性假设,例如所谓的喜剧精神,可依旧倾向于把模态和源类别分开,单独对模态加以描述。这种做法并不难理解,对模态的描述越是脱离历史,越是能呈现出文学秩序的连贯和统一。文学的外部形式变化多端，总是随着特定的社会机制一起诞生，又随着特定的社会机制一起埋葬，模态似乎是朝生暮死的文学形式的结晶，其中保存了文学形式中具有永恒价值的特征。因此模态获得了独立性，虽然其源类别可能早已过时，模态却可以和各种外部形式结合，永远保持生机和活力。不过冷静思考一番，不难发现其实模态也并非一成不变，其所激发的情感和所膜拜的价值也会逐渐变得陌生，到那时模态同样难逃遭废弃的命运。可以说英雄体模态已经踏上了这条不归路，不单因为人们对战争态度发生了巨变，也因为个人的社会地位发生了巨变。毫无疑问，英雄体模态如今很少有人问津，只是偶尔在历史小说或政治小说中还能露个脸。更进一步说，模态的特征也可能发生巨变，中世纪传奇和英国 19 世纪传奇并不是一回事，二者更多体现出文学发展的跳跃性，而非连续性。[12] 当然并不能否认模态对于文学理论至关重要，后面将有专门的章节讨论模态变化。不过，只有从文学发展的角度才能看清模态，以及其与源类别的关系。

## 亚　　类

大多数历史类别至少在原则上可再分出若干亚类，例如颂根据主题和场合可分为阿那克里翁体颂、婚宴体颂、寿宴体颂等。此类群组间的相互逻辑关系较为简单，除去整个类别的共有特征，各个亚类都有一些彼此无关联的自身特征。正因为类别之下又有亚类，才会产生出视文类为封闭门类的错误看法。

亚类通常凭主题或动机划分，实际上亚类的形成方式与模态恰好相反，所有亚类都具有类别的共同特征，包括完整的外部形式特征，只是在此之上又附加上一些材质方面的特殊特征。无论是皮斯卡托尔式牧歌，或是海洋牧歌，和田园牧歌一样都是牧歌，只不过引入了一系列新话题，所涉及的也不是牧人，而是渔夫。

引入亚类这个概念可以帮助解决一个古老的难题,即文类的决定因素究竟是形式还是主题。罗莎莉·考利在讨论《侍臣论》时已感到决断之艰难,她试图在二者间找到一个巧妙的平衡点。是否应当把《侍臣论》视为教化论文,只是采用了对话的形式?[13] 或者,就应当视其为对话,对话形式决定了一切,例如思想自由嬉戏,语言抽象空泛,对话中的主音承担起教诲的责任,诸如此类。由亚类的角度出发可以清楚看到,《侍臣论》是一部文艺复兴时期对话体作品,这一类别的目的在于教化,却又不必像论文那样全面系统(尽管某些对话体作品的题名或许会给人恰恰相反的印象,例如布莱斯凯特的《论公民生活:包括道德哲学的伦理部分》)。更进一步说,《侍臣论》既非科学对话,亦非哲学对话,而是有关公民社会的亚类。考利给出的标签是"都市牧歌式对话",倒也不无道理,作品中确实可以见到牧歌的影子,虽然只是出现在局部。简而言之,就类别而言作品属于对话,这一点并不取决于主题,取决于主题的是类别之下的亚类。

如果说亚类产生于同文类相关的附加动机和话题,那么也可以说,可以把特征划分更细致地推进下去,从而把亚类划分为更加细密的小类。例如伊丽莎白时期爱情十四行诗本身就是一个亚类,还可以再细分出二级,甚至三级小类,可以包括:阈限十四行诗、通灵十四行诗、灵犀十四行诗、夸耀十四行诗、香吻十四行诗、丘比特神迹十四行诗、诉离别之苦十四行诗、怨爱情之不公十四行诗、爱人团聚十四行诗,所有小类都有着不平凡的谱系,可追溯到彼得拉克和一些法国十四行诗名家。[14] 上述小类还可以再做细分,这里仅举一例,夸耀十四行诗,可以发展出一个庞大的系列,一首十四行诗只夸耀爱人容貌的一个方面。描写爱人眼睛的十四行诗已经高度程式化,可视为爱情十四行诗这一亚类的三级细分,而其本身又有着不同的话题,各具特色(瞳孔的颜色、眼波的魅力、眼珠比作日月星辰、瞳孔比作婴儿),由此产生出不少经典之作。[15]

一个问题自然涌现出来:类别到底应当分多细才合适?许多亚类

并没有属于自己的名称,但不应以名称有无为探索的极限,不应把自己限制于别人恰好已经起好了名称的形式上。不过超出适当的范围去追逐过于细致的分类确实是不智之举,因为最后会发现有多少首诗就有多少小类,每首诗都构成自己的小类,恰如赫施的内在文类论所预言的那样。过细的分类最后变成又一种作品批评,而且是笨拙沉重的那种。

只要有足够的结构布局证据就可以细分下去,约安尼斯·塞古都斯的《巴士雅》广为流传,足以令香吻十四行诗成为十四行诗的一个亚类。其次,我们要根据自己的文类结构布局重新划分,要不要继续细分下去是个十分微妙的决定,然而批评之路上处处可见其影响。如果曾经有过三级细分,无论正式与否,都将对艺术模仿的评价产生重大影响,显示相关文类的活泼发达程度已达到相当水平。例如一首16世纪的夸耀十四行诗表明,该类别已达到高度自觉的程度,[16]诗中所使用的艺术模仿方式与三种有明确界定的亚类相符,其形象分别来自珠宝、花朵和建筑。了解这一点,必然会影响到人们对一些十四行诗名作的欣赏,例如《爱情小唱集》第64首(使用花朵形象)、第9首(以珠宝为喻),又例如《爱星者和星星》(结合了珠宝和建筑的形象)。此类十四行诗始于二级亚类,但如果仅仅把它们当成夸耀十四行诗,无疑会错失诗中精巧的蕴含,认识古代文学很大程度上就是发掘各种亚类。

亚类与类别之间的相互关系符合弗兰西斯·凯伦斯(Francis Cairns)的描述,起到统领作用的是古代修辞学家所说的气质。实际上许多世俗性亚类的动机或多或少来自古典文学,若要追溯所谓"灵犀"诗的起源与传承并非难事。[17]也有不少人倾向于把文艺复兴时期的离别诗同凯伦斯广泛分析过的临别赠言联系到一起,二者拥有相同的"基本成分":有人辞别,有人赠言,深情厚谊,诸如此类。不过临别赠言和离别诗有一个不同,临别赠言并不是挽歌的亚类,而是一种修辞类型,是由一定话题和写作定式所构成的家族,故而可以融入数种外在形式之中。和许多古代修辞形式一样,临别赠言可用于不同的形式类别中。不过这绝不意味着可以把修辞类型和模态等同起来,否则就应当可以找到特色鲜明的古典文学典范,上至总体气质,下至最细微的细节,无一例外可由修辞传统加以严格规定。可实际上就算是新古典主义文学作品中,修辞的地位也从未达到如此高度。世俗文学中,修辞类型的独立地位要低一些,不过可对亚类加以界定的动机确实常常出现于完全不同的类别中,当然其功能可能发生了不少的变化。读一读威尔森(D. B. Wilson)的《法国描写诗:从夸耀诗到巴洛克》,就可以知道夸耀诗这种诗歌形式可以同许多种诗歌类别结合起来。前面提到了爱情十四行诗的各种亚类,几乎每种亚类都可以在智语诗的亚类中找到相似的话题,例如赫里克·茱莉亚的智语诗就包括了各式各样的夸耀话题,可见亚类的材质特征很容易转移到邻近的文学类别之中。

亚类常常挑战分类,因为其具有极强的挥发性,要确定某个亚类的特征,实际上就是追溯由模仿、变异,到改良创新的动态过程,几乎就是起源研究。在亚类这一层次上,改良创新是生命,仅仅靠相似绝不可能产生出文学作品,至少要加入一些像样的变化。时不时有新的亚类创造出来,在新的方向上拓展文学类别。初学者眼中看到的只是亚类的传统性和规约性,可实际上亚类也常常是革新的载体。

现代诗歌中,众多类别分解演化,形成"抒情诗"一个类别,从而也扩大了亚类的功能。我们这个时代大多数短诗属于界定分明的不同亚类,不过现代诗中亚类的数量过于庞大,且大多数根本就没有标签,故而很大程度上难以辨别,更不要说描述了。不过还是有一些可以简洁地描述出来,例如告白诗,讽刺遗嘱诗(始于维雍,经过阿德里安·亨里之手再度流行起来),论历史人物的智语诗(罗伯特·洛威尔的诗集《历史》中有许多例子),乡村象征诗(奥登、邓恩),险恶教义诗(德拉·马雷、缪尔、奥登、考斯利)。

还有一类例子,是艺术品评诗,关于这一亚类我想多说几句。艺术品评文学有着悠久的历史,可辨别出数股源流:其一,艺术品或神圣形象的起源描述,可追溯到菲洛斯特拉图斯、阿基里斯·塔提尔斯、朗格斯,以及《希腊诗选》;其二,艺术品的比喻性描述,可追溯到底比斯石碑;其三,象征性传统;其四,诗画论;其五,文艺复兴时期的诗人创作实践,例如科罗那和斯宾塞的创作实践,尤其是马里诺以后的智语诗传统。[18] 17世纪曾出现以画家为主要话题的讽刺亚类,其后勃朗宁又为这一亚类的发展做出了很大的贡献,令其叙述更为平滑,并引入内心独白这种表现手法。然而现代艺术品评诗这一亚类主要由一首诗发展起来,那就是奥登极具影响力的《美术馆》(1939),这篇示范性作品为整个亚类的特征奠定下基础:沉思要显得轻松随意;主要话题包括苦难、人生格局,以及信仰;营造出不同"世界"或叙事并存的效果,常有无关紧要的小事儿"溜"进来;对艺术的熟识,以及艺术家的选择。奥登诗中的形象来自布鲁盖尔的三部绘画作品:《坠落的伊卡洛斯》、《伯利恒人口调查》,以及《遭屠的无辜者》。兰多·杰瑞尔的《新旧大师》(1965)几乎可视为《美术馆》的和应之作,继续了奥登的思考,但走向另一个方向:"关于苦难和崇敬/昔日大师们意见不一"(奥登的诗句是"关于苦难他们一向正确")。此外,杰瑞尔还在自己的作品中提到其他几位画家。

艺术品评诗这一亚类的一个显著特征是偏爱少数几位画家,对这几位画家作品的选择范围也相当狭窄,其中一位就是布鲁盖尔。根据尤金·哈德斯顿(Eugene Huddleston)和道格拉斯·诺沃尔(Douglas Noverr)所编制的目录,美国近12%的绘画品评诗以布鲁盖尔的作品为对象,或许因为这位画家笔下的形象可以引发广泛的兴趣。诗歌中所涉及的形象也大多为读者所熟悉,这是一个重要因素。在其他类别的诗歌作品中,布鲁盖尔的画面形象可以一笔带过,无须详述,读者对其熟悉程度可见一斑(例如"我从高高的窗上望去/布鲁盖尔的冬天紧锁下面的运河")。[19] 除去奥登的作品,相对早一些的布鲁盖尔作品品评诗也有一定的影响,尤其是波多莱尔的《盲人》和梅瑞尔的《舞蹈,欢乐舞蹈》。1962年之后,布鲁盖尔的作品之所以在艺术品评诗这个亚类中如此突出,威廉·卡洛斯·威廉姆斯发挥了一定的作用,他的诗集《布鲁盖尔的绘画》一度颇为流行,虽然诗集本身稍稍令人失望。威廉姆斯的诗集似乎想指出艺术品评诗的范围十分宽广,可实际上焦点依旧集中于布鲁盖尔的 10 幅绘画作品之上。继威廉姆斯之后,布鲁盖尔的其他绘画作品很少入选文学主题。威廉姆斯对视觉艺术有着浓厚的兴趣,可以由布鲁盖尔作品本身做出评论,不过他在自己诗中所使用的形象同样适用于意象诗或客观诗。随着上述种种特质一一出现,艺术品评诗这一亚类逐渐发展起来,属于这一亚类的作品有约翰·伯里曼的《冬景》、霍华德·内莫罗夫的《布鲁盖尔和希望:时间的胜利》《布鲁盖尔想象中的世界》、约瑟夫·朗兰德的《雪中猎手》,以及约翰·泰勒的《布鲁盖尔画笔下的农夫》。

近年来诗歌界更关注布鲁盖尔坚实的现实主义画风,例如塔德乌茨·罗兹维奇的《教育故事》(关于《坠落的伊卡洛斯》)、托马斯·特兰斯特洛莫的《进攻之后》(关于《收玉米》),以及诺曼·杜比的《安乐之乡:1568》。《安乐之乡》中布鲁盖尔绘画中的许多形象被强行绑到了一起。其他为诗歌界偏爱的画家包括维梅尔,内莫罗夫有《维梅尔》,詹姆斯·格林有《自然艺术》;波提切利,格雷格里·科索有《波提切利的〈春〉》,伊丽莎白·詹宁斯有《春》;中世纪细密画家,例如林堡兄弟,萨缪尔·米那斯科有《牧羊草地》,玛丽安妮·莫尔有《利奥纳多·达·芬奇》;此外还有伦勃朗、亨利·罗素、莫奈、梵·高、惠斯勒、毕加索。诗人在主题选择上也有所偏好,且与画家选择无关,其中圣杰里米的形象显得十分突出。兰多·杰瑞尔的《杰里米》(1958)之所以会出现,就是源于丢勒画笔下的一系列杰里米形象。杰瑞尔不单熟悉丢勒画笔下的杰里米,对卡帕其奥、提香、格里科,以及其他画家画笔下的杰里米形象都十分熟悉。玛丽安妮·莫尔在《利奥纳多·达·芬奇》中提到达·芬奇画笔下的圣杰里米,约翰·史密斯则简约地提到"圣杰里米,雄狮"和相关绘画作品。[20]

绘画作品的选择,实际上整个视觉艺术的介绍都与主题和话题的选择有着密切关系。圣杰里米和雄狮形象代表着以思想取得心灵的平静,不过圣杰里米的知识性特征相当显著,要研究这位圣人的画像,很大程度上要再现出圣人的学术研究史,而艺术品评诗这一亚类对于艺术构成问题有着颇为自觉的关注,二者放在一起显得颇为默契。艺术可以塑造感知以对照于直接的感官世界,"画家之眼并非透镜/闪烁着拥抱光明","这位画家布鲁盖尔/关心所选择的一切","心灵,足智多谋的心灵/掌控整体"。

> 人的心灵
> 生命般鲜活的品质
> 喷薄而出
> 念着无言的祷祝
> 为了艺术、艺术、艺术[21]

一方面思想深邃,另一方面伟大画家画笔下的形象又被视为经验的凝缩,准确而坚实,令人会想到曾经有过的经历,回想中又掺杂着一丝伤感,画中之人早已作古,画作本身万世流芳。

> 祷告吧,为了精准的优美
> 维梅尔的画笔下,阳光灿烂
> 如滚滚越过地图的潮水
> 向脸上挂着坚实的渴望
> 的姑娘,席卷而去
>
> 罗伯特·洛威尔《尾声》

荷兰画派大师们似乎最能体现出这种坚实,又以布鲁盖尔为最,毕竟他是艺术史上首位以描绘之细致入微而著称的艺术大师。[22]无须多费气力就可以用布鲁盖尔的画作来谱写人生的偶然与随意,不经意的一桩小事儿陡然间成了扭转事态的关键。轻松历险在艺术品评诗这一亚类中有着悠久而完备的传统,可追溯到奥登的《拷问者的马》,在威廉姆斯的《农民婚礼》和泰勒的例子中都很突出,[23]当然二者各有自身的特点。旧绘画,尤其是宗教题材旧绘画常用来做引子,以介绍更古老的绘画,这种手法有其优点,可营造出古朴雅致的感觉,"或许可以照亮一部寓言"(W. S. 格雷厄姆《发现的画》)。[24]但这种手法并非没有风险,为营造简约,或者说粗糙之感而走上极端,例如柯林·柯克伍德的《基督故事:14 世纪威尼斯画家作品》。有时也可以用绘画代表旧时的生活,作者超然地深入剖析,风格既可以是和风细雨式,如露丝·费恩莱特的《那些维多利亚绘画》,也可以是狂风暴雨式,如诺曼·杜比的《安乐之乡:1568》。[25]

可以说继智语诗之后,绘画品评诗已形成一个新的亚类,其共同点远不止于都以视觉艺术形象为诗歌对象。作为亚类,绘画品评诗有着一整个家族特征,既包括上文已经介绍过的一系列话题,也包括特定的修辞结构。即便诗歌中没有特定的艺术对象,一样可以辨别出家族特征,例如乔治·泽尔特在《巴洛克》中写道"看啊,可爱的大河之女/在波涛之中盘旋上行……"。[26]或许已没有必要去强调艺术品评诗这个亚类在艺术机制上是否存在,某家诗刊已举办过一届绘画品评诗大赛,我真正想说的是,绘画品评诗这个亚类的话题处于迅速发展之中,在组合、变异和创新中发掘着新的可能,这方面同现代诗歌的其他亚类没有什么不同。

或许把绘画品评诗这一亚类同邻近的另一个诗歌亚类,即照片品评诗放在一起做一番比较,亚类的家族式连贯性会更清晰地呈现出来。照片品评诗有着特色鲜明的话题范围,往往表现怀旧的遐思,或就个人起源做一番思考,例如查尔斯·考斯利的《婚礼肖像》;或者多少带几分政治担当意味的评论,例如迈克尔·沙雅尔的《这些面庞》,邓尼斯·莱沃托夫的《〈时代周刊〉上撕下的照片》。[27]绘画品评诗和照片品评诗这两种诗歌亚类倒也不是不可能融为一体,不过所产生出的效果与两种亚类都有所不同。格雷厄姆在《辛普顿先生的十张照片》中改变了照片品评诗,[28]将思考一直推到极限(这是格雷厄姆诗作的一个普遍特征),将焦点由照片本身转移到拍摄行为上,从而偏离了照片品评诗的一贯风格。结果格雷厄姆的诗和关于艺术与自然的绘画品评诗有了颇多相近之处,不过对斯蒂文斯和威廉姆斯的模仿依旧是格雷厄姆诗作中的一个重要因素,品评到第 6 张照片时,绘画悄悄溜了进来,"狭窄的基辅灯光给出肖像"。

## 小说的亚类

回到散文体作品上,会发现亚类的作用也在加强。如果说抒情诗吸收了其他短幅诗歌类别,把它们都变成抒情诗的亚类,也可以说小说也已经把其他散文体虚构类别纳入自己门下。如此宽泛的文类很难有强有力的连贯性和统一性,实际上小说很大程度上已丧失了一般类别的功能。小说的最简标准甚至可以表述为"散文体虚构的拓展形式",这个标准对小说的外在形式倒也不是只字未提,但仅限于"散文体""拓展形式"这样模糊的表述中。[29] 在这片极其广阔的区域中,更严格意义上的小说,也就是以奥斯汀和萨克雷为代表的写实小说(时至今日依旧有许多人把这类小说看成小说的核心传统)仅仅是数种形式中的一种,大家各占胜场,难分高下。

任何关于小说类别的讨论都绕不开诺斯罗普·弗莱的成就,弗莱的研究建立在广泛而深刻的阅读之上,其成果时至今日依旧可能为小说文类理论打下基础,至少部分打下基础。不过还是要提一提本书与弗莱的一部分分歧。首先,弗莱的类型学以散文体作品为对象,而非仅限于小说。弗莱认为虚构与非虚构的区别仅仅限于表面,同样,叙事、教谕,以及其他再现方式之间也没有本质上的区别,对此我恐怕不敢苟同。在我看来,虚构和非虚构是根本区别,二者与读者所形成的契约根本不同。

根据弗莱,散文体作品的四大形式成分是传奇、自白、小说(严格意义上的),以及"剖析",最后一种形式包括梅尼普讽刺和叙事体讽刺,也包括一些系统性很强的非叙事作品,例如《忧郁的剖析》和《批评的剖析》。弗莱的理论开始时颇为有趣,可不久就会发现它会引发一系列困难,这套理论缺乏内在连贯性和统一性,若不加以修正难有持久价值。

梅尼普讽刺和系统专题论文是两种区别很大的文类,弗莱把这两个类别组合到一起,或许是为了说明以极性对立为基础的结构系统,包括内向性—外向性对立,思想性—非思想性对立。小说属于外向,传奇属于内向,二者都属于非思想性类别(四种基本成分极少单独出现,而是按一定比例混合,产生出文学作品的形式)。这套结构设计的魅力在于简洁,也产生出具有阐释价值的分组。

然而困难也不小。首先,弗莱没有考虑分组中孰为主,孰为从,作品的外部形式究竟由谁决定。显然这个问题绝非无关紧要,研究者们面对的究竟是决定作品—读者契约关系的类别,还是仅仅起到模态作用,或许可以排除在外不加考虑的混合成分,结果自然大不相同。其次,弗莱提到的极性对立似乎形式决定力并不强,至少还可以想到其他更合适的极性对立,例如明晰—隐含、混浊—透明。第三,《批评的剖析》采用共时研究法,把多种不同文类混为一谈。例如弗莱以"梅尼普讽刺"指古代的各种散文体讽刺,从叙事讽刺、空想讽刺到无所不包的大杂烩,甚至连对话这种未必就是讽刺的形式也囊括在内。百科大全传统起自马克罗比乌斯,经过马尔提亚努斯·卡佩拉一直发展到伯顿的《忧郁的剖析》,这一过程中"剖析"一词也包括了梅尼普讽刺,伯顿、沃尔顿的作品中都可见到梅尼普讽刺的影子,斯特恩的《项狄传》中梅尼普讽刺与小说融为一体。[30] 如此之多的形式统统列入"剖析"名下,只怕"剖析"也变成像"小说"一样空洞无物的怪物。16世纪"剖析"一词有着严格的界定,就是指精于条分缕析的非讽刺作品,[31] 今天当然无须过度在意昔日对这种形式的限制,可无论如何也实在看不出"剖析"与思想探索性辩证作品有什么类同之处,否则"剖析"这个术语恐怕再无连贯性可言了。伯顿的"剖析"在形式上与沃尔顿或柏拉图的对话毫无共通之处,即便可以为"剖析"找到另一种用法,指大型思想性作品群组,也仅仅是某种大范围、更抽象的类别划分方式。类似流浪体小说这种特色鲜明的形式在弗莱的理论框架中找不到一席之地,显然流浪体小说并非"核心"小说,可也并非总能将其解释为自白,或传奇,或剖析。

120 似乎弗莱的理论所提出的作品类别和分组方式还要做出更多的调整。

或许最好还是保留广义上的小说概念,这个概念在批评中的基础实在是太深厚了,若要铲除这个概念批评本身也会面临断裂的危险。小说依旧是一个类别,尽管同时又是一个需要细分的类别。可以这么说,各种形式概念中只有小说不是文类概念,因为小说不具有自身特有的特征库,至多也就是包含了一些关于小说的看法,还很不全面。确实有人尝试过把小说细分,例如艾伦·弗里德曼(Alan Friedman)在《小说的转向》中尝试把小说分为两大类,根据是小说的道德结构是否封闭。然而这方面进展缓慢,因为批评家们总是不愿意从主题角度出发去思考。马尔科姆·布雷德利(Malcolm Bradbury)说:"小说与悲剧和喜剧不同,不是传统意义上的文类,而是一种范围宽广、内容芜杂、类别独特的形式,近似于诗歌或戏剧……小说所包含的材料,以及所产生的效果都绝非一种。"[32] 布雷德利这番话至少反映出小说的类型范围之宽广,也确实如此。小说的根系渗入早期许多虚构和非虚构类别之中,包括史诗、传奇、流浪体故事、传记、历史、日志、信件,这里所列举的还仅仅是其中最显而易见的一些,可谓盘根错节,纠缠不清。小说发展的过程中,与昔日类别的亲缘关系多少保留了下来,不时产生出各种亚类。然而批评界对小说亚类的认识甚是缓慢,部分原因是过于强调小说的纯形式和修辞方面。

关于小说最有影响的划分是把小说分成故事型和叙述型,自从拉曼·费尔南德兹(Raman Fernandez)的《讯息》一书问世以来,这一区分就一直被视为小说的基础区分,是许多小说批评,尤其是法国小说批评的理论出发点。作为分析工具,这一区分有时确实用处不小,然而从文类的角度而言这一区分尚谈不上基本。实际上故事型和叙述型的区分很少考虑到英国小说的研究,考虑一下,如果有哪本小说中故事与小说中人物完全重合,人物构成故事的绝对立足点,那必然是理查逊及其追随者的作品。然而理查逊所采用的书信体并非在故事发生的同时叙述故事(故事型的基本特征),而是借助于信函这种事后形成的书面资料,其时故事早就已经发生了（叙述型的基本特征）。另一方面，菲尔丁和埃奇沃思有着象征寓言的根源，作者不时插入话头，或在故事中插入大段议论，唯恐读者忘了叙述者的存在，可他们的作品中一般找不到具体的叙述者。故事型还是叙述型？到了19世纪，书信体小说渐渐消失，可寓言体小说、多声部小说，以及不完整叙事的重要性与日俱增。至于萨克雷、梅瑞狄斯、詹姆斯，更不要说狄更斯笔下那些变化莫测的小说，故事型和叙述型的区分至多也就是偶尔能扯上些遥远模糊的关系。有一点必须清楚，并非只有英国小说家才会打破故事型和叙述型之间的区分，康拉德这样具有一般欧陆背景的小说家同样在故事型中插入叙述型，根本问题在于，故事型和叙述型这样的区分根本行不通。狄更斯笔下的人物是我们文学传统中最耀眼夺目，也最值得记住的形象，然而这些人物在小说中的位置绝非想当然地一成不变，他们在重要的偶然事件中改变自己的姓名和身份，甚至会消失得无影无踪。实际上，狄更斯小说中人物的存在服从于意义，至于萨克雷及其后继者的模仿艺术总是体现为事后的建构，但并不总是叙事者的建构，故而也未必就是叙述型。我们的传统中有没有叙事者并不那么重要，对我们来说，是小说家建构、安排以往的事件，即便要假借某个第一/第三人称之口去讲述故事，就如同亨利·埃斯蒙德那样。有时，甚至可以假借某个真实历史人物之口去讲故事。

更根本的意义上应当区分小说的两种类型，一种行为具有无可置疑的真实性，另一种不遗余力突出行为的虚构性，具体突出手法有多层叙事，时序重构，情节离奇怪诞、刻意断裂，以及混杂入各种虚构成分。类型一中小说家应当隐而不显，至少也不能显得有分量，故而特洛普插入自己小说的行为常被视为污点；类型二中，例如《名利场》和《利己主义者》这样的小说，小说家每次出场均得到欢呼，以耀眼却恰如其分的风格完成小说中的一切。梅瑞狄斯多次在小说中提醒，自己笔下的人物不过是虚构。

从詹姆斯、史蒂文斯，以及其他19世纪批评家说过的话中，可以总结出小说的另一种区分,虽然和上面所说的区分略有不同,同样不是纯形式意义上的区分。我指的是小说和传奇的区分:前者写实,详细,与非虚构范本在形式上有颇多共通之处;后者更富于诗意,不那么讲究细节,也更为自由。外部社会和人物往往在前一种中实现,实现于后一种的则是深刻的情感经验。不过时至今日,除了传奇和写实小说(也可称为核心小说),还可以区分出其他几种亚类:流浪体小说、意识流小说、抒情印象主义小说、反小说、纪实小说,以及历史小说。[33] 宽泛意义上这些都属于小说的亚类。布雷德利说小说没有统一的物质,他的话并没有说错,小说中包含着数种物质。流浪体小说的特征库与写实小说的不同不仅仅体现于材质上,更体现于形式和比例上。流浪体小说完全谈不上"统一规格",[34] 跨越幅度巨大,包括各种场景、人物、故事章节,故而根本没时间离题漫谈一番。某些小说的变体源自模态变化,至多也只能看作多文类混合,不过上面提到的都是真正的亚类,应当还有更多,只不过尚未得到命名。弗吉尼亚·伍尔芙说过:"小说根本就是个食人怪兽,把许多艺术形式囫囵吞了下去,(再过十到十五年)还会吞下更多。到时候,许多不同种类的作品藏身于小说这个名称之下,恐怕得多想出几个名称才行。"[35]

依据主题的细化,核心小说可分为许多亚类,环境往往具有决定性(即便没有直接实现于描写之中,其决定力依旧不减),常常是类型划分的基础,于是便有了工厂小说、校园小说、农村小说、城市小说、大学小说、乡土小说(现在也叫地域小说)、印度小说,诸如此类。[36] 显而易见还有一种区分方法,即按情节类型划分,两种分类方法时而分立,时而重叠。依据后一种分类方法便有了反蓄奴小说、战争小说、犯罪小说、间谍小说、政治小说、信仰小说、家庭小说、自然小说、教育小说。[37] 所有这些类型(毫无疑问还有更多,有的已经辨认了出来,有的尚未辨认出来)或多或少体现出小说这一文类的连贯统一性,而它们的区别也并非仅仅体现于一项界定性特征上(例如战争和犯罪),而是体现在一系列特征家族之上。比例会发生变化,不同的成分各有自身特点,即便成分相同功能也不尽相同。例如维多利亚时期工厂小说表现工人阶级角色时的严肃和认真就从未出现于其他小说亚类中。但千万别指望能找出字面上的东西,就如同别指望在信仰小说中找出世俗自然主义的东西。犯罪小说和家庭小说中伦理性内容有着不同的功能,不过比例变化的极端例子出现于历史小说中。历史小说中,从环境、道德规则到平凡的细节,简而言之,整个世界都要得到实现,不仅如此,更要传授出来。对历史小说而言,最基本的写法要么是与说明文合二为一,要么是向各种定式做出妥协。

关于写实小说的各种亚类已经有了许多研究,足以显示这些主要依据材质不同而做出的分组具有连贯性和统一性。问题在于我们面对的究竟是亚类还是类别,因为外部形式有时会有部分不同。某些亚类会表现出升格为类别的趋势,尽管这种趋势并非一向如此,而是只显现于特定的时期内。例如超现实主义小说就展现出许多形式上的可能,早期超现实主义小说尚与核心小说在形式上颇为接近。有一个亚类,开始时是为了探索写实小说的一个特殊领域——心理领域,现在这个亚类很大程度上已经发展成为一个独立的类别,体现出一系列形式特征,例如叙事极度断裂,连贯性源于形而上性质的普遍联系(可以把克劳德·西蒙的作品同迪伦·托马斯的作品,例如《爱之地图》做一番对比)。

从创作过程小说,或者说所谓自我孕育小说中可见到尚未得到辨别的小说亚类的影子。写作似乎可以成为写实小说的一个特殊"题材"(此类小说中参照点通常是作家本人),无疑足以构成小说的一个亚类(有自己的主题特色,比如说创作过程的艰辛)。或许《大卫·科波菲尔》一定程度上也具有这些特点,可真正的创作过程小说从一开始就表现出强烈的形式特征,故而至少可将其部分看作一个独立的类别。创作过程小说是个很好的例子,说明了小说类型划分中的种种难题,需要具体认真对待。

创作过程小说中,至少有一个叙事者或人物卷入写作之中,所写的既可能是小说、传记,也可能是自传、笔记,或者其他形式的作品。通常小说中会出现内嵌文本,或关于其他书籍、文章的大段评论以及自传性材料。还有一种附着于其他小说之上、富于象征性的创作过程小说(《假币制造者》中的词语生创)。一些边缘例子中,可以指创作过程的再现(《七尖阁屋》中的达盖尔银版法摄影,班维尔的《哥白尼博士》中的科学研究,《到灯塔去》中莉莉·布里斯科的绘画)。小说中插入的艺术作品提醒读者,所读到的不过是虚构的产品,由此引出这一亚类最重要的主题:艺术和人生的关系。借助于艺术作品中的艺术作品,作者可以暗示出自己的虚构作品中现实的形式(布托、赫胥黎、莱辛),或者也可以回过头去思考他人作品中虚构与现实之间的关系(贝克特、德雷尔)。至关重要的是,故事中正在孕育成形的作品不断有机会回指自身,有时更在想象中与包含着它的故事融为一体,难分彼此。于是便有了这样的问题:故事中所写的作品是否就是真正的作品(例如普鲁斯特和乔伊斯的作品中就有着这样的问题)。主故事中的人物可以出现于子故事中,二者之间的关系就好像贵格麦片的盒子。

频频提及小说创作过程,不可避免会带来另一项特征:小说的风格带有高度自觉意识。此类小说中可出现多种风格,但最主要的风格是带有自贬色彩的反讽(《哥白尼博士》中雷蒂库斯的叙事),或者极端散漫,漫无边际(贝克特的《瓦特三部曲》,奈的《福斯塔夫》),更有甚者二者兼而有之(《项狄传》)。无论散乱与否,创作过程小说的叙事往往是间断的,叙事者或许无心而多嘴,可还是要不时为故事找出新的开端,让读者一次又一次重返虚构阅读的过程,甚至去模拟感受创作过程的艰辛。于是特里斯坦·项狄写道:"这一章我重写了一遍",《莫莉》中的叙事者也会说:"早就应该把这些重写一遍。"[38] 就其外部而言,造成间断的原因往往是章节划分过于细小,《项狄传》中有些章节仅有一个段落,更有甚者连一个段落都没有,就是一片空白。《福斯塔夫》以数字表示章节,全书有100章之多(有书评家批评《福斯塔夫》章节过于短小,实际上他们是批评作者选错了类别)。或者也可以使用格雷所说的"序列形式",即打破完整叙事,将其分割成一个个小片段,"以提醒读者面对的是小说的实验形式"。[39]斯图亚特·伊文思的《异化洞穴》就是由一系列文件、广播稿、批评,以及小说节选组成。多重叙事,无论是通过叙事视角转换,还是通过多叙事者并存(有时多个叙事者可以相互竞争),对于营造间断感常常起到核心作用,编辑在再现过程中也常常会加入进来,从而令小说的内嵌结构更加复杂(《暗淡的火》)。

  无论是杂乱无章,或是多重叙事,所反映出的可能都是作者,亦即主人公的病态人格分裂。项狄喜欢信口开河,就如同他喜欢说什牢坑驳鸠的故事,根本原因是他根本抓不住重点。卡莱尔的编辑一方面自己生性多疑,另一方面又对吐菲勒德洛克的末世论半信半疑(吐菲勒德洛克本人的精神也崩溃了)。奈笔下的福斯塔夫是个什么都记不住的糟老头子,对往事的回忆支离破碎。布施的《共同朋友》中那位作家有病,[40]贝克特笔下的作家则颓废到只能勉强算是个人。不过对于文类形成的心理解释要小心,即便是凯尔曼所奉行的弗洛伊德式心理分析也不能例外,不同小说家创作创作过程小说的动机并不相同,此外多重叙事显然是一种颇为合适的形式,借助这种形式创作过程小说可以实现多种潜能。至少有一点可以达成共识:创作过程小说所关注的是新自我的形成,小说所描述的创作过程正是自我形成过程的象征,伟大的作品要从纷乱的可能中形成连贯融合的自我。[41]创作过程小说是解释性、尝试性的努力,前方是大片从未有人踏足的处女地,自然会使用明确的结构框架加以平衡,这也是自然倾向,但千万不要把作品中的结构框架当成作者本人信奉的体系,无论是卡莱尔笔下与黄道对应的历史阶段,还是霍桑笔下人类的七个世代,或是贝克特笔下数学和教义的世界,或是奈笔下的日历系统。对于自己描述的系统作者其实也只是略有涉猎,借助它们在混乱之渊上搭起一座桥梁,仅此而已。或许当卡莱尔为吐菲勒德洛克的自传材料贴标签时,并非完全出于偶然才选用了黄道星相术语,可很难说星相术语就代表了他本人的思想:"这些玩意儿可以这样整理,也可以那样整理,有什么区别?"[42]显然弗莱很看重这种框架结构,故而把《旧衣新裁》划入剖析类,然而有些结构是思想的直接表述,有些结构则仅仅起到临时性的次要作用,二者之间区别很大。在《旧衣新裁》这部小说中,星相结构帮助作者把原本难以言明、令人望而生畏的虚空表达出来。

创作过程小说在德国文学中有着悠久而完备的历史(始于艺术家成长小说),在法国小说中尤其发达,其地位远超英国文学中的类似作品(布托甚至认为创作过程小说是一种备受青睐的虚构类型)。早期发展阶段集大成的人物是普鲁斯特,其作品可视为现代阶段的典范,其他代表人物包括纪德、莫里亚克、布托,以及贝克特。凯尔曼认为创作过程小说是新小说的核心,这一观点颇有见地。英国文学中,现代小说家对这一传统没那么熟悉,亨利·詹姆斯的短篇小说中可认定具有创作过程小说特色的仅仅占一小部分,即便在各种文类无所不包的《尤利西斯》中,创作过程自述也仅仅起到了辅助性作用。不过英国的创作过程小说并非都是法国的派生,甚至在斯特恩之前创作过程小说在英国本土叙事传统中已现端倪,例如乔叟的梦境故事会先来上一段导入性介绍,后来又出现了风格主义反思诗,以及剧中剧等形式。和所有文类一样,创作过程小说也随着时间发生了很大变化。早期的例子更接近于讽刺,斯特恩的手法来自拉伯雷,卡莱尔的反讽有时讽刺他人,有时保护自己。不过《旧衣新裁》也具有散文特征,其局部结构范本可追溯到在蒙田手中近于完美的启发形式,小说中的许多段落谈到小说自身的创作,类似于菲尔丁的《汤姆·琼斯》中,以及坎伯兰的《亨利》中的作者自叙章节。卡莱尔自己也说自己的小说在这方面"同某些教育小说有类似之处,不过实际上自己的小说不同于之前已存在的任何一部小说。"乔治·莱文、丁尼生,以及其他批评家颇令人信服地证明了《旧衣新裁》具有小说特征(例如视角的运用)。[43]确实,这部小说挤爆了自然主义紧身衣,对现代反小说的发展影响很大。这部小说留下的另一份遗产同样重要,即对虚构既认真又怀疑的态度,以及那种遍览寰宇、把一切置于最广阔背景中的责任感。书中一处写道:"书房仅仅是无限空间的一部分……",⁴⁴ 从中可以看到作者"对现存事物的绝对条件的领悟"。⁴⁵ 出于同样的原因,20 世纪很多作家很难接受写实小说的传统,转向创作过程小说。⁴⁶ 现代阶段,创作过程小说更为均质统一,散文性成分融入虚构故事之中,语气也去除了原先的讽刺意味,当然也有例外,例如《针锋相对》。创作过程小说究竟是否应视为小说的一个亚类,要视分类方法而定。有些人认为小说和诗歌是异常宽泛的术语,那么创作过程小说可能是个独立的类别;也有人更倾向于把小说视为一个类别,把创作过程小说视为小说的一个亚类,不过这个亚类正在走向独立,未来有可能上升为独立的类别。这种小说也可以模态拓展,与其他类别混合,比如说哥特小说,例如卡罗琳·斯洛特尔的《臭鼬的故事》,又比如说历史小说,甚至有一种讽创作过程小说,例如巴塞尔姆的《白雪公主》。

## 其他类型

还存在数种半文类性质的群组,使得文类的范畴系统更加复杂,包括神话类型(追寻、神之报复)、依赖于先例的类型(戏仿)、纯形式构造类型(目录、剖析),以及"流派"、运动的集体创作(玄学派、浪漫主义)。关于这些类型还是要说上几句,以免遗漏。

严格地说,神话类型根本就算不上文学性群组,它们同样出现于其他媒介和其他艺术形式中,在文学中并没有特殊基础。但这并不等于说批评家就可以对其避而不谈,仅举一个有趣的例子,弗莱已展现出神话类型的运用对于文学批评多么饶有趣味,又是多么得益良多。不过这些趣味和得益同文类关系不大。

第二类涉及对"源本"或典范的再处理。所谓"源本"可以是一部著名经典,可见于模仿性作品之中,也可以是讽刺、拒斥的对象,可见于戏仿、虐仿,以及回应诗中。⁴⁷ 无疑此类作品形成了一个很紧密的群组,由于"源本"的存在,所有成员都有着类似的特征,可也仅此而已,其关系并非完全是文类性质,因为彼此间太过于紧密了。

更接近于文类关系的是另一种类型,一组作品一起利用某部著名的前作创造出虚构世界,例如《热恋的罗兰》《愤怒的罗兰》。这是一个重要类型,其中可以发现《失乐园》这样的重要作品,且这一类型数量众多,与《鲁滨孙漂流记》和《格列佛游记》有关的作品有数百部之多,与《哈姆雷特》有关的有数十部,与《爱丽丝梦游仙境》、《哈克贝利·费恩历险记》和《简·爱》有关的作品都很多。[48]这些作品的中心是某个核心人物,而非整部作品(例如威尔第和奈笔下的福斯塔夫)。[49]新作可以是前作的续集,也可以是前传,例如登尼斯·贾德的《朗·约翰·希尔佛历险记》,后作通常要表明接上前作的哪个部分,让读者想象着透过一道门缝,回望到之前的范本。另一种惯常做法是让前作中的次要人物在续作中成为主要人物,例如《哈姆雷特》的续作中,主角是克劳迪亚斯和霍雷肖,而不是王子。尽管有种种"规则",这一类型依旧算不上真正的文类,对前作的再发掘以前作为背景,前作和续作很少能相互参照,其真正关系为辐射式而非交互式。

再谈纯形式构造类型,这是一个庞大却备受冷落的话题,至少需要一部独立的著作才能说清楚。每位文学巧匠都清楚形式构造在创作中的重要性,每位读者做出文学反应时也严重依赖于形式构造类型,尽管他们自己往往意识不到。不过把这一类型先放一边似乎更合适些,各种结构类型,例如主题和变调法、次序法、目录法、内嵌法都是纯形式手法,可用于各种材质的加工中。[50]它们是仅仅出现于文类中的成分吗?无疑,各种形式手法均可出现于多种文类中,格诺的《练习》早已一次又一次把这一点表达得明明白白。

然而事情并非这么简单,例如家谱这种形式就并非纯形式手法,又该如何看待呢?结构类型也会渐渐弱化为音律形式和版式安排,成为图形诗、具体诗和概念诗。回环写作是一种常见的结构类型,却可以具有材质方面的价值,在爱德华·托马斯手中发展成为乔治时期抒情诗这一诗歌亚类的基础。实际上长幅作品中结构类型大多仅是一种构成成分,可在许多短幅作品中类型本身就可以形成亚类。例如《杰克建的房屋》这首智语诗所使用的累加结构形成一种现代智语诗(常常带有政治意味),再例如风格的混杂在《尤利西斯》中仅仅是一种具有解构意味的写作手法,可在某些抒情诗亚类中却构成全部基础,埃德温·摩根为我们提供了许多这方面的例子。也可以读一读唐纳德·贾斯提斯的《俄耳浦斯清晨打开邮件》,诗中把邮件表和俄耳浦斯叙事混合到一起。[51]当然,对于后维特根斯坦时代的理论家而言,结构类型和亚类类型的重叠根本就不是问题。

最后还有一类集体性作品,属于某个流派的作品可能会具有特征库,无论在广度上还是在连续性上都会让人联想到文类。然而流派作品所体现出的特征与历史类别有不同之处,玄学派诗人的作品涵盖许多类别,但彼此间却显示出很强的相似性,其相似程度超过了属于两个诗派的挽歌,甚至超过了同一个诗人的两首不同作品。这种相似性促使厄尔·迈纳(Earl Miner)使用"模态"一词称呼它们,例如"玄学派模态""骑士派模态"。[52]迈纳所说的模态一词的语义不同于前面出现的"牧歌模态",当然形式模态对于玄学派诗歌风格的形成贡献良多。个人的全部作品与文类概念的交集尤其密切,虽然个人全部作品这种分组方法当下已不再流行,其合理性尤其受到了福柯的挑战。[53]可至少作为一种半文类性质的类型,这种分组方法还是有效的,对此毋庸置疑。个人全部作品犹如体制化文类内部自我滋生出的亚类,形成体制化文类的个人话语变体。例如,狄更斯的全部作品带有狄更斯的个人特征,不仅体现于用词和风格上,更体现于故事类型、人物、象征,以及场景之上。狄更斯喜好用精致的笔触描绘城市环境中高级的颓废和洛可可般繁复的丑陋,喜好混淆有灵之物与无灵之物,偏好某些源形象(剧场、食物),所有这些均可视为狄更斯作品的总体特征,而非某部作品的个别特征,于是就有了关于狄更斯世界、狄更斯剧场、狄更斯城市的种种讨论。全部作品所体现出的个人话语规则是文类规则的补充,可以帮助读者形成反应,故而在理解特别艰深,或者特别有创新性的作品时所起到的作用尤其重要。要是读者熟悉奥登早期作品中"前线"一词的含义,就有利于破解诗人那一时期具体作品的意义。同样,笨重型人物类型是爱德华·托马斯全部作品的特征之一,解释具体作品时,无论反意图论者会说些什么,都应当准备好进入作者的全部作品之中,视其为亚类的一种。

## 8. 文类标签

历史文类理论所面临的一大困难是术语不稳定，文类标签不单会随时间而改变，即便是相同的标签也可能有不同用法。今天人们面对传统文类理论时往往会感到困难，既体现于文类的辨别上，也体现于文类的批评应用上，这种困难往往起因于术语的混乱。倒不是说可以梦想形成一套单一、权威的术语，这种想法一刻也不应有。在文类术语的使用过程中，既不可能达到很高程度的精准，也根本没有这种需要，文类本身的变动性和重叠性意味着"不精准的"术语更为有效。文类的细分本无底线，故而也根本没有必要超出批评的目的，去追求所谓精准。[1]尽管如此，文类标签中存在的问题依旧不应忽视。根据有些文学术语辞书的解释，文类标签仿佛有确定、唯一的意义，这种解释至少无法令人满意。实际上，关于文类术语的讨论实在太少了。[2]

### 混乱之源

从文类最早命名之日起，混乱就已经开始，有时起源于最早使用的作者本人。作者时常会给自己的作品贴上错误的标签，或有意，或无意，或出于谦虚，或有着更为远大的文学目的。新文类的标签几乎无一例外来自对前人作品形式的思考,虽然可能具有文类方面的价值,但从长远来说不可能永远令人满意。菲尔丁把《汤姆·琼斯》称为散文体史诗性喜剧,也有一些作家会根据早先的相关文类取名,汤姆森在《冬》1726年序中提到短史诗《约伯》,他写道:"那首古老而高贵的诗中……到处是自然伟力的创造的描写",汤姆森也提到维吉尔的《农事诗集》,可实际上对于汤姆森的景物诗而言,短史诗既非其文类材料,亦非其出发点。新文类几乎总是缺少无争议的标签,培根便就散文写下以下文字:"文字是新的,可东西本身是古老的。例如塞内加尔写给卢修斯的信札,如果留心观看,本身就是散文,即散漫的沉思,只不过以信札的形式表达出来。"[3]许多新生事物根本就没有标签,要辨别出新群组绝非易事,有时实在是太困难了。即便有了标签,混乱也接踵而至,例如培根引入了"散文"这个名称,可到了蒙田手中,散文已不再指一种文类形式,而仅仅是一部作品集的题名。

斯宾塞引入了法国七星诗社的诗歌命名传统,从中也可见到类似的例子。斯宾塞把自己1595年诗集命名为《爱情小调和喜歌》,令人想起一些法国诗人的诗集,例如龙萨的《爱情诗集》、杜贝莱的《遗憾集》。罗莎莉·考利指出,七星诗社诗人在诗歌的题名中"会利用含有隐喻意义的主题"。[4]德莱顿从斯宾塞手中接过"爱情小调"(求爱,调情)这个名称,却改变了其意义。斯宾塞的诗集中还包括阿那克里翁颂,以及婚宴喜歌大调颂,显然是一种混杂搭配,实际上反映出十四行诗的创作准则。[5]德莱顿把他在1619年所写的一首颂命名为《阿那克里翁爱情小调》,明显改变了斯宾塞的用法,德莱顿的诗是一首分诗节的颂,其命名原则近似于巴纳比·巴尔内斯的《阿那克里翁卡门》。

隐喻性标签往往语义松散,中世纪许多半文类标签即是如此,故会遭到拉伯雷的讥讽。[6]"锤骨"(malleus)、"镜子"(speculum)、"小花"(fioretti)三个词原本和文艺复兴时期的"剖析"一样,都可以指特定类别,不过同古典文类术语相比,这些名称语义空泛,缺乏明确的形式。倒也不是说隐喻就不能成为稳定可靠的标签,诗人桂冠上的某些植物品种就与诗歌类别建立起了固定联系："要编织诗人的桂冠,不仅需要爱神木和月桂枝,也需要葡萄藤以代表粗俗诗,常青藤以代表酒神颂,橄榄枝以代表献祭诗和法律诗,白杨叶、榆树叶和小麦穗以代表农业诗,雪松枝以代表葬礼诗,以及其他许许多多。"[7]与之类似,法语中"辅食"(entremet)一词已成为一种间奏的名称。[8]烹饪(或味觉)产生出许多比喻,斯卡利热尔用甜、咸、苦、酸区分智语诗的四个亚类,这一传统部分可上溯到贺拉斯,一直流传到19世纪都没有大变动。[9]甜让人感到甜蜜、愉悦,酸产生尖锐的感觉,可即便如此,酸和苦两种味觉依旧不乏产生混乱的可能,而且对某些人是咸,对另一些人则是尖锐的刺痛感。"讽刺"一词的拉丁词源"撒图拉"(satura)原本可以指一种杂烩食物,例如沙拉,故而意味着形式混合,不纯净。尤维纳利斯提到自己的讽刺诗时,用了一个粗俗的名称——"法拉哥"(farrago),意为喂牛的混合饲料。古代之后更强调讽刺的粗野,也体现于该词的拼写"sarira"(satyra)上,直到文艺复兴时期这种看法无论在理论上还是在实践中均占优势。到了18世纪,烹饪比喻又回归了,当时的讽刺作家沃尔科特写道:"他的诗歌什锦菜中包含着各式各样的乐趣",讽刺被称为什锦菜,也可以说是大杂烩。[10]这种比喻一直沿用到华盛顿·欧文和他的同时代作家,他们用"拼盘"(salmagundi)这个词指散文体和韵文体的讽刺作品。应当说上述比喻在各种文类比喻中是最稳定的一个,却也是最松散的一个,很少与具体类别绑定,这一现象或许颇为重要。

即便是停留于字母含义的简单描述性术语也会产生混乱,可能原因是定标签时过于随意。某些时期人们对文类没什么兴趣,也有些时期一切文类问题皆由新古典律令裁决,故而文类标签很少引起争论(例如15世纪的"专论",20世纪的"抒情诗")。不过即便是精心设计的文类术语也会逐渐模糊,失去连贯性,其背后的原因或许更为有趣,既涉及时间变化,也涉及地域变化。

## 地域变化

文类在文化上具有封闭性,个别作品上有可能突破地域的束缚,可文类整体绝无可能。《卢迪老师》在英国尚能吸引不少读者,可《玻璃珠游戏》所代表的文类就少有人问津了。对英国读者而言,思想小说要么是怪诞的症状,要么是流产的自然主义。法国很长一段时间内没有科幻小说,凡尔纳确实很精彩,但只是个例外。更多情况下,地域差异不会如此彻底,而是体现于大致相同的文类的地域变体之中。比如说西方的俳句和日本的俳句相比有数处明显区别,例如缺乏表示季节的词汇传统,这些区别不仅影响到文类术语的内容,也影响到其范围,最终影响到文学作品的分类。英国的侦探小说和美国的神秘小说就不尽相同,后者很容易融入哈默特、钱德勒、麦克唐纳等人的惊悚小说,可在英国侦探小说和惊悚小说始终井水不犯河水,无论是弗莱明的惊悚小说或是格林的娱乐小说都不大可能纳入侦探小说一类。这种情形之下,翻译、模仿,以及文学间的其他交流就成为文类变化的强大动因,更大大拓宽了批评术语的适用范围。

不同文学所使用的文类术语绝不可能完全对等,一个有用的类比是色彩名称,不同语言文化中色彩名称的范围不尽相同。常常可以注意到,不同语言间的色彩名称根本不存在一一对应关系。[11]这并不意味着名称赋予无形的材料以形式(无论是色彩名称还是文类名称),而应当把这些名称视为特定社会文化的内部产物,和词汇一样。牢记萨丕尔的论断:"不同社会拥有不同的世界,而非拥有多个标签的同一个社会。"不同的社会呈现出不同的特色,文类在这一方面非但不能例外,而且更有甚之,因为文学传统和民族文化传统的关系更加密切。不过,和色彩名称一样,还是能找到一些普遍存在的区分,文类系统中某些术语具有同位结构,例如各种文类系统中都能区分出类别、模态、亚类,某些联系紧密的社会中(例如法国、英国、意大利)可发现大致相似的主要模态,例如喜剧式、悲剧式、牧歌式。

除此之外,再没有什么可以想当然地确认了。16世纪的法国"牧歌"与英国牧歌连大致相似都谈不上,因为法国文学区分牧歌和更发达的田园牧歌,而英国文学则对此颇为陌生。[12]北欧传奇之于冰岛的独特性就犹如俄罗斯童话之于俄罗斯,或风俗文学之于西班牙。类似的地方性文类数不胜数。当然,标签差异未必就意味着思想差异,伊丽莎白时期就没有和小颂对应的英国名称(小颂是一种始于法国诗人龙萨的诗歌形式),若称之为小颂似乎不符合英语习俗,可这种形式本身存在,德莱顿还曾生造出一个标签情歌小调。[13]

直接移植术语会造成灾难性后果,一个著名的例子是德莱顿对布瓦洛的《诗艺》的翻译,简直恐怖。掩盖于大致相似的术语之下的不同则不那么明显,熟悉即兴喜剧的意大利人提到"人物"(carattere)一词时,所说的必定与英语中"人物"(character)一词有所不同。当然不同民族的文类系统还是有足够的重叠,因此才有可能翻译,但依旧困难重重,也让人时时记住不同文化之间的差异,有时差异还很大。想想看故事和叙述之间的关系,再想一想小说、传奇、虚构、叙事之间的关系。

## 时间变化

随着时间的流逝,文类改变会引发更多的混乱,更危险的是,这种改变往往隐而不现。例如智语诗这个名称从16世纪开始一直在使用,人们往往并不清楚其在语义和适用范围上已发生了多大的变化,或者这个诗歌类别本身已发生了多么深刻的变化。都铎王朝的智语诗与现代智语诗绝不相同,无论是作为标签还是就诗歌形式自身而言都是如此。如今人们很少把智语诗这个名称用到叙事诗上,例如约翰逊的《论著名远航》。此类变化无处不在,数不胜数,翻译半个世纪之前的东西已感到困难重重，有时真希望文类术语可以注明适用时期，这样就可以避免把"16世纪智语诗"和"20世纪智语诗"混为一谈。

　　文类发生变化时，其标签可能就不再使用了，但依旧保留了下来以指明文类昔日的状态，爱情哀怨诗就是如此。有时标签和内容一起被人遗忘，一个有趣的例子是"席尔瓦"（silva, silvae, sylvae），席尔瓦是一部诗集，内容可以是颂、智语诗，以及其他短幅诗歌类别。单篇席尔瓦诗都是临时应景之作，以斯塔提乌斯的席尔瓦诗为蓝本，完成迅速，形式多样，可以包括婚宴喜歌、寿宴喜歌、临别赠诗、慰藉诗、称颂描写诗，以及其他种种赞美诗。斯塔提乌斯时代这种诗歌形式流行一时，可与斯塔提乌斯同一时代的昆提利安对这种诗歌形式毫无好感，认为其流于粗鄙。昆提利安写道："如今有类诗叫席尔瓦，诗人随一时灵感之兴起草草成诗，能多快就多快。"[14]在昆提利安看来，这是错误。不过席尔瓦诗所体现出的速描和即兴手法吸引了文艺复兴时期作家，波利吉亚诺把他1480—1490年间的韵体讲稿命名为"席尔瓦"，或许暗指自己作品的粗陋和芜杂，就如同约翰逊把自己的作品集命名为"林木集"一样。[15]斯卡利热尔把席尔瓦视为一种诗集文类，是应景诗的核心类别，与之同时单篇席尔瓦诗也开始萌芽，有龙萨的《林地集》、约翰逊的《森林和灌木集》、弗莱彻的《席尔瓦诗集》、赫伯特·拉丁的《树丛集》、考利的《席尔瓦，或杂诗集》、赫里克的《金苹果集》、德莱顿的《席尔瓦：政治杂诗第二部》。此类诗的即兴特点不再被视为缺陷，根据斯卡利热尔的解释，席尔瓦诗的得名"或许是因为所论之事多且杂，或者是因为形式粗糙，此类诗往往把未经雕琢的情感倾泻而出，然后再加以纠正。"[16]后来斯卡利热尔为婚宴喜歌之类的单独席尔瓦诗定规则时，都把"表达自然"定为要自始至终遵循的基本要求。

　　席尔瓦诗传统在后来的文学发展中时断时续，但形式发生了变化。柯勒律治有《席比林林叶集》，利·亨特有《林叶集，或原创和翻译诗集》，惠特曼有《草叶集》，斯蒂文森有《灌木集》，洛威尔有《笔记诗集》，埃德温·摩根有《新诗集》。[17]最后两部诗集对此类诗歌的传统和形式了解颇深，可多数读者并非如此，大多数想当然地认为此类杂糅了不同主题、不同形式的诗集本来就有，从未想到这实际上是一个特定诗歌类别，有着自己特定的传统。在许多人看来，杂诗集这种形式太平常了，根本无须专门的称呼。如今席尔瓦这一诗歌类别已有了多大的变化？其特色性质是否已不同于以往？当代批评家应关注其主题的杂糅，或是其表达的自发？这些都是值得思考的问题。

标签混乱也可能源于文类自身的变化，讽刺即是如此。古代文类家难以确定讽刺到底源于"萨图拉"（satura）或"萨提拉"（satira，satyra），这是因为更早的时候存在着一种戏剧形式的讽刺"萨提尔戏"。同样悲剧由阿提卡形式发展到英国形式（掺杂喜剧成分，舞台上表现暴力，不遵守统一律），也把许多古典批评家给搞糊涂了。可不管怎么样，旧名称还是保留了下来，尽管有这么大的变化（中世纪悲剧还可以指王子坠落叙事），各群组在模态上还是表现出强烈的统一连贯性。同样的过程也出现于其他类别中，比如说散文。开始时散文指未加雕琢的作品，可后来转而指精雕细琢的作品，可相同的名称还是保留了下来。

十四行诗的情况更加混乱，且性质有所不同。首先，各类十四行诗在音律安排上大不相同，即便是最常见的十四行诗也有多种音律安排，例如彼得拉克式、莎士比亚式，以及其他传统形式，直到霍普金斯的长十四行诗，奥登的变体十四行诗，以及洛威尔的开放智语诗。其次，各种十四行诗的内容也大不相同，有的十四行诗是长诗中的诗节，有的十四行诗形成系列，有英雄体十四行独诗，例如塔索和弥尔顿的作品，有伊丽莎白智语十四行诗，还有浪漫主义抒情十四行诗。就算上述这些都可算作十四行诗，可盖伊把他的牧歌也贴上十四行诗的标签，不禁令人蹙眉。盖伊的做法或许可回溯到伊丽莎白时期的"歌谣和十四行诗"，进一步更可回溯到文艺复兴早期传统，以十四行诗指任何短颂，或坎佐尼，一种流行于意大利和法国南部的抒情短诗，甚至可以指任何抒情诗和爱情诗。十四行诗这个例子中，类别的边界发生了巨大的变动。

或许最极端的例子见于喜剧式作品的称谓和群组划分上。众所周知,中世纪喜剧往往既不喜也非剧,中世纪喜剧与古代和文艺复兴喜剧有一些共同特征,包括使用口语、结局幸福、呈现出中心人物,可类似《神曲》《荒唐喜剧》这样的名称还是有些让人摸不着头脑。类似的群组变化十分常见,几乎可以说普遍存在,尽管并非时刻为人所留意。下面以挽歌、智语诗、对话诗三种诗歌类别说明这种变化。

## 挽歌、智语诗、对话诗、传奇

古代挽歌是对句体(五音步和八音步交替出现),最初表示哀悼,后来用以指颂、智语诗、寿宴喜歌,以及其他类型的诗歌。卡伦斯指出,挽歌属于宽文类,其范围要大于颂和寿宴喜歌。[18]不过古代挽歌也并非内容空洞、主题无限制的纯形式文类,即便在最宽泛的意义上也保留了情感充沛、思考深刻的特点。斯卡利热尔有意思地指出,爱情挽歌与葬礼挽歌往往有着内在联系,其联系点就是爱人之逝。[19]伊丽莎白时期的批评家和雅各宾批评家继承了挽歌这个古代称谓,但常常把挽歌、诞辰挽歌和爱情挽歌区分开,虽然后两种也可以让人"伤心落泪"。在古代挽歌和基督教布道文的共同影响下,或许也受到了彼得拉克的挽歌的影响,英国的葬礼挽歌逐渐发展出一套传统话题和藻饰华丽的修辞风格,最后与古代挽歌相比判然有别,其咏唱对象可以是年华流逝、精神天赋、更生创新、圣人行迹、与基督的联系、世间万物的普遍联系。[20]根据韦勒克和沃伦的叙述,格雷的四句体挽歌的出现打破了古代挽歌两句对偶、表达个人柔情的传统。申斯通有些四句体挽歌走得更远,以极其空泛的语言表达彻底孤独的情感。就爱情挽歌而言,18世纪的评论家倾向于抛弃这个标签,代之以颂、情感诗、爱之歌。19世纪出现了更多形式的挽歌,包括颂、独调颂,甚至连民谣也包括在内,内容往往涉及爱情、死亡、幻灭,以及种种令人困惑、给人挑战的主题。[21]当时挽歌的主要形式是四句体，一长一短交替出现。那时的挽歌在现在更可能叫作抒情诗，后者干脆就叫诗。罗斯金曾写道："抒情诗是诗人表达情感的诗。"²²罗斯金的观点在当时是很普遍的，尽管今天已不大为人所接受，昔日旧诗依旧叫抒情诗，可要用在当今新诗上就不那么自由了。挽歌的变化可见下表：

| 16—17 世纪 | 18 世纪 | 19 世纪 | 20 世纪 |
|---|---|---|---|
| （爱情）挽歌 | 情歌，颂 | 爱情诗 | 爱情诗 |
| 情歌 | 爱情诗 | 抒情诗 | |
| （哀悼）挽歌 | 挽歌 | 挽歌 | 挽歌 |
| 死祭诗 | | 抒情诗 | |

根据约翰逊博士的界定，文艺复兴时期智语诗"小巧玲珑，终结于一点之上"。这种诗歌形式起源于碑刻铭文，故而始终保持了简洁的特征。智语诗也并非总是只有一个对句那么短，可无论如何其有限的空间容纳不下什么修辞格，故而语言平实。其主题千变万化，从墓志铭、颂词到偶然事件，以及种种"传闻逸事"。²³罗伯特罗在《论智语诗》中认为智语诗这一诗歌亚类具有小品性，即其他诗歌类别的模态化应用，例如史诗、悲剧（体现于墓志铭上）、喜剧、讽刺，以及席尔瓦诗。²⁴智语诗的典型结构在于慧黠的结尾，诗歌之前所有部分为此做铺垫，一切到此戛然而止。²⁵

智语诗在语言风格上口语化、平实、修辞格调低，与抒情诗形成鲜明对比。明图尔诺把十四行诗和智语诗截然分开，认为前者具有卡佐尼般的和美音韵。²⁶然而艾蒂安 1554 年重新发掘出版了智语诗集《阿那克里翁》，1556 年又编辑出版了《普洛丁诗集》，这两部诗集展现出智语诗也有适用于爱情诗的潜能。自此以后其他理论家（瓦尔齐、皮亚那、塔索）就开始把十四行诗和智语诗联系到一起，而非截然分开。²⁷十四行诗不仅被视为组诗中的一首，也可以独立成诗，与表达甜蜜情感的智语诗不无相似之处。很快"甜蜜"成了十四行诗人钟爱的一个词。实际上智语诗模态化后还可以用到挽歌和其他诗歌形式上,于1590年前后开始影响到英国十四行诗,例如锡德尼的十四行诗用到了口语化的辞令,展现出锐利的才智,莎士比亚的十四行诗以对句结尾,亨里克也写过十四行诗形式的爱情智语诗。许多例子表明,智语诗和十四行诗融合到一起,你中有我,难分彼此。与之同时,琼生继续利用智语诗平实的语言风格写各种抒情诗,在这方面又回到古代的立场上,即智语诗和抒情诗密不可分。

19世纪古希腊智语诗的影响再度扩大,甜蜜、圆润、抒发情感型智语诗再度占优势,而且是绝对优势。此时就智语诗而言,斯卡利热尔区分的种种味觉,无论是咸(略带嘲讽的玩笑)、酸(尖锐的讽刺),还是辣(辛辣刺激,愤愤不平)和臭(恶毒丑陋)都消失了,只剩下甜一种味觉。此后智语诗向数个方向发展,一部分回归古希腊根源,也有一部分走向个性化表白,例如兰多、梅瑞狄斯、哈代等人的诗歌作品。这一时期代表智语诗的主要是抒情诗而非其他尖锐的形式,以至于抒情诗这个标签无须做任何调整就可以用到这一时期的智语诗代表作上。如今智语诗这个名称又回到其古代含义上,或指敏锐慧黠的话,例如王尔德写的那些对偶警句,智语诗这一标签的意义又经历了一次大颠覆。关于智语诗的语义变化可见下表:

| 1550年 | 1600年 | 1900年 |
| --- | --- | --- |
| 抒情诗(十四行诗,等) | 十四行诗,抒情诗 | 抒情诗 |
| 智语诗 | 智语诗 | 智语诗 |

对话诗的内容也有过大变,维吉尔型对话诗已不同于忒奥特里斯型。人们大多同意,维吉尔笔下的"牧童"斧凿痕迹较重,其天真纯朴近于造作,与忒奥克里斯笔下那种无视田园诗规则的对话诗有较大区别。[28]此外读者还会发现,忒奥克里斯的诗有着真实的乡村环境,而维吉尔的诗中"乡村"更接近于一种修辞。不过早期语法学家们把田园诗和对话诗统称为"牧歌",二者间的区别在早期确实很小,几乎可以忽略

不计,但是到了文艺复兴时期对话诗开始大变。文艺复兴时期的对话诗放弃了忒奥克里斯式牧歌所常有的冷静客观和略带揶揄的语气,换之以更为尖锐、苦涩的讽刺。从彼得拉克、曼图亚或斯宾塞的对话体寓言诗中几乎能读到奥维尔式的直白。更进一步,文艺复兴时期对话诗的取材范围比古代宽,有些材料放在过去应属于农事诗,一种与对话诗对比鲜明的诗歌形式。少年与长者的对话,四季劳作的日历,真实的艰苦与磨难,政治和军事领袖,这些以及其他原本不属于对话诗的话题毫无阻碍地进入对话诗中。古代对话诗中爱情是毁灭者,可到了文艺复兴时期这也成了对话诗的常见主题。对于这些现代变化向来不缺乏清醒认识,斯卡利热尔就很喜欢为对话诗的新亚类命名。一首诗中赫里克也表现出对类别术语的敏锐感受,诗中他假意向诗神建议,悠闲地向着农舍吹吹牧笛就好了:

> 手里举着芦苇,您可以吹出
> 牧童剪羊毛时的欢欣
> 若您与牧童对话,便可以添入
> 些许牧野情致,让人心情舒张。

(《致缪斯》)

诗中出现的两个标签分别对应诗人的两个伴侣,一个是"英俊的牧羊小伙儿",另一个是"姑娘"。当然这种细微区分并不普遍,即便在奥古斯都时代,严格意义上的维吉尔式对话诗与更松散、更富于乡野气息的诗歌共存,尽管二者间也不无紧张和不协调之处。除此之外,对话诗更拓展到许多原本不相干的领域中,出现了政治对话诗、航海对话诗、葡萄园对话诗,甚至还有狩猎对话诗。[29]

18世纪对话诗的发展与这一名称本身的混乱息息相关,这种混乱并不新鲜,中世纪学者错把对话诗(eclogue)的词源追溯到"aig-"和"logos",意为"淫词荡语",于是出现了讽刺式对话诗。直到伊丽莎白时代,对话诗还有另一种拼写形式"aeglogue",可为佐证。[30] 到了17世纪,"eclogue"一词几乎与"对话"同义,可以在其前面加上"牧歌式"一词,既无语义重复之嫌,也不会与其他对话诗形式形成对比,例如政治讽刺对话诗。琼斯指出,对话诗的许多特征(歌谣竞赛、累积式比喻、挽歌式悲情)已消失殆尽,只剩下一具什么都能装的空壳。若真是如此,也就不必把一系列城市对话诗视为牧童对话诗的模仿之作了,例如盖伊的《城市对话诗一首》和玛丽·沃特丽夫人的《城市对话诗六首》。上述城市对话诗是全新的形式,过不了多久此类诗歌就会发展成一个全新的类别,所谓"对话"仅仅是一部最基本的载具,通常以描写为基本框架,在其中插入对话。除了讽刺性城市对话诗还出现了一些其他亚类,内容涵盖广泛,包括乡土对话诗(盖伊、兰姆赛)、异域对话诗(柯林斯、切特顿)、政治对话诗(詹宁斯、梅生),以及战争对话诗(柯林斯、柯勒律治),"对话"一词实际上表示"富于戏剧性的一幕"。

其他标签也经历过类似的改变,这些改变不能仅仅归因于批评家的大意,或种种表面情形,而是反映出文学分组过程中深刻、普遍的变化,这些变化反过来又影响到作品间的关系,影响到作品的近邻、语境、意义、价值,以及地位。

作品标签的混乱并非总是可以轻易理清,例如很难说清楚什么时候保守标签会变得不合时宜。旧标签承载着沉重的传统,新类别出现又苦于没有名称时,旧标签往往可以挺身而出。例如小说在早期称为"传奇",还有个名字叫"历史"。"有的作品中一切人物皆合于理想,一切环境均出自想象,可我们这种作品与之明显不同。不妨再多给它几分真实的氛围,称之历史。"[31]小说这个名称本身也不过是旧瓶装新酒,要搞清这一标签及其纷繁的意义,需要一整部研究著作才行。19世纪传奇这个名称复苏,约略指非自然主义式小说(浪漫主义时期和维多利亚时期的作家喜欢启用旧标签,为新生类别取得历史性权威)。很难说那一时期传奇一词的使用中是否比昔日增添了几分反思,比如说,霍桑相较于赫德和斯科特,以及后期的詹姆斯和史蒂文森。与之同时,所有标签都不可避免地处于变动之中,拓展着自己的领地,经历着新的改变,有时即便外表看上去没有变化,可内部早已不同,只不过未被留意罢了。文类变化具有不可逆转的熵值,早期含义固执地蔑视想象。

由于批评兴趣的不同,文类的数量和类别也大不相同。昔日对修辞和文学典仪的兴趣高,批评家热烈追求古典先例,会为同类别的许多亚类贴上类别的标签,例如挽歌、诞辰纪念诗、墓志铭。如今这些名称合并到一起,只剩下一个——挽歌。就我们自己而言,我们发展出复杂的名称以区分自然主义的细微变化,根据场景不同区分出小说的许多亚类,此外还有历险、虚构、去自然化小说、抒情小说、反小说等名称。

不同历史时期所使用的标签很难做到一一对应,即便清楚了大意、错误的标签(暂不考虑刻意为之的误用,例如科顿的《离别辞》写的根本就不是离别,而是心中的怨恨),即便所有术语秩序井然,照应有序,依旧找不出真正完全对等的标签。旧标签决不能按照表面去理解,要考虑其尘封于岁月之下的意义,所谓十四行诗就是十四行诗这种理所当然的观点经不起哪怕是一丁点儿的推敲。不过这倒并不意味着术语的部分翻译不可想象,早期术语至少可以帮助我们提高对作品的理解。

## 中世纪文类标签

有时术语的非连续性达到极点,整个文类系统都断裂了,甚至短时期内退出应用。例如现代主义运动痴迷于"打破形式"的神话,一度曾彻底避开文类标签,或者游戏般创造新文类。通常认为中世纪作家对传统文类极度不关心,文类理论一度成为空白,可写作依旧发展下去。中世纪使用的文类术语少得可怜,极度随意,语义混乱,威姆塞特和布鲁克斯总结了许多人的观点,写道:"中世纪对古代文类划分不感兴趣,可常规还是清晰可见。"[32]据此可以认为中世纪作家无文类感,若果真如此其背后原因也不难发现。刘易斯(C. S. Lewis)借用中世纪权威的观点,评论起中世纪压倒一切的反文类之风,他写道:"中世纪诗人和科学家一样被认为是纯科学观点的权威,无论是在实践中还是在理论上。(尽管有些例外。)中世纪不能够,或者说不情愿区分不同类别的写作,今天看来有些令人吃惊。故而每当我们试图评估古代书籍对中世纪读者的影响,必须把上述史实牢记于心。"[33] 不过刘易斯的这段话所反映出的可能是另一种现实,既涉及中世纪科学的极限,也涉及中世纪修辞性的极限。刘易斯提到在伯顿身上还能看到中世纪习俗的残余,颇有警醒作用,毕竟伯顿本人绝非对文类划分无动于衷,实际上伯顿更致力于剖析这种形式的反讽改造,令其日后向心理分析专论的方向发展下去。

中世纪文类意识似乎陷入停顿,此点很明显。当然并非所有的古代术语都消失了,12世纪的语法大师们还是尽责地提到了不少,例如13世纪的乔弗里·德文索夫的《新诗学》就提到了不少。可许多作者仅仅列举名称不做解释,即便有定义也很随意,与乔叟笔下的修道僧对悲剧的极度简化的描述有异曲同工之处,其粗糙令威姆塞特和布鲁克斯认为中世纪已全然不知悲剧为何物,喜剧为何物。所有文类术语都可能出现古怪用法,加兰德的约翰告诉我们,"现实性虚构本是虚构,却有发生的可能,例如喜剧。故而喜剧中莫要召唤神灵,除非遇上了现实中难以解决的难题。"[34] 看得出寓言、历史、现实性虚构的区分来自于《致海伦尼》,可约翰对喜剧的描述实在是既随意又古怪。他接着写道:

> 此外还有一种历史叙述叫婚宴喜歌,系婚礼上吟唱的诗歌;还有一种叫悼歌,系平实的哀悼之曲,却非用于葬礼之上,也就是说,在某人下葬之前就写好了;还有一种叫神仙颂,系称颂神灵,或灵魂升天得道之诗;还有一种叫牧歌,系咏唱牧牛之诗;还有一种叫农事诗,系咏唱农业之诗;还有一种叫抒情诗,内容多为饮宴欢乐,或对神之爱;还有一种叫爱波德,其诗句两两相对,长短交替,庆祝赛马;还有一种叫乡俚俗歌,[35]

约翰进一步区分了诅咒语和讽刺,前者刻毒,后者也会用到恶语,但目的是让听者改过自新(还是很模糊,或许这也可以解释伯纳德·德莫瓦尔何以把自己的《鄙视世界》称为讽刺)。显然,相同的小类中,"有一类叙事叫悲剧,也就是说,开头喜而结尾悲的诗歌;另一类叫挽歌,是一种悲伤的歌谣,其中包含或咏唱爱人的伤悲;有一类挽歌叫阿摩比恩,通常对比两个人物,或写到爱人的争吵;注意,所有喜剧都是挽歌,可反之并非亦然。"这段话看上去乱透了,不过有些地方还是能弄明白。其一,上文中"叙事"一词必须放到法庭辩论修辞的背景中加以理解,"戏剧"和"解释"都可以是叙事的形式,[36]并不包含现代叙事的含义,但也不排斥。其二,爱泼德指一种短小的对句诗,与诗句的收尾不无相似之处。其三,之所以说喜剧都是挽歌,指的是喜剧用挽歌的音律安排。可即便约翰的这段话可以一词一句解释明白,对于理解古代文类细节还是看不出有任何帮助。

约翰的关心十分实际,主要是实际写出来的类别,结果约翰倾向于把类别重新划分,令文类理论与基督教思想相吻合。和其他中世纪作家一样,约翰热衷于改造古代文类,其中一个例证来自他对墓志铭的处理,虽然简单却颇有感人之处。约翰把墓志铭定义为"离世后后人铭刻于石头上的诗句",他先引用了一段维吉尔的诗句,接着又为自己做了一首墓志铭。约翰还没有去世,他的诗改造了异教文类。对于约翰而言,陈述规则只是为了接下来打破规则。

此类文类改造构成了中世纪文学,以及随后出现的文学的一大部分,后面将用单独一章专门讨论,此处暂且只提一提婚宴喜歌的改造。婚宴喜歌始于马尔提亚努斯·卡佩拉,后来出现了许多改变和革新,以至于旺多姆的马太要为旧形式和主题辩护,认为新不如旧。[37]

接触中世纪作品时会遇到许多陌生文类术语,有时术语本身来自古代,用法却陌生,所有这些构成一个陌生的系统,甚至连书籍作者的确定性也并非理所当然。放在当代也只有福柯这样的人物才会质疑书籍作者的确定性,可在中世纪"书籍"指多人的集体成果,例如《亚瑟之死传奇》。《亚瑟之死传奇》中，马洛里使用四处收集到的原始材料，故而其作品既少于又多于一般意义上的艺术模仿。刘易斯的比喻甚是贴切，或许这里可以借用，应当把马洛里视为最后建起教堂的那个人，而他所使用的材料数个世纪以来一直在堆积。中世纪关于创新、权威、作者权的概念与现代完全不同，自然书籍的概念也不同于现代。中世纪的"书籍"并非作品的同义词，更多是作为客观之物，以区别于章节、序列，诸如此类。[38]

若能得到理论和普通修辞性的足够支持，中世纪文类概念的许多难点还是可以弄明白的，可大多数中世纪修辞学的目的是指导实践，且范围狭窄，有时只提到一两个文类。一方面，中世纪人们广泛研究布道艺术，研究如何营造氛围；另一方面，当时根本就没有对应于"诗歌"的术语。[39]结果虽然某些术语得到强调，可更多术语处于晦暗不明之中，尤其像"专论"这样的半技术性术语。不过有一点可以肯定，中世纪也有新文类术语出现，一定程度上体现出连贯性。例如"怨"就明显有别于"讽"，前者语气超然直接，后者往往包含反讽的意味。[40]其他重要标签包括"梦""幻""朝圣"，以表示各类梦幻奇境或寓言，此外还有"传说"和"传奇"。[41]

中世纪文类术语似乎问题重重，作者本人有时也会加上明晰的标签，例如乔叟有时就会这样做，可即便如此其意义依旧可疑。《坎特伯雷故事集》中，主人和诸位嘉宾的谈话为中世纪的文类提供了颇具价值的标志，可到最后还是引发各种观点，纷纷扰扰，争斗不休。[42]数位批评家一致认为，该书残章7中的故事一定程度上展现出文类的补充意识，可这种意识的根据是什么呢？是"句子"和"安慰"的交替（这里"句子"和"安慰"的确切含义本就模糊不清），或是拟仿关系，还是反类型的发展？始终众说纷纭，莫衷一是。

《特洛伊斯和克瑞西达》结尾处出现的难题很好地说明了我们所面临的难题。结尾处，乔叟似乎展望未来，写道：

前进吧，小小的书，前进吧，我的悲剧，

神灵创造了你,然后远逝。

于是施加伟力,创造出喜剧。

唐纳德·霍华德(Donald Howard)认为,这几句一定指《坎特伯雷故事集》,因为上述文字中"喜剧"与"悲剧"形成明显对比。乔叟"不可能给《好妇人的故事》贴上传说这个类别标签……故事的主题迥异于乔叟所理解的喜剧。"[43]关于"喜剧"一词在中世纪的含义,当代正统观继承了伊万西乌斯的定义,这一定义部分为但丁和其他中世纪作家所遵循。根据伊万西乌斯的定义,喜剧和悲剧的区别在于,喜剧以纷乱起始,在安宁中结束。如此解释喜剧就成为基督徒手中得心应手的形式,产生出诸如《神曲》和《坎特伯雷故事集》这样的旷世杰作,所有此类作品都可视为远离尘世的纷扰和情欲的纠缠,走向内心的幸福,至少作品的内部运动体现出这种方向。可这种喜剧观并没有考虑到许多评述,加兰德的约翰写道:"那种可称为现实性虚构的叙述就是喜剧。"约翰可没有把叙述的结尾限制于"幸福"之上,他所说的"喜剧"仅仅是"韵文体的故事"。[44]更进一步说,悲剧与喜剧的区别可能也仅仅体现于风格方面,例如但丁在《论俗语》中区分出三种风格,悲剧式、喜剧式、挽歌式,显然与按格调高低排列的三种风格相对应。[45]这里喜剧的意义同样有别于伊万西乌斯的定义。把这种种可能牢记于心,再回过头去看看《特洛伊斯和克瑞西达》结尾那段话,还能确定乔叟笔下的喜剧不包括传说吗?恐怕未必如此。上面提到中世纪"喜剧"一词的三种用法,并不是三个不同的词,实际上中世纪"喜剧"一词的用法有1 400种之多,可想而知有多么混乱。提到中世纪悲剧时,阿特金斯说其是"误解古代诗歌而出现的新叙事形式",中世纪喜剧的基础恐怕还远不止于此。

人们或许倾向于视中世纪文学为文类荒野,或文类迷宫,虽然沿途也有路标,可路标上的文字语焉不详,只能让人更糊涂。中世纪所使用的文类术语既可能来自古代,也可能是古代术语的误用,又可能是对古代术语的重新解释,或者是世俗文学中与古代相对应的东西,有些已湮灭于历史之中,也有些是艺术创新。不过中世纪依旧保持着颇为精妙复杂的修辞学,这也从一个侧面表明,上述文类混乱既非源于无能,更非由于中世纪作家完全无视文类。要解释中世纪的文类混乱,首先要从语法学家的实用目的中找原因,其次也要考虑到新涌现出的形式给批评家带来的困难。毫无疑问所有这些问题并非不可克服,只要有更渊博的学识,可那个时代真正有大学问者都忙着干别的事儿,他们的任务可不是世俗修辞学,而是《圣经》的注疏。

万书之书的注疏者中确实可以发现几位对文学理论深层问题感兴趣的人。[46]中世纪像"书籍"这样的世俗词汇可以语意模糊,可与之形成鲜明对比,《圣经》注疏者们精细地区分"汇编"和"收集",只有"汇编"才意味着对材料的有序整理。收集者无须对收集到的材料负责,例如大卫是《圣经》中赞歌的收集者,却并不承担审核所有赞歌的责任(或许乔叟故事中的叙述者也假装是收集者)。与之不同,《智慧篇》和《马加经第二部》是有序汇编的产物,注疏者对它们的评论对当时的汇编文类产生了一定的影响。例如拉班·莫尔的《百科全书》,巴特列米梅乌斯·安吉利库斯的《万物本性》,博梵的《巨镜》,兰伯吐斯·奥德梅伦西斯的《花之书》都属于此类作品。[47]出于维护《圣经》权威、理清其组成部分的需要,中世纪严格区分审核者、评论者、抄写者,以及汇编者。关于部分与整体的关系,中世纪讨论得很是细致深入。稍晚一些,出于同样的目的,开始细致辨别《圣经》中各独立部分的类别,在这方面皮埃尔·奥利奥尔远远超越了圣杰里米简单的圣经诗学,尤其有趣的是奥利奥尔对新模态创新加以命名,这里只举一个例子,14 世纪的注疏者区分出一种"预言式"新模态,对这一模态做了详尽的形式描述,例如其词汇应当平易熟悉,叙述应当避免连续。[48]

中世纪《圣经》评论者的理论观点或许很有价值,可已经超出了本书的范围。只要记住,中世纪也存在着一套文类理论,无论在深度还是在复杂程度上都与中世纪文学不相上下,也就足够了。虽然中世纪文类标签混乱不堪,可这并不足以说明中世纪是个对文类一无所知的时代。

## 新术语

不稳定的标签和混乱的术语常为批评系统继承下来,这也促使有些人大力压缩现有系统中的术语,代之以更新颖、界定更明晰的术语,希望由此达到精准。这种希望早有先例,古代修辞学家们也喜欢把术语数量成倍翻番,可自从弗莱以后,这种做法就特别流行起来(弗莱本人复苏,也可以说创造了一系列术语),随着结构主义流行下去。然而这种希望是虚幻的,新术语一旦广为接受,就再难维持精准,只要一投入使用就绝难维持单一语义。更严重的是,系统如此大量地使用新术语会面临内部自相矛盾的危险,或许还没等到新术语被完全接纳,新术语的创始者自己已经将其抛弃了。例如弗莱对"模态"一词与众不同的用法,又例如结构主义者所说的"文本"和"话语类型"。最好的做法还是尽量维持现有的术语,对其所包含的概念可接受,可调整,也可完全拒绝,当然这其中必然会涉及艰难的解释和恼人的争议。总而言之,应把昔日的批评语言纳入当下的批评实践中,以此化解新与旧之间的张力。

从实际的角度出发,保留已广为人们所接受的术语原因很简单,可除此之外更有理论上的考虑。现有文类术语与文学的实际群组有互动交流,因而价值高(至少那些广泛使用的术语如此)。如果人们用共同的批评语言为某个文类定下标签,就可以合理地认为该文类真实存在。可以这样说,作者写出的东西至少在一定圈子内可以辨别出其类别。当然这并不等于说为已有术语开出一张清单就可以涵盖所有可能的文类,无论审视多么仔细,总有一些文类没有命名,随着文学的变化新文类更是层出不穷。

到底需要多少新术语?宽泛地说,可以考虑增补两类术语。其一,正在发展中的新类别和新亚类需要新名称,过去尚未命名的类别需要命名，加之全新的群组不断涌现，上述情况下，理所当然要创制新术语。新类别显然需要新名称，新模态却未必，实际上把模态联系到对应类别上至关重要，唯有如此才能展现出连续性。其二，文学模式本身在改变，成分的价值发生了变化，在文类特征库中起作用的方式也发生了变化（例如英国诗歌发展过程中，每行诗的音节数和诗节的结构安排曾经意义重大，可后来其意义逐渐消失了）。叙述此类变化是否一定要用到新术语，对此尚有争议，有时新术语反而会淡化变化。

总结：每个时代的批评都会产生出大量文类术语，有些区分细致入微，更多的则松散随意。一定要把文类本身和文类标签区分开，无论是文类本身还是文类标签都处于变动之中，尽管变动的步调未必一致。应尽量避免刻意的术语更新，否则理解的连续性将大打折扣。

## 9. 文类的形成

是时候审视一番文类的历史维度了。此前讨论类别、亚类、模态，仿佛它们同时并存，没有提及发展过程，联系它们的纽带仅仅是类别包含（类别包含亚类）或代表性选择（模态指向对应的类别）。从历史角度出发，类别、亚类和模态展现出发展过程，亚类和模态在历史过程中形成类别，理解这一历史过程是理解文学形式的关键，此为文学法则之一。首先来看一看类别自身如何形成。

### 初始起源

关于许多文类的起源我们一无所知，主要类别，包括那些伴有模态的类别，大都可追溯到古希腊和拉丁文学。再向前追溯起源，直至荷马之前的时代，就只剩下历史的迷雾了。关于小说的起源知道得多一些，可小说也有其历史先行者，例如史诗、传奇，还有其他形式。此外，小说究竟能不能算作类别？其地位尚有争议。就古典类别而言，能找到的最古老的例子似乎预示前面还有更古老的例子，"文类和有组织的社会一样古老。"[1] 修辞学家米兰德或许认为荷马作品就是原型，可从历史角度来看，荷马作品也不大可能是所代表文类的初次登场。类似，"希腊早期抒情诗,以及抑扬格诗中,类别已相当发达,有着精细的主题划分。"² 当时已形成相当复杂的文类规则(尽管大多数规则并无明文表达,也不像后世的修辞学家所要求的那样洁净)。实际上最早期的类别涉及宗教仪式,就算不是其中一部分,至少也与其有关联。

就英国文学而言,起源问题同样难以解决,狄奥的诗在风格上已用到许多典故,其用词既晦涩难懂,又体现出传统;《贝奥武甫》已经能看出艺术程式。文类的起源隐藏于繁杂丰富的口传文学之后,一切关于初始起源的讨论最多只是猜测,要想走出猜测阶段,认真考察类别的形成,就必须把目光投向类别后来的发展,或者投向历史不那么久远的类别。³

思考文类起源常常联系到所谓原型,即社会神话背后的心理学或人类学类型。有时此类研究可令人信服,例如里奇蒙·拉蒂莫尔对古希腊悲剧故事结构的分析。古希腊悲剧的故事结构具有错综复杂的形式寓意,仅举其中之一,悲剧故事结构可以解释某些阿提卡悲剧亚类中究竟能有多少自由意志。然而类似的结构在多个类别中出现,不仅出现于悲剧中,也出现于童话和莎士比亚喜剧中,更不用说神话和其他历史类别了。对此该做如何解释?依旧众说纷纭。⁴ 与之相比,传统文类理论似乎停留于表面。

弗莱的类型划分也主要依靠故事类型、神话,以及叙事动机。此三者普遍存在,深深扎根于人性的人类学基础之中,似乎具有基础性作用。然而把文学同神话的深层结构挂上钩未必就具有基础作用,文学中神话的作用未必特别突出,就如同语言中深层结构未必就比表层结构更为深刻。倒不是要弱化弗莱批评的最终目的,⁵ 当前重要的问题是,如何对文类的形成过程做适当描述,从而把握住文学的表层特征。也就是说,必须解释作为文学形式的文类是如何构成的,而不是把文学当成别的什么东西。弗莱从作品的方方面面所做的原型批评从文学的观点来看无关紧要,只有在蒲柏的诗中,也只有把蒲柏的诗当作诗来读,才能发现贝琳达扮演着普洛塞尔皮娜的角色。追寻文学作品的人类学根源当然没错,可这样做不会揭示出蒲柏所使用的文类,真正的文学品质被抛到一边。故事的原始含义或许早已湮灭,或许其价值早已不同,与原型再也没有任何关系。

文学的视野不必狭窄,可文学自身也需要独特鲜明的存在。原型尽管也可能涉及文类,可在文学研究中并没有特殊地位,它出现于其他媒介,其他活动领域,以及其他艺术形式上,应当视为心理类型,而非文学类型。或许原型确实可以成为文学文类的构成部分,但首先要由真正与文学相关的标准做出判断,以决定其是否可以成为文学的一部分。许多批评家实际上把文学形式简化为不变的非文学形式,仿佛这样文学就得到了解释。[6]在彻底的神话批评家看来,文类没有起源,构造概念本身预设了更具历史性的方向。可从我们当前的立场来看,类别的起源是真实存在的问题,而类别与神话的结构关系无论多么迷人也无法提供任何关于类别起源的答案。故事类型未必就与文类有关,也未必就有重大的文学价值,只有当神话构成类别特征库的相当一部分时(例如阿提卡悲剧),假设其亘古长存的方案才具备解释力。

从这个意义上说,假设某些类别的材质来自远古神话或故事,这种做法有效性有限。假设故事材料来自其他类别,甚至来自文学外部,这还是有用的,可如果把整个文类的起源都转移到文学以外的形式上,这将极其困难。转移本身似乎是某种更广阔的文类转变过程的一部分,本身也要遵循文学法则。

还有一种类似的假设,认为文学文类起源于早期非文学话语类型,安德烈·乔勒(Andre Jolle)的《简单的形式》可谓此种假设的最充分表达。根据乔勒所说,9种文类先于文学已经存在,是日后构成更复杂文类的基本材料,这9种文类据信与话语的基本情景有关。9种"简单形式"包括圣人传奇、传奇、神话、谜语、谚语、讼争、回忆录、童话、笑话,实际上它们本身就已经是复杂文类,不少都有着自己的发展历史,其中一部分更与文学的发展重叠。乔勒相当武断地选取了一些早期文类,难以为文类起源的系统阐述构筑起基础。[7]原始形式混合这种想法还是有用的,不过将其比喻为造屋有过于简化之嫌,应当把这一想法深化下去,视其为不断持续的过程,既体现于所谓简单形式中,也体现于其他形式中。乔勒认为前文学形式转化,也可以说"升格"为文学形式,这种想法很有用处,托多罗夫曾说:"从结构观点来看,通常称为文学的各种话语类型都有着非文学的亲戚,二者间的亲密程度远超过该话语与其他文学话语之间的关系。"[8]托多罗夫的话可能有些夸张,可许多文学类别确实崛起于流行形式或亚文学形式,至少部分如此,例如文学故事诗、艺术民谣、艺术歌曲。笛福的小说可以看出与罪犯传记之间的联系,情爱小说中更可确定无疑地看出色情亚文学的影子(例如用句法和散文节奏模仿性行为,这早在《芬妮·希尔》中就已成为文类特征,乔伊斯在莫莉·布鲁姆的独白中更把这种手法用得活灵活现)。亚文学是一座庞大的金字塔,文学是塔上小小的尖顶,许多文类革新都可描述为亚文学的升格。[9]

还有一种假设认为文类起源于最初文类具有的具体功能,倒不必把这种假设看成粗糙的简单论调,把文学的一切都解释为"实用"。更准确地说,这种假设设置了初始的言外环境。弗兰斯西·凯伦斯写道:"每种文类均有自己的功能,常常实现某种特定的交流。"[10] 对于某些文类而言,例如赠别诗,这种说法当然没错。可以区分出两类真实语境,宗教语境和世俗语境(古人并不做这样的区分),赠别诗用于世俗场合,早期悲剧则用于神灵庆典活动的仪式之中。很长时期以来,文学理论家对后一类文学的功能起源很感兴趣,斯卡利热尔尤其深思个别文学传统的仪式性或人类学基础,几乎视其为当然。斯卡利热尔把婚宴喜歌的每一项传统都和古代婚姻典礼联系起来,他提到维吉尔和卡图卢斯的作品,以解释在婚宴喜歌中用大声喧哗来掩盖洞房中新娘的尖叫声。[11] 后来普登汉姆把斯卡利热尔所说的一切转介了过来,又增添了自己的内容,他写道:"歌曲极嘈杂,音调极尖锐,洞房里面的动静就全然被掩盖了。"可斯宾塞的婚宴喜歌已很难直接体现这样的功能了,不过婚宴喜歌的功能具有双重性,当初规定其要承担特定功能,可反过来功能也可以决定其他方面的许多特征。即便在近代,婚宴喜歌也不乏实用场合,例如奥登为朱塞佩·安东尼奥·博尔杰塞和伊丽莎白·曼恩的婚礼所写的诗。实际上即便感到有些婚宴喜歌没有实用场合,还是要参照于那些有实用场合的婚宴喜歌,后者帮助人们就婚宴喜歌的实用场合形成一般性观念。

不过许多类别看不出具体实用场合和功能,或许可以认为"原始"类别的功能性要超过后来出现的,可即便"原始"类别也不乏其例。之所以史诗引起那么浓厚的兴趣,就是因为人们感到史诗没有具体功能,无法从实用的角度加以解释。然而近年来的研究不断揭示,伊丽莎白时期戏剧也有不少"应景"成分,不禁令原本打算抛弃原始场合论的人又犹豫起来。或许只能说有些类别中原始场合论解释起来比较顺畅(葬礼挽歌、墓志铭、寿宴喜歌),有些则不然(爱情挽歌、史诗、传奇)。应当清楚原始场合论的限制,文艺复兴时期理论家把智语诗的简短全然归因于初始的铭文功能,显然不够充分,无法令人满意。还应考虑到其他可能,例如智语诗作者刻意追求简短以模仿碑刻铭文,或者撰写铭文者本身也在模仿更古老的简短形式。

归根结底,若是过度以表现价值做决定,反而会把功能问题搞得更复杂。某些特征开始时有实用价值,可不久就成为文学交往的手段,例如史诗中对诗神的祷告,开始时真的是祷告神灵,可后来就变成一种习俗,直到弥尔顿在《失乐园》开篇章节中重新为这一传统注入活力,令其再度实现。类似的例子还有史诗中的分类描述,荷马在史诗中不遗余力地把古希腊战船和勇士一一描述了一遍。最初这种做法具有社会功能,可以讨到权贵及其亲族的欢心,可后来其价值仅仅在于形式和表现。这种手法可以用简洁的笔触勾勒出人物,营造出盛大的场面。或许也可以用这种手法简单介绍一下其他传说,以及一些诗中无法处理的"材料",就诗歌的背景给出提示。或许这种手法还可以传达出诗人在其他事情上的看法,例如弥尔顿把魔鬼分类做详细描写,反映出他个人兴趣之所在。弥尔顿一度还计划再写几部书,去探索这方面的兴趣。[12]也或许这种分类描写体现出结构布局,荷马史诗即是如此。或许任何文学性分类描述都或多或少具有上面介绍的表现价值,可以确定的是,人物列举从早期的书面写作一直流传到现在,甚至在距今更久远的口传文学中,非功能性的分类列举可能已经存在。

## 单起源论

有一种理论认为文类的起源是个别作家的成就,理论上每种类别都有一个创始人,至多两到三个:史诗是荷马,悲剧是埃斯库罗斯,写实小说是菲尔丁和理查逊,历史小说是斯科特,开放形式长诗是庞德和威廉姆斯。这种理论广泛存在,实在没什么必要举更多的例子。从古代开始,类别的创始者就享有盛誉,直至今日依旧很大程度上支配着人们关于类别起源的思考。然而一旦拨开笼罩着文类起源的历史迷雾,总能发现前面还有先行者。斯科特之前有传奇,有玛丽娅·埃奇沃思的乡土小说;菲尔丁之前有流浪体小说和笛福,笛福之前又有罪犯传记和伊丽莎白小说;庞德和威廉姆斯并非用日常语言节奏创作的诗人,布朗宁和惠特曼也算不上;约翰逊博士赞誉汤姆森为"新诗歌类别的创始者",可汤姆森的景物描写诗依旧有着悠久的传统,可追溯到古罗马景物诗和农事诗。[13]此外,追寻作品起源时,必须考虑到多点起源的可能性。比较研究往往会得出以下结论:文类的创始并非单独发生,往往在别国文学中可以发现类似的起源,有着独立的发展线路。[14]还是不要忘记俄国形式主义者,在他们看来文学和文类构成系统,不同国别文学中的创始活动产生出独立具体的材料,最终形成全新的类别,必须严格把这一过程视为不同自律系统间的互动。

无论系统压力有多大,具体作家的创造依旧在新文类的创始过程中起到决定性作用,这一点毋庸置疑。英国新古典史诗和英雄体农事诗特别依赖弥尔顿的史诗,同样英国乡村庄园诗特别依赖《蓬斯赫斯特庄园》。上述诗歌具有特别高的价值,或者说,具有典范作用,可为后人师法,这种典范作用不仅体现于形式价值上,同样也体现于内容价值和个人价值上。此类作品成为文学体制的一部分,引导变革,不仅有忠实的追随者,也可激发出富于创新的作品。追本溯源时,人们首先想到的往往是此类领变化之风气的作品,尽管此类作品之前可能还有先行者。《蓬斯赫斯特庄园》之前成功的先例不多,利兰、卡姆登、瓦伦斯曾写过以河流为主题的组诗,肯定还能挖掘出更多的先例,不过影响力就更小了。如果先例够辉煌,影响力够大,或许类别就完全是另外一副模样。卡鲁、沃勒、赫里克、以及更久远一些的德纳姆、马维尔都写过以庄园为主题的诗,也都在诗中提到了琼生,琼生再往前就所知甚少了。无论如何,琼生是领风气之先的人物。

上述观点在一个方面要做出修正。前面提到的所有诗人,包括琼生,都模仿古典作家和欧陆作家。和许多创始者一样,琼生实际上是他所处时代与更早文学的中介者。不过模仿古典文学与文类模仿应有区别,可以说对古典文学的模仿是向心式的,直接以古典范例为中心,以之为模仿对象,也不限于某个特定文类。文类模仿可以追溯到古代某部备受推崇的作品,然而具有自己的生命力,更多是主动模仿。某类别的早期代表作或许亦步亦趋紧跟古代大师的作品(例如卡鲁的《致累斯特来的友人》),到后来交叉模仿就越来越多了(例如马维尔就模仿过卡鲁对雕塑的称颂)。借助于交叉模仿,文类形式迅速丰富起来,其部分原因可归于竞争性焦虑的影响,归于吸纳前人作品价值的需要。在这一点上,虚构故事中的人物表现得尤为清晰,其道德价值往往是同类别早期作品道德价值的累加。也存在合作要素,整个类别仿佛是集体智慧的结晶。就乡村庄园诗而言,甚至可以发现社会连贯性,其作者对一系列话题有着共同兴趣,包括庄园的比例、简朴的风格,房屋的微观特征,主人的热情好客和心地善良,主人的家世,对上帝的虔诚,庄客的忠诚,诗人的感激之情,诸如此类。[15]

后继者对文类的贡献往往和"创始者"一样大,最简单的道理是若无后继者，"创始者"的成就无论多辉煌也仅是孤例，对文类而言意义不大。另一方面，文学合作和流派往往会令创新更快捷，玄学派挽歌就是个很好的例子，另一个例子是乔治时期诗歌。乔治时期诗歌很短，其简朴具有欺骗性，实际上背后含义很深很隐晦。哈代可算是此类诗歌的典范和创始者，此类诗歌后来成了乔治诗派的最爱，其晦涩被发挥到极致，爱德华·托马斯、安德鲁·扬的诗歌作品中此类例子不胜枚举。有时流派可为同时代人注意到，早在1854年安图恩就写道："我们情绪容易冲动的诗人会在自己的研究中道出自己心目中的英雄。"[16] 流派发育极其迅速的一个例子是伊丽莎白十四行组诗的发展，1590年以后短短10年中，各种十四行诗如雨后春笋般纷纷出现。此类诗最古老的创始者是彼得拉克，后来华生约略也可算得上是创始者，锡德尼则成为后人师法的典范，相互间的借鉴模仿极其复杂，根本不可能理出单一的借鉴模仿脉络。这种情况下批评家自然倾向于把整个流派的作品视为部分带有文类性质，在此基础上构建而成的作品群组，例如厄尔·迈纳所说的"玄学诗模式"。

## 特征库组合

伏尔泰曾写道，意大利诗人"从牧歌中独创出一种新的诗歌类别，之前尚未见先例。"[17] 其实文学中没什么可以凭空出现，至少就已知的例子而言，中世纪之后的所有文类都使用到了古代文类，以之为构成材料，且就我们所知，中世纪的许多文类也一样。新文类或者是已知文类的变形，或者是其组合，组合也用到了已有的文类材料，[18] 不过所用到的材料可能规模细小，起源复杂。例如十四行组诗就组合了一系列文类和半文类，包括独立十四行诗、各种短诗组成的席尔瓦诗集、通灵诗、传奇和爱情寓言中的求爱模式，等等。琼生所创制的乡村庄园诗也组合了一系列成分，有的宽泛，有的具体，包括景物描写诗、智语诗、书信体诗,以及一系列经典动机,包括对热情好客的赞誉,又比如说显赫的家族谱系树。

　　文艺复兴喜剧的特征库组合规模更为宏大。在中世纪,古代喜剧仅仅是遥远而模糊的回忆,甚至不知道其可用来表演,而是将其用来朗诵。然而喜剧穿着神话剧,以及各种宫廷和民间娱乐剧的伪装存活了下来。文艺复兴理论家认为中世纪文类一文不值,弃之若敝屣,[19] 文艺复兴剧作家更理性些,从各种中世纪文类物质中提取有用之物,形成新类别。文艺复兴喜剧的所有亚类,无论是宫廷喜剧、城市喜剧,或是乡村喜剧,皆成形于此种方式。乡村喜剧从传奇和神话剧中吸取叙事结构,上面提到的三种喜剧中都可发现普劳图斯和特伦斯剧作中常见的阴谋情节和人物,此种情节和人物类型也出现于古代和文艺复兴之间的即兴喜剧中。喜剧动机常见于学院剧和民间剧中,普劳图斯的《安菲特律翁》甚至提供了一则实例,教后人如何在主题中同时安排严肃和低俗双重情节(与亚里士多德的规定相反)。一旦这些成分为里利这样的剧作家所吸纳,宫廷寓言剧的反讽转型就迈出了关键一步。喜剧特征库的组合极其复杂,哪怕是仅仅论其要略也需要一部独立的著作,目前可以肯定的是文艺复兴剧作家并不缺乏这方面的文类素材,文艺复兴喜剧无疑是全新的类别,可也并不是里利或琼生或莎士比亚凭空创造出来的。

　　文学类别并非总是出自同一文学家族中的其他类别,一代又一代的异族婚配为文类特征库引入了许许多多富于异域色彩的材料,外来模式的影响可以大大拓宽文类的概念。[20] 或者,对陌生古典文学的模仿也能起到决定性作用,在正史冠之以"复兴"的各个时期,此类事件司空见惯。此类模仿可产生出新颖之感,对大多数人来说,感受到的不是模仿而是创新。远古材料对许多新文类的特征库组合具有很高的价值,可以想象一下 16—18 世纪拉丁文类对英国文学的贡献,19 世纪古希腊文学的贡献,以及 20 世纪古典文学的再度复兴。令人惊奇的是,同时代文学间的相互借鉴似乎不能以同样的方式产生出新组合,仿佛每种文学都有自身的发展法则，个别具体的借鉴可以跨越文学边界，可通常不会直接对文类施加影响，英国化妆剧就属于这种情况。意大利化妆剧中政治寓言早已司空见惯，可进入英国文学界还是花了不少时间，且借助了英国本土异教剧的力量。[21]

特征库组合也可借鉴文学之外的文类，犹如法律创新有时会借助于"法律移植"，即把一个系统中的规则移植到另一个系统中。以英国农事诗为例，这类诗歌中不乏全然欢快的例子，例如盖伊的《乡村乐事》，其文类素材很多取自说教性韵体论文和散文（墨菲特模仿意大利作家而作的《蚕蛹》、丹尼的《垂钓的秘密》，以及贺瑞斯巴齐尔斯所写的《家政四书》）。[22] 17世纪的其他诗歌类别利用了沉思的形式，对这一时期文学的研究也追踪到不少由非文学和亚文学升格为文学类型的例子，包括日常信函、常识书籍、宗教书籍、演讲词、绪论。[23] 散文也集中了各种成分，包括论说文、演讲词、格言、布道寓言、作家汇编，以及人文主义者的非正式信函。早期自传集中了礼仪书、编年史、信函、轶事、布道寓言、散文的特点。某些明显属于异类的文类也得到利用，数种文类都利用到了非文学性的目录形式，例如账单（琼生的智语诗、庞德的《诗章》）。游戏从来都是广受欢迎的结构手法，例如锡德尼和萨克林取法自绕麦堆捉人游戏，米德尔顿取法自对弈，蒲柏取法自奥伯尔牌，艾略特和卡尔维诺取法自塔罗牌，有些具体诗亚类甚至用到代数形式，例如矩阵和排列组合（摩根的《打开鸟笼》和《电脑的第一张圣诞卡》）。之前已经提到，由亚文学形式上升为文学形式是我们这个时代的一项主要资源，从这个角度看来，当代实验性短篇小说也是早期以天马行空、自由放任为特点的文类的延续，不过当代实验性短篇小说更严肃，如果说还算不上沉闷。巴塞尔姆的数篇作品令人想起以欧·亨利的《城市报道》为代表的类型。托多罗夫有句名言，"新文类从来都是一种或几种旧文类的变形"。[24] 粗略看来托多罗夫说得并没错，不过要做出一些调整：要么拓展文类概念以容纳非文学形式，要么允许把来自文学外的移植作为文学创新的独立手段。

托多罗夫的文类思想深受俄国形式主义,尤其是非文学形式"正典化"学说的影响,文学的创新冲动不仅可以由历史中汲取养分,也可以水平发展,从流行文化中寻找手法,什可洛夫斯基据此提出"次要分支正电化"法则。[25] 俄国形式主义者有着深刻的历史感,高度赞赏创新,既能另辟蹊径探索创新,又展现出相当的灵活性。俄国形式主义的研究成果至今仍能引起高度兴趣,尽管有些人并不能接受俄国形式主义背后的进化论色彩。在俄国形式主义者看来,一旦艺术止步不前,就需要从非正典材料中寻找救赎。

亚类也经历过类似的组合阶段,不过就亚类而言重点是增添新材料,而非形式。战争对话诗为对话诗特征库增添了原先没有的话题(当然,总可能存在着核心之外的"杂题")。[26] 不过新增添的材料未必就新颖,例如桑纳扎罗及其后继者的政治对话诗绝对可算是新的亚类,可这一亚类最擅长,且常规化的种种可能早已出现,伪托于忒奥克里斯的《归隐诗集》第 22 首。或许可以把这一过程表述为田园诗→牧童对话诗(包括牧歌式、皮斯卡托里式,等等)。可以这样说,早期类别虽然未区分出亚类,但允许出现一系列不同话题,日后的亚类正是从这一系列话题分化而出。再以小说类别下的工厂小说为例,其特点就是在现实主义小说,或曰写实小说的规则之上再添加一些由具体环境所承载的特殊材质。

或许有人会认为,如此这般添加材质可无限自由地形成新亚类,然而只有新添加材质与类别的已有规则不冲突时,上述自由才能得到保障。例如写实小说的特征库不允许出现赤裸裸的性行为描写,若引入赤裸裸的性行为描写就不会产生新亚类,更大的可能是产生出全新的类别,有着全然不同的观察精度标准。在这一方面《查泰来夫人的情人》暴露出文类策略上的不足,尽管该小说许多方面都堪称优秀,却没有回避常见的禁忌。侦探小说是另一个例子,其实核心小说并非主动排斥侦探小说要素,《荒凉山庄》就预示了许多 20 世纪侦探小说的特征(侦探参加受害人的葬礼、解释性自白、多重结局),然而核心小说并不关心破案，对于核心小说而言，破案是截然不同的另一种阐释任务，故而不能把《荒凉山庄》视为现代侦探小说的鼻祖。

无论类别还是亚类，其组合很大程度上尚处于无意识阶段，或许作者所想到的仅仅是如何创作出有新意的作品，通常首先发现文类潜能的是后来的读者。可以这样说，新形式的组合发生于回顾之中。接着，新组合形式的特征库就会成为批评研究的核心，既有正式的，也有非正式的，新文类有时更贴上标签，得到命名。此时新形式特征库的范围越来越清晰，相应地对其应用也有了越来越多的限制。爱德华·赫伯特的《人生》依旧带有自传的某些特征，但已经可以感到赫伯特按照具有自传特色的方式选择可用的材料。赫伯特写道："我只会写那些对我来说同样陌生的东西。"[27] 结合其语境，赫伯特这里所追求的绝不仅仅是话题的适切性。

无论是否意在创新，只有在后来者看来组合后的新形式才构成新文类，这种批评性回顾将作品重新分组，列入新文类名下。18世纪小说既可以与传奇编入一组，也可以视为与传奇判然有别的新类别。《小庞贝的一生》的卷首语还写道，马里沃和菲尔丁令"传奇作品"近于完美，不过从我们的立场来看，菲尔丁更多代表了小说的创始，而非传奇的完美。这也引出文学发展中一个至关重要的观念，即某一类别的新生期即上一类别的衰老期，区别仅仅在于历史视角不同。自然我们所能想到的必然是我们这个时代所特有的分组方式，不过对于文类鉴别而言，把握这一原则至关重要，唯此方能确保群组划分的连续性。文学不断在变，但文学还是文学。

## 初级、次级和三级阶段

超过一个世纪以来，文类发展的主要概念依赖于文学性程度的区分，由此分析出艺术的两大阶段，有人称之为质朴和工巧，有人称之为简单和繁复,也有人称之为素朴和感伤。区分初级和次级类别最初与史诗这种具有典范性的形式有关,浪漫主义传统中,这方面最富于创意的作品毫无疑问是席勒的《论素朴的诗和感伤的诗》(1795—1796)。席勒论及现实主义的"素朴",与之对比则是"感伤"或反思性艺术,即艺术家已清楚意识到自己的艺术与自然相分离。席勒写道:"古代作家令我们感动的是自然,是感觉的真实,是活生生的当下现实;现代诗人要打动我们,则要借助于观念的中介。"这段话中,古代和现代各有价值,古代长于表现自然的更高真理,现代则长于传递温暖的自然评价,不过席勒还是助长了简单化的思想趋势,把古代理想化,夸大了遥远古代的质朴。刘易斯写道:"昔日的批评家把史诗分为质朴和工巧,这种区分显然难以令人满意。"刘易斯更喜欢用"初级"(荷马、贝奥武夫)和"次级"(维吉尔、弥尔顿)两个术语,[28]初级史诗的特点包括使用英雄体,多在欢庆场合口头朗诵,格式化痕迹重,传承具有大众性,题材具有历史性;次级史诗的特点包括更具文学性,更个人化,风格上更为高调,体现出"崇高"。这种区分有着坚实的基础,例如仅仅从时间上看,《尼伯龙的陷落》显然晚于《艾涅阿斯纪》,可前者依旧代表着史诗早期原始的状态。维吉尔肯定对荷马史诗有所了解,在自己的史诗中部分用到了来自荷马史诗的材料,[29]例如《艾涅阿斯纪》的两部分结构在某些批评家看来就是一部《奥德赛》再加上一部《伊利亚特》,同时也借鉴了荷马史诗的形式手法。[30]马克罗比乌斯详细列举了维吉尔对荷马的模仿,也引发了二人孰优孰劣的长期争论。整个中世纪,史诗以维吉尔为范本,到了文艺复兴时期,斯卡利热尔对荷马和维吉尔的著名批判开启了现代意义上比较文学的先河,可斯卡利热尔本人通篇还是认为拉丁诗人的作品更为精巧,技高一筹。[31]亚里士多德只能把史诗和悲剧做比较,而文艺复兴时期的伟大理论家们则有条件做历史研究,把史诗的两个阶段做比较,这在文学史上意义重大。

请注意,初级并不一定代表着优先,斯卡利热尔就更喜欢次级作家的作品。斯卡利热尔对维吉尔的偏爱是压倒性的,对荷马则没有什么同情，实际上斯卡利热尔所奉行的史诗标准也就是次级史诗的标准。在斯卡利热尔看来，早先的史诗在形式上远未达到次级史诗的高度，比如说荷马史诗中的修辞语程式化痕迹过重，缺乏变化，是个缺陷。[32] 无疑，斯卡利热尔对新古典主义批评的影响是巨大的，维吉尔的史诗被确立为"正确"形式，地位无比牢固，以至于有些批评家根本就看不到继续发展的可能。在那些批评家眼中，史诗在次级阶段已达到极致，再也不可更易，其僵硬程度堪与生物学史上的不可变论相提并论。只有当原始得到重新评价之后，批评家方可能以更全面、更历史的眼光去看待初级阶段和次级阶段，在模仿问题上采取更为中立客观的立场。如今我们可以更好地去理解荷马，去欣赏荷马自己的风格，同样显而易见的是，维吉尔之后的史诗从来没有停止完善和变化的步伐。《失乐园》包含了维吉尔的史诗类型，可同时也包含了其他几种史诗类型（例如第7部中的八音步诗句，以及第11～12部中的圣经史诗），融合成为一种更为复杂的形式。《复乐园》代表了又一种史诗类型——短史诗。当然，区分初级史诗和次级史诗也有其局限性，但至少就描述的便捷性而言，这是一种有用的初步划分。

实际上，这种划分推广到史诗以外的其他类别也同样有效。不妨假设，牧歌中的问答以及其他一些成分最初都是独立的形式，分属不同的类别，后来才组合到一起，渐渐常态化，最后成为牧歌的文类特征。最初组合阶段，或者说忒奥克里斯阶段可视为牧歌的初级阶段，到了次级阶段，无论是维吉尔、卡尔普尔尼乌斯，还是桑纳扎罗，都开始有意识地贡献新文类特征，并与忒奥克里斯刻意拉开距离。可以把初级牧歌视为次级牧歌内容的一部分，次级牧歌代表着更为精巧也更为复杂的模仿，或许为了适应自身的需要而改变初级形式的主题和动机，但保留了初级形式的基本特征，包括其形式结构。新亚类由此衍生，或许依旧在衍生之中。《阿卡迪亚》中桑纳扎罗实现了政治讽刺牧歌这一亚类，尽管政治讽刺要素早已存在于忒奥克里斯的牧歌之中。后来斯卡利热尔又为牧歌增添了一个新亚类，以农业为主题的乡村牧歌。《诗艺》中，斯卡利热尔提到自己的贡献时用词很是低调,可自负之情溢于言表。[33]

究竟是初级还是次级,取决于不同的历史角度。若论到作家同文类模型的关系,没有哪个作家不是次级。无所谓绝对区分,忒奥克里斯的归隐诗并非永远都是牧歌的初级状态,而维吉尔的牧羊人在文学的伪装下编织起虚构的景物。忒奥克里斯也并非那样质朴,或许也有模仿的摹本,至于英国诗人,无论是斯宾塞、德莱顿,或是其他牧歌诗人,都以忒奥克里斯和维吉尔为初级摹本,产生出两种牧歌变体,一种可称为"纯牧歌",另一种可称为"本土牧歌"。归根结底,阶段的划分关系到具体文类形式的传统,没有哪个作家不用到传统,但在类别的次级阶段,具体传统已经成形,而初级形式的创始者无缘于此种传统。传统带来的优势显而易见,维吉尔可以取材自人们广泛认可的形式,将其雕琢得更为精巧。可有优势就有弊端,也就是文学性的降低。总体而言,次级形式不那么直接,在功能性上逊于初级形式,不过也未必总是如此。例如文艺复兴时期对婚宴喜歌的传统已有了透彻的了解,可婚宴喜歌依旧用于婚礼这个具体场合之中。

无论是否具有相对性,初级和次级的区分都是成立的。有时这种区分具有十分现实的意义,例如区分民间民谣和艺术民谣,传统谚语和布莱克式谚语,小癞子式的流浪故事和流浪体小说,以及质朴的冒险故事和斯蒂文森对这一传统的有意识再造。次级阶段内依旧广泛存在差异,在某些方面甚至比初级和次级之间的差异更众多。维吉尔和弥尔顿的史诗就千差万别,至于18世纪的艺术民谣与经过调整、更富于象征色彩的《老水手之歌》更是差别巨大。

若要兼顾这些差异,就有必要区分出第三阶段,即作家继承了出于次级阶段的类别,但将其应用于新的方向上。第三阶段形式可以是次级阶段形式的象征性再阐释,因此《利西达斯》属于第三阶段的牧歌式挽歌,诗中死去的牧人不单是具体个人的化身,更象征着田园牧歌式的生活方式。牧歌式挽歌的价值在于代表了作者关于死亡的思考,弥尔顿希望以自己的诗抵抗关于死亡的种种看法,以至于超越。同样《失乐园》也属于第三阶段,诗歌借用了维吉尔的动机,其英雄取向却截然相反,完全不同于维吉尔的史诗。弥尔顿的史诗体现出基督教的价值观,实现英雄气概,平息神圣的怒火,这些都与维吉尔的异教史诗截然不同。

第三阶段的发展常常将早先的类别内化,可以对比一下弗莱所提出的一个概念,即"浪漫主义神话史诗的概念,其中神话代表着心灵的心理状态或主观状态。"[34]《失乐园》和《童话女王》一样,完全外在的行动少之又少,而戈丁的《品彻·马丁》中(可把戈丁的作品视为塔夫瑞尔的《品彻·马丁》在第三阶段的发展)外在行动更是几乎没有。斯蒂文森的《戴勒米特》和《退潮》属于冒险故事在第三阶段的发展,前者是效仿之作,后者更具象征性。也可以考虑一下古代的神秘动机,古代和中世纪传奇提供了初始阶段,次级阶段可追溯到18世纪传奇中,甚至《爱玛》也可以列入其中。后来乔治·艾略特再次利用了德龙达的私生子身份,以之为象征,显然艾略特对自我身份的追寻已进入第三阶段。[35]

第三阶段作品应对文类特征重新加以阐释,这也是其特点之一。次级阶段的作品或许可以从审美角度品味初级阶段类别,一定意义上说也对其做了"重新阐释",但第三阶段以具体传统为发展象征的材料,必然要对前作重新加以阐释,有寓言式的,有心理式的,也有其他方式的。例如哥特小说这一类别在模态化转变中就开始运用到各种抽象特征,沃波尔、雷德克里夫、刘易斯等人组合早期"恐怖故事"的文类特征时,似乎仅仅为恐怖所携带的崇高感所迷倒,作品中充斥着废墟、黑暗、迷宫般的过道、各种恐怖刑具,甚至还有奥兰托城堡中的巨大盔甲,所有这一切都没有得到阐释,有时甚至连基本的解释都没有。次级哥特作品中,对特征库的利用更为全面,或者细致地探索不同寻常的可能以发展故事,这一阶段作品中多了许多细致入微的品味,但阐释依旧不多。然而早在霍桑的作品中,已经可以发现走向寓言的冲动,作品中处处是象征性暗示,尽管很多时候象征的意义并不明晰。霍桑作品中,胎记或疾病不单令人恐惧,更表达出一定的意义。斯蒂文森和詹姆斯继承了哥特小说的文类特征,以之为材料,把这一类小说进一步推向其最终目标,展现出神话的氤氲云烟消散后的古代神话。例如在《碧宅冤魂》中,哥特要素从变态心理学的角度上重新得到阐释,去探索偏执狂想。只是在晚近的运用中,哥特小说才意识到所蕴含的社会政治意义,哥特科幻小说中,政治由隐曲转向直白,而卡夫卡的《囚徒流放之地》更从富于哥特色彩的设施中不仅找到了政治意义,更找到了形而上的意义。

必须记住,上述三个阶段在时间上相互渗透,甚至可以同时出现在同一部作品中。特奥克里斯和荷马手中的形式已然确定而繁复,故而一定意义上也带有次级特征。根据新柏拉图主义维吉尔批评家的观点,维吉尔的《艾涅阿斯纪》已经超越了他的拉丁前辈,一跃进入第三阶段。[36]

把文类发展视为连续的过程,分类难题大部分都消失了,所谓"初级""次级""第三阶段",都是相对于对具体文类感兴趣的观察者而言。此类结构究竟有多大用处?这取决于它能展现出多少。同一部作品可能开创了一种类别的先河,与之同时又是另一种类别的第三阶段,根据观察者的视角不同,同一位作家既可以素朴,又可以繁复。沃波尔"素朴地"组合出哥特小说的文类特征,他在《奥兰托城堡》中之所以描写那具巨大的头盔,或许并没有什么特别用意,仅仅因为画家皮拉内西在《监狱》这幅作品中所描绘的头盔把他给迷住了。[37]然而从另一个角度来看,沃波尔的作品属于传奇的第三阶段:回顾早先的哥特时代,重新应用古代的形象和场景,以高度复杂的方式改造已有的散文类别。

## 文类的消亡

亚里士多德曾说过,悲剧在他的时代已经尽善尽美,为此有时还会遭到后人的揶揄。不过亚里士多德所熟悉的悲剧已经完备无缺,这倒是实话。人们现在说古希腊悲剧或阿提卡悲剧在索福克里斯和欧瑞庇底斯时代已经成熟,至于悲剧的其他形式,无论是塞涅卡式悲剧、英国悲剧、法国古典悲剧、英雄悲剧，或是《推销员之死》所代表的现代悲剧，都不是亚里士多德所说的悲剧。故而也可以说，在亚里士多德的时代，悲剧的一轮发展已经完成，悲剧的一个种类已经走到了生命的尽头，要不是后来有了文艺复兴，悲剧或许依旧长眠于棺椁之中。俄国形式主义者在深化"陌生化"理论时提到了文类消亡的一种形式，什克洛夫斯基追溯文类发展的必然阶段，从最初的"可感知"阶段，即一切细节均带来新鲜体验的阶段，到纯粹传统认可阶段，即形式仅能引起程式化反应的阶段。[38]不过什克洛夫斯基的理论仅仅关注了导致文类消亡的一个原因，有简单化之嫌。再者，也只有在回顾中才有可能说什么不可回避。若是文类变异了，改造了，或者又复活了，又怎么样呢？

许多类别被说成"气数已尽"，生命力已经耗尽，或许频繁的模仿会耗尽形式可能，以至于类别再也拿不出新鲜变化以确保精品的产出。可有时批评家会说"小说已经死了"，就不可能是这种意思了。优秀小说一直有产出，可小说这一类别即将消亡之声一直不绝于耳，或许这种声音有点儿夸大，但也不算太多，反映出一种感受：小说，尤其是写实小说，已发展到一个关键阶段。无须从反面去理解"关键"一词，比如说，像约翰·阿普代克在《相同绿色的大海》中那样，把叙事设想为一大块腐肉，人们以其为生实在已经太久了。无疑小说正在经历巨变，或许正在向新的物质形态蜕变，旧日有所谓小说的"适当形式"，可如今无论是谁再用到这些"适当形式"，不可能不意识到传统的重压，精准的定义已把此类形式搞得奄奄一息。从这一角度来看，现代主义者的小说实际上与创新反其道而行之，把各种小说类别的精华挤压出去。所谓"反小说"把小说的构成要素一样接一样地抛弃，仿佛在追寻小说最终不可丢弃的最简要素，有时连统一连贯的叙事者都不要了。贝克特不单放弃了故事，更放弃了确定的身份，卡普托则放弃了虚构（其实这倒也算不上什么新动向）。小说从未从古代文类中继承任何明确的规则，可在深入的细化分析之下，似乎隐然规定了叙事者、主人公、对话、章节、人物等一系列要素。如今这些要素要么被抛弃，要么成为小说的唯一要素，仿佛彼此间的比例和关系都发生了巨变。

和生物有机体一样,文类的具体死亡时间难以预测。构成部分分崩离析是类别死亡的前兆吗?或者,再无新作品产出?或者,再也引不起读者的兴趣?或者,再无读者去欣赏其形式美?经典或许会因为误读而存续(就像《格列佛游记》那样,或许误读依旧是经典存续的一个重要原因),可其所代表的文类也会因之而存续吗?是否可以说,由于《利西达斯》的存在,牧歌式挽歌一直活到了今天?

谈到类别之死就涉及生物学类比,可那个类别本身已经爆裂了,至少其进化论形式已经爆裂了。韦勒克说:"若代勒并不是法国悲剧之父,只不过之前没有人写法国悲剧罢了。"[39] 可以说"并没有什么文类像生物物种那样成为进化的基层,并不存在一种文类向另一种文类的转变",可用这样的话去反驳文类之死显得过于苍白无力。今时今日谁还会向达尔文借类比?生物学家已不再认为物种因"基因决定"而固定不变,[40] 至于文学形式,只要放弃韦勒克的共时文学观,不再视文类为同时存在的集合,改变就再明显不过了。文类确实非物种,不过把文类和物种做一番比较还是有些用处的,可以指明对象圈中的类同和差异。韦勒克说:"与僵硬的文艺复兴悲剧相比,拉辛的《费德拉》带给我们更多新鲜朝气。"可韦勒克的话并未切中要害,衰老和进化的并非个别作品,而是个别作品所属的类别。[41] 无须宣扬作者的选择自由,说作者可以"在遥远的过去寻找摹本和刺激"。只有个别作品才有可能突破时间的限制,类别绝对办不到。类别必须谨遵历史法则,此为控制一切类似组织的大法。与所有的同类一样,类别也要进化。[42]

和生物物种一样,类别在时空中的存在有范围限制,一种限制是文化壁垒,另一种是文化变革。例如散文兴起于 16 世纪的人文主义思潮,开始用于表达自由思想,20 世纪 30 年代的人文主义思想危机之后,散文的一个亚类小品文已经不再流行。[43] 随着超自然信仰的退却,颂一直处于停滞,同样文艺复兴牧歌也不可能在城市发展中生存下来,恰如农事诗不可能跟上信息爆炸的速度。此类限制无处不在,甚至体现于明显的形式方面。短篇小说中情节突然转折令读者为之瞠目,这种情节安排中蕴含了一整套信仰和观念,例如急转可以揭示人生的秘密,至少可以促使读者去体验人生的曲折和困惑。吉卜林是个过渡性人物,他的故事中依然有情节,情节依然急转,可这种情节安排的终极寓意在吉卜林的作品中表达得过于明晰,失去了未来发展的潜能。再举一个例子,凯旋曲的格律安排显然受到了诗节功能变化的影响。18世纪起,格律开始走下坡路,这并非偶然。18世纪是一个主观想象实现普遍和谐的时代,也是天命王权逐渐走向式微的时代。[44] 或者可以说,文类传统越走向形式化,对社会环境的依赖就越深(显然,这是个充满吊诡的观点)。

　　文学中任何一个类别的废弃都是个重大事件,影响深远,改变了有意义的形式的均衡。不仅该类别本身消失了,许多相关类别的接近难度也相应增加了。例如,由于道德寓言剧已失传,莎士比亚悲剧中某些部分的意义也模糊起来(要理解一种古代文学类别,至少要对数种相关类别有所了解)。如果不再培养适当的读者群,某些类别的大限之日就不远了。不过这一局限中也隐藏着希望,既然类别从来不对所有人开放,那只要维持一定数量的读者,就可以保存一口气息,待日后再度复兴。

## 模态变形

　　类别在最后阶段并不一定走向灭绝,也可以为其他类别带来模态变形。虽然"固定"类别的适应可能已经耗尽,与之相对应的模态可能依旧十分活跃。模态以及随之出现的成分对外部形式的依赖度较低,似乎类别受制于外部结构,其进化可能有极限,可与之相对应的模态更为灵活,可以自由混合,故而可以和依旧有生机活力的类别重新组合,维持其存在。19世纪,悲剧几乎已经绝迹,可哈代写出了非常优秀的悲剧小说。自《失乐园》之后,史诗就已经绝迹,可依旧有《阿布沙龙和阿奇托菲尔》这样的英雄体讽刺诗,《愚人志》这样的讽刺短史诗,以及《诺斯特洛穆》这样的英雄体小说。与类别相比,模态这种文类坐标要松散得多,同时也是类别的后继者。之前提到,模态意味着有类别先于其存在,模态自身是类别的拓展,二者处于历时关系中,类别向模态发展。就文学的整体趋势而言,也日益远离固定格式化的形式,以及组合关系有着明确规定的文类,向更宽松、更灵活的传统发展。类别到模态的变化趋势与文学的整体发展趋势是相符的。

模态拓展既可能转瞬即逝,也可能催生出独立于母体形式的新类别,认识到这种变化对文学史来说至关重要,这是变化之后追踪连续性的唯一途径。文类变形花样繁多,需要单独一章来叙述,此处仅仅列举其中几种,以指出其历时特征,以及其在文学史上的地位。

(1) 英雄模态带来的传奇变形,产生出英雄体传奇,或"传奇史诗",例如《愤怒的罗兰》《童话女王》。⁴⁵

(2) 流浪故事的发展,最终形成与宣扬厌世归隐的贵族传奇相对应的文类。

(3) 菲尔丁改变了散文体传奇,同时引入流浪体、英雄体、传奇史诗,以及其他种种要素,组合出全景式小说(《汤姆·琼斯》)的特征。⁴⁶

(4) 斯科特以浪漫模态和历史模态改变了乡土小说,组合出历史小说的特征。

(5) 存在主义思想小说的模态拓展改变了时代小说,产生出《法国中尉的女人》这样的作品。

此类关系构成连续的谱系,上面的叙述十分简略,略去了许多中间环节和更细微的变化,(1)中没有提到寓言故事,(3)中也没有提到笛福。此外,上面的叙述只追踪了一条发展线索,实际上存在着多条,例如另一条同样重要的线索始于理查逊的家庭小说,经浪漫变化,收于詹姆斯式小说。上面某些表述或许还有争议,尤其是重新分组,或标签转换的具体时间。例如《魏佛利》开始时被视为乡土小说,现在则被视为"历史传奇"或历史小说的典范。具体表述取决于不同的批评家,也取决于不同的立场和视角,然而某种文类联系确实是文学史的主线,原则上通过追踪一系列变形,可以建立起谱系图,把最久远的文学同最近的文学联系起来。文学的连续性存在于文类联系中,而不是像过去所说,存在于个人影响中。

通常,模态变形所带来的偏离不大,有理由说这是一种"近似于动物生长的缓慢而稳定的变化",至少也近似于动物进化。[47]首先要积累起一定数量的变化,然后读者才会对文类创新做出反应。从骑士传奇到勒萨热的内嵌式流浪故事,或者由斯蒂文森的半政治小说《奥托王子》到现代间谍小说,中间经历了许多阶段。已知类型的连续性是新类型出现的条件,若没有传奇,斯蒂文森笔下的反英雄也就失去了立足之地。若没有绅士—冒险家俱乐部伦理,无论是巴肯对敌人的同情,或是与之相应,勒卡雷对"敌人"观念的重新评估,都将失去很大一部分文学效力。

偶尔文学在文类创新上也会"一跃千里",可"大跃进"毕竟是少数,其背后是无数名姓已磨灭的前人,以及群组本身蓄积起的巨大能量。创新性作家之前通常有前人的实验,有时前人的实验已被遗忘。《芬尼根守灵》或许与所有已知形式差之千里,可也正因如此很难为文学界吸收消化,直到出现没那么浓缩的效仿之作,补上遗缺的文类背景。对文学而言,真正的乐趣在于把新奇陌生和熟悉愉悦编织于一体,至少部分如此。

类别可以产生模态,模态反过来又促生出新的类别,其消亡或许无人注意,可其构成成分会分解再利用,故而文类适切感不是很强的作品中往往撒满了旧类别的残肢断臂。通常而言,旧的结构传统会完全消失,但其中内容经过不同程度的变形之后会遗存下来,只要其中依旧有人文价值。总而言之,类别本身生命有限,甚至会被人彻底遗忘。[48]文学复古者,无论是作家还是批评家,可以深挖文化土层,挖出遥远的形式,可若不加调整,旧形式绝不可能焕发出新的生机。经过重新介绍的旧形式不同于早期原型,即便有些作品只是消失了"一会儿"又重新出现,新出现的形式也会有所不同。

## 10. 文类的变形

文类变形的种种过程与大多数文学变化过程并没有什么不同,要详细叙述的话,即便仅就一种展开详述,也超出了本书的范围。不管怎么说,文类变形始终是大多数文学史和文学批评的主要议题。不过至少可以对种种文类变形过程加以分类,突出的变形过程包括话题创新、组合、聚集、级别变化、功能变化、逆向表达、内含、选择、文类混合。[1] 无疑还有更多的文类变形过程,不过先说这些也就足够了,足以涵盖文学史中已知的主要变化。

### 话题创新

所谓话题创新,也就是把新话题引入文类特征库所带来的变形。有时话题创新极度新颖,例如照片首度引入绘画评述诗时就是个极度新颖的新话题,塞万提斯笔下的风车对于传奇来说也是个新话题。不过更多时候话题创新所涉及的是细化,是对特征库中已有话题的精细发展。早在大学小说成为一个亚类之前,学生活动这个话题在小说中已有悠久的历史(萨克雷的某些作品,以及所谓"教育小说"传统)。这种话题创新可视为大多数新文学运动的特征,或许因为关注点由作品的形式转向作品的材质。这方面一个惊人的例子是17世纪早期的反彼得拉克和反西塞罗运动,由此带来了大规模的话题创新,以及广泛的文类变形。

"创新"的话题或许来自其他文类、其他文学,甚至来自其他艺术媒体,当然经过了一定的变形。爱情和个人理性话题就是这样侵入史诗之中,英国的小调颂延续了从龙萨的诗歌作品、阿那克里翁颂,以及古希腊诗歌选中引入的材料,同样宗教智语诗也融入了宗教造像艺术和徽章艺术的素材。由中世纪到文艺复兴,不同艺术之间的交流非常自由,为文类建构提供了丰富的材料。例如《七宗罪》的结构安排就得益于视觉艺术,伊丽莎白时期喜剧也大量使用来自民间游戏和节日庆典的材料,例如《第十二夜》中用到了圣诞节习俗,《无事生非》中也出现了异教习俗和化装舞会。[2]

话题创新也可以是以新的方法去"接近"已有话题,[3]不过这常常会导致模态变化。锡德尼在《爱星者和星星》第20首中给了丘比特一把枪,不仅为彼得拉克式话题增添了一个新的方面,实际上也做出了一个反向陈述,或者说,以智语诗模态改造了十四行诗。

## 组　　合

特征组合是文类变化的常见手段,上一章中已经讲到,河流诗的特征或许对许多乡村农庄诗的形成有所贡献,不过乡村农庄诗也组合了其他多种诗歌类别的特征,例如田园散文诗,最终形成一种大规模的诗歌类别。后来,马维尔又组合了地方景物诗和地产诗,以及圣-阿蒙、萨尔别乌斯基等人的归隐诗,形成一种结构复杂的诗歌类型,开创了18世纪归隐诗的先河。任何具有一定分量的新形式中都可以看到特征组合的痕迹,在组合阶段,这种痕迹最为明显。伊丽莎白时期化妆剧组合了哑剧、化妆剧、异教剧和娱乐剧,这还仅仅是分辨得出、叫得上名的一些剧类。不过成功的组合应当视为具有一定特征的整体而非拼凑,例如成功的化妆剧中观众已意识不到哪部分是由哪一类戏剧"转借"而来。

## 聚　集

聚集是与组合相异的另一种添加过程,是把一系列短幅作品聚集到一起,形成有着内部结构的作品集合,例如在一系列民谣的基础上形成歌曲集,又例如在民谣剧中聚集一系列民谣作品。最终形成的作品可以有自己的框架,也可以有过渡段落,有时框架和过渡所占的分量还很重,例如《情人的忏悔》《坎特伯雷故事集》。从文类的角度来看,此类聚集型作品既有别于其组成部分,也有别于无内部结构的单纯合集,薄伽丘的《十日谈》与其中所包含的故事属于不同的文类。[4] 聚集的文类变化作用在书信体小说和短随笔集中体现得十分显著,[5] 其他的聚集型作品也均可超越其组成部分的文类特征,例如斯宾塞、汤姆森、克莱尔等人的日历诗按四季排序,产生出对变化和反差的心理期待,这种心理期待在阅读中既可能实现,也可能落空。锡德尼爵士和托马斯·华森在欧陆影响下创作爱情组诗,毫无疑问是文类的一大变化。[6] 伊丽莎白时期十四行诗自身有着复杂的文类特征,包含着阈限传统、叙事布局、文学评论性漫谈、情态变化,以及格律结构。除了十四行诗之外,组诗中通常还包括其他格律形式,有时穿插于全篇,有时仅仅出现于篇首和篇末。《爱星者和星星》在十四行诗 63 之后加入歌谣,《爱情小唱》中夹杂着阿那克里翁颂和大调颂,丹尼尔和莎士比亚的十四行诗组诗在篇末加入哀怨诗。[7] 同样,任何成系列的抒情诗和智语诗安排都会改变作品的文类,例如斯蒂文森的《十三种方式看黑眉》聚集了 13 首近似于俳句的抒情短诗,整体上体现出思考的深度和对终极意义的追求。摩根和克莱顿·史密斯在这一方面都有惊人之作。

## 级别变化

　　修辞学鼎盛的时代,作家往往创作之初就做好作品的整体布局规划,[8]这样一来级别变化也成了文类创新的方式之一。古代理论家对此已有部分认识,也曾试图加以论述。[9]级别的变化既可以是提升,也可以是降低。上升的例子如《神曲》,提升了地狱类史诗的级别,萧伯纳戏剧中的舞台指导也明显有提升痕迹。同样,与非文学信函相比,书信体小说中的信函也提升了级别。与提升相对应,级别也可以降低,例如阿奇博德·麦柯勒什把贺拉斯的书信缩减为论诗歌的短诗。浓缩在形式上更有趣一些,也更复杂,因为浓缩过程中作者必须去发现原作中没有直接表达出来的特征。应当把浓缩和选择放在一起考虑,级别提升则应当和话题创新放在一起研究。

　　级别提升是更为全面的发展,从而也为新话题营造出空间,在文类变化中可能会起到决定性作用。级别提升仅凭自身之力很难创造出新类别,不过约翰·阿什利的《凹面镜中的自我肖像》仿佛是个例外,是绘画评述诗的级别提升,其中也包含了自白诗的模态变化,更组合了镜像诗,以及其他一些美国长诗的特点。同样,沃尔顿的《垂钓大全》不单扩大了牧歌,更体现出农事诗所带来的模态变化。汤姆森的《四季》既提升了田园景物诗的级别,又引入了新话题。

　　17世纪,级别降低成为时尚,浓缩一次又一次与模态变化结合到一起。赫里克在《金苹果园》中把一种又一种形式缩微,布朗尼以散文浓缩百科全书的精华,马维尔的《哀怨的仙女》浓缩了小调归隐诗的主要特征,所有这些不仅体现出当时流行的"以小见大"的思想,[10]更以智语诗模态对原作进行了改造,这是当时文学的主流。

　　相对较小的级别变化也可以产生惊人的影响,以小说为例,拉长时间间隔超过一代人,这样做会明显改变小说的文类属性,令小说向家族史的方向发展。《芬尼根守灵》中,文字游戏起到了特别的作用,尤其是一种文字形式,即词汇紧缩,其对于作品整体特征的贡献不可估量。

与浓缩类似的是删减,无疑这也是一种创新之源。[11] 相对而言,删减不那么令人瞩目,也更常见,是文学变化的一种常规手段。删减略去某些过渡部分、固定套路,以及诸如此类的成分,使得表达更为凝练复杂,协助文学发展达到成熟期。

## 功能变化

古代文学中,即便是最小的功能变化也足以改变文类,有时功能变化小到仅仅改变了言者和听者。贺拉斯在《第一颂》中向非人类的祖国之舟,而不是向人歌唱,于是远离了传统。[12] 尽管看上去很细微,这种改变具有累积性效果,最终会打开文类变化的闸门。现代的功能变化往往更为剧烈,不过17世纪宗教诗中可以见到类似于贺拉斯那样的听者变化。17世纪宗教诗借用了彼得拉克的爱情诗传统,但把对人类之爱改为对神灵之爱,于是乎爱情诗派变成了心灵诗派。神圣诗传统中某些最优秀的作品,例如赫伯特的《仿拟》,直接改变了世俗诗的文类,成为世俗诗的精神仿拟之作。不过,如同罗斯玛丽·弗里曼(Rosemary Freeman)指出的,爱情挽歌的特点也可以融入宗教诗中,不过更为微妙,也更不容易把握,例如赫伯特的《萎靡》和《目光》。[13]

弥尔顿也改变了史诗一些十分基础部分的功能,展示出过人的胆略,尤其喜欢以惊人的方式浓缩广受尊敬的文类形式。《失乐园》中拉斐尔的到访令人想起文学传统中的其他杰出作品,可这一章同时又具有嵌入性质,使用了散文,最终谈到天文星象。如此一来,史诗章节起到了相当特殊的功能效用。同样史诗正式开始前的祷文部分被用来大段介绍作者自己(华兹华斯的《序曲》显然是这种祷文的级别提升)。弥尔顿作品中功能改变的例子显然是刻意而为之,不过有时候功能改变也可能很缓慢,相应的文学模式变化也发生于无意识之中,例如诗节的信息价值的削弱即属于这种情况。渐进式功能改变从未间断,相比较而言,某些时期的美学更倾向于功能改变,类似的倾向性也可见于视觉艺术中,见于风格主义绘画中,见于颠倒错置的形式中,也见于复兴的哥特式建筑风格中。

## 逆向表达

纪廉曾提到《堂吉诃德》与《托梅斯河边的小癞子》,尤其提到了二者与《古斯曼·德·阿尔法拉切》之间的关系。纪廉说与之前的作品相比,《堂吉诃德》是"一部截然相反的杰作,这部作品本身似乎成为'逆向文类'的萌芽"。与之前的代表作相比,塞万提斯的作品展现出几处惊人的差异,例如拒绝虚构性自传,转而倾向于虚构性历史。[14]文类中诸如此类的逆向关系司空见惯,若拓展逆向表达的概念,超越单一文类的界限,会有很大的收获。不难想出一些新文类,或"反"文类,与之前已经存在的文类处于逆向关系中,二者的特征处处显露出对立的反差。短幅文类中,对立而反差会以修辞逆转的形式出现,例如以赞誉为批评,以赠言为诅咒,诸如此类。[15]这是一片滋长文类创新的富饶土壤,形形色色的应答诗也可以作为佐证。更大的幅度上也有类似的现象发生,从这一角度来看,早期流浪故事本身就是传奇的逆向文类,与田园牧歌式传奇的对比尤其明显。田园牧歌式传奇中,主人公大都多愁善感,喜欢退居幽隐之地,静思爱情的奥妙,经历情感上的风风雨雨,最终达到内心的平静。与此截然不同,流浪故事可不知道内心平静为何物,故事中的流浪汉是坚硬的汉子,追求外在的成功,只对世俗智慧感兴趣,如此方能顺应社会潮流以调整自我,并对周围的现象做出辛辣的讽刺和评论。[16]从价值观、创作动机到模仿的"高度",流浪故事皆与传奇形成鲜明对比。塞万提斯笔下的堂吉诃德一次又一次把浪漫幻想撞碎在坚硬的现实之上,把这种对比体现得淋漓尽致。《堂吉诃德》中有滑稽模仿的成分,滑稽模仿把文类特征夸张到荒诞的程度,或者把原本对立的东西放到一起。不过反文类不同于滑稽模仿,并不直接针对特定源作品,不仅如此,反文类有自己的生命,与对照文类并行不悖。故而流浪故事和传奇可以齐头并进,甚至在同一部作品中相互渗透,例如《吉尔·布拉斯》。

史诗催生出数种反文类,其中最古老的一种是以不很久远的历史事件为题材的史诗,例如卢坎的《内战纪》,考利的《内战》。通常认为基督教简史诗(《大卫》《复乐园》)以《圣经·约伯记》为蓝本,可同时也显然是经典史诗的反文类。神圣诗歌运动中发展出的所有圣经史诗逐点回应了异教史诗特征,相对于维吉尔式史诗中具有民族特点和传奇色彩的行动,神圣史诗拿出了《圣经》所揭示出的救赎史;相对于召唤艺术的异教女神,神圣史诗则召唤起乌拉尼亚,或者是圣灵,或者向上帝祷告。弥尔顿在深思熟虑后接受了所有两方面的可能,令它们在自己的史诗中碰撞。《失乐园》的前两部使用了基督教史诗的传统,例如群魔合议,不过这两部分中撒旦被描写成一个斯多葛式的英雄,故而也可以把这两部分视为异教史诗的开篇。其后各部分含混性较小,呈现出一系列基督教史诗,包含多个亚类(第7部使用了八音步,第6部使用了拉斐尔的战争史诗,第11、12部使用了巴特西安史诗)。[17]基督教史诗部分中,救世主、亚当,以及忠于天主的诸天使的美德与撒旦这个异教英雄形成鲜明对比。和塞万提斯一样,弥尔顿也把正反两种文类融于同一部作品之中。

其他反文类中,反彼得拉克式十四行诗必须提一提。17世纪以及维多利亚时代,甜蜜智语诗的发展已经在很大程度上遮蔽了十四行诗和智语诗的对比。文艺复兴时期,智语诗大都辞格低,口语化,用于讽刺,伊丽莎白十四行诗则属于爱情挽歌或短颂,辞格不高不低,富于音韵,语感"甜蜜"。[18]到了18世纪,读者未必人人都能领会到一些智语诗化十四行诗中大胆辛辣的逆向表达,此类逆向表达不仅出现在精神十四行诗中(康斯泰勃、阿拉巴斯特、赫伯特),[19] 也见于咏叹爱情不如人意的十四行诗中(锡德尼、莎士比亚、巴恩斯)。有时某个十四行诗亚类,例如夸耀十四行诗遭到滑稽模仿,反文类特点此时体现得尤其突出。[20] 这个问题在讲到智语诗的变化时会专门论述。

就牧歌的逆向表达而言,早已经有了"纯"牧歌和"本土"牧歌的对比,前者的代表诗人有忒奥克里斯、斯宾塞、德莱顿、安布罗斯·菲利普等,后者的代表诗人有维吉尔和蒲柏。由盖伊的《牧羊人的一周》开始,出现了一种某些方面更为激烈的反文类,以近乎滑稽模仿的手法"现实地"处理牧歌题材。再往后,现实景物诗也采取了牧歌和农事诗的逆向表达形式。[21] 克莱伯的作品中二者间的对立已部分明朗化:

> 诗人难道定要睡眼惺忪,
> 把美丽的梦幻一再延长,
> 机械地重复着曼图亚之歌?
> 是否诗人定要远离自然和真理,
> 紧跟维吉尔的脚步,
> 而不是自己的想象?[22]

如果说克莱伯笔下的诗人余音已变,可至少尚未完全消散,整首诗中诗人一再关心的问题是:"理想中的伊甸园已无处可寻。"[23] 用赫兹里特的话说,克莱伯"将了提提鲁斯和维吉尔一军"。[24] 克莱伯笔下丑陋的风景依旧滋长于牧歌传统话题的土壤上,连传统中常见的植物分类也没有变,只不过分类的植物由鲜花变成了野草。可以说克莱伯继承了牧歌和农事诗的传统话题,只是为了把传统颠覆,于是他赞美乡村粗鄙的娱乐,或者笔锋一转,写到乡村牧师的劣迹与失职。[25] 登尼斯·伯顿的评价颇为有趣:"似乎克莱伯必须在脑海中建立起这种对比,诗情才能涌动起来。不过诗情一旦涌动,其流动的方向是现实主义,而不是对比。"[26] 从文类的角度来看,克莱伯的现实主义与严肃认真的反文类模仿很难区分出彼此。[27] 不幸的是,由于小说的挤压,这种现实主义早早夭亡。华兹华斯也曾尝试过这种现实主义，不过谨慎得多，华兹华斯的作品中这种现实主义的作用并不明显，属于次要辅助。

不管怎么说，小说无疑有着强烈的现实主义冲动，看上去甚至超越了文学的界限，再加上"对新奇的追求总能抓住读者"，[28] 小说家一次又一次诉诸反文类的特征宝库。传记式小说刚刚成为一种类别不久，就出现了《特里斯坦·向迪传》这样的反文类作品。[29] 情节、连贯、幅度、作者涉入程度，所有这一切统统被斯蒂恩逆转，同时逆转的还有其他种种小说特征，令他笔下的《向迪传》成了一部典范之作，时至今日依旧为人们所模仿，依旧处于发展之中。创作过程小说也是小说的多种反文类中的一种，米特福德和盖斯凯尔曾尝试以一种弱化事件性，删除叙事衔接的小说形式，呈现出"没有历险的小说"。亨利·詹姆斯认为故事依旧不可替代（"故事和小说……就仿佛是针和线"），可詹姆斯又认为就算是地毯上的绿色图案也算是故事，其故事性丝毫不亚于冒险，这种故事塑造着小说的各个组成部分，最终形成叙事世界中现实的方方面面。福斯特认为小说不仅仅是故事，而应该是其他什么，没那么原始；小说家应当是裁缝协会的会员，不过这个协会的裁缝只用线，无须用针（回应了詹姆斯的比喻）。[30]

现代主义时期出现了更多的极端对立，乔伊斯的《尤利西斯》就是一部方方面面、里里外外都体现出反文类特征的范例。沃尔顿·里兹说从《尤利西斯》这部小说中提取不出任何写实小说的成分（尽管歌德伯格干得已经够出色了），因为这部小说的目的就是"把结构完整的小说分解成原始要素，再以惊人之力把原始要素重新组合。"[31] 里兹的说法当然不错，乔伊斯自己也曾谈到"散文体小说的多样性"，全面采用内含结构，同时也大量使用次序随意、极度松散的漫谈式描写，以避开小说的传统形式，然而《尤利西斯》依旧不失为一部写实小说，且主要是一部否定型写实小说。艾略特和里兹确信乔伊斯的作品已经超越了小说，我却没那么确定，在我看来，乔伊斯超越的是小说近代以来的某些类别。不是吗？毕竟小说还在蓬勃发展，而最具生机与活力的一支正是反小说。《尤利西斯》并没有给文类批评家造成什么特殊难题,除非该批评家支持非历史的固定文类观。里兹推荐了阅读《尤利西斯》的方法,就是注意小说中引出的具体文类传统,再注意该传统在小说中如何遭到颠覆。里兹的建议极具实用性,倒是他认为《尤利西斯》在现代作品中独一无二的看法值得加以辩驳。里兹写道:"《尤利西斯》与许多文学作品有相似之处,但其他作品中看不到《尤利西斯》的影子。"[32] 现在看来《尤利西斯》已成为一部示范性作品,贝克特、巴思、品钦等人的小说作品都模仿了《尤利西斯》,都能看到《尤利西斯》的影子。进一步说,《尤利西斯》本身也可以说模仿了更早的实验小说,即《特里斯坦·向迪传》这部反小说典范之作,模仿体现于多个方面,比如说对时间幅度的处理、间断式叙事,又比如说自由联想转换的运用。

不过《尤利西斯》可谓集大成之作,而不仅仅是写实小说的反文类。这一方面更纯粹的代表应当是格特鲁德·斯泰因的《美国的诞生》,贝克特的晚期小说也可列入这一行列。相比于《尤利西斯》,斯泰因和贝克特的晚期小说更加始终如一地与传统小说对立。贝克特的创作手法主要有两个:其一,贝克特一步步取消了传统小说的特征,直至无可取消,事件、背景、对话,甚至段落划分都沦为取消的对象;其二,贝克特在自己的小说中加入实际上已被"取消"的人文和宗教寓意。不妨引用一位批评家评贝克特的一段话:

> 《瓦特》实际上是一部反小说,其先例包括塞万提斯、费勒蒂埃,当然还有斯蒂恩的作品。《瓦特》这部小说鄙视说故事时把人当成人,鄙视把人物置于可辨别的环境中,并引入了各种杂七杂八的材料,包括趣闻轶事、歌词片段、没完没了的清单,还有可能性的各种组合,有的符合逻辑,也有的与逻辑相悖。小说的补遗部分容纳了难以为小说其他部分所容纳的废弃物,不仅如此,小说发展次要人物,却牺牲主要人物,最后也难以看出小说有什么真正的行动,难以看出任何情节发展向

着确定的结局运动。³³

必须指出的是,总体而言逆向表达代表着一种对文学传统粗暴、极端的态度。贝克特的严肃和塞万提斯的伟大或许会给这种方式加分,但即便是最优秀的逆向表达通常所产生的也只是技巧精良之作,而非真正堪称伟大的文学作品。

## 内　含

利用近似于句法嵌入的手段,一部文学作品可以在自己内部包含另一部文学作品,一旦内嵌的形式传统与母体取得联系,文类随之发生变化。例如《童话女王》就内含异教凯旋曲、织锦诗、变形诗,但三者都已成为传奇史诗的特征,随着传奇史诗而流传。³⁴史诗,以及其后的小说都有着极为宽大的肚量,甚至可以把中等篇幅的作品囫囵吞下去。³⁵《失乐园》由基督教史诗和八音步转向悲剧,取得了重要的过渡效果,之后各部诗中引入了大量的悲剧特征,包括发现、逆转,以及时间的统一。³⁶《失乐园》的其他部分也有足够空间以容纳颂、十四行诗,以及多种其他形式。³⁷

内含出现于各个文学时期,出现于各种篇幅的许多文类中。早期牧童对话诗可能包含歌谣和叙事,而牧童对话诗自身又包含于锡德尼和桑纳扎罗的作品中。有一种形式的婚宴喜歌,其中内含结构反复循环出现,一首首新婚贺曲首尾相接,层出不穷。墓志铭也类似于此,其起源于碑刻铭文,常常在诗中包含另一段碑文,令人想到其起源。这方面的范例是维吉尔《牧歌》第五首,诗中包含了一段据信是希腊牧神达芙尼斯墓碑上的碑文(不要忘记,这首诗本身也常常内含于其他诗歌作品中)。³⁸后来这种手法不仅常见于墓志铭中,例如《托马斯·格雷文纳爵士墓志铭》³⁹,也常见于爱情诗中,例如赫里克的《狠心的姑娘》,诗中诗人预见到自己的葬礼,智语诗常常以此结尾。[40]

　　古代文学中内含受制于严格的传统,有时需要在嵌入之前加上一个过渡性部分。此外嵌入部分和母体的文类应当接近,例如凯旋曲可以嵌入诞辰喜歌之中。[41]文艺复兴以后的文学中,某些类别更容易实现内含、松散的形式,例如讽刺、对话、剖析,实现内含更为便捷,故而其表面形式时常会令文类批评家感到困惑不解(拉伯雷、卡斯蒂廖内、伯顿)。[42]戏剧具有合成性,也鼓励内含,故事诗常出现于神话剧中,化妆剧在文艺复兴喜剧中也十分常见,复仇悲剧中化妆剧和剧中剧更成为文类的重要特征,例如《西班牙悲剧》,这种传统在双重嵌入式娱乐剧结构中更是达到了登峰造极的地步。这种内含结构往往可以明白说出来,例如比安卡在剧中解释道:"大人,下面看到的化妆剧属于序曲之类。"

　　文艺复兴后期内含结构大行其道,或许当时流行的风格主义在审美趣味上喜欢以各种手法"加框"。许多作品本身内嵌于其他作品中,例如序言、对话诗、导致读者与艺术之间的距离越来越远。对于文艺复兴文学而言,嵌入文类有时与背景融为一体,例如《无事生非》中的十四行诗,辨别此类嵌入文类在当时的文学界是一大乐事。想想看《哈姆雷特》复杂的剧中剧结构,剧中之剧有自己的"序曲",其间又插入哈姆雷特的一段话,故而也有着自己的嵌入结构。整个表演过程中观众只有三个,却个个察言观色,相互提防。弗兰西斯·贝里就莎士比亚作品中的嵌入结构写了一部专著,[43]其实又何止莎士比亚之作,嵌入结构在当时文学作品中可谓无所不在。当时的诗歌中,艺术的主要努力目标之一就是凭借内含结构以达到新颖的效果。例如科顿的《巅峰奇景》原本很自然,却偏偏要嵌入一段关于查特斯沃思庄园的景物诗,显得颇为造作。

　　内含是滋生文类变化的丰富土壤,然而其本身难以成为文学变化的理论基础。通常内含作用有限,嵌入部分通常影响不到母体的文类属性。[44]《亨利八世》内含了一部化妆剧,可本身依旧是悲剧性历史剧。

特洛普在《首相大人》中嵌入一首智语诗,可小说本身并未展现出智语诗的特征。内含未必就会引起文类变化,只有当嵌入部分融入母体结构之中时,或者其比例相对于母体显得很大时,或者与母体材料取得常规性关联时,改变才有可能发生。总而言之,以局部内含为基础建立起来的理论不可能解释所有花样繁复的文类混合,许多文类混合的原因在于方方面面的调整,起到改变作用的是不完整的特征,此类调整可以改变整部作品的色调,最终改变文类属性。

## 文类混合

　　西塞罗、昆体良,以及贺拉斯都教诲切勿混合文类,"每个话题不应超出/分配给它的地界"。[45]古代大师的追随者们一遍又一遍重复着大师们的教诲,古典和新古典主义理论家偏爱单纯文类,这早已是常识,可总有某些时代"仇视传统",于是混合形式身价倍增。[46]实际上这样的叙述与历史实情出入颇大,优秀的古典作家中一样可以发现文类混合,[47]在英国的新古典主义时期,混合文类更是蓬勃发展。文艺复兴发展到风格主义阶段,对传统已经很难说怀有敌意了,可当时的理论家依旧热烈推崇文类混合,当时的作家在文类混合方面实现了一些颇为精微的效果。回顾整个中世纪文类理论的匮乏,不妨认为,文类混合的偏好经历了一系列阶段:首先,混合带来文类混乱,继而重新确立文类的纯洁性,修正标签,再往后又进入混乱期,且更为激进大胆。当代研究者很少承认文类混合在中世纪相当盛行,甚至连某些中世纪文类标签也是后来才贴上去的。文艺复兴时期意大利批评家曾尖锐地批评文类混合(尤其是涉及牧歌剧和传奇史诗的混合),帕斯奎尔认为在作品中包含历史文献,这种混合难以接受。后来的风格主义和巴洛克理论家重启了关于文类混合的讨论,立场更倾向于支持混合形式。可这样一来,混合走向混乱……

明图尔诺是文类混合的主要支持者之一,他的《诗艺》通篇可以看出他对混合的热情。《诗艺》既讨论各种单纯类别,也讨论各种混合类别,故而"纯讽刺"之后是喜剧讽刺和悲剧讽刺。不过具体讨论到何谓混合时,明图尔诺常常语焉不详,也有时说是在讨论混合,实际上讨论的是内含,而实际上讨论的可能是内含,也可能是诗歌形式的混合,也可能是散文和韵文的混合。[48]罗萨莉·考利曾代表锡德尼为文类混合做辩护,主要根据来自锡德尼《为诗辩》中的一段:"应当注意,在某些部分或类别中,或种类中(看您喜欢哪个术语了),有些作品集两到三种类别于一身,例如悲剧和喜剧,由此产生出所谓悲喜剧。有些作品在表达上融韵文和散文于一体,例如桑纳扎罗和波伊提乌的作品,还有些作品混合了英雄体和牧歌体两种素材。归根结底,问题只有一个:如果孤军作战已堪称英勇,联手拼搏至少不会有什么坏处吧。"[49]锡德尼当然不会反对文类混合,他自己的《阿卡迪亚》也混合了英雄体和牧歌体。不过上面这段话还仅仅是说,混合文类和其组成部分一样不会带来危害,可后来就有人以美学为根据攻击起"骇人听闻的悲喜剧"了。伊丽莎白时期批评家支持文类混合的直接证据很少,只有德莱顿对比自己的颂和贺拉斯的颂时,字里行间隐约可以读出只言片语,例如德莱顿说自己的颂"属于混合类别",既无品达式颂的高蹈,亦无阿那克里翁颂的多情,德莱顿尤其提到了自己的《阿金库尔战役颂》,用德莱顿自己的话说:"这是一首颂,愿意的话,也可以称之为民谣。"[50]不过在 1590 年前后对文类混合的支持并没有明白无误的证据,有些标签,例如"悲剧—喜剧—历史—田园剧"反倒能看出对文类混合的愤怒。[51]英国风格主义首席大师纳什要时不时停下手中的笔,去关注风格和文类的最新变化,以至于他的《不幸之旅》差点写不下去。纳什以一连串的双关提醒自己,"千万不要把自己的诗写成簿册论文","在神学和诗歌面前头晕目眩"。诗人在诗中时常讨论布道,不自觉自己也做了一篇,还提醒读者道:"支起双耳,备足泪水,之前我抛出的根本算不上悲剧。"纳什的这部讽刺诗融合了史诗滑稽模仿、悲剧、神迹诗、抒情诗、赞歌、旅行文学、谚语、智语诗,以及其他种种或嵌入或混合的形式。[52]

纳什之后纯文类理想有所反弹,像拉平这样的新古典主义者重新弹起塞尔维乌斯早已弹过的旧调,说忒奥克里斯的30首牧歌中只有10首堪称纯粹,也对能否把渔夫纳入牧歌之中感到疑惑。至于政治牧歌,在拉平看来,根本就算不上一个亚类,不过是乱七八糟的大杂烩。[53]再过几十年,文类混合已发展到肆意而为的程度,必须对作品进行大规模的重新分组。华兹华斯对文类的态度颇具分析性,不过在混合问题上华兹华斯更多是从归类角度出发去看问题。华兹华斯列出六种"模式"或"类别",又写道:"最后三种(牧歌式讽刺、教化式讽刺,以及哲学式讽刺)可以混为一体形成混合形式,扬的《夜思》和库柏的《任务》都是这方面的杰出例证。"[54]如此这般从分析和归类的角度出发看待文类混合,这种方法在弗莱的文类理论中达到极致。弗莱认为一切虚构与四条主线绑在一起,一是小说,一是自白,一是剖析,一是传奇。无论外部形式如何,文类混合就是上述四者的组合。"六种可能组合形式都真实存在",而且,"更为全面的虚构布局中至少包含三种组合形式。"[55]分析方法可以阐明最为大胆的混合形式,将之归类,可若是遇上局部混合,或文类效应微小的混合,其作用还有待观察。实际上批评家常常打交道的正是局部混合,或文类效应微小的混合。

## 杂 交

最为显著的文类混合方式就是直接杂交,即两种以上的文类特征完整地出现于同一部作品中,谁也不能压倒对方成为作品的主导特征。杂交作品的文类应当幅度接近,实际上常常是邻近或反差类别,外部形式多有相似之处。例如与其将《指环和书》看成"内外颠倒的戏剧",[56]不如将其看作一系列诗歌的聚集,每一首都是叙事诗与戏剧抒情诗的杂交。

文艺复兴时期,十四行诗和智语诗常常产生杂交形式。诸多理论家,例如罗伯泰罗、皮尼亚、塔索、杜贝莱,以及塞比埃特都比较过十四行诗和其邻近类别,例如智语诗、卡佐尼、颂。众人纷纷强调十四行诗和智语诗的共同之处(简洁、锐利、爱情题材、格律结构),不过也有人强调二者之间的差异。[57]明图尔诺尤其对二者做了鲜明的对比,在明图尔诺看来,智语诗模态多样,而十四行诗更注重音律(抒情),与坎佐尼和民谣更接近一些。[58]对于智语诗而言,重要的既非优美的音律,亦非雅致的结构,而是锐利,或来自诗人的才智,或来自材料本身。十四行诗在取材和程式上更接近于坎佐尼,即便其话题与智语诗相同,风格也颇为不同。在明图尔诺看来,智语诗应当十分简短,近似于碑刻铭文(智语诗若是超过四行,严格地说就应当叫作挽歌)。不过在许多人眼中,十四行诗和智语诗有着很接近的外部形式,有些诗即便长至十四行也冠之以智语诗之名,反过来说,某些智语诗也挂到十四行诗名下,例如六行诗节和十二行诗节。[59]罗萨莉·考利指出,英国式十四行诗以对句结尾,智语诗也是以对句为基础,二者混合起来尤其方便。考利追溯,十四行诗和智语诗的起源都受到了《拉丁诗选》的影响,甜蜜主题大都用十四行诗,而讽刺、戏谑、痛苦主题多用智语诗,哈灵顿的《十四行诗与智语诗之比较》(1680)就把十四行诗和智语诗的这种区别说得很明白。[60]不过数位欧陆十四行诗作家,尤其是杜贝莱的十四行诗反转了这一传统,其十四行诗更为尖酸,更多表现出公众性和讽刺性,实际上完全可以把杜贝莱的十四行诗组诗看成一组十四行的智语诗。[61]

英国文学中,锡德尼和莎士比亚的十四行诗都表现出杂交特征,从而产生出两人的个人风格。锡德尼的《爱星者和星星》中数首十四行诗(例如第 30 首)只有在最后对句中才提到星星,回到爱情主题,显然混合了十四行诗和智语诗的外部形式。《爱星者和星星》间或使用平直的文风,令人想到莎士比亚的十四行诗,莎士比亚的十四行诗中最后两句"以措辞严谨,放弃形象而著称,形成一种异常精准的诗歌表达"。[62]现代批评家往往质疑,十四行诗以对句结尾并杂糅了各种非十四行诗成分,显得比较弱。考利在其专著《十四行诗》中对抒情诗和智语诗的风格混合做了精彩的论述,回答了这个问题。在文类混合这个问题上,考利有效地运用了一些观察,言语中不乏讽刺,其实考利所用到的观察本属常识,并不罕见。此处无须一一重述考利的观点,目前重要的是要意识到,莎士比亚十四行诗中我们见到的是直白的杂交,而非某种内部结构调整。从本质上说,有的是甜蜜十四行诗与直白智语诗直接遭遇(例如采用十二行诗节形式的第 126 首,以及四音步的第 145 首),也有的属于智语诗—十四行诗双重类别(例如第 95 首),将甜和酸两种感觉融于一体之中。[63]我们所看到的并非十四行诗和智语诗的中和,而是一个混合体,两方面的特征都很明显,"两种文类风格相互映衬,有时和谐,有时争斗"。[64]关于莎士比亚十四行诗的智语诗特征,可说的还很多。[65]

就结构而言,十四行诗和智语诗可以说是近亲,十四行诗出自智语诗,和智语诗一样有着间错的音律安排。[66]广义上说,杂交而成的智语诗—十四行诗有两种形成方式,智语诗的话题和风格可以进入十四行诗之中,或者诗歌结构一分为二,一部分属于智语诗,一部分属于十四行诗。

反十四行诗采取了第一种方式,这方面贝尔尼的作品是典范,以彼得拉克式十四行诗写成,是对夸耀十四行诗的滑稽模仿。约翰·戴维斯的《呆鸟十四行诗》[67]精巧而有趣,既可以当成讽刺性的仿拟之作,也可以当成讽十四行诗,其中第 8 首《我的事儿是这样》满怀自负之情,第 6 首《神圣的缪斯》则遵循爱情夸耀诗的传统,诗中出现"紧身裤般的奇思妙想""罗袜散发着湿漉漉的芬芳"等字句,从文类的角度来看就是用矛盾修饰法把表达甜蜜情感的十四行诗同臭烘烘、湿漉漉的袜子并列放到一起。[68]其他作品中,戴维斯会在一部智语诗诗集中夹杂一些模仿莎士比亚十四行诗的讽刺之作。德莱顿也有类似的作品,且德莱顿通常会表明自己要做什么。在阈限诗集《理想》中,德莱顿拒绝热情(爱情模式)[69],也拒绝"长吁短叹的十四行诗",明言要创出一个新类别以表达出"各种心境之中""心灵的真实形象"。这个新类别实际上就是由智语诗杂糅而成的席尔瓦诗。德莱顿在一些十四行诗—智语诗作品中践行了自己的追求,例如《理想》中第 8 首实际上就是一首反夸耀诗,类似的诗莎士比亚也作过,不过诗中形象不像德莱顿诗中的那样丑恶,诗感也没有那么尖酸。只有一个诗人真正把自己的诗冠之以"智语十四行诗"的名称,并留下一部作品《选择、机遇与改变》,可惜诗人之名已经佚失。[70]

十四行诗作者更喜欢结构性杂交,最常见的方法是先写三个四句诗节,最后用一个对句结尾,莎士比亚的十四行诗常常采用这种结构,例如第 84 首:"你该对你美丽的祝福加以诅咒,爱听恭维,恭维的价值就会降低。"不过学究们又找出一系列其他的"点"让智语诗渗透进来,例如塞比埃特觉得智语诗对句应出现在十四行诗的第 2 和第 3 行,或者也可以出现在第 6 和第 7 行。[71] 自然还可以发现更多之前尚未得到描述的可能,例如德莱顿的十四行诗第 61 首"既已无计可施,何妨拥吻,分别"就是个特别精巧的杂交例子,该诗前八行属于戏剧化智语诗,风格低调,后六行属于十四行诗,以拟人手法写成,不乏奇思妙想,风格中庸。有趣的是德拉蒙德觉得德莱顿的这首诗中智语诗所占的比重过大,写道:"德莱顿心思敏锐,但缺乏激情。"显然德拉蒙德指的就是德莱顿这首堪称已走到十四行诗极限边缘的作品。[72]

罗萨莉·考利(我关于文类混合的许多想法均来自于她[73])早已指出,文类混合会遇到很大阻力,既有审美方面的,也有社会礼制方面的。西塞罗当年僵硬地解释了亚里士多德,自打那以后,风格混合成了禁忌,限制风格混合甚至同维持政权秩序扯上了关系。明图尔诺最喜欢探讨混合情节,就说明了这一点。所谓混合情节指情节安排中出现了不同阶层的人物,明图尔诺以《奥赛罗》为例,指出剧中情节混合了好人和恶人,贵族和牧羊人。这方面最为典范的例子是《安菲特律翁》,其情节把神灵、君王和奴隶混在一起。锡德尼对戏剧的评论更为严苛,背后也可见到类似的看法:

> 所谓悲喜剧实在是离奇古怪,所做的就是创造出半个小

丑形象，再把他放到庄严肃穆的行动中，既不顾体面，更无周密安排，结果既不可能得到观众的赞赏和同情，又难以逗观众开心一笑。据我所知，阿普列尤斯曾创作过类似的剧作，不过阿普列尤斯的剧中悲喜转换有个时间过程，而不是像现在这样同时出现。古代作家也写过一两部悲喜剧，例如普劳图斯的《安菲特律翁》，可如果细心阅读就不难发现，古代作家绝不会把葬礼和号角安排在一起。[74]

遵循燕卜逊、里克斯，还有其他一些人的解释，我们以往认为伊丽莎白双重情节和雅各宾双重情节是类似的主题，[75]双重情节属于主题及其变异问题。然而至少在其源头，把人物分为悲剧和喜剧的做法既体现出文类规则，也是社会礼制的要求。后来德莱顿确实混合了英雄体和喜剧，不过他是受到了法国的影响。英国文艺复兴戏剧中，人物的等级区分并不十分严格，不过依旧存在。也正因为有人物等级的区分，《冬天的故事》这部典型的杂交剧才能获得其特殊效果。这部悲喜剧以牧原为场景，男女主角波利谢尼斯和帕蒂塔与农民混迹一处，可伪装又故意做得那样拙劣。国王波利谢尼斯出于悲剧性目的穿上牧人的服装，言谈举止中颇为支持混合。帕蒂塔本性高贵，可长成于农民之家，看上去像是个乡下姑娘。为了参加剪羊毛宴会，帕蒂塔又化妆成女神，其言行与波利谢尼斯恰恰相反，反对混合。[76]莎士比亚这里正是利用了文类混合所带来的违和感，其精巧复杂在所有莎氏戏剧中可谓登峰造极。还是这部剧中还有一个文类混合的例子，剧中小丑运星暗淡，灾祸连绵，简直已到了荒诞的地步，这种安排本是浪漫爱情剧所不容许的，却也在爱情浪漫的基调中加入些许悲剧的阴郁。关于文类混合是否符合社会礼制，《冬天的故事》的这种情节安排恐怕是再精妙不过了。甚至区分各组成部分的时间间隔都可以起到文类作用，不妨想一想锡德尼为阿普列乌斯辩护，其根据就是阿普列乌斯的叙事"体现出时间幅度"。[77]这种体现出时间幅度的叙事产生出传奇，尽管传奇是"旧式故事"，有种种缺点，可在莎士比亚手中其结局可以像任何一部古典悲剧一样严肃动人。

英国悲喜剧是一种极有意思的形式,理应受到更多重视。恩里克·奥尔巴赫(Enrich Auerbach)认为英国悲喜剧落后闭塞的好处之一是,伊丽莎白时期的英国剧作家还没有受到古典文学的影响,还没有人为去区分风格。[78]这种观点实在是小视了悲喜剧这种英国特有戏剧形式的艺术性。马斯顿和莎士比亚已懂得利用相互对立的风格(奥尔巴赫自己的例子就证明了这一点),要是两位作家还不懂得如何区分风格,又如何能够利用对立的风格呢?雅各宾悲喜剧是个风格独特的类别,挖掘的潜力也最大,其关键作品是马斯顿的《牢骚满腹》。伦敦书业公所的介绍中,该剧被称为"不满的悲喜剧",在乔治·亨特看来,上述标签反映出"马斯顿试图在英国重建悲喜剧这一类别"。[79]亨特把《牢骚满腹》和瓜里尼饱受争议的《忠实的牧羊人》联系起来,可真正要理解马斯顿的理论深度,还是要到贺拉斯论述牧神剧的一段颇为深奥的文字中去挖掘。明图尔诺的某些思想可以提供线索(可有时比贺拉斯更艰深),两人有着一致的理论出发点。[80]马斯顿本人已暗示出这一背景,在戏剧开始之前的"献词"中提到了"严厉的喜剧"、"贺拉斯说过"等字句,在序曲部分又反转了前面的说法。"这部戏苦涩吗?"康戴尔问道。"这样说吧,这部戏既非讽刺剧,亦非道德剧,而是平凡历史的记录。"《牢骚满腹》中文类混合的方式相当巧妙,例如某些成分模棱两可,既可以说是悲剧,也可以说是喜剧;阿尔托弗朗托经过乔装打扮一个人扮演两个角色,这一手法具有很强的文类灵活性,剧中数段对话在语气上也相当含混。(剧中梅沃引用夸张的言语去刺激皮埃罗,既尖酸刻薄,又荒唐可笑,或许这正预示了该剧的悲剧性结尾。)

塞勒斯·霍伊(Cyrus Hoy)认为反讽是悲剧与喜剧的重要共同基础,或许霍伊是对的。[81]霍伊本人更喜欢讽刺性悲喜剧,认为早期的悲喜剧更优秀。早期悲剧和讽刺喜剧中,职业和行为的不协调性更为极端,一旦打破规矩有可能取得更为瞩目的效果。喜剧可以"加入滑稽的评论,从而释去悲剧行动的沉重压力,虽然这种释放压力的方式显得很怪诞"。不过以悲喜剧去探索邪恶的实验看来过于痛苦,也过于不确定,也可能形式的混合在悲喜剧这一类别内部引发反向发展,尤其是发展出更为"纯粹"、更为黑暗的悲剧。不管怎么说,以波特蒙和弗莱彻为代表的后期悲喜剧追求更为精致的美学目标,后期悲喜剧中,混合被用于舞台情感的转换,至少正统观点如此认为。霍伊认为,弗莱彻悲喜剧的弱点在于"某些统辖着全局情节的概念界定在形式上过于随意",例如弗莱彻在剧中避开死亡,从而把一个十分严肃的问题排除在外。"悲喜剧并非喜见流血杀戮,可从一个方面来说又需要流血杀戮,从而令悲喜剧虽算不上悲剧,却也与之接近。也正因如此,悲喜剧也算不上喜剧。普通人的再现就是如此,虽有种种困苦,却不会质疑人生,无论在悲剧中,或是在人生中,上帝都代表着律令;同样,无论在喜剧中,或是在人生中,人的地位总是卑微的。"[82]不过这样看待弗莱彻未免小看了他,他那篇短小的《致读者》并非要为自己的"牧歌悲喜剧"辩护。弗莱彻可能早已熟读瓜里尼的《论悲喜剧艺术》,早已知道悲喜剧已超越情节逆转、走向完美结局的粗浅阶段。莎士比亚在他自己的悲喜剧中对各种混合行为做了更为复杂深入的探索,其中包括各种死亡,既有真实的,也有象征性的,这一点他肯定也知道。

  20 世纪,黑色悲喜剧在贝克特的剧作中再次出现,例如《等待戈多》。尽管《等待戈多》还有其他文类上的渊源,肯定也可以视为一部悲喜剧,只不过该剧中混合过于极端,各种戏剧要素删减得太厉害,以至于看起来像是一部反戏剧。《等待戈多》无疑有悲剧的成分,不过是以戏仿的形式出现,地位大大降低,剧中喜剧成分大部分出自小丑表演,进一步大大贬低了人的尊严。贝克特已下定决心,排除悲喜剧中的乐观与逃避,回归其最原始阶段,彻底展现出其黑暗可能。[83]在这一方面贝克特并非唯一。

## 讽　　刺

霍伊认为,悲剧和喜剧交织在一起,构成"人生的讽刺画面",这一观点很有意思。其实不仅在悲喜剧中,其他文类组合中讽刺也能起到催化剂的作用。[84]许多讽刺作品都可视为杂交产品,只要回顾一下讽刺的历史,就可以清楚看到何以会如此。根据吉尔伯特·海伊特的描述,讽刺这一类别可分为三个亚类:讽刺独白、戏仿讽刺,以及梅尼普讽刺,后两种亚类都涉及了混合。戏仿讽刺没有属于自己的结构,必须有一个宿主形式,然后才能加以颠覆。戏仿就犹如腐蚀剂,渐渐分解各部分的正常功能,直到最后一切都服务于讽刺的目的。即便有些作品中宿主的特征异常完整,多多少少可以正常发挥作用,但每一个特征都被夸大,或指向反讽,蒲柏的《夺发记》就是这样一个例子。梅尼普讽刺,或曰叙事性讽刺也是一样,使用借来的结构,例如《格列佛游记》借用游记结构,《1984》借用末世科幻小说的结构。海伊特指出,用现实主义小说做讽刺的体裁很难取得理想效果,或许因为现实主义小说要遵守两大原则——高或然率原则和视野均衡原则,而讽刺却必须抛弃这两条原则。不仅如此,写实小说更预设了社会有着内在秩序,其价值观与讽刺的某些亚类,尤其是末日启示型讽刺水火不容。实际上写实小说与讽刺的结合(例如《蝗虫肆虐之日》《第22条军规》)确实比较尴尬,戏仿型和叙事型讽刺均可与讽刺独白相混合。[85]

讽刺独白自身也有着混合的倾向,古代其正式名称为"萨图拉"(satura),也就是尤维纳利斯所说的"法拉哥"(喂牛的混合饲料),都指混合食物,比如沙拉和杂烩。讽刺令所有读者印象深刻之处就是其随意与多样,有时根本就是临时起意胡乱拼凑。讽刺的松散性令其难以事先规定,甚至难以控制,似乎作者的兴致狂涨,一路突破形式限制。数个世纪的理论表明,这正是讽刺作家意欲取得的效果。不过有时也会有策略上的考虑,例如改变一下攻击的方向,从而令攻击对象难以确定。

或许可以从这一角度去看待纳什的《不幸之旅》中的多文类混杂,视其为讽刺性杂烩的一个特征。这部作品中处处可见即兴发挥的痕迹,与其说没能达到形式要求,不如说主动发挥了松散的文类结构的作用,其中包括所谓的"无关联道德话语"。[86]纳什迅速由一个文类跳入另一个文类,即便是最优秀的批评家也难免被他所欺骗。苏利伯爵的盔甲引发了不少妙评,例如"这只大水壶在阿卡迪亚式田园情歌上敲出一个大洞,可纳什迅速从日常世界中找出另一个巧妙的比喻,补上了缺口。"[87]不过纳什并没有举棋不定,只是转向抒情。纳什依旧写讽刺诗,不过是那种过于精致、充满幻想,有着阿卡迪亚般俏丽容颜的讽刺。那一文类中,纳什的作品同样精彩。

若论对自己艺术的"杂烩"性质意识之清醒,表现力之强劲,恐怕没有哪位讽刺作家能超过卡莱尔。《旧衣新裁》中那位编辑曾评论道,吐菲尔司德洛克的书"时常令我们痛苦,犹如参加一场疯狂的宴会,所有的菜都混到了一起,无论是鱼、肉、汤、牡蛎酱、莴苣,还是各种红酒和法国芥末,都一股脑倒进一个大铁槽。"有时卡莱尔为颂和挽歌的混乱而痛心疾首,有时则直言"这个大杂烩"。[88]前面已经说过,《旧衣新裁》混合了自传、散文,以及小说的特征,这里要再补充一点,即书中文类转换突兀,难以预测,就如同一部讽刺杂烩作品。只要加上一小段简短的按语,吐菲尔司德洛克就可以由讽刺唯物主义转向宣扬超验主义,以高蹈的言辞盛赞"天空织出的"宇宙万物。这种写法自有其文类传统,乔伊斯曾形容《尤利西斯》"无所不容,包括最为混乱杂芜的编年史"。说这句话时,乔伊斯想到的或许正是这样一种文类传统。

## 11. 文类模态化

文类混合未必是全面杂交,实际上更为常见的情形是一种文类模态化浓缩,仅保留象征性特征,这种文类混合可称为文类模态化。模态化过程中,模态化成分在整个类别中所占的比例变化巨大,也相应带来种种不同的效果,由赋予作品整体某种色调到为作品局部着色。这样一来,"一种诗歌传统的风格"实际上成为"所有风格的诗歌之源"。[1] 模态化极其频繁,实际上人们认为模态化可以持续释放文类的束缚,直至彻底自由,形成一种混合了所有文类的文学复合材料。可数千年已经过去了,这种事情还没有发生。[2] 或许构成文类的材料必须保持一定的独立性,其效果方可察觉,完全无迹可寻的混合未必能够实现作家的目的。如同烹饪一样,既要把各种材料混为一体,又要一定程度上保持各种材料可以辨别。另一个原因或许是文学趣味随着时间而改变,有些时代主宰文坛的文类崇尚高大广阔的模态扩展,可时过境迁,换另一个时代,这种趣味不但难以成为主宰,更会令人避之不及。模态化过程是涉及人们表达文学趣味的主要方式之一。

文学趣味的变化产生出文学中大多数饶有趣味的效果,如此重要又广泛的过程或许任何一部文学专著都无法曲尽其妙,自然也非本书所能。因此本书仅仅回顾文学趣味发展史上几个重要的历史关头,考察那时广泛出现的文类模态化。

## 寓言的模态化

现在看来，中世纪文类根本就是一团乱麻，即便有时用到了我们熟悉的文类术语，可术语所标示的作品（例如彼得拉克所说的"牧歌"）与古代文类鲜有连续共通之处。导致这种异常现象的根子有时在作者身上，也有些原因最后可理解成模态化转变。这一方面有一种趋向至关重要，如库尔提乌斯（Curtius）所说的"跨越异教和基督教正典"。[3] 新内容不断注入来自异教的外部形式中，例如圣人行迹注入史诗和传奇中。圣经诗学倡导者们从《圣经》中辨别出不少文类，例如所罗门雅歌中就包含了牧歌和婚宴喜歌，此类文类特别受到重视。[4] 最终圣经牧歌的主题转移到牧童对话诗中（例如圣经牧歌区分山羊和绵羊）。幸运的是，中世纪牧歌的历史发展以及其层出不穷的变化，从塞杜利乌斯、帕斯察西乌斯·拉德伯吐斯，到彼得拉克、曼图尔努斯和斯宾塞，如今相对而言已不是那么神秘莫测。[5] 就婚宴喜歌的模态化拓展而言，人们也已经有了相当的了解，知道这种类别借助于所罗门雅歌，又经由克劳蒂安和西多纽斯等人的发展，最终发展成梦幻诗这一类别。与之同时，圣经婚宴喜歌中富含象征意义的婚姻与牧歌以另一种方式结合起来，改变了牧童对话诗和爱情歌谣的面貌。[6] 上述种种发展与另一种或许更具基础意义的文学发展紧密关联，这就是语言的模态化。

古代末期以及整个中世纪，寓言相当流行，[7] 其原因或许要归于心理变化。无论其确切原因为何，寓言本身的流行确凿无疑，只要看看当时对《圣经》的种种寓言化解释就可以略知一二。不仅《圣经》中寓意浓厚的部分，例如《新约·加拉太书》4∶22—31，实际上任何未被阐明的部分都被当作寓言加以解释。同样的解释方法也用于维吉尔和奥维德的诗歌，若不当成彻头彻尾的寓言，此二人的诗歌根本无法为基督教所接受。《圣经》的寓言解释轻易产生出模态转换，寓言和讽刺一样本身就容易走向混合，可以把任何外部结构或材料纳入寓言之中，令其成为自身内部意义的外壳，这一过程中不断对外部结构做出文类调整。古代寓言家以荷马史诗或《圣经》故事为基础，发展到后来出现独立的寓言作品，例如普鲁登提乌斯的《心灵冲突》，寓言的特征渐渐成形，包括拟人、抽象、具有双重意义的人物话语和叙事线索、次要人物由主要人物生成、删除无关紧要的描写，以及数种热门话题，包括旅行、战斗、怪兽、疾病。寓言的部分特征后来传播到其他类别上，不单有史诗和传奇，也包括故事、小说，以及各种形式的诗歌。弗莱区分出两种寓言——连续型和间歇型，不过最后得出的结论是"寓言不是形式或文类的名称，仅仅是虚构的一种结构原则"。[8]然而寓言绝不仅限于虚构，有时间歇出现，再考虑到其有时具有完整的文类特征，可以清晰看出模态化的特点，即便是某些长篇寓言作品也是如此。斯宾塞把《童话女王》称为"连续寓言"，但其具有传奇史诗的外部形式。如果以《童话女王》为模态化的例子尚有可争议之处（《童话女王》中寓言的作用十分突出，使用也极为频繁，已足以形成杂交式作品），塔索的《解放的耶路撒冷》则毫无疑问是语言模态化后的作品，尽管塔索也用到了传奇史诗这种形式，可作品中许多处暗示出这是一部拟人化寓言。该诗《序言》中作者也希望读者能如此看待这部作品。

安格斯·弗莱彻（Angus Fletcher），还有其他一些研究者已指出，模态化寓言可出现于许多文学类别之中，从最早期的文学作品到霍桑的道德寓言，再到叶芝和艾略特这样的现代诗人的作品。这里我只想举两例以说明早期寓言运用中极为丰富的多样性。

乌尔提亚努斯·卡佩拉的《墨丘利与费罗勒吉亚的婚姻》创作于5世纪早期，成为中世纪广受模仿的作品之一，[9]作品中寓言性婚姻通向天堂，影响了无数中世纪作家，包括但丁、霍斯，还有斯宾塞。然而面对这样一部作品，现代读者或许更多感到惊奇，而不是为其所吸引，其形式堪称怪异，把人文学科明白晓畅的论说文风格放入寓言化的故事结构中。这部作品在整体风格上刻意令读者感到别扭，有时用语腼腆而复杂，有时又明晰而充满学究气息。作品使用了一个寓言性的故事框架，墨丘利想找个异性伴侣，向阿波罗请教，阿波罗建议墨丘利娶博学多才的少女费罗勒吉亚为妻。墨丘利把代表着艺术的七个侍女作为聘礼献给费罗勒吉亚，代表了辩才与博学的结合。然而这则美丽寓言的全部寓意远非如此明显，费罗勒吉亚需要辩才以向他人传达自己腹中的学问，不仅如此，更精微的寓意是，艺术是墨丘利的礼物。如同人们常说，墨丘利是艺术灵感的传导之神。

《墨丘利与费罗勒吉亚的婚姻》的风格极为散漫，散文和韵文间杂出现，这些表明卡佩拉希望写出一部梅尼普讽刺，在这一文类的传统中卡佩拉可算得上是个关键人物。[10] 实际上，作者表示自己的故事是由萨提耳兽那里听来的。在卡佩拉的描述中，萨提耳兽有多副面目，由此可反映出文类的混合性。毫无疑问，《墨丘利与费罗勒吉亚的婚姻》的文类特征由寓言故事一直延伸到综合论文的一些基本特征，不单有抽象化人物、心理和道德拟人化人物，还包括寓言性很强的旅行故事。[11] 最后形成的是一部杂交作品，第一、第二部中寓言依旧占据主导地位，不过整体而论，《墨丘利与费罗勒吉亚的婚姻》更像是一部论说著作。我们并不认为模态化在《墨丘利与费罗勒吉亚的婚姻》中是包裹在说教外面的糖衣，而是认为借助于模态化一部作品可移植入遥远陌生又自足的抽象论说领域。

与《墨丘利与费罗勒吉亚的婚姻》不同，《贵妇会》中寓言的痕迹很淡，有时难以确定。显然《贵妇会》是一首梦幻诗，但依旧有人错误地把文学类别视为可以明确界定的门类，从而对《贵妇会》的梦幻诗身份提出毫无必要的质疑。[12] 梦幻诗这一类别极其驳杂，完全可以出现于某些整体上并不属于梦幻的作品的内部，而且梦幻诗这一类别也时常会出现模态化寓言。有些梦幻诗明显是寓言，例如《玫瑰传奇》，也有一些则不那么明显（包括乔叟的部分作品）。《贵妇会》主要属于非寓言性梦幻诗，其开头部分注重细节写实，令作品的非寓言性一目了然。这种形式并不出奇，虽说寓言在中世纪文学中占主导地位，可至少 15 世纪文学已展示出与寓言相反的倾向，逐渐向自然写实靠拢。帕米拉·格雷登(Pamela Gradon)明白无误地指出，《贵妇会》以及其他一些作品"算不上真正的寓言，而是叙事诗或抒情诗，寓言手法对于此类作品而言仅仅是装饰性特征，或许可称之为伪寓言。"¹³《贵妇会》中许多人物是抽象拟人（忠诚、坚毅，等等），可这些抽象拟人化人物的描写并没有寓言色彩，而是直接来自日常生活。

最简捷的方法就是判断一下《贵妇会》中各种成分的比例，"真正的寓言中，视觉说服力和思想意义之间维持着精妙的平衡，可《贵妇会》中这种平衡被打破，整部作品倒向自然写实一侧"。¹⁴这种方法往往会令研究者产生烦躁情绪，有人认为把寓言变成单纯的装饰过于"肤浅"（格雷登），也有人认为在自然写实上再加上寓言特征"既属不智，也难有内在关联"（刘易斯）。¹⁵然而如果把《贵妇会》视为经过寓言模态化的梦幻诗，那么其中模态化成分就体现出作者的目的和决心，而非无足轻重的残余特征。模态化的目的是协助叙事传达意义，否则叙事就有晦涩之虞，在意义上留下缺陷。¹⁶为何叙事中的贵妇面色苍白？为何故事如此强调匆忙和滞后，如此关注有的贵妇抢在同伴之前，有的又落在后头？

《贵妇会》的寓意十分明显，其中出现的一些抽象拟人化人物，例如审慎、熟识，以及其他一些人物都为人们所熟悉，也无须再多说什么了。有些细节安排相当精巧，例如故事中熟识先生是食宿承办人，在总承办人审慎先生手下干活儿。可此类寓意依旧过于简略，难以成为该作品丰富意义的源头。更有趣的地方倒是出现在一些段落中，尽管这些段落已认定为直白的写实，依旧可以发现巧妙的寓言性暗示。主叙事中，贵妇主角与其他几位贵妇一起在花园中散步，花园中有座迷宫，每当一位骑士（也可能是骑士的扈从）问起贵妇有何目的，贵妇总是答道：

> 迈着坚定的步伐，我走入迷宫，
> 仿佛没有一点儿心事。
> 他再次问我，在找什么，
> 为何我的面容如此苍白。

我答道，背后有个故事。[17]

问题各不相关，也无足轻重，可如果当成寓言的一部分，就呈现出连贯性。若迷宫代表着曲折的爱情，就暗示贵妇的某些伴侣跨过了栏杆，做了越轨的事儿，由此引发道德寓意。如此一来就应当换一个角度去看待贵妇的行为，为何她希望步入迷宫，却又不关心如何才能走出去。贵妇苍白的面容表示，她可不是那种什么都不放在心上的女人，贵妇自己说要去忠诚家里做客，而且所有客人都要穿蓝色衣服，也就是说要有定性。男性不能去，因为男性缺乏定性，至少贵妇有些朋友遇到的男人缺乏定性，可这件事儿又不能挑明。跟随此类暗示，就可以对《贵妇会》中迷人而又灿烂的故事做出整体回应，我们会发现，不单前言对故事做了一番介绍，读完故事之后，也能回味一番，进一步体会到主叙事中各个人物之间的关系。

中世纪文学中，寓言广泛地拓展到许多文学类别中，人们从而把寓言描述为中世纪文学的"主导形式"，这也可以理解。可这样一来又有把寓言简单化之嫌，远没有体现出 15 世纪文学的特点。这一时期文学中，诸如《贵妇会》《花和叶》之类的作品代表着特例，有着特殊的目的，从而令文学景观更加错综复杂。

## 智语诗的模态化

应当留意的另一个文学动向是智语诗的广泛拓展，其过程由 16 世纪末一直持续到 18 世纪初。智语诗的模态化注定要成为文学讨论的主要话题，无论在现代还是在当代文学批评中，智语诗都备受关注。[18] 或许由于智语诗在教育中起到特殊的作用，其拓展过程始终表现出很强的自觉意识。1606 年的一部作品中，已出现这样的字句"我写下一部智语十四行诗"。[19]之前，在结构性内含和杂交中，已经可以看出智语诗所带来的文类混合，不过智语诗也通过模态化影响到了许许多多的

类别,其范围极其广阔,以至于波洛瓦继索姆和德莱顿之后说智语诗是诗歌艺术的中心,压倒其他一切诗歌形式:

> 智语诗朴实无华,基本上就是一个结构优美的句子,不过句子结尾处用到了对偶。智语诗讲究才思点,最早得到意大利人的珍爱,至于古代作家,他们不知何谓才思点,自然也不会鄙视。智语诗中平庸之作光怪陆离,为读者奉上虚假的愉悦,可公众偏爱智语诗,令智语诗大出风头,智语诗的大潮淹没了诗神居住的帕那色山。[20]

至少就17世纪文学而言,上述诗句绝非夸大其词。当时,智语诗正处于剧变之中,深刻改变了文学大部分领地的景观,甚至令文学模式都发生了不可逆转的改变。智语诗对简洁的追求改变了作品的篇幅、肌理,以及评判作品完整与否的标准,大大提高了才智和含混在诗歌中的价值。此外智语诗还令对句,无论是智语诗式对句,还是英雄体对句,成为奥古斯都时代文学表达的主要手段。对于某些文学类别而言,智语诗的影响富于创新,可也有一些文学类别在智语诗的巨大影响下枯萎。例如德拉蒙德和库柏之间,十四行诗在英国几乎销声匿迹,[21]只有弥尔顿算是个例外,一直追求借助史诗和颂的力量,以高蹈的诗风重塑十四行诗的地位(当然也可以把弥尔顿的努力视为以英雄体智语诗重塑十四行诗)。

智语诗很适合变形,文艺复兴时期理论家如明图尔诺和罗伯泰罗对此曾有过解释,智语诗语气多样,可以模仿许多长幅诗歌形式。墓志铭可视为迷你悲剧,赞美智语诗可视为迷你赞歌或颂,甚至历史学家和史诗诗人都可以为智语诗提供材料。[22]模态化令智语诗向两个相反的方向发展:要么把其他类别的特征吸收进来,要么把自己的特征贡献给其他类别。

赫里克的诗集《金苹果园》中可清楚地看到所谓智语诗的"扩张"。《金苹果园》堪称英国最伟大的智语诗组诗,其中包含了各式各样的文类特征,所涉及的诗歌类别之多令人惊叹。赫里克的智语诗原本以巴斯塔的诗为模本,可当赫里克在自己的诗中引入史诗式呼告"我歌唱"时[23],就与模本分道扬镳了。罗萨莉·考利的评论很精彩,值得全文摘录:

> 还有什么比这一切更称得起史诗中那一句"我歌唱"呢?涓涓细流,怒放的花朵,荫荫凉亭,赫里克在《金苹果园》中所描写的牧野是那样光彩夺目。五簇花柱和载满白葡萄酒的大车意味着一年一度的农事庆典就要开始了,新婚伴侣双双对对出现于婚前和婚后的一首首喜歌中,雨露出现于或富于哲学意味,或科学色彩浓郁的诗歌中,诗歌中时间的转换有时富于寓言色彩,有时体现出历史感,也有时犹如一部变形故事。《玫瑰何时初放绛红,百合何时雪白》不仅是《金苹果园》中的一首诗,由此也可以看出赫里克在诗歌浓缩方面的努力,把奥维德在《变形记》中所描写的种种话题浓缩入一首首智语诗之中。灌木林是超自然力量之所在,《玛布仙后与童话王国》这首诗把斯宾塞恢宏的史诗故事压缩到方寸之中。《我描写地狱,歌唱天堂(直到永远)》中,我们再一次听到圣经中史诗般的承诺,不过这次变成了恐怖故事,令人毛骨悚然。此时我们体会到,赫里克无疑在世俗的《金苹果园》中,或在宗教色彩浓厚的《高贵的数字》中,都践行了自己的诺言,奉上了自己的一切。[24]

《金苹果园》中还可以发现其他文类的浓缩,除了一年一度的农事庆典,还有其他与历法相关的痕迹。诗中的少女身上可以看出月份的影子,例如茱莉亚令人想到七月。诗集中包含了一组夸耀诗,把茱莉亚的身体一部分接着一部分夸了个遍。诗集中有迷你阿那克里翁颂(有一首每行只有一个音步),还有缩小的赞美颂。有爱情题材的十四行诗—智语诗,有离别诗、对话诗、致一位画家的讽刺诗、乡村农庄诗,一首景物诗,还有一首短小的牧童对话诗,略去了该类诗歌中常有的歌谣部分。常常有人提到《金苹果园》中的"诗歌祷词",或许这表示这部诗集同某些伟大的史诗作品有着某种联系。[25]当然,无须多言,诗集中包含了智语诗的所有亚类,各种味觉相关的智语诗,甚至连臭味都没有遗漏,[26]也只有席尔瓦诗体方能容纳下如此杂多的类别。然而赫里克有着更为高远的追求,力图以语言模仿出秩序井然的仙界乐园,这一点诗集的标题已经表达得再清楚不过了。和主神所执掌的富于哲学意味的形式乐园一样,主神之妻所执掌的金苹果园是整个世界的缩影,其规模小巧精致,但不乏主题用意。不妨想想园中的各种花卉和杂草,或许读者就会以新的目光去看待世界,把人生理解为开始于遭到上帝的抛弃,继续于中选,终结于复活。就本书所感兴趣的领域而言,小巧的结构有一个特殊用处,就是可以阻止文类杂交。较大的形式仅具有象征性特征,故而要取得诗歌效果,必须压缩篇幅,依赖于模态化。故而诗集中或许可以看到日历诗的影子,可影子不会变为实体。同样,赫里克笔下的世俗诗(《金苹果园》)和宗教诗(《高贵的数字》)都可以像史诗一样划分章节,可如果仅仅因为这一点就声称赫里克的作品全面利用了史诗的外部结构,未免过于牵强。不仅如此,有时一首短诗中就可以见到好几种诗歌类别的影子,赫里克的极限智语诗既用到史诗或颂的格式(我歌唱),又用到智语诗的格式(我写作),可视为徘徊于品达和阿那克里翁两种诗歌传统之间,一头是宏伟绚烂,一头是微小谦和;一头是融化一切的情歌,一头是平淡静谧的牧歌。犹如考利的极限诗《少女》一样,开始时即抛弃了情感的狂涛巨浪,可接下来又坦承因爱而"虚弱"。[27]读此类诗部分乐趣恰在于其小巧而精致的结构,在如此狭小的空间内居然可以勾勒出如此之多的文类形式。

智语诗的浓缩同样对许多诗歌类别产生了影响,这种影响可谓无所不在,不过具体方式不拘于一种。挽歌、爱情短诗,甚至婚宴喜歌都融入了明显的智语诗特征,包括平实的用词、敏锐的才思(尤其体现于结尾处)、杂多的话题,以及简洁的结构。[28]不少人(普拉兹、马泽奥、威廉姆森)把追求新奇才思的诗歌风格同当时流行的才思论联系起来,[29] 其实所谓才思论本身就是和智语诗一起发展起来的,这一点普拉兹表达得很清楚,他写道:"所谓才思,用斯福尔扎·帕拉维奇诺(Sforza Pallavicino)的话来说,就是把奇妙的观察压缩入一句简短的句子中,由此可以理解何以最适合17世纪诗人心灵的艺术形式是智语诗。"[30] 从一个角度来看,所谓玄学诗风也就是智语诗风,这一点对于文学史而言意义极为重大,其意义之一就是让人关注玄学派诗歌的原始材料,尤其是那些宗教智语诗。不过来源于批评仅仅是可做出的反应的一个方面,也可以把智语诗的影响视为模态化。从批评的角度来看,也不可避免必然要涉及智语诗的影响,否则若是单纯把玄学派诗歌当作抒情诗来解读,常常晦涩难懂,有时甚至令人作呕。

应当清楚指出,这里所说的模态化不同于内含。普拉兹认为克雷肖的《黑纱》"仅仅把一系列智语诗和爱情短诗笨拙地串接到一起,没有任何进步。"[31] 看来普拉兹的观点极端了一些,但也确实不能因为克雷肖的诗使用了前人的智语诗材料,或者包含了智语诗的某个亚类,就认为其本身具备了智语诗模态。整体而言,克雷肖的诗展现出的是神圣爱情短诗的特征,但经过了智语诗的改造,其中突出特征包括凝练的口语词汇,低调的诗歌风格,尤其是诗中与移动相关的话题特别多(例如金色的塔霍河水、会走的浴泉、飘移的薄荷枝)。全诗最后一句"顶着皇冠的脑袋不过是玩物,我们去迎奉/真正的无价之宝,我主的双脚。"这里所体现出的还不仅仅是敏锐而吊诡的才思(脚比头更珍贵),更隐约指向抹大拉崇拜。在这样一句富于智语诗特色的对句中,全诗画上句号。

智语诗对挽歌影响之大最是惊人。例如邓恩的离别诗,尤其是其中表达哀婉之情的诗作,通篇充满智语诗的特征,其中也包括构思的"新奇点"。不难看出,追新逐异的诗风并不适合别离这种哀愁的场合,唯因诗人的才思,对爱之奇迹的了解,这种诗风才能上到一个新层次。在著名的《离别:禁止悲伤》中,通篇可见智语诗的模态,这种模态出现于极其广阔而复杂的话题中,其中一些相当平凡(打金匠人的手艺、罗盘、一系列技术徽章),也出现于亲密的口语体中,其中不乏戏剧化的直接引语,例如:"有些朋友悲伤地说/呼吸都已停止,也有人说,不……"诗中罗盘形象如今早已为人们耳熟能详,其实这一形象最早出现于瓜里尼的一首智语诗化的爱情短诗中。总而言之,邓恩的这首诗中,话语线条织得细密之极,从而产生出极为厚重的质地感,语言表现出极大的含混性,哪怕只是一个词也能传达出丰富的语义,这点恰恰同智语诗相同。诗的结尾显示出相当敏锐的才思,虽然这种才思常常会被现代读者忽略,因为这种才思建立于机智和含混之上,诗中"我起始的地方"既可以指旅行者回到爱人身边,也可以指永恒的回归。邓恩对爱情短诗的智语诗化改造对于促进智语诗模态的拓展起到了很大的作用,后来克里夫南也借用邓恩的才思,在对话体挽歌—颂《致爱情》中以圆规和圆比喻爱情,在一段并不长的诗节中载入许多新奇的"才思点":"我的样貌代价不菲,全凭我的魅力令她顺服于我的怀中。美丽的天使,爱情罗盘限制了你的脚步,你只能沿着圆形行走。"[32]

像克里夫南这样在诗歌中追求才思在当时极度流行,以至于引起了某些人的反感。德莱顿就表现出对克里夫南诗风的厌恶,尽管德莱顿自己的《圣西西里亚的音乐书》,用兰多的话来说,也夹杂了许多智语诗。爱迪森拒绝接受考利诗中的"芜杂才智",有趣的是,爱迪森给出的理由是,考利把智语诗的领地非法扩大了。爱迪森写道:"此类才智的唯一领地……是智语诗,或者是那些短小的应景诗,就其本性而言,也是智语诗的一个部分。"[33] 然而智语诗模态化的影响范围远超过应景诗,17 世纪和 18 世纪早期的许多重要诗作都由于智语诗而聚拢成团,足以涵盖由邓纳姆的《库柏山》到蒲柏的《人论》的广阔文学空间。智语诗流行的一个显而易见的标志就是出现了数量庞大的可供人们背诵的对句,甚至有书把这些对句摘录下来,单独结集出版。[34] 我们看到的并不是智语诗的局部嵌入其他诗歌作品之中,而是这些诗歌作品整体上体现出智语诗的语气和感觉,智语诗就是其模态。

散文中也可以看到类似的发展，许多常识书籍本质上就是一系列智语。智语诗的另一项拓展体现于悖论，或曰"难题"的广泛运用，在邓恩手中，这种写作手法上了一个新台阶。于是散文中出现"警句"，整个文艺复兴期间警句对文学都起到了极其重要的作用，其作用之大难以估量。[35] 培根的散文中，智语诗产生了极大的影响，"1597 年培根《散文集》初版时……根本就是就不同话题写的一系列警句，彼此间缺乏联系。"[36] 有批评家批评培根的《散文集》"根本就是把笔记本上的格言警句拼凑到一起"，也有人期待"培根本应遵从从蒙田到兰姆的散文传统，文字衔接更为紧密，语言中加入更多的想象"。布莱恩·维克尔斯一心为培根独特的文风辩护，培根《散文集》与众不同的逻辑结构和修辞色彩并非本书讨论的话题，只需记住，培根引入了智语诗的许多特征，由此对散文风格做出了调整。欧文·费尔瑟姆在这方面走得更远，在他的笔下，格言警句般精简的经验显得更加"锐利"，最后达到近乎夸张的精准：

> 有些长诗无法成为好友，实际上，读起来苦不堪言。最聪明的诗人写的都是短诗，不断转换话题，诸如贺拉斯、马夏尔、尤维纳利斯、塞内加，还有两位喜剧作家，莫非如此。诗歌理应简短、敏捷、高尚，而不应像沉闷无聊的课，拖上整整一天。诗歌一旦膨胀就生气全无，健康的诗歌以才思为中心，只注重事物的精神实质。各种写作中，诗歌若是愚蠢最是可笑。见过呆头鹅翩翩起舞吗？见过蠢人吟诗作对吗？二者大抵相当。蠢驴的叫声若是也押上了韵，只会令愚蠢倍增。[37]

上面这段文字用词平实，节奏短促，多用简短的词汇和短语，思绪突变令读者措手不及，最后以新奇的"才思点"收尾，处处体现出智语诗的影响。后来经过盖伊和蒲柏的努力，智语诗化的散文又回到韵文的道路之上。

不应过度强调智语诗对于结构建构所起到的作用，那方面智语诗的模态化鲜有令人印象深刻的成果。智语诗本身是一种短小的诗歌类别,其影响主要体现于为文学的发展提供了风格资源。托马斯·布朗尼爵士说人人都是食人生番,"看看这大块大块的肉,都填入我们的口腹之中,这一具具躯壳都上了切肉的砧板。简而言之,我们把自己吞下肚,却没有丢掉性命,更没有丧失自己。"[38] 这段话简洁而辛辣,富于奇思怪想,显然受到了智语诗的影响。布朗尼的《基督徒的道德》中,有时文字表达智语诗过甚,到了晦涩难明的程度。对于长幅散文作品而言,更重要的是简明易懂,而非字里行间才思密布。不过布朗尼善用重复手法,部分抵消了文字的艰涩感,例如下面这段:

> 爱心可以包容,谦逊也可以预防,许许多多的罪恶。谦逊的人不会光天化日之下行恶,不会厚颜无耻迫害,更不会挑着恶行招摇过市。太阳的光辉可以抹去我们的愚蠢,只要美德在位,就算邪恶偶尔露出头,也断然不会风光。若对罪恶的羞耻之心随落日西沉,又怎能期待美德升起于天际?只要谦逊张开双翼,正义之神阿斯特莱就会如影相随。[39]

这样的风格调整与17世纪散文的特色风味有着密切联系。

更宽泛的意义上,可以把智语诗所带来的改变视为文学走向更亲近、更随和的过程的一部分,一些过去只能借助于拉丁文方能表达的情感如今可以用本土语言表达出来(文学风格走向平易的过程中,主要推动力是智语诗,而非讽刺、信札,或者喜剧)。把视野再拓宽一些,可以说智语诗带来了文学作品幅度的变化,作品质地更加致密,所谓"文学事件"在作品中出现的次数更加频密。智语诗的模态化倾向于凝缩,这一过程整整持续了100多年都没有松懈,至于那100多年后的文学变化史则超出了本部分的话题范围。[40]

## 农事诗的模态化

18世纪,农事诗继智语诗成为最富于创造力的模态。维吉尔的《农事诗集》早有译本,[41]可直到德莱顿译本出现,再加上爱迪森的一篇散文(1697),农事诗的形式才在英国真正扎下根。爱迪森对农事诗加以界定(所谓"农事诗"为农耕学的一部分,更穿上悦人的服饰,表达于诗歌语言的华美和藻饰之中[42]),不仅如此,更把部分读者的注意引向农事诗的所有主要特征。有时农事诗直接借诗人之口传达"明白而直接的教导",可依旧不失富丽的感性,因为"诗人对话的对象纯然是想象,诗人娴熟于田野和森林,自然界中最令人愉悦的部分正是诗人的领地"。[43]农事诗讲究言教,但多选择"最适于装饰的字句",且融为一体不留痕迹,尽管诗人也可以漫谈开去(多少和主题扯上些瓜葛就行)。总体而言,农事诗中的主要教诲倾向于曲折婉转,"诗人常把教诲隐匿于景物描写之中"。农事诗在风格上要避免平庸,却可以利用所有的诗歌资源。维吉尔优美的农事诗其精美更超过《埃涅阿斯纪》,也就是说维吉尔在农事诗中用到了各种诗歌风格,既有高蹈,亦有浅俗,有时近于英雄体,有时又近于牧歌体,从而令农事诗形式变化多端,具有极强的灵活性。英国文学中正式的农事诗包括约翰·菲利普斯的《苹果酒》(1708)、克里斯托弗·斯玛特的《蛇麻园》(1752)、约翰·戴尔的《剪羊毛》(1757)、詹姆斯·格兰杰的《砍甘蔗》(1764),等等。[44]所有这些作品中都充满弗莱所说的"对位法"(counterpoint)。

从本书的立场来看,相较于正式的农事诗,反而是那些具有农事诗特征、发展松散的作品更为有趣。乔克(Chalker)区分出农事诗形态变化的三种主要传统,与工整的农事诗相去最小的是讽农事诗,例如格雷的《乡村乐事》和《琐事》,诗中崇高和卑微两种风格相互交织,比例更是失调,令人哑然失笑。诗人会先提出一个命题,其严肃的态度与琐细的内容令其听起来更像是笑话,例如"何时要回我家的墙,何时又该放手",接着是一通大吹大擂,却又离题万里,例如"这是我的成就,光芒万丈,只要有人走过,都会赞美我的名"。有些诗作中言辞语气更是闪烁不定,例如萨莫维尔的"倒转讽刺"。[45]农事诗变形的第二种传统是扩大其中景物描写部分,例如汤姆森的《四季》。农事诗中的许多主题后来都得到了发挥,尤其是归隐之心、爱国热情,以及对黄金时代的展望。诗中有些部分富于田园风光和牧野情趣,有些部分则富于英雄主义和异国情调,对比鲜明。例如:

> 崇山峻岭在连绵延伸,
> 阿尔卑斯山顶白雪皑皑
> 阿平宁山脉起伏如浪
> 比利牛斯群山沟壑纵横
> 侵入远方的异国他邦
> 群山死神般冷酷,墓穴般饥饿。[46]

第三种传统是由农事诗的一部分拓展成为英国的乡土景物诗,德纳姆的《库柏山》与乡土气息更为浓郁地貌诗和农庄诗有些不同,诗中讨论的话题更为广泛,语言更为松散,夹杂着关于政治的沉思。各种话题,包括归隐、赞颂、宗教冲突、贸易、殖民扩张,以及狩猎(常常带有政治寓意),显然带有农事诗色彩。[47]这种模态化最终发展成为蒲柏的《温莎森林》中的政治幻想,蒲柏这首诗中浸透着农事诗的影响,其中一个极为瞩目的特征是狩猎与战争之间的强烈对比。[48]

乡土景物诗中农事诗模态化的一个典型例子是查尔斯·科顿颇具影响力的《峰顶奇观》(1861)。峰顶之上,所见景物逐渐收缩,最后聚焦到一座庄园上,那就是查尔斯沃思庄园。想象力舒展开,引入许多富于异域风情的景观,"高峰遭到嗤鼻,却足以媲美骄傲的意大利"(Ⅰ:1264),"仿佛遗留在荒野的皇家战车,车轮和车身缠着锁链"(Ⅱ:1296-1298),就连巢中的鸟也"像恺撒的瑞士人一样,把自己的巢穴付之一炬"(Ⅰ:1307)。应当注意,诗中所描写的景物很容易被赋予政治色彩,例如查尔斯沃思庄园代表着不列颠群岛上骄傲的王族,时刻抵御这风霜雨雪的永恒侵蚀,"专制的群山上覆盖着本土的皑皑白雪"。[49]诗中不乏具有历史性和叙事性的漫谈,由苏格兰女王引发一大段政治沉思和感慨,明显带有斯图亚特王朝的政治色彩:

> 哦,英格兰! 您的名字曾如此响亮
> 因为您善待每一位踏上这片土地的人
> 给他保护,让他避难。如今您怎能
> 改变善良的本性,变得那样陌生?
> 想当年,那么多才俊
> 不单赢得了您的同情
> 更赢得了您的爱。
>
> (Ⅱ:235－240)

科顿轻而易举为上述特征找到适合自己的位置,同时维持着乡土景物诗的外部形式。不过,《峰顶奇观》这部诗的整体色彩显然属于英国全国,而非局限于一地,这点不应搞错。

在推动农事诗发展方面,科顿的重要性远远超过一般文学史的陈述。德林和科恩把农事诗在英国的起源推到更早的时期,16世纪的韵文体教化论文中,甚至在加文·道格拉斯用苏格兰方言翻译的维吉尔诗集的前言中,都能看到农事诗的萌芽。从这一角度来看,德莱顿的《多福之国》虽然一向以文类确定著称,却也可视为农事诗向乡土诗拓展的早期例证。《多福之国》有个缺陷,即对劳作重视不足(这也是17世纪风景诗的一个通病)。詹姆斯·特纳(James Turner)试图为德莱顿开脱,说的还是有一些道理。特纳暗示,德莱顿对劳作的态度部分体现出所谓"水密文类"(water tight genres)的区别。其实德莱顿并非不关心劳作,这种关心部分体现于《多福之国》中显著的农事诗模态化中。宗教改革期间,农事诗对于重估工作的价值所起到的作用不可谓不大,尤其是大大拓展了牧野的观念,由此引入四季变化的主题,以及各个季节的劳作。

　　还可以想到一种更为松散的农事诗传统,这类诗中,最具有农事诗特色的精准观察得到进一步拓展,[50]用于一切言辞精美的自然描写中。这种诗风始于奥古斯都时代的正式农事诗,是让诗人们一显身手、大展诗艺的大好机会,诗歌的质地、音韵常常和意义融为一体,不分彼此,例如德莱顿的"他听到风从珊瑚丛林间呼呼吹过"(《维吉尔的农事诗》,4.521)。与之同时,这种诗风扩展到一切包含广阔思想的自然景物描写诗中(在弥尔顿的诗中尤为明显,也包括布莱克莫尔的诗作,不过世人对后者的评价要低得多)。[51]克里斯托弗·斯玛特本来就是英国农事诗诗人群体的一员,在《大卫之歌》中加入许多极其具体、精准的形象,例如西洋樱草、斑岩地板、剑鱼等,不单节奏强劲有力,更在语音上模拟出双齿相叩击的声音。接下来的一个世纪中,弥尔顿、库柏,以及其他一些诗人成了作家们争相模仿的目标,从而把农事诗追求精准的风格带入散文中。例如玛丽·拉塞尔·米特福德在自己的景物随笔中追求最恰当的字眼,使用了不同于智语诗的新风格。小说也受到农事诗的影响,哈代影响力极大的《德伯家的苔丝》尽管主要是悲剧式,也包含了大量富于农事诗风韵的段落,其中对季节变化、牧场劳作的描写成为英国文学中最为感性的一些段落,尤其是小说第41章中对野雉鸡之死的描写极其动人,当然这个题材来自于农事诗。自然景物诗中农事诗的传统意味更为浓郁,华兹华斯在自己的景物描写随笔的开头先引用维吉尔《农事诗集》中的一段铭文,诗中处处可见到农事诗的影子,不单有维吉尔的作品,还有蒲柏的《温莎森林》、汤姆森的《四季》、库柏的《任务》。[52]克劳夫的《茅屋》更复杂一些,诗人一方面在诗中呼唤史诗之神和田园诗之神,另一方面又把这些形式(有时以讽仿的形式出现)与韵文体小说和韵文体书信混杂到一起,其中农事诗的成分体现于好几个方面,包括季节变化的描写,正式和非正式的授业,也时常以句式结构去模仿自然。有时模仿出现于短句中,例如"山杨树的大片金黄,绚烂

荣光";也有时模仿出现于更大的句式结构中,例如下面这段对时间流逝的描写:

> 十个白天,亚当和菲利普待在旅店,
> 十个夜晚,两人与父女见面,散步。
> 十个夜晚,菲利普和她越来越远,
> 一晚更甚一晚。
> 　　　　　　(6.83-86)

诸如此类的精妙描写并非仅仅影响到作品局部,而是为整部作品着色,故而必须将其视为模态化,此外还有内含。

## 挽歌的模态化

现在尚难以断定19世纪是否是文学史中文类实验最为频繁、成果也最为繁硕的时期,至少现在看来19世纪留下的文学财富确实多到令人不知所措。小说尤其经历了很多模态化,同时也把自身的模态投射到许多其他文学类别上,小说的文类特征(尤其是偶然、巧合)四处出现,例如《指环和书》就可以视为小说模态化的戏剧抒情诗。[53]克劳夫的《茅屋》同时带有小说和农事诗的特色,[54]伯纳德·肖恢宏的舞台指示也可视为剧本中的副文本,带有小说模态化的痕迹。19世纪的各种模态化林林总总,层出不穷,其中一种十分突出,就是挽歌的模态化。

挽歌的模态化并非不证自明,人们早已熟悉这样的观点:抒情是19世纪文学中压倒一切的模态,几乎所有文类都抒情化,有时文类传统直接趋向于模态化,有时形式与内容紧密融合,也有时风格趋向于艳丽浮夸(如果作品体现不出别的特点,至少要体现出这一点)。于是人们把形成于这一传统的小说称为"抒情小说",可要是有人说19世纪的抒情趋向带有挽歌特征,人们就不大习惯了。更新的文类群组不断涌现,很难看出这一点。然而"抒情"这个词本身就带有挽歌模态化的色彩,更具体地说,带有颂这种新古典主义时期主导诗歌形式的色彩。19世纪,"抒情"还是个出现不久的时髦字眼,[55] 获取了挽歌所强调的"表达性",于是罗斯金把抒情定义为"诗人本人情感的表达"。阿比·波茨(Abbie Potts)把 19 世纪称为"挽歌世纪",她并没有言过其实。或许有人会提出不同意见,认为传统的英国挽歌以对句结尾,强调意境和个人感受,可自从格雷用英雄体四句诗节(而非对句)写下传世名篇《墓园挽歌》,英国的挽歌传统实际上已被打断。[56] 对此仅需回答,挽歌是一个有着悠久历史的诗歌类别,它本身并没有变化,又能有多大变化?挽歌的文类特征显现出连续性,当然也经历了变化。实际上四句诗节的生命比挽歌更长,后来成为一种特征融入挽歌后继者的道德自白诗中,例如约翰·阿什伯利的《对死亡的恐惧》。

乍看上去,挽歌的文类特征比较飘忽,不易把握,不过诸如斯卡利热尔、托马索·科雷亚之类的文艺复兴理论家已有明白的叙述,与阿比·波茨最近总结出的挽歌特征多有重合之处。[57] 挽歌风格句中,不高也不低,灵动质朴,不惺惺作态,温婉纯洁,整齐干净,不拖泥带水,[58] 语言明晰,也可以说开放。挽歌作者所关注的是情感,而非精心炮制的思想和才智,既非言辞的简洁,亦非音韵的歌唱性,故而挽歌诗人必然直抒胸臆,率性直言。用词上,挽歌讲求适切与优雅,或许因此而有别于智语诗。不仅如此,虽然挽歌有时也会随和近人,或激情四射,可更讲求形式上的工整与辞格的运用,追求或绚烂多彩,或高扬孤艳的诗风。只要读一读扬的《静夜思》,或者丁尼生的《悼亡友》,或奥登的《怀念叶芝》,就会有这种体会。斯卡利热尔列出的挽歌题材大多数属于爱情挽歌,既有爱情之赞,亦有逝爱之伤,有"吁诉、劝慰、祷告、齐唱、感恩、怨诉……",其中也包括"清点",或许其中包含了挽歌的核心,即自我发现的意识。挽歌中的深思引向情感的认识,诗人因得到启示而达到心境的澄明。[59] 故而挽歌中常常出现光的意象,也因此挽歌特别强调"感受力"。文艺复兴时期,长墓志铭,甚至信札的结尾都属于挽歌,[60] 到了 19

世纪人们开始区分真正的挽歌和具有挽歌特色的"沉思,议题包括死亡、个人损失、人生的短暂、爱情的不幸"。[61] 第二种意义上的挽歌也就是我们所说的模态化的颂。[62]

显而易见,挽歌所表现出的情态同时也是浪漫主义和维多利亚时期诗歌的总体情态。例如华兹华斯自始至终关心情感沉思,关心如何达到心境澄明,把他的个人体验和所使用的文学形式统统内化了,对此很少会有人提出异议。[63] 为了做到这一切,华兹华斯拓展了挽歌特征的使用范围,尤其是在一些过去很少讲究"体悟"的诗歌类别中加入了"体悟"。挽歌的拓展当然不止于浪漫主义诗歌,也不止于"温柔的胡德"这样的维多利亚诗人,几乎处处可见其留下的痕迹。从这一角度来看,布朗宁的戏剧化抒情诗摆明了就是对诗中叙事者个人经历的陈述,[64] 甚至在超级古典主义者兰多的诗作中也能发现挽歌化的痕迹。

只要读一读兰多的一部诗集《西蒙尼德斯》,几乎就能建构起挽歌的全部特征,诗集中有一首《罗斯·埃尔默》为后世诗歌选家所钟爱:

> 手握权杖的家族
>
> 至高无上的形式
>
> 所能拥有的一切
>
> 一切美德,一切恩赐
>
> 罗斯·埃尔默
>
> 一切都属于你!
>
> 人们睁大双眼,为你流泪
>
> 却再也见不到你的身影
>
> 我要为你献上
>
> 一整夜的哀悼,还有
>
> 叹息,直到天明。[65]

诗中极具表现力的反复、赞美,明晰简洁的爱情哀叹、眼泪、风险,以及"睁大双眼"目睹伤逝,所有这一切极具挽歌特征。诗中既没有才思集中于一点或意外转折，也没有拉丁语智语诗所惯用的简洁，否则就不会有一再出现的句首反复了，例如"啊，什么""每个""罗斯·埃尔默"等。仅就长度和格律安排而言，《罗斯·埃尔默》可算上一首智语诗，是否因此就可以认为挽歌与流传自希腊的新智语诗有重合之处？[66] 无疑挽歌的整体趣味与《希腊诗选》中的甜味智语诗有颇多相近之处（19世纪希腊文化风靡一时，《希腊诗选》也再度流行起来），二者都不讲究才思敏锐，有时风格明晰，情感温婉。然而挽歌和智语诗通常而言是有区别的，只要比较一下卡利马科斯的《赫拉克利特》和威廉·科里的英语译本，智语诗和挽歌的区别就清晰呈现出来。威廉·科里把卡利马科斯的原诗由六行诗节扩充到八行，从而有空间容纳更多的反复，与智语诗的精神气质截然不同。"他们对我说，赫拉克利特，他们对我说你已经死去"，"入耳是痛苦的消息，流出的是痛苦的眼泪"。[67] 实际上科里把自己的译作变成了一首挽歌，他那一时代的主导短诗类别。

《罗尔斯·埃尔默》可算得上一首纯粹的挽歌，兰多的其他短诗中也可见到挽歌与其他诗歌类别的混合（一定意义上也更为有趣）。例如《诗人的遗产》[68] 以两句颇见才思的诗句结尾："只要做到自己的应分／切近之处亦足够遥远"。结尾两句极为凝练，不过诗中别处有着大量的同根词语反复，还有大量的代词反复（"我们"每行均出现一次）。诗句很讲究体悟，令人想到模态化的挽歌。同样《年轻时我们曾经快乐》[69] 有着才思敏锐的结尾对句，一眼看上去就是一首智语诗，可当读者体会到诗中的意蕴，尤其是体会到人们哀悼的逝者中也包括人们昔日的自我这样的诗意时，挽歌意味油然而生：

  生命同岁月一起消逝
  既有过灿烂的青春
  又何须哀怨？
  肢体冰凉，去日无多
  面对逝者，双目泪垂
  与大地融为一体

又有何妨？

兰多的另一组短诗引入忏悔的情感，例如《为何我赞颂桃树》，诗中语言紧凑，结尾出彩，长句和短句交错出现，都表明这是一首甜味智语诗。不过，诗中的自我质询和自我发现无疑令该诗带有挽歌色彩：

> 我沉静地凝视希腊
> 
> 大理石洁白纯净，光彩并未夺去我的双目
> 
> 我闻到爱的气息
> 
> 人间万物与高高在上的国度一样辉煌。[70]

另一首短诗《多少次，生命夏日中》更为深刻，却也更为晦涩，这首诗的结尾部分同样富于形象：

> 稀疏的棕榈树丛中万籁俱寂
> 
> 远方的尘土掩埋了希腊的道路
> 
> 我从梦中惊醒，衬衣破了道道裂口
> 
> 诗人的桂冠上也有刺人的荆棘。[71]

即便是一首并不长的智语诗，兰多也可赋予它挽歌的色调：

> 月桂清淡无味，
> 
> 只有宽大的树叶，
> 
> 少有人折下月桂枝，
> 
> 围成花环；
> 
> 可阿波罗把月桂环戴在自己额上……
> 
> 如今已不见月桂枝叶，
> 
> 只有树干扭曲无言。[72]

继兰多之后许多诗人都曾利用过挽歌模态化的智语诗，其中以哈代和叶芝尤为著名，再往后还有坎宁安和罗伯特·洛威尔。除非置于这一传统之中，否则叶芝的一些极为短小精练的诗，例如他为自己所撰写的墓志铭，根本没法读懂。并非早期的智语诗缺乏表达情感的能力，

流畅自发的表达毕竟也是智语诗所追求的理想。然而区分智语诗和挽歌在诗歌批评中依旧显得十分重要,现代主义诗人抛弃了维多利亚诗歌所惯用的辞令,间接使得挽歌的存在更依赖于智语诗,智语诗常常成为挽歌穿在外面的形式。反过来说,人们对挽歌的内在化倾向和"感受力"已习以为常,搞得其他一些并不长于此道的短诗歌类别陷入窘境,哪怕是约翰逊博士的《墓志铭:致SP》在今天的读者看来也显得缺乏表现力,而其伟大的加里-莫里森颂更显得冷淡而缺乏个人情感。

  19世纪也出现了其他许多挽歌所带来的变化,既体现于诗歌中,也体现于散文中。兰姆、赫兹里特,还有斯蒂文森所写的小品文显然更善于情感表达,尤其是在个人情感表达方面,与培根或费尔瑟姆的散文有着天壤之别。许多小说中也出现挽歌情调,更令人印象深刻。这里我想说的还不是小说中以"率直"一再反复、充满情感的行动,尽管此类行动确实可算是挽歌反复咏叹结构的对等结构。[73]我想说的是,数部维多利亚小说表现出更为显著的挽歌模态化特征,其中梅瑞狄斯的《利己主义者》可算是这方面的登峰造极之作。《利己主义者》中也有其他"作料",包括喜剧、讽刺,以及创作自述,和其他许多小说一样,《利己主义者》中也有局部内含,例如36章出现的智语诗。与上述种种形式相比,挽歌成分在《利己主义者》中可谓无所不在,渗透到小说的肌理之中,为小说的大部分定下情感色彩。小说中随处可见大段大段关于情感的深思,深深影响到小说的整体节奏。读者或许会想到梅瑞狄斯自己的怨言,对利己主义者心灵的探索,以及所发现的克拉拉·米德尔顿的情感本质。米德尔顿的情感本质在米德尔顿的"彻夜沉思"中得到直接揭示(21章),最后米德尔顿终于意识到,"幽暗的露珠不明亮更有意义",不禁泪流满面。小说后面还有更戏剧性的一幕(35章),米德尔顿与蒙特斯图亚特夫人谈心时向自己的内心深处发起更为猛烈的冲击。在表现挽歌的精神气质方面,梅瑞狄斯的这部杰作可谓无与伦比。

  《利己主义者》中还可以发现大量其他挽歌特征,体现于用词和风格上。传统挽歌中一些标志性用语,例如"颤抖""哀怨"[74],频频出现于小说之中,尤其是与克拉拉相关的部分。更引人注目的是,小说由整体风格到句式结构都展现出极高的表现力,成为情感表达的载体。这方面的例子通常篇幅很大,例如小说中关于陪审团主席的复杂比喻(32章)。不过也能找到一个短小的例子,当时威洛比爵士看着莱蒂西亚在水中渐渐下沉的身影,说了段没心没肺的话:

> 打个比方吧,你站在小溪边,溪水清澈宁静,水面上漂浮着一朵美丽的花朵,花瓣舒张,渐渐没入水下。此时此刻,不妨负手站在一旁,莫去打扰这偶然却凄美的自然瞬间。
> 一丝笑意,一种空洞的满足,融入威洛比爵士的面容。
> (34章)

那句"打个比方吧",再加上冷冰冰的语气,暗示威洛比爵士有好多比方可以打,现在这个不过是不经意间冒出来的。这里梅瑞狄斯刻画出威洛比爵士高高在上的自我感觉,莱蒂西亚被当成一件东西,发生在她身上的事儿"纯属意外"。这里作者的本来目的是制造喜剧效果以讽刺威洛比爵士,可形象本身带着挽歌色彩,所塑造出的莱蒂西亚的形象美丽中浸透着哀伤。

早期小说对于抒情表现得相当陌生,可到了萨克雷和狄更斯时代,这种手法在小说创作中的重要性与日俱增。又经过梅瑞狄斯(首位全面把握抒情可能的小说家)和詹姆斯的发展,形成伍尔芙的"抒情"小说。《到灯塔去》把挽歌模态化拉伸到极限,但依旧保留了小说的基本结构,令其不至于支离破碎。[75] 这整个发展过程可视为文类变形的过程,其中主旋律是写实小说的"抒情化",也可以说是挽歌模态化。

可以确信,类似的变化构成所有文学形式的历史发展。原则上可以追踪文类变形的轨迹(当然其中有一些极其复杂),发现文学最新颖的类别与最古老类别之间的联系。上述例子描绘出其中一两条线索,例如17世纪的教化散文受到古代农事诗的影响,形成新的英国农事诗。农事诗的模态化影响到乡土景物诗,最后形成自然景物诗。其后,自然景物诗又受到挽歌模态化的影响,形成浪漫主义自然诗。浪漫主义后期,希腊智语诗再度时兴,最终形成乔治时期短诗。其他类别中也可以发现类似的变化和重组,简而言之,文学发展的画卷形成于丰富多彩、层出不穷的文类拓展和互动中。

## 12. 文类等级和文学正典

我们所批评的文学从来不完整，我们所讨论的至多也就是由以往作家作品所形成的规模可控的群组，这一有限的空间构成了当代的文学正典。更有人认为，即令是个别作品很大程度上也是如此，文学制品具有很大的"伸缩性"，令我们可以时而关注少数样本，时而又关注更为广阔的传统和群组，而具体作品仅仅是构成这种传统和群组的一分子。无论如何，很少有人对文学的伸缩性提出异议，一个时代到另一个时代，一位读者到另一位读者，文学正典在变化之中，有时昭昭然，有时又隐隐然。

之所以会有这么多变化，人们常常把原因归于时尚。艾萨克·德尔斯瑞里（Isaac D'Israeli）是时尚论的早期支持者，他认为"散文、韵文，同我们的穿衣戴帽一样善变，其背后的力量大抵相同。"最后德尔斯瑞里得出结论，"不同的时尚受制于不同的趣味，一个时代给公众留下强烈印象者，另一个时代则令公众感到兴味索然……或许现代文学的每个时期都有着自己的一套分类方法。"[1] 以时尚为主导力量，这种看法也并非全无道理，对新奇感的追求原本就同文学的形式愉悦感有着很深的联系，其作用不可低估。然而趣味绝不仅仅是时尚，也绝不服从于琐细零散的环境法则。要认识趣味的"庐山真面目"，需要一览趣味在多种多样的过程中所发生的作用，其中许多过程同文学并没有明显的关系。凯利特(Kellett)写了一篇颇具挑战性的论文,题为《趣味的陀螺》(*The Whirligig of Taste*),所讨论的话题正是文学趣味的变化,这篇文章很值得深入研究一番。本书只关注决定文学趣味变化的一个因素——文类。

德尔斯瑞里提到了许多已过时的文类时尚,且提及这些文类时尚时大都用到了文类术语:"智语诗才思闪耀的时代""另一个时代则为十四行诗所淹没""史诗时代""梦幻""讽刺""传奇""悲剧""喜剧"。实际上,文学趣味的变化常常可描述为文类价值的重估,体现于正典之中。

## 文学正典

按照官方的描述,文学正典就算达不到"完全连贯和谐",至少也是稳固的,而正典这个词的语义原本就暗示一个作品群体(至少在一段时间内)排斥外来者,维持着自身的完整。然而《圣经》经历了许多世纪的变迁才形成今天相对稳定的正典,每个时期的《圣经》大体上固定(当然着重点会有所变化,由教廷、教派向宗派和个人变化),但每当《圣经》或扩大、或收缩时,新正典随之形成。此外《圣经》正典不仅必须真实,绝不允许伪托之作混进,更具有权威性,正典的这层规范性语义也常常拓展到世俗文学领域。库尔提乌斯写道:"文学正典的形成始于经典的遴选",而所谓经典的遴选就体现于列出作家清单和必读书目,修订文学史,确定文学趣味的正典。

时下流行的正典以数种方式为文学理解划定界限,官方正典借助于教育体制、赞助体制,以及新闻体制而作为制度固定下来。然而每个人心中都有自己的正典,形成于人们碰巧知道,又碰巧珍视的作品。两种正典,官方的和私人的,并非简单的包含关系。一方面,大多数人或会对官方正典中的某些成员没什么兴趣;另一方面,依靠学识和卓越的判断力,个人完全可以超越社会所确定的正典,向世人证明,自己的个人喜爱绝非偏颇怪异。实验性作品的价值总要有人先去发现,以往未得到公正评价的作品也总要有人率先纠偏。此类变化中,外国作品,以及早期本土作品的译介起到了很大的作用(怀亚特译彼得拉克,德莱顿译乔叟,加里译但丁)。数个世纪的时间中,叙事民谣被视为通俗文学,难以进入文学正典的殿堂,可格雷为之深深吸引,纠正了人们的偏见,后来叙事民谣更在华兹华斯和柯勒律治手中大放异彩。

广义上说,文学正典应包括一切文字产品,再加上所有尚存于世的口头文学作品,可潜在的正典大部分无法接触,原因多种多样,例如载本极其稀少,只能在大型图书馆中束之高阁。因此现实中能接触到的正典有一定限制,肯定要比《新牛津英国文学总目》收录的要少得多。[2]

现实限制有好几个方面,且相互支撑。最直接的限制是出版,特拉赫恩(1637—1674)原本根本不在正典之列,直到其作品被"发现"(1896—1897)和出版(1903,1908),这一状况才得到改变。小说家即便博览群书如特洛普者,其正典也主要限于近来出版和重版的作品。同样,原稿传抄过程中的各种偶然因素对中世纪正典的形成影响颇大,今时今日某些社会群体所能接触到的文学正典依旧局限于廉价本和文选。储存保管的费用令某些伟大的作品绝版,而藏书家的正典更是对文学正典的形成起到了难以预料的作用,这种作用即便是学术圈也不可忽视。[3]至于表演艺术,接触范围就更加有限了,当年有多少部雅各宾戏剧,现在又还有几部可上演,谁又敢断言已经失传的剧目中就没有比现存剧目更优秀的作品呢?要把一部为人们遗忘的剧目重新搬上舞台极其困难,耗资也十分巨大,即便有所谓"资助性审查",由政府出资,帮助一批剧目重新登上舞台,可实际上依旧无法遏制表演传统萎缩的趋势。到现在能搬上舞台的只剩下数十个剧目,分属于五六个类别,实在是令人心酸。至于限制性审查制度,更曾数次极度缩小文学正典的范围,甚至可以在一个时期内彻底扼杀某些文类的生长,例如讽刺和政治小说。[4]

可接触的正典内时常进行系统性选择,其结果是优选正典,而制度化能力最强的是正式确定下的必读书目,其作用早已得到认识,也是博尔加的专著《经典遗产及其益处》所研究的主题。可官方厘定的书目会激发反对情绪,于是有人厘定出"替代书目",入选的条件同样严格,但书目中所收录的作品大都较少为文学史家所关注。[5] 除此之外,总是存在着无形的清单,更简短,变化也更迅速,清单上入选的或许并非一整部作品,而仅仅是几个段落,但更熟悉也更有趣,更充分体现出何谓可接触。上述种种都会以这样那样的方式与批评正典发生关系,人们或许期待批评正典能既自由宽容,又维持正统的权威,可实际上批评正典十分狭窄,大多数文学批评家的工作与文学作品的大部分没有关系,而是集中于范围极其有限的领域之中,在期刊上一遍又一遍讨论着相同的问题,尤其是在《细察》这样影响力大的刊物上。若要以此为标准,许多相当重要的作家只怕无缘于正典。例如《批评文摘》创刊后最初15期(1950—1965)找不到一篇文章讨论沃恩、塔赫尼、科顿、迪亚珀、斯玛特、克莱尔、德拉·马雷中的任何一个。实际上,根据《新牛津英国文学总目》,1938年以前没有关于科顿的批评文章的记录。即便是稳居正典之内的作家,批评家们也喜欢走人们惯走的老路,一提到《农夫皮尔斯》就是"第18节",一提到斯宾塞就是"幸福的鲍尔",一提到德莱顿就是"阿奇图菲尔"。没错,那些都是优秀的段落,除此之外,真正个性化的选择所能涵盖的作家和作品就相当有限了。尽管有时出于个人的趣味和偏好,某些原本徘徊于正典之外、知名度不那么高的作家也能纳入正典之中,德拉·马雷就是一例。

  虽然可入选正典者为数不多,可这为数不多的样本足以代表所属群组的大多数,将自身融入正典之中。这是文学本性之使然,我们理应为之庆幸。除了排除和限定等显而易见的消极作用外,正典借助于变化和比例调整也起到积极作用。正典是许多读者互动的结果,构成文学整体最重要的形象。

  决定正典的因素多种多样,文类无疑是其中最具决定力的一个,有些类别生来就被视为比其他类别"更正典"一些,且个别作品和段落的评价也多多少少与其所属文类的"高度"有关。

## 文类等级

　　文类之间可以有许多种相互关系，例如内含、混合（悲喜剧）、反转（传奇到流浪体故事）、对比（十四行诗和智语诗），还有一种是等级，这种关系涉及各种类别在文类系统中的"高度"。古典批评家认为史诗"高于"牧歌，如果把这两种类别混合起来，例如正式的农事诗，作品的风格高度也会发生相应的变化。不过高度不仅仅是修辞术语，其规范性力量也不容忽视。从16世纪直到18世纪初，人们认为史诗不仅是最高的，同时也是最优秀的类别，韦伯史诗为"诗歌中的王者"，锡德尼称史诗为"诗歌中最精彩，成就最卓著的类别"，马尔格雷夫称史诗为"人类理智的主要努力"，索姆斯和德莱顿则继承了波瓦洛的观点，认为史诗中"必须把虚构发挥得尽善尽美"。[6]与此形成鲜明对比，对爱情诗，尤其是爱情短诗的评价很低。海灵顿立志于保护诗歌免受"轻浮人性"的袭扰，写道："所有的诗歌类别中英雄体受此病害最微"，可"牧歌之流，例如十四行诗和智语诗"则全然不同。未过百年，"十四行诗人"已成为"不入流诗人"的别名，蒲柏就有"某些不入流十四行诗人腹中空空"之语。[7]到了17世纪后期，对智语诗的评价最低，智语诗被说成"诗歌中的边角料"。[8]索姆斯和德莱顿批评塔索，在《解放的耶路撒冷》中掺入"狂搜烂刮的智语诗"：

　　　　这种诗非但有损于英雄体诗歌的尊严，更与英雄体诗歌在本质上格格不入，维吉尔和荷马的史诗中一首智语诗也没有。某些人轻浮顽劣，在如此严肃的题材中加入如此低俗的类别，远未达到英雄体诗人的境界，难与荷马、维吉尔、斯宾塞这样的顶级诗人相比肩，只能与《希腊诗选》、马夏尔、奥温、弗莱克诺这些末流为伍。[9]

从类似的陈述中拉尔夫·科恩（Ralph Cohen）得出结论，所谓文类等级"可视为文类包含，低等级文类包含于高等级文类之中，智语诗包含于讽刺诗、农事诗、史诗之中；颂包含于史诗之中；十四行诗包含于戏剧之中；谚语包含于各种形式的格言警句之中。"[10]当然，文艺复兴批评家对文类包含确实做过许多讨论，史诗被视为最高的诗歌类别，是其他一切类别的规范，同时也是最为广泛全面的类别。斯卡利热尔如此写道：

> 任何领域中都有某物最为合适，最为耀眼，堪为其他事物之标准，其他事物要以之为参照。史诗叙述了英雄人物的天性、人生和行动，是所有诗歌之主，其结构为其余诗歌形式的指导。其余的诗歌形式杂多不一……应当向庄严的史诗借用崇高、普遍的规则，唯此方能令诗歌内容与不同的诗歌形式融洽相处。[11]

文艺复兴批评家宣称史诗包含其他诗歌的形式，更多是为其他诗歌形式树立权威，让它们以史诗为规范和源泉，要它们安心臣服。即便所提到的是严格意义上的包含，也很难把这条原则运用到其他同样广泛全面的文学类别之上，更不能说所有短文学形式无一例外包含于其他更大、更广泛的文学形式之中。喜剧中间或能找到一两首十四行诗，悲剧中也不乏歌谣，可没有谁能以如此稀疏的例证为基础，提出全面的十四行诗或歌谣理论。

文艺复兴时期的包含论中有一些复杂情况，此处必须厘清。科恩一直追溯到亚里士多德《诗学》的第 26 章，即讨论史诗与悲剧优劣的那一章，亚里士多德提出的原则是广则优。亚里士多德本人更钟情于悲剧（而非史诗），但他所说的"广"有异于包含其他类别。在亚里士多德看来，悲剧之广在于使用到多种再现成分，包括布景和音乐，从未提到悲剧包含史诗。然而在文艺复兴史诗理论中，时常讨论到史诗中的内嵌结构，毕竟有些史诗确实有内嵌结构。然而即便可以肯定文艺复兴理论家所讨论的确实是包含，术语混乱还是会带来不小的麻烦。明图尔诺曾称智语诗是"史诗中的小品词"，可他的意见并不是说智语诗包含于史诗之中。[12] 这里史诗指的是广义上的三种再现方式之一，明图尔诺写道："诗歌分几部分？广义上说有三：一曰史诗，一曰戏剧，一曰抒情。"[13] 明图尔诺用到了"部分"一词，这真是个哪儿都用得上的"全能词"，要缺了这个词文艺复兴文学理论根本不可能建立起来。明图尔诺的那段话中，"部分"指的是"再现的范畴"，或"根据再现模式所做的区分"。可其他一些地方，例如锡德尼的《为诗歌辩》中，"部分"指的就是文类，既可以指类别，也可以指模态。[14] 或许由于此类术语混乱，意大利文学理论被我们误解了。如果从模态角度把崇高的赞颂智语诗视为英雄体的一种，当然会有些难以理解，可如果不这样理解又该如何理解德莱顿对《库柏山》的评价呢？德莱顿(还有赫里克)十分清楚，《库柏山》是一首景物诗，可他写道："沃克尔先生的抒情诗写得十分柔美，这种风格为史诗诗人约翰·德纳姆所继承。德纳姆的《库柏山》风格庄严肃穆，堪为优秀文笔之楷模。"[15] 德莱顿的这段话中，"史诗"一词的确切内涵是"混合类别"，既非纯叙事，亦非纯对话；既非纯抒情，亦非纯戏剧。[16] 不过德莱顿的这段话确也指向了《库柏山》接近史诗的次生模态色彩，故而用到了"庄严肃穆"一词。同样德莱顿说"无疑，讽刺诗是英雄体史诗的一个下属类别"[17]，其具体语境是讨论维吉尔的《农事诗集》第四首，所指的"英雄体诗"也是混合模态。维吉尔的诗在某些局部具有英雄体色彩，"此处彰显出英雄体的庄严肃穆"。无疑史诗作为一种诗歌类别确实"包含"讽刺诗，或许其原因在于"类别、种类、形式、文类之类的术语可以互换使用"。[18] 古典文类理论有时看上去矛盾重重，可只要梳理一番，则未必如此。

科恩看到，包含原则和"类别独特性"之间存在着冲突，于是选择否定后者。[19] 毫无疑问，很难拿出一张明细表，其中包含了文艺复兴和奥古斯都时期批评家用到的所有文类，不过文类变动论的支持者根本无须拿出这样一张明细表。早期文类理论家在提出模态概念时有时会迟疑不决,有时表述混乱(模态概念最早出现于文艺复兴),可并没有理由去怀疑文类以及独特文类特征的存在。文类特征的表现朦胧而含混,然而其功用良好,足以令文类得到辨别。早期批评家把一个"种"放到另一个"种"之中,令人困惑不解。今天看来,这种做法实际上是尝试按照主要模态来组织文类关系。

科恩让人注意到不同模态的高度次序关系,由此形成"相互关联的"等级。在这个问题上,很难认同存在着无所不包的单一等级阶梯,不过很多等级关系人们确有共识。例如看到彩虹的人都承认彩虹上红色和紫色的位置正好相对,虽然在色谱上这两种颜色的关系并非如此。

关于文类的早期讨论中,需要区分全面系统讨论和简要列举。斯卡利热尔、明图尔诺,以及其他文艺复兴理论家描述了数百种类别和亚类,其中有些只有理论家才知道。可有时,他们会仅仅列举出为数不多的重要类别,通常都是易于拓展、超出原来外部形式的类别,模态正是由这些类别中产生。这些为数不多的重要类别为人们所熟悉,可迅速辨别,屡屡为批评家所提到,是价值最高的类别,可部分按照价值高低来排定座次。一个典型的例子是爱德华·菲利普在 1675 年制定的类别表,以史诗为首,"所有诗歌结构均可以这种或那种的方式在表中找到对应的条目":史诗、戏剧、抒情诗、挽歌、牧歌、智语诗。"以这种或那种方式",这段话反映出菲利普也意识到了传统范式术语的杂糅性,其中"抒情""挽歌"主要是音律范畴,其模态化能力即便不能说一点儿没有,至少也很有限。[20]

文类的简要范式源于古代权威,尤其是西塞罗、贺拉斯、昆提利安,以及公元 4 世纪的语法学家戴奥米底斯。[21] 比较广泛流传于后世批评中的各种不同版本或许对其有更好的理解,详见下表:[22]

| 西塞罗 | 悲剧、喜剧、史诗、情歌、酒神赞歌 |
|---|---|
| 贺拉斯 | 史诗、挽歌、五步格诗、抒情诗、喜剧、悲剧、讽刺诗 |
| 昆提利安 | 史诗、牧歌、挽歌、讽刺诗、五步格诗、抒情诗、喜剧、悲剧 |
| 戴奥米底斯 | 史诗、抒情诗；规范类诗歌、历史类诗歌、教化类诗歌；悲剧、喜剧、讽刺诗、模仿诗 |
| 锡德尼(1583) | 史诗、抒情诗、悲剧、喜剧、讽刺诗、五步格诗、挽歌、牧歌 |
| 海灵顿(1591) | 史诗、悲剧、喜剧、讽刺诗、挽歌、情歌(牧歌、十四行诗、智语诗) |
| 梅瑞思(1598) | 史诗、抒情诗、悲剧、喜剧、讽刺诗、五步格诗、挽歌、牧歌、智语诗 |
| 菲利普斯(1675) | 史诗、戏剧、抒情诗、挽歌、赞歌、牧歌、智语诗 |
| 德莱顿译波瓦洛〔(1674)1683〕 | 史诗、悲剧、讽刺诗、智语诗、抒情诗(颂)、挽歌、牧歌 |

上表中体现出好几种区分原则,其一是根据再现模式划分文类,这在戴奥米底斯的理论中体现得尤为清晰。戴奥米底斯采用了亚里士多德的区分方案,把文类分为三大类:戏剧(作者不直接说话)、独叙(只有作者一个人说话)、混合(作者和人物都说话)。各个再现模式下的类别可以凭价值议定次序(例如悲剧、喜剧)。贺拉斯、海灵顿,以及梅瑞思三人区分悲剧、喜剧、讽刺,所遵循的也是亚里士多德原则,而菲利普斯横插入一个戏剧,看上去虽然古怪,也是受了亚里士多德的影响。其实弥尔顿和其他许多文学家、批评家所提出的文学三分法中都能看到亚里士多德的影子。[23]

表中另一种区分原则是根据诗歌的音律形式加以区分,昆提利安和贺拉斯采用的是这一原则。贺拉斯的《诗艺》73—98所讨论的就是诗歌的音律形式与不同题材的适切性。梅瑞思在自己的区分中把"五步格诗"作为一个类别加入进来,也是受此影响。不过到了1598年时,以音律区分类别的做法已基本为人们所放弃,梅瑞思仅能以哈维和斯坦尼赫特的作品为例，说明自己的区分方法。同样"抒情"一词的语义迥异于现代，可以指用于抒情音律的诗歌，也可以指某种音乐（不包括专门为长笛伴奏而写的挽歌）。不过，抒情也可体现出古人的价值评定，抒情诗人排在甜蜜诗人之前。[24] 对抒情诗的评价一向不低，17 世纪时尤其高，查尔斯·科顿在写给布罗米的一封韵体书信中表示，自己无力驾驭颂，请对方原谅。"挽歌"一词的语义同样含混，不仅可以指"哀悼挽歌""爱情挽歌"，也可以指挽歌体，故而菲利普斯所说的抒情和挽歌可能是指诗歌的音律类别。

不同组织原则结合到一起，产生出很大的灵活性，也为文类的发展营造出惊人的空间。长远来看，虽然梅瑞思等人的系统体现出保守倾向，巨变依旧不可避免。到了 18 世纪初，长期以来所奉行的范式终于遭到抛弃，其结果曾被称为"大混乱"。一位文学史家说："传统的文学结构土崩瓦解，无一幸免。"这位文学史家显然喜欢夸张，下面这段话表现得更为明显："昔日所有小巧、完整的文学类别要么彻底消失，要么变得畸变残缺，面目全非。"[25] 实际上早在 18 世纪之前，十四行诗已让位于智语诗。应当说，所有文类一直以来都处于变化之中，变化既非畸变残缺，更非骇人听闻，仅仅是常态。由于变化为文类的常态，故而不要指望可以在共时意义上把握模态范式的种种变体，也不可能预言接替的系统，此二者只有在文学的动态语境中，在文学史的发展过程中方能加以理解和把握。

## 文类等级的变化

牧歌在文类系统中的地位一直是个引起争论的话题，维吉尔赋予牧歌新的地位，自此以后牧歌的地位就成了一个难题。戴奥米底斯把《牧歌集》第一、第九首称为"戏剧再现类别"，而把剩下的称为"复合再现类别"，牧歌地位的难题由此可见一斑。对牧歌的评价也一直是个难题,就音律标准而言牧歌属于史诗,可"维吉尔轮"(虽有"轮"之名称,实际上是一种垂直线性排列)上牧歌的地位很低。文艺复兴和17世纪,牧歌跻身于八大范式文类之列,锡德尼、梅瑞思、菲利普斯和波瓦洛的范式系统都为牧歌留下了一席之地(海灵顿把牧歌和其他形式的"爱情诗"并为一项,列入他的六范式文类系统中)。当时牧歌是一种崇高而严肃的诗歌类别,可以含蓄委婉地表现意义重大的题材,包含"关于各种恶行的思考,呼唤耐心"。[26] 然而科恩注意到,牧歌的范围在随后的岁月中大大收缩,其地位也相应下降,直到约翰逊博士一段著名的话把牧歌赶出主要范式,从此牧歌成了指摘和厌恶的对象。[27]

　　智语诗的变化更是惊人。早期范式表中并没有智语诗的独立位置,只有讽刺智语诗(例如阿尔齐洛科斯的作品)可列入五步格诗的名下。[28] 海灵顿自己也写智语诗,在自己的范式系统中把智语诗和各种爱情诗合为一处,放到最低的位置上。梅瑞思也感到不能把智语诗拒之门外,列出八种值得注意的诗歌类别之后,又感到有必要再加上一段文字,专门讨论智语诗,其与其他诗歌类别的关系尚不确定。菲利普斯把各种戏剧形式压缩成一个类别,却为智语诗留下空间。至于波瓦洛和德莱顿,将智语诗上升到第四位。对于地位的提升,智语诗当之无愧,17世纪初智语诗的地位有了显著提升,甚至可以说主导了当时的文坛。罗莎蒙德·图夫(Rosemond Tuve)指出,16世纪非歌谣类短诗的数目大增,图夫总结道:"印刷术普及100年来,公众的阅读习惯逐渐确立,取代了聆听朗诵。"[29] 此外还有一个原因,即当时的学校教育中多要求学生以智语诗作文。1554年,艾蒂安出版《阿那克里翁诗选》,《普拉努阿斯希腊诗选》也于1566年出版。到了17世纪初,帕拉丁手稿广为传抄,格劳秀斯对《普拉努阿斯希腊诗选》节选本的拉丁文译本也见之于世。部分得益于上述影响,新拉丁智语诗在17世纪初达到高峰,其精巧和辉煌远远超过之前的作品。智语诗地位的提升恰逢其时,对当时的世俗诗产生了巨大的影响,或者也可以说,智语诗简洁的结构和多变的题材正适应了当时处于巨变中的社会。无论如何,智语诗还是迅速取代了其他短诗类别(沃勒、赫里克,还有其他许多智语诗人,要是生活的年代稍早一些,就要改写十四行诗了),没有为智语诗取代的也深深受到智语诗的影响。前面的章节已经提到,智语诗从模态上改变了其他诗歌类别,令其呈现出新面貌,例如出现了智黠锐利的爱情挽歌,即通常所说的玄学诗派。智语诗对于收尾感的培养也起到了很大的作用,许多诗都开始使用标记性明显的对句收尾。此外,在重新思考才智对于诗歌的作用的过程中,智语诗至少起到了推波助澜的作用。

如此广泛而深刻的影响确保了智语诗在文类范式中的新地位。波洛瓦对智语诗虽颇多贬低之语,说智语诗无甚艺术可言,可也隐隐承认了智语诗的新地位。波洛瓦尤其反感智语诗中的"锐利才思",认为此类诗的流行威胁到了诗歌创作的原则(然而波洛瓦在自己提出的文类框架中把智语诗放到了七个文类中第四的位置上,处于中间,这似乎本身就肯定了智语诗的重要性)。

> 狂潮席卷帕纳塞斯山
> 情歌小调最先冲走
> 骄傲的十四行诗在劫难逃
> 肃穆的悲剧,哀伤的挽歌
> 无处不留下智语诗的足迹……[30]

波洛瓦和他的英语译者都不大喜欢地位迅速蹿升的智语诗,于是采取了具有偏向性的历史编纂法,希望恢复在他们看来适当的比例,希望"蒙羞受辱的理智"最终可以把"锐利才思"从一切严肃写作中驱逐出去,人人都应以之为耻,只有在智语诗中才可以留下些许残余。这是标准的经典化做法,试图划定一条红线以阻遏文类变化。今天看来,这种做法使批评一时偏离了正轨,但变化绝不会压垮文学,更非"大崩溃"之预兆,完全属于常态。

这一时期其他文类的地位也发生了变化,有些对模态范式的影响不算小。邓恩及其他一些诗人把爱情挽歌提升到新的高度,到了1700

年,讽刺诗也上升到了中间位置,一待就是 100 年(其间也有小的波动)。想当年,卡斯特维特罗根本就不承认讽刺诗是诗。德莱顿、蒲柏、斯威夫特,以及其他一些人认为讽刺足以担当重任,去构建鸿篇巨制。若是觉得《阿布沙龙和阿奇图菲尔》中讽刺的英雄体变化尚不足以证明讽刺地位的提升,随着蒲柏的《愚人志》的出现,讽刺体史诗也成为可能,足以证明这一点。约瑟夫·沃顿(Joseph Warton)提出,《愚人志》问世后不久,阿里奥斯托的讽刺作品的读者超过了《疯狂的罗兰》,丘吉尔的风头也超过了格雷。[31]

地位变化的另一个显著例子是农事诗。农事诗是否应列入诗歌之列,对此艾蒂安和锡德尼曾表示怀疑。二人把教化作家比作"二流画家","只知道复制眼前所看到的面孔",缺乏个人创新。可到了 18 世纪初,教化诗在批评家口中即便不能与史诗平起平坐,也是"仅次于史诗"了。[32] 德怀特·杜林(Dwight Durling)和约翰·乔克(John Chalker)都曾就英国农事诗写过引人入胜、令人受益匪浅的介绍,这里就无须详述了。总而言之,农事诗评价的改变是英国社会对教化性文学的总体评价改变的一部分。锡德尼提到教化作家时一概而论:所谓教化作家即"所有涉足哲学问题的作家,有的涉足道德伦理学,例如提尔泰奥斯、福西尼德思、卡托;有的涉足自然哲学,例如卢克莱修;有的涉足天文星象,例如马尼留和庞塔拉;有的涉足历史学,例如卢坎。"所有这些作家"都没有专注于自己所从事的事业"。[33] 上面提到的各种类别打破了散文与韵文之间的界限,也提醒人们范式本身实际上也成为一种诗歌模态。伊丽莎白时期为文学辩护者多立足于文学的想象性,或曰"诗歌性"。不过当时已经感受到了卡姆登和拉雷的影响,培根、布朗尼等人成功发展起专题论文这一类别,于是考古文献、地理文献、历史文献中的"文献"一词又恢复了其文艺复兴时期的地位。[34] 科顿曾就沃顿的《名人传》作诗,表明在这场"完美之争"中把胜利双手奉送给历史(也就是说,传记),且科顿的诗并非孤例。在接下来的价值重估中,农事诗、散文,以及其他形式的教化诗都上升到很高的位置。科顿、德纳姆、德莱顿,还有蒲柏,都曾用这一类别完成了自己最为严肃的作品。可到了18世纪晚期,教化类别风光不再,在《论蒲柏的作品与天才》中,约瑟夫·沃顿把英国诗人分为四等:第一等"崇高而感伤";第二等拥有真正的诗歌天赋,尽管不那么炽烈,但拥有很高的才能,足以完成道德、伦理、教化方面的诗作;第三等为才思敏捷之士,趣味高雅,想象活跃,尤其善于日常生活的描绘,却不善于编织更崇高的诗歌场景;第四等仅仅会谐音押韵,不过其中也不乏桑迪斯、费尔法克斯这样的人物。沃顿对蒲柏的作品做了相当详尽的研读,评判道:"蒲柏的大部分作品属于教化类、伦理类,以及讽刺类,故而不能算作诗性最强的类别……蒲柏最突出的才能并非体现于想象之上。"这种结论荒唐可笑,却并不出人意料,由此可以看出如果仅凭类别加以评判,结果注定是坐井观天。[35] 不过沃顿真正的目的是以自己所钦佩的教化诗和讽刺诗作者的作品为对象,去发掘其中究竟有多少真正的诗歌(想象)。要对刚刚成为历史的作品做出恰当的评判,这本身就是件艰难的任务,而沃顿做得已经相当不错了。在他的评价中,蒲柏仅次于弥尔顿,比德莱顿略高半筹。[36] 约翰逊把沃顿彻底推翻,他写道:"下个界定,为诗歌画上一个圈子,只能暴露画圈者自己的浅薄。不过任何诗歌界定若是把蒲柏排除在外,这个界定恐怕很难完整。"[37] 无论如何,蒲柏的地位持续下滑,再说了,约翰逊自己对教化诗的评价不比沃顿高多少。"教化诗中,只有语言点缀和插图才能看出点儿新东西。"约翰逊对《人论》中的语言点缀还是相当欣赏的,可觉得关于人伦天理的奇思妙想"对于诗歌来说并不合适"。至于散文,约翰逊的评价远低于散文家的应得,在约翰逊笔下,散文"形式怪异,内里不调,缺乏条理,不是正常的写作"。[38] 这一评语竟然是在休谟的《散文集》问世之后做出的。

休·布莱尔(Hugh Blair)在自己的《讲演集》(直到1783年才出版)中对教化类作品的评价也相当有限,布莱尔从爱迪森的作品中找出不少例证,展现出"最为简洁、正确,又不失俏丽点缀的语言风格"。不过布莱尔觉得爱迪森的文风虽然"堪称完美英语的典范","却输于力量和精准。故而爱迪森的文风与他在《观察家》上所发表的文章虽然配合得天衣无缝,却未必可以成为更为崇高、更为精妙的写作的模式。"[39] 同样,教化性书信"很少能达到那样的高度"。总概而言,教化类诗歌"缺乏崇高之美与富于诗意的语言",若想取悦于读者就只有依靠简洁而活泼的语言,以及令人轻松愉快的才智,而这些"很少为更高等级的诗歌所采用"。风格高度与价值高低紧密相关,于是布莱尔判断道:"德莱顿有高度,有力量,诗意更为充沛,尽管在语言正确性上远逊于蒲柏,却比蒲柏的成就更高。"[40] "在诗歌高耸的山巅",蒲柏的名字远谈不上响亮。

应当注意到布莱尔对景物描写诗的重视,这在过去是没有的。1815 年,华兹华斯在自己的《序言》中列出诗歌的六种模式,"按如下次序排列":叙事、戏剧、抒情、田园、教化、哲学杂谈。华兹华斯的方案体现出了正在崛起的诗歌形式,正式的农事诗落在教化诗的范畴之中,而景物诗则为自己赢得了一个范围颇广的新文类——田园诗,"以写景状物为主,描写对象可以是外部自然的过程和表象,例如汤姆森的《四季》,也可以是人物、风俗、情感。"不仅如此,《激情信札》此时被视为"独角戏的一个种类",似乎由此预示了日后喜剧抒情化的发展。

19 世纪文类变化之多,过程之复杂,实非一两段文字可以说清楚。不过依旧有一些大变动十分令人瞩目,其影响在当时已为人们所感受。华兹华斯所说的诗歌的叙事模式中也包括了"我们这一时代一项珍贵的创造,即格律小说"。或许华兹华斯指的是克拉布或斯科特的作品[41],不过华兹华斯也难以预料在接下来的 100 多年中,各种小说形式如何渗透到文学和批评的各个角落。如今回顾起那段历史,我们意识到形形色色的小说在那一时期逐渐占据了批评家的兴趣和读者的期望,一步步登上文类阶梯的最高一级。小说中处处浸透着创新,根本不可能为其定下什么文类范式,但这并不意味着不能确定哪种模态处于上升期。不难看出,写实小说的标准已成为评判小说优劣的一般标准,故而罗斯金才会对狄更斯多方诘难。在罗斯金眼中,狄更斯是个"可敬的漫画家……却难以同真正伟大的作家比肩"。[42] 不过几乎各种模态的小说的地位都在上升,此处也无须再举证了。亨利·詹姆斯主张,"小说始终是最独立,最灵活,也最神奇的文学形式。"詹姆斯所言非虚,到了 1975 年,弗兰克·科莫德已经可以把小说列入经典之列,与维吉尔的《埃涅阿斯纪》并驾齐驱,虽然"经典"一词对于上述两类作品而言内涵并非完全相同。[43]

小说本身也包含着多个层次,例如可以区分为两大类,一类是写实小说,另一类中则包括惊悚小说、西部小说、幻想小说等。或许人们并不会公开承认这种分类中包含着价值评判的要素,可实际上许多图书馆和书店都严格区分所谓严肃文学和非严肃文学。直到最近,科幻小说只能与色情小说为伍。

## 有效文类

文类变化有着众多分支,对于任何明理的批评都具有重大意义。这不仅仅是在各个文类内部建立起"排行榜",记录下弗莱所说的"想象交易所"中行情的涨落,[44]更要在更广阔的视野中去审视运动,去发现整个文类系统内部相互关系的变化,以及由此所引发的文学配置的变化。如此恢宏的变化,即便勇于创新如华兹华斯者,也难以在自己所提出的范式中反映出全貌。尤其要注意的是,对文类的接触多少因人而异,更绝无人可以了解全部文类,这一情况无论到哪个时代都不会改变。每个时代中读者和批评家兴趣浓厚、回应积极的文类并不多,就那么几种,而一般读者可以轻易接触到的文类就更加有限了。对于大多数人而言,所谓正典处于不断的变动中,唯有最伟大、笔力最巨,或最神秘莫测者才能永远在正典中占据一席之地。每个时代正典中的文类都有所删减,或许可以这样理解,其实所有文类都同时存在,只不过其中一些体现于离奇古怪的非常规作品中,其存在若隐若现(例如早在 1790 年就有人匿名出版了一部未来的历史《乔治六世王国》)。正典中活跃文类的数量很小,且始终在按照一定的比例有增有减,举例而言,18世纪初农事诗和小说在文类等级阶梯上的位置上升,范围大大拓展,史诗则退了出来。当然这仅仅是最粗略的描述,还要大大细化。或许有人不认可史诗已经退出了正典,提出在18世纪初,史诗的变体讽史诗依旧盛行,此外还有从外国译介过来的史诗,以及对早期史诗的大量批评,出了奥西安这么个史诗诗人(可人们还是要把他的诗作伪托到前人身上)。约翰逊博士也坚定不移地认为,布莱克莫尔的诗歌代表了英国诗歌的最高水平。可无论如何,史诗的衰退是不争的事实,并由此引发了许多与之相关联的现象。所有这些表明文类系统是一个整体,一个文类的退出会对周边文类造成很大影响。随着史诗的退出,其功能转移到农事诗和小说之上,于是二者的地位上升,范围拓宽,以覆盖原先由史诗占据的文学空间。举例而言,史诗式英雄为小说和传记中的主人公所取代。同样,在我们这个时代,写实小说在走下坡,相应人物传记在走上坡(通常是半虚构式人物传记),部分满足了当今人们对"坚实型"人物的需求。类似的补偿机制也出现于随笔散文的绝迹中,与随笔散文的绝迹同时发生的是批评散文的蓬勃发展,显然并非巧合。[45]有些批评家倾向于采用流体静力学模式看待文类关系,文类系统所包含的物质总量保持不变,但分配比例处于不断的变化中。

不过这种观点尚未找到坚实的基础,最好是把文类运动视为审美选择。史诗的退出为有远大追求的作家造成了难题,或许可以转向文类等级阶梯中仅次于史诗的文类,就诗歌而言就是指农事诗(维吉尔的农事诗中风格高扬的英雄体起到了很大的作用)。再往后,景物诗或许成为更好的选择。严肃作家可以选择历史以展现国家的重大行动,或者是道德小说,也可能是其他文学形式。总之搬走了史诗这座大山,作家面前的道路骤然多了起来。[46]蒙田用散文探索个人身份这个新主题,当时散文尚是一种游离于正典之外,地位既低又不确定的文类,可当卡莱尔在《诗裁》杂志上发表文章,探索相同主题时,他的散文却足以瞄向文学崇高的顶峰,而卡莱尔也是借助于各种文类平台,包括专题论文、传记、史诗,向着新的高度发起冲击。

## 声　　望

　　文类库对批评正典的形成具有决定性影响,一方面为批评正典划定范围,另一方面又决定了价值次序。如果把斯科特和奥斯汀做一番比较,会有所收获。斯科特收获国际声望时,奥斯汀几乎无人知晓,这实在有些反常。部分解释是《魏佛利》于 1814 年问世,此时斯科特已经确立了自己在文学界的声望,可仅做这样解释尚远远不够。必须看到,斯科特的作品更容易与之前已有的文类取得联系,尤其是乡土小说。借助于玛丽·埃奇沃思的创作,乡土小说之前已为人所重视,埃奇沃思的小说在欧陆的声望颇高,常被视为斯科特早期传奇文学的背景。斯科特本人更急于让读者看到《魏佛利》中传奇与历史独具一格的组合,在小说中堆砌了大量典故,指向前人的英雄传奇,大量引用浪漫主义诗歌和歌谣,以之填补行动之间的间隙,更不断强调自然景观的浪漫色彩(幽谷深邃如线……引向一片传奇大地)。斯科特在作品中常用的一个词是"我的历史",把真正的传奇历史同轻佻浮夸的传奇截然分开,令读者读到"过去六十年"时引入历史的维度。尽管有这么多创新,《魏佛利》后记中还是承认了埃奇沃思的爱尔兰传奇的影响,向之致敬。也正是在乡土小说的背景上,克罗克和其他批评家开始品评斯科特的创新。埃奇沃思的传记作者如此写道,她的作品起到了示范作用,"埃奇沃思还在创作期间,批评家们已经就乡土小说形成了一系列规则,其中一些直接受到了埃奇沃思作品的启发,只不过当时这些规则尚缺乏正式表述。"[47] 这种对比有利于斯科特松散的小说结构,他只要补充进大量的日常生活细节就行了。至于人物,只要说得过去,看上去像是现实社会的一分子就行了。至于情节间的连贯,只要能做到和埃奇沃思一样也就够了。奥斯汀的作品虽然有着更为优秀的结构,优势却不明显,于是被列入家庭和女性小说之列，此类作品在埃奇沃思的全部作品中属于下乘。

文类退出文类库后，其声望会严重受损。以简史诗为例，这一文类不仅缺乏活力（这一方面经典史诗也是一样），更连可供批评的例证都极度匮乏，至少在世俗文学界情况如此。唯一的例证是弥尔顿的《复乐园》。《复乐园》是否超过了其他可能存在过的简史诗？这点似乎并不难确定，批评家们在这方面情愿达成共识，认定其他简史诗较之《复乐园》相形见绌。问题是如果说弥尔顿的作品好，究竟好在什么地方？弥尔顿的作品代表了一种低调史诗的发展，是否可以此作为认定《复乐园》的原因之一？《复乐园》刚刚面世之时，批评界对这部作品的观点就很不统一（颇令弥尔顿心烦），根据爱德华·菲利普斯的评述，"普遍的意见认为，弥尔顿的这部作品劣于他的另一部作品，即《失乐园》，"不过"大多数人认为两部作品就风格和稳重得体而言并没有多大区别。"[48] 有意思的是，近年来对《复乐园》最严厉的批评正是集中于风格之上，华莱士·罗伯森（Wallace Robson）批评《复乐园》的语言苍白无力，这方面倒是可以为弥尔顿辩护几句。比如说，诗中大量堆积的同义词语就有特殊的功能，而非像布罗德本特所批评的那样，无法实现语言感性。同义词语的堆积模仿了选择行为，从而令读者更注意到耶稣所处的困境。可如果真为《复乐园》辩护一番，其前提条件是熟悉简史诗这种诗歌形式，可现在拥有这种知识的人已是凤毛麟角。魏尔基斯写了一篇文章，仅仅建立起简史诗的一个基本传统——使用固定的姿态。莱瓦尔斯基出版了一部专著，仅仅证明了一个问题：简史诗这个类别在历史上真实存在过。[49] 弥尔顿所有的作品中，《复乐园》声望最低，也实在没有什么好大惊小怪的。

影响罗伯特·赫里克声望的因素不是文类退出，而是文类改变。《金苹果园》1648年面世，当时反响相当不错，可后来讽刺体诗歌模态取代了智语体和抒情体，关注赫里克的人越来越少，其作品虽然依旧出现于各种文选中，却看不到赫里克这个名字。到了18世纪，罗伯特·

赫里克这个名字已几乎被文学界彻底遗忘了。传承中断，又怎会有人去欣赏《金苹果园》？19世纪，赫里克的作品被再度发现，可他所使用的某些智语诗亚类，例如苦味诗和臭味诗当时已彻底绝迹，自然也无法为当时的读者所理解，只能引起反感。《金苹果园》这部诗集原本是一个整体，各种风格相互均衡，可维多利亚时代的读者最终把诗集的均衡抛到一边，几乎把全部关注都放到诗集中的甜味智语诗上，只关心诗集的一个组成部分，各种文选选集所选的也无一例外是花卉诗和爱情智语诗。在此基础上，赫里克的声望建立了起来，史文朋说赫里克是"英国大地上出生的最伟大的歌谣诗人"。在史文朋看来，赫里克在抒情诗上的成就甚至超过了琼生。可如此之高的声望基础本就偏颇，又怎能长久？艾略特似乎已恢复清醒，在《何谓小众诗人》中表示自己更喜欢玄学派诗人赫伯特。或许为了均衡，艾略特还是为赫里克说了些好话，说他的诗歌是小众诗歌的经典，值得广泛研读，要去发现诗歌整体上的某些东西，而不是把目光局限于某些组成部分上。然而艾略特依旧没有看到（也可能是不愿意看到）《金苹果园》的统一完整性，没有体会到赫里克诗中"连续而明确的意图"。我无意挑战艾略特的判断，仅仅想把关注引到文类变化所带来的压力上。正因如此，艾略特的视野受到了限制，没有充分看到赫里克这位智语诗大家的题材范围和历史地位。

区分主流经典和小众经典时，艾略特坚持认为同一文类既可以产生出主流经典，也可以产生出小众经典，赫伯特和赫里克就是一例。不过文类具有内在的主流性和小众性，这一观点接受的人更多一些，虽然并非人人都愿意公开承认。戴姆·海伦·加德纳（Dame Helen Gardner）提出具体规定，以区别两类诗人：一类是主流诗人，另一类诗人也很优秀，可也仅仅很优秀。加德纳的规定明白说出了一些人心知肚明，却情愿不点破的东西："主流诗人的作品必须有分量，必须尝试这种那种伟大的诗歌形式并获得成功，以此来检验自己在创新和变化方面有无天赋。如果仅仅写了10来首抒情诗，无论诗写得再精巧，也休想博得主流诗人的称号。"[50]面对这种观点很难提出反对意见，其中也包含着对于文类等级的认识,抒情诗总是低三下四,而"伟大的诗歌形式"永远高高在上。可与此同时,文类的等级绝非一成不变,也造成许多排位悬而未决。我们面临一系列问题:要写多少抒情诗才有望进入主流(赫里克写了1 400首)？抒情诗能否组合起来,形成进入主流所必需的"有分量的作品"(马夏尔的《智慧诗集》算不算？洛威尔的《笔记本》算不算？)？在不同的时代,抒情诗是否可以有着不同的内涵？最后,真正伟大的诗人是否一定是主流诗人？

## 正典和伟大传统

前面的讨论向读者展示,文类变化对于趣味正典的形成起到积极影响,最终也影响到一个时代有效文类的范围。[51]不妨比较一下批评家和文选家心目中的文艺复兴诗歌正典。约翰逊的《诗人传》收录了考利、德纳姆、弥尔顿、巴特勒、罗切斯特、罗斯科蒙、奥特维、沃勒、多塞特、庞弗莱特、斯特普尼、菲利普斯、沃尔什,以及德莱顿。从约翰逊收录菲利普斯可以直接看出农事诗文选地位的上升。罗斯科蒙乍看上去有点儿出人意料,可想想蒲柏说过的一句话,"为这位查理王朝硕果仅存的道德诗人欢呼吧",[52]也就不难解释了。文类删减方面,有几个我们相当期待的名字却没有出现在《诗人传》中,由此可见奥古斯都时代智语诗模态已大受限制。

约翰逊之后正典的变化体现于不同的诗选中,各类诗选中影响力最大的恐怕要数弗兰西斯·特纳·帕尔格雷夫(Francis Turner Palgrave)选编的《金色宝库》了[53],一代又一代年轻读者由这部诗选开始认识英国诗歌,长期以来这部诗选已成为文学体制的一部分。只要看看这部诗选的全称《金色宝库:英国优秀歌谣和抒情诗选》,其文类偏好已一目了然。把只有一两首作品收录的诗人忽略不计(除非收录的是有一定规模的长诗),诗选1861年初版时收录情况如下:德拉蒙德,7

首;德莱顿,2首;赫里克,7首;琼生,3首;拉夫莱斯,3首;马维尔,3首;弥尔顿,11首;莎士比亚,32首;斯宾塞,1首。1891年再版时又加入坎皮恩,10首;锡德尼,5首;沃恩,3首;与之同时,赫里克、马维尔、莎士比亚的收录量也有所增加,分别增加到8首、5首和34首。奎勒-库奇的《牛津英国诗选》(1900)篇幅是《金色宝库》的三倍,所涵盖的年代也要宽广得多,既包括更为遥远的诗作,也包括19世纪后期一些新作,加入了许多只有一首诗入选的小众诗人,也尝试收录一些博学深刻、又不失趣味的诗作,例如威廉·布朗尼的作品(7首)和卡特莱特的作品(4首)。不考虑覆盖范围的差异,《牛津英国诗选》和《金色宝库》的主要差异体现在坎皮恩的作品收录量有所减少(8首),收录量增减的包括卡鲁(6首)、邓恩(8首)、德莱顿(5首)、邓巴(4首)、赫伯特(6首)、赫里克(多达29首)、拉雷(5首)、琼生(11首)、苏利(3首)、金(3首)、斯宾塞(7首)。约翰·海沃德(John Hayward)的《企鹅英国诗选》趣味保守[54],但知名度很高,与奎勒-库奇选编的《牛津英国诗选》(以下简称《牛津诗选》)不同之处少得惊人,只是有些诗人略有删减,包括卡鲁(2首)、考利(1首)、弥尔顿(6首)、锡德尼(3首)、斯宾塞(3首),邓巴和格林则不见了踪影。

　　以本书的观点来看,上面有些变动很容易解释,只要从文类方面加以解释就可以了。尤其涉及个别作品时,选中与否绝非选家个人趣味的人性表达,更为时尚盲动的结果。首先应当注意到,歌谣在20世纪初上升到最高点,然后开始下滑。非但歌谣,其实一切非戏剧化和非个人化抒情文类都经历了类似的发展过程,故而赫里克、考利、卡鲁、沃顿等人都先升后降。坎皮恩是个例外,影响力持续上升,或许因为他的诗带有明显的意象诗色彩。其次,戏剧化抒情诗始终为选家们所钟爱,考虑到布朗宁与现代主义文学千丝万缕的联系,这也没什么出人意料之处。怀亚特和邓恩的作品收录量增加,锡德尼的入选作品主要来自《爱星人和星星》,赫伯特则跻身于主流诗人之列。1900年的《牛津诗选》和海沃德的《企鹅诗选》都表现出对口语白话风格的重新评价,于是增加了怀亚特、琼生、德莱顿的作品,不过上述两部诗选都没有像美国批评家叶佛·温特斯(Yvor Winters)那样走向极端。第三项变化大大提升了"玄学派抒情诗"的地位,邓恩、赫伯特、特拉赫恩、沃恩等人的作品收录量大大增加。最后,无论是牛津的批评家,还是新批评,都更青睐短诗,于是卡特莱特、塔维斯托克的布朗尼再度为选家所忽视,至于德雷顿、范肖,还有考利,则直接从入选名单中删除了。

戴姆·海伦·加德纳的《新牛津英国诗选：1250—1950》(1972,以下简称《新牛津诗选》)在许多方面可与奎勒-库奇的《牛津诗选》直接对比。《新牛津诗选》中,上述三种倾向依旧,赫里克的入选作品减了一半,从29首下降到13首;此外卡鲁、考利、弥尔顿的入选作品数量都有所下降。坎皮恩的入选作品数量略有上升,琼生则有显著上升。邓恩、赫伯特、沃恩的入选作品数都翻了倍,达到了玄学派诗歌,或曰智语挽歌的历史高位。同样的倾向自然也体现于形式批评的正典之中,其痕迹处处可见,例如期刊上的文章,如福特·马多克斯·福特极其个性化、极其精彩的专著《文学征程》(1938),又如由鲍里斯·福特主编,几乎与文学体制融为一体的《鹈鹕英国文学指南》(1954—1956),以及斯菲尔《历史》的文学分卷(1970)。《鹈鹕英国文学指南》中有不少文章仅论一位作家,或以一位作家为主,此类文章无一例外预设了玄学派诗人的正典:邓恩、赫伯特、马维尔,还可算上考利(显然也涂上了玄学派诗人的色彩)。斯菲尔的《历史》把这一趋势更推向极端,把琼生和骑士派抒情诗人压缩到一个章节中。早在30年前,福特·马多克斯·福特就表示过,邓恩是"超级伟大的诗人",而赫里克"仅仅是赫里克而已"。30年后,斯菲尔的《历史》与福特的观点不谋而合,不过赫里克还是得到了7页的叙述,苏利和锡德尼也回来了。不仅如此,长诗也开始引起兴趣,斯宾塞复活了,弥尔顿也重新得到了安置,得到了一章的篇幅专门讨论其短史诗。至于德雷顿,至少有所提及,虽然零散且不系统。

散文小说的正典更为严谨,较少受到选集和口述表演等外在因素的影响。散文正典中,文类的影响力十分深厚,不过人们较少意识到其存在,因为许多散文文类根本没有命名。桑茨伯里的《英国文学简史》(1898)把写实小说和历史小说、哥特小说,以及其他传奇搅在一起,统称为"小说",把里德、皮科克这样的作家想当然地纳入此类,斯蒂文森则成了19世纪的一位"伟大小说家"。可后来的文学批评中,文学小说的正典不断收缩,最后几乎只指向一个类别——自然主义小说。《鹈鹕英国文学指南》中对斯蒂文森的作品只有寥寥数句,而莱昂内尔·斯蒂文森(Lionel Stevenson)所编的《维多利亚小说:研究指南》的早期版本中,斯蒂文森更是彻底销声匿迹,倒不是斯蒂文森的作品本身有什么缺陷,上述情况的原因正在于正典中文类的收缩。出于相同的原因,斯蒂文森和皮科克在斯菲尔的《历史》中只有简要提及,德拉·马雷更是只字未提。上述文集主要用于文学教学,在其背后则是原创性文学批评,例如利维斯的批评文章。利维斯提出了所谓"伟大传统",包括奥斯汀、艾略特、詹姆斯、康拉德等作家,一方面产生了巨大的影响,另一方面也遭到了许多抨击,批评他的"伟大传统"过于狭窄,在对待狄更斯的态度上体现得尤其明显。利维斯早年认为狄更斯仅有一部内容连贯、态度严肃的作品,就是《艰难时世》。不过从利维斯自己的角度来看,他对狄更斯的苛刻并非没有道理,利维斯堪称少数几个把本时代正典一以贯之坚持到底的批评家,直至今日,很少有人理解"伟大传统"实际上划定了一条连续而明晰的文类边界。无论是斯特恩的创作过程小说,斯科特的历史小说,或是狄更斯的寓言小说都惨遭贬低,可这原本就是写实小说神圣化之后合乎逻辑的结果。

我们这一代人在理论方面多有浸淫,是否就可以摆脱这类文类偏见?肯定的答案可以令人心花怒放,可实际上当代批评家开始偏爱短篇小说,同样受到偏爱的还有传奇(桑茨伯里很少提到《呼啸山庄》,可科莫德眼中《呼啸山庄》是一部不折不扣的经典;梅瑞狄斯的挽歌体传奇的声望也在上升)。新的"伟大传统"取代了旧的,这是属于狄更斯和乔伊斯的"伟大传统",当代小说正典包括霍桑、梅尔维尔、詹姆斯、康拉德(其作品的一个方面),以及伍尔芙和贝克特。除了当代小说正典外,甚至已经可以瞥见属于未来的"另类传统",其基础是近年来崭露头角的小说,以及一些过去被排斥于正典之外的小说,包括末世幻想(品钦和冯纳古特)、荒诞故事(巴思、巴塞尔姆)、创作过程小说(《金色笔记》)、思想性历史小说(《法国中尉的女人》)。对待昔日文学时偏见依旧存在,无论我们如何谨慎小心,大多数重新评价都是在长期积累的文类压力的推动下做出的,即便是那些看似只涉及道德伦理,与形式价值完全无关的重新评价也不例外。或许,只有当个别作品的重新评价与各种文类法则相符时,才有可能取得成功,[56]其中一条就是补偿法则,长幅和短幅形式交替得到读者青睐正是这一法则的体现。近年来《奥罗拉·李》(*Aurora Leigh*)再度引起人们的关注,不仅因为这是一首好诗,也不仅因为这首诗出自女性之手,更因为这是一首优秀长诗。

# 13. 文类系统

等级范式仅仅是众多文类系统中的一个，大多数文类系统的建构要达到为文学分类的目的，仿佛文学文类是有着固定数目的门类，可以一劳永逸地确定其结构次序。荒诞则荒诞，不过有些文类系统并非一无是处，还是能体现出某些原则，值得一看。俄国形式主义者尤里·蒂尼亚诺夫饱含洞见的观点即使在今天依旧不过时：不能不考虑文类次序，孤立地研究文类，只有在文类范式变化的背景下才有可能把握个别文类的功能。

## 有机普遍性

许多文类系统都依赖于把再现方式三分的形式划分法，据说这是最基础，或者说是普遍存在的划分法，三种再现方式分别叫作抒情、戏剧和叙事（术语真够混乱）。三种再现方式的划分可上溯到柏拉图，柏拉图把文学话语划分为作者话语、人物话语、混合话语三类，其根据是作品中发声说话的是谁，是诗人、人物，或二者兼而有之。[1] 经过亚里士多德的发展，这种以话语角度为基础的划分法成为由古代到文艺复兴，直至新古典主义众多理论的基石。[2] 直至今日，依旧有人坚持这种划分方法,例如弗莱,不过弗莱引入了一个不那么基础性的划分,把第一个"基础再现方式"一分为二,分为口传"史诗"和书面"虚构"。区分口传文学和书面文学确实令弗莱得到一些饶有趣味的结论,然而同一部作品既可以默默朗诵,也可以上舞台表演。如果接受了弗莱的划分,一方面会过度强调叙事中某些相对来说作用不那么基础的方面,另一方面又忽略了文学作品中某些以大声朗读为目标的特征,此类特征广泛存在于早期现代作品中。不仅如此,所谓基础方式原本就应该是纯中性成分,可根据弗莱的区分,基础方式不免要承担起内容的重压。[3]

现代文学理论中,抒情、戏剧和叙事的三分通常记到弗朗西斯科·卡斯卡勒斯(1617)名下,不过这种模糊的划分也可以继续上溯,至少可上溯到明图尔诺。[4]于是乎所谓"有机模式"获得了伪文类特征,持续发展,吞噬了一个又一个文类,以至于到了斯德格和迈耶的时代,理论家笔下除了大而空泛的普遍存在,再也没有别的东西了,[5]对文学理论的发展产生了不良影响。关于叙事、戏剧,尤其是抒情的种种"理念"原本就空泛而混乱,德国理论家们把它们进一步人格化,英国理论家们也跟着起哄添乱,于是乎情况更是雪上加霜。[6]出现了一种趋势,一言及某种文类的代表性模式,必言及内容和价值,有时甚至由其中"窥探"世间万物,受到这种趋势影响的有伯维尔、杰勒德、朗格、凯特·汉堡,或许还有因加顿和弗莱。倒不是说关于文类背后世界观的理论阐述必定空洞无物,文类既体现出特色鲜明的可能视界,也体现出特色鲜明的局限,这毕竟也是我们的观点。沿着这条思路可以发现浪漫主义时期一些饶有趣味、富于洞察力的看法,帮助我们去了解变化中的审美心理。例如席勒的素朴的诗和感伤的诗,又例如雨果把人类历史分为三大时代:原始—抒情时代、古代—史诗时代、现代—戏剧时代。此类看法本身内涵丰富,一点也不单薄,尽管在劣质的概述和提要之下看上去确实有些单薄。苏珊·朗格的情感和形式中一样可以发现充满直觉和理性的思考,可尽管如此,此派批评过于依赖直觉,即便是其中最优秀者也很难为自己的理论构建起坚实的基础。也只有韦勒克这样治学严谨的大学者才能充分评价这一派批评的空泛,坦言最糟糕的情况就是"把人领进心理死胡同"。[7]"这种批评喜欢各式各样的三段式,对材料加以编整,或许太过于自由了。"[8]说不清,道不明,看不穿,也难怪克罗齐有一肚子怨气,经典文类理论的终结与此也有着莫大的关系。所有这一切都源于对基础再现模式的误解(这种误解可以从歌德那里找到根据),三种基础再现模式是构成作品的成分,而非文类。或者说,是建筑材料,而非建好的典型。

再现模式其实仅仅是构成作品或文类的多种成分的一种,且同一部作品中多种再现模式或相互交织,或交替出现。牧童对话诗即是如此(戴奥米底斯早已意识到了这一点),同样的情况也出现在书信体中,出现于半戏剧化小说中(歌德已有论述),出现于部分章节戏剧化的小说中,出现于希腊悲剧的合唱部分,也出现于既有叙事化解说,又有戏剧化表演,最后以抒情结尾的法国悲剧中。类似的例证还有许多,就不再一一列举了。[9]此外,有些再现方式区分起来并不容易,例如"不可靠叙事",以及作者话语和人物话语的混合,体现于间接话语、受抑制直接话语,以及内心独白等手法中。[10]至于詹姆斯、福格纳、贝洛的小说中,谁又敢断言发言出声的究竟是何许人也?有人说现代小说利用种种难以断定的叙事模式,昔日的分类已不再适用,其实只要把柏拉图所说的混合模式解释得足够细致,昔日的分类就依旧有效。捉摸不定的叙事效果带来新的可能,可依旧实现于叙事再现模式既有的框架中,旧的分类依旧是分析方法中不可缺少的部分。不过恰如维托所说,普遍存在的再现模式要和文类严格区分开。[11]使用特定的再现模式或许有特定的内涵(例如,以作者为发言者在时间次序的安排上要比戏剧化叙事更为自由),但这并不具备文类性质。文类是体现于整部作品的典型,而普遍模式从来只指一个部分。赫尔拉迪如是论道,再现模式"最适合于所谓话语的分子结构研究"。

从分类学的角度来看,普遍模式论的局限十分清楚,各种普遍模式的混合是规则而非例外,且无论如何也只能描述出再现的一个方面。

更进一步说,三分法看上去简洁明了,很有诱惑力,结果把思考引入了封闭的综合。曾经有人尝试由两个普遍模式(叙述、模仿、混合)推导出另外一个,希望借此把普遍模式进一步简化,推导出演化的时间或逻辑次序。[12] 此类思考不能说无趣,可毕竟离文学经验太过于遥远,对于文类的排序没有多大作用。再说了,此类思考大都严重依赖于模仿的概念,可随着对早期文学材料和传统了解的增加,如今看来模仿也并非那样重要,再也不会有人认为文学模仿是人生的直接写照了。

古人研究普遍再现模式时主要根据谁发言来加以分析,可现代作品中发言者(或曰视角)越来越难以确定,于是理论家开始寻找替代性分析基础。苏珊·朗格的康德式思考非常精彩,可视为过渡。朗格之后的理论大都建立于语言基础之上,更加系统,但少了一份哲学玄思。由此引出了"话语类型"的讨论,当然所谓"话语类型"并不超出人们的日常经验,至少不超出常规的语言分析。故事中的描写和叙述的区别重要吗?几乎每个学童都知道很重要,也只有懂得了其重要性,才能懂得该如何跳着读故事。实际上话语类型分析把分析基础彻底转移到语言功能上,可这样做似乎只是把基础再现模式的数目增加了几个。或许亚里士多德从来没有表示过自己的系统只能三分,而是从大量模式中选择了三种最常见的来讨论。不管怎么说,纪廉清楚,随着散文的发展有必要加上第四个基础模式。[13] 肖尔和克劳斯赞同纪廉的意见,把第四种基础模式称为"散文",或"主题性文学"。恩斯特·埃尔斯特(Ernst Elster)提出五种基础再现模式:叙事、戏剧、抒情、描写、沉思。[14] 许多人都提出过类似的方案,原则上说还可以提出更多的方案,只要以语言功能的不同区分为基础就可以了(例如布勒把语言分为再现、表达、意动三大功能)。[15] 于是各种文学应运而生,有劝说文学(意动)、表达文学、描写文学(自然景物诗、景物随笔)、论说文学(文艺复兴时期的"剖析"、哲学散文)。此外,格言诗、警句诗,以及某些具体诗中,还能看出非个人化的格言或铭文功能。

然而以语言功能为基础分析文类依旧有行不通之处。文类其他方面的作用并不比语言功能小，不仅包括材质方面，也包括无法从功能角度加以描述的形式方面。某些优秀的写实小说中语言本身的意义并不大，仅仅起到传递信息、编织故事的作用。也就是说，语言犹如一层透明的介质，指向更高层次（叙事层）上的构件，也只有在更高的叙事层上文学形式才能得到实现。这种文类中具体语言实现可换成其他选择，对作品的整体影响不大。实际上所有叙事艺术一定程度上都独立于语言材料，19世纪的语言自目的性论调并非总是能解释得通。举例而言，戏剧中语言的作用就是次要的，有的戏剧甚至根本没有语言。苏珊·朗格就曾否认戏剧是文学，而把戏剧和电影一起列为一个单独的艺术门类，其艺术性独立于语言。[16]朗格的论述还是很有些意思的。

另一方面，芝加哥学派的批评家对于过分强调语言的做法做出回应，最后把自己的研究方法建立在动机修辞学之上。于是乎，区分模仿动机和教化动机成了最重要的，可单一标准终究显得单薄，缺乏说服力。比如把话语区分为措辞和实践，可描写性作品的批评中这一区分很难把握，对于区分文类更是毫无用处。[17]奥尔森表示《神曲》是一部教化之作，奥尔森的用意不难理解，可要说《神曲》在再现模式上是教化，而不是模仿和叙事，恐怕许多人不能苟同。芝加哥学派采取修辞单一论，再加上其偏爱分类的研究方法，使得其成果并不丰富。

概括而言，基础再现模式的适当运用范围是描写性分析，对于描写性分析而言基础再现模式是必不可少的。文类的划分中有过多模式混合和中间状态，基础再现模式的用处并不大。随着这一认识的增强，许多人尝试修正亚里士多德的系统，把分析基础由话语转移到语言更新、创作目的，或其他什么单一标准上，可文类依旧顽固抵抗，不肯划分成某一套"基础成分"。即便是奥斯汀·沃伦口中的"终极成分"——诗歌、故事、戏剧——也难以起到分类的作用。自从戴奥米底斯以来，许多人都尝试过把文类划分成几种基础类别，可无一例外都遇到了不可逾越的障碍。[18]这原本就不是现代才有的问题，种种现代解决方案对于前人的改善也极其有限（有时仅仅是把前人的方案倒转过来）。究其原因,不仅因为近代以来出现了许多中间文类,例如韵文体小说、抒情小说、散文诗,[19] 更因为某些自古已有的文类一贯抗拒分类,例如梅尼普讽刺。这也再次让我们看到,文学从根本上来说抗拒分类,即便分类对于文学分析有着莫大的好处。

## 文类图

文类分类一直没有中断,基础既有上面谈到的基础再现模式,也有其他方面的,更有人编制出图表形式的文类系统。某些文类图还是有一定历史价值的,其中所体现出的原则至少可对部分文类系统加以排序。

古代和中世纪的数个文类系统以格律安排上的差异为区分的基础,虽然此类差异并不一目了然。旺多姆的马修所著的《韵律艺术》是个好的例子,四种文类形象化为陪伴在哲学身边的四位侍女,今天看来颇为神秘。实际上原作中提到的四种文类:悲剧、讽刺、喜剧、挽歌,主要指格律类型,当然其中也涉及其他文类特征,例如题材,可只有从格律的角度加以解释,这种系统安排才不会让人感到莫名其妙。[20] 显然马修拿出的并非精心选择的范式,而是整个文学领域的一张草图。也有可能这段晦涩难懂的论述启发了文艺复兴理论家,对所谓"维吉尔轮"做出了调整,把农事诗赶了出去,形成了自己的文类系统。最常见的做法是以悲剧—喜剧—讽刺替代史诗—农事诗—牧歌,屡屡给人造成麻烦的抒情诗可以纳入挽歌名下。[21]

所谓"维吉尔轮"常常归于加兰德的约翰名下,是历史最为悠久的文类图之一,直到 18 世纪还可以感受到其影响:

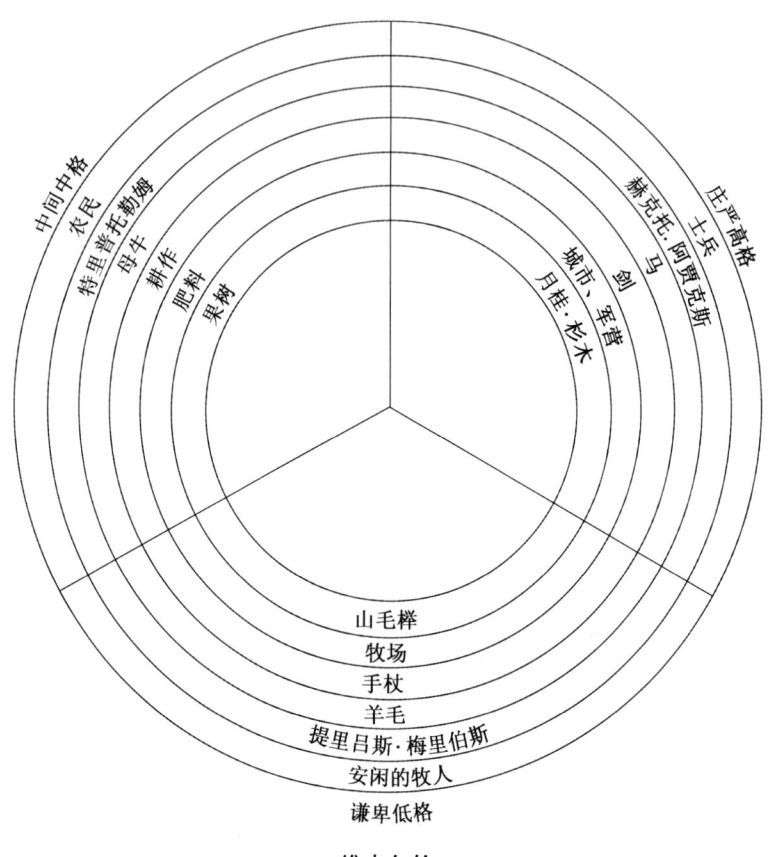

**维吉尔轮**

原图出自埃德蒙德·法拉尔《十二、十三世纪艺术诗学》,(巴黎,1962)87 页。

241   "维吉尔轮"列出三种模式的相应特征:英雄体史诗、农事诗体、牧歌体。不过"轮"上所列并不涵盖文学全域,更不用说社会和自然了。很多人已指出,"维吉尔轮"发展了西塞罗所提出的风格高度论,"轮"中也确实提到了三种风格:庄严高格,谦卑低格,以及中间中格。[22] 经过几个世纪的风格混合,如今已经很少有人对风格高度系统感兴趣了,更不用说其中一种风格如今几乎已经绝迹。然而这一系统曾经有效而丰富,被一致认为是理所当然,对于许多伟大文学作品的问世起到了积极作用,这方面的作用人们今天刚刚开始有所体会。风格高度论的内涵极其丰富,远非《献给海伦尼的修辞学》这样简略且公式化的小册子可以传达。不过作为图示,"维吉尔轮"有许多误人之处,必须严格批判。根据该"轮",英雄体和牧歌体连成一片,实现循环,可这种连续性根本不存在。实际上,要令该图具有实际意义,应将其重新画为柱状图,加兰德的约翰也确实这样重新绘制过。整个系统建立于单一的轴线之上,即风格高度,许多世纪中高下之别在许多社会系统中都占据着核心地位,故而该系统也必定受到了社会环境的影响。

托马斯·霍布士也曾提出过雄心勃勃的系统,其出发点就是"维吉尔轮",不过霍布士所论的不是文学,而是"人类生存的三大领域":宫廷、城镇、乡村。霍布士进一步把三大领域和三大文学"门类",或曰模式联系起来,分别是英雄体、嘲讽体、牧歌体。接着霍布士又按照再现方式的不同(叙事和戏剧)把三大领域和三大方式组合起来,形成一个双轴系统,"总共产生出不多不少六种诗歌形式"。"叙事英雄体诗歌叫史诗,戏剧英雄体诗歌叫悲剧,叙事嘲讽叫讽刺,戏剧嘲讽叫喜剧,叙事牧歌还叫牧歌,戏剧牧歌则叫牧歌体喜剧。"[23]霍布士的论述开启了分析文类理论的先河,直到现在仍未受到足够的重视。现代文类分类通常认为始于歌德,歌德把三种自然形式和三种再现模式(史诗、抒情、戏剧)大致对应起来,允许混合形式的出现。不幸的是,歌德认为三种再现模式不仅是构成文学的基本成分,且把三者安排成周始循环。继歌德之后又出现了许多类似的文类空间安排,且和歌德的安排一样,对文类理论产生了不好的影响。[24]

近年来,不少文类系统以弗莱的《批评的剖析》为出发点,考虑到弗莱著作中传统的回归,这种做法也不难理解。弗莱著作中提到的种种系统令人再度体验到中世纪的学术风格:随意、图示化,但充满创造性。举例而言,弗莱提出四种神话类型,或者说叙事类型,包括传奇、悲剧、喜剧、反讽,其逻辑重点放在"普通"文类上。神话类型的基础是众多关于自然循环更替的神话,于是弗莱把他的神话类型也安排成周始循环之圆。有人批评弗莱的安排前后不统一,1951年《批评的剖析》初版时传奇对应于春天，1957年再版时对应于夏天，到了1965年则移到下半年去了。²⁵其实修订本身并不是什么大问题，更应当看到弗莱系统的不完整性，这样才能触及系统背后的建构原则。如果真的存在所谓"前文类范畴"，其数量必定要比弗莱陈述的多得多。例如弗莱的类型可按照由纯真到世故的轴线纵向排列，传奇代表理想的一端，讽刺代表现实的一端，悲剧代表一种运动方向（下行），喜剧则代表另一种运动方向（上行）。可实际上大量的文学作品，无论是英雄体还是写实体，在这样的轴线上找不到属于自己的位置。

弗莱提出的五种模仿或"虚构模式"影响力更大些，包括神话、传奇、高模仿、低模仿、反讽。这一系统的基础是"英雄的行动能力"（相对于环境和人类社会）。举例而言，神话中英雄是神，本质上高于自然环境或人类社会。

（1）神话（英雄本质上高于自然环境和人类社会）

（2）传奇（英雄程度上高于自然环境和人类社会）

（3）高模仿（英雄程度上高于人类社会）

（4）低模仿（英雄不高于人类社会）

（5）反讽（英雄低于人类社会）

肖尔批评弗莱的系统缺乏规则对称性，遗漏了社会和环境的某些组合形式，尤其是遗漏了与自然主义相对应的"中模仿"。不过弗莱系统更在意的是历史见识而非纯理论，而我们所关注的是类似的系统图示从原则上说有没有可能标示出各种虚构作品的文类，例如"传奇、民间传说以及它们在文学中的近亲和后代"²⁶都属于传奇这个范畴。不要忘记弗莱之所以提出上述图示，主要是为了论证自己的历史论点："过去十五个世纪中，欧洲虚构文学的重心一直在向下滑。"²⁷这一论点表明神话的位置一直处于移动之中，逐渐走向消亡，是有价值的。可作为一种图示，弗莱提出了某些固定不变的范畴，可这些范畴是否真实存在尚无定论。问题之一，神话的位移会影响到其他范畴（神话高于环境和社会，可究竟有多"高"，不同的文化背景有着不同的表述）。问题之二,文类本身也在发生着变化,传奇在中世纪属于同名虚构方式,可到了维多利亚时代已全然不同。弗莱提出的系统看上去处于动态变化中,可实际上早已预设了一个静态共时系统的舞台,在上面上演一出神话位移的戏剧。[28] 这出戏中有不少闪光之处令人精神为之振奋,我们的兴趣也主要集中在那些闪光点上,而非系统所采用的图示框架。尽管其理论本身缺乏历史,对于弗莱还是要做出历史的阐释。

如果把关注聚焦到弗莱由神话位移所引出的第二个论点上,其理论框架的僵硬和局限就暴露无遗。弗莱提出应把虚构模式视为"神话类型,也可以说是情节公式,不断向神话的对立极写实靠拢,在反讽中达到巅峰,然后再度向神话回归"。[29] 肖尔和弗莱彻对弗莱的批评是恰当的,两人认为上面这段论述,以及《批评的剖析》中其他类似论述都是循环往复式的论证,用安格斯·弗莱彻（Angus Fletcher）的话说,弗莱的理论就是"想象力的周始循环"。[30] 同斯威夫特、蒲柏、盖伊、伏尔泰的时代相比,现代时期的反讽色彩似乎弱了许多,即便可以拉平这种差距,依旧有一些悬而未决的问题,例如文学运行到最低点后,如何与最高点连成一片？

弗莱的后继者们大都抛弃了弗莱的神话批评,把关注集中于其理论中的一个成分——类别划分（这恰恰是弗莱理论中最无趣的部分）。罗伯特·肖尔对弗莱的虚构模式论做了一番改进,希望提出更简洁,也更符合逻辑的系统。然而困扰弗莱理论的问题也同样困扰着肖尔的理论,而肖尔又不能像弗莱那样提出一些具有历史远见的观点作为补偿。肖尔几乎全盘否定了弗莱的历时观点,在肖尔看来,此类观点对于分类毫无价值。作为替代,肖尔提出了纯分析性的可能性谱带,其方向性体现于虚构世界"与现实经验世界相比较,是优、劣,或是相等",由此产生出最简要的形式:讽刺—历史—传奇。所谓历史,既包括一切真人真事的再现（传记、自传）,也包括虚构文学中与历史相对应的部分,主要体现于客观写实虚构作品中。[31] 提出这一三分系统后,肖尔又提出一系列中间形式和更细致的区分,尤其是小说的各种类型之间。于是肖尔有了一个重要的感受,应当把讽刺、历史、传奇的图示由直线变成曲线,这恰恰暴露出肖尔的理论缺乏足够的维度。

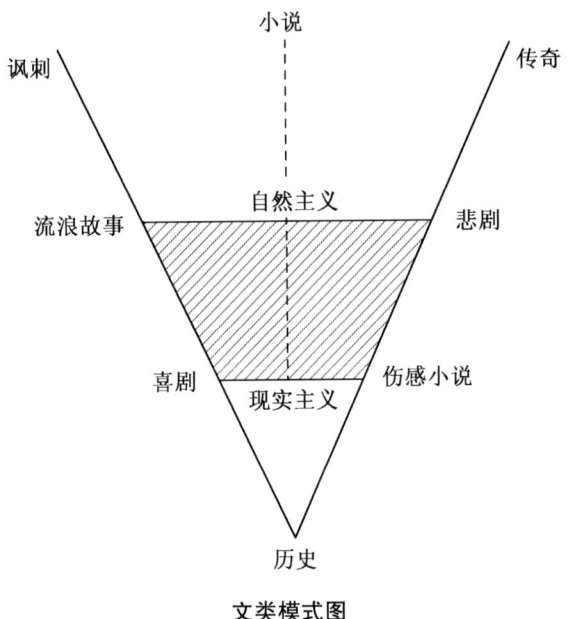

**文类模式图**

原图载于罗伯特·肖尔《文学中的结构主义》,(纽黑文和伦敦,1974)137页。

图中小说处于中心位置,"同时吸引着谱带的两端"。[32] 一看到这张图,其中某些细节安排就会引发人们的反驳,例如如果流浪故事与传奇相对,喜剧与悲剧相对会更符合主流文学史。不过我们更关注的依旧是这张图背后的组织原则,最根本的反对意见是,该图引入的一系列对位毫无历史基础,与文学实际相去甚远,图中的对位似乎仅仅满足了实现对称的目的。如果对位双方本无关联,就必须创造出某种神秘关联。"高阶文学世界中,情感变得幽暗而普通,俯视着混乱的讽刺,或许看着美德流逝,却丝毫没有悲剧的风度。"[33] 这段话似乎在说,制图师傅遇到难题了,"这儿就让对位拟人化吧!"

保罗·赫尔拉迪(Paul Hernadi)的《超越文类》博采众家理论之长,从程式上对近60种文类系统做了一番评述。然而不幸的是作者痴心于界定和分类,令其历史文类概念大受局限,对模态的规定也过于松散,最后空泛无物。³⁴尽管有种种不足,赫尔拉迪还是为读者呈送上一个颇具独创性的系统。该系统有两条轴线,一条代表主题性—戏剧性,一条代表单一性—对话性,分割出四个菱形区域,分别代表抒情、戏剧、叙事、"主题"。每个菱形区域中还可以根据两条轴线重新加以四度分割。³⁵一旦把图中各个菱形区域汇合到一起,问题就来了。例如图中靠近中心处,"主题模式"中作者痕迹最弱的一部分(或许是专题论文集、寓言道德剧之类)开始与戏剧模式相接近,而与此同时戏剧模式也在做

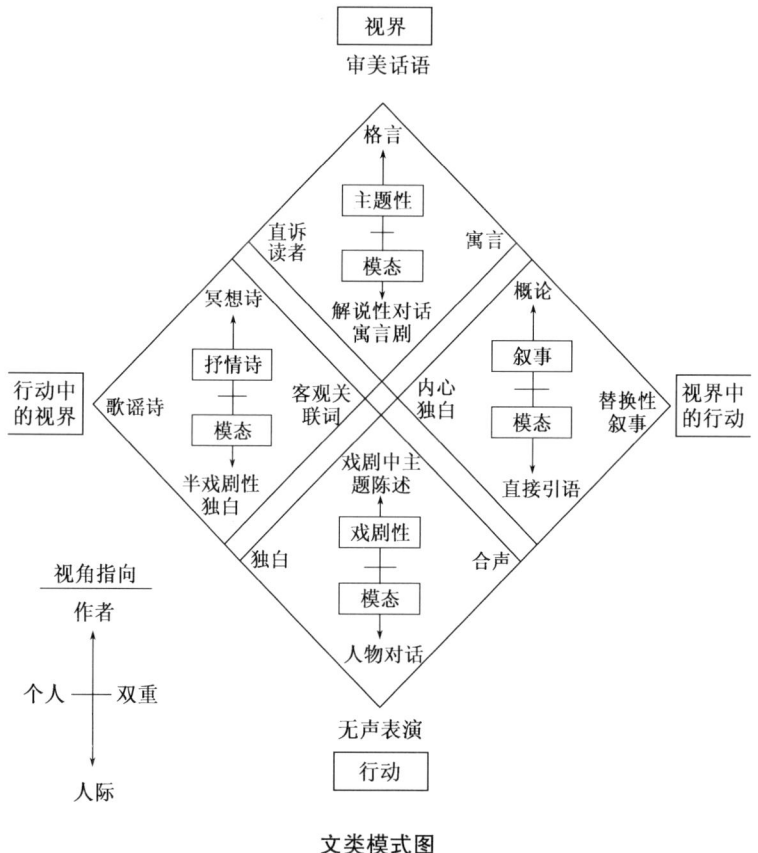

**文类模式图**

原图载于保罗·赫尔拉迪《超越文类》(伊萨卡和伦敦,1972)166 页。

着反向运动,由"戏剧性主题陈述"所占据的一端向"主题模式"接近。然而这两种趋势并非交汇于同一种形式,自然主义戏剧中的主题旁白意义明晰,而优秀寓言剧中寓意总是欲言又止,若隐若现。或许格言更能体现出趋向于戏剧模态的主题表达,可图中格言出现在最上端,与戏剧模态的主题表达正好相反。或许要想在图中充分再现出形式的特点,必须引入更多的轴线,例如抽象—明晰。该图所面临的困难尚不止于此,赫尔拉迪考虑到了某些形式特征,可忽略了另一些。

显然赫尔拉迪自己也感到有必要增加比较轴,于是在纵向比较轴(作者话语—交际话语)之外又加入另外一条颇为不同的比较轴,即观点—行动。可问题依旧存在,行动(例如道德小说中)—作者话语的痕迹未必就低于观点表达。或许把寓言剧划入主题模式而非戏剧模式,这本身就有些古怪。

## 反对图示

近年来,有些图示日益复杂,人们不禁要问它们究竟想表达什么?如此复杂的图示对于初学者还能有什么帮助?此类图示所要描述的还是真实存在的结构吗?就算真实存在,有可能再现于主体间的思维空间吗?

不应一概而论,认为图示就是画出一两根比较轴,每根或者代表着某种特征由极小到极大的梯度变化,或者代表着截然相反的两种特征,以此来实现文类的粗略划分。实践中极少有图示能同时表现出两根以上的比较轴,格雷厄姆·休(Graham Hough)在自己的钟形图中除了纵横两条轴线,又加入一条圆周线,可即便那样依旧难以体现出第三条比较轴。[36]

任何图示都有局限性,只能以一到两种品质为基础去发现不同文类的类同。赫尔拉迪曾言:"或许需要多个坐标体系。"[37] 此语虽属自

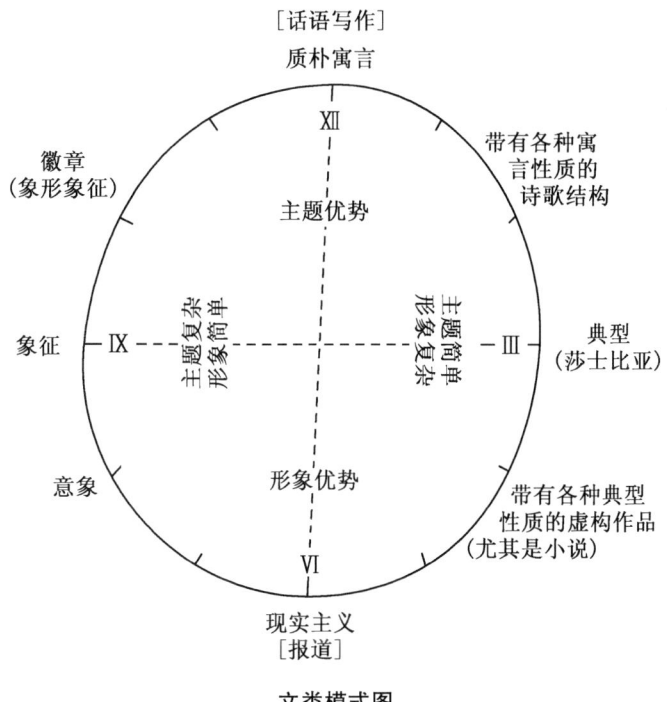

**文类模式图**

原载于格雷·厄姆·霍夫《童话女王前言》(伦敦,1962)107 页。

谦,但内含真知灼见。不妨把图示法和模式认知法做一番比较,模式认知法中维度空间呈现出多层次性,可以从 20 到 200 不等。实际上文学的任何一个显著特征或成分都是一个潜在的维度,同样可以成为维度的还包括各种外部事实,例如时间、空间、阶级属性,尽管这些潜在维度常常为文类制图家们所忽略。[38] 显然各种比较轴的重要性不一,仅仅去清点有多少相同特征毫无意义,更要为各种变量"称重"。可供选择的比较轴包括:作者话语—交际话语(赫尔拉迪)、个人话语—公共话语(赫尔拉迪)、模仿中世界的高度(弗莱和肖尔)、修辞格高度、褒扬—贬低(阿维罗伊)、喜剧—悲剧(朗格)、主题性—非主题性,以及各种心理极性,例如主观—客观、内敛—外发(体现于弗莱提出的"具体而连续的形式"中);[39] 各种修辞和文体谱带,例如混浊—透明、隐喻—换喻(体现于戴维·洛奇的系统描述中）。⁴⁰其他一些特征也有着广泛的分布和重要意义，例如语言的透明性常常以散文为介质，还常常涉及某些具体文类（叙事、论说），同样混浊性也时常与抒情相关。还需要区分与之相近的一个要素，即形式本身的透明与混浊。某些作品中读者几乎察觉不到形式的痕迹，无论是结构形式或是文体形式，如此之高的透明度特别适合那些强调写作的工具价值的作品，20世纪文学中则往往呈现于自然主义一端。透明—混浊轴将詹姆斯式小说和斯坦贝克式小说截然分开，也将绝大多数短篇小说（即便是强调写实的短篇小说）和具有极端自然主义倾向的长篇小说分开。结合保罗·扎姆索尔（Paul Zumthor）的研究来看，作品的篇幅有一定关联，诸如文类混合程度，语言的透明—混浊程度等维度都同作品的篇幅有关（举例而言，短篇小说就较少体现文类混合）。不仅如此，如此这般组织文类更能引出许多意味深长的类比，例如轴线一端的短篇小说和抒情诗可做一番类比，另一端的长篇小说和史诗也可做一番类比。⁴¹中等篇幅作品中多见混合文类，既可以是散文，也可以是诗歌，故而中篇小说中"符合叙事类型"最为常见。⁴²这一篇幅范围内混合类别的戏剧远多于单纯类别，同样混合形式也构成数种中等篇幅的诗歌，例如农事诗。由此可见，选择哪些比较要素绝非无限制的任意而为，从根本上说必须以图示的目标为指导。如果组织的对象是类别，篇幅就可以成为有用的要素，可如果组织的对象是模态，篇幅的作用就不大了。只要选择好要素，即便简单的图示也可以把相关文类的某个特点说明白。

可如果有人想以一张图包罗万象，就是痴心妄想了。原因很简单，潜在的比较轴实在太多了，多到数不胜数，根本就不可能以一张图包罗所有的文类，更不用说所有作品了。如何才能从空间上表示文类与作品之间的关系？拓扑图？全息图？即便可以建立起空间坐标系，又能告诉人们什么？⁴³肖尔把传统小说变成一个线段，表示"狄更斯、萨克雷、梅瑞狄斯和哈代的作品更接近锐角部分"，⁴⁴他做了一个危险的比喻。原因之一，文学有太多特征，任何图示如果企图把所有特征都一一标示出来，恐怕也就不会有什么实用价值了；原因之二，文学中没有哪个要素属于自然组织结构，各个要素间无高下之分。[45] 可以肯定某些文类术语有着更明确的界定，可这并不意味着术语所代表的结构来自自然（这一方面文类术语与色彩词汇不无相似之处）。[46] 其实所谓文类仅仅存在于名义上，一定意义上说，想要数出多少种文类就能数出多少种。再次强调，文类是典型，而非有着明确边界的门类。由此引出第三点，文类并不适合于要素分析，因为要素分析的过程主要是分类。第四点，即便把文类视为建立于多维连续谱带上的形式，这种看法仍有简化之嫌，因为并不存在所谓"内容物质"让人们去塑形。传统中人们所看到的一切已经有形式，故而人们所关注的特征在随着时间和文化环境而发生着变化。[47] 也就是说，文类有着属于自己的历史，绝非单纯、被动的物质。早期文类虽然已经失去活力，无法自由安排，其影响却已深深渗入文类间关系中，万万不可低估甚至忽视早期文类与当下文类的相互关系，这是改变文学的力量之一。如果一定要以空间特征表现文类，需要用到一系列共时关系图，唯此方能或多或少呈现出文类变化中的关系。可至今为止尚未见到哪张图把文类的历史性纳入考虑范围之中，这方面肖尔的图示颇具代表性。肖尔在自己的图示中把小说形式的复杂变化简化为单一方向上的运动，即"小说正在超越自然主义"。[48] 可肖尔忘了提醒读者，他图中的线条本身也处于变动之中。

对于图示的反对尚不止这些，文学图示似乎追求着一种大而全的文学观，读者似乎觉得，只要时间允许可以把每一部作品都填入图中空白处。可实际上一切文类图仅能排列出"主要文类"或所谓"前文类形式"，此外就再没有"空白"了，而文类的本质要求任何组织排列文类的系统未必要做到全面，但必须做到开放。还有一项反对，即文类图的制作者们往往会忽视文类混合的现象。如果一部作品中同时包含了数种文类成分，该如何用图示表示呢？赫尔拉迪的图似乎暗示，同时带有两种文类成分的作品处于两个菱形的交界处，可更复杂的，带有多种文类成分的作品无论如何也难以在图上标出位置。

不难看出,构建文类图示从理论基础上来说就不健康,出于对科学程式的模仿,文类图示创造出一种客观不变的实体性对象,可实践中这种对象从来就没有存在过,关于文类的一切都属于机制,一切都处在变化之中。看到这一结论,我们不禁稍稍松了一口气,若是文学果真可以用图表表示,必然会偏离活生生的人,也必然会黯然失色。赫尔拉迪也承认,能观察到哪些文学模态"取决于批评家所采用的观察方法"。[49]这句话推翻了赫尔拉迪自己的图示,却比任何一种图示更有意义。

有一种文类理论非常有意思也非常重要,认为文类是永远无法彻底实现的系统。我说的是蒂尼亚诺夫的文类理论,蒂尼亚诺夫比布拉格学派更早提出文类是拥有连贯统一却又处于动态发展中的结构。[50]蒂尼亚诺夫把文学构想为一个复杂系统,包含若干子系统(与文类不无相似之处),各子系统有着独立的"秩序",又处于相互关联的动态张力之中。文学系统中各子系统并非和平共处,而是不断争夺着系统的支配地位,实际上一切可感知的文学现象都发源于个别作品中的"主因"。文学在整体进化过程中由于不断受到相邻其他系统的挤压,无论其主导特征或是其文类的分化与结群状态都处于变化之中。蒂尼亚诺夫最爱举的一个例子是文类等级系统,在蒂尼亚诺夫看来,该系统与社会习俗有着直接联系。

后来的理论家都对蒂尼亚诺夫的观点不加区分地全盘接受,当然蒂尼亚诺夫关于文学的复杂性与相互关联的观点在当下的文学研究中已是显而易见,其理论的一大优势是结合了共时和历时两种研究方法,至少在原则上如此。蒂尼亚诺夫的理论思维具有足够的历史维度以容纳文学的历史变化,与此同时又具有足够的胆略,去构想一个统一而连贯的系统,每个组成部分都对系统的总体构成有所贡献。蒂尼亚诺夫理论关于多重秩序的论述既有张力,又富于灵活性;既赋予文类系统一定的自律性,又不至于把它们同社会历史因素完全分隔开。不过蒂尼亚诺夫的理论以及继其之后的结构主义都存在一些严重问题,其中之一是过于强调冲突,而至少在形式方面文类群组和个别作品的效果更多来自协调而非冲突。其次,蒂尼亚诺夫的理论所采用的语言学模式有所不足。最后,蒂尼亚诺夫所构想的文学系统有点儿过于紧密有序了,实际中的文学系统远非如此客观有序,某些"主因"之所以能够脱颖而出,是因为它们为人们所珍视和喜爱,可其他一些替代要素却往往为人们视而不见。文学的内部结构远非"秩序井然",而是犬牙交错,系统本身很难完整呈现。其实,但凡依赖于人的系统大都如此,混乱中方有创造的空间,又有什么可抱怨的呢?其实也没有确凿的证据表明文类形成系统,或许所谓文类系统不过是松散的群组,完全没有必要去构想具有决定了的文类系统,或者以所谓"创造性必须"去取代个人贡献,至多也就可以说文类系统对作家施加了压力,或者说当下的文类范式限制了作者的选择。简而言之,蒂尼亚诺夫的文类进化论的达尔文主义色彩过于浓郁了。

## 文类间的关系

文类究竟有着何种秩序?最好不要从空间秩序的角度讨论这个问题,而是讨论各种文类间关系,就像本书之前章节讨论的种种关系。只要有系统就存在着特定的文类间关系,而且我们已经看到,不少此类关系具有历时特征。例如当各种成分组合到一起形成新文类时,其成分关系中的历时特征就十分明显。不仅如此,模态与源类别之间的关系同样具有历时性,历时关系是理解文类的基础。我们常常会发现,必须参照于早先业已存在,甚至当下已经废弃不用的文类,否则模态化之后的形式无法辨别。

共时文类库中并非所有文类间都存在着相互关系。各种文类间关系包括内含、模态化,甚至还包括反文类这种松散含混的关系,此外还包括类同与差异关系,有些文类形成互为反差的组对(例如悲剧和喜剧)。完全没有必要把此类关系搞得过于复杂,帕特里西亚·帕克

(Patricia Parker)注意到挽歌和传奇有着某些类同之处,[51]例如二者都把终结和意义悬置起来,可这种类同背后并不存在什么"神秘的亲缘关系"[52],仅仅因为二者都用到了某些现成的、易于为读者辨别的成分。传奇叙事往往需要表达情感,也需要对变化做出一番深思,而此二者恰恰也是挽歌要承担的功能,于是不少传奇包含挽歌,也表现出程度不一的挽歌模态化。不过挽歌并非所有传奇的模态化方向,也有不少传奇以英雄体史诗为模态化方向。其实不必搞那么复杂,所谓邻近文类就是指多数特征相同的文类,至少一定时期内显著特征相同。通常邻近文类间只存在一点外部特征差异(例如短篇小说和中篇小说,中篇小说和长篇小说),可这点差异已足以令邻近文类的关系不稳定。有时批评家对这点差异细细加以区分,于是出现了对比反差,文艺复兴十四行诗和智语诗就属于这种情况。起初智语诗和十四行诗的区别并不大,十四行诗和卡佐尼之间的区别同样也不大,可后来人们感到智语诗发展成了十四行诗的反文类。威廉·沃尔什(William Walsh)对抒情牧歌和拉丁挽歌也有类似的描述,他写道:"牧歌与挽歌之间的区别犹如乡村与宫廷之间的区别,故而挽歌理应简洁流畅,富于温柔的情感。恕我斗胆直言,挽歌理应比牧歌更加活泼,也更加高贵。"[53]

文类反差这一概念应当进一步详细说明。可以区分出三类反差[54]:有一类反差叫作互补性反差,也就是说,只要一种文类出现,另一种文类就不会出现,例如悲剧和喜剧大致可列入互补性反差。大多数莎士比亚剧非喜剧即悲剧,即便是历史剧也可从模态上确定属于喜剧或悲剧(例如《亨利四世》属于喜剧,《亨利八世》属于悲剧)。悲喜剧的存在并没有打乱喜剧和悲剧的互补性,混合文类中各组成部分并不会融为一体,而是保持独立,混合文类自身的存在正是维系于此,这在前面已有论述。只有在短暂的一瞬间人们才会笑中带泪,泪中含笑。其他一些反差接近于语义学所说的分级反义词,反向分布于某条重要的轴线上。史诗和牧歌就属于这种情况,区分二者的是某种规范性风格高度,史诗高于规范,牧歌则低于规范,而规范本身,根据"维吉尔轮"的规定,体现于农事诗中。这种反向系统往往是生长出各种文学手法的富饶土壤,例如农事诗中既可包含英雄体诗句,又可包含讽史诗段落。文艺复兴时期,牧歌被界定为史诗的反面,可二者可以混合产生出效果明显的诗句。例如锡德尼的《阿卡迪亚》中,牧野上一样会爆发战事,而斯宾塞的《童话女王》中,卡利戴尔骑士也会像牧歌中的人物一样逃离尘世的纷扰。讽刺智语诗长期以来也处在史诗的对立面上,恩莱特以人的堕落为主题所写的一系列智语诗之所以能取得辛辣尖锐的效果,就是因为把原本不调和的两类品质并列呈现于同一首诗中。和语义学中的词汇反义一样,文类反向也不绝对,例如随着史诗为人们所废弃,农事诗到18世纪就不再代表中庸的风格,而成为高格。正因如此,很难对模仿做出一系列高度区分(弗莱的虚构模式正是试图建立起确定的模仿高度系统)。任何特定时点上,只能确定一个常规和两个相对于常规的反向位置。此外还有第三类文类反差,其关系互为颠倒,类似于"买"和"卖"两个词的语义关系。这种反差关系往往形成正—反文类,包括传奇和流浪体传奇、小说和反小说、十四行诗和十四行诗—智语诗。这种反差关系中,一方总是预示着另一方的存在,二者结伴出现。反小说靠的就是唤起小说尽力避免的各种形式,若是小说走向荒废,反小说也必然步其后尘。

种种文类反差皆处于变化之中,例如中世纪的传奇和史诗是互补的两种长叙事形式,[55]但到了19世纪,这种互补关系已经消散许久了,传奇转而与写实小说形成反向关系文类,而衡量反向的标准是细节描写是否具有自然化特征。如果以虚构性作为比较轴,写实小说与传记形成反向关系,写实小说与传记在细节处理上的类同是显而易见的,然而二者的区别同样十分明显,只有蹩脚传记作家才会像小说家那样去虚构人物的思想,更不要说行动了。约翰逊写道:"不出意料,为野蛮人立传者以凭空捏造填补智力的匮乏,打出为野蛮人立传的旗号,可实际上拿出的是一部小说,每张纸上都写满了冒险故事,浸透着想象出的鲜艳色彩。"约翰逊的这番话倒不是要诋毁小说,只是提出警告,莫要成为他说的那种为野蛮人立传者。不过小说与传记的反差本身也处于变化之中,其一,传记本身日益成为创造写作的材料,在创作历程小说和实验小说这些以虚构为主要特征的类别中,传记所起到的作用日益增强。其次,非虚构性人物更容易满足人们对人物"真实性"的新要求。不管怎么说,自 20 世纪 70 年代以来,历史人物开始在虚构小说中流行起来,尤其是作家和作曲家,此类作品有莫里斯·埃德尔曼的《崛起的迪斯雷利》(1975)、詹姆斯·埃尔德里奇的《最后一瞥》(1978,小说涉及费兹杰拉尔德和海明威)、贝瑞尔·班布里奇的《青年阿道夫》(1978)、弗雷德里克·布施的《共同的朋友》(1978)、罗纳德·海伍德的《恺撒和奥古斯都》(1978)、基斯·阿尔德雷福特的《阿尔加奔向草原》(1979)、安德鲁·辛克莱尔的《爱伦·坡案件中的真相》(1979)。与此同时,越来越多的传记作家开始使用虚构,例如玛格丽特·福斯特的《威廉·梅克皮斯·萨克雷:一位维多利亚绅士的回忆录》就尝试以虚构自传的形式来写传记,饶有趣味。不过福斯特的传记中人工痕迹还比较明显,有些地方给人一种不协调、强扭到一起的感觉。

有些作品的解读原本就依赖反差效果,如果反差结构发生了变化,此类作品的含义也会变得模糊含混起来。英国文艺复兴时期的牧歌和农事诗几乎可以算作互补文类,牧歌代表着理想中的诗歌类别,农事诗则充满教化意义,甚至有人怀疑其是否有资格叫作诗。[56] 两种诗歌类别的风格高度也不同,但尚不足以形成反差。牧歌中,诗人自己的声音常常隐藏起来,再加上牧歌中特色鲜明的环境和话题,使得牧歌更容易辨别。纯粹的牧歌总是沉醉于悠闲,沉醉于艺术(歌唱、叙事),沉醉于情感("发自内心的热情,只是如水易逝")[57],辅之以放牧的描写,追求轻盈飘逸,反对过度着力落下痕迹,也包括思想方面的痕迹。总而言之,牧歌中的世界是永恒不变的金色牧野,定格于一日之内,时间陷于停滞,万物拒绝变化。了解到这些就不难看出斯宾塞的《牧童日历》的大胆创新,《牧童日历》中牧歌染上了农事诗的色彩,斯宾塞追寻彼得拉克、曼图阿那斯等拉丁诗人的先例,在牧歌中加入宗教题材,同时大大拓宽了牧歌中情感表达的范围(有时直接出于科林之口,有时也出于其他人物之口,不过在表达上更为隐蔽)。[58]此外斯宾塞在诗中还加入日历这一巧妙安排,蒲柏对这一安排颇多赞赏(虽然也有所保留),说这种安排将人生和四季放在一起对比,"向读者揭示出这个既大又小的世界的种种变化和方方面面"。[59]莎士比亚的戏剧《皆大欢喜》中也能发现牧歌的农事诗化,而且走得更远。毋庸置疑,《皆大欢喜》是一部牧野剧,但同时又是莎士比亚全部戏剧中教化色彩最为浓郁的一部,剧中所有人物都迫不及待地教化他人,当然严肃程度有所不同。剧中的许多教化与时间有关,加尼米德要奥兰多守时,喋喋不休地说道:"时间与不同的人行走有着不同的步调","森林中没有钟表"(人可以"无忧无虑地摆脱时间"),可塔施多恩偏偏随身带了一架日冕,于是教诲雅克道:"每一小时……世界都在摆动。"雅克又向老公爵大谈人类的七大时代。此外剧中还时常或明或暗提到其他种种时间尺度,尤其是历史时代和四季轮替,远远超出了情节的需要。《皆大欢喜》中牧歌与农事诗直接面对,产生出的文类效果十分突出,甚至比剧中所说的"山楂树上悬颂歌,荆棘丛里觅挽诗"更加令人感受深刻。对《皆大欢喜》的理解很大程度上依赖于这种文类效果,可很不幸这种效果如今很大程度上已经消失了,不单牧歌和农事诗的文类反差如今很少为人们所感受到,甚至连二者间的边界也模糊不清起来,且很难恢复。

有没有哪种文类反差过于强烈以至于排斥混合呢?似乎不存在,不过文类互补确实排斥混合。互补文类可以并置于同一部作品中,可各成分依旧分隔明显,难以做到水乳交融。同一部作品不大可能既是智语诗又是抒情诗,既具有对话特征又具有歌唱性。伊丽莎白时期的讽刺悲剧或许可算作一个反常例外,可对讽刺悲剧的理解离不开当时流行的荒诞讽刺剧理论,这里"讽刺"一词源于希腊的"萨提尔"剧,更多强调的是混杂。不过最终的结果常常是普通的讽刺剧,例如马斯顿的《牢骚满腹》,剧中人物马勒沃尔无时无刻不在讽刺,也不管自己是否异服伪装。至于其他许多文类互补,可以负责任地说,还从未有人尝试过将互补的双方融合到一起。有英雄体传奇，也有英雄体讽刺，可从未出现过英雄体打油诗（无论是四行还是五行），或英雄体散文。有时无法混合的原因是双方找不到任何共同基础，也有时原因是双方强烈排斥，根本难以调和。除此之外，历史也带来某种局限，只有当两种文类同时有效时作家才会把它们混合起来。以史诗为例，有些类别在史诗业已废弃后才出现，自然与史诗扯不上什么瓜葛，难以混合。由于种种原因，比较适合于混合的主要是反差文类。只要存在着文类系统，混合就同时受制于两方面的因素：一方面是共时文类系统的内部逻辑，另一方面是特定时期中文学的偶然。

  本章启示：设计文类系统时，不妨把目标设定得低一些，小一些。可以确定无疑地说，对文类进行编目整理的潜力很小，因为不同文类少有固定不变的范畴。至于给文类设计各种图示，从学术角度而言根本没什么必要，除非能以简明扼要的图示收到解释说明的功效。图示需要多种维度，更难以体现出文类的历时变化，任何文类系统若要做到全面充分，就不能不面对真实历史，面对真实历史中文类间不断变化着的关系。前文已经指出，要更好理解文类，就要研究文类间的相互关系，这种相互关系对作者，还有读者的影响根本不可能画长图就一一道来。文类间的相互关系从一定角度看具有历时性、动态性（包括形成、合并、杂糅），换一个角度看又具有静态性（相似、反差），但即便是静态关系也绝非一成不变。文学史发展过程中，某些静态关系会为其他静态关系所取代，取代者和被取代者绝非对等相同，至多也就是近似。

## 14. 阐释中的文类

如果说文类对分类作用不大，那么文类的价值究竟何在？本书提出文类是一个交际系统，其价值既体现于作者的写作过程中，也体现于读者和批评者的阅读和阐释过程中。[1]对于作者而言文类的价值毋庸多言，学习文类可以帮助作者以前人之作为参照，确定创作的方向。除此之外，文类还有更创造性的意义，可以向作者发出积极挑战，也可以说是"形式创新邀请"。[2]实际上文学史上文类理论活跃期大都为伟大作品迭出的繁荣期的前奏，有时二者更重叠，优秀作家大都对文类理论表现出浓厚的兴趣。在受众接受过程中，文类的作用至少体现于三个方面，对应于批评的三个逻辑阶段，分别是构建、阐释、评价。

### 原作的构建

批评行为的第一个阶段应该是构建，也就是说，确定原作作者创作意图下作品体现出的特征。上面这句话显然含有意向论色彩，希望不会落入意向谬误的泥沼。[3]构建过程中所呈现的是难以回避，且实现于作品中的作者意图。要完成构建过程，需要回答下列一系列问题：

作品最初发出什么样的信号？

作品最初做出了怎样的词汇选择？

作品最初传达出怎样的局部意义？

作品最初做出怎样的音律安排，使用了怎样的修辞手法和结构布局？遵守了怎样的文学传统？做出了怎样的变化和革新？

作品距离读者的年代越是久远，这一描述过程就越是漫长而艰难，也不可能做到完整齐备。但我认为这一过程必不可少，这一过程中所呈现出的结构和意义具有优先地位，后世的种种变化，无论是体现于语音上、语义上，或是体现于文学传统上，皆不可与之相提并论。当下关于文学阐释的种种论述往往对构建问题避而不谈，仿佛一切都是现成的，可文学作品中不存在什么"现成"。实际上，文字也好，传统、意义也罢，都不止写在纸上。

上面最后一句话要多说几句。接受一部作品时，读者要从扁平层面构建起作者的所有特征，从低组织维度对作品发出的信号加以解释。根据习得的规约与传统，读者从墨水印记中辨别出字母、音素、词段，以及其他成分。如果所需的规约和传统未能习得，讯息传输过程要么彻底中断，要么导致错误的构建。如果读者看不懂伊丽莎白时代手稿的笔迹，或者中世纪语法知之甚少，或者从未见识过威廉·卡洛斯·威廉姆斯的破句式句法，就不可能走多远，难以把握作品的特征，更不要说对特征做出解释了。普通读者对作者所遵循规约和传统的了解大都不全面，只能构建起部分作品，不过学者和批评家借助于合作和集体努力可以更多、更全面发掘出作品的初始特征。不要把构建理解为主观行为，这需要与纸上字迹所形成的客观资料相对应。查尔斯·阿尔提埃里（Charles Altieri）指出，并非只有可以验证的经验事实才称得上客观，同样应当确认体制的客观性与确定性，"体制的客观性所依赖的不是物的物理特性，而是阅读过程的客观性。这一过程为文化集体的成员所共有，习得于令个体获取文化身份的教育过程中。"[4]阿尔提埃里的这段话讲得很对，不过阿尔提埃里更尝试打破意义构建的金字塔模式，不再把作品视为意义层层上升的编码符号系统，对此我们倒也不必苟同。确实意义金字塔的尖顶常常相互重叠,成年读者可以同时扫视好几个词,或者仅仅从对句的最后一个词就猜出全诗的格律安排,此类阅读捷径确实与层层上升、一丝不苟的金字塔模式不相符。作品意义结构的较高层次上存在着文类图式以及其他图式,可以引导(也常常误导)阅读,干预对低层符号的解读,这的确是需要考虑的事实。不过阿尔提埃里说,"大多数读者对于符号的物理材质的了解远低于对符号语义内涵(即便不是语用意义)的了解",他明显跳跃了几个中间过程,尽管有些过程发生于无意识中。更符合逻辑的情形是高层次的构建依赖于低层次的客观资料,构建任务越是艰难,这一点就体现得越是突出。不管怎么说,一般阅读过程中的捷径多少带有投机色彩,也不是那么可靠,批评家不必完全依赖于它。

批评家需要频繁阅读,可以构建,遇到艰难任务时更要兼顾意义金字塔的各个可能立面。批评家需要对比不同的手写稿和不同的印刷版本,引用各式各样的内部和外部证据,求教于词汇学家和历史学家。图画是一种特别有用的资料,因为图画语言透明,独立于复杂多变的语义系统。批评家要在各个层次上还原出原作的特征,可即便如此不同批评家构建出不同作品特征的情况依旧屡见不鲜,有时由此所产生的意见分歧根本无法调和,简直可以说不同批评家构建出的根本就不是同一部作品。[5]需要有一定的程序以消除构建过程中的错失,关于生成出尽可能多的意义,也就是所谓"充分原则",[6]批评家们说得已经够多了,可如何从尽可能多的意义中有所取舍,批评家们却所言寥寥。真正有价值的取舍标准只有一条:与语境相适应。

限制初始作品构建的第一个语境是作者所处的历史背景和个人经历,布莱克诗中的"黑暗撒旦作坊"就不大可能指现代工厂。一定程度上历史语境是可靠的,确实历史语境本身也是依据可然律建立起来的,不过其性质不同于文学,构建途径也独立于文学过程之外。文学作品可视为特殊的历史文献,不可像威姆塞特和比尔兹莱那样把文学作品拔出到历史语境之外。(一首诗写成之后,词语的历史发展对诗的意义同样有着贡献,只要这种贡献与诗的初始结构相关,就不可墨守意向论的成规,把后来的意义贡献排除在外。)[7] 不幸的是,作为指导原则,历史可然律本身并不充分,常常会出现多种意义,且每一条都无法以历史可然律加以排除,歧见和纷争由此而产生。

另一项限制是文学语境,这里语境一词有着数重语义。首先,文学语境可以指作品意义的整体走向,[8] 批评实践中这种语境还是颇有用处的,尤其是在破解某些艰难段落的局部意义时。然而文学语境的这重含义在理论上极其模糊,且明显有循环阐释之嫌。要构建起作品的整体意义,不是先要构建起各个部分的意义吗?[9] 文学语境的第二重语义,按照比尔兹莱的说法,具有特定的内涵。比尔兹莱写道:"摸索和装配诗歌中词汇意义之时,要以种种逻辑可能和物理可能为指导。"[10] 这也就是所谓协调原则,这条原则似乎永恒而普遍,以至于读者时常忘了问一句"让谁感到协调?"。如果一位耶鲁形式学派批评家,或一位解构批评家要解释约翰逊评比尔奇之语"汤姆手中的笔就是一把鱼叉",他能够在墨水笔和现代潜艇发射的鱼雷之间找到形式上的协调吗?如果协调本身是个历时概念,要考虑各种参数,那为什么不会考虑到词语的各种语义内涵呢?或者考虑到不同时代关于协调的不同观念呢?

或许,最好像胡塞尔那样把文学语境理解为"意义视野","阐释者的目标是确定作者的意义视野,小心谨慎地滤去种种偶然关联。"[11] 语言的意义视野可以划定明确的范围,可这种范围依旧不足以消除笼罩在隐含意义上空的不确定雾霭,而文学性意义视野有时又显得过于宽泛,这时就需要更为细致的意义视野,即文类视野。文类可以成为作品构建过程中的强大工具,既细致入微又包含意蕴,"文类令读者感受到作品的整体,知道哪些意义成分具有典型性"。[12] 无须多言,能起到限定作用的文类指的是作品创作之时的文类状态。

一旦文类视野缺失就会遭遇种种困难,此时文类视野的价值体现得尤为突出。弗朗西斯·卡伦斯注意到,一些所谓的写作缺陷实际上是由于文类传统的缺失而造成的,某些如今已经失传的文类传统允许作品的某些衔接部分隐藏于字里行间,"许多古代作品如今读起来逻辑条理不完整,存在着明显的内部矛盾,这些问题大都不是个别作品所特有,换句话说,这些问题实际上是文类的特征。"[13]英国文学在这方面并不例外,《汤姆·琼斯》中山中之人这个故事必须按照流浪体传奇的文类规则加以解读,否则就会显得同小说的主体脱了节。[14]笛福的小说也应当放到笛福之前的文类背景中,而不是维多利亚小说的文类背景中加以解读,否则许多地方根本说不通。要是不把盖伊的《琐事》放到讽刺农事诗的文类背景中,就根本感受不到这首诗所带来的愉悦。[15]缺少了牧歌式挽歌的文类背景知识,弥尔顿的《利西达斯》根本读不懂,至于《复乐园》之所以难于理解,正是因为简史诗的文类背景知识现在已经完全失传。纪廉举了更多这方面的例子,[16]不过所谓典型例证实在有误导之嫌,批评实在是一刻也离不开文类视野,而不仅仅是体现于几个所谓典型例证中。

文类辨别过程实际上是阅读过程的基本要素,读者常常意识不到文类辨别过程,可一旦读者接触到陌生文类(无论是古老的还是新生的),就会遭遇种种困难,此时就会注意到基本要素的作用。如果不参照熟悉类型所形成的文类背景,没有哪部作品能读得懂。开始只能形成一些宽泛的文类关联(例如"具体诗""抒情诗"),此类关联过于粗糙,难以适应文学交际的重任。有时读者似乎初次读到陌生文类作品时一下子就能把握住其文类特征,这种说法实际上把复杂的过程简单化了,引导读者辨识文类的依旧是文类背景,不过此时背景由其他文类形成,更为广阔,既包括与所读作品相邻的文类,也包括与之对比反差的文类。一些创新之作之所以晦涩难懂,就是因为其文类背景尚不明朗。

就古老作品而言,人们早已认识到阐释行为与文类辨别有关。威廉·狄尔泰(Wilhelm Dilthey)(1900)的经典文章把经典释义的核心问题总结为下面这段话:

> 作品的整体理解源于个别字句,以及字句组合的理解,然而要全面理解作品的个别部分却也要首先对作品整体有所认

识。这种循环一再出现,既体现于个别作品和作者的整体精神倾向之中,也体现于作品和所属的文类之中。[17]

有时阐释任务被简单描述为比较,包括作品与作品之间的比较,部分与部分之间的比较,也包括部分与整体之间的比较。实际上阐释活动更为变幻莫测,也更加依赖于直觉。通过比较可以获得某些文类特征,尤其是外部特征,可文类观念本身还是要从内部形成,依赖于复杂而富于远见的互动,既包括与作品的实验性互动,也包括与其他批评家的互动,还要依赖于与文类家族成员的各种直接和间接接触所形成的"熟门熟路"。尤其重要的是,了解作品初次出现时的文学状态,须了解初始作品始于何种文类。要做到这点必须放下种种现代观念和预设,暂时放下长期形成的种种期待,暂时不要用当下的目光去寻找作品何处值得关注,何处与众不同,何处又有着新颖创新。必须调整自己,以适应另一种可能。也不能随着个人的好恶,随心所欲地生造出作品类别,而要与文学史方法所发现的、具有体制客观性的文类系统相适应。阅读阐释中的种种关系既涉及其他作品,也涉及其他作者和其他批评家。[18]

冈特·穆勒(Gunter Muller)、卡尔·维埃托(Karl Vietor)以及其他一些人认为构建文类涉及一种特殊的阐释循环,对具体作品的理解依赖于对文类的理解,反之亦然。[19]拉尔夫·科恩提出不同见解,认为"辨别文类特征与辨别诗歌功能处于两个不同的层次上","借助于分类系统的比较可形成形式概念……无须借助于作品的内涵阐释。"[20]文类特征辨别与诗歌功能辨别的抽象程度不同,从而使得文类建构(至少部分)独立于意义和功能结构。文类有着体制性存在,可以说超越了(也可以说缺乏)具体作品中意义的首要性和丰富性。

然而重构文类特征还会遇上另一个阐释难题,即已有知识难以完全忘却。如果文类系统恒定不变,或许可成为突破阐释循环的一条捷径,就像科恩所说的那样。可实际上读者会遇上更多的困难,要构建起初始文类,读者应当忘却文类的后续状态,因为读者所接触到的是文类的最近状态,此时文类概念包容性最广。只有忘却最近的文类概念,才能还原出早期文类的"质朴"状态。当今的读者早已熟悉了自詹姆斯以来的小说,肯定无法体会萨克雷小说的初始状态。萨克雷或许是英国文学史上放弃客观适切观,把风格融入叙事角度的第一人,可当代读者读到萨克雷小说中具有模仿功能的句子结构时,还能体会到萨克雷的大胆创新吗?同样,莎士比亚偏离传奇,偏向现实的创作手法给他那一时代尚不知自然主义为何物的读者带来了怎样的精神冲击?学术研究可以减轻这方面的障碍,但不可能完全清除。把早期文类传统解释上一番,很大程度上已经丧失了文类所产生的效果。从注释中得知某种特征具有创新性与亲身去体验某种特征所带来的陌生感和冲击,这完全不是一回事。

尽管构建文类的早期状态障碍重重,这些障碍与人们构建其他文化背景作品,或他国语言作品时所遇到的障碍相比并没有本质区别。三种情况下都需要放下(也就是说,暂时悬置)自己的价值观和心理联想,放下自己的语言规则。有些人喜欢钻理论牛角尖,无法想象思想可以完成如此飞跃。萨丕尔认为个人世界形成无意识的语言习惯,由此形成语言相对论,令语言和文化的转译根本不可能实现。然而萨丕尔的观点与实践并不相符,"或许我们确实无法完全吸收或理解其他语言中的世界,但很清楚的是,我们可以理解,理解得还不错。"[21] 涉及文类早期状态的作品也是如此,至少读者可以走近早期作品,形成有用的文类建构。文类作用有点像记忆,人们重建孩童时代情景时,要过滤去虚假的、受到暗示而产生的回忆,以及由此形成的种种观念,然而记忆还是可以帮上很大的忙。文类的连续性为人们提供了一条类似的道路,虽然这条路坑坑洼洼,却无他路可循。文类的连续性意味着借助于文类依旧可以一睹古老的世界,同样可以从人们的无意识中构建起历史,只要做到谨慎周密。[22]

虽然有文类视野,依旧有人会说,相同文类视野中包含的可能作品太多,就像威廉·莱特所说,说作品是悲剧可以向人们传达作品的某些信息,可还是远未达到人们的期待。[23]不过文类视野并非单一而松散的参数,只要读过文类研究专著,例如莫里卡·麦克阿尔平的《特洛伊勒斯和克瑞希达的文类》,或者拉尔夫·科恩的《四季展现》,就不会觉得文类辨别不过是敷衍了事,与文学的内部结构无关了。必须区分单纯文类和真正的文类系统,构成真正的文类系统的是传统规约,而非抽象概念。[24]文类批评仅仅是批评的一部分,然而在文学作品的构建过程中文类批评做出了极其重要的贡献,把个别作品同一定的传统规约一一对应起来。

莎士比亚笔下的《哈姆雷特》的构建可谓困难重重,这一过程中文类批评的作用体现得十分清晰。哈姆雷特究竟有没有迟疑?莫里斯·魏茨(Morris Weitz)的分析中文类批评起到了决定性作用。[25]斯托(E. E. Stoll)把《哈姆雷特》判定为复仇悲剧,于是抛弃了柯勒律治对哈姆雷特的构建,以及对哈姆雷特的迟疑所做的心理解释。在斯托看来,所谓迟疑不过是一种史诗传统,目的是"使得最后的行动显得更加崇高伟岸"。哈姆雷特的自责无须从心理角度加以分析。可多佛·威尔逊(Dover Wilson)认为,斯托的论调不过是大话和空话,哈姆雷特的迟疑是连续统一的心理现实描写的一部分。这场争论的方方面面很难一下子说清楚,[26]不过争论的双方似乎都错误理解了永恒创新和文类传统之间的关系。斯托错误地认为存在着"复仇英雄"的传统,莎士比亚也不能改变这一人物类型,给人物添加上自身的性格特征。威尔逊的错误之处在于他否认了一个事实,即莎士比亚的《哈姆雷特》属于传统复仇剧,又突破了传统复仇剧,莎士比亚的文学感召力正来源于此。换言之,根本没有必要去争论哈姆雷特是否属于满腹怨恨的复仇者这一类型,莎士比亚完全可以自由地质问复仇剧这一文类所体现出的价值观,但依旧不能脱离复仇剧这一文类传统,要在传统允许的范围内向传统加以质问。哈姆雷特的性格中并没有什么犹疑不决之处,一切都是角色安排的需要。然而哈姆雷特为自己的复仇行为包裹上了复仇剧中并不多见的理由和解释,于是《哈姆雷特》这部剧成了复仇剧这一文类的评述,不了解复仇剧就不可能理解《哈姆雷特》,更谈不上任何有效的构建。

一旦有效构建出作品的某一方面,一系列因素通常就会各得其所。斯巴肖特曾说:"有一种特定的批评可为有效性奠定基础",[27]或许指的就是这个。构建必须忠于初始作品,唯有以此种构建为基础,批评才能令优秀的读者感到效力,也唯有如此批评方能发挥作用。原则上说,批评家的目标是忠实地构建起作品的各个方面,但事无尽善尽美,再加上知识的局限,实践中很少有完整无缺的构建。通常任何作品都会有一些方面,其中的问题找不到简单明确的答案,至少当前找不到,此时批评者已不知不觉卷入到阐释阶段。例如布莱克的那句"阴暗的撒旦作坊",如果无法确定诗中的"作坊"究竟是不是指现代工厂,就需要参照相关的其他方面加以判断,这一过程涉及阐释,必然会受到关于工业革命的种种政治见解的影响。

有些理论家走得更远,宣称一切构建中都包含着阐释,因为构建总是滞后,只能用当下的语言加以表述。一定意义上这种说法并没有错,不过构建的滞后并不强烈,还不至于影响到批评实践。也有一些唯我论者借此大做文章,说什么初始意义概念根本就是虚无,对这类人倒是可以如此回应:如果真是如此,那你说的话也根本没有意义。

## 阐释和不确定性

一旦构建做到尽可能与作者心目中的原作相符,批评就转入阐释环节。这是批评的核心环节,与一般阅读有着明显区别。即便批评家坐上时间机器,或者有通灵的能力,可以自动完成作品的构建,依旧要根据自己的喜好对作品加以阐释。哈姆雷特的迟疑到底有多大理由?批评家不能止步于"设身处地回到过去",[28]更要进一步去讨论其意义。单纯构建不会引起任何人的兴趣,如果相关文类在当下已失去了阅读和模仿的传统,则更是如此。

第二环节的工作机制与第一环节截然相反。阐释阶段的批评分析具有劝说和教化性质,倾向于模糊,要突破构建阶段所确定的边界。可以说阐释是收缩之后的扩张。如果批评家关注荷马史诗的原作,就会发现表述准确明晰和再现恢宏场面,二者不可兼得,"作品从远处望去熠熠生辉,走得越近看得越清晰,可视野也越来越小……作品需要重新阐释,把作品人为地拉到近前。"[29] 要再现一部古老作品,扭曲不可避免,要部分重新构建起作品,这本不出奇。结构主义者故弄玄虚的讲法应当摒弃,所谓解构不过是不无遗憾,却又无法避免的必须。不过解构也应当承担起责任,不能任性而为之。阐释环节主要体现出批评家或读者的兴趣,若是能二者兼顾就最好了,故而阐释必须直接应对批评家或读者的状况,而不是困守于原作之中,不敢越雷池半步。读者有偏好,且随着时空的变化,原作者无论如何难以预测后来读者的喜好。人们对某些创作手法、组织层次,甚至整个文类都失去了兴趣,这方面的例子包括句法倒装、严格的五步格律,以及简史诗。批评家一定程度上要顺应读者喜好的变化,如果阐释紧跟原作寸步不离,也不会有多大用处。这就意味着关于莎士比亚历史剧,或弥尔顿的《失乐园》的整体谋篇布局,批评家不必深谈,因为在过去三百年中读者对作品谋篇布局和结构比例的兴趣已经让位于对作品修辞格和音韵效果的兴趣。坦言无法品味原作中的某些特征,确实让人心里不是滋味,可实情就是如此。文学模式一旦发生变化,读者有能力掌握的文学部分也必然会发生变化。

至关重要的是,过去一千年中意义概念本身发生了巨变。当下人们对寓言的理解迥异于但丁,甚至与莎士比亚也有着巨大的差异。中世纪的阐释者们也感到不能允许《埃涅阿斯纪》或《变形记》这样的异教史诗保持其初始功能,于是按照新的道德规范重构异教史诗,把异教史诗视为寓言,将其彻底"驯化"。"驯化"这个词出自弗兰克·科莫德,指"引用古老文献去表达文献本身并没有明确表达的含义"。某些中世纪的寓言化解释与其说表达了作品的本义，不如说是对作品的应用。[30] 似乎"所有可称为经典的作品固然有着持久的内在品质，可同时又具有开放性，可为后世所驯化，从而令其在持续变化的状态下历久弥新。"[31] 可以这样说，经典之作永葆青春，代价却是丧失了自己。从这一点来看经典文学也只是在某些方面"高于"历史。一次次的驯化之后，还指望能发掘出多少作品原义？谁又有发掘的愿望？狄尔泰对阐释环节中的问题有着深刻的认识，但依旧假定存在着某种永恒不变的"一般人类本性"，令意义可以历经岁月沧桑代代相传。可随着文化的变化，似乎连人的意识都改变了，更不用说阐释方法了。[32]

之前已经提到，中世纪对《埃涅阿斯纪》的驯化可视为整个文学的大幅度调整，经典文学中此类过程可能普遍存在。不单各个文类改变了，作品也划入完全不同的类别之中，故而在中世纪几乎没有什么古代史诗留存下来，可以同《埃涅阿斯纪》划入同一类别。任何重新分组都会影响到意义，不过其方式并非总是像中世纪那样激烈。任何阐释都暗含着作品的分类，即便书评作者对"先锋小说"的态度也不例外。后续的批评中，复杂作品要求后续的文类划分越来越细。例如《拍卖第49批》曾列为梅尼普讽刺，也确实可以看出梅尼普讽刺的一些特点，例如自我指向、不确定的结局。[33] 可新的分组已经开始出现，把冯纳古特和品钦的作品划入一个全新的类别——天启式讽刺，其突出技巧是从纳撒内尔·威斯特和多斯·帕索斯那儿继承来的拼贴手法。这样一来，《拍卖第49批》就要参照《万有引力之虹》和《第5号屠场》加以阐释，而不是《羊孩贾尔斯》，其意义也注定会随着文类关系的改变而改变。连续式进化中典型压倒突变，而断裂式进化中突变压倒典型，与连续式进化形成鲜明对比。这一过程中，文类始终是基本原则。[34]

如果作品的阐释与文类变化息息相关，是否意味着文学作品再无确定性可言？近年来许多批评家都这样认为，他们中的许多人并不是狂热的结构主义者。例如沃尔夫冈·伊瑟尔（Wolfgang Iser）就是位细心敏锐的读者，也对文学不确定性概念拍手叫好。在伊瑟尔看来，文学作品的意蕴始终开放,且并不排斥作者也参与进来,加入到意义的构建之中。实际上,读者的参与可能就在于"产发出某些作者早已在深思,却尚未表达出来的意图。"[35] 在伊瑟尔看来,多重意义是作品的根本特性,伊瑟尔所反对的是茵伽顿的"盲点论","一部作品居然可以以不同的方式实现,且同样有效,这种可能"伊瑟尔实在难以接受。[36] 其他一些批评家在文学不确定性这个问题上立场更为彻底。弗兰克·科莫德不仅谈到"文本的内在不确定性",更谈到"作品的完成"不仅要有完整无缺的语义,更要有读者的参与。[37] 人们纷纷或寻找,或打开作品中体现出不确定性的"空白",让读者更多参与到作品意义的构建之中,这方面着实花了不少气力。[38] 相较于写实小说,传奇的叙事断裂中更容易找到这样的空白,或许近年来霍桑和埃米莉·勃朗特受到特殊关注,原因正在于此。科莫德写道,随着岁月流逝,"一个时代的文化限制烟消云散,原先掩盖起空白的种种文类假设消于无形。如今我们可以看到,像《呼啸山庄》这样的作品真正做到了因空白断裂而生辉。这里的空白是阐释空白,必须由读者的想象填补,于是文本中持续不断听到读者的声音。"[39] 不过文类假设是否真的像科莫德说的那样消于无形,倒是可以打上一个问号。旧的文类假设不过是为新的假设所替代,不管怎么说,连续性的降低对于文学作品而言只能是一种损失。不过也不能把这种不确定论一概视为耶鲁形式主义的恶果,或是破除政治迷信搞过了界,或是现代主义越滑越远,日益偏离文学交际。其中还是可以发现不少真知灼见,尽管这些真知灼见在理论上尚有值得斟酌之处。

　　值得指出的是,赫施为文学确定性所做的强大辩护至今无人回应,甚至几乎无人质疑。赫施的《阐释的有效性》把文类拥入阐释学的核心,其基本观念就是:一切可能传达的意义都是典型。哪些阐释有效?哪些无效?赫施为阐释立下标准,至于其论证极其复杂,这里无法一一重演。几乎没有人反对赫施的意见,大多数崇尚不确定性的理论家选择对赫施视而不见。科莫德是一个例外,他提出文学文本和法律文本有相近之处,都保留一定程度的模糊以应对不可预见的情况。科莫德的说法饶有趣味,但忽视了一个情况:文学文本的确定要素远高于法律文本。很少有法律文本由情感语气,或其他种种冗余要素来决定,而此类冗余要素却可以赋予文学文本持久的统一连贯性。[40] 戴维斯批评赫施的意义观是狭窄的修辞意义观,至多只有十分有限的说服力。[41] 文学不确定性论者们似乎陷入了"主题确定相对于主题不确定"[42]的虚假对立中,却错失了赫施对意义不同类型的精心区分。其实这个问题在批评实践中早有定论,事实如此:公开宣扬不确定性,又真正有效的批评,恰恰是那些充分尊重原作意义的批评(例如科莫德的批评)。不尊重作者的权利,批评本身也很难令人满意。

格雷厄姆·霍夫认为,无论写作还是阅读都有很大的无意识成分,颇有新意,似乎可以在这个问题上另辟蹊径。遗憾的是实际运用中霍夫载着自己的真知灼见却驶上一条单行道,难以令人满意。霍夫认为,作品拥有"无穷无尽,或者至少说没有边界的意义空间",其形式组织"部分形成于无意识过程中,作者个人的无意识与集体无意识相关联",由此产生出不确定性,"各种可能犹如汪洋大海,作品的出现,以及作品中所表现出的作者原意,为这意义的汪洋大海提供了一个宣泄出口,可谁也不能保证从出口中喷出的是什么。"[43] 针对霍夫的说法,可以回应说,文学作品不单宣泄,更融合交际。作者无意识的主动性和创造力要远超出霍夫的期待。[44] 当然作者的无意识要同读者持续不断的创造活动相协调。

具体区分一下不确定性的类型或许会有所帮助。首先,不确定性内在于一切语言之中,词语本身并不具有完整确定的语义,但这并不意味着人们出于言语交际的必须而无法就语言用法达成一致。[45] 就文学而言,确实随着岁月的流逝,词语的不确定性在增加,例如博尔赫斯的《皮埃尔·麦勒德·堂吉诃德的作者》中,与塞万提斯一模一样的字句一个世纪后意义就全然不同。但是应当看到,各种传统性冗余因素大大提高了文学交际的可能,不管怎么说,交际本身总是确定的。其次,存在着茵伽顿所说的不确定性,不确定的意义空间,再现中的空白,叙事对象中此类不确定性尤其多。此类不确定性,或者更确切地说无法界定的内容有时系作者刻意为之,显得模糊不清,前后矛盾,也有时是想象力不足所造成的。无论是不确定的意义空间,或是再现中的空白,都无须读者超出原作之意义增添额外内容。读者的角色就如同面对不确定语言的接受者一样,充分运用控制着相关部分的代码知识,以实现交际的目的。茵伽顿真正关心的似乎是为读者的参与划定适当的范围,所以才会严格区分作品和具体实现。不同的读者会带来不同的具体实现,这本无疑问,如果作品本身没有描写人物头发的颜色,读者可以把人物的头发想象成任何一种颜色。但这些并不属于作品的典型内容,赫施对心理主义的批驳完全可以回答这一类问题。第三种不确定性是整体分析不确定性。文学的效果往往难以界定,或许"艺术的魅力恰恰源于其不可确定之处"。[46]然而无须把文学作品的效果一一列举,全面界定,一样可以就文学作品达成共识。最后一种不确定性是整体意义的不确定性,其推论就是作品表达什么意义都行。四种不确定性中只有这最后一种不确定性要彻底否定,这种不确定性背后可以看到一种愿望,即接触经典作品时更多自由,更少约束,看来这倒也算是一个慷慨的错误。究其根源,这种错误观点在好几个地方混淆了文学意义:首先,赫施区分了文本本身意义(不会改变)和当下文本意义(会改变)[47],可整体意义不确定论者似乎把二者给搞混了;其次,混淆了意义和更为广阔的意蕴;第三,混淆了意义和主题构造。阐释所关心的是形式和内容的整体,而不仅仅是作品的图示构造。[48]作品局部存在不确定性本无争议,可局部不确定性并不会影响到作品的整体交际。至于作品的整体不确定性,可简化为一个问题:原作中实现的作者意图究竟有没有优先地位? 在瞬息万变的当今社会,不确定性主张似乎相当有诱惑力,结构主义理论也提出了一系列主张,可经过实践检验早已证明都是虚无缥缈。阐释学不是"驯化的替代",[49]而是先行的伙伴。并不存在所谓"封闭的书籍"和"开放的文本"的选择,也不存在什么权威与多元、生命(不确定)与死亡(确定)的选择。实践中阐释的自由从来不是无条件的,批评在有机环境中展开,学术重构与批评阐释一次次相互补充。不确定论者和保守语文学家都犯了错,二者犹如阐释的两个逻辑阶段,之间并没有不可调和的冲突。

一旦赋予构建以优先地位,就必须赋予作者优先地位。无疑这将给阐释带来限制,但人们摸索着去再现作品的原貌时,较少会感到限制。专注于学术的批评家彼此间会有许多客观共识,确定的方向本身远不足以确保良好的阐释,却也必不可少。没有哪个负责任的批评家会玩弄小把戏,随心所欲地阐释,罔顾作品的原意。要做到有效阐释,就必须拥有与作者相同的传统,在此基础上辨别作品中的信号;同样,要做到有效阐释,就不能把作品的原意排除在外,批评家断不可对作品原意视而不见。居然有人认为《失乐园》是一部以撒旦为英雄的古典史诗,这也错得太离谱了,简直令人发指,可这并非孤例。并不是说阐释者面前只有两种选择,要么是一种正确阐释,要么是许许多多种错误阐释。正如查尔斯·阿尔提埃里所说:

> 文学批评的确定性既不意味着确定唯一,更不是对作品主题的提纲和要略,而是形成公共共识的可能。一方面,文本的特定描述要对有能力的读者认为重要的特征加以解释;另一方面,所描述的细节中总暗含着某种行动,而读者对行动的连贯性有所期待。批评理应把描述出的特征组织起来,以满足读者的期待。[50]

阿尔提埃里上面这段话还要加上一句:任何有能力的作者总是把作品的原意视为特别重要的知识。

作品的原意并非总是那么简单,作品原意并不等同于作者在作品中有意识表达出来的意思。道格森曾如此评说《捕蛇鲨》:"我说的其实都是废话……不过语言的意义远超过人们使用语言时表达的意义……无论书中有什么意义,只要合情合理,我都乐意接受。"[51]有时作者对自己认识不足,某些个人情感自己都没有意识到,例如豪斯曼诗中的某些反讽。但作品的无意识远不止于此,也包括某些在创作之时已经隐藏于作品内部,却未言明的意义。某些阐释者以为自己可以为经典作品"增添"含义,从而证明作品的不确定性,殊不知所谓增添的含义早已隐藏于原作之中。这与阿尔提埃里的观点颇为接近,阿尔提埃里认为经典作品阐释的多重性并不能证明作品的"开放性",所谓阐释多重性是"作品的深度功能,凭借这种功能作品产生出行动,并赋予其可能的意蕴"。[52]

与作品原意协商的过程中,一定不要忘记我们自己所处的时代。若是有谁以为自己真的可以成为作者的同代人,那不过是自欺欺人,纵然真的做到了,也意味着对自己的背叛。[53]把自身关切带到古典作品之中原本并没有什么错,不管怎么说,古典作品带来的部分感受恰恰在于距离感,在于作品展现出一个与当下截然不同的世界。阐释明显有别于构建,阐释中我们无须悬置起当下,而是要唤起一切时代意识,牢记自己在历史中的位置,唯有如此方能抓住经典作品中历久弥新的东西,无论那是什么。

这里文类功能同样至关重要。作为读者,如果我们不仅关注作品的文类联系,更关注作品所触发的后续文类发展,由此出发去做出阐释,就有可能弄清自己在历史中的位置。文类方法同时考虑到新旧两种分组状况,可将作品置于历史视角之下,又保持其宝贵的本真。

然而视角是个多变的概念。惟视角论批评高举"本真"大旗,却牺牲了作品的正确性,最后滑向历史相对论。一切取决于采取怎样的视角,作者的还是现代的。伽达默尔认为不同视角可以融合,可实际上融合难以实现,不同视角也难以相互关联。实际情况是我们必须同时面对赫施在反驳历史主义时提出的两种视角。一方面,不能失去自己的立场;另一方面,"对作品的解读又不能偏离原作者的视角。这一视角将存在注入意义之中,理解由是乎生……每一项阐释行为都涉及至少两种视角,分属于作者和阐释者,二者无法融合,而是同时并存。"[54]同时并存的视角远不止这两种,只要不是心中只装着自己的阐释,有时别的批评家的视角也会加入进来。赫施的观点稍加发展就可以包容多视角并存,只要留意批评界近年来的发展,就会注意到赫施的观点确实在朝着这个方向发展。然而,同时并存的多种视角并非无结构可循,否则就是把作者原作同一大堆捕风捉影的替代品混为一谈,无异于向另一种不确定论投怀送抱。不妨把有效阐释的历史传承想象为一层层洋葱片,逐层逐层变得越来越广泛,也越来越开化,故而原作的视角包含于后形成的视角之中,而后形成的视角又包含于更后形成的视角中。然而有些后来的阐释只是随意把原作当作自己的垫脚石、敲门砖,真正有效的阐释要与此类不负责任的阐释严格区分开。有效阐释包含原作意义,令其成为新意义的一个重要组成部分。不过这种洋葱式阐释结构并非同心圆,不同的阐释可以相互渗透,具体阐释可能在一个方向上薄一点,另一个方向上则厚一点。

更进一步说,阐释自身也形成文类,可以说每种文学类别,每位作家,以至于每部有分量的作品都拥有由批评形成的亚类。和其他文类一样,批评文类也有着复杂的传统。大多数阐释,无论是经典论述,或是某种优雅变体,都循序渐进,可也有一些或者逆流而动,或者一马当先。[55]用让·斯塔洛宾斯基(Jean Starobinsky)的话来说,存在着不同的阐释姿态。[56]某些阐释姿态看上去虽然不那么专业,却相当有效,斯塔洛宾斯基将其描写为选择、注释、迁移。还可以多说几句。一部作品的阐释文类存在着各式各样的不足,既有学术和批评方法方面的,也有准确性和逻辑性方面的,但依旧很宝贵。即便是最简单的解读(对批评谈不上什么贡献)也是阐释文类的一部分,其中或许就继承了许多之前的旧批评观念。批评家族中不乏搅局者,狂野不羁却又创造力十足,在不确定的荒野中疯狂冒险,必定会给读者留下深刻印象。搅局者把批评的康庄大道远远抛在身后,对文学确定性极尽诋毁攻击之能事,可这不也正从反面确认了文学确定性传统的存在吗?批评经济中,误入歧途的批评对于主流批评而言必不可少,[57]虽然里克斯对弥尔顿的阐释更为合理,可也只有燕卜逊的不确定论才有发起挑战的能力。有人认为阐释文类有自身的结构，或许有一定的道理。阐释文类的结构中以不确定性为基础的批评自有其一席之地，无须放逐，可也不能任其篡夺了文类的中心地位，必须将其遏制在边缘。和任何文类一样，个别贡献只有在连续统一的传统中才能找到自己的位置。

批评文类与母体文类紧密相关，实际上阐释文类对于文类新状态的发展也时常做出贡献，例如提出新的分组方法。理想状态下，新的分组可带来更好的理解，后来的文类照亮自己的先行者。此外，对文类所做出的增添也应当视为更流畅矫健的阐释姿态。文学文类和批评文类理应视为一体，对文学的理解由此步步深入。不过理想也有旁落之时，作品的分组有时会错得离谱，例如把弥尔顿的史诗和布莱克的作品放到一起就严重偏离了主流批评传统，是对传统的全面篡改。这是一个个人崇拜长盛不衰的年代所付出的代价，这种分组的生命力注定不会长久，尽管今天看来其就作品的心理内容所提出的问题还算不失趣味。斯坦尼拉夫斯基把契科夫的《樱桃园》拍成悲剧电影，尽管再现出了原作中确实存在的一个方面，可也导致原作的错误分组。《樱桃园》被置入不恰当的文类系统中，费了许多年才挣脱出来。至于《哈姆雷特》，至今尚未从追求新奇的文学中恢复过来，变得艰深晦涩，甚至可以说面目全非。

历史传统源于原作意义和初始分组，一路串接起后代的新阐释和分组。连续的文类传承是智慧之源，尽管也不能阻绝愚蠢。任何批评家，若要不辜负批评家之名，必然会感受到这一点，尝试将作品的早先有效阐释吸收到自己的阐释之中，令其成为自己阐释的一部分。只要做到这一点，经典就犹如一部巨著，徐徐展开。

## 文类和评价

批评的第三个阶段是评价，这里文类依旧具有核心作用。大多数批评家都被规定性文类的幽灵吓怕了,或许只有芝加哥学派是另类,可改头换面、深藏不露的规定又无处不在。大多数批评家都接受古代区分主要文类和次要文类的做法,贺拉斯关于这一做法的表述堪称经典。贺拉斯认为,只有受到了神灵的感召,体现出灵感的作品方能配得上诗歌之名,贺拉斯认为自己的讽刺诗就算不上真正的诗歌,对于喜剧也表示怀疑,因为喜剧所使用的语言过于接近日常生活。[58] 史诗、悲剧、高贵的抒情诗方才适于受到灵感召唤的诗人。贺拉斯并没有评论文类本身,他的这段话却成为后人为文类排座次的依据。阿德里安·马里诺(Adrian Marino)认为把文类分主次根本就错了,"这种做法所建立起来的价值尺度相对、短暂,与审美无关,仅具有历史意义。"[59] 虽然"与审美无关",却也不必急着推开,许多优秀的价值批评都与审美无关。[60] 确实,何为主,何为次,很难有绝对标准,文类范式随着时代的变迁也在改变,且幅度不小。每个时代,实际上每个文学运动都有自己的偏好,尽管偏好的理由往往说不清道不明(例如近年来社会现实主义小说的地位提升)。不过范式的变化并非完全无规律可循,一定程度上还是可以纳入考虑的范围之中。更进一步说,思考早先的评价可以帮助人们更好地理解自己的视角。无论是最古老的评价,或是当下最时兴的评价,本无先后之分,主次之别,更不可能凌驾于历史之上。要想做出恰如其分的评价,就必须融合过去的相对评价(融合的方式可能是吸纳,也可能是拒斥)。我们自己的评价所受的条件限制可能越来越少,也可能越来越多,重新评价小众作家时应注意不能仅仅提出自己的相对观点,更要考虑到作品为何不受到前人的欣赏。此外,评价的某些方面不受范式变化的影响,有些作家选择自己时代的高格文类,而其同时代的作家中有些人一辈子只使用比较轻松平易的文类,一定程度上前者总比后者显得高大一些。当然,作者修改文类,挑战既有价值观的勇气也不可不纳入考虑的范围之中。

亚里士多德的文学观指出,应当以适合文类自身的标准对文类加以评判,作品的价值或许仅限于自身的类别之中。有人坚信类别有高下优劣之分,对亚里士多德的文学观不屑一顾,可要是完全罔顾文类的区别,就会不恰当地使用文类规则,例如詹姆斯对菲尔丁和特洛普的评价就很不公正,对此人们早已耳熟能详。[61] 小说批评中尤其容易出现不恰当的个人视角,有批评家说小说应当反映"历史现实",也有人认为小说就应当连贯统一,不应当有多个中心。[62] 像这样把写实小说普遍化,违背了一个基本原则,就是依照各个文类自身的标准评判文类。关于弥尔顿的争论中,曾有人批驳《失乐园》,可所使用的标准更适合于抒情短诗,而非长史诗,仿佛"所有诗歌只有一个个性"。[63] 利维斯对赫里克和马维尔的比较也是如此,赫里克的短挽歌和马维尔雄阔豪迈的景物诗的一个诗节放在一起比较,立即显得赫里克的诗"琐细矮小"。这种比较实际上忘了一个事实,不同的文类带来不同类型的诗歌愉悦。

> 聪慧的批评家,不会急着说,
> 哪个好,哪个糟,而是先思忖,
> 在自身的类别中是否近于完美。
>
> (本·琼生《哀伤的牧羊人》)

要特别注意防范流行文类的"霸权",防止其自身价值过度膨胀,成为一般规范。例如当今"戏剧性"就成了一个普遍标准,导致人们对化妆剧、案头剧、切普曼的拜伦剧,以及其他种种"非戏剧性"剧种横加指责。

不过亚里士多德以文类自身标准评判作品的原则,尤其是芝加哥学派对这一原则的发展,也会遇到不少问题,其中有些在赫施看来无法逾越。[64] 类别并不能阐明作品的内在目标,文类任何时候都没有"确定的本质或目的"可作为评判的标准。必须承认,文学和文类难以界定,不过赫施和芝加哥学派的学者似乎没有考虑到亚类对文类标准所带来的调整。当然亚类本身也难以界定,不过亚类几乎完全内在于文类之中,故而以亚类为基础的标准显得更为重要。即便悲剧难以界定,至少也可以说说伊丽莎白复仇剧和其他悲剧亚类相比有什么不同。或者以适当的作品家族为基础,或者以相关作家的道德标准为基础,形成一定标准并留下一定空间和旷量,这种做法在实践中比采用外部标准要更加精确一些。至少可以说作品在亚类上还有哪些缺陷和不足,因为作者有时也会忽视文类规则和模式,仅此一点就足以驳斥克罗齐的单子论及其各种粗劣翻版了。

其他种种常见规则也最好在文类的内部关系中,在历史语境中加以理解。亚里士多德把索福克里斯的悲剧视为典范,因为索福克里斯的悲剧"近于完美"。斯卡利热尔在现代最早的评价式批评中偏爱维吉尔,理由是维吉尔的史诗达到了更为发达的阶段,尽管斯卡利热尔并没有把自己的理由明白说出来。某些现代批评家批评典范之后的作品颓废、"浮华",流于形式追求。其实无论是斯卡利热尔还是后来的批评家都没有仔细审视自己偏好的基础,这一基础就是偏好处于文类巅峰期、具有文类界定作用的作品。另一种常见价值观推崇独创,有时独创性几乎被说成作品的绝对价值,可如果脱离文类的具体历史阶段,独创性毫无意义可言。清晰的文类发展观可以帮助人们更好地认识作品在不同历史时期的相对地位,避免犯简单粗暴的错误。

独创性是个发展中的概念,只有参照于那些深刻改变文类状态的作品,才能确定独创性的价值尺度。拉尔夫·科恩在其文章《创新和变化》中把这个问题说得很清楚,这也是为数不多的从历时角度探讨独创性的文章之一。科恩的文章表明,只有参照德纳姆对之前的农事诗所做出的反应,才能理解其诗作《库柏山》的独创性。新典型有别于旧典型的种种变体,因为新典型的形式中暗含着"关于存在的不同观念"。[65]科恩所做的区别至关重要,无论是创新之作,或是典范之作,都无法做到绝对独创,之前总有诸多部分创新或实验性的尝试,只不过被后来居上者的成功光环所掩没。创新或是变化并非形式评判的唯一基础,赫里克的《刘易斯·彭斯顿爵士赞歌》堪称农事诗的高标,不过就文类而言这首诗算不上创新之作。赫里克这首诗的成就是巅峰性的,也就是说,体现出农庄诗这一类别最精美的成就,对农庄诗这一类别具有界定意义,故而远高于其他一些仅仅体现出变化的习作,例如卡鲁的农庄诗

（马维尔的《爱泼顿庄园》更多列入景物诗，与《库柏山》和《温莎森林》同属一类）。然而要把赫里克的诗和琼生的《彭斯·赫斯特庄园》做一番价值比较就不易了，因为《彭斯·赫斯特庄园》同时体现出了典范性和创新性。似乎存在着独立的价值评判标准，就是看不同作品出现的先后次序。创新性、典范性和文类界定性作品都有自己的地位，当然地位并非一成不变。例如对典范模仿过深，在下一代批评家看来就会削弱典范的独创性，亦步亦趋的模仿会"逐渐耗损典范的美德"。[66]约翰逊对《利西达斯》大为反感，可还是要由后世的批评家来确定这首诗的价值。有些作品具有创新价值或典范价值，可也不能排除在后世批评家眼中显得有那么点儿沉闷。无论典范价值，或是创新价值，与更为持久的巅峰成就相比还是有着明显不同的。界定性作品的评判标准有别于文类创新，有时甚至显得中规中矩，此类作品更多实现规矩，而非打破。不过何谓中规中矩？这种说法有一定的欺骗性，经典作品恪守某些规则的同时也在打破其他的规则。

　　作品在文学界和批评界能否持久，这对于作品的评价有显著影响。持续受到批评界关注，尤其是随着新文学面貌的出现，作品也能随之改变，这无疑是作品价值的可靠指标。毫无疑问，如果作品在批评界无人问津，也无法影响所属文类，这种作品就算有点声誉也不会太高。某些不常见的例子中作品对文类的影响会延迟（斯特恩、塔赫尼、赫里克），可此类作品的声誉往往并非那么确定无疑，会引发不同的声音。以乔伊斯的《芬尼根守灵》为例，首先要搞清楚这部作品是否为一个全新的文类开了先河，或仅仅是一个杰出的孤例，否则难以对这部作品做出恰如其分的评价。

　　任何全面的评价均要多种标准：创新性、文类界定能力、优美变化、文体高度，此外还有广义文类特征和文学外部特征。文类经济中一个方面做得出色可以弥补另一个方面的缺陷，只要作家有创新力，或者在实现某些形式品质方面技艺高超，即便对文类传统淡漠些也能获得谅解（例如惠特曼、克莱尔）。不管怎么说，"重要的文学作品远比它们所从属的类别价值更高"。⁶⁷《哈姆雷特》的价值更多体现于对人生所做的深刻思考,而不是对复仇剧所做的贡献。然而《哈姆雷特》首先要参照复仇剧这一类别的形式才能存在,然后才谈得上传达出对人生的独特见解。就《哈姆雷特》的价值而言,其优秀体现于自身类别之中,确实如此,不过还要加上一句:《哈姆雷特》太优秀了,已完全超越了复仇剧这种相对低端的悲剧形式,超越了复仇剧相对平庸的价值,一跃成为人类最优秀的精神遗产。

# 结　语

　　前面的章节似乎表明文类涵盖了文学传统和规约的全部领域，确实，一切文学组织都涉及文类，只不过程度各不相同（举例而言，许多格律结构同文类的关系就松散而宽泛）。文类领域是如此宽广，其对于文学变化的作用又是如此核心，一个问题随之而生：文类和社会、历史语境究竟有着什么样的关系？导致文类变化的原因是什么？有些原因（未必都是直接原因）可以从文学外部的社会历史事件中寻找，例如田园诗显然受到了城市发展的影响，工厂小说的发展和工业革命也有着某种联系。不过文学内部的历史发展和文学外部的历史发展还是要有所区分，文学外部的历史发展所涉及的是社会以及人们情感的变化，这些变化对于文学批评无疑意义重大，然而文类也有着自己发展变化的历史。文学有着自己的法则，掌控着文类的形成和融合，以及文类正典的发展。具体作品也发挥着作用，尤其是那些锐意创新、堪为后世师法的作品。解释文类变化时，不假思索、不加区分地到文学外部去找原因并不是好的做法，且外部原因即便找到了也相当遥远。不管怎么说，当今文学研究所面临的主要危险并非忽视文学的外部原因，故而本书把着力点放到文学的内部原因之上。对于本书的做法，有些人可能感到迷惑不解，在他们看来文类具有外部公开性，与具体作品形成鲜明对比。其实文类的公开性也是相比较而言，或许最好把文类想象为集体性或群体性的创作过程,故而与具体作品一样多少带有几分难以揣摩之处。

从文类的角度来看,当下的批评还是有希望的。确实,过去数十年中批评过度关注长篇小说。广泛研究各种文类本可以培养出丰富多彩的文学想象,可对长篇小说的过度关注令文学想象力大大削弱(作为经典之后出现的文类,长篇小说的文类批评缺乏悠久的历史)。不过如今有迹象表明,对其他散文类别的兴趣正在加速积聚,这些散文类别包括短篇小说、中篇小说、传奇故事,以及长篇小说的各个亚类。当前相当一批优秀文学批评都采用了文类批评的方法。

某些优秀批评家表示,文学正逐渐远离文类,可此类话至多只能理解为宽泛松散的表述。本书的主旨就是要表明,文学一方面正日益偏离昔日的文类,另一方面无论如何也无法摆脱文类,否则就不称其为文学了。脱离了文类,文学既无法同读者交流沟通,也无法对既有价值施加哪怕一丁点儿影响。

复兴文类研究,令其接近于传统,还有另外一个原因,即近年来批评家的兴趣与读者的兴趣正渐行渐远,相互背离。文类批评或许可以令批评家和读者重归昔日曾共同关心过的种种问题,尤其是如何辨别作品的整体形式这个问题。文类是作品的组织原则,将作品中的各种冗余成分整合起来,从而有可能突破阐释循环的僵局,把古老而艰深的作品重新构建起来。总而言之,从文类变化的角度出发,可以提醒我们,文学作品来自文学共同体,我们自身也要同各种文学共同体形成相应的关系。

## 常见期刊名缩略语英汉对照表

| | | |
|---|---|---|
| AJP | American Journal of Philology | 《美国语文学刊》 |
| CL | Comparative Literature | 《比较文学》 |
| CQ | Critical Quarterly | 《批评季刊》 |
| EC | Essays in Criticism | 《批评文丛》 |
| ELR | English Literary Renaissance | 《英国文学复兴》 |
| JEGP | Journal of English and Germanic Philology | 《英国和日耳曼语文学刊》 |
| MLR | Modern Language Review | 《现代语言评论》 |
| MR | Massachusetts Review | 《马萨诸塞评论》 |
| N&Q | Notes and Queries | 《备忘和查询》 |
| NLH | New Literary History | 《新文学史》 |
| NYRB | New York Review of Books | 《纽约书评》 |
| OED | Oxford English Dictionary | 《牛津英语大辞典》 |
| PMLA | Publications of the Modern Language Association | 《现代语言协会会刊》 |
| PQ | Philological Quarterly | 《语文季刊》 |
| SP | Studies in Philology | 《语文研究》 |
| SR | Southern Review | 《南方评论》 |
| TLS | Times Literary Supplement | 《泰晤士报文学增刊》 |

## 注　释

### 1. 作为文类的文学

1. F. E. Sparshott, *The Concept of Criticism* (Oxford 1967) 2 - 3.

2. *Pace* Hazard Adams, *Interests of Criticism: An Introduction to Literary Theory* (New York 1969) 1.

3. Ihab Hassan, *The Dismemberment of "Orpheus": Toward a Postmodern Literature* ( New York 1971 ) 9; Jacques Riviere, "Gratitude to Dada" in *The Ideal Reader* tr. Blanche A. Price (1962).

4. "The Death of Literature" *NLH 3* (1971) 43.

5. *Poor Poll* 87 - 90.

6. Monroe C. Beardsley, "The Concept of Literature" in *Literary Theory and Structure: Essays in Honour of William K. Wimsatt* ed. Frank Brady et al. (New Haven and London 1973) 36 - 37. 比尔兹莱的文章是对柯林·莱雅斯的文章"The Semantic Definition of Literature"的回应,莱雅斯的文章发表于 *Journal of Philosophy* 66 (1969) 83。

7. Beardsley "The Concept of Literature" 24.

8. *Anatomy of Criticism: Four Essays* (Princeton 1957) 17. Cf.

I. Christopher Butler "What Is a Literary Work?" *NLH* 5 (1973) 17 - 29.

9. 关于主文本(*Haupttext*)和副文本(*Nebentext*)的区别,参阅 Roman Ingarden *Das literarische Kunstwerk* 30. 6 (Tübingen 1965),亦可参阅其英译本 *The Literary Work of Art* (Evanston, Ill. 1973) 208 - 209,377. 尽管《无声表演》的实现并不依赖文字,最好还是把贝克特的这部剧作视为一部极简主义文学作品,不同于哑剧或无声电影,《无声表演》同其他文学作品关系密切。

10. Beardsley "The Concept of Literature" 34; cf. Graham Hough *An Essay on Criticism* (London 1966) esp. ch. 9.

11. 关于亚里士多德的观点,参阅 Bennison Gray *The Phenomenon of Literature* De Proprietatibus Litterarum, ser. maior 36 (The Hague 1975) 37ff; 关于锡德尼的观点参阅 *A Defence of Poetry* in *Miscellaneous Prose of Sir Philip Sidney* ed. Katherine Duncan-Jones and Jan van Dorsten (Oxford 1973) 102. 中世纪"故事和历史的语义尚未完全区分"(C. S. Lewis *The Discarded Image* [Cambridge 1964] 179),即便今天依旧不乏临界例证,例如卡洛斯·卡斯塔尼达的《另一种现实》就既被视为虚构作品,又被视为非虚构作品。

12. Tzvetan Todorov "The Notion of Literature" *NLH* 5 (1973) 7 - 8. 虚构为文学之基础,这一说法最为极端的支持者或许是本尼森·格雷,格雷的论证还是很有力的,清楚地将虚构性确立为文学的基础。可若要把虚构性成功确立为文学的界定特征,格雷不单要把许多"拓展文学"从文学的地界驱逐出去,甚至许多核心文类作品也容不下,例如教化诗,例如《荒原》、《芬尼根守灵》。关于这场争论,参阅 *The Phenomenon of Literature* 45,65ff. 亦可参阅 Thomas J. Roberts *When Is Something Fiction?* (Carbondale, Ill. 1972); Laurence Lerner *The Truest Poetry* (London 1964); William Nelson *Fact or Fiction: The Dilemma of the Renaissance Storyteller* (Cambridge,

Mass. 1933）；Herbert Lindenberger *Historical Drama* （Chicago 1975）。

13."文学作品刻意模仿（或报告）一系列言语行为，而这一系列言语行为实际上从不存在于文学之外。"参阅 Richard Ohmann "Speech Acts and the Definition of Literature" *Philosophy and Rhetoric* 4 （1971）. 上面那句话曾引用于比尔兹莱的文章 "The Concept of Literature" 33. 关于这个话题有一个更为深入的专题，参阅 *Centrum* 3. 2（Minnesota 1975），尤其是马丁·斯坦恩曼的文章 "Perlocutionary Acts and the Interpretation of Literature" 112 – 116。

14. 关于文艺复兴时期作家的工具论，参阅 Robert M. Strozier "Roger Ascham and Cleanth Brooks：Renaissance and Modern Critical Thought" *EC* 22（1972）396 – 407；Rosemond Tuve *Elizabethan and Metaphysical Imagery：Renaissance Poetic and Twentieth-Century Critics* （Chicago 1947）esp. ch. 14。

15. " The Notion of Literature" 15.

16. 最后一点由吉尔伯特·海伊特提出，参阅其 *The Anatomy of Satire* （Princeton 1962）3. 3 "The Hoax as Satire"，其中细节颇为有趣。

17. "Some Aims of Criticism"，载于 *Literary Theory and Structure* ed. Brady 53，rpt. *The Aims of Interpretation* （Chicago and London 1976）ch. 8. 可参阅相同作者的另一篇文章 "Privileged Criteria in Literary Evaluation" in *Problems of Literary Evaluation* ed. Joseph p. Strelka, Yearbook of Comparative Criticism 2（State College，Pa. 1969）22 – 34. 还可参阅 Todorove " The Notion of Literature" 5. 不过托多罗夫讨论的重点是纯文学术语和分析方法的发展，倒是可以将其作为一个文学内在范畴单独加以讨论。对这一项目的批评参阅 John Reichert "The Limits of Genre Theory" in *Theories of Literary Genre* ed. Joseph P. Strelka，Yearbook of Comparative

Criticism 8 (University Park, Pa. and London 1978) 67ff. 关于"文学"这个术语,可参阅 "La Definition du terme 'literature': Projet d'article pour un dictionnaire international des termes litteraires" in *Proceedings of the Third Congress of the International Comparative Literature Association* (The Hague 1962)。

18. "literature"和"litterae"两个词的相关语义可追溯到公元 2 世纪,参阅 Rene Wellek "What Is Literature?" in *What Is Literature* ed. Paul Hernadi (Bloomington, Ind. And London 1978) 16ff. 英语中"literature"一词至少可追溯到 1761 年,比《牛津大辞典》中该词首例的出现早了 60 年。

19. Sidney *Defence* ed. Van Dorsten 81, 92, 100.

20. 关于 Sidney *Defence* (ed. Van Dorsten 100)中的这段文字,可参阅 Aristotle (Gray *The phenomenon of Literature* 37)和 Sir Thomas Elyot (*The Book Named the Governor* ed. H. S. Croft 2 vols. [1880] 1. 120),但 J. C. Scaliger 在他的 *Poetics Libri Septem* (Lyons 1561) 中并没有提到"诗学"一词的这一用法。Wellek 曾举了几个 18 世纪的例子以解说"诗学"一词的这种用法,并称之为文学的"新审美感受",但显然上面提到的例子要比 Wellek 所举的例子要古老得多。不过 Wellek 所举的例子中包括 Aurelio de Giorgi-Bertola 的一部诗集,今天看来,这个例子依旧很能说明一些问题。该诗集初版时书名中写着"*Idea della poesia alemanna*"(1779),到 1784 年该诗集扩充再版时书名中的"poesia"变成了"bella letteratura"。

21. 参阅 Rosalie L. Colie *The resources of Kind: Genre-Theory in the Renaissance* ed. Barbara K. Lewalsk (Berkeley 1973) 20 – 21; Bernard Weinberg *A History of Literary Criticism in the Italian Renaissance* 2 vols. (Chicago 1961) esp. chs. 13 – 14.关于亚里士多德何以将恩培多克勒的著作排除在诗歌之外,参阅 Gray *The Phenomenon of Literature* 37ff. Gray 指出, R. S. Crane 在卢克莱修

作品的文学性问题上做出了让步,有点自相矛盾。新亚里士多德主义者坚持文学不可界定,在 Gray 看来,这根本就是见到了几个例外就神经过敏。

22. Hirsch "Some Aims of Criticism" 53.

23. Louis Kampf "Culture Without Criticism" *MR* 11 (1970) 624 – 644.

24. 可参阅,例如 Francis Berry "The Present Willed Shortening of Memory" *NLH* 2 (1970) 56 – 63; John Wain *A House for the Truth* (1972) 206。

25. 可参阅,例如 G. Waldmann *Theorie und Didaktik der Trivialliteratur : Modellanalysen-Didaktikdiskussion-literarische Wertung*, *Krit. Information* 13 (1973)。

26. "The Concept of Literature" 34.

27. Ibid 28 – 29. 对语言观的强烈批判可参阅 Gray *The Phenomenon of Literature* 26ff. 语言与文学更广泛的联系,可参阅 Barbara Herrnstein Smith *On the Margins of Discourse : The Relation of Literature to Language* (Chicago and London 1978),以及 André Lefevere *Literary Knowledge* (Amsterdam 1977) ch. 6。

28. Jean-Paul Sartre *What Is Literature?* (1950) 10 – 11.

29. 关于"前推"概念,参阅 Gerald L. Bruns *Modern Poetry and the Idea of Language : A Critical and Historical Study* (New Haven and London 1974) 78。

30. "The Semantic Definition" 刊载于 *Journal of Philosophy* 66 (1969).

31. Coleridge *Biographia Literaria* ed. J. Slhawcross 2 vols. (Oxford 1907) 2. 10;引用于 Butler "What Is a Literary Work?" 25.

32. 可参阅,例如 "Littérature mediévale et expérience esthétique" *Poétique* 8 (1977) 322 – 336;之后又有一篇文章对上文加以综述,参阅

"La Jouissance esthétique" *Poétique* 10 (1979) 261–274。

33. *The Rambler*, 23 March 1751.

34. 参阅 David Newton-de Molina "Tempus edax rerum: A Note on an Aspect of Frank Kermode's Theory of Fictions" *CQ* 12 (1970) 361–362.

35. 参阅 Hirsch "Some Aims of Criticism" 56；亦可参阅 *The Aims of Interpretation* ch. 6，该章强力证明"文学的价值与人类文化的其他共同价值绝无冲突和断裂"。然而也有些人力图把价值问题从文学理论中完全排除出去，一个典型代表是诺斯罗普·弗莱的《批评的剖析》。

36. Hough *An Essay* 58. Cf. Beardsley "The Concept of Literature" 37–38. 有时，由于言外效力缺陷，或过度语义炫耀，作品也可加入到文学之列。（据说，两种用法都偏离了语言的语用功能。）

37. 关于以文本性为文学的界定特征，参阅 F. E. Sparshott "On the Possibility of Saying What Literature Is"收入 *What Is Literature?* ed. Hernadi 9。

38. Todorov "The Notion of Literature" 14.

39. 参阅 Sparshott "On the Possibility of Saying What Literature Is" 9.

40. Butler "What Is a Literary Work?" 29；关于文学的制度性，参阅 Claudio Guillen *Literature as System* (Princeton 1971) index, s. v. *Institutions*; H. Levin *The Gates of Horn* (New York 1963) 16–23; F. Jameson "Magical Narrative: Romance as Genre" *NLH* 7. 1 (1975) 135–163.

## 2. 古老的误会

1. Colin Cherry *On Human Communication* (New York 1961) 18–19.

2. 关于话语语境,参阅 John Lyons *Introduction to Theoretical Linguistics* (Cambridge 1968) 275ff。

3. E. E. Cummings *Complete Poems* 2 vols. (1968) 2. 662. 关于卡明斯独具特色的诗歌句法,参阅 Norman Friedman *E. E. Cummings: The Art of His Poetry* (London and Baltimore 1960). 关于现代诗歌对语言规则的侵犯,参阅 Samuel R. Levin *Linguistic Structures in Poetry* (The Hague 1973); *The Semantics of Metaphor* (Baltimore 1977). 关于文学的语法性,参阅 J. P. Thorne "Stylistics and Generative Grammars" *Journal of Linguistics* 1 (1965), rpt. *Linguistics and Literary Style* ed. D. Freeman (New York 1970); "Poetry, Stylistics and Imaginary Grammars" *Journal of Linguistics* 5 (1969), rpt. *Literaturewissenschaft und Linguistik* 2.2 *Zur linguistischen Basis der Literaturwissenschaft* 1, ed. J. Ihwe (Frankfort 1971); "Generative Grammars and Stylistic Analysis" in *New Horizons in Linguistics* ed. J. Lyons (Harmondsworth 1970)。

4. 本尼森·格雷的观点恰恰相反,参阅 *The Phenomenon of Literature* De Proprietatibus Litterarum, ser. Makor 36 (The Hague 1975) 30. 不能因此就否定赫施在 *The Aims of Interpretation* (Chicago and London 1976) 第四章中就语言同义所做的论述。不过即便两部或多部文学作品在一定比例上存在同义,从文学交际的角度来看,作者所做出的这种选择(当然,作者也可以选择避免同义)也会影响到作品的意义。是作者疏忽大意了吗? 不,这恰恰是作者姿态立场的一部分。

5. "Information Theory and Literary Genres" in *Zagadnienia Rodzajow Literackich* 4. 1 (6) (Lodz 1961) 31-48;这里发展了穆卡罗夫斯基关于代码的观念,参阅 *Theories of Literary Genre* ed. Joseph P. Strelka, Yearbook of Comparative Criticism 8 (University Park, Pa. and London 1978) 257. Thomas G. Winner 的符号学文类理论承

认文类的历时变化，可算是个例外，参阅其文章"Structural and Semiotic Genre Theory"。

6. Arthur K. Moore Contestable Concepts of Literary Theory (Baton Rouge 1973) 161n. 尽管克罗齐的理论现在已不再受到关注，从历史上来说还是有其正当性的。关于 Thibauder，以及其他人的类似观点，参阅 Adrian Marino "A Definition of Literary Generes" in *Theories of Literary Genre* ed. Strelka 52。

7. "Tradition and the Individual Talent" *Selected Essays* (London 1951) 15. 这里，与交际理论的类比再次分离。

8. *Validity in Interpretation* (New Haven and London 1967) 50, 81.

9. Hough *An Essay on Criticism* (London 1966) 83.

10. Cornelis F. P. Stutterheim "Prolegomena to a Theory of the Literary Genres" *Zagadnienia Rodzajow Literackich* 6. 2 (11) (Lodz 1964) 18-19.

11. 比较 John Reichert "The Limits of Genre Theory" 收入 *Theories of Literary Genre* ed. Strelka 76.

12. 这一观点出现于第三章。理论家常常谈论对个别文类，甚至整个文学加以界定，至于这种立场何以愚蠢，可参阅 Hirsch "What Isn't Literature" in *What Is Literature?* ed. Hernadi (Bloomington, Ind. and London 1978) 24-34。

13. Lines 56-57; *Ben Jonson* ed. C. H. Herford, P. and E. M. Simpson, 11 vols. (Oxford 1925—1952) 7. 10. This remarkable passage (1131-36) is relevant in its entirety.

14. George Watson *The Study of Literature* (1969) 86. 关于18世纪文类理论的碎片特征，参阅 Ralph Cohen "On the Interrelations of Eighteenth-Century Literary Forms" in *New Approaches to Eighteenth-Century Literature* ed. Phillip Harth (New York and

London 1974) 33‒78. 中世纪文类批评可谓认识悬殊,本书第 7 章论述到这一问题时尽量将差距收窄。

15. 纪廉对比斯卡利热尔和明图尔诺时,似乎对斯卡利热尔有些偏见,不承认斯卡利热尔"曾尝试调整传统体系以适应于他自己时代的杰出作品",参阅 Claudio Guillen *Literature as System* 404。实际上,虽然斯卡利热尔的主要兴趣在古代典范上,他也热切关注新出现的文类形式,斯卡利热尔提醒读者注意"桑那扎罗的伟大成就",认为桑那扎罗大大拓宽了牧歌的主题。

16. 关于这一影响,参阅 Rosalie L. Colie *The Resources of Kind*: *Genre Theory in the Renaissance* ed. Barbara K. Lewalski (Berkeley 1973)。

17. Nicholas Rowe"Some Account of the Life etc. of Mr William Shakespeare" (1709) in *Eighteenth Century Essays on Shakespeare* ed. D. Nichol Smith (Glasgow 1903) 10. 关于新古典主义戏剧批评的辩护,参阅 Thora B. Jones and Bernard de B. Nicol *Neo-Classical Dramatic Criticism* 1560—1770 (Cambridge 1976)。

18. *The Critical Works of John Dennis* ed. Edward Niles Hooker,2 vols (Baltimore 1939,1943) 1. 353.

19. Samuel Johnson "Preface to Shakespeare" (1765) in *Eighteenth Century Essays on Shakespeare* ed. Smith 131.

20. Guillen 128‒129.

21. Bernard Weinberg*A History of Literary Criticism in the Italian Renaissance* 2 vols. (Chicago 1961) 2. 1104.

22. "Heads of an Answer to Rymer" 6. 40; "*Of Dramatic Poesy*" *and Other Critical Essays* ed. George Watson,2 vols (London and New York 1962) 1. 218.

23. *L'Arte Poetica* (1564) Poetiken des Cinquecento 6 (Munich 1971) 35, discussing the "vitio di romanzi nell'interromper la

narratione."

24. 霍桑和詹姆斯都曾讨论过以可能性为小说的原则，其实早在 18 世纪的批评中这种观点已隐含其中。

25. TLS (9 May 1975) 520. 小说和散文的混合早有辉煌的先例，包括萨克雷和赫胥黎的作品。

26. F. R. And Q. D. Leavis Dickens the Novelist (1970) 113 - 114，116. 可对比批评界对柯林斯作品中独白式描写的不满，参阅 H. P. Sucksmith 为柯林斯的《白衣女人》所写的导读，vii, xvi。马克思主义批评在小说评论中明确使用规定性准则；诗歌方面，有些现代规定十分严厉，这方面一个例证见于 John Barrell 和 John Bull 为 The Penguin Book of English Pastoral Verse (London 1975)所写的导言。

27. 参阅 Colie *Resources of Kind* 76ff。

28. *The Rambler* no. 125 (Tues. 28 May 1751) ed. W. J. Bate and Albrecht B. Strauss in *Works* Yale Edition vol. 4 (New Haven and London 1969) 300.

29. *The Critical Works* 1. 406.

30. Ibid, 2. 68. 关于文类精神参阅 Hooker 为上书所写的导读。

31. 参阅 Guillen 377；cf. 111 - 112. 这种看法早在但丁的作品中已出现，参阅但丁的 *De vulgari elopuentia* 2.9.2 "创造出一个术语……把坎佐尼艺术放入一个部分中，这个部分就叫'诗节'，也就是说在这个部分中蕴含着全部艺术的精华。"(上面这段引文出自 *Literary Criticism of Dante Alighieri*，英译 Robert S. Haller [Lincoln, Neb. 1973] 50.)

32. Guillén 129.

33. 参阅 Weinberg, index s. v. *Epic, Romance*；Guillén 108 - 109；Graham Hough *A Preface to "The Faerie Queen"* (1962) esp. chs. 1 and 3. 许多斯宾塞研究使用古典或文艺复兴意大利文类模式，例如 A. Bartlett Giamatti *The Earthly Paradise and the Renaissance*

Epic (Princeton 1966)。

34. Rosalie L. Colie Shakespeare's Living Art (Princeton 1974) 263, 266. 参阅 Weinberg, index s. v. *Guarini*, *Tragicomedy*.

35. T. S. Eliot, Introduction to Ezra Pound: Selected Poems (rev. ed. 1948) x.

36. See Guillén 130 – 131.

37. Hassan *The Dismemberment of "Orpheus": Toward a Postmodern Literature* (New York 1971) 254; René Wellek *Discriminations: Further Concepts of Criticism* (New Haven and London 1970) 225.

38. 关于现代主义对传统的依赖, 参阅 J. V. Cunningham *Tradition and Poetic Structure: Essays in Literary History and Tradition* (Denver 1960) 106ff。

39. Robert Herrick *To M. Leonard Willan his peculiar friend*, in *Poetical Works* ed. L. C. Martin (Oxford 1956) 298.6.

40. 参阅 Weinberg 2. 782 – 783。

41. 关于范式的作用, 参阅本书 11 章。

42. *Anatomy* 22; cf. Louis Kampf 的立场更为偏激, 参阅 "Culture without Criticism" *MR* 11. 4 (1970) 624 – 644。

43. 关于布罗代尔, 参阅 Guillén 386, 416。

44. 可参阅 *Resources of Kind* ch. 3; 不过该书对于视文类为保守的观点做出太多让步。

45. 关于当代文学制度中先锋派的融入, 参阅 Gerald Graff *Literature Against Itself: Literary Ideas in Modern Society* (Chicago 1979)。

### 3. 文类概念种种

1. *An Essay on Criticism* (London 1966) 84.

2. Henry Home, Lord Kames *Elements of Criticism* 3 vols. ([Edinburg 1762] facs. rpt. New York 1967) 3. 219. 参阅 Adrian Marino 文章,收入 *Theories of Literary Genre* ed. Joseph P. Strelka (University Park, Pa. and London 1978) 49; John Reichert 文章,同出处,65; A. F. B. *Clark Boileau and the French Classical Critics in England (1660—1830)* (Paris 1925) 301。

3. Hirsch *Validity in Interpretation* 50. Cf. Rudolf Carnap *The Logical Structure of the world* sects. 29, 30, 33 (Berkeley 1969) 51-54m 57-58. Paul Hernadi 将文类与韦伯所说的"理想类型"做了一番比较,参阅 *Beyond Genre: New Directions in Literary Classification* (Ithaca and London 1972) 8. Claus Hempfer 在其专著 *Gattungstheorie: Information und Synthese* (Munich 1973) 中试图既避开唯名论,又避开实在论,Paul Hernadi 在 Claus Hempfer 的基础上做了一番修正,可参阅 *Comparative Literature* 28 (1976) 83-85。

4. 本尼森·格雷曾不无遗憾地表示,"亚里士多德描写出了文学的许多特征,也细分了不少亚类,可都不能对文学这一类别加以界定"。参阅 *The Phenomenon of Literature* (The Hague 1975) 56。

5. 参阅约翰·雷彻特所做的调查(*Theories of Literary Genre* ed. Strelka 62-63)。雷彻特本人大胆地拒绝相互排斥的类别。

6. Claudio Guillen *Literature as System* (Princeton 1971) 121.

7. Francis Cairns *Generic Composition in Greek and Roman Poetry* (Edinburgh 1972) 6.

8. See Richmond Lattimore *Story Patterns in Greek Tragedy* (Ann Arbor 1969) 13n39.

9. *Heads of an Answer to Rymer* 12; "*Of Dramatic Poesy" and Other Critical Essays* ed. George Watson 2 vols. (London and New York 1962) 1.213.

10. 此处不可能提供完整的文献,许多著作都值得参阅,包括

Willard Farnham *The Elizabethan Tragedy* (Berkeley 1936); Fredson T. Bowers *Elizatethan Revenge Tragedy* 1587—1642 (Princeton 1940); L. L. Brodwin *Elizabethan Love Tragedy* 1587—1625 (London 1972); J. V. Cunningham *Tradition and Poetic Structure* (Denver 1960) 170ff, 185。

11. Hernadi, *Beyond Genre* 4.

12. Ludwig Wittgenstein *Philosophische Untersuchungen* (Frankfurt 1967), 英译本名为 *Philosophical Investigations*, tr. G. E. M. Anscombe (Oxford 1953) sections 65 – 77。

13. Robert C. Elliott "The Definition of Satire" *Yearbook of Comparative and General Literature* 11 (1962); Maurice Mandelbaum "Family Resemblances and Generalization Concerning the Arts" *American Philosophical Quarterly* 2. 3 (1965); Hough *An Essay* 86; Guillén 130ff.

14. See Gray *The Phenomenon of Literature* 49ff, 197ff.

15. Paul Delany *British Autobiography in the Seventeenth Century* (New York 1969) 1.

16. *The Rambler* no. 125 (Tues. 28 May 1751); *Works* vol. 4 ed. W. J. Bate and Albrech B. Strauss (New Haven and London 1961) 300.

17. 格雷认为血缘关系可直接解释家族相似,不应赞同他的观点,毕竟收养的子女以及夫妻间也会体现出某种程度的相似。

18. Gordon Braden *The Classics and English Renaissance Poetry: Three Case Studies* (New Haven and London 1978) 137.

19. Abraham Cowley *Essays, Plays and Sundry Verses* ed. A. R. Waller (Cambridge 1906) 457.

20. Cf. Sol Worth "Seeing Metaphor as Caricature" *NLH* 6. 1 (1974) 208 – 209.

21. Albert William Levi "Literature and the Imagination: A Theory of Genres" 收入 *Theories of Literary Genre* ed. Strelka 18; Michael Riffaterre "The Stylistic Approach to Literary History" *NLH* 2.1 (1970) 52.

22. See Robert E. Scholes *Structuralism in Literature: An Introduction* (New Haven and London 1974) 128.

23. Guillen 121, 386.

24. Rolalie L. Colie*The Resources of Kind* (Berkley 1973) 30.

25. See Bernard Weinberg *A History of Literary Criticism in the Italian Renaissance* 2 vols. (Chicago 1961) 2.774, 2.780.

26. Ibid 2.770. 帕特里齐所说的"诗"更接近于现代意义上的"诗",而非想象性文学整体。

27. 这方面研究众多,可参阅 H. J. Chaytor *From Script to Print: An Introduction to Medieval Literature* (Cambridge 1945); Michael N. Nagler *Spontaneity and Tradition: A Study in the Oral Art of Homer* (Berkeley 1975); Bruce A. Rosenberg "The Genres of Oral Narrative" 收入 *Theories of Literary Genre* ed. Strelka 150 – 165; and the special issue of *NLH* vol. 8.3 (1977)。

28. *The Study of Literature* (London 1969) 87.

29. 关于这种极性,可参阅 Brian Stock "Literary Discourse and the Social Historian" *NLH* 8.2 (1977) 183 – 194。

30. F. E. Sparshott *The Concept of Criticism* (Oxford 1967) 179 – 180.

31. See *The Classics and English Renaissance Poetry* 55 – 153.

32. Thomas Warton *Observations on the Fairy Queen of Spenser* 2nd ed. enl. 2 vols. (1762), facs. rpt. 2 vols. in 1 (Farnborough 1969) 1.9, 1.4.

33. Joseph Spence *Observations, Anecdotes and Characters of*

*Books and Men* ed. James M. Osborn 2 vols. (Oxford 1966) sections 439–440.

34. *Lives of the English Poets* ed. George Birkbeck Hill 3 vols. (Oxford 1905) 3. 254.

35. Ibid. 255, 257; 260, 270; 261; 267 (cf. 268–269).

36. *Prose Works* ed. W. J. B. Owen and J. W. Smyser vol. 2 (Oxford 1974) 57.

37. 致依尼诺·法吉恩的信,引用于 Edward Thomas *Poems and Last Poems* ed. Edna Longley (1973) 321。

### 4. 历史类别和文类特征库

1. Thomas G. Rosenmeyer *The Green Cabinet：Theoritus and European Pastoral Lyric* (Berkeley and Los Angeles 1969) index s. v. Hesiodic tradition; John Taylor "The Patience of *The Winter's Tale*" *EC* 23 (1973) esp. 333.

2. René Wellek and Austin Warren *Theory of Literature* 3rd ed. (New York 1962) 231.

3. Claudio Guillén *Literature as System* (Princeton 1971) 112–113.

4. *Poetics* 6, 1450a;这里整段都很重要。亚里士多德术语的英语翻译不太精确,有些人的译法同常见翻译有很大区别,例如弗莱把"*dianoia*"译成"主题"。

5. 可参阅罗萨莉·考利的 *The Resources of Kind* 和 *Shakespeare's Living Art* (Princeton 1974),不过两部书都没有始终如一地区分类别和模态。大多对文类理论感兴趣的读者都会意识到,近年来文类术语实在是太混乱了,这里仅举两个例子。若有读者读到阿兰·罗德威的 *The Truths of Fiction* (London 1970)可要注意了,书中不少重要术语的用法皆迥异于同行用法。再有,乌里希·魏斯坦因的 *Comparative*

*Literature and Literary Theory*: *Survey and Introduction* (Bloomington, Ind. And London 1973)中,类别指的是"再现模式"。

6. 关于米兰德,参阅 Francis Cairns *Generic Composition in Greek and Roman Poetry* (Edinburgh 1972) 39。

7. *Satires* 2.1.1-2.

8. 当然,早期的流浪汉故事中也不乏象征,尽管难成系统。参阅 Alexander A. Parker *Literature and the Delinquent* (Edinburgh 1967); Javier Herrero "The Grreat Icons of the Lazarillo: The Bull, the Wine, the Sausage and the Turnip" *Literature and Ideology* 1 (1968). 不过主要文类特征具有更为直接的效力。关于流浪汉故事的文类特征,可进一步参阅 H. Sieber *The Picaresque*: *Critical Idiom* (London and New York 1977); R. Bjornson *The Picaresque Hero in European Fiction* (Madison, Wis. 1977); Alexander Blackburn *The Myth of the Picaro*: *Continuity and Transformation of the Picaresque Novel* 1554—1954 (Chapel Hill 1979)。

9. 托多罗夫将特征分为句法特征与语用特征两大类。

10. *The Art of English Poesy* ed. Gladys Doidge Willcock and Alice Walker (Cambridge 1936) 38.

11. *Poetics* 12, 1452b, 17-24.

12. 更多例证可参阅 Alastair Fowler *Triumphal Forms* (Cambridge 1970)。

13. *Poetics* 4. 1448b, 10ff.

14. Weisstein *Comparative Literature* 120.

15. 更多例证参阅 Saintsbury *A History of English Prosody* 3 vols. (1906—1910),也可参阅 Derek Attridge *The Rhythms of English Poetry* (London, forthcoming)。

16. 部分基于这一原因,卡伦斯不承认其为文类(*Generic Composition* 92)。

17. See Hillis Miller "The Still Heart: Poetic Form in Wordsworth" *NLH* 2.2 (1971) 297 - 310.

18. See Weisstein *Comparative Literature* 122. 不过某种意义上,"维度基础"正在回归,参阅 Ian Reid *The Short Story* (London and New York 1977), ch. 4. 关于中篇小说,参阅 Mary Doyle Springer *Forms of the Modern Novella* (Chicago 1976); Robert J. Clements and Joseph Gibaldi *Anatomy of the Novella: The European Tale Collection from Boccaccio and Chaucer to Cervantes* (New York 1977)。

19. Ronsard,《颂歌集》前的《致读者》(Paris, 1587),转引自 Colie *Resources of Kind* 24. 可对比萨克雷在《名利场》中的一段话:"咱也不指望能跻身尚武英勇的小说家行列,还是和那些不那么好斗的人待在一起吧。想彼时,舞台已腾出,好戏就要上演,咱还是老老实实地待在台下,好好看戏吧。"(30 章)

20. *A Defence of Poetry* in *Miscellaneous Prose of Sir Philip Sidney* ed. Katherine Duncan-Jones and Jan van Dorsten (Oxford 1973) 94.

21. Colie *Resources of Kind* 28.

22. George Watson *The Study of Literature* (London 1969) 89.

23. 关于弥尔顿,参阅 John M. Steadman *Milton and the Renaissance Hero* (Oxford 1967); Dennis H. Burden *The Logical Epic: A Study of the Argument of "Paradise Lost"* (1967). 关于骑士美德,参阅 Ernst Robert Curtius *European Literature and the Latin Middle Ages* tr. Willand R. Trask, Bollingen Series 36 (New York and London 1953) excursus 18 "The Chivalric System of the Virtues". 关于北欧传奇,参阅 Hermann Palsson "Icelandic Sagas and Medieval Ethics" *Medieval Scandinavia* 7 (1974). 关于更广泛的英雄概念,参阅 *Concepts of the Hero in the Middle Ages and the Renaissance* ed. Norman T. Burns and Christopher J. Reagan (Albany 1975)。

24. 参阅 J. M. Nosworthy *Shakespeare's Occasional Plays: Their Origin and Transmission*（London 1965）; Emrys Jones "Bosworth Eve" *EC* 25（1975）; C. L. Barber *Shakespeare's Festive Comedy*（Princeton 1959）; Leslie Hotson *The First Night of "Twelfth Night"*（London 1954）; Josephine Waters Bennett *"Measure for Measure" as Royal Entertainment*（New York 1966）; R. Christopher Hassel Jr. *Renaissance Drama and the English Church Year*（Lincoln, Neb, and London 1979）。

25. 关于"态度"的定义, 参阅 Randolph Quirk et al. *A Grammar of Contemporary English*（London 1972）1.27. 有些人想引入"语体"概念, 不过那一概念过于空泛。

26. Cairns *Generic Composition* 9.

27. 关于描写, 参阅 Michael Irwin *Picturing: Description and Illusion in the Nineteenth-Century Novel*（1979）。关于独白剧中具有自然主义倾向的布景、鬼故事等等, 参阅 H. P. Sucksmith 为柯林斯的 *The Woman in White*（London 1975）所写的导读。

28. 致拉雷的信。关于将主人公分为实用型和道德型的传统, 参阅 James Nohrnberg *The Analogy of "The Faerie Queen"*（Princeton 1976）58ff。

29. 参阅 *Concepts of the Hero* ed. Burns and Reagan; Steadman *Milton and the Renaissance Hero*; Mario Praz *The Hero in Eclipse in Victorian Fiction*（London 1956）; Patricia Thomson *The Victorian Heroine: A Changing Ideal*（London 1956）; Walter L. Reed *Meditations on the Hero: A Study of the Romantic Hero in Nineteenth-Century Fiction*（New Haven 1974）; Mary Doyle Springer *A Rhetoric of Literary Character: Some Women of Henry James*（Chicago 1978）; Hans Robert Jauss "Levels of Identification of Hero and Audience" *NLH* 5.2（1974）283-317.

30. 参阅 Enid Welsford *The Fool: His Social and Literary History* (London 1935); William Willeford *The Fool and His Sceptre* (Evanston, Ill. And London 1969); Walter Kaiser *Praisers of Folly: Erasmus, Rabelais, Shakespeare* (Cambridge, Mass. 1963). 关于意大利即兴剧,参阅 Kathleen M. Lea *Italian Popular Comedy* 2 vols. (Oxford 1934); Allardyce Nicoll *The World of Harlequin: A Critical Study of the Commedia dell'Arte* (Cambridge 1963). 关于其他人物类型,参阅 Claude Aziza and Robert Sctrick *Dictionnaire des types et caracteres litteraires* (Paris 1978)。

31. Jean Chapelain "Letter or Discourse ... to Monsieur Favereau ... ",载于 *The Continental Model: Selected French Critical Essays of the Seventeenth Century, in English Translation* ed. Scott Elledge and Donal Schier, rev. ed. (Ithaca and London 1970) 18. A similar contras was made much earlier by Minturno, Tasso and others.

32. Ibid, 19 - 20.

33. Edmond Faral *Les Arts Poetiques du 12 et du 13 siecle* (Paris 1962) 221 - 231, 285 - 293,转引于 J. W. H. Atkins *English Literary Criticism: The Midieval Phase* (Cambridge 1943) 108. 亦可参阅 James J. Murphy *Rhetoric in the Middle Ages: A History of Rhetorical Theory from Saint Augustine to the Renaissance* (Berkeley 1974) 173 - 173.

34. 参阅 George Puttenham The Art of English Poesy (1598) bk. 3 chs. 5 - 6,亦可参阅 Rosemond Tuve 在 *Elizabethan and Metaphysical Imagery* (Chicago 1947) 240 - 243 的讨论。

35. Cowley 有诗句"你听到吗? 谁必须是上帝的老婆,谁又必须是上帝的老妈?"对此 Cowley 自己评论道:"上帝的老婆,听上去或许有点儿刺耳,我却没感觉刺痛了谁,再说'配偶'也算不上什么豪气干云的大词。" (*Davideis* bk. 2 n. 92; 收入 *Poems* ed. A. R. Waller

[Cambridge 1905] 321)

36. *Odyssey* 20. 366 – 368,亦可参阅詹姆斯·苏特兰在 *A Preface to Eighteenth Century Poetry* (Oxford 1948) 88 – 89 的讨论。

37. 参阅 Tuve *Elizabethan and Metaphysical Imagery* ch. 9, esp. 224; Barbara K. Lewalski *Donne's "Anniversaries" and the Poetry of Praise* (Princeton 1973) ch. 1; O. B. Hardison *The Enduring Monument* (Chapel Hill 1962); Rosalie L. Colie *Paradoxia Epidemica : The Renaissance Tradition of Paradox* (Princeton 1966); John Arthos *The Language of Natural Description In Eighteenth-Century Poetry* (Ann Arbor 1949); Dorothy S. McCoy *Tradition and Convention : A Study of Periphrasis in English Pastoral Poetry from 1557 to 1715* (The Hague 1965); Thomas G. Rosenmeyer *The Green Cabinet : Theoritus and the European Pastoral Lyric* (Berkeley and Los Angeles 1969) 307n65.

38. 要更深入了解小说中语言的运用,可参阅 Roger Fowler *Linguistics and the Novel* (1977)。

39. 参阅 Frank Kermode "Novel and Narrative",载于 *The Theory of the Novel : New Essays* ed. John Halperin (New York and London 1974) 159ff。

## 5. 文类中的人名

1. Edmond Faral *Les Arts poetiques du* 12 *et du* 13 *siecle* 87.

2. Gilbert Highet *The Anatomy of Satire* (Princeton 1962) index s. v. Names.

3. Ibid. 275n50.

4. *The Faber Book of Epigrams and Epitaphs* ed. Geoffrey Grigson (London 1977) no. 38.

5. Grigson nos 24, 25, 46.

6. Walter de la Mare *Ding Dong Bell* (London 1924) 71.

7. Ibid. 64.

8. 这里我们必须暂时放下一些虽属枝节，却十分有趣的问题，例如科里娜是否暗指奥维德的情妇。

9. 科里顿先生意味着混合，因为牧歌中出现的名字从来都不是姓氏。关于古典文学中的牧歌人名，最全面的研究专著是文戴尔的 *De Nominibus Bucolicis* (Leipzig 1900)。

10. Thomas Rosenmeyer *The Green Cabinet* index s. v. *Theoritus*: *Idyll* 11.

11. William Diaper *The Complete Works* ed. Dorothy Broughton (London 1952) 301, 303, 306.

12. Ibid. xxvii.

13. Petrarch Bucolicum Carmen 6；参阅 Helen Cooper "The Goat and the Eclogue" *PQ* 53 (1947) 369 – 370; *Pastoral*: *Medieval into Renaissance* (Ipswich and Totowa, N. J. 1977) 191；关于这一传统的更早阶段，参阅 Ernst Robert Curtius *European Literature and the Latin Middle Ages* (New York and London 1953) 261. 关于斯宾塞和德雷顿举过的例子，可比较 Thomas Randolph 的诗作 *Ecologue to Master Jonson* (1632)，这部诗中提提拉斯代表琼生，达蒙则代表诗人自己。

14. 关于《牧童日历》中的人名，参阅 Paul E. McLane *Spenser's "Shepherd's Calendar"*: *A Study in Elizabethan Allegory* (Notre Dame 1961). 关于《科林·克劳特》，参阅 S. Meyer *An Interpretation of Edmund Spenser's "Colin Clout"* (Notre Dame 1969); Helen I. Sandison "Eglantine of Meliflure" *TLS* (6 July 1962) 493。

15. 创新的步伐并不大，不妨想想看古奇诗中那些显然不属于核心的人名，塞伦勒斯和塞尔维吉亚曾出现于桑纳扎罗的诗中，科尼克斯让人想到彼得拉克笔下的沃卢瑟尔，而福斯塔斯和菲尼克斯这两个名字分别对应于彼得拉克笔下的费斯提诺和曼图阿纽斯笔下的佛图阿纽斯。

16. The Guardian no. 40（27 April 1713）; Prose works of Alexander Pope ed. Norman Ault vol. 1（Oxford 1936）98 – 99. 萨默维尔使用"霍比诺尔"这个名字,以之为对田园牧歌的讽刺的模仿,参阅 John Chalker *The English Georgic*（London 1969）188. 菲利普斯之前,"霍比诺尔"在英国牧歌中曾被用为核心人名,出现于 Shirley 的诗作 *Triumph of Beauty*,以及 Cotton 的幽默抒情书信体诗歌 *To My Friend Mr John Anderson from the Country* 中。

17. 参阅 *English Pastorals* ed. Edmund K. Chambers（London 1906）xlvi; John Gay *Poetry and Prose* ed. Vinton A. Dearing and Charles E. Beckwith vol. 2（Oxford 1974）513.

18. 关于传奇中的人名,参阅 R. R. Bezzola *Le Sens de l'aventure et de l'amour*（Chretien de Troyes）（Paris 1947）,转引于 John Stevens *Medieval Romance : Themes and Approaches*（London 1973）117n8. 关于传奇和英雄故事中的人名有数部索引颇有用处,包括: G. D. West *An Index of Proper Names in French Arthurian Verse Romances, 1150—1300*（Toronto 1969）; *French Arthurian Prose Romances : An Index of Proper Names*（Toronto 1977）; George T. Gillespie *A Catalogue of Persons Named in German Heroic Literature, 700—1600*（Oxfore 1973）. 关于史诗中人名的早期讨论,参阅明图尔诺的《诗艺》(1564)。

19. 关于小说的早期传统,参阅本书第六章。

20. 参阅罗森梅耶 107,在这里罗森梅耶对维吉尔在《牧童对话 5》中偏离传统,引入一个无名人物的写法做了一番评论。

21. "An Essay on the New Species of Writing Founded by Mr. Fielding", rpt. *Novel and Romance* 1700—1800 ed. Ioan Williams（London 1970）153.

22. *The Rise of the Novel*: *Studies in Defoe, Richardson and Fielding* (London 1957) 19. 实际上,该书从 18 至 21 页都很重要。

23. *Poetics* 9, 1451b,转引于 Watt *Rise of the Novel 19*.

24. Ian Watt"The Naming of Characters in Defoe, Richardson, and Fielding" *RES* 25 (1949) 332 – 338.

25. *Rise of the Novel* 105; cf. "Naming" 332.

26. Watt"Naming" 324.

27. OED 2.

28. Watt "Naming" 334, 330.

29. Watt *Rise of Novel* 20.

30. Watt "Naming" 335 – 336.

31. 关于这一点参阅 Sir Alan Gardiner *The Theory of Proper Names* (Oxford 1940) 1 – 3, 25 – 28.

32. William Camden *Remains Concerning Britain* (1605), Library of Old Authors ed. (London 1870) 58. 稍后,魏特沃德依旧可见于真实生活中。即便当今社会中,有些真实人名听起来比虚构故事中的人名更古怪。

33. James Nohrnberg *The Analogy of "The Faerie Queen"* (Princeton 1976) 683n53.

34. *The Tender Husband* (1705) 2.1,转引于 Watt "Naming" 326。

35. Watt 认为这个名字代表着"贪慕虚荣的传奇故事,而不是说安德鲁斯这个新教徒家庭有多么虔诚",这个名字预示这个家庭中父母喜欢装腔作势(参阅"Naming"326)。不过《阿卡迪亚》还是被认为是一部严肃小说,在虔诚教徒中也有着广大读者群。

36. Watt "Naming" 329. Herbert Croft 评论 Edward Young 时如此写道:"作家绝不会随便杜撰出一个人名,然后给出其首字母缩写。" (Samuel Johnson *Lives of the English Poets* ed. G. B. Hill 3 vols.

[Oxford 1905] 3.381)瓦特以为上面这句话出自约翰逊博士,其实搞错了。Mary Coleridge 关于不完整人名的看法也颇有见地:"缩写人名自有其迷人之处,总是能带来丰富的想象,可一旦写出其全称想象便荡然无存。缩写人名既让人感到亲切,又带着一分神秘感。"

37. Mourice Barning 在小说《C》的"前言"中写道:"我同意这部书根本写不成传记,咱们离故事太近了,可我又觉得,正是因为距离太近,也没法写出一部虚构故事。"

38. 无疑,Berger 也受到政治匿名传统的影响,受到此种传统影响的另一部典型作品是 Costa-Gavrocs 的《Z》。

**6. 文类中的信号**

1. Ernst Robert Curtius *European Literature and the Latin Middle Ages* (New York and London 1953) 83-85,亦可参阅 Alice S. Miskimin *The Renaissance Chaucer* (New Haven and London 1975) ch. 5.

2. 关于《公爵夫人之书》的寓言性,参阅 Russell A. Peck "Theme and Number in Chaucer's Book of the Duchess",载于 *Silent Poetry* ed. Alastair Fowler (London 1970) 73-115.《鲜花会》的情况与之类似,诗中提到西塞罗和麦克罗比乌斯,以表明这不是一首普通的爱情诗,而是包含着说教的成分,参阅 J. A. W. Bennett *The Parlement of Foules: An Interpretation* (Oxford 1957) 18.

3. Vol. 1, chs. 6-7.

4. *The Complete Tales of Henry James* ed. Leon Edel vol. 10 (London 1964) 38.

5. Carl R. Proffer *Keys to "Lolita"* (Bloomington, Ind. 1968); Weldon Thornton *Allusions in "Ulysses": An Annotated List* (Chapel Hill 1968); Adaline Glasheen *Third Census of "Finnegans Wake"* (Berkeley 1977); Brendan O Hehir and John M. Dillon *A Classical*

*Lexicon for "Finnegans" Wake*（Berkeley 1977）；Louis O Mink *A "Finnegans Wake" Gazetteer*（Bloomington，Ind. 1978）.乔伊斯力求全面,使其成为一个极端的例子。

6. *The Honourable Schoolboy*（London 1977）105，333，400.

7. *Broomsticks and Other Tales*（London 1925）178，183. Cf. John Ashbery 也用到了这个童话,参阅 *Self-Portrait in a Convex Mirror*（Manchester，England 1977）67。

8. Ch. 10.关于霍桑故事的阐释,参阅 Frank Kermode *The Classic*（London 1975）ch. 3。

9. 金波特的评论,920，937；*Dunciad* A. 1.72。

10. 参阅爱德华·萨义德关于优先的讨论,Beginnings：Intention and Method（New York 1975）.类似的例子很多,批评文献中也有不少,例如 H. D. Kelling 就注意到了斯威夫特的作品中对拉伯雷的引用,参阅"Some Significant Names in *Gulliver's Travels*" *Studies in Philology* 48（1951）761-778。

11. Dame Helen Gardner "The Titles of Donne's Poems" in *Friendship's Garland*：*Essays Presented to Mario Praz* ed. Vittorio Gabrieli 2 vols.（Rome 1966）1. 189-207；John Hollander *Vision and Ressonance*：*Two Senses of Poetic Form*（New York 1975）ch. 10；Harry Levin "The Title as a Literary Genre" *MLR* 72（1977）xxiii-xxxvi；Steven G. Kellman "Dropping Names：The Poetics of Titles" *Criticism*：*A Quarterly for Literature and the Arts* 17. 2（Spring 1976）152-167；"Titles of Books"载于 Isaac D'Israeli *Curiosities of Literature* 3 vols.（London 1849）,这是一篇文类意识很强的文章。关于作品题名传统的早期讨论,可参阅 Aulus Gellius。

12. Cf. Bergson,转引于 Levin。

13. 关于历史、回忆录和传奇中"故事"的次序调整,参阅 Frédéric Deloffre *La Nouvelle en France à l'àge classique*（Paris 1967）,转引于

Levin xxix。

14. 就雪莉而言,不应忘记其作品中包含相当的传奇成分。

15. Watt "Naming" 331–332.

16. 莱文的讨论更为全面,参阅 xxxiii。

17. 关于奥威尔作品中日期的来源,参阅 R. E. F. Smith 在 *Journal of Peasant Studies* 4.1(1976)上发表的文章。

18. "Catch-22"或许暗指一则俄罗斯习语"二十二个麻烦",不过也有传闻海勒当初想把自己的小说命名为 *Catch-18*。

19. Donald J. Gordon *The Renaissance Imagination* (Berkeley 1975) 102.

20. C. J. Rawson 用语,参阅他就 Miriam Lerenbaum 的 *Alexander Pope's "Opus Magnum"* 1729—1744 所写的书评,该书评发表于 *TLS* (30 Dec. 1977)。

21. John Hollander *Vision and Resonance* (New York 1975) 224.

22. Cf. Ibid. 218, 219, 224.

23. James J. Murphy *Rhetoric in the Middle Ages* (Berkeley 1974) 204ff and index s. v. *Exordium*.

24. J. W. H. Atkins *English Literary Criticism: The Medieval Phase* (Cambridge 1943) 100–101; Edmond Faral Les *Arts poétiques du 12 et du 13 siecle* (Paris 1962) 200–203, 265–268 (Vinsauf *Poetria Nova* 87–202). John of Garland 在 *Parisiana Poetria* 中写道:"话题讲到一半,甚至已接近尾声,再写开头,这就叫'非自然开局法'。这种开局有 8 种不同的写法,第一种是从文章中间或结尾部分引出开头,既不用谚语开局,也不举例子。一般文章开局处常常引用一则谚语,这则谚语通常与文章主题关系密切。"此外还有第九种"非自然开局法","古代作家,如维吉尔和卢坎,常常在叙事前面插入一段文字,解释情节设定的动机。" The "Parisiana Poetria" of John of Garland ed. Traugott Lawler (New Haven and London 1974) 53, 57.

25. 较早的草稿中,《安娜·卡列妮娜》的开头较为突兀。

26. C. S. Lewis *The Discarded Image* (Cambridge 1964) 179.

27. *Discourses on the Heroic Poem* tr. and ed. Mariella Cavalchini and Irene Samuel (Oxford 1973) 115–116. 关于一个词的变化中所蕴含的文类寓意,参阅 Gordon Braden *The Classics and English Renaissance Poetry* (New Haven and London 1976) 58。

28. *L'Arte* 276.

29. John Chalker *The English Georgic* (London 1969) 72.

30. Grigson's *Faber Book of Epigrams and Epitaphs* (London 1977),其中超过 80 首墓志铭都以"此处……"开头。

31. A. J. Steele "La Fontain: *Le Fermier, le Chien et le Renard*" in *The Art of Criticism* ed. Peter H. Nurse (Edingurgh 1969) 102–112.

32. *European Literature* 85–88.

33. 关于梦幻诗的传统,参阅 A. C. Spearing *Medieval Dream-Poetry* (Cambridge 1976); and cf. Donald R. Howard *The Idea of the Canterbury Tales* (Berkeley 1976) 194。

34. Frank Kermode *The Sense of an Ending: Studies in the Theory of Fiction* (New York 1967) 21.

35. Penelope Lively*The Road to Lichfield* (London 1977) 1; Paul Scott *Staying On* (London 1977).

36. 关于与《巴特比》的联系,参阅 Richard W. Noland "John Barth and the Novel of Comic Nihilism" *Contemporary Literature* 7.3 (1966) 245。

37. *City Life* (New York and London 1971) 78. Cf. 关于访谈这种形式在小说中的运用,参阅 Michael Wilding *Scenic Drive* (Sydney 1976) ch. 1.

38. *City Life* 73.

## 7. 模态和亚类

1. 关于"模态"一词的辩解，参阅 Paul Alpers "Mode in Narrative Poetry" *in To Tell a Story: Narrative Theory and Practice* Clark Library Seminar Papers (Los Angeles 1973). 至于该词在文类理论以外的用法，本书并不涉及。

2. 关于牧歌的文类特征库，参阅 Charles W. Hieatt "The Integrity of Pastoral" *Genre* 5. 1 (1972); Thomas G. Rosenmeyer *The Green Cabinet: Theoritus and the European Pastoral Lyric* (不过上述两部书对牧歌的外部形态所说不多)。关于牧歌的一般讨论，参阅 W. W. Greg *Pastoral Poetry and Pastoral Drama* (London 1906); *English Pastoral Selected and with an Introduction* ed. Edmund K. Chambers (London 1906); William Powell Jones The *Pastourelle* (1931, rpt. New York 1973); William Empson *Some Versions of Pastoral* (London 1935); *English Pastoral Poetry: From the Beginnings to Marvell* ed. J. Frank Kermode (London 1952); W. Leonard Grant *Neo-Latin Literature and the Pastoral* (Durham, N. C. 1965); John Heath-stubbs *The Pastoral* (London 1969); Harold E. Toliver *Pastoral Forms and Attitudes* (Berkeley 1971); Peter V. Marinelli *Pastoral* (London 1971); Laurence Lerner *The Uses of Nostalgia: Studies in Pastoral Poetry* (London 1972); Raymond Williams *The Country and the City* (London 1973); Renato Poggioli *The Oaten Flute: Essays on Pastoral Poetry and the Pastoral Ideal* (Cambridge, Mass. 1975); Helen Cooper *Pastoral: Medieval into Renaissance* (Ipswich and Totowa, N. J. 1977), with useful bibliography; Richard Feingold *Nature and Society: A Study of Later Eighteenth-Century Uses of the Pastoral and Georgic* (New Brunswick, N. J. 1977); and J. E. Congleton *Theories of Pastoral*

Poetry in England 1684—1798 (1952, rpt. New York 1968)。

3. 让·夏普兰写给法维罗的信,载于 Scott Elledge and Donald Schier *The Continental Model* 11。

4. 这种批评观点还是颇为有趣的,参阅 David Lodge *The Modes of Modern Writing*: *Metaphor, Metonymy and the Typology of Modern Literature* (London 1977)。

5. Rosalie L. Colie *The Resources of Kind* (Berkeley 1973) 67,以及第二章全部。关于赞歌模态,参阅 Barbara K. Lewalski *Donne's "Anniversaries" and the Poetry of Praise* (Princeton 1973); O. B Hardison *The Enduring Monument* (Chapel Hill 1962); James D. Garrison *Dryden and the Tradition of Panegyric* (Berkeley 1975). 关于挽歌模态,参阅 Abbie Findlay Potts *The Elegiac Mode*: *Poetic Form in Wordsworth and Other Elegists* (Ithaca 1967)。

6. *Resources of Kind* 67.

7. 关于斯卡利热尔在 1561 年所认识到的一系列问题,参阅 *Poetics* (Lyons 1561) 3.99; p.150.1。

8. *Il Verato secondo* (1593);参阅 Bernard Weinberg *A History of Literary Criticism in the Italian Renaissance* 2 vols. (Chicago 1961) 2.684。

9. Rosalie L. Colie *Shakespeare's Living Art* (Princeton 1974) 244.

10. S. L. Gilman *The Parodic Sermon in European Perspective*: *Aspects of Liturgical Parody from the Middle Ages to the Twentieth Century Beiträge zur Lit. des 15 bis 18 Jabrb.* no. 6 (Wiesbaden 1974); Colin J. Horne "The Phalaris Controversy: King versus Bentley" *RES* 22 (1946) 294 (on the satirical index); Gilbert Highet *The Anatomy of Satire* (Princeton 1962); Raman Selden *English Verse Satire 1590—1765* (London 1978)。

11. Jerome Mazzaro *Transformations in the Renaissance English Lyric* (Ithaca and London 1970) 157; also further refs. in note 47 below.

12. 中世纪传奇和19世纪传奇的混淆,参阅 John Stevens *Medieval Romance* (London 1973) 20ff. 弗莱采取了一种更偏重共时的方法,也更为有趣,参阅 *The Secular Scripture: A Study of the Structure of the Romance* (Cambridge, Mass. 1976);亦可参阅 B. E. Perry *The Ancient Romances: A Literary-Historical Account of Their Origins* (Berkeley and Los Angeles 1967)。

13. *Resources of Kind* 112-114.

14. 只需列举出一些最具典型的例证就足够了,我的例子来自锡德尼爵士,分别出自:a. *Astrophil and Stella* 1; b. ibid. 4; c. ibid. 2; d. ibid. 9, 11, 12, 29, 43, 77; e. ibid. 73, 74; f. ibid. 17; g. ibid. 87-89; h. ibid. 59; i. "Leave me, O Love, which reaches but to dust".

15. 彼得拉克 *Canzoniers* 151, 154. 参阅锡德尼爵士 *Astrophil and Stella* 7, 9 的注释,in *The Poems of Sir Philip Sidney*, ed. W. A. Ringler (Oxford 1962) 462-463; Janet G. Scott *Les Sonnets élisabéthains* (Paris 1929) 42。

16. *Les Blasons anatomiques du corps féminin ... composez par plusieurs poètes cotemporains* (1550) ed. A. [van] B [ever] (Paris 1907); Hallett Smith *Elizabethan Poetry* (Cambridge, Mass. 1952) index s. v. *Blazons*; H. Weber *La Création poétique au XVI siècle en France* 2 vols (Paris 1956); D. B. Wilson *Descriptive Poetry in France from Blason to Baroque* (Manchester and New York 1967).

17. Francis Cairns*Generic Composition in Greek and Roman Poetry* (Edinburgh 1972) 76. 朗吉努斯在 *On the Sublime* 10 中讨论了另一个例子,即萨福的 *Ode to Anactoria*。

18. Jean H. Hagstrum *The Sister Arts*（Chicago and London 1958）; Marianne Albrecht-Bolt *Die Bildende Kunst in der Italienischen Lyrik der Renaissance und des Barok*（Wiesbaden 1976）.关于绘画的现代诗,参阅 Eugene L. Huddleston and Douglas A. Noverr *The Relationship of Painting and Literature : A Guide to Information Sources*（Detroit 1978）61–101,（bibliog. of poems）and 105–111,121–128（secondary sources）.

19. W. S. Graham *Johann Joachim Quantz's First Lesson in Malcolm Monney's Land*（London 1970）56.关于奥登诗中的勃鲁盖尔,参阅 John Fuller *A Reader's Guide to W. H. Auden*（London 1970）121;关于诗歌中的勃鲁盖尔,参阅 Donald B. Burness "Pieter Brueghel: Painter for Poets" *Art Journal* 32.2（Winter 1972—73）157–162。

20. 威廉姆斯的 *Picture from Brueghel* 最初发表于 *Hudson Review* 13（1960）; John Berryman *Homage to Mistress Bradstreet*（London 1959）35; Joseph Langland 的诗转载于 Burness "Pieter Brueghel: Painter for Poets"; Howard Nemerov *The Collected Poems*（Chicago and London 1977）257,417,429; J. Taylor *MR* 8.2（1967）246; Michael Hamburger *Penguin Modern Poets* 13（Harmondsworth and Baltimore 1969）80; James Greene *Lines Review*（1976）9; Samuel Menashe *Fringe of Fire*（London 1973）43;偶尔诗中讨论的艺术品是一幅壁毯,或一尊雕像,例如 Christopher Salvesen *Five Gothic Bagatelles*,发表于 *New Departures* 2–3（1960）44–48; Randall Jarrell 的 *Jerome*,参阅 *The Biography of a Poem : Jerome* ed. Mary von Jarell（New York 1971）; John Smith 的诗参阅 *Entering Rooms*（London 1973）.更多此类诗歌参阅 Huddleston and Noverr.近年来较为出色的一首是 Robert Fagles 的 *I, Vincent : Poems from the Pictures of Van Gogh*, Princeton Essays on the Arts 5（Princeton

1978)。

21. Robert Lowell *Epilogue* in *Day by Day* (London 1978); William Carlos Williams *The Hunter in the Snow*, *The Adoration of the Kings* and *Haymaking in Pictures from Brueghel* (New York 1962).

22. Cf. 关于荷兰画派, 参阅 Svetlana Alpers "Seeing as Knowing: A Dutch Connection" *in Humanities in Society* 1. 3 (1978)。

23. 关于 Alasdair Maclean 另一首类似主题的诗, 参阅 Desmond Graham 的文章, 发表于 *Stand* 18. 3 (1977) 73。

24. *Implements in Their Places* (London 1977) 61.

25. *The Everlastings* (Garden City 1980) 31.

26. *Ambit* 66 (1976) 25.

27. Charles Causley *Collected Poems* 1951—75 (London 1975) 283; Michael Shayer *in New Departures* 7 - 11 (1975) 49; Denise Levertov *The Freeing of the Dust* (New York 1975) 23.

28. *Implements in Their Places* 25 - 30.

29. Meyer H. Abrams *A Glossary of Literary Terms* rev. ed. (New York 1957) 58.

30. Northrop Frye *Anatomy of Criticism* (Princeton 1957) 310 - 312.

31. Lewalski *Donne's "Anniversaries"* 226 - 235, esp. 232.

32. Malcomd Bradbury *Possibilities: Essays on the State of the Novel* (London 1973) 278 - 279; 关于形式范畴的不可靠, 参阅 Meir Sternberg *Expositional Modes and Temporal Ordering in Fiction* (Baltimore and London 1978)。

33. René Wellek and Austin Warren *Theory of Literature* 3rd ed. (New York 1956) 216; Peter K. Garrett *The Victorian Multiplot Novel* (New Haven and London 1980); Ralph Freedman *The Lyrical*

Novel: Studies in Hermann Hesse, Andre Gide, and Virginia Woolf (Princeton 1963); Robert Humphrey Stream of Consciousness in the Modern Novel (Berkeley 1954); Mus'ud Zavarzadeh The Mythopoetic Reality: The Postwar American Nonfiction Novel (Urbana 1976); J. Frank Kermode "Novel and Narrative" (on the detective story) in The Theory of the Novel ed. John Halperin (New York 1974); Andrew Sanders Victorian Historical Novels 1840—1880 (London 1978).

34. Henry James,转引于 Martin Price "The Irrelevant Detail and the Emergence of Form" in Aspects of Narrative ed. J. Hillis Miller (New York 1971) 69.

35. "The Narrow Bridge of Art" in Collected Essays vol. 2 (London 1966) 224.

36. Fredric Schwarzbach Dickens and the City (London 1978); Patrick Scott "The School and the Novel: Tom Brown's Schooldays" in The Victorian Public School: A Symposium ed. Brian Simon and Ian Bradley (London 1975); John Alcorn The Nature Novel from Hardy to Lawrence (London 1977); John Lucas The Literature of Change: Studies in the Nineteenth-Century Provincial Novel (Hassocks, England 1977); Wendy A. Craik Elizabeth Gaskell and the English Provincial Novel (London 1975).

37. Bruce Merry Anatomy of the Spy Thriller (London 1977); Jerry Palmer Thrillers: Genesis and Structure of a Popular Genre (London 1978); Robert Lee Wolff Gains and Losses: Novels of Faith and Doubt in Victorian England (London 1977).

38. Tristram Shandy, end of 6. 33; Molloy (New York 1955) 20. 关于自叙述小说更全面的讨论,参阅 Steven G. Kellman The Self-Begetting Novel (New York 1980)。

39. Ibid. 94.

40. 这里还有与另一种文类的混合，即与历史人物小说的混合。

41. 不妨比较一下伍尔芙的《一间自己的房子》，其实这部散文集也可以采用自叙述小说的形式，不过那样可能离混乱也就不远了。

42. *Sartor Resartus* 2.9.

43. G. B. Tennyson "*Sartor*" *Called* "*Resartus*"（Princeton 1965）173ff；George Levine "*Sartor Resartus* and the Balance of Fiction" *Victorian Studies* 8（1964）131－160；Morse Peckham *Beyond the Tragic Vision：The Quest for Identity in the Nineteenth Century*（New York 1962）177ff；Gerry H. Brooks *The Rhetorical Form of Carlyle's* "*Sartor Resartus*"（Berkeley 1972）。

44. 转引于 Levine 56.

45. 梅尔维尔对 *The House of the Seven Gables* 的评论，转引于 J. Frank Kermode *The Classics*（London 1975）101。

46. 除了已注意到的作品，还应当提一提 Thomas Hinde *High*，Anne Roiphe *Torch Song*，Edward Candy *Scene Changing*，Thomas Williams *The Hair of Harold Roux*，James Purdy *Cabot Wright Begins*，John Irving *The World According to Garp*，Jerome Charyn *The Catfish Man：A Conjured Life*. 要了解更多此类小说，请参阅 Kellman 144－145，列出了许多所谓"反身小说"。不过 Kellman 一心想要追溯出此类小说的美国传统，结果列入的许多小说其实与这一类小说并没有什么关系。

47. 同讽刺相比，中世纪拟仿往往多了几分狂欢色彩，参阅 P. Zumthor *Essai de poétique médiévale*（Paris 1972）104－105；关于拼贴，参阅 Paul Reboux 和 Charles Muller 合编的作品选集 *A la Manière de*（Paris 1910—1913）；关于拟仿、滑稽模仿，以及其他类似的形式，参阅 Richmond P. Bond *English Burlesque Poetry* 1700—1750（Cambridge，Mass. 1932）。

48. 参考任何一座大型图书馆的书目索引，《格列佛游记》的许多后续作品都编入格列佛系列之中,20 世纪较为突出的是 Frigyes Karinthy 所写的 *Utazás Faremidóba Capillária* (Voyage to Faremido Capillaria)。《鲁滨孙漂流记》的后续作品中较著名的有 Michael Tournier's *Friday or the Other Island*,Derek Walcott's *Crusoe's Island*,Iain Crichton Smith's *Crusoe's Other Island*,Elizabeth Bishop's *Crusoe in England*. 除了 Marowitz 的 *Hamlet*,还有 Gilbert and Sullivan's *Rosencrantz and Guildenstern*,Tom Stoppard's *Rosencrantz and Guildenstern Are Dead*,John Turning's *My Nephew Hamlet*,Alethea Hayter's *Horatio's Version*. 关于《爱丽丝梦游仙境》,参阅 Martin Gardner *The Annotated Alice* (New York 1960). 关于《哈克贝利·费恩》,参阅 John Seelye's *The True Adventures of Huck Finn: As Told by John Seelye* (Evanston, Ill. 1970).《简·爱》的后续之作中,最优秀的无疑是 Jean Rhys 的 *Wide Sargasso Sea* (London 1966)。

49. 早期的先声可参阅 James White *Original Letters, etc. of Sir J. Falstaff* (London 1796)。

50. 一些具体类型已受到关注,参阅 Francis Berry *The Shakespeare Inset: Word and Picture* (London 1965);关于画中画,参阅 *Representation and Understanding* ed. Daniel G. Bobrow and Alan Collins (Edinburgh and New York 1975);关于构造类型在抒情中的运用,参阅 Robin Skelton *The Practice of Poetry* (London 1971)。

51. *Night Light* (Middletown, Conn. 1967) 9.

52. Earl Miner *The Metaphysical Mode from Donne to Cowley* (Princeton 1969); cf. *Romanticism Reconsidered* ed. Northrop Frye (New York 1963); Mark Roberts 对上一部文集的述评很重要,发表于 *EC* 15.1 (1965) 118-130。

53. *The Archeology of Knowledge* tr. A. M. Sheridan Smith (London 1972) 23-24.

**8. 文类标签**

1. 关于"不那么精确的"词汇分类,参阅 John Lyons *Introduction to Theoretical Linguistics* (Cambridge 1968) 426–427.

2. 一个例外是 Allan Rodway 和 Brian Lee 的文章"Coming to Terms" *EC* 14 (1964) 109ff. 有许多理论色彩不浓的术语词典,编撰者包括 Alex Preminger, J. A. Cuddon, Meyer H. Abrams, Karl Beckson 和 Arthur Genz(合编)。关于文类术语的现状,参阅 Robert Champigny "Semantic Modes and Literary Genres" in *Theories of Literary Genre* ed. Joseph P. Strelkac (University Park, Pa. and London 1978) 94–111。

3. *A Harmony of the Essays* ed. E. Arber (1895) 158–159, 转引于 Rosalie L. Colie *The Resources of Kind* (Berkeley 1973) 89.

4. Ibid. 14.

5. 参阅例如 Antonio Sebastiano Minturno *L'Arte Poetica* (Venice 1564) 240ff。

6. Harry Levin "The Title as a Literary Genre" *MLR* 72 (1977) xxvi.

7. Giordano Bruno *Eroici Furori* 1, 转引于 Colie *Resources of Kind* 111.

8. Enid Welsford *The Court Masque* (1927, rpt. New York 1962) 44–45.

9. Colie *Resources of Kind* 68–70; J. C. Scaliger *Poetics* (Lyons 1561) 171. "智慧的盐"这一习语至少可上溯到 1573 年,意指观点辛辣、锐利,参阅 *OED*。

10. Ed. P. M. Zall (London 1972) 5. 关于萨图拉,参阅 Gilbert Highet *The Anatomy of Satire* (Princeton 1962) 231–232。

11. Lyons *Introduction* 56–59; idem *Semantics* vol. 1 (Cambridge

1977) 246.

12. A. Hulubei *L'Eglogue en France au XVI siècle*, *époque des Valois*: 1515—1589 (Paris 1938), 转引于 Thomas G. Rosenmeyer *The Green Cabinet* (Berkeley and Los Angeles 1969) 8n23.

13. 关于小颂的形式,参阅 Gordon Braden *The Classics and English Renaissance Poetry* (New Haven and London 1978) 205ff; Janet Smart "Renaissance Anacreontics" *CL* 25 (1973) 221–239。

14. *Institutio* 10. 13. 17; cf. Aulus Gellius *Noctes Atticae* pref. 6. 参阅 Hoyt Hopewell Hudson *The Epigram in the English Renaissance* (1947, rpt. New York 1966) 26.

15. Florio 曾把蒙田松散随意、不讲究结构比例的散文比作一位画家的作品,"这位画家在画面空白处随手点缀上古意盎然的树丛,或是离奇古怪的东西,这样的画作同样很吸引人,或许谈不上什么典雅,却以其画面的丰富和风格的怪异吸引着人们的眼光。"

16. Scaliger *Poetics* 150. c. 1. Jonson 在 *The Underwood* 的《致读者》中写道:"古代人把这类诗集叫作'席尔瓦',此类诗集收录的作品风格混杂,话题不一,恰如一座灌木丛林,里面树木种类繁多,混杂而生。因此,请允许我把自己的这部诗集叫作《灌木集》,以取灌木丛林的比喻。"

17. 参阅 OED s. v. *Divan* 6:"波斯语,表示诗歌集。"

18. Francis Cairns *Generic Composition in Greek and Roman Poetry* (Edinburgh 1972) 92, 113. 关于挽歌的文类特征,参阅 George Norlin "The Conventions of the Pastoral Elegy" *AJP* 32 (1911) 294–312; H. M. Hall *Idylls of Fishermen* (New York 1914); *The Pastoral Elegy* ed. Thomas P. Harrison (Austin 1939); A. L. Bennett "The Principal Rhetorical Conventions of the Renaissance Elégy" *SP* 51 (1954) 107–125; G. Luck *The Latin Love Elegy* (London 1960); O. B. Hardison *The Enduring Monument* (Chapel

Hill 1962) esp. ch. 6; Scott Elledge *Milton's "Lycidas": Edited to Serve as an Introduction to Criticism* (New York and London 1966); Christine M. Scollen *The Birth of the Elegy in France* 1500—1550 Travaux d'Humanism et Renaissance 95 (Geneva 1967); D. C. Mell *A Poetics of Augustan Elegy: Studies of Poems by Dryden, Pope, Prior, Swift, Gray, and Johnson* (Amsterdam 1974); J. E. Clark Elégie: *The Fortunes of a Classical Genre in Sixteenth-Century France* (The Hague 1975); Erick Smith *By Mourning Tongues: Studies in English Elegy* (Totawa, N. J. 1977); Ellen Zetzel Lambert *Placing Sorrow: A Study of the Pastoral Elegy Convention from Theoritus to Milton* (Chapel Hill 1978); Clifford Endres *Joannes Secundus: The Latin Love Elegy in the Renaissance* (Hamden, Conn. forthcoming).

19. *Poetics* 52. d. 1.

20. Barbara K. Lewalski *Donne's "Anniversaries" and the Poetry of Praise* (Princeton 1973) 11‐29. 关于挽歌在法国的发展, 参阅 Scollen *The Birth of the Elegy in France*。

21. abbie F. Potts*The Elegiac Mode* (Ithaca 1967) 319.

22. *Fors Clavigera* 3. 34. 6.

23. 关于"叙事"这个术语, 参阅 Johnson 的"Conversation with Drummond" in *Works* ed. C. H. Herford and Percy and Evelyn Simpson vol. 1 (Oxford 1925) 133 1. 39。

24. Bernard Weinberg *A History of Literary Criticism in the Italian Renaissance* 2 vols. (Chicago 1961) 1. 400‐401. Minturno 在 *L'Arte* 240 写道:"智语诗就是缩微的史诗。"不过 Minturno 这里所说的史诗是一种范围宽泛的文学分类(既非抒情, 亦非戏剧, 而是二者的混合), 更接近于今天所说的叙事。

25. 关于智语诗的结尾, 参阅 Barbara Herrnstein Smith *Poetic*

*Closure: A Study of How Poems End* (Chicago 1968) 196–210.

26. *L'Arte* 20

27. Cf. Colie *Resources of Kind* 67–68. 关于艾斯蒂安，参阅 Rudolf Pfeiffer *History of Classical Scholarship 1300—1850* (Oxford 1976) 109. 17 世纪早期，Eilhardus Lubinus 把 *Planudean Anthology* 全部译成拉丁文，在此之前流传着 Grotius 和其他一些人的部分译本。直到 1606 年才完成《希腊文选》全部手稿的抄录，而编辑整理更是直到 18 世纪才全部完成。

28. Rosenmeyer *The Green Cabinet* 58ff *et passim*; C. W. Hieatt "The Integrity of Pastoral" *Genre* 5 (1972). 关于"田园诗"这个术语，及其在文艺复兴时期的创造性误用，参阅 Geoffrey H. Hartman *Beyond Formalism* (New Haven and London 1970) 177–178n。

29. Scaliger Poetics 150. a. 1; Richard F. Jones "Eclogue Types in English Poetry of the Eighteenth Century" *JEGP* 24 (1925) 34n; W. W. Greg *Pastoral Poetry and Pastoral Drama* (London 1906); Rosenmeyer *The Green Cabinet*; Helen Cooper *Pastoral* (Ipswich and Totowa, N. J. 1977)，尤其是书中索引部分。关于纯牧歌的范围，参阅 Ralph Cohen "Innovation and Variation: Literary Change and Georgic Poetry" in *Literature and History* Clark Library Papers (Los Angeles 1974)。

30. 中世纪拉丁语 *aegloga*，法语 *éclogue*；参阅 Helen Cooper "The Goat and the Eclogue" *PQ* 53 (1974) 26ff。

31. "An Essay on the New Species of Writing founded by Mr. Fielding ... " rpt. Ioan Williams *Novel and Romance 1700—1800* (London and New York 1970) 152–153. 关于"小说"这个术语，参阅 Edith Kern "The Romance of Novel/Novella" in *The Disciplines of Criticism* ed. Peter Demetz et al. (New Haven and London 1968).

32. W. K. Wimsatt and C. Brooks *Literary Criticism: A Short*

History (London 1957) 151.

33. *The Discarded Image* (Cambridge 1964) 31.

34. *The "Parisiana Poetria" of John of Garland* ed. T. Lawler (New Haven and London 1974) 101.

35. Ibid. 103.

36. Ibid. 99.

37. *Ars Versificatoria* 4. 16; 参阅 Edmond Faral *Les Arts poétiques du 12' et du 13' siecle* 184。

38. Donald R. Howard *The Idea of the "Canterbury Tales"* (Berkeley 1976) 57.

39. 关于 Thomas Salisbury 的实用艺术观,参阅 James J. Murphy *Rhetoric in the Middle Ages* (Berkeley 1974) ch. 6, esp. 317 - 325。

40. 关于这一区分,参阅 John D. Peter *Complaint and Satire in Early English Literature* (Oxford 1956); John H. Fisher *John Gower: Moral Philosopher and Friend of Chaucer* (New York 1964) 3, 36, 153, 206。

41. 参阅 F. C. Gardiner *The Pilgrimage of Desire: A Study of Theme and Genre in Medieval Literature* (Leiden 1971); Edmund Reiss "The Pilgrimage Narrative and the *Canterbury Tales*" SP 67 (1970) 295 - 305. 中世纪文学术语的一般论述,参阅 J. W. H. Atkins *English Literary Criticism: the Medieval Phase* (Cambridge 1943); D. W. Robertson "Some Medieval Literary Terminology, with Special Reference to Chrétien de Troyes" SP 48 (1951) 669 - 692; Murphy *Rhetoric in the Middles Ages*; Paul Strohm "*Storie, Spelle, Geste, Romaunce, Tragedie*: Generic Distinctions in the Middle English Troy Narratives" *Speculum* 46 (1971) 348 - 359; Johannes A. Huisman "Generative Classifications in Medieval Literature" in *Theories of Literary Genre* ed. Strelka 123 - 149; A. J. Minnis "The Influence of

Academic Prologues on the Prologues and Literary Attitudes of Late-Medieval English Writers" *Medieval Studies* 43（1981）342 - 383。Rosemary Woolf 对一些具体术语的讨论颇为有趣,参阅 *The English Religious Lyric in the Middle Ages* (Oxford 1968); 亦可参阅 Pamela Gradon *Form and Style in Early English Literature* (London 1971)。

42. 参阅 Paull F. Baum *Chaucer: A Critical Appreciation* (Durham, N. C. 1958) 74 - 84; Robert O. Payne *The Key of Remembrance: A Study of Chaucer's Poetics* (New Haven and London 1963); Alan Gaylord "*Sentence and Solaas* in Fragment VII of the Canterbury Tales" *PMLA* 82 (1967) 226 - 235; S. S. Hussey *Chaucer: An Introduction* (London 1971)。

43. *Idea of the "Canterbury Tales"* 31, 34 - 35.

44. The *"Parisiana Poetria"* ed. Lawler 102.

45. Cf. H. J. Chaytor *From Script to Print* (Cambridge 1945) 73.

46. Alastair J. Minnis "Discussions of 'Authorial Role' and 'Literary Form' in Late-Medieval Scriptural Exegesis" *Beitrage zur Geschichte der Deutschen Sprache und Literatur* 99 (1977) 37 - 65; 亦可参阅 "Late-Medieval Discussion of *Compilatio* and the Role of the Compilator" *Beitrage zur Geschichte der Deutschen Sprache und Literatur* 101 (1979) 385 - 421; "Literary Theory in Discussions of *Formae Tractandi* by Medieval Theologians" *NLH* 11. 1 (1979) 133 - 145.

47. 名录还可大大拓展,参阅 Minnis "Discussions of 'Authorial Role'" 47 - 48; M. B. Parkers "The Influence of the Concepts of *Ordinatio* and *Compilatio* on the Development of the Book" in *Midieval Learning and Literature: Essays Presented to R. W. Hunt* ed. J. J. G. Alexander and M. Gibson (Oxford 1975) 115 - 141。

48. 参阅 Minnis "Discussions of 'Authorial Role'" 59。

### 9. 文类的形成

1. Francis Cairns *Generic Composition in Greek and Roman Poetry* (Edinburgh 1972) 34. 关于古典文学中小说的先声,参阅 Ben Edwin Perry *The Ancient Romances* (Berkeley and Los Angeles 1967); Arthur Heiserman *The Novel before the Novel* (Chicago 1977)。

2. Cairns *Generic Composition in Greek and Roman Poetry* 69.

3. 许多人都尝试研究其起源,例如 Claude Luttrell *The Creation of the First Arthrian Romance: A Quest* (Evanston, Ill. And London 1974)。

4. 参阅 Richmond Alexander Lattimore *Story Patterns in Greek Tragedy* (Ann Arbor 1964) 9ff. 关于现代作家对神话材料的使用,参阅 John Vickery *The Literary Impact of "The Golden Bough"* (Princeton 1973)。

5. Geoffrey H. Hartman 对此的阐释显示出更多同情和理解,参阅 *Beyond Formalism* (New Haven and London 1970) esp. xii, 9, 29。

6. Cf. John Casey *The Language of Criticism* (London 1966) ch. 7. See W. K. Wimsatt "Northrop Frye: Criticism as Myth" in *Northrop Frye in Modern Criticism* ed. Murray Krieger (New York and London 1966) 75 - 107; and Roy H. Pearce *Historicism Once More: Problems and Occasions for the American Scholar* (Princeton 1969).

7. Ulrich Weisstein *Comparative Literature and Literary Theory* (Bloomington and London 1973) 114; Robert E. Scholes *Structuralism in Literature* (New Haven and London) ch. 3; Paul Hernadi *Beyond Genre* (Ithaca and London 1972) 91 - 92. 关于谜语,参阅 Michele de Filippis *The Literary Riddle in Italy to the End of the Sixteenth*

Century (Berkeley 1948)。

8. "The Notion of Literature" *NLH* 5.1 (1973) 15.

9. F. W. Bateson *The Scholar-Critic* (London 1972) 62-65.

10. Cairns *Generic Composition in Greek and Roman Poetry* 129.

11. *Poetics* 152.b.1, 153.b.1.

12. *Paradise Lost* 1.503-505. 关于史诗中列举细节手法，参阅 T. W. Allen "The Homeric Catalogue" *Journal of Hellenic Studies* 30 (1910); H. E. Wedeck "The Catalogue in Late and Medieval Latin Poetry" *Medievalia et Humanistica* 13 (1960); Cedric H. Whitman *Homer and the Heroic Tradition* (Cambridge, Mass. 1967) index s. v. *Catalogue of Ships*; Michael O'Connell "History and the Poet's Golden World: The Epic Catalogues in *The Faerie Queen*" *ELR* 4.2 (1974) 241-267; Gordon M. Braden "Riverrun: An Epic Catalogue in *The Faerie Queen*" *ELR* 5.1 (1975) 25-48。

13. Ralph Cohen *The Art of Discrimination* (Berkeley 1964) 19ff; John Chalker *The English Georgic* (London 1969) ch. 4.

14. Weisstein 102; Dámaso Alonso "Tradition or Polygenesis" *Modern Humanities Research Association Bulletin* (November 1960).

15. 关于乡村庄园诗，参阅 Alastair Fowler *Conceitful Thought* (Edinburgh 1975) ch 6; James Turner *The Politics of Landscape* (Cambridge, Mass. 1979)。

16. 参阅 *Stories and Verse* ed. W. L. Renwick (Edinburgh 1964) 254。

17. *Essay on Manners*，转引于 Peter Burke *The Renaissance* (London 1964) 7.

18. 此处"组合"一词并非正式用法，也不是说作品缺乏组织。关于文类变形，参阅本书第 10 章和 11 章。

19. Muriel C. Bradbrook *The Growth and Structure of*

*Elizabethan Comedy*（London 1955）pt. 1；Brian Jeffery *French Renaissance Comedy 1552—1630*（Oxford 1969）100.

20. Cf. E. E. Kellett *The Whirlgig of Taste*（London 1929）20.

21. Enid Welsford *The Court Masque*（Cambridge 1927）125.

22. Dwight L. Durling *Georgic Tradition in English Poetry*（New York 1935）ch. 2；Chalker *The English Georgic*.

23. Cf. Rosalie L. Colie *The Resources of Kind*（Berkeley 1973）82.

24. Tzvetan Todorov "The Origin of Genres" *NLH* 8. 1（1976）161.

25. Victor Erlich *Russian Formalism：History—Doctrine*（The Hague 1955）227.

26. Thomas G. Rosenmeyer *The Green Cabinet*（Berkeley and Los Angeles 1969）6.

27. *The Life of Lord Herbert of Cherbury* ed. J. M. Shuttleworth（London 1976）101.

28. *A Preface to Paradise Lost*（London 1942）12.

29. 这方面的讨论可追溯到 Macrobius，近年来的讨论参阅 Georg N. Knauer *Die Aeneis und Homer*（Gottingen 1964）；Brooks Otis *Virgil：A Study in Civilized Poetry*（Oxford 1964）；Kenneth Quinn *Virgil's Aeneid：A Critical Description*（London 1968）. 关于维吉尔对史诗价值的认识，参阅 Davis Harding *The Club of Hercules*（Urbana 1962）31-32。

30. 关于荷马史诗中的双重结构,参阅 James Nohrnberg "*The Iliad*" in *Homer to Brecht* ed. Michael Seidel and Edward Mandelson（New Haven 1977）14。

31. J. C. Scaliger *Poetices*（Lyons 1561）5，esp. ch. 3，216-245.

32. Ibid. 118. a. 2.

33. "Pastoralia", ibid. 3. 94; 150. a. 1.

34. Northrop Frye *Anatomy of Criticism* (Princeton 1957) 60.

35. 参阅 *Daniel Deronda* ch. 16. 喜剧中明显可发现这一主题,从古希腊剧作家米南德到莎士比亚,再到莫里哀,再到王尔德,作品中都有所体现。

36. 关于拉丁诗人中维吉尔的先驱,参阅 Otis ch. 2。

37. 参阅 *Three Gothic Novels* ed. M. Praz (Harmondsworth 1968) 17。

38. 参阅 Erlich 220。

39. René Wellek "The Concept of Evolution in Literary History" in *Concepts of Criticism* ed. Stephen G. Nichols, Jr. (New Haven and London 1963) 44, 51. Michael T. Ghiselin 对这一类比做了一番辩解,参阅"Poetic Biology: A Defense and Manifesto", *NLH* 7. 3 (1976) 493–504;亦可参阅 Alastair Fowler "The Life and Death of Literary Forms" in *New Directions in Literary History* ed. Ralph Cohen (1974) 84–88。

40. Cf. Eliseo Vivas "Literary Classes: Some Problems" *Genre* 1 (1968) 101.

41. René Wellek *Concepts of Criticism* 44.

42. Ibid. 55. 韦勒克觉得历史进化概念本身还是有些问题。

43. Sir Kenneth Clark 在 *Civilisation: A Personal View* (London 1969) 中的论述有些夸大其词了。

44. 关于文艺复兴时期数字象征背后的心理,参阅 William Kerrigan "The Articulation of the Ego in the English Renaissance" in *The Literary Freud: Mechanisms of Defence and the Poetic Will* ed. Joseph H. Smith, Psychiatry and the Humanities vol. 4 (New Haven and London 1980) 292, 299–300。

45. 近年来所谓传奇史诗的"回归"实际上并不准确,其结构上更多体现出传奇的特征,而史诗的特征体现甚少,例如 Trissino 的 L'Italia Liberata da Gothi。不过传奇史诗回归这种讲法倒是反映出文学的重新分组。

46. 对于菲尔丁在《汤姆·琼斯》中表达出的文类观,华生微笑不语。关于传奇到小说的发展,参阅 Henry Knight Miller "Augustan Prose Fiction and the Romance Tradition" in *Studies in the Eighteenth Century* ed. R. F. Brissenden and J. C. Eade vol. 3 (Canberra 1976) 241–255。

47. 韦勒克拒绝这一类比,参阅 *Concepts* 40, 44–45。

48. 例如 W. Macneile Dixon 提到的一些史诗,参阅 *English Epic and Heroic Poetry* (London 1912) 11。

### 10. 文类的变形

1. 关于各种不同的范畴,参阅 Francis Cairns *Generic Composition in Greek and Roman Poetry* (Edinburgh 1972) 99。

2. C. L. Barber *Shakespeare's Festive Comedy* (Princeton 1959); Leslie Hotson *The First Night of "Twelfth Night"* (London 1954).

3. Cf. Cairns *Generic Composition* 123.

4. 关于圆形数字集中的例证,参阅 Ernst Robert Curtius *European Literature and the Latin Middle Ages* (New York and London 1953) 505–509. 关于薄伽丘故事集的组织性,参阅 Janet Levarie Smarr "Symmetry and Balance in the Decameron" *Mediaevalia* 2 (1976)。

5. Godfrey Frank Singer *The Epistolary Novel* (Philadelphia 1933, rpt. 1963); *The Novel in Letters* ed. Natascha Wurzbach (Coral Gables, Fla. 1969). 现代的例证可参阅 *TLS* (9 Feb. 1973) 153。

6. 彼得拉克在 Canzoniere 中以日历为结构,这种做法后来为斯宾塞和其他后世诗人所师法。参阅 Thomas P. Roche "Shakespeare and

the Sonnet Sequence" in *English Poetry and Prose*, 1540–1674 ed. Christopher Ricks（London 1970）;"The Calendrical Structure of Petrarch's *Canzoniere*" *SP* 71（1974）; Philip Blank *Lyric Form in the Sonnet Sequences of Barnabe Barnes*（The Hague 1974）。日历结构还有其他一些模式，例如 14 世纪早期诗人 Fulgore da San Gemignano 的 *Sonetti dei Mesi*。

7. 参阅 Alastair Fowler *Triumphal Forms*（Cambridge 1970）ch. 9; Roche "Sonnet Sequence" 105–106; Colie *The Resources of Kind*（Berkeley 1973）104。与十四行诗集不同，19 世纪的诗集主要是独立抒情诗的集合。例如，D. G. Rossetti 写道："从来不敢说，也不希望读者认为这部诗集中的所有作品都深思熟虑，编排巧妙，形成一个关联密切、不可分割的有机整体。"参阅 W. M. Rossetti, *Dante Gabriel Rossetti as Designer and Writer*（1888）181–182。

8. 某些诗歌的整体谋篇布局还是遗存了下来，例如 John Philips 的 Cider 的整体布局，这部作品从文类角度来看十分新颖，故而其整体布局也特别有趣。参阅 John Chalker *The English Georgic*（London 1969）45。

9. Cairns *Generic Composition* 119.

10. Cf. Colie *Resources of Kind* 85; Geoffrey H. Hartman *Beyond Formalism*（New Haven and London 1970）177–180.

11. 关于五行打油诗，参阅 Martin Gardner *Scientific American*（April 1977）134。

12. Cairns 分析了许多变化，参阅 *Generic Composition* chs. 8–9。

13. "Parody as a Literay Form: George Herbert and Wilfred Owen" *EC* 13（1963）306; 亦可参阅 Colie *Resources of Kind* 57; Lily B. Campbell *Divine Poetry and Drama in Sixteenth-Century England*（Cambridge 1959）; Barbara K Lewalski *Protestant Poetics and the Seventeenth-Century Religious Lyric*（Princeton 1979）。

14. Claudio Guillén *Literature as System* (Princeton 1971) 146 – 158.

15. Cairns *Generic Composition* 129ff.

16. Cf. Colie *Resources of Kind* 93 – 94.

17. 关于弥尔顿和基督教史诗，参阅 Campbell *Divine Poetry*; Barbara K. Lesalski *Milton's Brief Epic*（Providence and London 1966）; Dennis H. Burden *The Logical Epic*（London 1967）9 – 13, 63 – 64. et passim。

18. Bembo，Della Casa，Milton，以及其他一些诗人的作品比较接近崇高颂歌，Colie（Resources of Kind 106 – 107）曾引用 Vauquelin de la Fresnaye 的一句诗以说明这一问题，此外 Minturno 在 L'Arte(240ff) 也曾论及这个问题。

19. 关于欧陆的践行者，参阅 Colie *Resources of Kind* 106. 理论大师明图尔诺自己也写过心灵十四行诗。

20. 关于戏剧中的例证，参阅 George Peele *Old Wives' Tale* (1595) 1.698；关于其在挽歌中的体现，参阅 William Cartwright *To the Memory of a Shipurackt Virgin in The Plays and Poems of William Cartwright* ed. G. Blakemore Evans（Madison，Wis. 1951）. 这种反文类的生命超过了其源文类，可参阅 *Concrete Poetry: An International Anthology* ed. Stephen Bann（London 1967）155。

21. 约翰逊将 *The Village* 归为牧歌一类。反面观点认为 Crabbe 的新颖已超出了牧歌的传统，参阅 Dennis H. Burden "Crabbe and the Augustan Tradition" in *Essays and Poems Presented to Lord Daivd Cecil* ed. W. W. Robson（London 1970）77 – 92。

22. *The Village* 1.17 – 20. 关于约翰逊对这几行诗的贡献，参阅 Burden "Crabbe" 80 – 81。

23. *The Parish Register* 1.26.

24. *The Spirit of the Age* in *Complete Works* ed. P. P. Howe vol. 11（London 1932）167.

25. *The Village* bk. 1 ad fin.

26. Burden "Crabbe" 87.

27. 这句话出自 Hazlitt,说得好极了,不过 Hazlitt 说这句话时可不是赞许。

28. *Tristram Shandy* 的同时代评论;Ioan Williams Novel and Romance 1700—1800 (London 1970) 239.

29. 读者可对比 Peter Conrad 在 Shandyism (London 1978)中表达的观点。

30. 关于詹姆斯和贝赛特的观点,参阅 James "The Art of Fiction" in *Selected Literary Criticism* ed. Morris Shapira (London 1963) 93f;福斯特对故事的作用评价颇低,参阅 *Aspects of the Novel* (London 1927) 41。

31. A. Walton Litz "The Genre of *Ulysses*" in *The Theory of the Novel* ed. John Halperin (New York and London 1974) 116, 118.

32. Ibid. 115, 118, 120.

33. J. Fletcher *The Novels of Samuel Beckett* (London 1964) 76–77,书中引用了 Christine Brooke-Rose 的观点,参阅"Beckett and the Anti-Novel" *London Magazine* 5 (1958). John Chalker "The Satiric Shape of *Wyatt*" in *Beckett the Shape Changer* ed. Katherine Worth (London 1975). 反小说常常与讽刺重叠,其实未必总是如此,一般意义上的讽刺并非理解贝克特作品的最佳途径。

34. 关于挂壁诗,参阅 *Variorum Spenser* 1.386;关于凯旋诗,参阅 Fowler *Triumphal Forms*;其他许多内包例证可参阅 James Nohrnberg *The Analogy of "The Faerie Queen"* (Princeton 1976)。

35. 关于史诗的百科全书特征,参阅 Northrop Frye *Anatomy of Criticism* (Princeton 1957) 324。

36. John Steadman *Epic and Tragic Structure in "Paradise Lost"* (Chicago 1976); *The Poems of John Milton* ed. John Carey and

Alastair Fowler (London 1968) 421 - 422, 852 - 853 (n. to. 9. 6), 966 (n. to. 10. 733). 亦可参阅 Colie *Resources of Kind* 119。

37. Colie 列举出其中一些,参阅 *Resources of Kind* 119f; A. K. Nardo "The Submerged Sonnet as Lyric Moment in Miltonic Epic" *Genre* 9. 1 (1976) 21 - 35; *The Poems of John Milton* ed. Carey and Fowler 683 (n. to. 5. 153 - 208)。

38. Thomas G. Rosenmeyer *The Green Cabinet* (Berkeley and Los Angeles 1969) 121.

39. 该诗一般归为 Wyatt 的作品,参阅 *Collected Poems* ed. Kenneth Muir and Patricia Thomson (Liverpool 1969) 439. Cf. S. H. 's *On Cleveland* in *The Poems of John Cleveland* ed. Brian Morris and Eleanor Withington (Oxford 1967) xxi - xxii; Mildmay Fane 为琼生所写的墓志铭, *He Who Began from Brick and Lime*, in *Ben Jonson and the Cavalier Poets* ed. Hugh Maclean (New York 1974)。

40. 讽刺的可能实现于"On I. W. A. B. of York"这首诗中。这首诗现在归到 Cleveland 名下,参阅 *Minor Poets of the Caroline Period* ed. G. Saintsbury 3 vols. (Oxford 1905—1921) 3. 71。

41. 参阅 Cairns *Generic Composition* 161, 167. George Puttenham 认为凯旋诗、生辰喜歌、婚宴喜歌都属于"诗歌狂欢",参阅 *The Art of English Poesy* 1. 23, ed. Gladys D. Willcock and Alice Walker (Cambridge 1936) 46。

42. 这一问题 Colie 曾加以讨论,参阅 *Resources of Kind* 112 - 114。

43. *The Shakespearian Inset* (London 1965). 剧中剧的文献非常丰富,例如 Robert Egan *Drama within Drama* (New York 1975); James L. Calderwood *Shakespearian Metadrama* (Minneapolis 1971). 关于画中画的心理机制,参阅 Erving Goffman *Frame Analysis: An Essay on the Organization of Experience* (New York 1974)。亦可参阅 *Representation and Understanding* ed. Daniel Bobrow and Alan Collins

(London 1976)。

44. Cairns 很小心地区分内包和文类混合,参阅 *Generic Composition* ch. 7, esp. 158 – 159。

45. Ben Jonson *Horace*, "*Of the Art of Poetry*" ll. 124 – 125; *Works* ed. C. H. Herford, Percy Simpson and Evelyn M. Simpson 11 vols. (Oxford 1925 – 1952) 8. 311. Cicero 在 *De Optimo Genere Oratorum* 中的一句话堪称经典:"悲剧中插科打诨是错误,喜剧中沉郁悲哀令人不快。"参阅 Ancient Literary Criticism ed. D. A. Russell and M. Winterbottom (Oxford 1972) 250。

46. Ulrich Weisstein *Comparative Literature and Literary Theory* (Bloomington and London 1968) 99 – 100。

47. Cairns *Generic Composition* 158 – 159 and ch. 7. passim.

48. Minturno *L'Arte* 3 – 4, Colie 的 *Resources of Kind* 背后隐约可看到 Minturno 的影子。

49. *Miscellaneous Prose* ed. Katherine Duncan-Jones and Jan van Dorsten 94. See Colie *Reources of Kind* 28.

50. *The Works of Michael Drayton* ed. J. W. Hebel et al. 5 vols. (Oxford 1941) 2. 346. 文中写道:"有些颂气质高贵,远比史诗(如今通常叫作'英雄体诗歌')更为宏大开阔……也有些颂,尤其是希腊颂语气温软,描写恋人间的绵绵情话;有的颂宜于舞台表演,也有的颂宜于闺房私语。"德雷顿多大程度上把歌谣和民谣混为一谈?现在还不清楚,他写道:"后一种颂也叫民谣,伟大的意大利诗人彼得拉克,我们的乔叟,以及其他的高雅诗人都把自己的诗歌艺术冠以'民谣'这个美称。"

51. *Rubenus* 的副标题,参阅 Colie *Resources of Kind* 94. 莎士比亚也曾批评酸腐陈旧的分类,根本跟不上文学的发展,参阅 *Hamlet* 2. 2. 377ff。

52. *The Works of Thomas Nashe* ed. McKerrow and F. P.

Wilson vol. 2 (Oxford 1958) 209，227，234f，241，320；cf. 292 "挽歌历史"。17世纪是复杂文类混合的巅峰期,其术语有时甚至可以当作隐喻来使用。例如 *Philaster* 中,Bellario 登场时脸上戴着面具,说:"我要为您献上一曲恋人间的喜歌",而国王的反应则预示接下来会上演一出悲伤的婚礼化妆剧,国王说道:"我要给你一副面具,把你变成海曼,在猩红长袍外面罩上色彩沉闷的外套。"

53. *A Treatise De Carmine Pastorali*, *pref.* to Thomas Creech's translation of the *Idylliums* of Theocritus（1684）ed. J. E. Congleton, Augustan Rpt. Soc. series 2, no. 3, pub. 8（Ann Arbor 1947）27，28。

54. "Pref. of 1815"；*The Prose Works* ed. W. J. B. Owen and Jane W. Smyser 3 vols.（Oxford 1974）3.28,亦可参阅 *Wordsworth's Literary Criticism* ed. W. J. B. Owen（London 1974）177。

55. *Anatomy* 312，313。

56. Ibid. 246。

57. 关于杜巴里,以及其他与十四行诗和智语诗有关的诗人,参阅 Colie *Resources of Kind* 68,亦可参阅相同作者的 *Shakespeare's Living Art*（Princeton 1974）82－85。不过上述几段文字不仅在十四行诗和智语诗之间建立起密切联系,同时也把十四行诗和其他一些相邻文类做了比较,甚至 Lorenzo de'Medici 也说十四行诗"和许多诗歌都有几分相似"（Scritti d'Amore ed. G. Cavalli [Milan 1958] 114）。对于理论研究者而言,最大的困难在于十四行诗完全是现代俗语诗歌形式,在古代诗歌中没有对应形式。

58. *L'Arte* 240 - 242。

59. Marot 把自己的某些十四行诗称为智语诗,参阅 M. Praz *The Flaming Heart*（New York 1958）208；Colie *Shakespeare's Living Art* 77 - 79，89。

60. Colie *Resources of Kind* 68，75；idem *Shakespeare's Living*

Art 79.

61. Cf. Colie *Shakespeare's Living Art* 93；*Resources of Kind* 69.

62. Colie *Shakespeare's Living Art* 72.

63. As Rosalie Colie notices：see *Resources of Kind* 69f；*Shakespeare's Living Art* 79.

64. Colie *Shakespeare's Living Art* 75.

65. Colie *Shakespeare's Living Art* 73，76.

66. J. W. Lever *The Elizabethan Love Sonnet* (London 1956) 31，45，51–52.

67. *The Poems of Sir John Davies* ed. Robert Krueger (Oxford 1975) 164–167；亦可参阅 Colie *Shakespeare's Living Art* 78–79，90–92. Cf. *Jonson Epigrams* 56。

68. Cf. Colie *Shakespeare's Living Art* 90.

69. *OED* s. v. passion.

70. Ed. A. B. Grosart (1881) 62 写道："我坐在一头对什么都挑三拣四的驴子背上，写下这首智语十四行诗。"这首诗极尽挖苦讽刺之能事。

71. 塔索认为最后一行是最合适的位置，参阅 Colie *Shakespeare's Living Art* 85，88。

72. *Character of Several Authors* in *Works* ed. J. Sage and T. Ruddiman (Edinburgh 1711) 226；读者将之与 *The Works of Michael Drayton* 5.139 处所提出的理论做一番对比。

73. Colie 的著作除了 *Shakespeare's Living Art* 和 *Resources of Kind*，读者亦可参阅"'All in Peeces：' Problems of Interpretation in Donne's *Anniversary Poems*" in *Just So Much Honour* ed. Amadeus P. Fiore (University Park, Pa. 1971). 亦可参阅 Susan Snyder *The Comic Matrix of Shakespeare's Tragedies* (Princeton 1979)。

74. *Defence* ed. van Dorsten 114 – 115. 参阅 Marvin T. Herrick *Tragicomedy: Its Origin and Development in Italy, France, and England* (Urbana 1955); Madeleine Doran *Endeavours of Art* (Madison, Wis. 1954)。

75. Dean Frye "The Question of Shakespeare's 'Parody'" *EC* 15 (1965). 这篇文章中,Frye 尤其反对把莎士比亚剧中的喜剧性副情节不加区分一律视为主情节的仿拟。

76. Cf. Colie *Shakespeare's Living Art* 276: "瓜里尼曾有名句,无论是真正牧放牛羊的牧人,还是扮作牧人模样,寻求心灵慰藉的贵族,其生活都是高贵的,可波利希尼没能理解这句话的含义。"

77. *Defence* ed. van Dorsten 114; *An Apology for Poetry* ed. G. Shepherd (London 1965) 135 ll. 36, 39nn.

78. *Mimesis: The Representation of Reality in Western Literature* tr. Willard R. Trask (Princeton 1953) 312ff.《亨利五世》第一部是个很好的例子,这一部分主要写的是哈尔社会地位的混杂。莎士比亚剧中,无论是喜剧性副情节,或是悲剧中的喜剧性场景,都会用到多种高度不同的风格。

79. John Marston *The Malcontent* ed. George K. Hunter (Manchester 1975) introd. 62.

80. *Ars Poetica* 220 – 233; *De Poeta* (1559) 125 – 126; *L'Arte Poetica* (1564) 163.

81. Cyrus Hoy *The Hyacinth Room: An Investigation Into the Nature of Comedy, Tragedy, and Tragicomedy* (London 1964) 210ff; 亦可参阅 Alvin Kernan *The Cankered Muse: Satire of the English Renaissance* Yale Studies in English 142 (New Haven and London 1959)。

82. "To the Reader" before *The Faithful Shepherdess*; in *The Dramatic Works in the Beaumont and Fletcher Canon* ed. Fredson

Bowers vol. 3（Cambridge 1976）497. 亦可参阅 Hoy *The Hyacinth Room* 213。

83. 参阅 Hoy *The Hyacinth Room* index s. v. *Beckett*; and p. 8. 亦可参阅 Karl S. Guthke *Modern Tragicomedy*（New York 1966）。

84. Guthke *Modern Tragicomedy* 211.

85. 尽管其自身来自于更早的戏剧形式，参阅 Gilbert Highet *The Anatomy of Satire*（Princeton 1962）232 - 233. 关于讽刺与写实小说混合的危险，参阅上书 158。

86. Philip Henderson，Introd. to *Shorter Novels*：*Elizabethan and Jacobean* vol. 1（London 1929）xxi.

87. John Carey "Sixteenth and Seventeenth Century Prose" in *English Poetry and Prose*，1540—1674 ed. Ricks（London 1970）378.

88. *Sartor Resartus* 1. 4，2. 5，2. 9；ed. W. M. Hudson（London 1967）25，104，146.

**11. 文类模态化**

1. Barbara H. Smith *Poetic Closure*（Chicago 1968）31.

2. 许多古代的例证可参阅 Francis Cairns *Generic Composition in Greek and Roman Poetry*（Edinburgh 1972）chs. 6，7。

3. *European Literature and the Latin Middle Ages*（New York and London 1953）260.

4. Ibid. index s. v. *Biblical poetics*.

5. Helen Cooper *Pastoral*（Ipswich and Totowa，N. J. 1977）；"The Goat and the Eclogue" *PQ* 55（1974）363 - 379. 关于传记对牧歌模式的影响，参阅本书第 6 章注 1。

6. 可参阅 E. Faye Wilson "Pastoral and Epithalamium in Latin Literature" *Speculum* 23（1948）35 - 57；Marc M. Pelen *The Marriage Journey*：*Dream Vision Romances Structures and*

*Epithalamic Conventions in Medieval Latin and French Poems and in Middle English Dream Poems* (diss. Princeton 1973) 704.

7. 关于寓言模态,参阅 C. S. Lewis *The Allegory of Love* (Oxford 1936); Angus Fletcher *Allegory: The Theory of a Symbolic Mode* (Ithaca 1964); Northrop Frye "Allegory" in *Encyclopedia of Poetry and Poetics* ed. Alex Preminger et al. (Princeton 1965); John Mac Queen *Allegory* (London 1970); Gay Clifford *The Transformations of Allegory* (London 1974); Maureen Quilligan *The Language of Allegory: Defining the Genre* (Ithaca and London 1979)。

8. "Allegory" in *Encyclopedia of Poetry and Poetics* 12.

9. Lewis *Allegory of Love* 78-82; F. J. E. Raby *A History of Secular Latin Poetry in the Middle Ages* 2 vols. (Oxford 1934) 1. 100; William H. Stahl "To a Better Understanding of Martianus Capella" *Speculum* 40 (1965) 102-115; William H. Stahl et al. *Martianus Capella and the Seven Liberal Arts* vol. 1 (New York and London 1971) 55-71.

10. Stahl 列举了一系列文集文类的例证,包括柏拉图、色诺芬和奥卢斯·格列乌斯的作品,参阅 *Martianus Capella* 26n, 27n。

11. 关于以旅行为寓言的一个特征,参阅 Fletcher *Allegory* 151ff, developing Lewis *Allegory of Love* 69。

12. Spearing 拿出一系列证据,以证实梦幻诗这一类别的存在,参阅其专著 *Medieval Dream-Poetry*。

13. *Form and Style in Early English Literature* (London 1971) 374.

14. Ibid. 376.

15. 这一观点最早由 Lewis 提出,参阅 *Allegory of Love* 249-250; 后来 Derek A. Pearsall 把这一观点加以发展,参阅 "*The Floure*

and the Leafe" and "The Assembly of Ladies"(London and Edinburgh 1962)52,写道:"《贵妇会》中对传统的应用仅停于表面,作者真正的兴趣并不在此。"

16. 关于这首诗的大多数评论都或直接,或间接指出,理应如此。

17. Ed. Pearsall,lines 17 - 21.

18. Rosalie L. Colie *The Resources of Kind*(Berkeley 1973); idem *Shakespeare's Living Art*(Princeton 1974) ch. 2; Mario Praz *The Flaming Heart*(Garden City 1958) 191 - 263 passim.

19. *Choice, Chance and Change*(1606); ed. Alexander B. Grosart(London 1881) 62.

20. *The Art of Poetry* II. 329 - 346. in *The Poems of John Dryden* ed. James Kinsley 4 vols. (Oxford 1958) 1. 341.

21. Peter Hughes 认为这一变化发生的时间要更晚一些,代表着文类的裂变,参阅其文章"Restructuring Literary History: Implication for the Eighteenth Century" *NLH* 8. 2 (1977) 265。

22. 参阅 Francesco Robortello 和 Tomaso Correa 的表述,皆转引于 *Shakespeare's Living Art* 82n;亦可参阅 Minturno 的表述,ibid. 83 - 84,尤其是 Minturno 的 *L'Arte Poetica* (1564) 279. 此外,Colie 在 *Resources of Kind* 106 - 107 页也谈到早期十四行诗所接受的影响,对十四行诗产生过影响的文类其实还可以加上农事诗。

23. See above, Chapter 6.

24. Colie *Resources of Kind* 25 - 26; cf. 29 - 30.

25. 例如 188. 1, 4。

26. 参阅 Antoinette B. Dauber "Herrick's Foul Epigrams" *Genre* 9. 2 (1976) 87 - 102. 所用到的诗歌类别包括:十四行诗(The Poetical Works of Robert Herrick ed. L. C. Martin [Oxford 1956] 11. 1, 15. 3, 47. 2),赠别诗(14. 3, 42. 4),致画家的讽刺教诲诗(38. 2),新年诗(126. 3),颂(198),阿那克里翁颂(39. 3, 178. 2, 187. 1, 191. 4, 217. 2,

238.3),喜歌(53.2,112.3,124.3,261.4),庄园诗(146.1),牧童对话诗(183.2),对话诗(248),以及圣歌(259.2,260.5,296.3)。

27. Janet Smarr "Renaissance Anacreontics" *CL* 25 (1973) 224.

28. 关于拓展到婚宴喜歌,参阅 David M. Miller *The Net of Hephaestus: A Study of Modern Criticism and Metaphysical Metaphor* De Proprietatibus Litterarum, ser. maior ll (The Hague and Paris 1971) 146ff. 智语诗文类特征还有一个方面——极度简略,但这方面特征直到极简诗在20世纪出现才得到发展。

29. Praz *The Flaming Heart* 206ff; idem *Studies in Seventeenth-Century Imagery* rev. ed. (Rome 1964) ch. 1; Joseph A. Mazzeo *Renaissance and Seventeenth-Century Studies* (New York and London 1964) ch. 3, esp. 52ff; George Williamson *The Proper Wit of Poetry* (London 1961) 94 et passim.

30. *The Flaming Heart* 207.

31. Ibid. 218. 伊丽莎白时期的十四行诗也常常源于智语诗,参阅 J. W. Lever *The Elizabethan Love Sonnet* (London 1956) 63, 66。

32. *The Poems of John Cleveland* ed. Brian Morris and Eleanor Withington (Oxford 1967) 48. 可以看到,诗的结构和构思都十分紧密精巧。关于邓恩的爱情诗与罗马挽歌的联系,参阅 Earl Miner *The Metaphysical Mode from Donne to Cowley* (Princeton 1969) 220ff。

33. *The Spectator* no. 62 (11 May 1711) ed. Donald F. Bond 5 vols. (Oxford 1965) 1.267.

34. 例如"您写得酣畅,看似饱读诗书,可写者酣畅痛快,读者痛苦不堪。"出自 Sheridan 的 *Clio's Protest*,该诗收入 *The Faber Book of Epigrams and Epitaphs* ed. Geoffrey Grigson (London 1977) no. 346.

35. Brian Vickers 开了个好头,参阅其专著 *Francis Bacon and Renaissance Prose* (Cambridge 1968) ch. 3。

36. Ibid. 74.

37. *Resolves*: *Divine*, *Moral*, *Political* (1628) 1.70: "Of Poets and Poetry" ed. O. Smeaton (London 1904) 192.

38. *Religio Medici* 1.37, in *Works* ed. G. Keynes 4 vols. (London 1964) 1.48.

39. Ibid. 1.35, in *Works* 1.258.

40. 17世纪常见的其他几种变形，例如赞歌的变形，亦非如此。赞歌特征向挽歌和颂的拓展的实例包括 Dryden *Upon the Death of the Lord Hastings* 和 John Oldham *To the Memory of My Dear Friend, Mr Charles Morwent*。

41. A. Fleming (1589); J. Brinsley (1620); T. May (1628).

42. "An Essay on Virgil's Georgics" (1697) in *Eighteenth-Century Critical Essays* ed. Scott Elledge 2 vols. (Ithaca 1961) 1.2.

43. Ibid. Cf. *The Spectator* no. 417 (28 June 1712) ed. Bond 3. 565："维吉尔的农事诗为我们描绘出至为优美的乡村景色，农田、树林、牛羊、蜂群。"

44. 关于英国农事诗的溯源，可参阅 D. L. Durling *Georgic Tradition in English Poetry* (London 1935); John Chalker *The English Georgic* (London 1969); Ralph Cohen *The Art of Discrimination* (Berkeley 1964); *The Unfolding of "The Seasons": A Study of James Thomson's Poem* (London, 1970)。

45. 参阅 Chalker *English Georgics* 28, 187. 在诗歌中引入政治议题的经典是维吉尔的农事诗，例如："梅塞纳斯，看啊，这成群的兵士，贪功的君王，衣着华丽，看似强大，其实渺小卑微。"

46. *Winter*, 1774, ll. 389–393; 参阅 Chalker *English Georgics* 136。

47. Chalker *English Georgics* 67ff.

48. Ibid. 75–76. 时间的游戏规则中往往包含着强烈的政治寓

意，参阅 Edward Palmer Thompson *Whigs and Hunters: The Origins of the Black Act* (London 1975)。

49. 1248,1251,1258－59 行。Chatsworth 的那一段出自 1252－1473 行。

50. Cf. Chalker *English Geogic* 170. 或许农事诗的这一特征源于相邻的教化诗。

51. 这一特征不仅出现于《失乐园》的《创世纪》一章中，也出现于《亚瑟王子》一章中：＂他给广阔的大海镶上边岸，任海鸟振动羽翼翱翔。＂约翰逊博士指出，这两句诗力量非凡，参阅 *Lives of the English Poets* ed. G. B. Hill 3 vols. (Oxford 1905) 2.255. 弥尔顿的风格主要模仿自维吉尔。

52. 华兹华斯的兴趣一直可回溯到 17 世纪景物描写诗的起源。关于华兹华斯 *To Penshurst* 一诗的解读，参阅 Dorothy Wordsworth *Journal* 11 Feb. 1802。

53. 可与弗莱的 *Anatomy of Criticism* (Princeton 1957) 246 页做一番比较。

54. Geoffrey Tillotson 认为这些是讽英雄体和讽牧歌体，可实际上它们是英国农事诗的常见成分，这首诗的目的之一是教人如何阅读。至于其模态，这首诗常被描述为＂韵文体小说＂，这个名称已经可以说明问题了。参阅 Geoffrey and Kathleen Tillotson *Mid-Victorian Studies* (London 1965) 124ff。

55. 有时甚至可用于人和物，例如济慈 *The Cap and Bells* 第 4 首，以及勃朗宁 *Balaustion's Adventure: Including a Transcript from Euripides* (1871) 1.186：＂陌生人，向多情女孩致敬。＂

56. René Wellek and Austin Warren *Theory of Literature* rev. ed (New York 1956) 231－232.

57. J. C. Scaliger *Poetics* (Lyons 1561) 169.c.2. Tomaso Correa 的 *De Elegia* (Bologna 1590) 进一步发展了 Scaliger 的描述，参阅

Bernard Weinberg *A History of Literary Criticism in the Italian Renaissance* 2 vols. (Chicago 1961) 1. 231. Cf. Abbie F. Potts *The Elegiac Mode* (Ithaca 1967) 36ff; Wesley Trimpi *Ben Jonson's Poems* (Stanford 1962) 228 - 229. 关于对挽歌的影响, 参阅本书第 8 章注 18。

58. Scaliger *Poetics* 169. c. 2. Cf. Potts 39, 42, 49; Maurice Bowra *Early Greek Elegists* (Cambridge, Mass. 1938) 107. 亦可参阅 Joseph Trapp *Lectures on Poetry* (1742) 169: "就这种诗歌而言, 一切智语诗成分、讽刺诗成分, 以及英雄诗成分都显得格格不入。挽歌既不需要炫耀才智, 尖酸讽刺, 也不需要宏大壮阔的语言, 而是情感自然真挚, 语气谦逊, 文字流畅。"这段文字引自 Ian Jack: The Elegy as Exorcism: Pope's "Verses to the Memory of an Unfortunate Lady", *Augustan Worlds*: *Essays in Honour of A. R. Humphreys* ed. J. C. Hilson et al. (Leicester 1978) 78。

59. Potts *Elegiac Mode* 36ff, 55, 232.

60. Scaliger 的表述或许已经在向模态理论发展(169. cl. 2)。

61. Potts *Elegiac Mode* 235.

62. 关于"挽歌式"一词的两种语义, 参阅 Stephen F. Fogle in *Encyclopedia of Poetry and Poetics* 216。

63. Cf. 例如 Geoffrey H. Hartman 讨论了华兹华斯的内心发展过程, 参阅 "Self, Time, and History" in *The Fate of Reading and Other Essays* (Chicago and London 1975) 284ff. 关于华兹华斯对对话形式的使用, 参阅 Alan G. Hill "New Light on *The Excursion*" *Ariel* 5 (1974) 37 - 47。

64. Donald S. Hair *Browning's Experiments with Genre* (Toronto 1972) index s. v. *Lyric*; 该书就 19 世纪抒情诗提出一个相当新颖的观点, 参阅该书第 8 页。

65. 文本出自 1846 修订版; 参阅 *The Poetical Works of Walter Savage Landor* ed. Stephen Wheeler 3 vols. (Oxford 1937) 3. 77。

66. Potts 没有讨论这个问题,而是把挽歌和智语诗分开处理。其著作的标题已表明,她更注重挽歌的模态性质。

67. Greek Anthology 7.80; Cory *Ionica*（1858）rpt. as Grigson no. 183.

68. Ed. Wheeler 2.479; Grigson no. 450.

69. Ed. Wheeler 3.44; Grigson no. 443.

70. Ed. Wheeler 2.465 – 466.

71. Ibid. 2.476; Grigson no. 440.

72. Ed. Wheeler 3.372; Grigson no. 442.

73. 关于挽歌和传奇的关系,参阅 Patricia A. Parker *Inescapable Romance*: *Studies in the Poetics of a Mode*（Princeton 1979）index s. v. *Deferral*。

74. Geoffrey Tillotson *Essays in Criticism and Research*（Cambridge 1942）67; Bernard Groom *The Diction of Poetry from Spenser to Bridges*（Toronto1955）148.

75. 或许正如 Potts 所暗示,参阅 *Elegiac Mode* 3。

### 12. 文类等级和文学正典

1. "Literary Fashions" in Issac D'Israeli *Curiosities of Literature* 3 vols.（London 1849）.

2. B. Fabian 和 Siegfried J. Schmidt 指出了《剑桥图书总目》"在制造正典方面的突出作用",还是很有见地的。参阅 Siegfried J. Schmidt "Problems of Empirical Research in Literary History" tr. P. Heath *NLH* 8.2（1977）218. 不过又能怎么样呢? 任何一部类似的图书总目都会产生类似的效应。

3. 关于藏书家的作用,参阅 J. Carter *Taste and Technique in Book Collecting*（Cambridge 1948）60ff. 关于文选的作用,参阅 Claudio Guillen *Literature as System*（Princeton 1971）398 – 399,不过

这方面尚有许多基础性工作有待完成。

4. 这种图书检查方法可以方便地控制未来图书的出版。关于早期出版检查制度,参阅 F. S. Siebert *Freedom of the Press in England*, 1476—1776 (Urbana 1952); *Erasmus Newsletter* 8 (1976) 5; Paul F. Grendler *The Roman Inquisition and the Venetian Press*, 1540—1605 (Princeton 1978); 关于现代图书检查制度,参阅 S. Hynes *The Edwardian Turn of Mind* (Princeton 1968); D. Thomas *A Long Time Burning* (London 1969)。对图书检查制度的抨击由来已久,参阅 A. T. Quiller-Couch *Adventures in Criticism* (London 1896) 279ff。

5. 关于"不成文诗学",参阅 Renato Poggioli *The Spirit of the Letter* (Cambridge, Mass. 1965) 343 - 354; Gullien *Literature as System* 125 - 126。

6. *Elizabethan Critical Essays* ed. G. Gregory Smith 2 vols. (Oxford 1904) 1.255; *Miscellanious Prose of Sir Philip Sidney* ed. Katherine Duncan-Jones and Jan van Dorsten (Oxford 1973) 98; *Critical Essays of the Seventeenth Century* ed. J. E. Spingarn 3 vols. (Oxford 1908 - 9) 2.295; *The Art of Poetry* 1.590 in *The Poems of John Dryden* ed. James Kinsley. 4vols. (Oxford 1958) 1.348.

7. Sir John Harington *A Brief Apology* in *Elizabethan Critical Essays* ed. Smith 2.209; Pope *An Essay on Criticism* 1.419.

8. Edward Phillips *Critical Essays* ed. Spingarn 2.266.

9. *A Discourse Concerning Satire* in "*Of Dramatic Poesy*" *and Other Critical Essays* ed. George Watson 2 vols. (London and New York 1962) 2.82.

10. "On the Interrelations of Eighteenth-Century Literary Forms" in *New Approaches to Eighteenth-Century Literature* ed. Phillip Harth (New York and London 1974) 35 - 36.

11. J. C. Scaliger *Poetices Libri Septem* (Lyons 1561) 144. a. 1.

12. 参阅 Antonio Sebastiano Minturno *L'Arte Poetica* (1564) 281。

13. Minturno *L'Arte Poetica* 3.

14. Ed. Van Dorsten 94.

15. *Of Dramatic Poesy* in *Critical Essays* ed. Watson 1. 7.

16. Diomedes 令这种分类法广为流传,许多评论者没有留意到其中所包含的"史诗"含义,*OED* 的释文也没有收录这种含义。

17. *A Discourse Concerning Satire* in *Critical Essays* ed. Watson 2. 149.

18. Cohen "On the Interrelations" n. 12.

19. Ibid. 35.

20. *Theatrum Poetarum* 序言,Critical Essays 2. 266. 关于其讨论,参阅 Cohen "On the Interrelations" 36;关于不规则诗,参阅 Scaliger *Poetics* 67。

21. Guillén *Literature as System* 403ff;Ernst Robert Curtius *European Literature and the Latin Middle Ages* (New York and London 1953) 440ff;Charles Trinkaus "The Unknown Quattrocento Poetics of Bartolommeo della Fonte" *SR* 13 (1966) 87.

22. Cicero *De Optimo Genere Oratorum* 1. 1;Horace Ars *Poetica* 73-98(这里文类次序主要取决于音韵安排,而非等级系统),220-294;Quintilian *Institutio Oratoria* 10. 1. 46-100。(拉丁诗人把喜剧排在悲剧之前,并删去了牧歌。)Quintilian 已注意到五步格已有了某种变化,不再将其视为独立的创作形式。可参阅 Guillén *Literature as System* 399ff。Quintilian 紧接着就谈到了历史和其他"文学外"文类,故而他所提出的范式并非封闭。

Diomedes 列出以下文类:箴言类;叙述类;教化类。参阅 *Curtius European Literature* 440。Sidney 指出,最显著的文类包括英雄体、抒情体、悲剧体、喜剧体、讽刺体、五步格体、挽歌体、牧歌体,以及其他一些,参阅 *Defence* ed. Van Dorsten 81。就 Sidney 的诗学整体来看,他所说的挽歌体明显指哀悼挽歌。

Harington *A Brief Apology* in *Elizabethan Critical Essays* ed. Smith 2. 209 – 210,Harington 写这篇文章的目的是要为文类次序做辩护,认为文类次序不会受到低级趣味的影响。文中出现"哀悼挽歌"一词,表明这篇文章中"挽歌"的语义与后代比较接近,既不是指挽歌体格律,也不包括爱情挽歌。

Meres *Palladis Tamia* in *Elizabethan Critical Essays* ed. Smith 2. 319; Phillips *Theatrum Poetarum* 序言,*Critical Essays* ed Spingarn 2. 266; Dryden *The Art of Poetry* in *The Poems of John Dryden* ed. Kinsley 1. 332 – 361.

23. *Reason of Church-Government* in *Complete Prose Works* ed. Don M. Wolfe et al. 8 vols. (New Haven 1953—) 1. 813 – 816。Jacopo Mazzoni 在 *Della defesa della "Commedia" di Dante*(Cesena 1688)中提出另一种结构安排,参阅 *Literary Criticism: Plato to Dryden* ed. A. H. Gilbert(New York 1940)382。关于文类的三级次序,参阅 Guillen *Literature as System* 390 – 419;关于悲剧和喜剧在文类系统中较高的地位,参阅 *Theories of Literary Genre* ed. Joseph P. Strelka(University Park, Pa. and London 1978)199。

24. *Theories of Literary Genre* ed. Strelka 400 – 401; cf. 关于 Diomedes 的文类划分,参阅 Curtius *European Literature* 441。关于 17 世纪对贺拉斯的重新评价,参阅 Valerie Edden "The Best of Lyric poets" in *Horace* ed. C. D. N. Costa(London and Boston 1973)135 – 159。不过到了 17 世纪 50 年代,抒情一词已带有贬义,参阅 *Naps upon Parnassus*,该文引用于 Gordon Braden *The Classics and English Renaissance Poetry*(New Haven and London 1978)244。

25. Peter Hughes "Restructuring Literary History" *NLH* 8. 2 (1977) 265.

26. Sidney *Defence* ed. van Dorsten 95. Cf. Puttenham 引用于 Cohen "On the Interrelations" 39.

27. 由于 Lycidas 之故，约翰逊对整个牧歌一类都颇为鄙视，参阅 *Lives of the English Poets* ed. G. B. Hill 3 vols.（Oxford 1905）1. 163 - 164，亦可参阅 Hill 为该书所写的索引 *Pastoral poetry: Johnson's contempt for it*。

28. Sidney 曾说五步格诗歌给人苦涩之感，而非讽刺之感，或许他指的是"苦味"智语诗。

29. *Elizabethan and Metaphysical Imagery*（Chicago 1947）242.

30. Dryden *The Art of Poetry* II. 336 - 346 ed. Kinsley 1. 341. 关于十四行诗的删除，参阅约翰逊 *Dictionary* s. v. *Sonnet*。（这种诗歌形式并不适合英语，自弥尔顿以后再也没有著名诗人用过这种形式了。）关于智语诗，约翰逊写道："沃顿注意到德莱顿和蒲柏的智语诗在结尾处都显得颇不自然恰当，他的意见相当正确。"(*Works* ed. Hawkins et al. vol. 15 ed. Gleig [1789] 473)

31. *An Essay on the Genius and Writings of Pope* in Scott Elledge, ed., *Eighteenth-Century Critical Essays* 2 vols.（Ithaca 1961）2. 718, 763. 关于 *Dunciade* 的史诗性质，参阅 Aubrey Williams *Pope's "Dunciad": A Study of Its Meaning*（Baton Rouge 1955）131ff. 关于讽刺的形式混合对文类等级体系的影响，参阅 Cohen "On the Interrelations" 43。

32. Cohen "On the Interrelations" 39 - 40.

33. *Defence* ed. van Dorsten 80.

34. Cf. Rosalie L. Colie *The Resources of Kind*（Berkley 1973）86 - 87. James Turner 提出，17 世纪英国文学鄙视体力劳动，农事诗的崛起似乎与之不符。不过农事诗中具体劳动细节常常被略去，而劳动细节在其他作品中会更为丰富，虽然有时会带有象征色彩。参阅其专著 *Politics of Landscape*（Oxford and Cambridge, Mass. 1979）172。

35. L. Lipking 的观点十分重要，参阅 *The Ordering of the Arts in Eighteenth-Century England* (Princeton 1970) 365 - 366. 关于 Warton 的这段话，参阅 Elledge 2. 719 - 720.

36. *An Essay* Elledge 762.

37. Lives ed. Hill 3. 251.

38. Ibid. 2. 295, 3. 242; *Dictionary*; *Rambler* no. 158.

39. H. Blair *Lectures on Rhetoric and Belles Lettres* 2 vols. (Edinburgh 1783): Lecture 19, "General Characters of Style".

40. Ibid. Lecture 40, "Didactic Poetry—Descriptive Poetry".

41. *The Prose Works of William Wordsworth* ed. W. J. B. Owen and Jane W. Smyser 3 vols (Oxford 1974) 3. 27.

42. *Praeterita* vol. 2 (Orpington 1887) ch. 4.

43. James *The Ambassadors* 序言最后一段; Kermode *The Classic*.

44. *Anatomy of Criticism* (Princeton 1957) 18.

45. Colie *Resources of Kind* 92, 98 - 99.

46. Elizabeth W. Bruss illuminating stady *Autobiographical Acts: The Changing Situation of a Literary Genre* (Baltimore and London 1976).

47. Marilyn Butler *Maria Edgeworth* (Oxford 1972) 347 - 348.

48. *The Life of Mr John Milton in Milton: The Critical Heritage* ed. J. T. Shawcross (London 1970) 104. 《复乐园》是弥尔顿第二部受到批评界关注的长篇作品，最早关注的是 R. Meadowcourt (1732)。

49. G. A. Wilkes "*Paradise Regained* and the Conventions of the Sacred Epic" *English Studies* 44 (1963); Barbara K. Lewalski *Milton's Brief Epic* (Providence and London 1966).

50. *The Art of T. S. Eliot* (London 1949) 3.

51. 其他影响趣味因素的研究，参阅 Ernest Edward Kellet *The*

*Whirligig of Taste*（London 1929）；B. S. Allen *Tides in English Taste* 1619—1800：*A Background for the Study of Literature* 2 vols. (New York 1958). 不过大多数时期也需要考虑到外来影响接受史和作家声誉变化史。

52. Johnson *Lives* ed. Hill 1. 234.

53. 1861 年，重印超过 20 次；1891 年，重印超过 20 次。

54. Harmondsworth 1956，截止 1971 年已重印 10 次。

55. *A New Canon of English Poetry* ed. James Reeves and Martin Seymour-Smith (London 1967). 该书致力于走出"牛津格鲁夫正典"的圈子，然而与本书中讨论的几种选集完全无法相提并论。该书本身并未拿出正典，仅仅做了一些补充，不过其在选择标准上还是受到了文类理论的指引，入选作品大多比较短小，且完全排除民谣。

56. 关于散文作品的长度，要考虑的不仅有整部作品的长度，还有组成章节的长度。现今更倾向于短章节，这种形式常见于各种反小说、实验小说、创作历程小说，以及拼贴小说中。

### 13. 文类体系

1. René Wellek *Discriminations* (New Haven and London 1970) 234; Paul Hernadi *Beyond Genre* (Ithaca and London 1972) 187-205.

2. Claudio Guillén *Literature as System* (Princeton 1971) 393, 396-397; Hernadi *Beyond Genre* 54-55. 亦可参阅本书第 12 章。这种区分方法可追溯到柏拉图的 *Republic* 392C-D, Klaus Weissenberger 现在依旧在采用这种方法，参阅"A Morphological Genre Theory" in *Theories of Literary Genre* (University Park, Pa. and London 1978) 229-253。

3. Hernadi 批判了弗莱所采用的四极点理论，参阅 *Beyond Genre* 141-144; 亦可参阅 Robert E. Scholes *Structuralism in Literature* (New Haven and London 1974) 124; Guillén *Literature as System* 387。

4. 参阅 *De Poeta* (1559), *L'Arte* (1564) 中的论述更为详细。在这个问题上, Guillén 试图纠正 Behrens 的观点 (*Die Lebre von der Einteilung der Dichtkunst*), 但并不坚决。

5. Hernadi *Beyond Genre* 23 – 37, with refs; Wellek *Discriminations* 236 – 240.

6. Cornelis F. P. Stutterheim "Prolegomena to a Theory of the Literary Genres" *Zagadnienia Rodzajów Literackich* 6. 2 (11) (Lodz 1964) 11 – 12. 关于英国文学和德国文学的区别有不少观点混乱不清, 这篇文章一一加以厘清。

7. Wellek *Discriminations* 236ff, 251; Hernadi *Beyond Genre* 12, 48 – 49, 56, 58, 68 – 69. John Richetti 在其专著 *Defor's Narratives* (Oxford 1975) 16 中有一处笔误:"小说自己会意识到。"对此 Wellek 会作何评价?

8. *Literature as System* 389 – 398. 对 Guillén 的批判可参阅 David Newton-de Molina "Here is No Continuing City" EC 23 (1973) 179 – 186。

9. 这一观点还是来自歌德。更全面的讨论参阅 Hernadi *Beyond Genre* 35, 37, 41, 159; Ulrich Weisstein *Comparative Literature and Literary Theory* (Bloomington and London 1968) 119; Guillén *Literature as System* 115。

10. Weisstein *Comparative Literature and Literary Theory* 108; Hernadi *Beyond Genre* 162, 189, 191, 以及附录全文。

11. Guillén *Literature as System* 117 – 118.

12. Hernadi *Beyond Genre* 14, and cf. ibid. 51, 187ff; Guillén *Literature as System* 395.

13. *Literature as System* 114. Weisstein 反对把教化视为一种再现方式, 因为教化的突出特征是目的性。不过 Weisstein 论证乏力, 目的性也并非界定教化的根本特征。

14. Hernadi *Beyond Genre* 88 – 89, 150.

15. M. A. K. Halliday "Language Structure and Language Function" in *New Horizons in Linguistics* ed. John Lyons (Harmondsworth 1970) 141.

16. Susanne K. Langer *Feeling and Form* (1953) 266, 411ff; Hernadi *Beyond Genre* 106.

17. 参阅 Hernadi *Beyond Genre* 100 页的批判；亦可参阅 John Reichert 的文章，收入 *Theories of Literary Genre* ed. Strelka 64(该文表明，亚里士多德自己也认为同一部作品既是模仿，也是教化。)

18. 参阅本书第 12 章；Guillen *Literature as System* 403 – 404。

19. Weisstein *Comparative Literature and Literary Theory* 108.

20. *Ars Versificatoria* 52. 5 – 80; Edmond Faral *Les Arts poétiques du 12' et 13' siècle* (Paris 1962) 153.

21. Cf. Rosalie L. Colie *The Resources of Kind* (Berkeley 1973) 10. 这些结构安排中，史诗和悲剧可以互换位置，讽刺和牧歌在中世纪也重合。喜剧活力最强，且势头向上。

22. John of Garland "*The Parisiana Poetria*" ed. Traugott Lawler (New Haven and London 1974) figs. 3, 4, p. 239. 亦可参阅 Edmond Faral *Les Arts poetiques* 87; Ernst Robert Curtius *European Literature and the Latin Middle Ages* (New York and London 1953) 231 – 232; Guillen *Literature as System* 409ff. Lawler 指出，John of Garland 在自己的图示中将传统的牧人—农夫—士兵三分法更改为农民—市民—朝臣新三分法。

23. "The Answer of Mr Hobbes to Sir Silliam Davenant's Preface Before Gondibert" in *Critical Essays of the Seventeenth Century* ed. Joel E. Spingarn 3 vols. (Oxford 1908—1909) 2. 55.

24. 例如 Petersen 的观点。参阅 Weisstein *Comparative Literature and Literary Theory* 113; Hernadi *Beyond Genre* 57。

25. *Anatomy of Criticism* (Princeton 1957) 162ff; Hernadi

*Beyond Genre* 136f. 对弗莱四季式结构划分的批判,参阅 W. K. Wimsatt "Northrop Frye: Criticism as Myth" in *Northrop Frye in Modern Criticism* ed. M. Krieger (New York and London 1966) 75 – 108。

26. Scholes *Structuralism in Literature* 119. Todorov 对 Scholes 的批判早已为人们所熟知,Christine Brooke-Rose 就此做了一番讨论,参阅"Historical Genres/Theoretical Genres" *NLH* 8. 1 (1976) 146 – 148。

27. *Anatomy of Criticism* 33,34.

28. 关于弗莱的后续论述,参阅"Reflections in a Mirror" in *Northrop Frye* ed. kireger 142 – 144. 这篇文章中弗莱试图将历史和文学史联系起来,不过其理论基础还是差强人意。

29. *Anatomy of Criticism* 52.

30. "Utopian History and the *Anatomy of Criticism*" in *Northrop Frye* ed. kireger 68 – 69.

31. *Structuralism in Literature* 132ff.

32. Ibid. 136.

33. Ibid. 134.

34. David Newton-de Molina 的观点很尖锐,参阅其文章,刊载于 *MLR* 69 (1974) 134 – 137。

35. 该图转引自 Hernadi *Beyond Genre* 166,不过最早刊载于 *College English* (October 1971) 24。

36. David Newton-de Molina 对该图表示一定赞同,参阅其文章,刊载于 *MLR* 69 (1974) 136。

37. *Beyond Genre* 153. 关于要素分析和绘图,参阅 *Pattern Recognition: Ideas in Practice* ed. Bruce G. Batchelor (New York and London 1978); *Pattern Recognition: Introduction and Foundation* ed. Satoshi Watanabe (New York 1972)。

38. Paul Zumthor 是个大大的例外,参阅 Essai de poetique medievale (Paris 1972). 不过,Zumthor 所提出的文类体系并没有好好

组织起传统文类,而是替之以各种同轴类别,例如"高调宫廷抒情诗"。与之相应的诗学思想中,作者的个性对于具体文类几乎没有贡献。

39. *Anatomy of Criticism* 308.

40. *The Modes of Modern Writing* (London 1977)以雅各布森的二元区分为基础,其评论可参阅 Frederick M. Keener *EC* 29 (1979) 254。

41. Ian Reid *The Short Story* (London and New York 1977) 28;不过该书以华兹华斯的《序曲》为例,显然不合适。

42. Ibid. 40, 46.

43. Angus Fletcher 认为弗莱对文学秩序的描述具有空间特征,参阅其文章,收入 *Northrop Frye* ed. Krieger 121-122。其实弗莱最优秀的思想同空间无关(他也没有拿出什么图表),*Anatomy of Criticism* 中只有少数段落符合 Fletcher 的观点。

44. *Structuralism in Literature* 137.

45. Cf. William Righter 对弗莱的批判,参阅"Myth and Interpretation" *NLH* 3.2 (1972) 334. 他写道:"文学,就其整体性而言,在于累积和延续,而不是遵循某种内部逻辑,严守某种词语秩序。"托多罗夫或许夸大了文学的相对性,转而去寻找某种主观基础以取代确定文类的区分特征。托多罗夫提出,应当从句法、语用、或词语三个方面对文类特征加以分类,参阅其文章"The Origin of Genres" *NLH* 8.1 (1976) 162-163。

46. John Lyons *Introduction to Theoretical Linguistics* (Cambridge 1968) 431;关于色彩词汇的复杂语义,参阅 F. R. Palmer *Semantics: A New Outline* (Cambridge 1976) 74-76,即便用三维法(色调、明度、饱和度)区分色彩也有简单化之嫌。

47. 关于英法文化在这方面体现出的区别,参阅 John A. Burrow 的文章,刊载于 *NLH* 10.2 (1979) 385-390。

48. *Structuralism in Literature* 138.

49. *Beyond Genre* 168.

50. 参阅"O literaturnoj evoljucii" *Na Literaturnom postu* 4 (1927)收入 *Readings in Russian Poetics：Formalist and Structuralist Views* ed. Ladislav Matejka and Krystyna Pomorska（Cambridge, Mass. and London 1971) 66 - 78.

51. Patricia A. Parker *Inescapable Romance：Studies in the Poetics of a Mode* (Princeton 1979).

52. Scholes 所使用的术语，参阅 *Structuralism in Literature* 134。

53. 引用于 Johnson *Dictionary* s. v. *Pastoral*。

54. Cf. 语义相反的不同类型，参阅 Lyons *Introduction* 463；Palmer *Semantics* 78 - 82。

55. 参阅 John Stevens 的 *Medieval Romance*（London 1973)中的讨论，尤其是 80，90。

56. Cf. Ralph Cohen "Innovation and Variation" in *Literature and History*（Los Angeles 1974）24ff；Thomas G. Rosenmeyer *The Green Cabinet*（Berkeley and Los Angeles 1969）index s. v. *Hesiodic tradition*.

57. "A Discourse on Pastoral Poetry" in *The Prose Works of Alexander Pope* ed. Norman Ault (Oxford 1936) 298.

58. Cf. 这里蒲柏所批评的是斯宾塞牧童对话诗的长度，ibid. 301。

59. Ibid 301 - 302.

## 14. 阐释中的文类

1. Cf. Paul Hernadi *Beyond Genre*（Ithaca and London）7 - 9，尤其是第 7 页："文类研究绝不能成为自身的目的，而应以其为工具，帮助我们更全面地理解个别作品和文学整体。"

2. Claudio Guillén *Literature as System*（Princeton 1971）107ff.

3. 关于意向论所引发的争论，参阅下面第 36 条注释。

4. "The Hermeneutics of Literary Indeterminacy: A Dissent from the New Orthodoxy" *NLH* 10. 1 (1978) 78.

5. Walter A. Davis *The Act of Interpretation: A Critique of Literary Reason* (Chicago and London 1978) 52. 作者提出一种理想化的解决方案，寻求首先对各个实体做出审美上的界定，可这种解决方案与阅读和批评的实践似乎相去甚远。

6. Monroe C. Beardsley *Aesthetics: Problems in the Philosophy of Criticism* (New York 1958) 144.

7. W. K. Wimsatt *The Verbal Icon: Studies in the Meaning of Poetry* (1954 rpt. New York 1958) ch. 1 n. 7; 这一章系威姆塞特与比尔兹莱合作完成。

8. E. Donald Hirsch *Validity in Interpretation* (New haven and London 1967) 220-221.

9. Ibid. 237ff.

10. Beardsley *Aesthetics* 144.

11. Hirsch *Validity in Interpretation* 222.

12. Ibid.

13. FrancisCairns *Generic Composition in Greek and Roman Poetry* (Edinburgh 1972) 6; cf. Ulrich Weisstein *Comparative Literature and Literary Theory* (Bloomington and London 1969) 103.

14. Walter Allen *The English Novel* (London 1954) 57.

15. John Chalker *The English Georgic* (London 1969) 172.

16. Guillén *Literature as System* 108. Cf. Graham Hough *An Essay on Criticism* (London 1966) 61-62.

17. "The Rise of Hermeneutics" tr. Frederic Jameson *NLH* 3. 2 (1972) 243. 早期阐释学的综述参阅 Kurt Muller-Vollmer *Towards a Phenomenological Theory of Literature: A Study of Wilhelm*

*Dilthey's "Poetik"* (The Hague 1963); David Couzens Hoy *The Critical Circle: Literature and History in Contemporary Hermeneutics* (Berkeley 1978); R. E. Palmer *Hermeneutics* (Evanston, Ill. 1969); André Lefevere *Literary Knowledge* (Amsterdam 1977), esp. ch. 8; Josef Bleicher *Contemporary Hermeneutics: Hermeneutics as Method, Philosophy and Critique* (London 1980).

18. Popper 想象批评根据类似原则自由组合,然而批评体制性一面与 Popper 的想象格格不入。参阅 Hernadi *Beyond Genre* 4-5。

19. Ibid. 2.

20. Ralph Cohen "Innovation and Variation" in *Literature and History* (Los Angeles 1974) 10.

21. Palmer 驳斥了沃尔夫-萨丕尔假设,参阅 *Semantics: A New Outline* (Cambridge 1976) 57。

22. Cf. C. G. Jung *Psychology and Alchemy* tr. R. F. C. Hull (London 1953) 84.

23. William Righter *Logic and Criticism* (London 1963) 122.

24. Cf. John M. Ellis *The Theory of Literary Criticism* (Berkeley 1974) 228-229.

25. Morris Weitz *Hamlet and the Philosophy of Literary Criticism* (London 1965) 49ff. Cf. Daryl J. Gless *Measure for Measure: The Law and the Convent* (Princeton 1979),该书表明要重构莎士比亚的《一报还一报》,就必须理解这部剧作同反僧侣讽刺剧之间的联系。

26. Helen Gardner 尝试和解,参阅其专著 *The Business of Criticism* (Oxford 1959) 45ff。

27. F. E. Sparshott *The Concept of Criticism* 179-180.

28. F. W. Bateson 所用的术语;参阅 Rene Wellek "The Literary Theories of F. W. Bateson" *EC* 29 (1979) 117。

29. Carlyle *Sartor Resartus* 3.3.

30. Harry Caplan "The Four Senses of Scriptural Interpretation and the Medieval Theory of Preaching" *Speculum* 4 (1929) 282–290.

31. Frank Kermode *The Classic* (London 1975) 40, 44.

32. "The Rise of Hermeneutics" 243. 对狄尔泰的辩解参阅 E. D. Hirsch "Faulty Perspectives" *EC* 25 (1975) 164。

33. James Nohrnberg "Pynchon's Paraclete" in *Pynchon: A Collection of Critical Essays* ed. Edward Mendelson (Englewood Cliffs 1978) 147–161. 这篇文章发掘了品钦小说与《圣经》中天启预言的联系。

34. 关于文类重组，以及不确定性的早期例证，参阅 Cairns *Generic Composition* 96–97。亚里士多德不满意以格律为文类组合的基础，可似乎没有意识到之所以格律不足以区分文类，是因为文类本身已发生了变化。参阅 Rosalie L. Colie *The Resources of Kind* (Berkeley 1973) 9。

35. Wolfgang Iser "Indeterminacy and the Reader's Response in Prose Fiction" in *Aspects of Narrative* ed. J. Hillis Miller (NewYork and London 1971) 42. 伊瑟尔后来进一步发展了自己的观点，参阅 *The Act of Reading: A Theory of Aesthetic Response* (Baltimore and London 1978) index s. v. *Indeterminacy* and *Gaps*. 现代文学中读者的参与是否根本不同于以往，Charles Altieri 对这一问题做了一番讨论，参阅 "The Hermeneutics of Literary Indeterminacy" *NLH* 10. 1 (1978) 88f。

36. Iser *The Act of Reading* 178. 当今欧陆许多文学理论中依旧处处可看到茵伽顿的影子，其意向论虽然也很有力，却很难反映出当代意向理论的立场，实在令人遗憾。关于意向论的最新发展，参阅 *On Literary Intention* ed. David Newton-de Molina (Edinburgh 1976); "Critical Challenges: The Bellagio Symposium" issue, *NLH* 7. 1 (1975); "Literary Hermeneutics" issue, *NLH* 10. 1 (1978)。

37. Kermode *The Classic* 129，论《呼啸山庄》部分。Cf. ibid. 108–109，113–114，130–133.

38. "空白"或"不确定点"这一概念来自于茵伽顿，不过茵伽顿提出这一概念的目的是要把读者参与的部分隔离开，完全不同于伊瑟尔。参阅 *The Act of Reading* 170。

39. Kermode *The Classic* 130.

40. Ibid. 78，135；cf. Oliver Taplin "A Surplus of Signifier" *EC* 26 (1976) 342.

41. Davis *The Act of Interpretation* 161.

42. Altieri "The Hermeneutics of Literary Indeterminacy" 90.

43. Hough *An Essay* 72.

44. 尽管他宣称要拿出"荣格式构造"。

45. Lyons *Introduction to Theoretical Linguistics* (Cambridge 1968) 412，414n，426 on this limited indeterminacy.

46. Ambrose Bierce *An Heiress from Redhorse* in *In the Midst of Life* (London 1892).

47. Hirsch *Validity in Interpretation* 255.

48. Altieri "The Hermeneutics of Literary Indeterminacy" 89.

49. Kermode *The Classic* 75–76；cf. 74，131–133. 与科莫德的争论参阅 Taplin "A Surplus of Signifier" 339；亦可参阅赫施对 *The Genesis of Secrecy* 的评述，刊载于 *NYRB* (14 June 1979) 18–20。

50. Altieri "The Hermeneutics of Literary Indeterminacy" 87–88；cf. 85–90 pissim.

51. 引用于 Walter de la Mare *Lewis Carroll* (London 1932) 53。

52. Altieri "The Hermeneutics of Literary Indeterminacy" 90.

53. Taplin "A Surplus of Signifier" 343.

54. Hirsch "Faulty Perspectives" 167；"Privileged Criteria in Literary Evaluation" *Problems of Literary Evaluation* ed. Joseph P.

Strelka, *Yearbook of Comparative Criticism* no. 2 (State College, Pa. 1969) 22-34; "Literary Evaluation as Knowledge" *Wisconsin Studies in Contemporary Literature* no. 9 (1968) 319-331; "The Paradoxes of Perspectivism" *Lebendige Form: Festschrift fur Heinrich E. K. Henel* ed. Jeffrey L. Sammons and Ernst Schurer (Munich 1970) 15-20.

55. Martin Steinmann, Jr. "Cumulation, Revolution, and Progress" *NLH* 5.3 (1974) 477-490.

56. Jean Starobinski "On the Fundamental Gestures of Criticism" *NLH* 5.3 (1974) 491-514.

57. 关于有价值的误解的可能,参阅 Hirsch "Some Aims of Criticism" in *Literary Theory and Structure: Essays in Honour of William K. Wimsatt* ed. Frank Brady et al. (New Haven and London 1973) 51-52。

58. *Satires* 1.4.39-69. 参阅 C. O. Brink *Horace on Poetry: Prolegomena to the Literary Epistles* (Cambridge 1963) 161-163.

59. Adrian Marino "Toward a Definition of Literary Genres" in *Theories of Literary Genre* ed. Strelka 53.

60. Hirsch "Privileged Criteria" 31-33.

61. Robert E. Scholes *Structuralism in Literature* (New Haven and London 1974) 131.

62. 例如,霍夫在《论文集》117页写道:"任何小说批评若是忽视了小说与历史现实的联系,就一定不能真实反映出小说的价值,原本应当充实之处却显得空虚。"关于小说对于单一中心的要求,可参阅阿兰・弗里德曼对康拉德小说《诺斯特穆》的评论,*The Turn of the Novel* (New York 1966)。

63.《悲伤的牧羊人》序言。关于这个问题,保罗・阿尔珀斯论述得很好,参阅 *Twentieth-Century Literature in Retrospect* ed. Reuben

A. Brower, English Studies 2 (Cambridge, Mass. 1971) 197ff.

64. Hirsch "Privileged Criteria" 30. 关于芝加哥学派的文类理论，参阅 R. S. Crane *The Languages of Criticism and the Structure of Poetry* (Toronto 1953); *Critics and Criticism* ed. R. S. Crane (Chicago 1952); Elder Olson *On Value Judgement in the Arts* (Chicago 1976)。

65. Cohen "Innovation and Variation" 9.

66. Emil Staiger "The Questionable Nature of Value Problem" in *Problems of Literary Evaluation* ed. Strelk 207.

67. Colie *Resources of Kind* 128.

# 参考文献

Abrams, Meyer H. *A Glossary of Literary Terms*. Rev. ed. New York 1957.

Adams, Hazard. *Interests of Criticism: An Introduction to Literary Theory*. New York 1969.

Allen, Beverly Sprague. *Tides in English Taste*, 1619—1800: *A Background for the Study of Literature*. 2 vols. Cambridge, Mass. 1937, rpt. New York 1969.

Altieri, Charles. "The Hermeneutics of Literary Indeterminacy: A Dissent from the New Orthodoxy" *New Literary History* 10.1 (1978) 71-99.

*Assembly of Ladies, The*: see Pearsall, Derek A.

Atkins, J. W. H. *English Literary Criticism: the Medieval Phase*. Cambridge 1943.

Auerbach, Erich. *Mimesis: The Representation of Reality in Western Literature*. Tr. Willard R. Trask. Princeton 1953.

Baber, C. L. *Shakespeare's Festive Comedy: A Study of Dramatic Form and Its Relation to Social Custom*. Princeton 1959.

Barthelme, Donald. *City Life*. New York and London 1971.

Bateson, F. W. *The Scholar-Critic: An Introduction to Literary Research*. London 1972.

Beardsley, Monroe C. *Aesthetics: Problems in the Philosophy of Criticism*. New York 1958.

——"The Concept of Literature" in *Literary Theory and Structure: Essays in Honour of William K. Wimsatt*. Ed. Frank Brady et al. New Haven and London 1973.

Berry, Francis. *The Shakespearean Inset*. London 1965.

Bond, Donald F., ed. *The Spectator*. 5 vols. Oxford 1965.

Bradbrook, Muriel C. *The Growth and Structure of Elizabethan Comedy*. London 1955.

Braden, Gordon. *The Classics and English Renaissance poetry: Three Case Studies*. Yale Studies in English 187. New Haven and London 1978.

Brady, Frank; Palmer, John; and Price, Martin, eds. *Literary Theory and Structure: Essays in Honour of William K. Wimsatt*. New Haven and London 1973.

Brooks, Cleanth; *see* Wimsatt, William K., and Brooks, Cleanth.

Brunetière, Ferdinand. *L'Evolution des genres dans l'histoire de la litèrature*. Paris 1890.

Burden, Dennis H. *The Logical Epic: A Study of the Augument of "Paradise Lost"*. London 1967.

——"Crabbe and the Augustan Tradition" in *Essays and Poems Presented to Lord David Cecil* ed. W. W. Robson. London 1970.

Burness, Donald B. "Pieter Brueghel: Painter for Poets". *Art Journal* 32 (Winter 1972—73) 157–162.

Butler, I. Christopher. "What is Literary Work?" *New Literary*

History 5 (1973) 17–29.

Cairns, Francis. *Generic Composition in Greek and Roman Poetry*. Edinburgh 1972.

Campbell, Lily B. *Divine Poetry and Drama in Sixteenth-Century England*. Cambridge 1959.

Capella, Martianus: *see* Stahl, William H., et al.

Chalker, John. *The English Georgic: A Study in the Development of a Form*. London 1969.

Chambers, Sir Edmund, ed. *English Pastorals Selected and with an Introduction*. London 1906.

*Choice, Chance and Change*. Ed. Alexander B. Grosart. London 1881.

Cleveland, John. *The Poems of John Cleveland*. Ed. Brian Morris and Eleanor Withingron. Oxford 1967.

Cohen, Ralph. *The Art of Discrimination: Thomson's "The Seasons" and the Language of Criticism*. Berkeley 1964.

——"Innovation and Variation: Literary Change and Georgic Poetry" in *Literature and History* papers read at a Clark Library Seminar, 3 March 1973, by Ralph Cohen and Murray Krieger. Los Angeles 1974.

——"On the Interrelations of Eighteenth-Century Literary Forms" in *New Approaches to Eighteenth-Century Literature* ed. Phillip Harth. New York and London 1974.

Colie, Rosalie L. *The Resources of Kind: Genre Theory in the Renaissance*. Ed. Barbara K. Lewalski. Berkeley 1973.

——*Shakespeare's Living Art*. Princeton 1974.

Collins, Wilkie. *The Woman in White*. Ed. H. P. Sucksmith. Oxford English Novels. London 1975.

Cooper, Helen. "The Goat and the Eclogue". *Philological Quarterly* 53 (1974) 363-379.

——*Pastoral: Medieval into Renaissance.* Ipswich and Totowa, N. J. 1977.

*Critical Essays of the Seventeenth Century.* Ed. Joel E. Spingarn. 3 vols. Oxford 1908—1909.

Cunningham, J. V. *Tradition and Poetic Structure: Essays in Literary History and Criticism.* Denver 1960.

Curtius, Ernst Robert. *European Literature and the Latin Middle Ages.* Tr. Willard R. Trask. Bollingen Series 36. New York and London 1953.

Davis, Walter A. *The Art of Interpretation: A Critique of Literary Reason.* Chicago and London 1978.

Dennis, John. *The Critical Works.* Ed. Edward Niles Hooker, vol. 1: 1692-1711; vol. 2: 1711-1729. Baltimore 1939, 1943.

Dilthey, Wilhelm. "The Rise of Hermeneutics". Tr Fredric Jameson *New Literary History* 3. 2 (1972) 229-244.

Dorsten, Jan van: see Sidney, Sir Philip.

Drayton, Michael. *The Works of Michael Drayton.* Ed. J. William Hebel, Kathleen Tillotson, and Bernard H. Newdigate. 5 vols. Oxford 1931-1941.

Dryden, John. *The Poems of John Dryden.* Ed. James Kinsley. 4 vols. Oxford 1958.

——*"Of Dramatic Poesy" and Other Critical Essays.* Ed. George Watson. 2 vols. London and New York 1962.

Duncan-Jones, Katherine: see Sidney, Sir Philip.

Durling, Dwight L. *Georgic Tradition in English Poetry.* New York 1935.

*Eighteenth Century Essays on Shakespeare* Ed. D. Nichol Smith. Glasgow 1903.

*Elizabethan Critical Essays.* Ed. G. Gregory Smith. 2 vols. Oxford 1904.

Elledge, Scott, ed. *Eighteenth-Century Critical Essays.* 2 vols. Ithaca 1961.

Elledge, Scott, and Schier, Donald. *The Continental Model: Selected French Critical Essays of the Seventeenth Century, in English Translation.* Rev. ed. Ithaca and London 1970.

*Encyclopedia of Poetry and Poetics.* Ed. Alex S. Preminger. Princeton 1965.

Erlich, Victor. *Russian Formalism: History—Doctrine.* Ed. Cornelis H. van Schooneveld. Slavistic Printings and Reprintings 4. The Hague 1955.

*Faber Book of Epigrams and Epitaphs*, The. Ed. Geoffreg Grigson, London 1977.

Faral, Edmond. *Les Arts poétiques de 12′ et du 13′ siécle.* Paris 1962.

Fernandez, Raman. *Messages.* First series. Pairs 1926.

Fletcher, Angus. *Allegory: The Theory of a Symbolic Mode.* Ithaca 1964.

Fowler, Alastair. *Triumphal Forms.* Cambridge 1970.

——"The Life and Death of Literary Form" *New Literary History* 2.2 (1971) 199 - 216. *Reprinted in New Directions in Literary History* Ed. Ralph Cohen. London 1974.

Frye, Northrop. *Anatomy of Criticism: Four Essays.* Princeton 1957.

Fubini, Mario. *Critica e poesia.* Bari 1966.

Garland, John of: *see* John of Garland.

Gradon, Pamela. *Form and Style in Early English Literature.* London 1971.

Graham, W. S. *Implements in their Places.* London 1977.

Gray, Bennison. *The Phenomenon of Literature.* De Proprietatibus Litterarum, series maior 36. The Hague 1975.

Greg, Walter W. *Pastoral Poetry and Pastoral Drama: A Literary Inquiry, with Special Reference to the Pre-Restoration Stage inEngland.* London 1906.

Grigson, Geoffrey, ed. *The Faber Book of Epigrams and Epitaphs.* London 1977.

Grosart, Alexander B., ed. *Choice, Chance and Change.* London 1881.

Guillen, Claudio. *Literature as System: Essays toward the Theory of Literary History.* Princeton 1971.

Halperin, John, ed. *The Theory of the Novel: New Essays.* New York and London 1974.

Hardison, O. B. *The Enduring Monument.* Chapel Hill 1962.

Hartman, Geoffrey H. *Beyond Formalism: Literary Essays 1958—1970.* New Haven and London 1970.

Hassan, Ihab. *The Dismemberment of "Orpheus": Toward a Postmodern Literature.* New York 1971.

Hernadi, Paul. *Beyond Genre: New Directions in Literary Classification.* Ithaca and London 1972.

——, ed. *What is Literature?* Bloomington, Ind. and London 1978.

Highet, Gilbert. *The Anatomy of Satire.* Princeton 1962.

Hirsch, E. Donald. *Validity in Interpretation.* New Haven and London 1967.

——"Faulty Perspectives" *Essays in Criticism* 25 (1975) 154-168.

——"Privileged Criteria in Literary Evaluation" in *Problems of Literary Evaluation*. Ed. Joseph P. Strelka. Yearbook of Comparative Criticism 2. State College, Pa. 1969.

——"Some Aims of Criticism" In *Literary Theory and Structure: Essays in Honour of William K. Wimsatt*. Ed. Frank Brady et al. New Haven and London 1973.

——*The Aims of Interpretation*. Chicago and London 1976.

Hollander, John. *Vision and Resonance: Two Senses of Poetic Form*. New York 1975.

Hotson, Leslie. *The First Night of "Twelfth Night"*. London 1954.

Hough, Graham. *A Preface to "The Faerie Queen"*. London 1962.

——*An Essay on Criticism*. London 1966.

Howard, Donald R. *The Idea of the Canterbury Tales*. Berkeley 1976.

Hoy, Cyrus. *The Hyacinth Room: An Investigation into the Nature of Comedy, Tragedy and Tragicomedy*. London 1964.

Huddleston, Eugene L. , and Noverr, Douglas A. *The Relationship of Painting and Literature: A Guide to Information Sources*. Detroit 1978.

Hughes, Peter. "Restructuring Literary History: Implications for the Eighteenth Century" *New Literary History* 8. 2 (1977) 257 – 277.

Hugo, Victor. Preface to *Cromwell*. 1827.

Ingarden, Roman. Das literarische Kunstwerke. Tübingen 1965. Tr. George G. Grabowicz as *The Literary Work of Art*. Evanston, Ill. 1973.

Iser, Wolfgang. *The Act of Reading: A Theory of Aesthetic Response*. Baltimore and London 1978.

Jauss, Hans Robert. *Literaturgeschichte als Provokation der Literaturwissenschaft.* Konstanz 1967.

——"Levels of Identification of Hero and Audience" *New Literary History* 5. 2 (1974) 283–317.

——"Littérature médiévale et expérience esthétique" *Poétique* 8 (1977) 322–336.

——"La Jouissance esthétique" *Poétique* 10 (1979) 262–274.

John of Garland. *The "Parisiana Poetria" of John Garland.* Ed. with introduction, translation, and notes by Traugott Lawler. Yale Studies in English 182. New Haven and London 1974.

Johnson, Samuel *live of the English Poets* Ed. George Birkbeck Hill 3 vols. Oxford 1905.

Jolles, Andre. *Einfache Formen: Legende, Sage, Mythe, Ratsel, Spruch, Kasus, Memorabile, Marchen, Witz.* Rev. ed. Halle 1956.

Jonson, Ben. *Ben Jonson.* Ed. C. H. Herford, Percy Simpson, and Evelyn M. Simpson. 11 vols. Oxford 1925–1952.

Kaiser, Walter. *Praisers of Folly: Erasmus, Rabelais, Shakespeare.* Cambridge, Mass. 1963.

Kellett, Ernst Edward. *The Whirligig of Taste.* London 1929.

Kellman, Steven G. *The Self-Begetting Novel.* New York 1980.

Kermode, J. Frank. *English Pastoral Poetry from the Beginnings to Marvell.* Life, Literature, and Thought Library. London 1952.

——*The Classic.* London 1975.

Krieger, Murray, ed. *Northrop Frye in Modern Criticism.* Selected papers from the English Institute. New York and London 1966.

Kinsley, James, ed. *The Poems of John Dryden.* 4 vols. Oxford 1958.

Landor, Walter Savage. *The Poetical Works.* Ed. Stephen Wheeler. 3

vols. Oxford 1937.

Lattimore, Richmond Alexander. *Story Patterns in Greek Tragedy.* Ann Arbor 1964.

Lemon, Lee T., and Reis, Marion J., eds. *Russian Formalist Criticism: Four Essays.* Regents Critics Series Lincoln, Neb. 1965.

Lever, J. W. *The Elizabethan Love Sonnet.* London 1956.

Levin, Harry. "The Title as a Literary Genre" *Modern Language Review* 72 (1977) xxiii - xxxvi.

Lewalski, Barbara Kiefer. *Milton's Brief Epic: The Genre, Meaning and Art of "Paradise Regained".* Providence and London 1966.

——*Donne's "Anniversaries" and the Poetry of Praise: The Creation of a Symbolic Mode.* Princeton 1973.

Lewis, Clive Staples. *The Allegory of Love.* Oxford 1936.

——*The Discarded Image: An Introduction to Medieval and Renaissance Literature.* Cambridge 1964.

Lodge, David. *The Modes of Modern Writing: Metaphor, Metonymy and the Typology of Modern Literature.* London 1977.

Lukács, Georg. Der historische Roman 1937. Tr. H. and S. Mitchell as *The Historical Novel.* London 1962.

Lyas, Colin A. "The Semantic Definition of Literature". *Journal of Philosophy* 66. 3 (1969) 81 - 95.

Lyons, John. *Introduction to Theoretical Linguistics.* Cambridge 1968.

Marino, Adrian. "Towards a Definition of Literary Genres" in *Theories of Literary Genre.* Ed. Joseph P. Strelka. Yearbook of Comparative Criticism 8. University Park, Pa. and London 1978.

Matejka, Ladislav, and Pomorska, Krystyna, eds. *Readings in*

*Russian Poetic: Formalist and Structuralist Views*. Cambridge, Mass. and London 1971.

Meredith, George. *An Essay on Comedy and the Uses of the Comic Spirit*. London 1897.

Milton, John. *The Poems of John Milton*. Ed. John Carey and Alastair Fowler. London 1968.

Miner, Earl. *The Metaphysical Mode from Donne to Cowley*. Princeton 1969.

Minnis, A. J. "Discussions of 'Authorial Role' and 'Literary Form' in Late-Medieval Scriptural Exegesis" *Beitrage zur Geschichte der Deutschen Sprache und Literatur* 99 (1977) 37 - 65.

——"The Influence of Academic Prologues on the Prologues and Literary Attitudes of Late-Medieval English Writers". Forthcoming in *Medieval Studies*.

Minturno, Antonio Sebastiano. *De Poeta* (1559). Facs. ed., Poetiken des Cinquecento 5. Munich 1970.

——*L'Arte Poetica* (1564). Facs. ed. Poetiken des Cinquecento 6. Munich 1971.

Morris, Brian, and Withington, Eleanor, eds. *The Poems of John Cleveland*. Oxford 1967.

Murphy, James J. *Rhetoric in the Middle Ages: A History of Rhetorical Theory from Saint Augustine to the Renaissance*. Berkeley 1974.

Nashe, Thomas. *The Works of Thomas Nashe*. Ed. Ronald B. McKerrow. and re-ed. F. P. Wilson. 5 vols. Oxford 1958.

Newton-de Molina, David, ed. *On Literary Intention: Critical Essays*. Edinburgh 1976.

Nohrnberg, James. *The Anthology of "The Faerie Queen"*. Princeton

1976.

Northrop Frye in Modern Criticism. Ed. Murray Krieger. Selected papers from the English Institute. New York and London 1966.

Otis, Brooks. Virgil: A Study in Civilized Poetry. Oxford 1964.

Palgrave, Francis Turner. The Golden Treasury of the Best Songs and Lyrical Poems in the English Language. Cambridge and London 1861.

Palmer, F. R. Semantics: A New Outline. Cambridge 1976.

Pearsall, Derek A., ed. "The Floure and the Leafe" and "The Assembly of Ladies". London and Edinburgh 1962.

Perry, Ben Edwin. The Ancient Romances: A Literary-Historical Account of Their Origins. Berkeley and Los Angeles 1967.

Poggioli, Renato. The Oaten Flute: Essays on Pastoral Poetry and the Pastoral Ideal. Cambridge, Mass. 1975.

Pope, Alexander. "A Discourse on Pastoral Poetry". The Prose Works of Alexander Pope Newly Collected and Edited by Norman Ault. Vol. 1: The Earlier Works, 1711—1720. Oxford 1936.

Potts, Abbie Findlay. The Elegiac Mode: Poetic Form in Wordsworth and Other Elegists. Ithaca 1967.

Praz, Mario. The Flaming Heart: Essays on Crashaw, Machiavelli, and Other Studies in the Relations between Italian and English Literature from Chaucer to T. S. Eliot. Garden City 1958.

Preminger, Alex S., ed. Encyclopedia of Poetry and Poetics. Princeton 1965.

Puttenham, George. The Art of English Poesy. Ed. Gladys Doideg Willcock and Alice Walker. Cambridge 1936.

Reid, Ian. The Short Story. The Critical Idiom 37. London and New York 1977.

Ricks, Christopher, ed. *English Poetry and Prose*, 1540—1674. Sphere History of Literature in the English Language. Vol. 2. London 1970.

Righter, William. *Logic and Criticism*. London 1963.

Roche, Thomas P., Jr. "Shakespeare and the Sonnet Sequence" In Christopher Ricks, ed. *English Poetry and Prose*, 1540—1674. London 1970.

Rosenmeyer, Thomas G. *The Green Cabinet: Theocritus and the European Pastoral Lyric*. Berkeley and Los Angeles 1969.

Scaliger, Julius Caesar. *Poetices Libri Septem*. Lyons 1561. Ed. August Buck. Struttgart-Bad Cannstatt 1969.

Schiller, Friedrich. "Über naive und sentimentalische Dichtung". *Die Horen* nos. 11 - 12 (1795—1796).

Scholes, Robert E. *Structuralism in Literature: An Introduction*. New Haven and London 1974.

Sidney, Sir Philip. *The Poems of Sir Philip Sidney*. Ed. William A. Ringler. Oxford 1962.

——*Miscellaneous Prose of Sir Philip Sidney*. Ed. Katherine Duncan-Jones and Jan Van Dorsten. Oxford 1973.

Smarr, Janet Levarie. "Renaissance Anacreontics". *Comparative Literature* 25 (1973). 221 - 239.

Smith, Barbara Herrnstein. *Poetic Closure: A Study of How Poems End*. Chicago 1968.

Smith, G. Gregory, ed. *Elizabethan Critical Essays*. 2 vols. Oxford 1904.

Smith, D. Nichol, ed. *Eighteenth Century Essays on Shakespeare*. Glasgow 1903.

Sparshott, F. E. *The Concept of Criticism*. Oxford 1967.

Spearing, A. C. *Medieval Dream-Poetry*. Cambridge 1976.

*Spectator, The* Ed. Donald F. Bond. 5 vols. Oxford 1965.

Spenser, Edmund. *The Works of Edmund Spenser: A Various Edition* Ed. Edwin Greenlaw et al. 10 vols. Baltimore 1932—1957.

Spingarn, Joel E. , ed. *Critical Essays of the Seventeenth Century*. 3 vols. Oxford 1908—1909.

Stahl, William H. , et al. *Martianus Capella and the Seven Liberal Arts*. Vol 1: *The Quadrivium of Martianus Cappela*. New York and London 1971.

Staiger, Emil. Grundbegriffe der Poetik. Rev. ed. Zurich 1963.

Steadman, John M. *Milton and the Renaissance Hero*. Oxford 1967.

Stempel, W. D. "Pour une description des genres littéraires." Actes du XII congrès international linguistique romane. Bucharest 1968. Rpt. *Beiträge zur Textlinguistik*. Munich 1970.

Stevens, John. *Medieval Romance: Themes and Approaches*. London 1973.

Strelka, Joseph P. , ed. *Problems of Literary Evaluation*. Yearbook of Comparative Criticism 2. University Park, Pa. and London 1969.

——*Theories of Literary Genre*. Yearbook of Comparative Criticism 8, University Park, Pa. and London 1978.

Stutterheim, Cornelis F. P. "Prolegomena to a Theory of the Literary Genres". *Zagadnienia Rodzajów Literackich* 6. 2（11）（Lodz 1964）5-24.

Sucksmith, H. P. , ed. *The Woman in White*. By Wilkie Collins. Oxford English Novels. London 1975.

Todorov, Tzvetan. "The Notion of Literature." Tr. Lynn Moss and

Bruno Braunrot. *New Literary History* 5.1 (1973) 5-16.

Tuve, Rosemond. *Elizabethan and Metaphysical Imagery: Renaissance Poetic and Twentieth-Century Critics.* Chicago 1947.

Turner, James G. *Politics of Landscape: Rural Scenery and Society in English Verse 1630—1660.* Oxford and Cambridge, Mass. 1979.

Tynjanov Jurij. "O literaturnoj èvoljucii." *Na literaturnom postu* 4 (1927). Tr. C. A. Luplow as "On Literary Evolution." In Ladislav Matejka and krystyna Pomorska, eds. *Readings in Russian Poetics: Formalist and Structuralist Views.* Cambridge, Mass. and London 1971.

Variorum Spenser: *see* Spenser, Edmund.

Vietor, Karl. "Probleme der Literarischen Gattungsgeschichte." *Deutsche Vierteljahrsschrift für Literaturwissenschaft und Geistesgeschichte* 9 (1931) 425-447.

Weinberg, Bernard. *A History of Literary Criticism in the Italian Renaissance.* 2 vols. Chicago 1961.

Weisstein, Ulrich. *Comparative Literature and Literary Theory: Survey and Introduction.* Translated by William Riggan in collaboration with the author. Bloomington, Ind. and London 1968. Originally published *as Einführung in die Vergleichende Literaturwissenschaft.* Stuttgart 1968.

Wellek, René. *Concepts of Criticism: Essays.* Ed. Stephen G. Nichols, Jr. New Haven 1963.

——*Discriminations: Further Concepts of Criticism.* New Haven and London 1970.

Wellek, René, and Warren, Austin. *Theory of Literature.* Rev. ed. New York 1956.

Welsford, Enid. *The Court Masque: A Study in the Relationship between Poetry and the Revels*. 1927. Rept. New York 1962.

Williams, Ioan. *Novel and Romance 1700—1800: A Documentary Record*. 1970.

Wilson, D. B. *Descriptive Poetry in France from Blason to Baroque*. Manchester and New York 1967.

Wimsatt, William K., and Brooks, Cleanth. *Literary Criticism: A Short History*. New York 1957.

Wordsworth, William. *The Prose Works of William Wordsworth*. Ed. W. J. B. Owen and Jane Worthington Smyser. 3 vols. Oxford 1974.

# 索　引

（索引中的页码为原著页码，检索时请查本书边码）

Absurdist drama（荒诞派戏剧），31，54，55
Achilles Tatius（阿基里斯，塔提尔斯），115
acrostics（离合诗），63
action（行动），69-70
Addison, Joseph（艾迪森，约瑟夫），30-31，200，202-203，225；*Cato*（《卡托》），30-31
adventure（冒险）：novel（小说），122，144；
story（故事），162，163
advertisements（广告），10
Aeschylus（埃斯库罗斯），153
aesthetic（审美）：aspects（诸方面），8，39；pleasure（愉悦），11-12，15-16；qualities（品质），13，15-16，17，42；standards（标准），10
affinities（亲缘性），8，18
Alabaster, William（阿拉巴斯特，威廉），176
Alberic（阿尔伯里克），98
Aldridge, James（埃尔德里奇，詹姆斯），*One Last Glimpse*（《最后一瞥》），253
Alldrit, Keith（阿尔德雷特，基思），*Elgar on the Journey to Hanley*（《阿尔加奔向草原》），253
allegorical description（寓言化描写），115，120
allegory（寓言）：abstraction in（中的抽象），192，193，194；continuous or continued（连续型），192，193；court（宫廷），156；epics treated as（视史诗为寓言），264；extension to other kinds（向其他

类别的拓展),192,195;
intermittent(间歇型),192,193;
journey in(中的旅行),193,194,
312;love(爱情),156;medieval
use of(中世纪的使用),24,191-
192,264;modulation of(模态
化),191-195;moral(道德),
102;of consulation,89,294;
personification in(中的拟人),
192,193-194;pseudo(伪寓言),
194;structures used in(使用的结
构),192,193.

alliteration(头韵法),59

allusions(用典):generic(文类),88-
92;personal,in pastoral(牧歌中
个人),79;topical(主题),59

Alonso, Dámaso(阿朗索,达马索),43

Altieri, Charles(阿尔提埃里,查尔
斯),257,269,322

Amadis de Gaule(《高卢的阿玛迪
斯》),9

amoretti, use of term(爱情小调,术语
使用),131

amorous and amatory verse(爱情诗),
137,138,220,222

anacoluthon(错格句),72

Anacreon,171

Anacreontea(《阿那克里翁诗选》),
137,222

anagnoroses(突转),39,207

anaphora(首语重复),71,72

anatomy(剖析):as an ingredient of
prose(作为散文的组成部分),
118-119;as a type(作为典型),
127,142;insets in(中的嵌入),
180;Renaissance use of term(文
艺复兴时期术语的使用),131,
238

anniversary(诞辰诗),136,138,141

answer poem(应答诗),115,127,175

anthologies(文选),230,231-232

antigenres(反文类):as antithesis to
existing genres(作为既有文类的
对立面),175,216;epic(史诗),
175-176;epigram and sonnet(智
语诗和十四行诗),176,184-5,
216;genres and(和文类),251,
252;novel(小说),177-179;
pastoral(牧歌),176-177;
romance(传奇),175

anti-hero(反英雄),69,168

antimasque(反化妆剧),60

antinovel(反小说),32,121,126,
141,165,177-178,252

antonyms(反义词),252

aphorism(警句),63,200-201

aphoristic mode(警句式模态),108

apocalyptic modulation(末日天启式模
态),108

Apollonius Rhodius(阿波洛尼乌斯,罗

迪乌斯),*Argonautica*(《阿尔戈船英雄记》),94

Apuleius(阿普列乌斯),186

Arbuthnot, John(阿布思诺特,约翰),101

archetype hypothesis(原型假说),150-151

Ariosto, Ludovico(阿里奥斯托,卢多维科),51,68,90; *Orlando Furioso*(《疯狂的罗兰》),94,127,167,223; Song for the Third Marriage of Lucrezia Borgia, 179

Aristotelian theorists(亚里士多德式理论家),9,26

Aristotle(亚里士多德):on comedy(论喜剧),83,156;on epic(论史诗),160,218;on kinds(论类别),28,38,47,48,185,220,235,238,239,273-274;on meter(论音律),62;on tragedy(论悲剧),27,39,55,61,62,68,160,164,218.

Aristophanes(阿里斯托芬尼):*Acharnians*(《阿查尼安》),92;*Knights*(《骑士》),92

Arnold, Matthew(阿诺德,马太),35

art(艺术):ballad(民谣),152,162;inset works of(嵌入艺术作品),123-124;popular,influencing the canon(流行艺术对正典的影响),214;-sermon(布道文),144,303;song(歌谣),152

subgenres on works of(以艺术作品为主题的亚类):Auden's *Musee des Beaux Arts*(奥登的《博物馆沉思》),115;Brueghel poems(勃鲁盖尔系列诗歌),115-116,117;ecphrastic description,115,117;images in(中的形象),115,116,117;meditation in(中的沉思),115,116;photograph poems(照片品评诗),117-118;preferred artists(受青睐的艺术家),116;preferred subjects(受青睐的主题),116-117

artistic criterion of literature(文学的艺术标准),9-10

Ashbery, John(阿什伯利,约翰):*Fear of Death*(《对死亡的恐惧》),206;*Self-Portrait in a Convex Mirror*(《凸透镜中的自我肖像》),72,173

assembly(组合):elevation of nonliterary types(非文学类型的升格),157-158;foreign models(外来模式),156-157;imitation in(中的模仿),157;in subsequent perspective(后续视角中),159;

of estate or country house poem（乡村农庄诗），156；of Renaissance comedy（文艺复兴喜剧），156；of sonnet sequence（十四行诗集），156；of subgenres（亚类），158-159；of the repertoire（文类特征库），156-159；stages of（阶段），160-164；unconscious（无意识），159

Assembly of Ladies, The（《贵妇会》）：194-195

assonance, 22

asyndeton（连词省略），72

atavisms（古旧用法），49

Athenaeus Deipnosophists, 119

Athenaid（《雅典亚特》），95

Atkins, J. W. H.（阿特金斯），99, 146, 295

attitude（态度），67-68

auctor（审核人），146

Auden, W. H.（奥登），114, 129, 136, 152; In Memory of W. B. Yeats（《缅怀叶芝》），207; Mussée des Beaux Arts（《博物馆沉思》），115, 117

Auerbach, Erich（奥尔巴赫，埃里克），187 Augustan（奥古斯都时代）：couplet（对句），62; genre criticism（文类批评），27, 219; georgic（农事诗），91-92, 205;

literature（文学），emphases in（重点），9; pastoral, key names in（牧歌中的键名），79; theory and practice（理论和实践），25

Auriol, Pierre（奥利奥尔，皮埃尔），Compendium Totius Biblie（《圣经大全》），147

Austen, Jane（奥斯汀，简），15, 86, 118, 228, 233; Emma（《爱玛》），63, 93, 106, 163; Mansfield Park（《曼斯菲尔德庄园》），93; Northanger Abbey（《诺桑觉寺》），90; Pride and Prejudice（《傲慢与偏见》），86, 94; Sense and Sensibility（《理智与情感》），94

Austin, J. L.（奥斯汀，J. L.），6

authenticity, 17

authors（作者）：authorial privilege（作者的特权），226, 267; authorial unconscious（作者的无意识），267; conventions shared by readers and（与读者共同遵守的传统），257, 260, 268-69; horizon of（视野），259; perspective of（视角），270-271; use of genre as communication（把文类用作交际手段），256

autobiography（自传），13, 157, 159, 174, 190

Aytoun, William Edmondstoune, 155

Bacon, Francis(培根,弗朗斯西), 92, 131, 200-201, 210, 224

Bagg, Robert(巴格,罗伯特), 48

Bainbridge, Beryl(班布里奇,贝瑞尔), *Young Adolf*(《青年阿道夫》), 253

*baiser*(香吻十四行诗), 112, 113

ballad(民谣): and *ballade*(和叙事曲), 134; art(艺术), 152, 162; art treatment of popular(流行民谣的艺术处理), 214; folk(民歌), 162; opera(歌剧), 171; narrative, entering the canon(进入正典的民谣叙事), 214; rhythm of(节奏), 62; size of(篇幅), 64

Banville, John(班维尔,约翰), *Doctor Copernicus*(《哥白尼博士》), 123, 124, 126

Barlow, J., *Columbiad*, 95

Barnes, Barnaby(巴恩斯,巴纳比), 77, 131, 176

Barnfield, Richard(巴恩菲尔德,理查德), 77

Barth, John(巴思,约翰), 178, 233; *Giles Goatboy*(《羊孩贾尔斯》), 34, 64, 265; *The End of the Road*(《路的尽头》), 104

Barthelme, Donald(巴塞尔姆,唐纳德), 100, 158, 233; *Bone Bubbles*(《波恩·巴伯斯》), 105; *Kierkegaard Unfair to Schlegel*(《克尔凯郭尔蔑视施莱格尔》), 105; *Paraguay*(《巴拉圭》), 105; *Snow White*(《白雪公主》), 126; *The Explanation*(《解释》), 104-105; *The Glass Mountain*(《玻璃山》), 105

Bartolemaeus Anglicus, *De Proprietatibus Rerum*, 146

Bastard, Thomas(巴斯塔德,托马斯), *Chrestoleros*, 197

Bateson, F. W., 3

*Battle of Frogs and Mice, The*(《蛙鼠大战》), 110

Baudelaire, Charles(波多莱尔,查尔斯), *Aveugles*(《盲人》), 115

Beardsley, Monroe C.(比尔兹莱,蒙罗), 2-3, 7, 11, 14, 258, 322

Beattie, James(贝蒂,詹姆斯), 48

Beaujour, M.(波尔热), 2

Beaumont, F., and Fletcher, J.(波蒙特和弗莱彻), 188; *Philaster*, 136

Beckett, Samuel(贝克特,撒缪尔), 124, 125, 165, 178, 188; *Act Without Words*, 4-5, 281; *Molloy*(《莫利》), 124; *Waiting for Godot*(《等待戈多》), 54, 188

belles-lettres(美文), 2, 14

Bellow, Saul(贝洛,索尔), 237

Bembo, Pietro, Gli Asolani, 112

*Beowulf*(《贝奥武甫》), 150, 160

Berger, John, G(伯杰,约翰), 86, 126, 168, 233

Bernard de Morval(伯纳德·德莫瓦尔), *De Contemptu Mundi*(《鄙视世界》), 143

Berni, Francesco(贝尔尼,弗朗西斯科), 185

Berry, Francis(贝里,弗朗西斯), 180

Berryman, John(伯里曼,约翰), *Winter Landscape*(《冬景》), 116

Bible(《圣经》), 13-14, 89, 94, 146-147, 192

bibliography, 326-332

Bienek, Horst(班奈克,霍斯特), *Die Zelle*(《牢房》), 33

Bierce, Ambrose(比尔斯,安布罗斯), *Devil's Dictionary*(《魔鬼词典》), 64, 110

*Bildungsroman*(教育小说), 34, 122, 170

biography(传记): biographical modulation(传记模态化), 108, 228; criminal(犯罪), 152, 154; fictional(虚构式), 85-86, 93, 177; hero of(主人公), 227; literary status of(文学地位), 11, 12, 224; prose narrative kinds and(和散文体叙事类别), 5, 8, 120; relation to novel(和小说的关系), 227, 253; selective, 12; size of(篇幅), 63; titles of(题名), 93

Blackmore, R. D.(布莱克莫尔), 11, 205, 227, 314

Blair, Hugh(布莱尔,修), 37, 225

Blake, William(布莱克,威廉), 162; "dark satanic mills"(黑暗的撒旦作坊), 258, 263

blank verse(无韵体诗歌), 62

*blason*(夸耀十四行诗), 112, 113, 114, 176, 185, 197

blues(蓝调), 63

Boccaccio, Giovanni(薄伽丘,乔尔瓦尼), 79; *Decameron*(《十日谈》), 91, 172

Bodenham, John, Politeuphuia, 200

Boethius(波伊提乌斯), 182

Boiardo, M.(博尔多亚), *Orlando Innamorato*(《热恋的罗兰》), 127

Boileau, N.(波洛瓦), 196, 216, 220, 221, 222, 223; *Art Poétique*(《诗艺》), 134

Bolgar, R. R.(博尔加), 215

book(图书): author unit(作者单位), 144; medieval use of term(中世纪术语使用), 144, 146

Booth, Wayne(布思,韦恩), 92

Borges, Jorge Luis(博尔赫斯,乔治·路易), *Pierre Menard, Author of Don Quixote*(《皮埃尔·麦勒德,堂吉诃德的作者》), 267

Boswell, James(鲍斯威尔,詹姆斯), *London Journal*(《伦敦纪事》), 13

Botticelli, Sandro(波提切利,桑德罗), 116

Bovet, Ernest, 236

Bowles, W. L.(鲍尔斯), 196

*brachylogia*(幅度缩减), 172-173

Bradbury, Malcolm(布雷德里,马尔科姆), 120, 122

Bradbury, Ray(布雷德里,雷), *Fahrenheit 451*(《华氏451度》), 94

Braden, Gordon(布莱登,戈登), 43, 50, 288

Bradley, A. C.(布莱德利), 69

Braudel, Fernand(布罗代尔,费尔南德), 36, 286

Bridges, Robert(布里奇里,罗伯特), 2

Briscoe, Lily(布里斯科,利莉), in *To the Lighthouse*(在《到灯塔去》中), 123

Bronte, Charlotte: *Jane Eyre*, 90, 93, 127; *Shirley*, 93

Bronte, Emily(勃朗蒂,埃米莉), *Wuthering Heights*(《呼啸山庄》), 93, 233, 266

Browne, Sir Thomas(布朗尼,托马斯爵士), 11-12, 69, 173, 224; *Christian Morals*(《基督徒的道德》), 201-202; *Hydriotaphia*(《翁葬》), 12-13

Browne, William(布朗尼,威廉), 231, 232

Browning, Elizabeth Barrett(布朗宁,伊丽莎白·巴拉特), *Aurora Leigh*(《奥罗拉·李》), 234

Browning, Robert(布朗宁,罗伯特), 115, 154, 207, 232; *The Ring and the Book*(《指环和书》), 109, 183, 206

Brueghel, Pieter(勃鲁盖尔,皮特), 115-116, 117

Bryskett, L.(布莱斯凯特), *Discourse of Civil Life*(《论公民生活》), 112

Buchan, John(巴肯,约翰), 168

bucolic, 139, 140, 143, 161, 191, 203, 219, 220

Bühler, K.(布勒), 238

Burden, Dennis H.(伯顿,登尼斯), 177

Burgess, Anthony(伯吉斯,安东尼): *Tremor of Intent*(《颤动的意图》), 34; *1985*(《1985》), 94

burlesque(滑稽模仿),33,34,91,102,127,163,175

Burney, Fanny(伯尼,芬尼), *Evelina*(《伊芙琳娜》),93

Burns, Robert(彭斯,罗伯特),35

Burton, Robert(伯顿,罗伯特),11-12,142,180; *The Anatomy of Melancholy*(《忧郁的剖析》),119

Busch, Frederick(布施,弗雷德里克), *Mutual Friend*(《共同的朋友》),125,253

Butler, Christopher(巴特勒,克里斯托弗),16

Butler, Samuel(巴特勒,撒缪尔),62,231

Butor, Michel(布托,米歇尔),123,125

Byron, Lord(拜伦),48,62

Cairns, Francis(凯伦斯,弗朗西斯),39,113-114,136,152,259,287

calendars(日历),172,197,198,254

Callimachus(卡利马科斯): *Epigrammata*,62; *Heraclitus*(《赫拉克利特》),208

Calpurnius(卡尔普尔尼乌斯),161

Calvino, Italo(卡尔维诺,伊塔洛),157

Cambridge, Richard Owen(堪布里奇,理查德·奥温), *Scribbleriad*(《小文人志》),95

Camden, William(卡姆登,威廉),84,85,154,224

Campbell, R.(坎贝尔), *Georgiad*(《乔治志》),95

Camoëns, Luis de(贾梅士兵,刘易斯·德), *Lusiads*(《卢济亚特》),94,95

Campion, Thomas(坎皮恩,托马斯),231,232

Camus, A.(加缪), *La Peste*(《鼠疫》),103-104

canon(正典): accessible(可接触的),215-216; availability of genres and(与有效文类),226-228,230; Biblical(圣经),214; censorship and(和报刊检查),215,316; critics and the poetic(批评家和诗人),230-232; current(当下),213-214; educational, and the central genres(教育正典和核心文类),8-9; extent of(范围),2,11,214-215; fashion and(和时尚),213-214; formalist doctrine of canonization(形式主义正典化学说),158; great tradition(伟大传统),11,230-234; historical change in(中的历史变化),3,4,

24，213－234；influence of anthologies on(文选所产生的影响)，230，231-232；influence of genres on(文类所产生的影响)，216，228-230，277；influence of the journals on(期刊所产生的影响)，215－216；medieval(中世纪)，192，215；neoclassical(新古典主义)，27－28；of central genres(核心文类)，5，8-9，17；of prose fiction(散文体虚构)，232-234；publication restricting(出版限制)，215；Renaissance poetic(文艺复兴诗学)，230－232；selective，215-216

canonization of nonliterary forms(非文学形式的正典化)，157－158，170-171

Capella, Martianus(卡佩拉,马尔提亚努斯)，*De Nuptiis*(《论婚姻》)，119，144，193-194

Capote, Truman(卡普托,特鲁曼)，165

captatio benevolentias, 88

Carew, Thomas(卡鲁,托马斯)，154，155，231，232，275；*To My Friend G. N. from Wrest*, 155, 275

Carlyle, Thomas(卡莱尔,托马斯)，*Sartor Resartus*(《旧衣新裁》)，123，124，125，126，190，228

carols, 98

Carroll, Lewis(卡洛儿,刘易斯)，*see* Dodgson(参阅道格森)

Cartwright, William(卡特莱特,威廉)，231，232

Cascales, Francisco(卡斯卡莱斯,弗朗西斯科)，236

case histories, 8

Castelvetro(卡斯特尔维特罗)，223

Castiglione, B.(卡斯蒂缪内)，180；*Il Cortegiano*(《侍臣论》)，112

catalogue(目录)，127，128，153，157

Catullus(卡图卢斯)，152，179；carmina, 179

Causley, Charles(考斯利,查尔斯)，62，114；*Wedding Portrait*(《婚礼肖像》)，118

censorship(报刊检查)，215，316

Cent *Nouvelles* Nouvelles, 172

Cento *Novelle Antiche*, 172

Cervantes, Miguel de(塞万提斯,米格尔·德)，176，244；*Don Quixote*(《堂吉诃德》)，31，170，174－175

Chalker, John(乔克尔,约翰)，92，203，223-224，314

Chandler, Raymond(钱德勒,雷蒙德)，133

Chapelain, Jean(夏普兰,让), 50, 62, 69-70, 108

Chapman, George(切普曼,乔治), 95, 273

"character", the, 11, 63

character(人物): as element of tragedy(作为悲剧的成分), 55, 68-69; as generically organized(文类组织性), 68-69; in picaresque(流浪体小说中), 58-59, 69; the hero(英雄/主角), 69, 290; the Fool(小丑), 69, 290-291; -types and types of character(类型), 69

characteristics of individual genres(具体文类特征), 18, 38, 39-40, 45, 46-47

charades(字谜), 63

Chatterton, Thomas(切特顿,托马斯), 140; *Consuliad*(《领事志》), 95

Chaucer, Geoffrey(乔叟,乔弗里), 35, 58, 88, 89, 125, 142, 145-146; *Canterbury Tales*(《坎特伯雷故事集》), 145, 172; *The Book of the Duchess*(《公爵夫人之书》), 89, 294; *The Legend of Good Women*(《好妇人的故事》), 145, 146; *The Nun's Priest's Tale*(《修女的牧师的故事》), 81;

*The Parlement of Foules*(《百鸟会议》), 294; *The Parson's Tale*(《牧师的故事》), 7; The Tale of Melibee, 130; *Troilus and Criseyde*(《特洛伊斯和克瑞西达》), 145

Chekhov, Anton(契诃夫,安东), *The Cherry Orchard*(《樱桃园》), 271-272

Chevy Chase, 14

Chicago School(芝加哥学派), 238-239, 272, 273-274*Choice, Chance and Change*(《选择、机遇和改变》), 185

choral song(合唱曲), 61

chorus(合唱), 60

Chrétien de Troyes(克雷蒂安·德·特洛亚), Conte de Graal, 82

Christian genres(基督教文类), 144, 145

Churchill, Charles(丘吉尔,查尔斯), 223; *The Rosciad*(《罗西志》), 95

Cicero(西塞罗), 181, 185, 219, 220, 241; anti-Ciceronian movement(反西塞罗运动), 170

Clare, John(克莱尔,约翰), 216, 276; *The Shepherd's Calendar*(《牧童日历》), 108, 172

class(门类): genre as(视文类为), 5, 38-40; grouping and(和群组),

索　引　413

3-4; question of class, type, or family(门类、典型和家族问题), 37-44; subgenres as(视亚类为), 40
classics(古典作品), 3, 264-265, 272
classification(分类), 37, 39
Claudian(克劳蒂安), 50, 192
*clausula*(诗句收尾), 143
Cleland, John(克里兰, 约翰), *Fanny Hill*(《芬尼山》), 152
Cleveland, John(克利夫兰, 约翰), 199-200; *To the State of Love*(《爱的状态》), 200
closet drama(案头戏), 273
closure(结局), 57, 63, 73; types(类型), 59
Clough, A. H.(克劳夫), *Bothie*(《茅屋》), 98, 205, 206
coding(编码): diachronic change and(和历时变化), 46-47, 49; generic signals as key words in(视文类信号为编码中关键词), 88; indirect acquisition of codes(符码的间接习得), 43-44; literary(文学的), 22, 23, 43; rules in communication(交际规则), 22, 26, 43, 49; semantic(语义的), 46; unconscious(无意识的), 43
Cohen, Ralph(科恩, 拉尔夫), 204, 217, 218, 219, 221-222, 260-261, 262, 274-275, 314, 323
Coleridge, S. T.(柯勒律治), 98, 140, 214, 262; *Sibylline Leaves*(《林叶集》), 135; *The Ancient Mariner*(《老舟子咏》), 162
Collie, Rosalie L.(考利, 罗萨莉), 36, 47, 65, 102, 107, 109, 110, 112, 131, 170, 181, 183-184, 185, 197, 285, 286
collectio, 146
collection(收集), 56, 134-135, 171-172
collector(收集者), 146
Collins, William(柯林斯, 威廉), 29, 140
Colonna, Vittoria(科罗娜, 维多利亚), 115
colloquy(口语), 157
*Columbiad*(《科伦比亚特》), 95
comedy(喜剧): as a genre(作为文类), 39; assembly of(组合), 156; city, court, country(城市、宫廷、乡村), 156; classical(古典式), 92, 136, 156; Elizabethan (伊丽莎白式), 52, 70; "essence of comedy,"(喜剧精髓) 67; Evanthius' definition of(伊文西乌斯的界定), 145, 146; medieval (中世纪), 52, 136, 156; medieval view of(中世纪观点), 143, 145-

146；New（新），92-93；other types shared with（其他类似类型），54；pedant of（书呆子），69；place in the systems of genres（文类系统中的地位），35，240，242，244，251，252，272；Renaissance（文艺复兴），26，136，156；Restoration（复辟时期），52，75-76；story patterns in Shakespearean（莎士比亚喜剧中的故事结构），150；styles for（风格），70；titling of（题名），92-93；type names in（中的典型人名），83；use of iambics for（五步格的使用），62；verse for（韵文），65

comic（喜剧式）：epic（史诗），106，130；in the hierarchy（文学等级系统中地位），220；mode（模态），86，106，111；modulation（模态化），39，108；novel（小说），33，106；-pastoral，25；repertoire，156；works，nomenclature and grouping of（作品、术语和分组），136

Commedia dell' Arte（即兴喜剧），69，134，156

commentator（评述者），146

commoplace books，157，200

communication（交际）：generic recognition and（和文类辨别），

259-260；genre as system of（视文类为交际系统），20-24，26，36，45-46，256；genre theory and（和文类理论），37，38；indeterminacy and（和不确定性），267-268；information theory and（和信息论），23；literary and everyday（文学交际和日常交际），20-21；literary conventions and（和文学规约），21，22，36；reader's role in（读者的角色），72-73，256，257，278；role of generic signals in（文类信号的角色），88；theory（理论），21-23；through construction of original work（通过原作的构建），256-262；through modulation of genres（通过文类模态化），20；through structure（通过结构），60-61；unidirectional（单向），21-22

compasses, conceit of the（罗盘构思）199-200

competence in genre（文类能力），44-45

*compilatio*，146

compilator（汇编者），146

complaints（怨刺诗），57，134，145，172

comprehensiveness of genres（文类全面性），217-218

computistic verse(计算诗), 62

*concetti*(奇思), 198, 199-200, 231

conclusion(结论), 277-278

confession(自白), 118, 119

confessional poem(自白诗), 63, 68, 114, 206

Congreve, William(康格里夫, 威廉), *The Way of the World*(《众生之道》), 93

congruence(一致), 258

Conrad, Joseph(康拉德, 约瑟夫), 14, 98, 121, 233; *Nostromo*(《罗斯特洛穆》), 103, 167; *The Heart of Darkness*(《黑暗中心》), 102; *Under Western Eyes*(《西方目光下》), 94

Constable, Henry(康斯泰布, 亨利), 176

construction(构建): anterior genre(早先文类), 259, 260; as first phase of criticism(视为批评的开始阶段), 256, 257-258; biographical and historical possibility and probability(传记性和历史性或然性和可然性), 258; Cohen's views of(科恩观点), 260-261; contexts binding(语境约束), 258-259; errors of(缺陷), 258, 261; generic constrcuts(文类构造), 260-261; generic horizon and(和文类视野), 259-260; generic recognition, 259-260; lost or forgotten genres(失传文类), 259; need for deliberate, 257-258; of *Hamlet*(《哈姆雷特》), 262; of the original work (原作的), 256-262; parts and the whole(部分和整体), 258, 260; range of alterity(相异性范围), 260, 269-270; reconstructing genres(重构文类), 52-53, 261-263, 278; unfamiliar genres (陌生文类), 259-260; unlearning of expectations(悬置期待), 260, 261-262; validity of(有效性), 263, 268-269

constructional types(构建类型), 127-128

constructive inference(构建性推测), 52-53

conventions(规约): constituents organized by generic(由文类规约组织起的成分), 259-260, 262; genre formation and use of(文类的形成和运用), 23, 162; individuality and(和个性), 262; interpretation of(阐释), 256, 257; linguistic rules and generic, 49; literary, in communication, 21, 22, 36, 256, 257; literary significance and(和文学意蕴), 3, 18, 20; meaning and(和意义), 22; metastable character of generic, 47; shared by author and reader(作者和读者共同遵守), 257, 260, 268-269

Cooper, J. Fenimore(库柏, 费尼莫尔), *The Pioneers*(《先驱》), 103

Correa, Tomaso(科雷亚, 托马索), 206-207

Corso, Gregory(科索, 格力高里), *Botticelli's "Spring"*(《波提切利的"春"》), 116

Cory, William(科里, 威廉), *Heraclitus*(《赫拉克里特》), 208

Cotton, Charles(科顿, 查尔斯), 80, 216, 221, 224; *Valediction*(《赠别》), 141; *Wonders of the Peak*(《峰顶奇观》), 171, 180, 203-204

counterstatement(反向陈述), 170, 171, 174-179

country house poems(乡村农庄诗), 154-155, 156, 171, 180, 197, 203-204, 304-305

Coventry, Francis(考文垂, 弗朗西斯), *History of Pompey the Little*(《小庞贝史》), 167

Coward, Noel(科沃德, 诺尔), *Hay Fever*(《枯草热》), 77

Cowley, Abraham(考利, 亚伯拉罕), 44, 71, 200, 231, 232, 288; *Davideis*(《戴维》), 27, 175; *Sylva*(《席尔瓦》), 135; *The Civil War*(《内战》), 175; *The Mistress*(《致少女》), 198

Cowper, William(库柏, 威廉), 196; *The Task*(《任务》), 182, 205

Crabbe, George(克拉布, 乔治), 29, 176-177, 226

Crane, Ronald S.(克瑞恩, 雷诺德), 38

Crashaw, Richard(克雷肖, 理查德), 199

creativity(创新), 20, 29, 32, 49, 71, 154-155, 259

Creeley, Robert(克里利, 罗伯特), 66

crime novel, 109, 122

criticism(批评): abstraction in(中的抽象), 48-49; Augustan(奥古斯都时期), 27; canon and(和正典), 230-232; construction as phase of(视构建为批评的阶段), 256-263; diachronic approach in(中的历时方法), 49; evaluation as phase of(视评价为批评的阶段), 256, 272-276; historical variations in(中的历史变化), 36; identification and(和辨别), 34; interpretation as phase of(视

阐释为批评的阶段），256，263-272；kinds with subgenres of，271-272；literary theory and(和文学理论)，1；medieval(中世纪)，25，285；neoclassical(新古典主义)，26-28；present state of(当下状态)，277-278；synchronic approach in(中的共时方法)，48-49

critics(批评家)：interpretation and(和阐释)，264；need for deliberate construction(刻意构建的需要)，257-258；readers and(和读者)，260，263，278；use of genres(文类的运用)，256，257

Croce, Benedetto(克罗齐，本内戴托)，23，25，39，236，274

cross-imitation(相互模仿)，155

cultural(文化的)：background(背景)，10，257；differences and genres(差异和文类)，133-134；history of genres(文类史)，249

Cumberland, Richard(坎伯兰，理查德)，*Henry*(《亨利》)，126

cummings, e. e.(卡明斯)，22

Cunningham, J. V.(坎宁安)，210

Curius, E. R.(库里乌斯)，90，102，192，214，274，294

Dada(达达)，2

Daniel, Samuel(丹尼尔，撒缪尔)，77，172

Dante(但丁)，145，193，239，264；*De VulgariEloquentia*(《论俗语》)，145；*Divina Commedia*(《神曲》)，13，136，145，172

Davenant, Sir William(戴夫，南特)，52

Davies, Sir John(戴维斯，约翰爵士)，185

Davis, Walter A.(戴维斯，沃尔特)，266

declamation，63

decorum(得体观)：and mixture of styles and genres(和风格、文类混合)，185-187；as a generic rule(作为文类规则)，30，169；genre and social(社会得体观和文类)，35；of style(风格)，70-71，185-186；of subject(主题)，65-66；relating subject to kind(将主题和类别联系起来)，64-65；tragicomedy and(和悲喜剧)，186-187

definition a mistaken aim(视界定为错误的目标)，41-42

Defoe, Daniel(笛福，丹尼尔)，83，86，152，154，168，259；*Colonel Jack*(《杰克上校》)，97-98；*Moll Flanders*(《摩尔·弗兰德

斯》),98;Robinson Crusoe,127;Roxana,98

de la Mare, Walter(德拉马雷,沃尔特),62,90-91,114,216,233;A Nose(《长鼻子》),90-91;Ding Dong Bell(《叮咚铃声》),101

Deloney, Thomas(德兰尼,托马斯),83

Denham, Sir John(德纳姆,约翰爵士),29,154,224,231;Cooper's Hill(《库柏山》),200,203,218,274,275

Dennis, John(登尼斯,约翰),26-27,30-31,285

Dennys, John(登尼斯,约翰),Secrets of Angling(《垂钓秘闻》),157

Denores, Giason, 46

Deor, 150

description(描写):as a semicanonical genre(作为半正典文类),29;in 18th-century English georgic(18世纪英国农事诗中),60,100,205;local(局部),203-204,205,211

detective stories(侦探故事),10,72,133,159

determinacy(确定性),257,266-267

de Vinsauf, Geoffrey(德文索夫,乔弗里),70

diachronic and synchronic descriptions(历时和共时描写),48-52;approach to systems of genre(文类系统的历时研究法),249,250,251-255;approach to evaluation(评价的历时方法),274-275;change in genre(文类的历史变化),46-47,49;criteria in construction(构建的历时标准),258;division in tragedy(悲剧的历时区分),40

dialogue(对话):amoebean(对话体),59,161;as element of tragedy(作为悲剧的成分),55;in eclogue(在对话诗中),59,60;in Frye's scheme(弗莱的方案中),119;inset(嵌入),197;insets in(中的嵌入),180;relation to central genres(和核心文类的关系),5;Renaissance(文艺复兴),29,112;types of(类型),112

Diaper, William(迪亚帕,威廉),Nereides or Sea-Eclogues(《海仙女之歌》),78,216

diary(日记),110

Dickens, Charles(狄更斯,查尔斯):allegorical romances(寓言传奇),233;characters in(中的人物),121,129;mise-en-scène in(中的场景),129;names in(中的人

名),76,84;novels of(小说),211,226,233,248;personal repertoire of(个人特征库),128-129

works cited(引用作品):*Bleak House*(《荒凉山庄》),28,159;*David Copperfield*(《大卫·科波菲尔》),29,93,123;*Edwin Drood*(《埃德温·德鲁德》),109;*Great Expectations*(《远大前程》),76;*Hard Times*(《艰难时世》),233;*Oliver Twist*(《雾都孤儿》),7;*Our Mutual Friend*(《我们共同的朋友》),28-29,76;*The Holly Tree*(《圣树》),237

diction(用词),3,4,14,22,71,129

didactic(教化):emphasis of Augustan literature(奥古斯都时代文学的重点),9;epistles(书信),225;function of literature(文学的功能),7,238-239;in the hierarchy(文学等级系统中的地位),220,223-225;poetry(诗),7,225

didacticism(教化论),9,69,254

Dilthey, Wilhelm(狄尔泰,威廉),260,264-265,323

Diomedes(戴奥米底斯),219-220,221,236,239

Disch, Thomas M.(迪施,托马斯),334,94

discourse(话语):aristocracy of(贵族),2;fictive element in(中的虚构成分),7-8,17;genre formation and antecedent(文类形成和早先话语),151-152;in genre(文类中),250;literary and nonliterary(文学的和非文学的),4-5,8;speech-act theorists' view of(言语行为论话语观),6-7;superstructural features of literary(文学话语的超结构特征),57;types of(类型),58,238-239

dispositio(布局),15,113-114,144,172

Diaraeli, Benjamin(迪斯雷利,本杰明),*Coningsby*(《康明斯比》),93

D'Israeli, Isaac(德斯雷利,艾萨克),213-214,316

dithyrambic(酒神赞),220

Doctorow, E. L.(多克托罗),*Ragtime*(《拉格泰姆》),70

documentary genres(纪实文类),5

Dodgson, C. L.(道格森)(Lewis Carroll)(刘易斯·卡洛儿):*Alice*(《爱丽丝》),127;*Haddocks' Eyes*(《哈多克的眼睛》),97;*The Hunting of the*

Snark(《捕蛇鲨》),269

Donne, John(邓恩,约翰),13,52,96,223,231,232; *A Valediction: Forbidding Mourning*(《离别:不准哭泣》),68,109,199-200; *La Corona*(《花冠》),96

Dos Passos, John(多斯·帕索斯,约翰),34-35,265; *Manhattan Transfer*(《曼哈顿中转站》),70

Dostoevsky, F. M.(陀思妥耶夫斯基), *House of the Dead*(《死屋日记》),33

Doughty, C. M.(多蒂),14

Douglas, Gavin(道格拉斯,加文),204

dramatic(戏剧): as a representational aspect(作为再现的一个方面),60; didacticism in(中的教化),254; in the hierarchy(文学等级系统中的地位),219,220; kinds as central literature(类别作为核心文类),5; medieval sense of(中世纪观点),143; mode of representation(再现模态),235,237,241,245,246; modern use of term(术语在现代的运用),236,273

Drayton, Michael(德雷顿,迈克尔),79,95,131,182; eclogues(对话诗),69,80,161,162,176; reputation of(声誉),232; rules for pastoral(牧歌),81; sonnets(十四行诗),185

works cited(引用作品): *An Amouret Anacreontick*(《阿那克里翁爱情小调》),131,133; *Endimion and Phoebe*(《恩底弥翁和菲比》),94; *His Ballad of Agincourt*(《阿金库尔之歌》),182; *Idea*(《理想》),185; *Polyolbion*(《多福之国》),109,171,204; *The Shepherd's Garland*(《牧童花环》),80

dream(梦幻诗): genres(文类),192; medieval use of(中世纪的运用),145

dream poem(梦幻诗),194-195,312

dream vision(梦中幻境),102,125,145,194

Dreiser, Theodore(德莱赛,西奥多),15

Drummond, William(特拉蒙德,威廉),61,185,196,231; *Short Discourse upon Impresas*(《箴言简论》),61

Dryden, John(德莱顿,约翰),186,200,205,224; as a genre critic(作为文类批评家),27,28; hierarchy of(论文学等级),216,217,218,220,222,223,225; on epic(论史诗),216,218; on epigram(论智语诗)，196，217；on heroic poetry(论英雄体诗歌)，218；on tragedy(论悲剧)，39-40；reputation of(声誉)，231，232

works cited(引用作品)：*Absalom and Achitophel*(《阿布沙龙和阿奇图菲尔》)，167，216，223；"St Cecilia's musicbook"，200；*Silvae*(《席尔瓦诗集》)，135；translation of *Art Poetique*(《诗艺》的翻译)，134，196，223；translation of Virgil's *Georgics*(维吉尔《农事诗集》的翻译)，202，205

Du Bellay, Joachim(杜巴里，约阿奇姆)，183；*Regrets*(《遗憾》)，131，184

Dubie, Norman(杜比，诺曼)，*Land of Cockaigne*：1568(《安乐之乡：1568》)，116，117

Duchamp, Marcel(杜尚，马塞尔)，14

Dunbar, William(邓巴，威廉)，231

Dunn, Douglas(邓恩，道格拉斯)，114

Durling, D. L.(德林)，204，223-224，314

Durrell Lawrence(德雷尔，劳伦斯)，*The Alexandria Quartet*(《亚历山大四重奏》)，124

Dyer, John(戴尔，约翰)，*The Fleece*(《剪羊毛》)，100，203

dystopia(反乌托邦)，94，233

eclogue(牧童对话诗)：agricultural or manorial villica，161；amoebean dialogue in(中的对话)，59，161；ancient type of(古代类型)，60，69，78；as a dramatic form(视其为戏剧形式)，60；Augustan(奥古斯都式)，140；changing content of(内容变化)，138-140，158；character of shepherds in(牧童形象)，69；Christian topics in(基督教题材)，192；Elizabethan(伊丽莎白式)，66，69；inclusion in(内包)，179；inset pastoral(嵌入牧歌)，107，197；modulation of(模态化)，192；names in(人物名)，77-80；nomenclature of(术语名称)，136，138-140；pastoral(牧歌式)，43，68，69，70，73，78，107，108，109-110，139，140，161-162，182，254；piscatory(渔歌式)，140，158，161，182；political(政治)，79-80，140；Renaissance(文艺复兴式)，60，73，139，161，166；semirealistic(半写实式)，80，81；size of(篇幅)，63；stages of(发展阶段)，160-161，166；style for

（风格），70；Theocritean（忒奥克里修斯式），139，161，182；types of（类型），78，140，162；use of lyric and narrative（抒情和叙事的应用），60；Virgilian（维吉尔式），138-139，140，161；war（战争式），140，158

ecphrastic description，115，117，204-205

ectypes，127

Edelman, Maurice（埃德尔曼，莫里斯），*Disraeli Rising*（《崛起的迪斯雷利》），253

Edgeworth, Maria（埃奇沃思，玛丽娅），120，154，228

Ehrenpreis, Irvin（埃伦普赖斯，欧文），40

Ehramann, Jacques（恩尔拉曼，雅克），2

elegy（挽歌）：amatory（情歌式），223；Caroline（卡洛琳式），58；classical（古典式），136，137，251，252；devotional，71；diction of（措辞），207，210-211；Elizabethan（伊丽莎白式），58；funeral（葬礼式），65，136，141，153；influence of epigram on（智语诗的影响），198，199-200，232；in quatrains（四句体），137，206-207；in the hierarchy（文学等级中的地位），219，220，221，223，240，251；Landor's modulation of（兰多的模态化），207-209；love（爱情），71，82，96，128，136，137，138，153，199，207，221，222；meditation in（中的冥思），207，208-209；medieval view of（中世纪观点），143；Metaphysical（玄学派），155；modulation of epigram（智语诗模态化），209-210；modulation of prose（散文模态化），210-211；mourning（哀悼式），136，138，221；names in（中的人物名），75；19th-century（19世纪），207；nomenclature of（术语名称），136-137；occasion of，153；pastoral（牧歌式），107，110，165，252，259；relabeling as lyric（重命名为抒情诗），138；repertoire of（文类特征库），206，207-209；size of（篇幅），63；style（风格），70，71，207，210-211；tertiary pastoral（三度牧歌），162；use of term（术语的使用），39，136-138

Eliot, George（艾略特，乔治），233；*Daniel Deronda*（《丹尼尔·德隆达》），163；*Middlemarch*（《米德尔马奇》），93

Eliot, T. S.（艾略特），11，23，32，

68，157，178，193，230，286

Elliott, Robert C.（艾利奥特，罗伯特），41

Elster, Ernst（埃尔斯特，恩斯特），238

emblem motto（徽章箴言），impresa，61，63，96

emblematic mode（徽章式模态），109，115

Empedocles（恩培多克利斯），9，283

Empson, William（燕卜逊），186，271；*Some Versions of Pastoral*（《田园诗诸版本》），33

enarration，218，220

encomium（赞歌），71，108，134，137，156

encyclopedic tradition（大百科传统），119，157

Enright, D. J.（恩赖特），252

*entrelacement*（情节缠绕），63，69-70，99

epic（史诗）：antecedents of（先行者），153-154；antigenres（反文类），175-176；biblical（《圣经》式），61，68，161，175；brief（简史诗），61，63，64，131，161，175，228-229，259，264；catalogue（分类），153；Christian（基督教式），66，162-163，175-176，179，192，264；classical（古典式），61，62，66，89，94，160-161，229；comic（喜剧式），106，130；conventions（规约），3；divisions of（划分），61，63，95，198；encyclopedic comprehensiveness of（无所不包的特性），73，217-218；episodes in（中的章节划分），61；*exordium* of（中的序言），102，103；fiction（与虚构），102；generic change in（文类变化），11；*Gilgamesh*（《吉尔伽美什》），49；Heliodorian，107；hexaemeron（与八音步），161，175，179；Homeric（荷马式），160，161；inclusion in（与内包），179；*initium* of，61；insets in（与嵌入），179，218；*invocatio* of（中的呼告），61，102，103，153，175；in the hierarchy（文学等级中的地位），35，216，219，220，227，228，240，241，252，272；martial（海洋题材），175；meaning of（意义），25；medieval romantic（中世纪传奇题材），28，265；Miltonic（弥尔顿式），154，161，162-163；modulation of（模态化），108；mythological（神话题材），163；neoclassical（新古典主义式），60，154；nonfunctional character of（其非功能特点），152

-153；novels(与小说)，33，103，120；obsolescence of(史诗的荒废)，252；opening formulas(开篇模式)，99，102；pagan(非基督教式)，90，102，163，175，176，192，264；primary(初级史诗)，160，161；principium of，61，102；propositio of，197，198；protagonist(主要人物)，68，227；Renaissance(文艺复兴式)，61；Renaissance theory of(文艺复兴史诗理论)，26，153，160-161，218；romantic(传奇式)，95，193；rule of unity of action(行动统一律)，28，69-70；satiric(讽刺式)，110，111，223；Scaliger on(斯卡利热尔论史诗)，160-161；Schiller on，160；secondary(次级史诗)，160，161；senses of，218；specific forms of(特定形式)，25；stages of(发展阶段)，160-161；style(风格)，70；titles of(命名)，94-95；topics in(题材)，170，192；use of term(术语使用)，39，106；values in(中的价值评判)，66；Virgilian(维吉尔式)，160，161，162，175

epicede，51，136，138，141，143，207

epicyclic works，54，55，127

Epigoniad，95

epigram(智语诗)：amatory(爱情式)，71；as a kind(视为类别)，106；as a miniature panegyric or ode(视为小型赞歌或颂)，197；brevity of(短小)，222；changing use of term(术语用法变化)，134；classically inspired(受古典题材启发)，71；closure of(结尾)，137，302；concision of(简洁)，198，199，201，202；distich(对句)，183-184，185，196，200；diversity of tones in(语气多样)，197；elegiac modulation of(挽歌模态化)，209-210；encomiastic(赞歌式)，197，218；era of(智语诗时代)，213-214；external structure of(外部结构)，183-184；*fell*，*acetum*，*sal* topics in(臭、酸、苦题材)，184，229；fetid，198，229；fuorteen-line，(十四行式)57；generic labels for(文类标签)，131-132；Greek(古希腊式)，138，211；Herrick's(赫里克智语诗)，114，197-198；in the hierarchy(文学等级中的地位)，213-214，217，218，219，220，221，222-223，229，231；"I write" formula，198；length of，(长度)183；liminal(阈限式)，198；love(爱情

式),76,137,138;lyric(抒情式),139,254;mel(甜味),208,229-230;Metaphysical style(玄学派风格),198-199;Minturno on(明图尔诺论智语诗),183;modal extensions of(模态拓展),108;modern(现代智语诗),63,128,134;modulation through see epigrammatic modulation;names in(人物名),76;nomenclature of(术语名称),136,137-138;on a historical personage(论历史人物),114;opening formula of(开篇格式),101;origins of(起源),153,"overwhelming Parnassus"(淹没帕纳色山),196;place in education(教育中的位置),196;plain diction of(措辞质朴),138,198,199,201,202;pointed *concetti*(构思精妙),198,199;relabeling as lyric(重命名为抒情诗),137-138;religious and sacred(宗教和神圣智语诗),171,198;Renaissance(文艺复兴式),137,176,196-197;satiric(讽刺式),222,252;size of(篇幅),63;sonnet and(与十四行诗),71,138,139,171,183-185,216,221,251-252;subepigram(亚智语诗),199;

sub-genres of(亚类),114;terseness of(精练),137;titles of(题名),96;tradition and poems on art,115;transformation of(变形),171,176;Tudor(都铎式),51,134;wit in(才思),198,199,200,201,222

epigrammatic modulation(智语诗模态化):by assimilation(凭借吸纳),197-198;by contribution(凭借贡献),197,198-200;contrasted with inclusion(与内包相比较),199;diastole of(扩张),197-198;diminished versions of other genres in(其他文类的简化版本),197-198;early 18th century(18世纪初),195;effect of(效果),196,202;effect on elegy(对挽歌的影响),199-200;effect on essay(对散文的影响),200-201;effect on prose(对散文体的影响),200-202;in Herrick(赫里克作品中),197-198;late 16th century(16世纪晚期),195;17th century(17世纪),196;systole of(收缩),198-200;vogue in(时尚),195-196

epilogue(结语),60

episode(章节),61

epistle(书信):Augustan satiric verse

(奥古斯都书信体诗歌),66;
elevation of the(地位提升),187;
Renaissance(文艺复兴式),207;
size of(篇幅),64;use of term
(应用),39;verse(书信体诗歌),
66,68,70,108

epistolary(书信体):modulation(模态
化),108;novel(书信体小说),
33,120;rhetoric(书信体修辞),
146,303

epitaph(墓志铭):as miniature tragedy
(视其为微型悲剧),197;
Caroline(卡洛琳式),58;
Elizabethan(伊丽莎白式),58;
inset in(嵌入成分),179;
Johnson on(约翰逊论),52-53;
medieval(中世纪),144;name in
(人物名),76;occasion of(使用
场合),153;opening formula and
topics(开篇格式和话题),101;
Renaissance(文艺复兴式),207;
size of(篇幅),63;social function
of(社会功能),7;subject of(题
材),65;transformation of(变
形),144;use of term(应用),
141;Virgilian(维吉尔式),144;
Wordsworth on(华兹华斯论),53

Epitaph of Sir Thomas Gravener,
Knight,179

epithalamium(婚宴喜歌):biblical

(《圣经》式),192;division of(划
分),61;epigram in(中的智语
诗),198;extension of(拓展),
192;insets in(嵌入成分),179;
in *silva*(席尔瓦诗集中),134,
135;journey in,193;kēroi in,
59,152;medieval view of(中世
纪观点),143,144;occasion of
(使用场合),67,152,162;
Renaissance(文艺复兴式),162;
social function of(社会功能),7;
transformation of(变形),144,
192

epode(抒情诗体),143

epodon,143

epoenetic,219,220,221

epyllion(小型史诗),51,94,109,
232

*Essais*(《散文集》),4

essay(散文):as a universal(视其为普
遍存在),238;assembly of(组
合),157;

critical(批评散文),227;didactic
verse(教化诗),211;elegiac
modulation of(挽歌模态化),
210;epigrammatic modulation of
(智语诗模态化),200-201;
familiar(随笔),157,166,210,
227;informal(非正式散文),92;
in 19th century(19世纪),11;in

system of genres(在文类系统中的地位),255;mixture of novel and(与小说的混合),28,190,186;modal extensions of(模态拓展),108-109;philosophical(哲学化散文),238;relation to central genres(与核心文类的关系),5,11;size of(篇幅),63;status of nontechnical(非技术散文的地位),11,12;titling of(命名),92;treatises viewed as(专业论文视为散文),12-13;uses of term(术语的使用),131,135

estate poems(农庄诗),154,155,156,171,203,275

Estienne, Henri(艾斯蒂安,亨利),137,222,223,302

Euripides(欧里庇底斯)27,164; Iphigenia in Taurus,40

evaluation(评价)256,272-276

Evans, Stuart(伊文斯,斯图亚特) *Caves of Alienation*(《异化洞穴》)124

Evanthius,145,146

excellence criterion(优秀标准)17

exode(笑剧),61

exordium(绪论)73,88,89-90,102,103,104

expository(说明):aspects of 18th-century English georgic(18世纪英国农事诗的一个方面),60; prose(散文),7,12,248;writing becoming literary(升格为文学),12-13

extended literature,7

external(外部):features of genres(文类特征),260;form(形式),107,111,119,183,192;structure(结构),60-61,73,106,108

fable(寓言故事),64,91,101-102

fabliau(故事诗),64,152,180

Fainlight, Ruth(费恩莱特,露丝), *All Those Victorian Paintings*(《那些维多利亚绘画》),117

Fairfax, Thomas(费尔法克斯,托马斯),224

fairytale(童话),63,82,90-91,99-100,150,151

*Fall of the Nibelungs, The*(《尼伯龙格的陷落》),160

family resemblance theory(家族相似论),40-44,58

Fanshawe, Sir Richard(范肖,理查德爵士),232

Faral, Edmond(法拉尔,埃德蒙德),240

Farjeon, Eleanor,53,288

*farrago*(法拉哥),110,119,132,189-190

fashion(时尚), 213-214

Faulkner, William(福格纳,威廉), 237

Feigning(芬宁), 9

Feltham, Owen(费尔特姆,奥温), 92, 201, 210

Fenton, Elijah(芬东,埃利亚), 71

Fernandez, Raman(费尔南德兹,拉曼), 120

fiction(虚构): Aristotle on(亚里士多德论), 6, 18; as a defining characteristic of literature(作为文学的界定特征), 6-7, 17, 18; concept of literature(文学观), 4, 6-8, 17, 41; dystopic(异位式), 34; experimental(实验式), 31; grouping of works of(作品分组), 33-34; mosaic(马赛克式), 34; Renaissance view of(文艺复兴观点), 9; use of term(术语使用), 141; See also prose fiction

fictional(虚构性): discourse(话语), 17; genres(文类), 7-8, 33-34; narrative(叙事), 5

fictionality(虚构特性), 252-253

Fielding, Henry(菲尔丁,亨利): novels of(小说作品), 120, 153, 154, 159, 167-168, 273; prefaces(作品序言), 90; use of names(人物姓名), 84

works cited(引用作品): *Amelia*(《阿米莉亚》), 84; *Joseph Andrews*(《约瑟夫·安德鲁斯》), 85; *Tom Jones*(《汤姆·琼斯》), 87, 93, 106, 126, 130, 168, 259

Figes, Eva(费格斯,艾娃): *B*(《B》), 86; *Days*(《日子》), 33

Finlay, Ian Hamilton(芬利,伊兰汉密尔顿), 4, 96

fixity, fallacy of, 235, 243

Fleming, Ian, 133

Fletcher, Ian(弗莱彻,伊安), 133

Fletcher, Angus(弗莱彻,安格斯), 193, 243

Fletcher, John(弗莱彻,约翰), 188

Fletcher, Phineas(弗莱彻,菲尼亚斯): *sicelides*(《掷骰子》), 107; *Silva Poetica*(《席尔瓦诗集》), 135

*Floris and Blauncheflur*(《弗罗瑞斯和布劳恩谢夫勒》), 94

*Flower and the Leaf, The*(《花与叶》), 195

Fontanelle, B, de(丰塔内莱), 81

fool, the, 69, 290-291

Ford, Boris, Pelican Guide, 232, 233

Ford, Ford Madox(福特,福特·马多克斯): *March of literature*(《文学征程》), 232; *The Good*

Soldier(《好士兵》), 69

formalists(形式主义者): automatization doctrine of(感觉自动化论), 164-165; canonization doctrine of(正典化论), 158; Russian(俄国), 50, 51, 154, 158, 164, 235; Yale(耶鲁), 258, 266

formation of genres(文类的形成): antecedent nonliterary discourse hypothesis(非文学话语先行假说), 151-152; archetype of mythemes hypothesis(神话素原型假说), 150-151; assembly of repertoire(文类特征组合), 156-159; borrowing(借用), 157; death of a genre(文类之死), 164-167; evolutionary view of(演化观), 165-166, 167, 168; foreign models(外来模式), 156-157; functional hypothesis(功能假说), 152-153; in classical literature(古典文学中), 149; in English literature(英国文学中), 150; in subsequent perspective, 159; monogenesis(单点起源), 153-155; polygenesis(多点起源), 154-155; primary stage(初始阶段), 160-162; primitive origins(原初起源), 149-153, ritualistic origins(仪式起源); 149; secondary stage(次级阶段), 160-162; stage of eclogue(牧歌的阶段), 161-162; stage of epic(史诗的阶段), 160-161; tertiary stage(三级阶段), 162-164

forms(形式), 20-21, 24

Forster, E. M(福斯特), 44, 177

Foster, Margaret(福斯特,玛格丽特), *William Makepeace Thackeray*(《威廉·梅克皮斯·萨克雷》), 253

Foucault, M.(福柯), 128

found poetry(重拼诗), 14, 96

Fowler, A. D. S., *Triumphal Forms*, 109

Fowles, John(福尔斯,约翰), *The French Lieutenant's Woman*(《法国中尉的女人》), 34, 168, 233

frame(框架), 123, 300

Freeman, Rosemary(弗里曼,罗斯玛丽), 174

free verse(自由体诗歌), 48

Friedman, Alan(弗里德曼,阿兰), 120

Frye, Northrop(弗莱,诺斯罗普), 4, 29, 35, 70, 118-119, 125, 127, 147, 150, 163, 183, 192-193, 203, 226, 235, 236, 252; *Anatomy of Criticism*(《批评的剖析》), 119, 241-243, 247;

"order of words," 4

Fubini, Mario(富比尼,马里奥), 38

Fuller, John(福勒,约翰), Epistles to Several Porsons, 72

function of genres(文类功能), 1, 20, 31-32, 37, 38, 45-46, 152-153, 173-174

Gaddis, William, JR(加迪斯,小威廉), 86

games(游戏), 41, 44-45, 157, 171

Gardner, Dame Helen(加德纳,戴姆·海伦), 230; *New Oxford Book of English Verse*(《新牛津英国诗选》), 232

Garland(加兰德), poetic(诗学), 131-132

Gascoigne, George(加斯科因,乔治), 95-96; *Adventures of Master*, *F. J.*(《F. J. 历险记》), 86

Gaskell, Mrs.(盖斯凯尔夫人), 177; *Granford*(《格兰福德》), 64; *North and South*(《南方和北方》), 94

Gay, John(盖伊,约翰), 243; eclogues(田园诗), 80, 81, 140; epigrammatic essay(智语诗化散文), 201; use of sonnet label(使用十四行诗标签), 136; views on pastoral(关于牧歌的看法), 81, 136

works cited(引用作品): *A Town Eclogue*(《城市对话诗一首》), 140; *Fables*(《寓言集》), 90; *Rural Sports*(《乡村乐事》), 100, 157, 203; *The Shepherd's Week*(《牧童一周》), 81, 91, 176; *Trivia*(《琐事》), 100, 157, 203, 259

genealogy(谱系), 128

generic(文类): change and interpretation(变化和阐释), 264-265; horizon(视野), 259-260, 262; labels(标签), 130-148, see also labels(亦可参阅"标签"); generic; mixture, see genre, mixture of, hybrids, transformation of genres(文类混合,参阅文类混合、杂糅、文类变形); modulation, see modulation, generic(文类模态化,参阅模态化); names, see names(文类中人物姓名,参阅人物姓名); repertoire, see generic repertoire(文类特征库,参阅特征库); signals, see signals, generic(文类信号,参阅信号); states(文类状态), 49-53; transformation, see transformation of genres(文类变形,参阅变形)

generic repertoire(文类特征库):

assembly of(组合), 156–159; availability of(效用), 226–228; combination of(组合), 170, 171; comprehension of(理解), 219; danger of abbreviated inventories(表单简化的危险), 58–59; defined(有明确确定), 55; features comprising(包含的特征), 55, 57; function of names in(人物姓名的功能), 74–87; functioning of(功能), 219; generic signals and,(文类信号), 88; historical kinds and,(历史类别), 54–74, 106; idea of(概念), 56, 106; limited renewability of(有限的更新空间), 73; modification of(调整), 47–48; need for comprehensiveness of(全面性的需求), 57–58; unique, to individual genres(特定文类的独特性), 55

genethliacon(诞辰喜歌), 67, 111–112, 134, 136, 153, 179

genre(s)(文类): acceptance of(接受), 24, 31–32; availability of(有效性), 226–228; boundaries of(边界), 37, 38, 9, 73, 133; central(核心), 5–6, 7–10, 11, 17–18, 219–221; characteristics of(特征), 18, 38, 39–40, 45, 46–47; Christian(基督教式), 144, 145; combined(混合式), 107–108; content of(内容), 20, 37, 38–40, 41, 55, 58, 130; continuity of(延续性), 32–34, 45; contrasting(对比), 45, 251–253, 254, 255, 260; death of a(死亡), 164–167; extent of(范围), 5, 18–19, 37, 38, 39, 73; formation of, *see* formation of genres(形成,参阅"文类形成"); function of(功能), 1, 20, 31–32, 37, 38, 45–46, 152–153, 173–174, 270–272; historical development of, *see* historical development of genres(历史发展,参阅"文类历史发展"); identifying(辨别), 19, 50, 73–74, 260; kinds of(类别), 5, 16, 19, 23–24, 27, *see also* kinds(亦可参阅"类别"); literature as a(视文学为文类), 1–19; mixture of(混合), 107–108, 181–183, 191, 216, 254–255; modal forms of, *see* modes(模态形式,参阅"模态"); mutability of, *see* mutability; neighboring(相邻), 45, 251, 260; overlapping(重叠), 40, 41, 55, 130; transformation of, *see* transformation of genres

(变化,参阅"文类变化")

antecedent(早先文类):as archetypes(作为原型),150-151;as primitive origins(作为原初起源),149-153;extraliterary forms(文学外形式),151,157-158;functional hypothesis(功能假说),152-153;in construction(建构中),259,260;nonliterary forms(非文学形式),151-152,157;paradigm and imitation(范式和模仿),153-155,157;preexisting forms(预先存在的形式),151-152;preliterate forms(前文学形式),151;subliterate forms(副文学形式),151,152,157-158;successors' contributions(后来者的贡献),155

concepts of(概念):ancient grammarians'(古代语法学家的),37;and literature(和文学),2-3;as class(作为门类),38-40;as family(作为家族),40-44;as type(作为典型),37-38;Augustan(奥古斯都式),27;18th-century(18世纪),37;evidence for genres(文类证据),52-53;instability of genres(文类的不稳定性),45-48;modern theory and(现代理论),32;synchronic and diachronic(共时和历时),48-52

definitions of(界定):abstraction in(抽象),45;Aristotelian(亚里士多德式),47;as a grouping(作为分组),3;as a literary code(作为文学代码),22;as an instrument of meaning(作为意义的工具),22;as a proportional mental space(作为思维比例空间),31;brief lists and systematic accounts(简要列表和系统阐述),219;class,type,or family(门类、典型和家族),37-44;description and(描述),25,41-42;Johnson on(约翰逊论),42;Kames on(凯姆斯论),37;misconception of fixity,38-39;misconception of necessary elements(对必要成分的误解),39-40;problems of(问题),18,25,34;Renaissance(文艺复兴),47;resistance to(抵抗界定),40;retroactive identification,50;semicanonical genres and(半正典文类),29;urge to define(界定的冲动),38,41-42;variation of type and(典型的变化),54-55

features of(特征):"absent,"(缺席)59-60,73;action(行

动),69-70; as means of communication(作为交际方式),73; attitude(态度),67-68; changes of function in(功能变化),57-58; character(特性),68-69; external(外部),56,59,60,74; formal(形式),55,59,65,74; generically organized(按文类组织的),60-74; genrelinked,58,59,73-74; internal(内部),56; interrelation or stratification(相互关系和分层关系),57,58; linguistic(语言),57; local(局部),59; metrical structure(音韵结构),61-62; *mise-en-scène*(场景),68; mood(情态),67; occasion(场合),67; range of constituent(成分范围),57; reader's task in correlating(建立相关性时读者的任务),72-73; recognition of(识别),259-261; representational aspect(再现方面),60; size(篇幅),62-64; structure(结构),58; style(风格),70-72; subject(主题),64-66; substantive(物质性),55,56,59,65,74; superstructural(超结构),57; temporary(时间性),73; unconscious operation of(无意识中运行),60; values(评价),66-67

interrelationship of(相互关系):by antigenres(反文类),251,252; by contrast(收缩),45,251-253,254,255; by inclusion(内含),170,179-181,196,199,216,217-219,251; by modulation(模态化),191-212,251; by neighborhood(相邻),45,251; complementary genres(补充文类),252,253,254; diachronic(历时),251; fictionality and(虚构性),252-253; gradable antonyms(分级反义词),252,253,nature, extent and(性质和范围),18-19; problem of definition and(界定和问题),25; recategorization and(再分类),12-13

rules of(规则):as a challenge(作为挑战),29,31; as a point of departure(作为出发点),31-32,33; Augustan view of(奥古斯都时代的观点),27; creativity and(创造性),29; harmlessness of(无害),29-31; modern attitudes to(现代态度),28-29,73; neoclassical application of classical(新古典主义对古典文类规则的运用),27-28,30-31;

Pope on（蒲柏论），30；prescriptive（规定性），26，27-28，29-31，272；Renaissance Ancients and Moderns on（文艺复兴时期古今之争），27，31；writers' views of（作家们的观点），31-32

theory（理论）：Aristotelian（亚里士多德式），47；Augustan（奥古斯都式），25，27，219；charge of irrelevance（无效用的批评），24-25，32-33；concern with classification, communication, and interpretation（对分类、交际和阐释的关注），37，38，39；family resemblance theory and（家族相似论），42；literary creativity and activity in（文学创造性和活动），256；medieval（中世纪），146-147；modern（现代），48，73；neoclassical（新古典主义），26-28；polygenesis in（多点起源），43；Renaissance（文艺复兴），25-26，27，28，47，218，219；the novel and（小说），33-34；view of need for revision（关于理论修正的需要的观点），73-74

Georgian oeuvres，127，155

georgic（农事诗）：Addison's essay on（艾迪森散文），202-203；allusion in（用典），91-92；antigenres（反文类），176-177；as a mode（作为模态），35；assembly of（组合），157；Augustan（奥古斯都式），9，71，91-92，205；classical（古典式），98，100；definition of（界定），202；didacticism in（说教），69；Dryden's translation of Virgil's *Georgics*（德莱顿翻译的维吉尔《农事诗集》），202；18th-century opening formulas（18世纪的开篇格式），100；English（英国），29，60，154，157，203-204，224；epic excursions within（史诗式漫谈），107；essay（散文），174；evaluation of（评价），274-275；flexibility of form（形式的灵活性），203；images in（形象），58；in the hierarchy（文类等级系统中地位）216，223-225，227，231，240，241，252；local description（局部描写），203-204，205；lyric in（中的抒情），60；medieval view of（中世纪观点），143；modal extension of（模态拓展），143；modulation, see georgic modulation（模态化，参阅"农事诗的模态化"）；name in（人物姓名），75；origins of（起源），204；

pastoral and(牧歌), 253 – 254; precepts in (规则), 202; repertoire of(特征库), 202, 203; seasonal element in(季节成分), 197, 203, 204; style for(风格), 70, 71, 202 – 203; transformation of(变形), 166; verse essay(诗体散文), 171; Virgil's(维吉尔的), 79, 98, 100, 131, 202 – 203, 205, 218, 227; vogue for(流行), 252; year(年代), 197

georgic modulation(农事诗模态化): background of (背景), 173, 202 – 203; enlarged description (扩大的描写), 203, 205; in prose (散文中), 205; local description (局部描写), 203 – 204; mock georgic(讽农事诗), 98, 203, 259; vogue for(流行), 202

Gibbon, Edward(吉朋,爱德华), 2, 11

Gide, André(纪德,安德烈), 125

Gilbert, W. S., and Sullivan, A. (吉尔伯特和苏利文), *Rosencrantz and Guildenstern*(《罗森克兰茨和吉尔登斯特恩》), 54

Glover, R., *Athendid*, 95

Goethe, J. W.(歌德), 236, 241

Gogol, N. V.(果戈理), 75

Golding, William (戈丁,威廉), *Pincher Martin*(《品彻·马丁》), 163

Goldsmith, Oliver(哥德史密斯,奥利弗), *Retaliation*(《反唇相讥》), 101

Googe, Barnabe(古奇,巴纳比), 79, 80; *Eclogues*(《牧歌集》), 79

Gothic (哥特): mannerism (风格主义), 88; mode, 109; novel(小说), 126, 163 – 164; science fiction(科幻小说), 163 – 164; romances(传奇), 90, 109; stages of(阶段), 163 – 164

Gower, John, *Confessio Amantis*, 172

Gradon, Pamela(格雷顿,帕米拉), 194

graffiti(涂鸦), 61

Graham, W. S, (格雷厄姆): *Ten Shots of Mister Simpson*(《辛普顿先生的十张照片》), 118

Grainger, James(格雷杰,詹姆斯), *Sugar-Cane*(《砍甘蔗》), 91 – 92, 203

grammarians(语法学家), 6, 37, 146

grammatical rules (语法规则), 20, 22, 49

graphemes(形素), 58

Gray, Bennison(格雷,本尼森), 6,

12，13，38，41，124
Gray, Thomas(格雷,托马斯)，214，223；
*Elegy*(《墓园挽歌》)，137，206
greatness, criterion of(伟大标准)，17
Greene, Graham(格林,格雷厄姆)，133
Greene, James(格林,詹姆斯)，231；*Art of Nature*(《自然的艺术》)，116
grouping(s)(分组)：advantages of(优点)，34；by family resemblance(凭借家族相似)，42-43；classes and(门类和)，3-4；definitions based on(以分组为界定的基础)，18；erroneous(错误的)，271-272；interpretation and(阐释)，265，270，272；methods of(方法)，33-34，54-55；of genres(文类分组)，36，40，159，260；regrouping(重新分组)，50；revision of(修订)，36，136-147，159，265
Guarini, Giovanni Battista(瓜里尼,乔尔瓦尼·巴蒂斯塔)，110，187，199；*Compendio della Poesia Tragicomica*(《论悲喜剧》)，188；*Il Pastor Fido*(《牧羊人菲多》)，31，187
Guérard, Albert(盖拉德,阿尔伯特)，236
Guillén, Claudio(吉利安,克劳蒂欧)，27，31，38-39，46-47，55，57，58-59，174，236，238，259，285，286，323

haiku(俳句)，58，62，132，172
Hamburger, Käte(汉姆伯格,凯特)，236
Hammett, D.(哈默特)，133
Hardy, Thomas(哈代,托马斯)，28，138，155，167，210，248；*Boys Then and Now*(《过去和现在的小伙子》)，115；*Tess of the d'Urbervilles*(《德伯家的苔丝》)，205
Harington, Sir Thomas(哈灵顿,托马斯爵士)，217，220，221，222，316
Harvey, Gabriel(哈维,加布里埃尔)，220
Harwood, Ronald(哈伍德,罗纳多)，*Cesar and Augusta*(《恺撒和奥古斯都》)，253
Hassan, Ihab(哈桑,伊哈卜)，32，286
Hawes, Stephen(霍斯,斯蒂芬)，193；*Pastime of Pleasure*，12，88
Hawthorne, Nathaniel(霍桑,纳撒尼尔)，141，163，193，233，266；*The House of the Seven Gables*

(《七角尖阁房》),91,93,123, 125,194

Hayward, John(海沃德,约翰), *Penguin Book of English Verse*(《企鹅英国诗选》),231,132

Hazlitt, William(赫兹里特,威廉), 176,210

Heliodorus(赫利奥多罗斯),9,107

Heller, Joseph(海勒,约瑟夫), *Catch-22*(《第22条军规》),75,94, 111,189

Hemingway, Ernest(海明威,欧内斯特),15; *The Sun Also Rises*(《太阳依旧升起》),94

Henri, Adrian(亨利,艾德里安),114

Henry, O.(亨利,欧),*Municipal Report*(《都市报道》),158

Herbert, George(赫伯特,乔治), 109,176,231,232; *Dulness*(《模糊》),174; *Glance*(《目光》),174; *Grive Not the Holy Spirit*(《不要为圣灵悲伤》),96; *Lucus*(《卢卡斯》),135; *Parody*(《拟仿》), 174; *The Altar*(《祭坛》),96; *The Church-Floor*(《教堂地板》), 96; *The Pulley*(《滑轮》),96

Herbert of Cherbury, Lord(切尔伯利的赫伯特勋爵),159

Heresbachius, *Four Books of Husbandry*, 157

hermeneutic(阐释): act and identification of generic features(行为和辨别文类特征),260; circle(循环),258,260,261, 278; gap(空白),266; place of genre in(文类的地位),266,268, 278; problem of ineradicable knowledge(不可根除的知识所造成的问题),261,264-265; task of readers(读者的任务),72-73, 109,260

Hernadi, Paul(赫尔拉迪,保罗),237, 244-246,247,249,250

heroic(英雄体): as a mode(作为模态),35,111,241,242; names(人物姓名),255; novel(小说), 33,103; romance(传奇),255; satire(讽刺),255; sestet(六行诗节),48; sonnet(十四行诗), 107; transformation(变形),227

Herrick, Robert(赫里克,罗伯特), 76,82,154,218,222,230, 273; epigrams(智语诗),114, 138,229-230; reputation of(声誉),229-230,231,232

  works cited(引用作品): *Cruel Maid*(《残忍的少女》),179; *Hesperides*(《金苹果园》),135, 139,173,197-198,229-230; *Noble Numbers*(《神圣数字》),

197, 198; *Panegyric to Sir Lewis Pemberton*(《刘易斯·彭伯顿赞歌》), 275; *To His Honoured Kinsman, Sir Richard Stone*(《致尊敬的同族理查德·斯多恩爵士》), 97; *To His Muse*(《致缪斯》), 139; *To Julia*(《致茱莉亚》), 97; *Upon a Maid*(《一位少女》), 101

Hesiod(赫西奥德), 108

Hesse, Hermann(海思, 赫尔曼), *Magister Ludi* (*Das Glasperlenspiel*)(《卢迪市长》), 132

hexameter(六音步), 61, 64-65

hierarchy, genres in(文类在等级系统中的地位): amatory(爱情类), 220, 222; availability of genres and(文类的有效性), 226-228; by verse form(韵文形式), 220-221; changes in(变化), 221-226; charge of retrogression, 36; comedy(喜剧), 214; comic(喜剧类), 220; dangers of dismantling traditional(传统崩溃的危险), 35; decorum and(得体), 35; defined(有明确界定), 216; didactic(说教类), 220, 223-225; dramatic(戏剧类), 219, 220; dream vision(梦幻诗), 214; elegy(挽歌), 219, 220, 221, 223, 240, 251; epic(史诗), 214, 216, 219, 220, 227, 228, 240, 241, 252, 272; epigram(智语诗), 213-214, 217, 219, 220, 222-223, 229, 231; formulation of(形成), 216-221; georgic(农事诗), 216, 223-225, 227, 231, 240, 241, 252; hierarchic paradigm as a system of genre(视等级范式为文类系统), 235; iambic(五音步), 220, 222; inclusion principle(内含原则), 217-219; lyric(抒情), 219, 220-221; mimic(模仿), 220; misconceptions about(误解), 35-36; mutation of(变化), 221-226; pastoral(牧歌), 216, 217, 221-222; rank-ordering(排名), 219-221; reputation and(声誉), 228-230; romances(传奇), 214; satire, satiric(讽刺), 214, 220, 223; sonnet(十四行诗), 214, 220, 223; style height and(风格高度), 216, 219; systems of genres and(文类系统), 250; tragedy(悲剧), 214, 217, 220

Highet, Gilbert(海伊特,吉尔伯特), 64, 75, 76, 110, 188-189

Highsmith, Patricia, *They Who Walk Away*, 34

Hirsch, E. D.(赫施), 8-9, 23-24, 37-38, 113, 266-267, 268, 270, 274, 283, 285

Hirt, Ernst(赫特,恩斯特), 237

historical development of genres(文类的历史发展): Aristotelian models(亚里士多德模式), 47, 48; change from chirography to typography(从手写到印刷), 48; change in the canon(正典变化), 17, 45; complexity of(复杂性), 5, 12-13; combinations and regroupings(组合和重新分组), 45; continuity of generic tradition, 73, 261-262; diachronic approach(文类延续性), 47, 49, 249, 250, 251-225; genres changing with time(随时间而变的文类), 38, 45-46, 47, 48, 220, 244-245, 258; Guillén's theory of(吉利安的理论), 46-47; instability of genres and(文类的不稳定性), 45-48; modern critics' denial of(现代批评家否定), 32-33; question of descent(降格问题), 38, 42, 43-44, 47; Renaissance models(文艺复兴模式), 47-48

historical(历史的): kinds, and the generic repertoire(类别,以及文类特征库), 54-75, see also kinds(亦可参阅"类别"); modulation(模态化), 108; novel(小说), 34, 111, 121-122, 126, 153, 168, 233

history(历史): in the system of genres(文类系统中), 243, 244; relation to other genres(与其他文类的关系), 2, 5, 11, 120; status of(地位), 11, 12, 29; use of terms(术语使用), 141, 224

hoax, 8

Hobbes, Thomas(霍布士,托马斯), 241

Hollander, John(霍兰德,约翰), 96-97

Homer(荷马), 65, 68, 78, 89, 94, 149, 153, 160, 161, 164, 217, 263-264, 274; *Iliad*(《伊利亚特》), 94, 95, 160; *Odyssey*(《奥德赛》), 94, 160, 186

Hood, Thomas(胡德,托马斯), 207

Hopkins, Gerard Manley(霍普金斯,杰拉德·曼利), 136

Horace(贺拉斯), 9, 56-57, 92, 95, 127, 132, 172, 173, 181, 187, 201, 219, 220, 272, 289; *Ars Poetica*(《诗艺》), 64-65, 172, 220; *Satires*(讽刺诗), 56, 110, 272

horizons of genre(文类视野), 259-

260，262
Hough, Graham(修，格雷厄姆)，11，25，37，41，246-248，286
Houseman, A. E.（豪斯曼），269；*Shropshire Lad*（《什罗普郡的男孩》），9
Howard, Donald（霍华德，唐纳德），145
Hoy, Cyrus（霍伊，塞勒斯），187-188
Hugo, Victor（雨果，维克多），236
humane letters，10
Hume, David（休姆，戴维），25
Hunt, Leigh（亨特，利），*Foliage*（《树叶集》），135
Hunter, George（亨特，乔治），187
*Huon of Bordeaux*，85
Hurd, Richard（赫德，理查德），141
Husserl, Edmund（胡塞尔，埃德蒙德），259
Huxley, Aldous（赫胥黎，奥尔德斯）：*Brave New World*（《美丽的新世界》），34；*Point Counter Point*（《针锋相对》），126
hybrids(杂糅)：defined（有界定的），183；external forms in（外部形式），183，184；in intergeneric relations（文类间关系），252，254，255；in transformation of genres（文类变形），183-188，248；satire and（讽刺），188-189；social decorum and（社会得体观），185-187；sonnet and epigram（十四行诗和智语诗），183-185；tragicomedy as（视悲喜剧为），185-188，252
Hymen（海曼），59
hymns（颂歌），60，62，70，98，108，136，166，197
hyperbole（夸张），71，137

iambics（五音步），62，149，220，222
*ianua narrandi*，102
Ibsen, Henrik（易卜生，亨里克），65
iconography（图形学），257-258
idiolectal rules（个人话语规则），128-129，261
idyll（田园诗），110
illocutionary acts（言外行为），6，7，12，14，283
images, imagery（意象，形象），58，67，72，109
*imitatio*，31-32，43，52，113，127，161
imitation（模仿），31-32，42，43，77-78，114，118，153-155，157，165
*impresa*（箴言），61
*incipit*，92，98
inclusion（内含），170，179-181，196，199，216，217-219，251

indeterminacy(不确定性), 265-268

innovation(革新): evaluation and the criterion of(评价和革新标准), 274-275; generic recognition and(文类辨别), 259-260; idiolectal rules and(个人话语规则), 129; in communication and interpretation(交际和阐释中), 256, 260; in language and literature(语言和文学中), 49; in 19th and 20th centuries(19世纪和20世纪), 157; in original work(原创作品中), 256; Johnson on(约翰逊论), 29; medieval(中世纪), 144; neoclassical critics' acceptance of(新古典批评家接受革新), 29; Renaissance generic(文艺复兴文类革新), 26, 157; transforming genres(改变文类), 23, 158

inset(嵌入), 73, 128, 174, 179-181

instability of genres, 45-48; See also mutability

*institutio*, 112

institutions and literature(体制和文学), 1, 18

instrumental value(工具价值), 8-9

intention(意图), 66, 90, 96-97, 256

intentionalism(意图论), 256, 324

intergeneric relations, *see* genre(文类间关系,参阅"文类")

interpretation(阐释): as diastole(视为扩张), 263; as phase of criticism(视为批评的阶段), 256, 263-272; by authors(作者), 256; by critics(批评家), 256, 264; by readers(读者), 49, 256, 257; changes in concept of meaning and(意义概念的变化), 264-265; concern of genre theory with(对文类理论的关注), 37, 38; function of genre in(文类在阐释中的功能) 270-272; generic change and(文类变化), 265-266; generic features read into(读入阐释的文类特征), 50, 163; genres in(阐释中的文类), 256-276; groupings in(阐释中的分组), 265; indeterminacy question(不确定性问题), 265-268; in tertiary stage(三级阶段), 163; interpretative gestures(阐释姿态), 271; medieval(中世纪), 264-265; multiplicity of(多元性), 269; of signals(信号), 257; perspective in(阐释中的视角), 270-271; reinterpretation of old works, 263-264; validity of(有效性), 1, 269, 270-271

invective(抨击), 143

*inventio*, 15

invention(创造)1,42

inversions(颠倒),59

*invocatio*,61,102,103,153,174,175

irony(反讽),187-188,242,243

Irving,Washington(欧文,华盛顿),132

Iser,Wolfgang(伊瑟尔,沃尔夫冈),265

James,Henry(詹姆斯,亨利),15,84,90,93,121,125,141,168,177,211,226,233,237,248,266;*The Golden Bowl*(《金碗》),94;*The Turn of the Screw*(《碧宅冤魂》),90,163

Jarrell,Randll(杰瑞尔,兰多):*Jerome*(《杰罗米》),116;*The Old and the New Masters*(《新旧大师》),115

Jauss,Hans Robert(耀斯,汉斯·罗伯特),16

Jennings,Elizabeth(詹宁斯,伊丽莎白),*Spring*(《春》),116

Jenyns,Soame(詹宁斯,索俄米),140

Johannes Secundus(约翰内斯·塞科斯达斯),82;*Basia*,113,131

John of Garland(加兰德的约翰),*Poetria*(《诗艺》),75,143-144,145,240,241

Johnson,Samuel(约翰逊,撒缪尔),154,222,224-225,226,258,275;as a critic(作为批评家),26,27,28;on biography(论传记),253;on definition(论界定),42;on epigram(论智语诗),137;on epitaph(论墓志铭),52-53;Shakespearean criticism(莎士比亚批评),27,285

works cited(引用作品):*An Essay on Epitaphs*(《论墓志铭》),52-53;*Lives*(《诗人传》),230-231;*Rasselas*(《拉塞尔拉斯》),14

Jolles,André,*Einfache Formen*,151

Jones,R.F.(琼斯,R.F.),140

Jonson,Ben(琼生,本),76,230;as a mediator of literature(作为文学中介者),154-155;on pastoral(论牧歌),25;reputation of(声望),231,232;use of imitation(模仿的使用),32

works cited(引用作品):*Epigram*(《智语诗集》),157;*Epitaph on S.P.*(《S.P.墓志铭》),210;*Forest*(《森林集》),135;*On the Famous Voyage*(《著名的航程》),134;*The Sad Shepherd*(《海上牧羊人》),25,273;*The Underwood*(《灌木集》),

135; *Timber*(《林木集》), 135; *To Pensburst*(《彭斯赫斯特庄园》), 154-155, 156, 203, 274

journal(杂志), 63, 120

Joyce, James(乔伊斯, 詹姆斯), 90, 124, 125, 152, 190, 233; *Finnegans Wake*(《芬尼根守灵》), 168-169, 173, 275; *Ulysses*(《尤利西斯》), 125, 128, 177-178, 190

Juan Valera Y *Alcala Galiano Pepita Jiménez*, 69

Judd, Denis(贾德, 丹尼斯), *Adventure of Long John Silver*(《朗·约翰·希尔佛历险记》), 127

Justice, Donald(贾斯提斯, 唐纳德), *Orpheus Opens His Morning Mail*(《俄耳浦斯清晨打开邮件》), 128

Juvenal(尤维纳利斯), 92, 110, 132, 189, 201

Kafka, Franz(卡夫卡, 弗朗茨), 86; *In the Penal Settlement*(《因徒流放之地》), 164

Kames, Lord(凯姆斯, 诺德), 32, 37

Keats, John(济慈, 约翰), 42, 48, 109

Kellett, E. E.(凯利特), *The Wbirligig of Taste*(《趣味的陀螺》), 213-214

Kellman, Steven G.(凯尔曼, 斯蒂芬), 94, 123, 125

Kermode, J. Frank(科莫德, 弗兰克), 72, 103, 178, 226, 233, 264, 265-266, 267, 270

kinds(类别): as assemblages of features(作为特征组合), 74; as organizations(作为组织), 74; as types of literary work of definitive size(作为篇幅确定的文学作品的典型), 74; change in(变化), 74; character and(和特征), 68-69; classical(古典式), 149; classical descriptions of(古典描述), 56-57; defining of(界定), 57, 60; evolution of(演化), 165-166; formation of(形成), 149-169; generic features of(文类特征), 60-74, 106; historical(历史的), 55-56; naming of(命名), 57, 106, 148; objective existence of(存在的客观性), 73; of central genres(核心文类的), 5, 33, 55, 56; range of features used by(所使用的特征范围), 55-56, 60; reintroduced, 169; relation to modes(与模态的关系), 59, 106, 108-109, 148, 168, 169; Renaissance(文艺复兴), 57

King, William(金, 威廉), 110, 231

Kipling, Rudyard（吉卜林,拉迪亚德）, *Without Benefit of Clergy*, 166

Kirkwood, Colin（柯克伍德,柯林）, *Storie di Cristo*（《基督故事:14世纪威尼斯画家作品》）, 117

Kyd, Thomas（基德,托马斯）, *The Spanish Tragedy*（《西班牙悲剧》）, 180

labels, generic（文类标签）: casual labeling（因果标签）, 141-142, 148; changes within genres and（文类内部的变化）, 135-136; classical（古典式）, 131, 142, 143; earliest use of（最早的使用）, 130-131; instability of terms（术语的不稳定性）, 130, 147; medieval（中世纪）, 142-147; metaphorical（隐喻式）, 131-132; of eclogue（对话诗）, 136, 138-140; of elegy（挽歌）, 136, 138; of epigram（智语诗）, 136, 137-138, 139; of new genres（新文类）, 131, 147-148; regional variations（地域变化）, 132-134; retrospective（回顾式）, 140-141; sources of confusion in（混乱的源泉）, 130-132; temporal variations（时间变化）, 134-136

Lamb, Charles（兰姆,查尔斯）, 210

Lambertus Audomarensis, *Liber Floridus*, 146

Landor, W. S.（兰多）, 138, 200; *How Often When Life's Summer Day*, 209; *Our Youth Was Happy*, 208; *Poet's Legacy*（《诗人的遗产》）, 208; *Rose Aylmer*（《罗斯·埃尔默》）, 207-208; *Simonidea*（《西蒙尼德斯》）, 207; *Why Do I Praise A Peach*（《为何我赞颂皮奇》）, 209

Langer, Susanne K.（朗格,苏珊）, 236, 237-238, 247

Langland, William（朗兰,威廉）, *Piers Plowman*（《农夫皮尔斯》）, 7, 216

Langlands, Joseph（朗兰兹,约瑟夫）, *Hunters in the Snow*, 116

language（语言）: acquisition of（习得）, 45; analogy between literature and（与文学的类比）, 49-50; concept of literature（文学观）, 4-5, 238-239; concepts of（语言观）, 14-15, 49-50; function of（功能）, 238-239; games（游戏）, 41, 44-45, 49-50; meaning and（意义）, 15; poeticality of（诗性）, 18; Prague

School(布拉格学派),250-251
langue(语言),20,22,49
last will and testament subgenre,114
Lattimore, Richmond(拉蒂莫尔,里奇蒙),38,40,150,304
Lawrence, D. H.(劳伦斯),15,159, *Lady Chatterley's Lover*(《查泰莱夫人的情人》),159
*Lazarillo de tormes*(《托尔梅斯河边的小癞子》),58,162,174
Leavis, F. R.(利维斯,F. R.),233,273
Leavis, Q. D.(利维斯,Q. D.),28-29
Le Carré, John(勒卡雷,约翰), *The Honourable Schoolboy*(《光荣的男生》),90
legend,145,151,242
Le Guin, Ursula(勒奎因,乌苏拉), *The Lathe of Heaven*(《天国车床》),109
Lehrer, T.(莱勒),62
Leland, John(利兰,约翰),154
Le Sage, Alain-René(勒塞奇,阿兰-勒内),162,168,244; *Gil Blas*(《吉尔·布拉斯》),175
Lessing, Doris(莱辛,多丽丝), *The Golden Notebook*(《金色笔记》),70,123,233
letters(信件),11,47,120

Letters of Obscure Men (*Epistulas Obscurorum Virorum*),76
Levertov, Denise(莱沃托夫,邓尼斯), *Photo Torn from the Time*(《时代周刊上撕下的照片》),118
Levi, A. W.(李维),46,288
Levin, H.(莱文),92-93,94,294
Levin, George(莱文,乔治),126
Lewalski, Barbara K.(莱瓦尔斯基,芭芭拉),228
Lewes, George Henry(刘易斯,乔治·亨利), Ranthorpe,28
Lewis, C. S.(刘易斯,C. S.),60,142,144,160
Lewis, M. G.(刘易斯,M. G.),163; *The Monk*(《修道士》),90
lexis(词汇),57,71,239,257,267
light verse,62,72
limerick(五行打油诗),62,173,307
Lindsay, Sir David(林赛,戴维爵士),83
literary(文学的):art, criterion of(文学艺术的标准),15; meaning(意义),259; object(目标),3; oeuvres(全部作品),3,4; status(状态),11-14; taste(趣味),191,213-214,230-231; theory(理论),1,19,146-147
  work(文学作品):as an honorific title(作为尊称),2-3;

communication and(和交往), 20-24; contrasted with literary discourse(与文学话语的对比), 8; genres and(和文类), 23; multiplicity of types(多重典型), 54-55; writings becoming or ceasing to(进入或退出文学作品的行列), 12-13

literature(文学): as a canon(作为正典), 2, 3; as a genre(作为文类), 1-19; as an aggregate(作为集合), 3, 4, 5; as an order of works(作为作品秩序), 5; as a normative term(作为规范性术语), 3; as a social object(作为社会目标), 16; as fiction(作为虚构), 4, 6-8; changing paideia of(变化的派代亚), 8-10; central conception of(核心观念), 5-6, 7, 8; definitions of(界定), 2-6, 17; extent of(范围), 9, 10, 11; extended(拓展性), 7, 9-10, 15, 17, 282; grouping of(分组), 3-4; ideological approach to(意识形态方法), 9-10; language and(和语言), 49-50; language concept of(语言观), 4-5, 238-239; limits of(局限性), 1-6; mutability of(多重性), 11-14; normative concept of(规范性概念), 15-17; parts of(组成部分), 47; recency of term(术语更新), 8-9; taxonomic problems(分类问题), 17-19; unitary concept of(统一文学观), 8-9, 11

*litteratura and litterae*, 282

liturgies(祷告文), 8

Litz, A. Walton(里兹,沃尔顿), 177, 178

loco-descriptive poems(风物描写诗), 71

Lodge, David(洛奇,戴维), 247

*Longues durées*(长时段论), 36

Longus(朗格斯), 115

love(爱情): lyrics(抒情诗), 4; poem(诗歌), 137, 139, 216-217; song(歌谣), 137, 138, 192

Lovelace, Richard(拉夫莱斯,理查德), 231

Lowell, Robert(洛威尔,罗伯特), 68, 116, 117, 135, 136, 210, 230

Lucan(卢坎), 224; *Pharsalia*(《内战纪》), 94, 175

Lucilius(鲁基里乌斯), 57

Lucretius(卢克莱修), 9, 224, 283; *De rerum natura*(《论物自性》), 13

*ludi*, 156

Lukács, Georg(卢卡奇,格里奥格),

13

Lydgate, John(利德盖特,约翰), 88-89; *Pilgrimage of the Life of Man*(《人生旅途》), 88; *Temple of Glass*(《玻璃庙宇》), 88; *The Siege of Thebes*(《围困底比斯》), 88-89

Lyly, John(利利,约翰), 156

lyric(抒情/抒情诗): ancient forms of (古代形式), 67-68; as a modern division(作为现代诗歌分支), 230; as a presentational mode(作为再现模式), 218; Cavalier(骑士式), 232; confessional(自白式), 72; dramatic(戏剧式), 206, 207, 232; elegy as(挽歌作为抒情), 137, 138; elements in tragedy(悲剧中的成分), 55, 60; epigram and(和智语诗), 138, 139, 254; expressiveness of(表现力), 206, 211; Georgian(乔治时期), 211-212; Greek(希腊式), 149; in the hierarchy(文学等级系统中地位), 219, 220, 221, 222, 229, 231, 240, 272; kinds(类别), 8, 63; metaphysical(玄学式), 222, 232; mode(模式), 206, 235, 236, 237, 241, 245, 248; novel(小说), 206, 211; pastoral(牧歌), 252; uses of(运用), 39, 60

McAlpine, Monica(麦卡尔平,莫妮卡), 262

MacDiarmid, Hugh(麦克迪尔米德,修), 1

Macdonald, Ross(麦克唐纳,罗斯), 133

MacLeish, Archibald(麦克利什,阿奇博尔德), 172

*Macpherson, James, Ossian*, 227

Macrobius(马克罗比乌斯), *Saturnalia*, 119, 160, *macrologia*, 172-173

madrigal(小曲), 63, 198, 199

Mailer, Norman(梅勒,诺尔曼), *Barbary Shore*(《芭芭拉海滩》), 34

Malory, Sir Thomas(马洛里,托马斯爵士), *Morte d'Artbur*(《亚瑟王传奇》), 144

Mandelbaum, Maurice(曼德尔鲍姆,莫里斯), 41, 42, 287

Mann, Thomas(曼,托马斯): *Das Glasperlenspiel*(《魔山》), 132; *Doktor Faustus*(《浮士德博士》), 34; *Felix Krull*(《费力克斯·克鲁尔》), 58

Mantuanus(曼图阿努斯), 80, 139, 192, 254

marchen(童话), 242

maps of genres(文类图): against(反对), 246-251; Frye's(弗莱), 241-243, 247; Hernadi's(赫尔拉迪), 244-246, 247, 249, 250; Hough's(修), 246-248; Matthew of Vendome(旺多姆的马太), 239-240; problems of (问题), 249-251; Scholes'(肖尔), 242-244; Wheel of Virgil (维吉尔轮), 240-241 see also Wheel of Virgil

Marino, Adrian(马里诺, 阿德里安), 272

Marino, G: *Adone*, 50, 62, 108; *Galeria*, 115

Marivaux, P. C. de C. de, 159

Marlowe, Christopher(马洛, 克里斯托弗): *Hero and Leander*(《希洛和利安德》), 43, 50, 94, 95; *The Jew of Malta*(《马耳他的犹太人》), 38

Marot, C.(马洛特), 79, 80

Marston, John(马斯顿, 约翰): *Antonio and Mellida*(《安东尼奥和梅利达》), 95; *The Malcontent* (《牢骚满腹》), 102, 187, 255

Martial(马夏尔), 76, 201, 230

Marvell, Andrew(马维尔, 安德鲁), 77, 78, 109, 155, 171, 231, 132, 273; *An Horatian Ode upon Cromwell's Return from Ireland* (《贺拉斯颂: 克伦威尔从爱尔兰得胜归来》), 97; *Damon the Mower*(《割草人达蒙》), 77, 82; *The Nymph Complaining*(《哀怨的仙女》), 173; *Upon Appleton House*(《爱泼顿庄园》), 97, 275

Mason, William(梅森, 威廉), 140

masque(化妆剧), 54, 60, 61, 67, 157, 171, 180, 273

masquerade, 171

Matthew of Vendome(旺多姆的马太), 144, 239-240

Maturin, C. R.(马图林), 163

Maur, Raban, *De Universo*, 146

Mauriac, Francois(莫里亚克, 弗朗索瓦), 125

maxim, 63

Mazzeo, J. A.(马泽奥), 198

meaning(意): alternative(另外的), 258; and modulation of genres(文类模态化), 23, 24, 38; changes in concept of(概念变化), 264-265; communicable(可交流的), 266; concern of genre theory with (与文类理论的关系), 38; constructs of(建构), 260-261; conventions and(和规约), 22; generation of(生成), 258, 265;

genre as an instrument of(文类作为传播意义的工具),22,46; horizons of(视野),259; implicit(隐含),14-15,259; intended(意图),264; interpretation of author's(作者意义的阐释),49; local(局部),256; overall(整体),268; original(源初),263,267,269,270,272; plurality of(多重性),265; recovering(恢复),261,263; sharable character of(可共享的特征),23-24; sorts of(类别),266-267,268; "then-meaning"(当时意义),263,268-269; unconscious(无意识的),269

meiosis(分裂),71

melic mode,218,220

melodrama(情节剧),28,286

melopoeia,22,55

Melville, Herman(梅尔维尔,赫尔曼),104,233; *Bartleby the Scrivener*(《巴特比》),104

Menander(米南德),56,149,289

Menashe, Samuel(梅纳什,撒缪尔), *Sheep Meadow*,116

Meredith, George(梅瑞狄斯,乔治),121,138,233,248; *The Egotist*(《利己主义者》),121,210-211

Meres, Francis(梅瑞斯,弗朗西斯),220,221,222 *Palladis Tamia*,200

Merrill, James(梅瑞尔,詹姆斯), *Dancing, Joyously Dancing*(《舞蹈,欢乐舞蹈》),115

message from a symbolic country,114

metamorphic mode(变形模式),109

Metaphysical(玄学派):elegy(挽歌),155; lyric(抒情诗),222; mode(模式),155; oeuvres(全部作品),127,128,155; poets, reputation of(诗人的声望),231-232; style and the epigram(风格和智语诗),198-199

meter(音韵),22,48,57,61-62,96-97

metrical(音韵的):diversity(丰富性),136; structure(结构),61-62

Meyer, Theodor A.(梅耶,西奥多),236

Middle Ages, medieval(中世纪):antecedents of genres(早先文类),156; comedy(喜剧),52; generic labels(文类标签),142-147,191-192; genres and classical rules(文类和古典规则),27-28,191-192,265; modulation of allegory(比喻的模态化),191-195; naming of kinds(类别的命名),57,191-192; numerological patterning(音乐结

构),72; opening formulas and topics(开篇格式和话题),98 - 99; pagan-Christian transformations (非基督教-基督教转化),192, 264, 265; paucity of genre criticism(文类批评的匮乏),25, 142 - 147, 191 - 192

Middleton, Thomas(米德尔顿,托马斯),157; *The Changeling*(《换子疑云》),215; *Women Beware Women*,180

Mill, J. S.(米尔),84

Miller, Arthur(米勒,亚瑟), *Death of A Salesman*(《推销员之死》), 41, 164

Milton, John(弥尔顿,约翰): allusions to(引用),91,92; as an antecedent(作为先行者),154; change of generic function in(文类功能的转变),174; divisions of literature in(对文学的划分), 220; epic of(史诗),160,161, 162 - 163; georgic antecedents(农事诗的先例),205; names used by(使用的人名),78,81,82; protagonists in(作品主人公), 68; reputation of(声望),228 - 229, 231, 232; sonnets of(十四行诗),136,196 works cited(引用作品):

*Lycidas*(《利西达斯》),67,162, 165,259; *Paradise Lost*(《失乐园》),11,27,66,68,89 - 90, 94, 95, 102, 107, 127, 153, 161, 162 - 163, 167, 174, 175 - 176, 179, 264, 269, 273; *Paradise Regained*(《复乐园》), 161, 175, 229, 259

mimesis(模仿),7 - 8,14,205 - 206, 242, 252, 261

Miner, Earl(迈纳,厄尔),128,155

minimalism(最简主义),5,14,281

Minnis, A. J.(明尼斯),147

Minturno, A. S.(明图尔诺),9,26, 28, 35, 99, 137, 181, 183, 186, 187, 197, 218, 219, 236; *Discorsi*, 99; *L'Arte Poetica*(《诗艺》),99

miracle play(神迹剧),156,180

misapprehensions, ancient(古代误解): genre and communication(文类和交往),20 - 24; hierarchy and conservatism(等级系统和保守观),35 - 36; obsoleteness(废弃),32 - 35; prescriptiveness and inhibition(视角论和禁止),26 - 32; relevance of genre(文类的相关性),24 - 26

mise-en-scène(场景),58 - 59,68, 90, 93, 122, 129, 141, 164, 178, 253

Mitford, Mary Russell(米特福德,玛丽·拉塞尔),177,205

mock(讽); epic(史诗),33,95,111,167,227,252; georgic(农事诗),98,203,259; heroic(英雄体),92,100

mode(s)(模态): absence of external form(没有外在形式),107,111; adjectival form of modal terms(模态术语的形容词性质),106; allegorical(比喻式),193,312; amatory(爱情式),56; as a selection or abstraction from kind(作为类别的精选或抽取),56,107,111,148,149; Cavalier(骑士式),128; change of(变化),87,91; comic(喜剧式),111,133; defined(有明确界定的),56,106-107; Dennis' concept of(邓尼斯的模态观),30; didactic(说教式),225; distinguished from kind(与类别的区别),55,106-107; distribution of(分布),109; dramatic(戏剧式),225,235,236,237,245,246; emblematic(徽章式),109; epigrammatic(智语诗式),200; fictional(虚构式),242,243-244; formal(形式),128; georgic(农事诗式),241; gothic(哥特式),109; heroic(英雄体式),111,167,241; Hough's(修的模态观),246-248; incomplete repertoire of(不完整的特征库),107,191; lyric(抒情式),202,225,235,236,237,245; main genres giving rise to(主要文类产生模态),219; merging of kind and(与类别融合),59; metamorphic(变形式),109; Metaphysical(玄学派),128,155; mimetic(模仿式),242-243; modal extension(模态拓展),107-109,167-168,191; modal transformation(模态转变),108,111,167-169; mutability of(不稳定性),111; narrative(叙事式),225-226,235,236,237,238,245; ordered by height(按风格高度排列),217,218,219; pastoral(牧歌式),133,241; presentationnal,57; question of antecedent kinds(早先文类的问题),109-111; representational(再现),235,236-237,239; romantic(传奇式),111; satiric(讽刺式),110-111,225; signals of(信号),107; size and(篇幅),107; thematic(主题),245,246; tragic(悲剧式),111,133; Wheel of Virgil

scheme of(维吉尔轮),35;
　　Wordsworth's(华兹华斯的模态
　　观),225-226
modulation, generic(文类模态化):
　　antiquity of(悠久历史),191;
　　communication through(交往手
　　段),20-21;defined(界定),
　　191;effect on genres(对文类的
　　影响),20,23,191,251;elegiac
　　(挽歌式),206-212;
　　epigrammatic(智语诗式),195-
　　202;frequency of(频率),191;
　　georgic(农事诗式),202-206;
　　literary taste and(和文学趣味),
　　191;meaning and(和意义),23,
　　24;of allegory(比喻),191-
　　195;varied propertions in(不同
　　的比例),191
Moffett, Thomas(墨菲,托马斯), *the silkworms, and their flies*, 157
momerie, 156
monographs(专题论文), 12
monologue(独白), 64
Montagu, Lady Mary Wortley(蒙塔
　　古,玛丽·沃特丽夫人), *Six Town Eclogues*(《城市对话诗六首》), 140
Montaigne, M. E. de(蒙田), 4, 126, 131, 226-227
mood(情态), 67, 77, 107, 207

Moore, Marianne, *Leonardo da Vinci*, 116
moral(伦理的):patterns(结构), 22, 70;values(价值), 8-9, 10, 16
morality(伦理), 54, 55, 63-64, 167, 246
More, Henry(莫尔,亨利), 48
More, Sir Thomas(莫尔,托马斯爵士), 9
Morgan, Edwin(摩根,埃德温), 128, 172; *Instamtics*, 111; *New Divan*(《新诗集》), 135; *Opening the Cage*(《打开鸟笼》), 157; *The Computer's First Christmas Card*(《电脑的第一张圣诞卡》), 157
Morier, J. A.(莫里哀), 75
motifs(动机), 3, 58, 67, 107, 112-114, 150, 156
Muir, Edwin(缪尔,埃德温), 114
Müller, Gunther(穆勒,冈特), 260
Murdoch, Iris(默多克,爱瑞丝), *Under the Net*(《大网之下》), 94
Musaeus Grammaticus(穆塞欧斯), 43, 50
mutability(不稳定性):alteration of elements(成分变化), 47-48;as a characteristic of genre(作为文类特性), 18, 23, 24, 46;as a collective creative process(作为集体性创造过程), 277;Augustan

concepts and (和奥古斯都文学观), 27; by innovation (革新), 23; causes of (原因), 277; changing parameters of genres (文类参数的变化), 11-12, 23, 38; changing relations among genres (文类间关系的变化), 11-12, 19; discontinuity argument (关于断裂的论证), 32-33; Dryden on (德莱顿论), 27; Gullén's theory of (吉利安论), 46-47, hierarchy and (和文学等级系统), 221-226; instability of genres (文类的不稳定性), 11, 45-48 130; Jonson on (约翰逊论), 25; literary laws and (和文学法则), 47, 277; of extended literature (拓展文学的), 17; of modes (模态的), 117; persistence of fixity concept, 38-39, 46-47, 48-49; readership and (和读者), 12; recategorization and (和文学再分类), 11-13; systems of genres and (和文类系统), 249-250

mystery, American, 133

myth (神话), 8, 108, 150, 151, 242-243

*Mythemes* hypothesis, 150-151

mythic types (神话类型), 126, 127

Nabokov, Vladimir (纳博科夫,弗拉基米尔), 90; *Pale Fire* (《暗淡的火》), 70, 91, 124

names (人物姓名): amatory female (爱情诗中女性), 76-77; as key names (作为键名), 79; characteristic (特性), 75-77, 83; common (普通的), 84, 85, 86; delaying naming (延后揭示人物姓名), 82; distribution of, tables of (人物姓名分布表), 78, 80; function of (功能), 75-87; grotesque (怪异的), 76; incomplete (不完整的), 83; in eclogue (对话诗中), 77-80; in itials, 86; in narrative (叙事中), 82-87; in novels (小说中), 83-87; in satire (讽刺中), 75-76; marine (海洋式), 78-79; nuclear (核心), 77, 78, 79, 81, 82; of minor characters (次要人物的), 84, 85-86; pastoral (牧歌式), 75, 77-82; practice of explaining, 85; proper (恰当的), 83, 84; realism and (和写实), 83, 84, 85; romance (传奇), 82-83, 84-85; subgenres indicated by (人物姓名表明亚类), 77-78; surnames (姓氏), 83; type (类型), 83, 84, 85, 86; universals,

83

narrations(叙事),137,237,302
narrative(叙事): as a modern division(作为现代分支),236; as a representational aspect(作为再现的一个方面),60; devices(手法),63; discontinuities in(断裂),266; fictional(虚构),5,93; in eclogue(对话诗中),60; learning competence in(叙事中能力的习得),44-45; medieval view of(中世纪叙事观),143; mode of representation(再现方式),235,237,238,242,245,248; names in(人物姓名),82-87; opening formulas and topics(开篇格式和话题),98-99; prose(散文体),8,12-13; romance(传奇),251,266; sections of(甄选),61; short(短的),63

Nashe, Thomas(纳什,托马斯),*The Unfortunate Traveller*(《不幸的旅行者》),33-34,175,182,189-190

near-tragedy, 54

Nemerov, Howard(内莫罗夫,霍华德): *Hope and Triumph*(《希望和胜利》),116; *The World as Bruegbel Imagined It*(《勃鲁盖尔想象的世界》),116; *Vermeer*(《维梅尔》),116

neoclassical(新古典): concepts(概念),51; criticism and theory(批评和理论),30-31,235; epic(史诗),60,69-70,154; practice of mixing genres(文类混合的做法),181; prescriptiveness(规定),26-28; subject and kind relationship(主题和类别关系),64; tragedy(悲剧),61; view of style height(风格高度观),71

*New Cambridge Bibliography of English Literature*(《新剑桥英国文学总目》),215,216

New Criticism(新批评),8,17,49,232

Nicholas of Lyre(里尔的尼古拉斯),146

nonfiction(非虚构),11-12,13,17

nonliterary(非文学): forms(形式),157-158; genres(文类),18,21; speech acts(言语行为),14; writing(作品),10,12-13,14

Noot. J. van der, *Olympiad*, 95

normative concepts(规范性概念),15-17,26,28,29

*nouveau roman*(新小说),31,125

*nova reperta*(新发明),36

novella(中篇小说),63,120,248,

251，278

novel(s)(小说)：abolition(废奴)，122；adventure(历险)，122，141，144；allegory topics in(比喻性话题)，192；antecedents of(早先文类)，149，304；antinovel(反小说)，32，121，126，141，165，177–178，252；as a kind(作为类别)，120；*Bildungsroman*(教育小说)，34，122，170；"central,"(核心)121，122；city(都市)，122；comic(喜剧)，33，106，122；crime(犯罪)，109，122；denatured(反自然)，141；discourse and(和话语)，5；divisions in(分类)，63，122；documentary(纪实)，121；domestic(家庭)，122；Eastern(东方)，90；Elizabethan(伊丽莎白时代)，154；epic(史诗式)，33，120；epistolary(书信体)，33，120，136，172；erotic(色情)，152；espionage(间谍)，122；experimental(实验)，253；faction(宗派)，121，141；factory，122，158，277；Frye's typology(弗莱的分类)，118–120；generic signals in(中的文类信号)，90–91；genre theory and(和文类理论)，33–34；gothic(哥特式)，

126，164–165，233；grouping of(分组)，33，159；historical(历史)，34，111，121–122，126，156，168，233；Indian(印度)，122；in the hierarchy(文学等级系统中的地位)，225–226，233，243，244，252；kinds of(类别)，118–126；lazarine type(流浪体)，33；lyric, lyrical(抒情体)，141，206，211，239；modal extension of(模态拓展)，108，109，206，210–211；mosaic，70；multi-plot，121；naming，83–87，93；nature(自然)，122；naturalistic(自然主义)，109，226，233；novella and(和中篇小说)，251；of faith and doubt(信仰和疑惑)，122，127；of ideas(思想)，94–99，132，233；of manners(风俗)，73；of moral analysis(道德分析)，94，98；opening formulas and topics of(开篇格式和话题)，103；other types mixed with(与其他类型的混合)，28，34，118，286；panoramic(全景式)，168；period，168；picaresque，*see* picaresque novel；political(政治)，111，122；post-Jamesian(后詹姆斯式)，261；prescriptive rules applied to(规定

性规则），28-29；probability and（和可然性），28；provincial（地方），122；psychological（心理），109；realistic（写实），189，272；regional（地域），154，168，228；*roman and récit*（说和写），120-121；romance and，121，253；rustic，122；school（流派），122；size of（篇幅），63；stream-of-consciousness（意识流），121；structures of（结构），120；style（风格），71-72；subgenres of（亚类），122；surrealist（超现实），123，titling of（题名），93-94；tragic（悲剧），167；type diversity（类型丰富），33-34，120；university（统一性），122，170；use of term（术语使用），52，141；verse（韵文体），239；war（战争），122；Western（西部），226；"work-in-progress" *see* work-in-progress novel

nuclear genres（核心文类），5-6

numerological patterns（格律结构），58，61，72，166

nuntius speeches，60，186

nursery rhymes（儿歌），44，62

Nye, Robert（奈，罗伯特），*Falstaff*（《福斯塔夫》），91，124-125，126，127

obsoleteness（废弃），32-35，73，111，167

O'Brien, Flann, *At Swim-Two-Birds*，123

occasion（场合），47，112，152-153，162

ode(s)（颂）：Anacreontic（阿那克里翁式），57，111，131，172，182，197，198；division of（分类），95；elegy as（挽歌作为颂的一个类别），137，138；encomiastic（赞歌式），111；genethliac（诞辰喜歌式），197；English minor，170-171；epithalamic，111；genethliac，111；images in Romantic（浪漫颂中的形象），58；major（大调式），111，131，172；odelet, odelette（小颂），133，301；Pindaric（品达式），182，198；plain style of（风格平实），108；size of（篇幅），63；"turn" and "counterturn" 95

*oeuvres*（全部作品），127，128-129

Oldham, John（奥德海姆，约翰），189

Olson, Elder（奥尔松，埃尔德），38，239

*Olympiad*，95

opening formulas and topics（开篇格式和话题）：as generic signals（作为文类信号），88，98-105；in beast fables（在动物寓言故事

中),101-102;*incipit*,98;in epics(史诗中),102;in epitaphs(墓志铭中),101;in fairy tales(童话故事中),99-100;in longer poems(长诗中),102-103;in natural order(自然顺序),98;in novels(小说中),103-105;medieval(中世纪),98-99;of 18th-century georgics(18世纪农事诗),100;*ordo artificialis*,98-99,295;*propositio*,99,100;Renaissance(文艺复兴),99

oral literature(口传文学):and the taxonomic problem(分类难题),17;as part of the canon(作为正典的一部分),214,235;groupings of(分组),3-4;models of(模式),48;primitive origins and(和源初起源),150;redundancies in(冗余),21,22

oration(演讲词),61

oratorical kinds(演讲类别),63

ordonnance(布局),14,15,241

originality(原创性),274-275

Orwell,George(奥威尔,乔治),*1984*,94,189

Otway,Thomas(奥特韦,托马斯),231

Ovid(奥维德),192;*Metamorphoses*(《变形记》),78,109,264

paideia(派代亚),8-10,11

pageant(异教的),157,171,179

Palgrave,F. T.(佩尔格鲁夫),*Golden Treasury*(《金色宝库》),231

parable(寓言),63,163

paradigm(范式):evaluation and changes in the(评价和变化),272-273,275;hierarchic,235;of main genres(主要文类的),219-221,224;types and sequels(类型和后续),126-127,154-155

paradox(悖论),71,200

Parker,Patricia(帕克尔,帕特里西亚),251

parody(仿拟),29,44,110,126-127

*parole*(言语),20

particularity(特殊性),53

parts,theory of(关于组成部分的理论),218

Paschasius Radbertus,192

Pasquier,Etienne(帕斯奎尔,埃蒂安),181

passion(热情),137,138

pastiche(拼凑),127

pastoral(牧歌):antecedents of(早先文类),156;antigenres(反文

类),176-177;as "heroic"(作为英雄体),61;as the mixed dramatic genre(作为混合戏剧文类),110;Augustan(奥古斯都式),79;biblical(圣经式),192;drama(戏剧),26;eclogues(对话诗),43,107,108,112,254;elegy(挽歌),107,252;259;Elizabethan(伊丽莎白式),79,133;epic(史诗式),107,252;in the hierarchy(文学等级系统中地位),35,216,217,220,221-222,240,241,252;inclusion in other types(包含入其他类型中),54,55;in georgic modulation(农事诗模态化中),203,253-254;Jonson on(约翰逊论),25;mode(模态),35,109-110;names in(人物姓名),75,77-82;plays(戏剧),107,108,254;Pope on(蒲柏论),81;Renaissance,26;rhetorical figures in(修辞格),71;rules for(规则),81;urban development and the(城市发展),277;use of the Hexameter line(使用六步格),61;use of term(术语使用),56;values in(价值),66;works, range of(作品范围),107

Pater, Walter(佩特,沃尔特),7,11

Patmore, Coventry(帕特莫尔,考文垂),69

Patrize, F.(帕特里兹),9,35,38,47,48,61

Peacock, T. L.(皮科克),119,233

pedagogical approach(教学法),8,9,10

Pepys, Samuel(佩皮斯,撒缪尔),*Diary*(《日记》),13

Pepys, S., Jr.(小佩皮斯),*A Diary of the Great War*(《大战日记》),110

perlocutionary effects(言后效果),6,7,8,12,282

peripeteias(情节突转),39,179

periphrasis(迂回),71

Petrarch(彼得拉克):as a paradigmatic author(作为奠定范式的作家),57,254;eclogues(对话诗),79,80,139,191;influence on pastoral characters(对牧歌特性的影响),69,77;names taken from(来自其作品的人名),79,80;pastoral(牧歌),192;sonnets(十四行诗),112-113,136,155,185
  works cited: *Canzoniere*,136;*Le Stelle, il cielo*,113;*Non d'atra*,113

Petrarchism(彼得拉克风格),4,170,174,176

Philips, Ambrose(菲利普,安布罗斯),80,81,140,176
Philips, John(菲利普斯,约翰),231; *Cider*(《苹果酒》),203
Phillips, Edward(菲利普斯,爱德华),219,220,221,222,229
philosophical, novel(哲学小说),34; treatise(专题论文),11
Philostratus(菲洛斯特拉图斯),115
photograph poems(相片品评诗),118,170
picaresque(流浪体):as an antigenre(作为反文类),175; in systems of genres(文类系统中位置),244; modulation(模态化),108; novel, *see* picaresque novel(小说,参阅"流浪体小说"); origins of(起源),59,154; romance(传奇),252,259; transformation of(变形),167,175
picaresque novel:as a subgenre(作为亚类),121,122; as a type(作为典型),33,199,120,216; changes of setting in(场景变换),64; characters of(特性),58-59,69,122; development of(发展),46; early(早期),58; Guillén's features of(吉利安论其特征),58-59; modern symbolic(现代象征式),58; *picaro* in,58,175;

stages in(阶段),162
Pigna, Giovanni Battista(皮尼亚,乔尔瓦尼·巴蒂斯塔),137,183
pilgrimage genres(朝圣历程文类),88-89,145
Piranesi, G., *Carceri*,164
piscatory(皮斯卡托里):eclogue(对话诗),140,158,161,182; mode(模态),110,112; play(戏剧),107
Planudean Anthology(《普拉努阿斯诗选》),137,184,222,302
Plato(柏拉图),9,46,119,235,237
Plautus(普劳图斯),156; *Amphitryon*(《安菲特律翁》),156,186; *Miles Glorious*,93
play-within-a-play(剧中剧),125,180
pleasure(愉悦),11-12,15-16,22
Pléiad titling,131
Pliny(普利尼), *Epistles*(《书信集》),138
plots(情节):analogous,54; Aristotelian view of(亚里士多德观点),47; double(双重),35,156,186; high and low(高和低),35; mixed(混合),186,187; Renaissance view of(文艺复兴观点),47,48; serious, of tragedy(悲剧的严肃情节),55
Plutarch(普鲁塔克),152

Poe, E. A.(爱伦坡), 63, 163; *The Narrative of Arthur Gordon Pym*(《亚瑟·戈登·皮姆的故事》), 109

poem(诗): concrete(具体), 238, 259; tapestry, 179. see also country house poems, estate poems, etc.(亦可参阅"乡村农庄诗""庄园诗"等)

poesy(诗), 9, 241, 244

poetic(诗歌的): kinds(类别), 5; syntax(句法), 22; vision, in nonliterary works(非文学作品中诗歌观点), 12

poeticality(诗性), 18

*poioumenon*, see work-in-progress novel

political(政治的): elements in gothic(哥特风格中的政治成分), 163-164; novel(小说), 34, 111, 122, 215; relevance and literature(和文学的关切性), 10

Poliziano, Angelo(波利齐亚诺,安其罗), *Silvae*(《席尔瓦诗选》), 134-135

polyphonic narrative(多声部叙事), 121

Pomfret, John(庞弗雷特,约翰), 231

Pontano, Giovanni(蓬塔诺,乔尔瓦尼), 77, 224

Pop poetry(波普诗), 10, 21

Pope, Alexander(蒲柏,亚历山大), 52, 58, 157, 224, 231, 243, 254; "defence" of Philips(为菲利普斯辩), 81; eclogues(对话诗), 79, 80, 140; epigrammatic essay(智语诗化散文), 201; names used by(所使用的人名), 78, 79, 81; on generic rules(论文类规则), 30; pastoral(牧歌), 78, 81, 176; use of genres(文类的运用), 150

works cited(引用作品): *A Discourse on Pastoral Poetry*(《论牧歌》), 81; *An Essay on Criticism*(《论批评》), 30; *An Essay on Man*(《论人》), 91, 95, 200, 225; *Iliad and Odyssey translations*(《伊利亚特》和《奥德赛,翻译》), 71, 291; *The Dunciad*(《愚人志》), 3, 64, 91, 95, 111, 167, 223; *The Rape of the Lock*(《夺发记》), 107, 110, 189; *Windsor Forest*(《温莎森林》), 100, 203, 205, 275

pornography(色情文学), 10, 93, 152, 226

Potts, Abbie F.(波茨,阿比), 137, 206, 207, 302

Pound, Ezra(庞德,埃兹拉), 153, 154, 157; *Cantos*(《诗章》), 157;

*Her Monument, the Image Cut Thereon*, 96; *In a Station of the Metro*(《地铁车站》), 96

prayer(祈祷文), 8

Praz, Mario(普拉兹, 马里奥), 198, 199

Prescriptiveness(规定): creativity and(和创造), 29, 32; harmlessness of(无害), 29-31; impossibility of revolution or discontinuity in genre(革命或文类断裂不可能), 32; in present criticism(当代批评中), 28-29; need for prescriptive genre rules(需要规定性文类规则), 29-31, 272-273; of neoclassical genre theory(新古典文类理论), 26-28, 30-31

presentational modes(呈现模式), 218, 219-220, 221

*principium*, 61, 102

priority(优先), 91, 294

probability(可然性), 28, 30, 285

process poem(过程诗), 66

proem(序言), 91, 102, 104, 110

prologue(序), 61, 98, 99

*propemptikon*(临别赠言), 39, 68, 114, 152, 173-174

Propertius(普罗佩提乌斯), 77

prophetic mode(预言类模态), 147

prose(散文): genres, Frye's typology of(文类, 弗莱的分类), 118-119; included in Renaissance poesy(包括在文艺复兴诗歌之内), 9; kind of central genres(核心文类的类别), 5; modern distaste for alembicated, 14; poem(诗歌), 63; poetry(诗歌), 48; utilitarian(功利主义的), 15

prose fiction(散文体虚构): assimilated with novel(融入小说), 118; canons of(正典), 232-234; criticism of(批评), 5; generic signals in(文类信号), 90-91; genre criticism and(和文类批评), 25; names in(人物姓名), 83; problem of continuity(连续性问题), 33-34; titles of(题名), 93-94

prospect poem(远景诗), 197, 273, 275

protest poem(抗议诗), 72

Proust, Marcel(普鲁斯特, 马塞尔), 124, 125

proverbs(谚语), 63, 65, 66, 73, 108, 151, 162, 238

Prudentius(普鲁登修斯), *Psychomachia*, 192

Psychological(心理的): aspect of archetypes(原型的心理方面), 151; aspects of tertiary stage(三

级阶段的心理方面），163-164；
novel(小说)，34，68，109
psychomachies(通灵诗)，112，156
puns(双关)，59，60，76
Puttenham, George(普登汉姆，乔治)，63，67，152，291
Pynchon, Thomas(品钦，托马斯)，233；*Gravity's Rainbow*(《万有引力之虹》)，34；*The Crying of Lot 49*(《拍卖第49批》)，34，94，178，265；*V*(《V》)，86，265

quasi-generic groupings(半文类性质分组)，126-129
quatorzains(不规则十四行诗)，4，57
Queneau, Raymond(格诺，雷蒙德)，*Exercises*(《练习》)，128
Quiller-Couch, Sir Arthur(奎勒-库奇，阿瑟爵士)，*Oxford Book of English Verse*(《牛津英国诗选》)，231，232
Quintilian(昆提利安)，61，134，181，219，220

Rabelais, François(拉伯雷，弗朗索瓦)，126，131，180
Racine, Jean(拉辛，让)，*Phédre*(《费德拉》)，166
Radcliffe, Ann(雷德克里夫，安)，163；*The Italian*(《意大利人》)，

90；*Udolpho*(《尤多尔佛》)；90
radio play(广播剧)，57
Raleigh, Sir Walter(拉雷，沃尔特爵士)，77，224，231；*History of the World*(《世界史》)，13，14
Ramsay, Allan(拉姆塞，阿兰)，140
Rapin, René(拉平，勒内)，81，182
Reade, Charles(里德，查尔斯)，223
readers(读者)：acquisition of genre(文类知识的习得)，44-45；and the peripheral genres(和边缘文类)，12；canons of literature and(和文学正典)，215，216；conventions shared with authors and(和作者共享的传统)，257，260，268-269；general and specialist(一般读者和特定读者)，12；generic signals as guides to(文类信号作为向导)，88，89，90，92，95；generic recognition by(辨别文类)，259-260；hermeneutic task of(阐释任务)，72-73，109，260；idiolectal rules and(和个人话语规则)，128-129；indeterminacy and(和不确定性)，265-266；ignoring genres(忽视文类)，24；literary response of(文学反应)，16；participation of(参与)，266；reading habits and size of work

（阅读习惯和作品篇幅），63－64；reception of a work（作品的接受），257；relations with critics（与批评家的关系），260，263，278；use of genre as communication 256，278；use of genre as interpretation（把文类作为阐释），256，270－271；values and（和评价），66－67；variation with，3

Réage, Pauline（雷阿日，波莉娜），*Histoire d'o*，86

realism（现实主义），34，244

rebus，79

recategorization（再分类），11－14，17，73，144，265

*récit*（书写），120－121，134

redundancy（冗余），21－22，23

Reeve, Clara（里夫，克拉娜），*The Old English Baron*（《英国老男爵》），109

refrains（叠句），22

*Reign of George* Ⅵ（《乔治六世王朝》），227

reiteration（重复），22

Renaissance（文艺复兴）：Ancients（古人文学），27，28，31；Aristotelian influence in（亚里士多德的影响），61，235；aspirations on epic，50－51；comedy（喜剧），156；comic and tragic characters（喜剧和悲剧人物），69；concept of genres，38，48－49；controversy on extent of literature（文学观），9；critics on action（批评家论行动），70；critics on eclogue（批评家论对话诗），60；cultural transfer in（文化转换），36；decorum of style（风格适切观），70－71；description of historical kinds（历史类别的描述），57；doctrine of inclusion（内含学说），217－218；English tragedy（英国悲剧），40，60；genre theory（文类理论），25－26，38，47，99，219；imitation（模仿），157；*impresa*（箴言），61，；interest in rhetorical parts（对修辞部分的兴趣），102；Italian criticism（意大利批评），26，38；literary theory（文学理论），9，218；literature, names in（文学中的人名），76－77；mannerism（风格主义），181；masque（化妆剧），61；Moderns（今人文学），27，81；numerological patterning（格律结构），72；pastoral eclogue（牧歌对话诗），73；"poesy"（诗），9；semicanonical genres（半正典文类），29；*silvae*（席尔瓦诗），134－135；theories of value（价值论），9；theory on elegy(挽歌理论), 207; valediction(离别诗), 113-114

 view of(观点): central genres(核心文类), 9; didacticism(说教), 9; epic(史诗), 160-161; size(篇幅), 62-63, 64; style height(风格高度), 71; subject(主题), 65

repetition(重复), 22

report novel(纪实小说), 4, 14, 15, 33

representation(再现), 235, 236-237, 239, 241

Restoration comedy(复辟时期喜剧), 52, 75-76

retirement poems(归隐诗), 171, 203

revels(狂欢), 156

revenge tragedy(复仇悲剧), 40, 180, 262, 274, 276

rhetoric(修辞), 98-99, 136, 142, 144, 146, 264, 303

*Rhetorica ad Herennium*(《修辞学》), 99, 143, 241

rhetorical(修辞性): art(艺术), 15; devices(手法), 264; divisions(分类), 61; features(特征), 57; figures(格), 48, 71, 73; genres(文类), 39, 114; monism(单子论), 238-239; organization(组织), 70, 107, 256; parts of epic (史诗部分), 102; patterns(布局), 4, 13, 256; schemes(方案), 22, 264

rhyme(韵), 9, 57, 58, 59, 62, 183-184, 256

rhythm(节奏), 48, 62

Richardson, Samuel(理查逊,撒缪尔), 29, 64, 84, 85, 86, 120, 153, 168; *Clarissa*(《克莱丽莎》), 84, 85, 86; *Pamela*(《帕米拉》), 83, 84, 85, 86; *Sir Charles Grandison*(《查尔斯·格兰迪森爵士》), 84, 86,

Ricks, C.(《里克斯》), 186

riddle, 151

Riffaterre, M.(里法泰尔), 46

Righter, William(莱特尔,威廉), 262, 323

ring composition, 128

river poems(大河诗), 154, 171

Rivière, Jacques(里维耶尔,雅克), 2, 40

Robortello(罗伯泰罗), *De Epigrammate*(《论智语诗》), 137, 183, 197

Robson, W. W.(罗伯逊), 229

Rochester, John(罗切斯特,约翰), 231

roman(传奇), 120-121, 134, 173

*Roman de la Rose*(《玫瑰传奇》), 193

romance(传奇): allegorical(比喻性), 192, 233; ancient(古代), 163; antigenre(反文类), 216; as antecedent of novel(作为小说的早先文类), 149; as ingredient of prose(作为散文体的组成部分), 118, 119, 120; chivalric(骑士), 66, 167; courtship patterns(求爱套路), 156; divisions of(分类), 95; 18th-century(18世纪), 163; elegiac(挽歌式), 233, 251; gothic(哥特式), 67, 90; heroic(英雄体), 95, 167, 255; historical(历史), 168, 233; in systems of genres(文类系统中的地位), 243, 244, 251, 253, 255; interlaced(缠绕式), 72; medieval(中世纪), 28, 47, 61, 66, 82, 94, 111, 145, 163, 243; mise-en-scène(场景), 68; multiplicity of episode(章节多重性), 69, 70; mysterious ancestry motif(神秘古代主题), 163; names in(中的人名), 77, 82-83, 84-85; narrative discontinuities(叙事中的非连续性), 251, 265; 19th-century(19世纪), 51; origins of(起源), 154; other types shared with, 54, 55; pastoral(牧歌式), 175; picaresque(流浪体), 252, 259; prose(散文体), 168; size of(篇幅), 63; titles of(题名), 93, 94-95; transformation of(变形), 167; use of term(术语使用), 141; value of(评价), 66; Victorian(维多利亚时期), 47, 243

romantic(传奇的/浪漫主义的): blank verse(无韵体诗歌), 108, 111; epic(史诗), 26, 28, 31; modulation(模态化), 108, 111; nature poem(自然诗), 211; novel(小说), 33; oeuvres(全部作品), 127; poetry(诗歌), 102-103, 136

Romantic movement(浪漫主义运动), 49

Ronsard, Pierre de(龙萨，皮埃尔·德), 65, 133, 171; *Amours*(《爱情诗集》), 131; *La Franciade*(《法兰西亚特》), 95

Roscommon, Earl of, 231

Rosenmeyer, T. G.(罗森梅耶), 54, 65, 67, 69, 289; *Green Cabinet*(《绿色阁楼》), 67

*rota Virgiliana*, see Wheel of Virgil

Rowe, Nicholas(罗维，尼古拉斯), 26, 285

Rozewicz, Tadeusz, *Didactic Tale*, 116

Ruskin, John(罗斯金，约翰), 11,

137, 206, 226; *Stones of Venice*
(《威尼斯之石》), 7
Rymer, Thomas(莱默,托马斯), 26,
39, 40

Sacks, Sheldon(赛克斯,谢尔顿), 38
Saga(北欧传奇), 66, 133
Saint Jerome(圣杰罗姆), 116, 147,
298
Saintsbury, George(桑茨伯里,乔治),
*Short History of English
Literature*(《英国文学简史》),
233
Sandys, George(桑迪斯,乔治), 224
Sannazaro, J.(桑纳扎罗), 9, 77, 78,
80, 110, 158, 161, 179, 182;
*Arcadia*(《阿卡迪亚》), 161
Sapir, E.(萨丕尔), 133, 261
Sartre, J. P.(萨特), 15, 34
satire, satiric(讽刺,讽刺的):
allusions in(中的用典), 92; as a
central genre(作为核心文类), 5;
as a mode(作为模态), 110;
apocalyptic(末日启示式), 265;
censorship and(和出版检查),
215; comedy(喜剧), 75 – 76;
dystopia(反乌托邦), 94;
epigram(智语诗), 76; heroic(英
雄体), 167, 255; Horace on(贺
拉斯论), 272; hybrid forms(杂

糅形式), 188 – 190; in the
hierarchy(文学等级系统中地
位), 35, 220, 223, 229, 240,
242, 243, 244; insets in(嵌入),
180, 188 – 190; invective and(和
谩骂), 143; ironic(反讽式),
145; Menippean(梅尼普式), 34,
64, 119, 118 – 119, 193, 239,
265; mixed(混合式), 64, 110 –
111; mock epic(讽史诗), 167;
modulation(模态化), 39, 193 –
194; names in(中的人名), 75 –
76, 79, 86; narrative(叙事), 64,
119; opening formulas(开篇格
式), 99, 110; parodic(戏仿式),
29, 64, 110, 188, 189; postmodern
underground(后现代地下), 66 –
67; rhyme in(中的押韵), 58,
62; sermons(布道文), 110; shift
to(转变), 87; size of(篇幅), 63,
64; subgenres(亚类), 8;
traditional(传统式), 66; tragedy
(悲剧), 254 – 255; types(类型),
188 – 189; use of term(术语使
用), 132, 135, 143, 254 – 255;
value of(评价), 66 – 67; verse
(韵文), 66
Saussure, F. de(索绪尔), 20, 49 – 50
Scale(幅度), 59, 172 – 173, 248
Scaliger, J. C.(斯卡利热尔), 9, 26,

28,65,67,131-132,135,136,138,139,152,160-161,206,207,217,219,274,282,285

Schiller, Friedrich(席勒,弗雷德里希),160,236

Scholes, Robert E.(斯科尔斯,罗伯特),238,242-244,247,248,249,319

science fiction(科幻小说),10,34,68,94,109,132,163-164,189,226

Scott, Paul(斯科特,保罗),*Staying On*(《滞留》),104

Scott, Sir Walter(斯科特,沃尔特爵士),141,153,154,226,233;*Waverly*(《魏佛利》),168,228

scriptor,146

Sebillet, Thomas(塞比莱特,托马斯),183,185

Sedulius(塞都里乌斯),192

Seneca(塞内加),131,164,201

Serafino da Salandra, *Adamo Coduto*,95

Sermon(布道文),11,63,110,136

Servius(塞尔维乌斯),182

Shakespeare, William(莎士比亚,威廉):comedy(喜剧),156;couplet closure(对句结尾),138;departure from romance(脱离传奇),261;history plays(历史剧),264;in anthologies(文选中),231;Johnson's Shakespearean criticism(约翰逊评莎士比亚),27,283;tragedy(悲剧),39,167;use of allegory(比喻的运用),264;use of imitation(模仿的运用),32

works cited(引用作品):*As You Like It*(《皆大欢喜》),107,108,254;*Comedy of Errors*(《错误的喜剧》),136;*Hamlet*(《哈姆雷特》),39,54,127,180,262,272,276;*Henry IV*(《亨利四世》),252;*Henry VIII*(《亨利八世》),180,252;*King Lear*(《李尔王》),41;*Love's Labours Lost*(《爱的徒劳》),171,180;*Much Ado About Nothing*(《无事生非》),70;*Othello*(《奥赛罗》),92;*Romeo and Juliet*(《罗密欧和朱丽叶》),95;sonnets(十四行诗),136,172,176,184,185;*The Winter's Tale*(《冬天的故事》),31,54,55,186;*Twelfth Night*(《第十二夜》),67,69,70,171

Shaw, G. B.(肖),172,206

Shelley, Mary(雪莱,玛丽),*Frankenstein*(《弗兰根斯坦》),109

Shelley, P. B.(雪莱),109

Shenstone, William(申斯通,威廉), 48,137

shepherds, character of(牧羊人特征),69

Sheppard, Samuel, *The Times Displayed in Six Sestiads*(《年代六章》),95

Shirley, James(谢利,詹姆斯),80

Shklovskij, Victor(什克洛夫斯基,维克多),8,158,164

short story(短篇小说),63,68,104-105,109,158,166,233,248,251,278

side-text(副文本),5,47,206,281

Sidney, Sir Philip(锡德尼,菲利普爵士),6,9,155,156,157,171,172,216,218,220,221,223,281;aggregations in,172;diction in(用词),71,138;eclogues(对话诗),69,107,179;in anthologies(文选中),231;on tragicomedy(论悲喜剧),186;pastoral names in(牧歌人名),78

works cited(引用作品): *Arcadia*(《阿卡迪亚》),81,107,182,252;*Astrophil and Stella*(《爱星者和星星》),60,71,113,171,172,184,232;*Defence of Poetry*(《为诗歌辩》),9,65,

181-182,216,218,224,281,282;sonnets(十四行诗),176,184

Sidonius(西多尼乌斯),192

signals, generic(文类信号):as guide to readers(作为阅读向导),88,89,90,92,95;construction of original(原作的建构),256,257;encoding of(编码),257;function of(功能),88,90-91;generic allusions(文类用典),88-92;in epic(史诗中),89-90,94-95;in epithalamium(婚宴喜歌中),59;in prose fiction(散文体虚构中),90-91,93-94;interpretation of(阐释),256,257,268-269;local features(局部特征),59-60,67;mood and(和模态),67;opening topics(开篇话题),88,98-105;points of departure(分离点),88,89;presentational function(呈现功能),96,97,98,99-100;scale as(幅度作为信号),64,;titles(题名),88,92-98

silva(席尔瓦),134-135,156,185,198,210

Simon, Claude(西蒙,克劳德),123

Sinclair, Andrew(辛克莱尔,安德鲁), *Facts in the Case of E. A. Poe*

(《艾伦坡案件中的真相》), 253
sinister catechism(险恶教义), 114
size(篇幅), 62-64, 106, 107
Skelton, John(谢凯尔顿,约翰), 80
sketch(速写), 11, 63, 238
Slaughter, Carolyn(斯洛特尔,卡罗琳), *Story of the Weasel*(《臭鼬的故事》), 126
sleeping device, 89, 102
Smart, Christopher(斯玛特,克里斯托弗), 216; *A Song to David*(《大卫之歌》), 205; *Hop-Garden*(《蛇麻园》), 203; *The Hilliad*, 95
Smith, Crichton(史密斯,克里奇顿), 172
Smith, John(史密斯,约翰), 116
Smollett, Tobias(斯莫涅特,托拜厄斯), 84
Soame, Sir William(索姆,威廉爵士), 196, 216, 217, 222
social(社会的): context of literature(文学语境), 3, 36, 166, 241; change and generic change(变化和文类变化), 277; decorum(得体观), 35; function(功能), 67, 111; groups(群体), 12; object(对象), 16, 18
society and literature(社会和文学), 1-2, 17, 18, 58, 133

Sollers, P., H.(索勒斯), 86
Solzhenitsyn, A.(索尔仁尼琴), *Cancer Ward*(《癌症楼》), 33
Somerville, William(萨莫维尔,威廉), *The Chase*, 100
song(歌谣), 55, 60, 63, 67, 107, 171, 231
sonnet(十四行诗): antisonnets(反十四行诗), 184-185; as *melos* or minor ode(作为小调颂), 131; as pastoral(作为牧歌), 136; baiser(香吻诗), 112, 113; blazon(夸耀诗), 112, 113, 114, 176, 185, 197; closing couplets(结尾对句), 183-184, 185; eclipse of(没落), 196; Elizabethan(伊丽莎白式), 56, 57, 60, 76-77, 112-113, 131, 136, 155, 172; epigram and(和智语诗), 71, 138, 139, 171, 176, 183-185, 216, 221, 251-252; -epigram(十四行-智语诗), 184-185, 196, 197; heroic(英雄体), 107, 136; in the hierarchy(文学等级系统中地位), 217, 220, 221; length of(长度), 62, 183; lyrical(抒情式), 136; *mel* topics in, 184, 185; mock(讽十四行诗), 185; names in(中的人名), 76-77, 176; 19th-century(19世纪), 53;

Petrarchan(彼得拉克式),112-113,136,155,185; problem of defining(界定的困难),57; Renaissance(文艺复兴),251-252; sequence(诗集),4,56,57,136,155,172,184; stanza form(章节),108,136; structures(结构),57,136,183-184; subgenres(亚类),112-113,114; Tasso's(塔索的),107,136

Sophocles(索福克里斯),27,164,274; *Ajax*(《阿贾克斯》),40; *Electra*(《伊莱克特拉》),40; *Oedipus at Colonus*(《俄狄浦斯在科罗诺斯》),39,92; *Oedipus Tyrannus*(《俄狄浦斯王》),40,41

Sparshott, F. E.(斯巴绍特),50,263

spectacle(景观),55

speech acts(言语行为),6-7,8,12,20,49,282

Spence, J., *The Charliad*,95

Spenser, Edmund(斯宾塞,埃德蒙德): allegory(比喻),193; allusion in(用典),89; eclogues(对话诗),79-80,139,162; in anthologies(文选中),231,232; names in(人名),78,79,84-85; pastoral(牧歌),79,176,192; protagonists in(主人公),68; Spenserian criticism of neoclassical age(对新古典主义时代的斯宾塞式批评),51,81; stanza form(章节),48; work of art poems(艺术诗),115

 works cited(引用作品):*Amoretti*(《爱情小唱》),56,77,113,131,172; *Colin Clout's Come Home Again*(《柯林·克劳特归家》),79; *Epithalamion*(《婚宴喜歌》),59,131,152; *Prothalamion*(《诞辰喜歌》),152,179; *The Faerie Queen*(《童话女王》),7,31,51,68,82,84,95,102,109,163,179,193,252; *The Shepherd's Calendar*(《牧童日历》),43,69,79-80,108,172,254

*Sphere History*(《斯菲尔历史》),232,233

Spitzer, Leo(斯皮策,里奥),13

Staiger, Emil(施泰格,埃米尔),236

Stanyhurst, Richard(斯坦利赫斯特,理查德),220

stanza form(诗章形式),48,61,108,166

Starobinski, Jean(斯塔洛宾斯基,让),271

Statius, *Silvae*(斯塔提乌斯,席尔瓦),

134

Stein, Gertrude(斯泰因,格特鲁德): *Making of Americans*(《美国的诞生》),178; *Prothalamion for Bobolink and His Louisa a Poem*,179

Steinbeck, John(斯坦贝克,约翰),248

Stepney, George(斯特普尼,乔治),231

Sterne, Laurence(斯特恩,劳伦斯),274; *Tristram Shandy*(《特里斯坦·向迪传》),70,83,119,123,124,125,126,177,178,233

Stevens, Wallace(斯蒂文斯,华莱士),45,97; *Jouga*(《尤加》),97; *Thirteen Ways of Looking at a Blackbird*(《十三种方式看黑眉》),172; *Word with José Rodriguez Feo*,97

Stevenson, Lionel(斯蒂文森,莱昂内尔),*Victorian Fiction*(《维多利亚小说》),233

Stevenson, Robert Louis(斯蒂文森,罗伯特·刘易斯),76,121,141,162; *Aes Triplex*(《三重甲》),11; *Prince Otto*(《奥托王子》),168; *The Dynamiter*(《戴勒米特》),163; *The Ebb-Tide*(《退潮》),163; *Treasure Island*(《金银岛》),86; *Underwoods*(《灌木集》),135

Stewart, Dugald,41

stichomythia,55,179,188

stock characters(格式化人物),22

Stoll, E. E.(斯托),262

Stoppard, Tom(斯托帕德,汤姆),*Rosencrantz and Guildenstern Are Dead*,(《君臣人子一命呜呼》)54

stories,44-45

story(故事),55,150,151

strambotta,63,108

strophe(诗节),61

structuralist theories(结构主义理论),2,5,8,17-18,49,147,250-251,264,265,268

structure, external(外部结构),60-61,73,264

Stutterheim, C. F. P.(斯塔特海姆),25,285

style height(风格高度),35,48,59,70-72,75,145-146,182,216,225,241,252,253

subgenre(亚类):as a grouping(作为分组),3;assembly of(组合),158-159;blazon(夸耀诗),56,112,113,114;classes as(门类作为亚类),40;"content" genres approximating to,39;distinguished from kind, mode, or constructional type(与类别、模态,以及构造类型的区别),55; external characteristics (外部特征),56; family resemblance theory and(和家族相似论),41; in evaluation(在评价中),274; method of dividing kinds into(把类别分为亚类的方法),111-112; motifs of(动机),112-114; names indicating(人名指明亚类),77-78; of tragedy(悲剧),40; on works of art(艺术品),115-118; range of features used by(所使用特征的范围),55; relation of, to genre(与文类的关系),274; rhetorical dispositio rules and(和修辞性布局规则),113-114; substantive features of (质料特征),112,114; topics in (话题),112-113

subject(主题),64-66,71,111-112

sublexical order, 4

Suckling, Sir John(萨克林,约翰爵士),157

Suetonius(苏维托尼乌斯),76

surrealists(超现实主义者),2

Surrey, Henry(苏利,亨利),95,231,232

Swift, Jonathan(斯威夫特,乔纳森),29,223,243; *Gulliver's Travels* (《格列佛游记》),64,110,127,165

Swinburne, A. C.(史文朋),14,230

syllabics(音节韵律),48

Sylvester, Joshua, Du Bartas, 89

Syme, Sir Ronald(塞姆,罗纳德爵士),*Roman Revolution*(《罗马革命》),12

synchronic approach(共时方法),46,48-52,119,243,251-252

systems of genres(文类系统): against maps(反对图示),246-251; axial features(轴向特征),247-250; by metrical type(按韵律类型),239-240; division by speaker(按发言者区分),235,237,252; Frye's(弗莱),235,241-243,247; Hernadi's(赫尔拉迪),244-246,247,249; hierarchic paradigm(等级范式),235,237; Hough's(休),246-248; intergeneric relations(文类间关系),249,251-255; language approach(语言方法),238-239; maps(图示),239-246; modern distribution(现代分布),236; organic universals(有机统一),235-239; radicals,235,236; representational modes (再现模式),235,236-237,

239，241；rhetorical monism（修辞单子论），238-239；Scholes'（肖尔），242-244；taxonomic approach（分类方法），235，237，239；Tynjanov's（蒂尼亚诺夫），250-251

Szirtes, George（西尔泰什，乔治），*Baroque*（《巴洛克》），117

tale（故事），82，120，242

Tasso, Torquato（塔索，托尔夸托），51，68，89，137，183；*Gerusalemme Liberata*（《解放的耶路撒冷》），94，193，217；sonnets（十四行诗），107，113，136；*Spettacologil occhi*，113

taxonomy（分类），1，17-19，37，235，237，239，255

Taylor, John（泰勒，约翰），54，289；*Brueghel's Farmers*（《勃鲁盖尔的农夫》），116，117

technical words（技术性词汇），4，5，49

Tennyson, Alfred, Lord（丁尼生，阿尔弗雷德）：*In Memoriam*（《悼亡友》），207；*Mariana in the Moated Grange*，97

Tennyson, G. B.（丁尼生，G. B.），126

Terence（特伦斯），156

terms（术语）：acetum（酸），fel（臭），mel（甜），sal（咸），131，138，184；changing with time（随时间变化），130，131，134-136，142，147；color（色彩），133；confusion of（混乱），130-132，140-142，147；different uses of（不同的运用），130，132-134；eclogue（对话诗），136，138-140；elegy and epigram（挽歌和智语诗），136-138，139；medieval（中世纪），142-147；reasons for retaining accepted，147-148；regional variation in（地域变体），132-134

*textes*, cup up，5

textuality（文本性），17，283

Thackeray, W. M.（萨克雷），118，121，170，211，215，248，261；*Henry Esmond*（《亨利·埃斯蒙德》），121；*Vanity Fair*（《名利场》），121

thematic parallels（平行主题），22

theme and variation（主题和变化），128

Theocritus（忒奥克里修斯）：*Idylls*（田园诗），43，77，78，110，139，162，182；pastoral eclogues（牧童对话诗），69，80，81，139，161，162，176

Thibaudet, Albert(蒂博戴特,阿尔伯特), 23

Thomas, Dylan(托马斯,迪伦), *The Map of Love*(《爱的地图》), 123

Thomas, Edward(托马斯,爱德华), 128, 129, 155, 288; *February Afternoon*(《二月下午》), 53

Thomson, James(汤姆森,詹姆斯), 29, 48, 100, 154, 172; *Seasons*(《四季》), 108, 173, 203, 205, 225; *Winter, A Poem*(《冬日》), 100, 130-131

thrillers(惊悚故事), 10, 34, 66, 90, 133, 226

Tickell, Thomas(提克尔,托马斯): *Colin and Lucy*(《柯林和露西》), 162; *Guardian* essays(《卫报散文》), 81

titles(题名), 92-98

Todorov, Tzvetan(托多罗夫,茨维坦), 6, 7-8, 17-18, 46, 151, 158, 282, 283

Tofte, Robert(托夫特,罗伯特), 77

Tolstoy, L.(托尔斯泰), *War and Peace*(《战争与和平》), 94

tonality(音调), 59, 79

topics(话题), 57, 58, 112-113, 115-117, 170-171, 184. see also opening

topographical(地貌): modulation(模态化), 108, 203-204; poem(诗), 171, 203-204, 238

*Town Eclogue*, 1710, A(《城市对话诗一首,1710》), 140

traditions, literary(文学传统), 2, 3, 42-43, 44-45, 57

tragedy(悲剧): Aristotle on(亚里士多德论), 27, 39, 55, 61, 62, 160, 164, 218; as a genre(作为文类), 39-40, 55-56; Athenian(雅典式), 38, 40, 47, 55, 61, 67, 150, 151, 164; classical(古典式), 92-93, 135; defining(界定), 39-40; Elizabethan(伊丽莎白式), 47, 254-255, 274; English(英国), 39-40, 164; French(法国), 164, 165, 166, 236-237; Greek(希腊), 27, 39-40, 150, 164, 230, 274; heroic(英雄体), 164; in the hierarchy(文学等级系统中地位), 35, 220, 240, 242, 244, 251, 251, 252, 272; medieval(中世纪), 40, 143, 145; modern(现代), 40, 47; modulation of(模态化), 108, 111; origins of(起源), 153; protagonists of(主人公), 55, 68-69; Renaissance(文艺复兴), 26, 40, 60, 92; revenge(复仇), 40, 180, 262, 274, 276;

ritual setting of(仪式布景),152;
Senecan(塞内加),164;size of
(篇幅),62;story patterns(故事
结构),150-151;subgenres(亚
类),40;substantive features(质
料特征),55-56;titles of(题
名),92-93,95;unities of(统一
性),30,39;use of term(术语使
用),135;violent action(暴力行
动),39,40,135

tragicomedy(悲喜剧):as a mixture or
hybrid(作为混合或杂糅),244,
252;dark(黑暗),188;English
(英国),187-188;in the system
of genres(文类系统中地位),
244,252;irony in(中的反讽),
187-188;Jacobean(雅各宾式),
187,244;"mongrel," 31,186;
neoclassical view of(新古典主义
观点),26;other types shared
with(其他类似类型),54,55;
Renaissance(文艺复兴),26,31;
satiric(讽刺式),187;social
decorum and(和社会得体观),
185-187

Traherne, Thomas(特拉赫恩,托马
斯),215,216,232,275

transformation of genres(文类变形):
aggregation(聚集),170,171-
172;as a historical phenomenon
(作为历史现象),32-33;change
of function and(和功能变化),
170,174-179;change of scale
and,170,172-173,198;
combination(组合),170,171;
counterstatement(反向陈述),
170,174-179;diachronic
character of(历时特征),123-
124,167-168;evolutionary(演
化),165-166;generic mixture
(文类混合),181-183;
hybridization(杂糅化),183-
188;inclusion(包含),170,
179-181,196;medieval(中世
纪),144;selection(选择),170;
satire(讽刺),188-190;topical
invention(话题创新),170-171

Tranströmer, Tomas(特兰斯特洛默,
托马斯),*After the Attack*,116

travel books(游记),11,94,110,189

treatises(专题论文),11-12,13,29,
92,119,132,157,193,224,
228

triumph(凯旋),166,179

triumphal poems(凯旋诗),61

Trivialliteratur(庸俗文学),10,134

Trollope, A.(特洛普),84,121,
215,273;*Barchester Towers*(《巴
切斯特塔》),93;*The Prime
Minster*(《首相大人》),180;*The*

Warden(《老街》), 7

Trzynadlowski, Jan, 23

Turner, James(特纳,詹姆斯), 204

Tuve, Rosemond(图夫,罗斯蒙德), 71, 222

Twain, Mark(吐温,马克), *Huckleberry Finn*(《哈克贝里·费恩历险记》), 127

Tynjanov, Jurij(蒂尼亚诺夫,尤里), 8, 235, 250-251

type(类型/典型), 37-38, 54-55, 56, 126-128, 129

Underwood, Miles(安得伍德,迈尔斯), *The Authentic Confessions of Harriet Marwood*, (《哈丽埃特·玛伍德的真情告白》), 93

United States, expansion of literature in, 9-10

unities(统一性), 27, 28, 30-31, 47, 69-70

universals(普遍特征), 235-239

Updike, John(厄普代克,约翰), *The Sea's Green Sameness*(《相同绿色的大海》), 165

ut pictura poesis doctrine, 115

valediction(离别诗), 68, 109, 114, 134, 197, 199-200

Valéry, Paul(瓦莱里,保罗), 66

Vallans, William(瓦伦斯,威廉), 154

value concept(价值概念), 1, 8-9, 10, 16-17, 36, 66-67

Vanbrugh, Sir John(范布勒,约翰爵士), *The Provoked Wife*(《愤怒的主妇》), 93

Van Gogh, V.(梵·高), 116, 298

Varchi, B.(瓦尔齐), 137

variation, 1, 2, 3, 17, 18, 23, 256, 274-275

Vaughan, H., 216, 231, 232

Verdi, G., 127

verisimilar novel(拟现实小说): as a modern form(作为现代形式), 118, 121, 233; biography and(和传记), 227; characters in(中的人物), 69; development of(发展), 165; evaluating(评价), 273; in the hierarchy(文学等级系统中地位), 226; names in(中的人名), 82, 85, 86-87; opening formulas of(开篇格式), 103-104; origins of(起源), 153; picaresque(流浪体), 122; problems of(难题), 126; question of satire and(和讽刺), 189; repertoire of(特征库), 158-159; setting of(场景), 68; titles of(题名), 93-94; subgenres of(亚类), 123; substantive

groupings(按质料分组),123; words in(用词),238
Vermeer, Jan(维梅尔,扬),116,117
Verne, Jules(凡尔纳,儒勒),132
verse forms(韵文形式),12,220-221
versing, 9
Vickers, Brian(维克斯,布莱恩),201
Viëtor, Karl(维特,卡尔),237,260
Villon, F.(维雍),114
Vinaver, Eugène(维纳弗,尤金),2
Vincent of Beauvais, *Speculum Maius*, 146
Virgil(维吉尔):allusions to(引用), 91-92; epic of(史诗),160-161,217; medieval accommodation of,160-161,264,265; modulation of, 192; names in(作品中的人名),77,78,79,80; pastoral(牧歌),176,221-222; Renaissance view of(文艺复兴观点),274; style heights(风格高度),70

works cited(引用作品):*Aeneid*(《埃涅阿斯纪》),68,89,90,92,99,160-161,202,226,264,265; *Eclogues*(《对话诗集》),43,69,109,110,138-139,161,162,179,221; *Georgics*(《农事诗集》),79,98,100,131,202-203,205,218,219,227

vision,88,89,102,145
Voltaire, F. M. A. de(伏尔泰),32,156,243
von Kleist, Heinrich, *Die Marquise von*, O, 86
Vonnegut, Kurt(冯纳古特,柯尔特),233,265; *Cat's Cradle*(《挑绷戏》),34,94; *Slaughterhouse-Five*(《第五号屠场》),94,265

Waller, Edmund(沃勒,埃德蒙德),154,231,232
Walpole, Horace(沃波尔,贺拉斯),*The Castle Angler*,(《盐格勒城堡》),163,164
Walsh, William(沃尔什,威廉),140,231,252
Walton, Izaak, 119; *The Complete Angler*, 173; *Lives*, 224
war poems, 68
Warren, Austin(沃伦,奥斯汀),55,206,239,289
Warton, Joseph(沃顿,约瑟夫),223,224,225
Warton, Thomas(沃顿,托马斯),51
Watson, George(华生,乔治),48,65
Watson, Thomas(华生,托马斯),155,172
Watt, Ian(瓦特,伊安),83,84,85,86,93

Waugh, Evelyn(沃尔夫,伊夫林), *Decline and Fall*, 189
Webbe, William(韦布,威廉), 216
Weitz, Morris(魏茨,莫里斯), 262
Wellek, René(韦勒克,勒内), 15, 25, 32, 165-166, 236, 286; and A. Warren(和沃伦), 137
West, Nathanael(韦斯特,纳撒内尔), 265; *The Day of the Locust*(《蝗虫肆掠之日》), 189
Wheel of Virgil(维吉尔轮), 35, 65, 75, 221, 240-241, 252
Whitehead, W. (怀海德), *The Gymnasiad*, 95
Whitfield, John(怀特菲尔德,约翰), 169
Whitman, W(惠特曼), 7, 154, 276; *Leaves of Grass*(《草叶集》), 135
Wilde, Oscar(王尔德,奥斯卡), 138
Wilkes, G. A(维尔克斯), 229
Wilkie, W., *The Epigoniad*, 95
Williams, William Carlo(威廉姆斯,威廉·卡洛斯), 153, 154, 257; *Peasant Wedding*(《农民婚礼》), 117; *Pictures from Brueghel*(《勃鲁盖尔的画》), 115-116, 298
Willimson, George(威廉森,乔治), 198, 313
Willingham, Calder, *Eternal Five*(《永恒的5》), 34

Wilson, D. B(威尔逊), 114
Wilson, John Dover(威尔逊,约翰·多佛), 262
Wimsatt, W. K(威姆塞特), 258, 322; and C. Brooks(和布鲁克斯), 142-143
Winters, Yvor(温特斯,叶佛), 232
wit(才思), 198, 199, 200, 201
Wittgenstein, Ludwig(维特根斯坦,路德维格), 41, 42, 287
Wolcot, J(沃尔科特), 132; *The Lousiad*(《路易亚特》), 95
Wolfe, Bernard(沃尔夫,伯纳德) *Limbo'* 90, 94
Woolf, Virginia(伍尔芙,维吉利亚), 122, 211, 233
Wordsworth, W(华兹华斯), 29, 31, 48, 53, 62, 177, 182-183, 207, 214, 225-226; *Descriptive Sketches*(《景物随笔》), 205, *Resolution and Independence*(《决心和独立》), 97; *The Leech-Gatherer*(《捉水蛭的人》), 97; *The Prelude*(《序曲》), 102-103, 174, 225
work-in-progress novel(创作历程小说), 190, 210, 227, 253; as antigentre(作为反文类), 117; characteristics of(特性), 123; Continental tradition in(欧陆传

统），125；digression in（离题漫谈），124-125；discontinuities in（非连续性），70，124；English tradition in，125-126；essayistic components（组成部分），72，126；inset works of art（嵌入其他艺术作品），123-124；mock poioumenon（讽创作历程小说），126；multiple narration（多重叙事），124-125；narrator or narrators，123；reputation of（声誉），233；use of initials in titles（题名中用缩写字母），86

Wotton, Sir Henry（沃顿, 亨利爵士），231

Wright, Ernest Vincent（莱特, 厄内斯特·文森特），4

Wyatt, Sir Thomas（怀亚特, 托马斯爵士），232

Wyndham Lewis, P（温德汉姆, 刘易斯），*The Apes of God*（《上帝之猿》），64

Xenophon（色诺芬），*Cyropedia* 9

Yale formalists（耶鲁形式主义者），258，266

Yeats, W. B（叶芝），14，68，193，210

Young, Andrew，155

Young, Edward（扬, 爱德华），*Night Thoughts*（《静夜思》），85，182，207

*Ywain and Gawain*（《伊文和加文》），94

zeugma（轭式修饰法），129

Zumthor, Paul（扎姆托, 保罗），62，248

# 《当代学术棱镜译丛》
# 已出书目

## 媒介文化系列

第二媒介时代 [美]马克·波斯特

电视与社会 [英]尼古拉斯·阿伯克龙比

思想无羁 [美]保罗·莱文森

媒介建构:流行文化中的大众媒介 [美]格罗斯伯格 等

揣测与媒介:媒介现象学 [德]鲍里斯·格罗伊斯

媒介学宣言 [法]雷吉斯·德布雷

## 全球文化系列

认同的空间——全球媒介、电子世界景观与文化边界 [英]戴维·莫利

全球化的文化 [美]弗雷德里克·杰姆逊 三好将夫

全球化与文化 [英]约翰·汤姆林森

后现代转向 [美]斯蒂芬·贝斯特 道格拉斯·科尔纳

文化地理学 [英]迈克·克朗

文化的观念 [英]特瑞·伊格尔顿

主体的退隐 [德]彼得·毕尔格

反"日语论" [日]莲实重彦

酷的征服——商业文化、反主流文化与嬉皮消费主义的兴起 [美]托马斯·弗兰克

超越文化转向 [美]理查德·比尔纳其 等

全球现代性:全球资本主义时代的现代性 [美]阿里夫·德里克

文化政策 [澳]托比·米勒 [美]乔治·尤迪思

## 通俗文化系列

解读大众文化 [美]约翰·菲斯克
文化理论与通俗文化导论(第二版) [英]约翰·斯道雷
通俗文化、媒介和日常生活中的叙事 [美]阿瑟·阿萨·伯格
文化民粹主义 [英]吉姆·麦克盖根
詹姆斯·邦德:时代精神的特工 [德]维尔纳·格雷夫

## 消费文化系列

消费社会 [法]让·鲍德里亚
消费文化——20世纪后期英国男性气质和社会空间 [英]弗兰克·莫特
消费文化 [英]西莉娅·卢瑞

## 大师精粹系列

麦克卢汉精粹 [加]埃里克·麦克卢汉 弗兰克·秦格龙
卡尔·曼海姆精粹 [德]卡尔·曼海姆
沃勒斯坦精粹 [美]伊曼纽尔·沃勒斯坦
哈贝马斯精粹 [德]尤尔根·哈贝马斯
赫斯精粹 [德]莫泽斯·赫斯
九鬼周造著作精粹 [日]九鬼周造

## 社会学系列

孤独的人群 [美]大卫·理斯曼
世界风险社会 [德]乌尔里希·贝克
权力精英 [美]查尔斯·赖特·米尔斯
科学的社会用途——写给科学场的临床社会学 [法]皮埃尔·布尔迪厄
文化社会学——浮现中的理论视野 [美]戴安娜·克兰

白领：美国的中产阶级 [美]C. 莱特·米尔斯

论文明、权力与知识 [德]诺贝特·埃利亚斯

解析社会：分析社会学原理 [瑞典]彼得·赫斯特洛姆

局外人：越轨的社会学研究 [美]霍华德·S.贝克尔

社会的构建 [美]爱德华·希尔斯

## 新学科系列

后殖民理论——语境 实践 政治 [英]巴特·穆尔—吉尔伯特

趣味社会学 [芬]尤卡·格罗瑙

跨越边界——知识学科 学科互涉 [美]朱丽·汤普森·克莱恩

人文地理学导论：21世纪的议题 [英]彼得·丹尼尔斯 等

文化学研究导论：理论基础·方法思路·研究视角 [德]安斯加·纽宁 [德]维拉·纽宁主编

## 世纪学术论争系列

"索卡尔事件"与科学大战 [美]艾伦·索卡尔 [法]雅克·德里达 等

沙滩上的房子 [美]诺里塔·克瑞杰

被困的普罗米修斯 [美]诺曼·列维特

科学知识：一种社会学的分析 [英]巴里·巴恩斯 大卫·布鲁尔 约翰·亨利

实践的冲撞——时间、力量与科学 [美]安德鲁·皮克林

爱因斯坦、历史与其他激情——20世纪末对科学的反叛 [美]杰拉尔德·霍尔顿

## 广松哲学系列

物象化论的构图 [日]广松涉

事的世界观的前哨 [日]广松涉

文献学语境中的《德意志意识形态》[日]广松涉

存在与意义(第一卷) [日]广松涉

存在与意义(第二卷) [日]广松涉

唯物史观的原像 [日]广松涉

哲学家广松涉的自白式回忆录 [日]广松涉

资本论的哲学 [日]广松涉

## 国外马克思主义与后马克思思潮系列

图绘意识形态 [斯洛文尼亚]斯拉沃热·齐泽克 等

自然的理由——生态学马克思主义研究 [美]詹姆斯·奥康纳

希望的空间 [美]大卫·哈维

甜蜜的暴力——悲剧的观念 [英]特里·伊格尔顿

晚期马克思主义 [美]弗雷德里克·杰姆逊

符号政治经济学批判 [法]让·鲍德里亚

世纪 [法]阿兰·巴迪欧

列宁、黑格尔和西方马克思主义:一种批判性研究 [美]凯文·安德森

列宁主义 [英]尼尔·哈丁

福柯、马克思主义与历史:生产方式与信息方式 [美]马克·波斯特

战后法国的存在主义马克思主义:从萨特到阿尔都塞 [美]马克·波斯特

## 经典补遗系列

卢卡奇早期文选 [匈]格奥尔格·卢卡奇

胡塞尔《几何学的起源》引论 [法]雅克·德里达

科学、信仰与社会 [英]迈克尔·波兰尼

黑格尔的幽灵——政治哲学论文集[Ⅰ] [法]路易·阿尔都塞

语言与生命 [法]沙尔·巴依

意识的奥秘 [美]约翰·塞尔

论现象学流派 [法]保罗·利科

脑力劳动与体力劳动:西方历史的认识论 [德]阿尔弗雷德·索恩—雷特尔

黑格尔 [德]马丁·海德格尔

黑格尔的精神现象学 [德]马丁·海德格尔

## 先锋派系列

先锋派散论——现代主义、表现主义和后现代性问题 [英]理查德·墨菲

诗歌的先锋派：博尔赫斯、奥登和布列东团体 [美]贝雷泰·E. 斯特朗

## 情境主义国际系列

日常生活实践 1. 实践的艺术 [法]米歇尔·德·塞托

日常生活实践 2. 居住与烹饪

[法]米歇尔·德·塞托　吕斯·贾尔　皮埃尔·梅约尔

日常生活的革命 [法]鲁尔·瓦纳格姆

居伊·德波——诗歌革命 [法]樊尚·考夫曼

景观社会 [法]居伊·德波

## 当代文学理论系列

怎样做理论 [德]沃尔夫冈·伊瑟尔

21 世纪批评述介 [英]朱利安·沃尔弗雷斯

后现代主义诗学：历史·理论·小说 [加]琳达·哈琴

大分野之后：现代主义、大众文化、后现代主义 [美]安德列亚斯·胡伊森

理论的幽灵：文学与常识 [法]安托万·孔帕尼翁

反抗的文化：拒绝表征 [美]贝尔·胡克斯

戏仿：古代、现代与后现代 [英]玛格丽特·A. 罗斯

理论入门 [英]彼得·巴里

现代主义 [英]蒂姆·阿姆斯特朗

叙事的本质 [美]罗伯特·斯科尔斯　詹姆斯·费伦　罗伯特·凯洛格

文学制度 [美]杰弗里·J. 威廉斯

新批评之后 [美]弗兰克·伦特里奇亚

文学批评史：从柏拉图到现在　[美]M. A. R.哈比布

德国浪漫主义文学理论　[美]恩斯特·贝勒尔

萌在他乡：米勒中国演讲集　[美]J.希利斯·米勒

文学的类别：文类和模态理论导论　[英]阿拉斯泰尔·福勒

思想絮语：文学批评自选集(1958—2002)　[英]弗兰克·克默德

## 核心概念系列

文化　[英]弗雷德·英格利斯

风险　[澳大利亚]狄波拉·勒普顿

## 学术研究指南系列

美学指南　[美]彼得·基维

文化研究指南　[美]托比·米勒

文化社会学指南　[美]马克·D.雅各布斯　南希·韦斯·汉拉恩

艺术理论指南　[英]保罗·史密斯　卡罗琳·瓦尔德

## 《德意志意识形态》与文献学系列

梁赞诺夫版《德意志意识形态·费尔巴哈》
　[苏]大卫·鲍里索维奇·梁赞诺夫

《德意志意识形态》与MEGA文献研究　[韩]郑文吉

巴加图利亚版《德意志意识形态·费尔巴哈》[俄]巴加图利亚

MEGA：陶伯特版《德意志意识形态·费尔巴哈》　[德]英格·陶伯特

## 当代美学理论系列

今日艺术理论　[美]诺埃尔·卡罗尔

艺术与社会理论——美学中的社会学论争　[英]奥斯汀·哈灵顿

艺术哲学：当代分析美学导论　[美]诺埃尔·卡罗尔

美的六种命名　[美]克里斯平·萨特韦尔

文化的政治及其他 [英]罗杰·斯克鲁顿

## 现代日本学术系列

带你踏上知识之旅 [日]中村雄二郎　山口昌男
反·哲学入门 [日]高桥哲哉
作为事件的阅读 [日]小森阳一
超越民族与历史 [日]小森阳一　高桥哲哉

## 现代思想史系列

现代化的先驱——20世纪思潮里的群英谱 [美]威廉·R.埃弗德尔
现代哲学简史 [英]罗杰·斯克拉顿
美国人对哲学的逃避：实用主义的谱系 [美]康乃尔·韦斯特

## 视觉文化与艺术史系列

可见的签名 [美]弗雷德里克·詹姆逊
摄影与电影 [英]戴维·卡帕尼
艺术史向导 [意]朱利奥·卡洛·阿尔甘　毛里齐奥·法焦洛

## 当代逻辑理论与应用研究系列

重塑实在论：关于因果、目的和心智的精密理论 [美]罗伯特·C.孔斯
情境与态度 [美]乔恩·巴威斯　约翰·佩里
逻辑与社会：矛盾与可能世界 [美]乔恩·埃尔斯特
指称与意向性 [挪威]奥拉夫·阿斯海姆

## 波兰尼意会哲学系列

认知与存在：迈克尔·波兰尼文集 [英]迈克尔·波兰尼

图书在版编目(CIP)数据

文学的类别:文类和模态理论导论 /(英)阿拉斯泰尔·福勒著;杨建国译. — 南京:南京大学出版社,2018.10
(当代学术棱镜译丛 / 张一兵主编)
书名原文:Kinds of Literature:An Introduction to the Theory of Genres and Modes
ISBN 978-7-305-18808-4

Ⅰ.①文… Ⅱ.①阿…②杨… Ⅲ.①文学理论-研究 Ⅳ.①I0

中国版本图书馆 CIP 数据核字(2017)第 132345 号

Kinds of Literature:An Introduction to the Theory of Genres and Modes
First published in the United States of America in 1982
By Harvard University Press
Copyright © 1982 Alastair Fowler
Alastair Fowler has asserted his right under the Copyright, Designs and Patents Act 1988 to be identified as the author of this work
Simplified Chinese copyright © 2018 by Nanjing University Press
All rights reserved.

江苏省版权局著作权合同登记　图字:10-2010-420 号

| | |
|---|---|
| 出版发行 | 南京大学出版社 |
| 社　　址 | 南京市汉口路 22 号　　邮　编　210093 |
| 出 版 人 | 金鑫荣 |
| 丛 书 名 | 当代学术棱镜译丛 |
| 书　　名 | 文学的类别:文类和模态理论导论 |
| 著　者 | [英]阿拉斯泰尔·福勒 |
| 译　者 | 杨建国 |
| 责任编辑 | 李宁生　张　静 |
| 照　　排 | 南京南琳图文制作有限公司 |
| 印　　刷 | 江苏凤凰通达印刷有限公司 |
| 开　　本 | 635×965　1/16　印张 31.5　字数 427 千 |
| 版　　次 | 2018 年 10 月第 1 版　2018 年 10 月第 1 次印刷 |
| ISBN | 978-7-305-18808-4 |
| 定　价 | 88.00 元 |

网址:http://www.njupco.com
官方微博:http://weibo.com/njupco
官方微信号:njupress
销售咨询热线:(025) 83594756

\* 版权所有,侵权必究
\* 凡购买南大版图书,如有印装质量问题,请与所购图书销售部门联系调换